LOCUS

LOCUS

LOCUS

LOCUS

林佩芬系列

林佩芬系列 01
努爾哈赤（上）

作者：林佩芬
責任編輯：韓秀玫
校對：呂佳真
排版：帛格有限公司
封面設計：顏一立
封面題字：薛平南
封面繪圖：何亦桓
法律顧問：全理法律事務所董安丹律師
出版者：大塊文化出版股份有限公司
台北市105南京東路四段25號11樓
www.locuspublishing.com
讀者服務專線：0800-006689 TEL：(02) 87123898　FAX：(02) 87123897
郵撥帳號：18955675　　戶名：大塊文化出版股份有限公司

總經銷：大和書報圖書股份有限公司
地址：新北市新莊區五工五路2號
TEL：(02) 89902588 (代表號)　FAX：(02) 22901658

初版一刷：2014年2月
二版一刷：2016年2月
定價：新台幣500元

ISBN 978-986-213-635-5
Printed in Taiwan

國家圖書館出版品預行編目資料

努爾哈赤 / 林佩芬著. --二版. -- 臺北市 : 大塊文化, 2016. 02
冊；　公分. --（林佩芬系列；01）
ISBN 978-986-213-635-5（上冊：平裝）. --

857.7　　104018205

大清開國之君

努爾哈赤

（上）

林佩芬 著

卷首語

大清開國，是宏偉之業。
書寫大清開國史，也是宏偉之業。

目錄

卷二　鐵騎迎曦

自序

登高壯觀天地間

林佩芬

□

獨自矗立在宇宙的第一高峯，你會想些什麼？

稚齡讀書，我常從文字中想像孔子登泰山而小天下、杜甫「會當凌絕頂，一覽眾山小」的境界；登高望遠，心胸開展、視野遼闊，抗懷千古、俯視天下，人的襟抱與作為於焉受到啟發。

稍長，我在臺北故宮博物院看到鎮院之寶——北宋范寬的巨幅山水〈谿山行旅圖〉，從圖畫中領略了巍峨高山宏偉雄壯、頂天立地的大氣，體會到一支筆能具體揮灑出「山川炳煥似開國」的磅礴氣勢，也產生了新的想像：圖畫中的旅人正在層巒疊翠的山間行走，如若前進不輟，一步一階的登上峯頂時，會是何等景象？所見到的又是何等景象？而這正在山間行走的旅人，會是孔子？杜甫？還是我自己？

這份臆測令我神往，時時獨自思索；而現實生活中也存在著諸多印證——第一次搭乘飛機時，年已雙十，卻像孩童般目不轉睛的看著窗外，遼闊的山川江海、田野平疇如畫卷般展開，蒼莽大地，盡收眼底，實際上體會了得以宏觀全局的開闊視野，心中產生極大的感觸；於是，此後每到一個陌生的城市，我總要登上城中的最高樓，一覽無遺的眺望全景，久了竟成為一種習慣，登高望遠，望盡一城的煙雲。

中年以後，我飛越海峽，足跡遍歷神州大陸，行經萬里長城，我在千年不朽的城上佇立，舉目四望，天地浩渺，氣象萬千，而眸光交錯間，我覺得眼前所見的不是天容海色，平疇沃野，也不是歲月與建築，而是總合了時空的歷史，以人為中心的歷史，是天地之間的人世，是人的過去、現在與未來的探討。

於是，視野成為一個抽象名詞，一種思考意義，也使我對自己產生新的詢問：是什麼樣的眼光能透過這廣闊無邊的視野洞澈歷史？是什麼樣的襟懷能涵蓋這博大宏偉的視野，體悟歷史？

這項詢問不易立刻獲得回答，但時時縈繞心中，反覆思索、探求；偶然間，我行經龍門石窟，登奉先寺，一步一階的拾級而上，站在寺前平臺仰望舉世著名的盧舍那大佛；寶相莊嚴，慈悲圓滿，無論是有形的雕刻還是無形的氣韻，都呈現了完美的境界；時正雨過天晴，天地間充盈著雨水洗滌後的潔淨和陽光重現時的柔煦，也使我的心境祥和寧靜，一塵不染；而不經意間一抬眼，正對著大佛彎垂的長眉下一雙悲天憫人的眼眸，眼眸深處飽含著廣闊無私、對世人充滿了關懷、憐愛與寬和、包容的慈光；霎時間，我得到了感悟，已無須對眼光和襟懷提出詢問。

最終，我又回到自己的書房裏，隨性讀書，一如陶淵明的在書卷中俯仰終宇宙而自得其樂；一面期許自己的寫作是出於沉思，歸乎翰藻，是究天人之際，通古今之變，是成一家之言；也希望能具體實踐蓄積多年的理想：

一位偉大的小說家必然同時是史學家、思想家、藝術家與宗教家。宗教家悲天憫人的胸懷與救世的精神，是一種偉大；藝術家創造完美與詮釋完美，也是一種偉大；思想家探尋真理，剖析人性，提升人性；史學家鑽研古今之變，鑑往知來，啟迪世人，更是一種偉大；而能融此四者於一身，方成偉大的小說家。

寫作原本就是一項偉大的追求與實踐——這雙重的偉大使作品矗立於永恆。

□

宏觀人類的歷史，是一個生生不息的大生命，宛如一座永不停息的風車般的輪轉，生死榮枯不停的循環交替，變動的過程與時間一起前進；無論哪一個時代，哪一個國家，哪一種文化，都由出生、成長，進展到強盛、衰老，而後步入死亡，為下一輪的新生者取代。

微觀中國的歷史，也是一個生命，盛世與衰世循環交替，朝代之間如連環般的進行遞嬗，新陳代謝，世代交替，老死的一朝為新生的一朝取代，新朝老化、腐朽後又為下一個新朝取代，周而復始，循環不已。

我選取清朝開國史作為中心點，探討明朝的鼎革遞嬗和時代的完整風貌，書寫《大清開國三部曲》；在時間上的定點為始於一五八三年清太祖努爾哈赤以十三副甲起兵，至一六八三年聖祖康熙帝收服臺灣，明朝的年號完全消失為止❶，共計一百年；百年世事，莽莽蒼蒼，有如大海之波瀾壯闊，有如山泉之幽深曲折，更有如浮雲之瞬息萬變，令人嘆為觀止。

斯時，世界史正寫出一頁驚心動魄的篇章，歐亞美非各洲都處在前所未有的大變動中；歐洲正因地理發現、印刷術傳播、民族國家興起及宗教問題等多種因素的影響，經濟、政治、社會和文化生活都發生變化，時代陷入動亂中，國家重組、內部及國際間戰爭頻仍，戰火隨處可見，人們在痛苦中度日，而這情形促使許多人向外拓展，形成頻繁的航海活動，又因為地理大發現，航海者行向亞、美、非三洲，尋找新的發展。

美、非二洲的居民因而蒙受重大浩劫，許多黑人被擄為奴，許多印地安人被殺，許多地方淪為殖民地，惡劣的情況延續了一個世紀以上才得到改善。

對亞洲，歐洲亦以武力入據馬尼拉、臺灣等地，對文明程度已高的中國、日本等國則發展貿易、傳教等項，進而因往來頻繁而關係密切，而相互影響；在經濟上形成全球貨幣體系，彼此休戚相關，榮枯與共❷；宗教、文化的傳播影響了雙方的心靈和精神，科技的交流提升了天文、曆算、製造等學；新式槍砲武器的銷售直接影響戰爭的勝負，成為變動的重要因素之一❸。

亞洲主要國家本身亦處在變動中，中國固為易代之際，朱明政權因庸主在位，朝中黨爭、內鬥，民間經濟崩潰而逐漸腐朽；努爾哈赤起兵後，女真由分裂而統一，進而聯結蒙古，使蒙古的情勢產生變動；最終滿、蒙、明三方合而為一，形成大一統的新朝代。日本則方由「戰國時代」一步入「幕府時代」，變動極大，並亟思向外拓展，於是出兵侵略朝鮮，朝鮮以文臣結黨內鬥、武備不修等原因無力抵禦；而朝鮮本為明朝屬國，明朝出兵援朝，形成三國之戰，戰事拖延七年才結束，對各國、各方面都造成重大影響。其後，清朝在入關之前，為免後顧之憂及解決糧食問題，兩次出兵朝鮮，使朝鮮一變為清之屬國，影響至巨。

基於這些，我深刻的體認到，形成歷史變動的原因固然是多方面的、整體性的，每一個枝微末節都是其中的一部分，彼此息息相關，互相影響，互為因果，心轉意移，牽髮動身；也同時存在著個別性，每一個枝微末節都各自有它形成的原因、過程、特有的現象和影響，也都彼此息息相關，互為因果；這整體性與個別性一如地球的公轉與自轉，同時進行，相互影響，四季運轉，晝夜交替，其原則永恆不變而過程瞬息萬變。

因此，探究這百年世事，既是「通古今之變」，也是「通全球之變」；我的寫作以中國為中心，以「長時間、遠距離、寬視野」的大歷史角度看清朝開國的歷史；而中國既為世界大變局中的一員，與外國的內部變動、外在影響都息息相關——我歸納為八大意義：

第一：滿族建立清朝，由關外入主中原，興起的過程中融合了東北諸多少數民族，又聯結蒙古，並大量吸收漢文化，形成新的、融合式的中華民族與文化；再現中國歷史上進行過多次的胡、漢民族因政權更替而形成民族、文化大融合。

第二：明末衰敗已極，生靈塗炭，經過翻天覆地似的大變動、政權移轉後，注入新朝的新生命力，重新起步，逐漸走向盛世，開創出「康雍乾」的輝煌時代，印證了歷史的盛衰循環論。

第三：明末衰亂，賦稅苛重，民不聊生，不少人為謀生路或投向清朝，壯大了清朝；或聚眾起兵，形成內亂。李自成起兵後，以「不納糧」的口號大得民心，使許多地方自動迎降，印證了「民為貴」、民心的向背決定政權存亡的政治理念。

第四：明、清兩朝的帝王重臣互相對照，印證了「生於憂患，死於安樂」的聖哲之言。

第五：易代之際，明朝士人面臨三種抉擇，而有四種做法。一為效法伯夷、叔齊隱居；二為效法耶律楚材投效新朝，造福百姓；三為效法文天祥，殺身成仁；三者都可欽可敬。第四種是反覆不定，降後復叛，產生許多特殊行為，堪稱最佳的人性研究案例。

第六：明、清兩朝與日本、朝鮮及南洋、歐洲各國的官方關係固為政治、軍事，而民間活動重點在貿易、科技、宗教與文化傳播，影響亦大。

第七：明末內地陷於戰亂，沿海居民或相繼往海上發展，提升了沿海的經濟；或往他地移居，成為外國的「華裔」人民，開創出新的天地。海盜出身的鄭芝龍等人發展出大型船隊，運貨經商及建立海上武力，往來於日本、南洋各地，並與歐船在海上貿易，如同與歐洲一起進入大航海時代，對全球互動有重大影響。

第八：清兵下江南時，鄭成功起兵對抗；失敗後，在內地無法立足，轉而向海上爭取生存空間，於是收取臺灣——歷史於焉發展出新的篇章。

當時臺灣為荷蘭人所據，欺壓、苛待島上居民，曾引發抗爭事件，怎奈明朝無力救援，任由荷蘭人橫行。一六六一年，鄭成功出兵取臺，從鹿耳門登陸，打敗荷蘭軍，迫使荷蘭人離開臺灣，臺灣始為中國所有，歷史於此進入「明鄭時期」，至一六八三年納入清朝的版圖，設官治理——這一連串的演變使臺灣由一座荒島被開發、建設成寶島，日後發展成全球交通、經貿及戰略要地，影響之大無可算計。

而以這八大意義作為骨幹寫作小說，固非易事；但也因為困難，才值得動筆。

□

歷史是人的故事，而人的行為由意念主導，是以究其人應先究其內心；但人的內心世界無形無聲，不見於史籍記載，探究起來遠較實際行為困難，卻也遠較實際行為迷人。

綜觀成功的歷史人物，莫不具有襟抱、意志、智慧都優於常人的特質；因為胸襟抱負高廣博大，其理想、心志、氣度及自訂的使命都高；因為意志堅強，能在艱辛中奮鬥不懈，超越困難，完成使命；因為智慧高卓，能多方學習、不時提升自己，能準確的盱衡時局、掌握時局，並做出正確的決策駕馭時局的變動，成就不朽的大業。

清朝開國史上的四代領導人都深具這三大特質：努爾哈赤生在分裂、落後、戰亂時起的女真部落中，十歲喪母，十九歲離家，處境極艱極苦；二十五歲因父祖遇害，以十三副甲起兵，手下僅有一百多人跟從，力量薄弱，險象環生，而他在九死一生中奮鬥不懈，歷經四十多年的努力，統一女真，成為政治、軍事、經濟、文化都展開急速進步的新朝代，使他自己成為時代大變動的最關鍵人物，下一輪太平盛世的開創者。

就他個人而言，自二十五歲起兵至六十八歲壽終，心志、思想和作為都經歷了多層次的成長與轉變；起兵之初，他志在復仇；但其後隨著子民日眾，規模日大，部落漸成邦國，胸襟、抱負逐漸擴增，漸成雄偉高遠；四十歲時，他創制文字，四十三歲開始創設八旗制度，五十八歲建元稱汗時，心志已擴展成為萬世開太平的創業雄主、開國之君——這個「變」既是個人生命的成長，也是造成時代變動的主因。

皇太極十二歲喪母，成長過程中比其他兄弟多了許多辛酸，但能力和心胸也被淬煉得比其他兄弟大；三十五歲繼承父親的事業後，以恢宏的識見與氣度訂出「融合各族、一統天下」的大目標，並極力推展，對中華民族、文化的融合貢獻極大。

清初入主中原的實際領導人多爾袞，十五歲父親去世，母親被逼殉葬，際遇堪憐，但他能忍住心酸，克服一切障礙，脫穎而出；福臨繼位後任攝政王，在關鍵時刻制定出正確的決策，完成入主中原的大業，使歷史上的明清變局成定局。

玄燁幼失父母，由祖母撫養長大；八歲即位時朝中權臣當道，國內情勢不穩，實力不厚，危機四伏；使他在險難中成長，也受險難的淬煉；而他勤敏好學，親政後以超高的智慧與意志主持大局，除權臣，平內亂，一切穩定後做好充分的準備，一舉收服臺灣，既完成統一大業，也因明朝年號徹底消失，清朝的開國大業於焉克竟全功。

而這些僅是成功者的優點，世間既無十全十美的事，亦無十全十美的人，成功者的內心世界並非毫無缺點、弱點，組成歷史的是全體而非少數傑出人物；因此我在寫作時常以「凡夫俗子」的心態，提出好奇的的猜想：

人的襟抱因日益擴增而大，智慧因日益累積而高，人的意志呢？處在困難的環境裏，遭逢打擊和痛苦的時刻，人的意志究竟有多強？陷入絕境，面臨生死一線之際，人的內心會出現多少複雜的思緒？會完全沒有恐懼感嗎？在那一剎那間，奮鬥的勇氣從何而來？既為血肉之軀，萬物之靈，在精神上受到打擊，蒙受痛苦之際，心中是不是也會被憂傷籠罩？也會生出一絲絕望的感覺？如何超越呢？

英雄不是沒有怯懦的時刻，而是能淬礪奮發，克服外界的困難和內心的怯懦，以完成不朽大業吧！

而英雄以外的大多數人呢？失敗方的領導人和成員呢？失敗方並非一無是處，其成員固不乏為惡者，但心志崇高、奮鬥不懈，令人欽敬者也不少。

我的書寫以清朝開國諸君為中心，擴及其周遭的文臣武將、后妃、百姓，和相對應的明朝、蒙古、日本、朝鮮諸君臣百姓及來華的歐洲官員、傳教士、商人，敘其言行，模擬其內心世界，得出人性的詮釋，並探討其共通性與個別性。

易代之際，面臨考驗，人性的多樣貌便顯露得更清楚，表象人人有異，多層多面，複雜多變，而本質一致，可做簡單的歸納：

絕大多數的人間組成者是一般平凡人，勤儉安分，僅求能安居樂業、子孫綿延；生平經歷、內心世界都是小我的喜怒哀樂、悲歡離合的組合，無大波瀾，亦無大功業，但平實穩定、俯仰無愧，雖平凡而為大善。唯有少數人能提高自己到崇高的境界，而名垂青史。又有少數人既難自我提升，又不甘平凡，於是或為妒忌他人，或為遂己貪慾，或內心失衡而不擇手段，以致沉淪。又有少部分以因緣際會，原本卑下者提升為崇高，或原本善者沉淪為惡……於焉組成時代的整體。

歷史的變動始於人心的變動——人心人性的提升或沉淪的種因、形成、變化過程和後果、影響，以及其間錯綜複雜的相互關係，乃是歷史變動的骨幹，古今亦然，我筆下的清朝開國史，不過是一個抽樣而已。

□

歷史浩渺璀璨，繁複豐美，詭奇多變，在在都是迷人的篇章；讀史寫史，固為至樂；而淑世致用，殷鑑資治，述往事，知來者，作為啟迪世人和對未來的啟發，卻是歷史本身的使命；因此，歷史寫作確是經國之大業，不朽之盛事。

而我總在讀史寫史之際，有所沉思，也有所期許：

歷史的本身既崇高宏偉如山，澎湃壯闊如海，優美瑰麗如詩，歷史寫作也應如此。

二〇〇五年一月二十六日初稿
二〇一三年四月十二日重寫
北京．深柳堂

註一：明朝自崇禎帝朱由檢於一六四四年（崇禎十七年）自縊於煤山後，宗室子弟曾在南方陸續建立短暫的政權，分別為：

朱由崧（福王，稱帝，年號弘光，一六四四至一六四五）

朱以海（魯王，稱監國，年號監國，一六四五至一六五一）

朱聿鍵（唐王，稱帝，年號隆武，一六四五至一六四六）

朱由榔（桂王，稱帝，年號永曆，一六四七至一六六一）

而特別的是，朱由榔於一六四六年稱帝，以第二年為永曆元年，其後於一六六一年滅亡，其年號止於永曆十五年，本應為明朝徹底滅亡之年；但同年，鄭成功入臺灣，稱延平郡王，沿用永曆年號，直到永曆三十七年（一六八三年、清康熙二十二年），清將施琅攻臺灣，鄭克塽降清，明鄭政權滅亡，永曆的年號徹底結束，明朝的殘餘勢力才完全結束。

註二：美國史學家魏斐德（Frederic E. Wakeman, Jr.）所著《The Great Enterprise》（中譯《洪業——清朝開國史》，江蘇人民出版社，一九九五）之〈導言〉及其旁徵博引的註，對中國與世界貨幣體系之間的關係有充分的論述，可作參考。

註三：著名的例子有二：日本的「戰國時代」內戰頻仍，一五七五年發生「長篠之役」，此役，織田信長聯合德川家康，並運用購自葡萄牙商人的長槍（當時稱「鳥銃」、「鐵砲」），擊敗武田勝賴，這是極關鍵的一戰，此後武田家族一蹶不振，織田信長稱雄，改變了局勢，並奠立日後德川家康統一羣雄，使日本進入「幕府時代」的基礎。一六二六年，中國發生「寧遠之役」，明朝的袁崇煥以購自葡萄牙商人的紅衣大砲打敗努爾哈赤，對時局影響極大。

序章
天下歸心

日麗於天，光照大地。

大清康熙二十二年八月十五日早晨，晴空純淨澄明，光潔得不帶一絲雜色，初升的旭日光豔耀目，散射出無遠弗屆的金芒；宏偉壯麗、金碧輝煌的大清皇宮在陽光的映照下，反射出炫目的金光，黃色的琉璃瓦燦爛得宛如以黃金鋪成，紅色的高牆宛如敷了一層金粉，漢白玉欄杆和臺階披上金衣，像是在回應天上散下的璀璨光華。

這璀璨光華也像是自身的投影——大清帝國的生命力正處在蓬勃旺盛的青壯期，麗似朝陽，燦如春花；百姓安樂、國家富強的太平盛世剛剛展開，也有如旭日般漸次上升，漸升漸強，漸升漸臻輝煌的時代。

大清帝國的領導人——康熙皇帝，愛新覺羅．玄燁——更是這璀璨光華的投影，剛滿三十歲的他，英姿勃發，智慧成熟，很自然的流露出一股強旺的生命力，一股卓然的英氣和一股堅定的自信；因稟賦聰明和好學不倦而得來的智慧，已轉化為崇高的政治理想和卓越的領導能力；堅毅、務實的個性使他能腳踏實地的治理國事、規畫未來，逐步完成創造盛世的理想；他已做了二十二年的皇帝，親政已十六年，已帶領大清帝國走上康莊大道。

沖齡即位時輔臣弄權的政治危機早已消失，自明末至大清開國之初，民間經濟蕭條、國家財政困難的問題早已改善；自開國以來就是重大隱憂，而後衍成戰禍，曾嚴重到南方多處國土失陷的「三藩之亂」已在前年平定；而今，國內政治清明、經濟發達、文教昌盛、人民安樂，舉國欣欣向榮，人人充滿希望，迎接更美好的遠景。

他正在迎接一樁意義非凡的歷史性大事。

這一天，遠在臺灣的提督福建水師、總兵官施琅代表他在臺南赤崁樓接受鄭克塽的請降，受降儀式將隆重舉行，此後，臺灣納入大清的版圖。

施琅所上的〈臺灣就撫疏〉早在前幾天就送到御前，〈賫繳冊印疏〉則剛剛收到❶。他特命中官在大殿上朗聲誦念，讓大臣們仔細聆聽，瞭解情況：

「……鄭克塽差兵官馮錫珪、工官陳夢煒，劉國軒遣胞弟副使劉國昌，馮錫範遣胞弟副使馮錫韓，具降本稿到澎湖軍前，一一悉聽臣言。臣察其真誠向化……鄭氏差官求撫，蓋因澎湖失險，故革心歸誠……本月二十七日，鄭克塽復差馮錫珪、陳夢煒同吳啟爵、常在賫具降本一道，及繳延平郡王冊一副、印一顆……」

他也在仔細聆聽，而心內湧起陣陣的欣慰和重重的感懷，使思潮澎湃迴盪，如海濤捲起滿天繽紛的浪花般華燦。

臺灣問題已經延宕了許多年，早在順治朝，鄭成功率眾抗清之際，同時與朝廷談判，提出接受招降的條件，但，朝廷派人與之協商多次而無結果❷。順治十八年，兵敗的鄭成功率眾入臺灣，逐走荷蘭人，自據臺灣，成為臺灣的領導人❸；鄭氏以明延平郡王自居，採用明永曆的年號，實際上也確是明朝的殘餘勢力，如不做完善的處理，大清帝國便像失了個角似的帶著缺憾。

鄭成功入臺的第二年即病逝，長子鄭經繼承，臺灣問題也就延續了下去；那年是康熙元年，他年方九歲，即帝位不久，國家也處在新生的嬰幼期，不宜用武；其後又遭逢三藩之亂，不能分散力量對臺灣用兵，因而雖有施琅、姚啟聖等大臣連連奏請早日收服臺灣，他都以時機未到而緩議；直到三藩亂平，再無後顧之憂；而臺灣因鄭經去世，權臣馮錫範把持一切，殺長立幼，形成變局❹，以致人心不安，實力減弱，他認為時機已到，才批准施琅等大臣的請求，對臺灣用兵。

年逾六十的施琅重新被任命為福建水師提督，專門負責攻臺事宜；到任後，他加緊作戰前準備，而後於今年五月在廈門集結舟師，六月初移師銅山，十三日祭江，十四日辰時出發，進軍澎湖，十六日與劉國軒率領的鄭軍在澎湖外海交戰，雙方互有傷亡；二十二日再戰，鄭軍大敗，劉國軒與少數殘部由吼門逃回臺灣……

他在閏六月二十九日收到施琅的〈飛報大捷疏〉，疏中詳細報告了雙方交戰的情況，而深知他心意的施琅在大勝、登陸澎湖後做了非常正確的措施，尤其是安撫澎湖居民，宣布免除三年的徭役賦稅，和優待鄭軍戰俘，給以銀米袍帽，為傷者治傷，為死者收殮，願降者優遇，不願降者派船送回臺灣；兩件事，使得人心歸服，也促使鄭克塽在短短幾天內就決定棄戰降清。

這是最圓滿的結局，臺灣本土未遭兵災，臺灣居民未受損傷，而明朝的年號和殘餘勢力徹底結束，國中再無與大清並立的年號；國家統一，天下歸心。

對於治臺的方案，初步的措施他已指示施琅，命他在受降後立即頒布〈諭臺灣安民生示〉。首先，嚴禁官兵擾民，不准一絲一毫侵取民間；同時，減稅十之四，並免去一切名目的徭役，以減輕百姓的負擔，改善民生，使早趨富足安樂；對於鄭克塽、劉國軒等降人，因係主動率眾歸心、納土投誠，實屬可嘉，應予優遇，宜早護送來京，賜以爵位、田宅、金帛，使其在京安心定居。

這一切，都令他感到欣慰、滿意，更且帶著幾許感動，中官誦讀完施琅的奏疏後，他親自曉諭羣臣：

「臺灣歸服，乃我大清開國以來的一大要事，殊堪告慰——我大清開國，係我先祖立下宏願：為萬世開太平；歷經我太祖高皇帝於艱難中奮鬥不懈，開創基業；我太宗文皇帝克紹箕裘，擴充規模；世祖章皇帝承天繼志，入主中原，完成大業，唯有三藩未定、臺灣未收，為畢生之憾；朕即位二十二年來，無時無刻不戰戰兢兢，如履薄冰，如臨深淵，為完成先祖遺願而夙夜匪懈——而今，天下歸心，大業無憾，亦我列祖列宗英靈庇佑之力，朕當擇日親自出關祭陵，以大業已成，天下歸心，告慰我列祖列宗！」

文臣之首的大學士明珠立刻率百官頌讚：

「臣等恭賀皇上完成建國大業，國家統一，天下歸心——」

緊接著，文武百官山呼萬歲。

聲浪非常大，大得像代表全國萬萬人的聲音，也像代表大清帝國的宏偉；他端坐在大殿上，一如往昔的接受頌讚，而不經意間一抬眼，透門透窗而入的金黃色陽光既將殿上映照成一片片光明，烘托得魚貫而立的文武百官形成一片輝煌，也有幾絲直欲進到他的眼簾上來，他的心被觸動了一下，輕輕一顫。

突然間，他興起了一股安邦治國的理性思維之外的感懷，胸中熱潮起伏，眸光耀金；心中浮現著代代相承的傳說，自己的遠祖布庫里雍順是天女奉天意、吞朱果感孕、為安邦定亂而生；這個使命延綿多年，一直積累到曾祖父努爾哈赤手裏才開始具體實現——他從小耳熟能詳、得到過許多啟發的曾祖父以十三副甲起兵，乃至建國的史事也如巨浪奔騰般的回到心中，而致熱淚盈眶。

舉頭迎向豔陽，他的心中充滿了感動，默默自語：

「自我太祖高皇帝以十三副甲起兵，至今恰是百年……積累四世，完成大業，終不負天意……今後，當更加勤政愛民，勵精圖治，創造出青史上的輝煌盛世……」

經過百年的奮鬥，而有未來的輝煌；他心情激動，腦海裏不由自主的浮現起前三代的先人在這百年來開創基業的過程……

大清開國是宏偉之業，也是一頁奮鬥史。

註一：施琅對臺灣用兵時，每隔幾天就向康熙皇帝題呈奏疏，報告戰前戰後的一切狀況，留下非常豐富的史料，俱收錄於《靖海紀事》一書。

註二：清廷自順治九年十月開始決定招降鄭成功，旋即派人進行；最後一次是順治十七年七月，八年中共計談判四十六次；參見吳正龍著《鄭成功與清政府間的談判》（臺北．文津出版社．二〇〇〇年九月）。

註三：鄭成功於順治三年起兵，初時實力不大，活動的範圍約在廈門附近的鼓浪嶼、安平、海澄一帶，對清朝的影響不大，甚至多次為清軍所敗；直到順治七年，他或逐或殺了叔父鄭聯、鄭彩、鄭芝莞等人，掌握了父親鄭芝龍所屬的舊部，才發展為擁有六萬兵將的大股勢力；順治八年，南明的魯、唐二王不和，且為清軍所敗，魯王在走投無路之際投靠他，使他聲望提高，且有機會吸收水師名將張名振等人的部隊，實力大增，這才有力量與清軍為敵，也打了不少勝仗；順治九年後，他成為東南方面抗清軍的主力，與在西南活動的以永曆帝為中心的抗清軍旗鼓相當，而鄭成功雖奉永曆正朔，卻不聽命於永曆，是實質上的獨立體，並自行在東南一帶擴充實力。順治十五年，他聯合張煌言所率的抗清軍大舉北進，入長江，趨南京，但因遇颶風，損失慘重而退；第二年再度北進，兵臨南京，但他心存觀望，亦同時與清廷談判，而停步不進，使清軍得以從容部署，將他打得大敗，退回廈門；他無力北進，為突破「地蹙軍孤」的困境，遂渡海赴臺灣。

註四：《清史稿》、連橫《臺灣通史》、江日昇《臺灣外記》等書對鄭經逝後，臺灣政局陷入混亂的情形都有詳細記載，觀點非常一致；謂鄭經死後，馮錫範弒經之長子、已任監國的鄭克壓，立次子鄭克塽，克塽年幼，且為馮錫範之婿，因而大權盡入馮錫範手中；而諸多有關施琅、李光地、姚啟聖等人的傳記則謂，這些原本就主張攻臺的大臣，在聽到臺灣發生政變的時候，認為鄭氏政權已瀕臨滅亡，因而急請康熙皇帝定奪攻臺大計。

卷一　春水破冰

第一章

長煙落日孤城閉

1

漫天的風雪挾帶著一股懾人的氣勢，凌厲的呼嘯著，有如刀槍劍戟齊鳴般組成一闋悲壯肅殺的大樂曲；原本青翠豐美如碧玉的北國大草原在厚達數尺的積雪覆蓋下全部凍結了，凍成一座冰原。

明神宗萬曆十一年的春天是一個酷寒的季節，連日連夜的大風雪摧殘著大地，整個遼東在冰雪的封凍中變成一座滅絕的死獄。

而就在這死寂和風雪的交織中，有兩匹怒馬在蒼茫的天地間揚蹄狂奔，毫不畏寒的衝破了風刀雪箭，由遠而近，向城關飛奔。

跑在前面的一匹是青馬，馬身雄駿，馬上騎著一對裝束相似的青年；頭戴皮帽，梳辮，身穿窄袖鹿皮獵裝，束腰，足登長靴；兩人並騎，不約而同的發出了朗朗笑聲，一個豪邁，一個清脆，相合得融而為一；聲音雖然不大，卻在死寂的大地上穿越了強風勁雪的號哭，綻出了早春的生氣；在後的是一匹黃驃健馬，馬背上馱著一隻已經僵硬的黑熊，熊身上毫毛未損，只有咽喉正中插著一把鋒利的匕首，在雪光中隱約可辨。

兩匹馬一前一後，全力急馳，原本只相距幾步，奔跑了一陣之後，大青馬遙遙領先，漸行漸遠，不多時，身後的黃驃健馬已遠成一個小黑點，而大青馬的足下仍不容情，飛快的奔騰，單騎雙人，片刻便到達廣寧城關❶。

城上的旗幟在飛雪的撲掩下，顏色不很醒目，但被勁風吹得虎虎作響，有如鼓起了肅殺之氣；城門開著，一隊佩刀持槍的士兵精神抖擻的立在門口巡防，但因人人都認得這匹大青馬，索性側身讓開，放牠進城；大青馬毫不停蹄，向前舉足飛奔，濺起了一路雪泥；好在進城後不久就上了青石板路，脆亮的馬蹄聲取代了翻飛的雪泥。

大青馬在一所高門深院的府第前停下來，馬背上的一雙人影一躍而下；男子年約二十四、五歲，身材健偉，外貌俊挺，膚色稍深，眉目修長而英氣逼人；女子的身材十分嬌小，站著只齊男子的胸口，年紀不過十五、六歲，而容貌絕美，秀逸出塵，柔婉可人，只是經過策馬急馳之後不免有些兒嬌喘，一手按著胸，口中吁著氣。

男子見狀，連忙伸手擁住她的肩頭。

「累了吧！進去歇著！」

女子倚著他，點點頭道：

「大黃還有一陣子好跑的呢！」

說著，兩人便牽著大青馬，自側門進府；早有兩名兵丁趕上來，自那男子手中接過轠繩，牽過馬去；兩人也就攜手入宅。

這座巨宅乃是大明寧遠伯、遼東總兵李成梁的府第，佔地極大，氣派非凡；李成梁高官厚爵，是擁重兵多年的邊帥，鎮守明朝「九邊」中最重要的「遼東鎮」多年❷，迭有戰功，深為朝廷倚重，也早在萬曆七年就贏得了「寧遠伯」的爵位，在武將中已經位極人臣，府第自然極其講究，無論形制、建材、規模都竭盡奢豪之能事；亭臺樓閣、畫棟雕梁，陳設布置之精緻華美號稱「關外第一家」，與中原相衡，也不過僅次於皇宮而已；後花園之美尤其著稱，他命專人規畫、養護，務求冠絕；以遼東地處高寒，園中便遍植松、柏、梅等耐寒花木，襯以假山奇石，越顯高雅絕俗，到了飛雪時節，園中成了琉璃世界，而紅梅吐豔，松柏長青，景致更美得宛如人間天上。

兩人攜手而入，雙雙走進如畫的美景，再穿過拱門曲廊，伴著梅香行走；走到後院門上，梅香更濃，兩人不約而同的停下步子，賞起梅來；不料，門檻內的迴廊裏轉出了一個僕婦，老遠一見兩人便高聲大喊：

「哎喲！小姐——你們可回來了！」

她放足跑到跟前來，說：

「二夫人找您好半天了，前前後後打發我出來看了五、六趟呢！」

「知道了！我這就去見乾娘！」

語音柔脆，有如鶯語穿花、風動銀鈴般的好聽，她一路接下去說：

「不過，你得替我到門口等大黃回來；牠馱著隻黑熊，又跑得慢，怕有好一會兒才到得了！等牠回來，就吩咐兩個人，牽牠去馬廄，再把熊給抬進來！」

說著，不待僕婦答話，就三步併作兩步的往二夫人房中跑去；快到門口時，更是人未到聲先到：

「乾娘，乾娘——我回來了！」

聲音傳到房裏，立刻有僕婦忙忙的出來打起簾子，同時傳出一個親切的聲音：

「雪靈，快進來！努爾哈赤呢？有沒有一起來？」

「乾娘，我來了！」努爾哈赤聲如洪鐘，朗朗回應。

而就在這當兒，房裏風也似的滾出了一團圓球似的小東西，全身披著黑亮的鬈毛，臉上兩顆眼珠晶亮如星光，毛茸茸的尾巴直搖，四腿一撲蹬，倏的一下就撲進了努爾哈赤的懷中，口裏發出汪汪兩聲低吠，一面還伸出粉紅色的舌頭來舔努爾哈赤的手背。

雪靈一見立刻鼓掌嬌笑：

「樂樂，羞羞，撒賴——」

站在門口打簾子的僕婦見到這情景，忍不住笑著打趣：

「樂樂真懂事，小姐養了牠這些個日子，牠已經曉得要跟著陪嫁了！」

這話一出，兩朵紅雲立刻飛上雪靈的臉頰，花瓣似的容顏變成了蘋果，粉頸也低了下去；幸好二夫人的聲音替她解了圍：

「怎麼還不進來？」

有了這話，雪靈一扭身就閃進房中，從羞赧中滴出一聲輕柔的叫喚：

「乾娘——」

努爾哈赤雖然也被打趣得臉上有些兒訕然，但依舊含笑闊步，跟在雪靈身後進屋。

屋子裏生著銅火盆，和炕道裏的熱煙一起散放暖氣；二夫人盛裝華服，端然而坐，她看起來比實際年齡年輕，不過三十許而已，而且豐姿豔容，風華出眾，在李成梁的諸夫人中是最得寵的一位；居處的陳設當然也是諸夫人之冠，不但各項擺飾俱為珍奇古玩，連座椅几屏也全都來自中原，椅帔帳幅均為名家繡品，甚至案上養著的一盆素心蘭，也是千兩紋銀才購得的稀世佳種，在暖如孟春的房中含苞待放。

雪靈一奔入屋中就偎到二夫人身邊，二夫人一眼看見她頭上梳了條辮子，身穿和努爾哈赤一樣的獵裝，足登長靴，臉頰凍得通紅，立時「噗哧」一聲笑出來，伸手輕擁著她的肩頭，滿目慈光的嗔道：

「野丫頭，怎麼又是這副打扮？我看你呀，乾脆連前面的頭髮也剃了，跟了努爾哈赤去做兄弟，算是他家的少爺，倒是挺像的！」

這話逗笑，她身後侍立的丫鬟僕婦們沒有一個能忍住不笑，於是個個掩口，而她卻板著臉吩咐：

「還不快去拿衣裳來給小姐換上？」

兩個丫鬟答應著去了，二夫人的眸光轉到了努爾哈赤身上，臉上浮起笑容來，但卻出語嗔責：

「努爾哈赤，雪靈現在的身子跟以往不一樣，你怎麼又帶她騎馬、打獵呢？萬一有個失閃，可怎麼好？」

努爾哈赤一聽這話，臉上慢慢的紅了一層；不由自主的低下頭，小聲說道：

「是，乾娘……我知道了，以後再也不會了！」

這下子，雪靈的臉更紅了，再次輕喚一聲「乾娘」，而把整個臉龐都埋進二夫人的懷中。

二夫人愛憐的一手攬著她的肩，一手輕撫她的髮，目中盡是慈光，口中卻幽幽一嘆：

「該盡快挑個日子，讓你們拜堂……方才，你乾爹進來過，我原想趁便跟他提這事，不防，他正要帶兵出城，聽說你們騎走了大青，心裏頭不舒坦，進來跟我叨念，我就不好開這個口了！」

雪靈聽了，臉色更紅：

「乾爹要騎大青出去麼？我們沒向他稟告一聲，就把大青騎走了，是我們不對，等他回來，我們去跟他陪個不是！」

二夫人道：

「你記得去就好——你乾爹最疼你了，就算有天大的不是，認了錯也就沒事了；只不過，他這一趟出去，還不曉得要過多少天才回來，你可別又跟努爾哈赤跑了個沒人沒影的，讓他回來的時候看不見人，氣上加氣！」

「這幾天，我在家給他繡個劍套陪禮吧！」雪靈笑著一伸舌頭，又問：

「乾爹帶兵出城，又要打仗麼？」

二夫人嘆了口氣說：

「帶兵出城，哪裏還會有什麼好事？」

接著，她連連搖頭：

「唉！你乾爹就是這樣，三不兩天就帶兵出去打仗，好顯一顯武功，威風——唉！好戰，喜功，他十足是個威震邊關的總兵，卻不知，每打一仗，都有死傷；誰無父母？誰無妻兒？他就不曉得替別人設身處地的想一想！」

這話帶著感慨與悲憫，又加幾分無奈；而聽在努爾哈赤耳中，卻沒來由的心中一震，脫口便問：

「乾娘，您可知道，乾爹帶兵出城，去打哪裏？」

二夫人搖搖頭：

「詳細的情形我不知道——你曉得，我一向怕聽打仗殺人的事，所以從來不過問這些；這一回，我也只是聽如楠隨口說上幾句才知道的；好像，這件事跟前幾天來投咱們的那個什麼什麼蘭的有關！」

努爾哈赤心中一動，下意識的發出一聲驚呼：

「是他說動了乾爹出兵？」

「尼堪外蘭❸？」

雪靈問：

「你認識這個人？」

努爾哈赤點點頭說：

「我曉得他——這個人的事，我聽了不少！」

他欲言又止，可是，沉吟了一會兒，終究還是皺著眉頭說：

「如果，真是這個人說動了乾爹出兵，那，恐怕不妙，這個人一向唯恐天下不亂！」

二夫人嘆著氣說：

「那也只好等他們回來再問個明白了！」

她一語方畢，雪靈無意間一抬眼，登時滿臉詫異：

「咦？努爾哈赤，你怎麼了？臉色都變了？」

努爾哈赤一直抱著樂樂，好端端的坐著，只是神思不定，眉宇間不知不覺的現出了一層青氣；而聽到雪靈這麼一問，心中竟莫名其妙的一震，神情更加不對勁，但是沒有話可以回答，唯有訥訥的據實而道：

「沒，沒什麼吧——我只是突然覺得心裏慌慌的，好像有什麼事要發生一樣！」

二夫人定睛看看努爾哈赤，過了一會兒，緩緩露出一絲笑容來；接著以平靜溫和的口氣，慢吞吞的說道：

「努爾哈赤，也許，你心中正在猜測，被攻打的是哪一個部落的女真人，所以忐忑不安——不過，你不必擔心嘛，你家是世襲的建州左衛指揮使❹，名正言順的朝廷命官，跟那些據上一、兩座寨的女真部落大不相同；即使有戰事發生，也不會波及你家的！」

努爾哈赤聽了，默默的微點兩下頭，但心情還是沒法恢復正常；雪靈移過身去，推推他的手臂，說：

「是嘛！乾娘說的是嘛！你就別擔心了，不要這樣愁眉苦臉的嘛！」

正說著，方才出去等大黃的僕婦進來了，上前稟告：

「小姐，大黃回來了，那頭熊我已經打發人抬到後頭去了，是不是要叫人來收拾呢？」

雪靈道：

「是啊，還是跟以前一樣好了！」

二夫人聞言，先是微微一笑，接著問：

「怎麼？努爾哈赤又獵著大熊了？這是個好兆頭啊！真是件大喜的事！」

雪靈聽了，沒察覺她話中藏著「夢熊得子之兆」的含義，只當她是在讚美努爾哈赤，因此心中喜悅，臉如彤雲，興高采烈的甜笑著說：

「是啊！乾娘，您可沒瞧見努爾哈赤有多勇敢呢！人家要好幾個人才能去打大熊，他呀，一個人就行了，才翻兩個滾就近了大熊的身，連我都沒有看清楚，他那把匕首是怎麼插進大熊咽喉的！真是又快又準……」

註一：廣寧今為遼寧省北鎮縣。

據隆慶三年，明兵部編刊之《九邊圖說》，有關遼東鎮的記載：「巡撫遼東地方兼贊理軍務都御史一員，鎮守總兵官一員，戶部管糧郎中一員，俱駐紮廣寧城。」是以廣寧為遼東最高行政、軍事官員駐地，其餘官員有駐遼陽、寧遠、開原等多處。但巡撫衙門日後曾遷往遼陽，遼陽為努爾哈赤所有後，再遷回廣寧，廣寧亦為努爾哈赤所有後，曾移寧遠、錦州等地，以迄明亡。

《明史．職官志》則記：「鎮守遼東總兵官一人，舊設，駐廣寧。隆慶元年令冬月移駐河東遼陽適中之地，調度防禦，應援海州、瀋陽。」

註二：為了北方的國防，明朝早在開國之初，就從嘉峪關起，沿著長城進入遼東到鴨綠江一線，先後建立了九個邊防重鎮，稱為「九邊」，分別是遼東、宣府、大同、延綏（後來移到榆林）、寧夏、甘肅、薊州、太原、固原。九個軍事要塞都有許多軍隊駐防，在明初及中葉，因為外患主要來自蒙古，便以大同等鎮為重軍屯守的主要防地；到了明朝末年，因為女真興起，九邊中遂以遼東鎮最為吃重。

《九邊圖說》書中，附有九邊詳圖。

註三：據陳捷先先生考據，尼堪是滿文「漢人」或「漢人的」之意，外蘭意為「秘書」或「書記」等，合起來似為職稱而不像人名。後來，努爾哈赤追殺尼堪外蘭時，曾說尼堪外蘭本是他父親塔克世的部屬，但是否本為漢人，仍有待查考。

註四：明行「衛所兵制」，許多地名叫「衛」。建州衛是明初奴兒干都司所轄的三百八十四個衛之一。明成祖永樂元年（一四〇三年）冬，女真頭人阿哈出來朝，明廷便設建州衛，以阿哈出為指揮使。永樂十年，明廷從建州衛中析置建州左衛，任命猛哥帖木兒（即孟特穆，努爾哈赤的六世祖）為建州左衛都指揮使。明英宗正統年間，建州左衛南遷渾河支流蘇子河一帶後，發生叔侄爭權的糾紛，明廷為了調解，又從建州左衛中析置建州右衛，由叔范察掌右衛，侄童倉掌左衛，於是形成「建州三衛」。

明朝的兵制中，除了因偶發狀況而「招募」、「徵兵」外，其餘都是世襲的職業軍人，戶籍與一般百姓分開，稱為「軍戶」，世襲的「世官」分九等，分為指揮使、指揮同知、指揮僉事、衛鎮撫、正千戶、副千戶、百戶、試百戶、所鎮撫。在指揮使之上的一級稱為「都指揮使」，這個職位不是世襲，多由指揮使升任，或由中了武科舉的人擔任。但，任命女真之長為「都指揮使」或「指揮使」，情況和本國的制度不同；通常是包含著「優恤」、「安撫」的意義，給予名義上的職位，而無須像本國軍人一樣服役，按正常管道升遷，也無軍事實權。

2

無情的狂風尖厲的號叫著，挾帶著冰雹席捲而來，徹骨的寒氣籠罩著天地，整座冰原彷彿成了一塊砧板，任憑殘酷的寒冷屠刀般的切割萬物。

一場戰爭正在激烈的進行，鮮紅色的熱血一灘灘潑向銀色雪地，立時凝結成冰；人倒下來，頃刻就凍結成塊；旗幟折斷了，一霎時就被風雪吹得了無痕跡，只有戰馬悲嘶、金鐵齊鳴、戰鼓雷動和震天的殺聲混成的雜音久久不去……

李成梁的大軍團團圍住了位在蘇克蘇滸河南邊的古勒城❶，城主阿太率領兵將奮勇抵抗；武藝超羣的他身先士卒，親自在陣前禦敵。

他年約二十七、八歲，生得方頭大耳，相貌堂堂，身穿甲衣，外罩戰袍，騎在高大的戰馬上，顯得威風凜凜；手中一把長槍，舞動起來有如銀花滿樹，雷光穿雲，幻起團團簇簇豔紅的血花，噴灑得如暴雨四射，再墜落到潔白的雪地上，組成一幅令人心悸的圖畫。

城樓上響起了一陣如雷的歡呼和鼓掌聲：

「喔……喔……城主神勇……城主神勇……」

兵士們情緒升高到頂點，歡呼再三重複，回聲久久不去，阿太的鬥志受到鼓舞，得意洋洋的將長槍向空高高一舉，接受羣眾的歡呼，那銀色的槍尖上帶著一點鮮紅的血跡，在雪光中映得分外炫目，也襯顯著他一夫當關，萬夫莫敵的飛揚意氣。

接著，他再度策馬向前殺敵，把手中的長槍揮舞得有如神龍一般矯健、勇猛、快速、準確，才幾個起落，在陣前撲殺了三回合，槍尖又挑下好幾顆敵人的首級。

城樓上再次響起雷動山搖般的歡呼，直入九霄，也清楚的傳入李成梁耳中——李成梁就在不遠處的高臺上，居高臨下的觀戰。

他性喜奢華，足跡所到之處必然大擺排場——這座高臺就是為他觀戰之便而連夜趕工架設——偌大的臺上容得下百人，布滿了他的心腹侍衞、家將，這些武士個個精神飽滿，體格強健，武藝高超，持槍佩劍，眾星拱月般的站在他的身後左右；他本人則高坐臺正中一張極為講究的披著虎皮的太師椅上，目不轉睛的仔細觀看戰爭進行。

祖先來自朝鮮❷，他的容貌是道地的朝鮮特色，一雙細長的眼睛，泛黃的臉色，陰鬱的眼神和兩撮小鬍鬚——總兵官和寧遠伯的威儀是靠著特別講究的服飾展現的。

他定睛凝視城關口的戰場，兩軍對峙中，進攻的己方人多勢眾，軍容壯盛，甲冑鮮明，弓滿刀快；他的兩個兒子李如梧、李如桂親自策馬督戰，在上百名家將的前呼後擁中指揮戰局；相形之下，守城的敵方顯得人寡勢孤，出城應戰的不過百人——他仔細估算過，古勒城全部只三千人口，兵丁約為半數——可是，這支小小的隊伍卻號令嚴明，進退有據，而且個個驃悍勇猛，以一當十；城關上還埋伏了一批弓箭手，配合隊伍的進退發箭，形成天衣無縫般的戰陣；為首的阿太且有過人之勇，親率人馬應戰，僅憑手中一柄長槍就傷人無數，將全城的士氣提高到沸點，一座小小的古勒城竟而堅固得有如銅牆鐵壁，千軍萬馬都無法越雷池一步。

李成粱看在眼裏，心裏冷冷的想：

「阿太，還不愧是王杲的兒子……果然是少年英雄……真不能讓他坐大……」

王杲早在萬曆三年就已授首伏誅❸，那是他的得意戰功之一；當時，阿太還是個不滿二十歲的少年，儘管在第二年就援例襲了建州衛都督僉事之職，畢竟還沒有什麼作為，他便放手不管；直到近年，這隻幼虎長成了，開始施展鴻圖，他才構思對策；去年十月，阿太聯合了泰寧部的速把亥犯邊，他親率大軍擊破；今年正月，阿太又從靜遠、榆林入犯，為他督兵所敗，也促使他下定斬草除根的決心❹。

正月下旬，他想妥了完整的方案，並且調兵遣將，分派任務，一進入二月就付諸行動，目標非常明確的指向古勒、沙濟兩城——阿太所據的古勒城是正主，實力薄弱、一向依附阿太的沙濟城則是陪葬品。

恰好，見阿太勢盛而眼紅的女真圖倫城主尼堪外蘭來投效，遊說他出兵攻打阿太，並自願為嚮導；他正中下懷，順水推舟的答應了，還給了尼堪外蘭一塊兵符，命他率遼陽、廣寧兩路的兵馬圍攻沙濟城，而以遼陽副將監軍——沙濟城容易對付，去了兩路人馬已綽綽有餘；古勒城才是棘手的，他得親自出馬。

只是，事情有點意外——阿太個人的優秀度和古勒城的戰鬥力都比他的預估好了許多！

而也因為這樣，越發不能放過阿太……

想著，李成粱暗一咬牙，重新集中精神，仔細觀戰，戰場上，阿太再一次以單槍撲殺得勝，古勒城兵將們的歡呼聲也再一次如狂潮般的向他的耳際湧來。

心頭一緊，他不由自主的皺了一下眉頭，右手一揮，做了個手勢。

隨侍在他身邊的五子李如梅立刻屈身請示：

「父帥吩咐——」

李成梁懶懶的說了聲：

「鳴金收兵吧！」

李如梅一聽，眸中閃過一道詫異之色；但他自幼隨侍李成梁征戰，深知他說話、處事的習慣，更清楚他的吩咐一向不容他人置喙，除了聽命以外別無二途，因此立刻恭敬應命：

「是。父帥！」

他隨即開步走到臺前，立定後從懷中取出一面紅色小旗，高高的舉向空中，略停了一會兒，又將旗子按照左右前後的順序在空中揮舞了三下，舞罷將旗子收回懷中，然後退回到李成梁的身後。

頃刻，戰場上響起了一陣鳴金之聲，緊接著，明軍飛快的向正中央聚集；古勒軍看到這情形，也跟著收兵，並且在阿太的率領下井然有序的退回城裏。

兩軍都展現了高度的紀律，而李成梁目不轉睛注視的是敵方，但看後卻沒說話，只下達簡短的命令：

「回營！」

一回到營中，才坐定，他就命：

「傳——如梧、如桂！」

李如梅立刻應：

「是！」

不一會兒，帳外傳來一陣急促的腳步聲——才剛率軍回營，下了馬，連氣都還沒喘上一口的李如梧和李如桂跑著小步子進帳來了。

兩人戎裝未卸，一見李成梁，「刷」的一聲單膝下跪，異口同聲的說：

「孩兒攻城不力，請父帥治罪！」

李成梁剛從隨從手裏接過一碗參茶來慢慢的喝著，聽到兩人這一連串的聲音，連眼皮子也不抬一下，只管專心一意的啜著茶；李如梧和李如桂跪在地上，頭低得極低，身體連動都不敢動一下。

四下裏陷入了完全的寂靜中，原本就面帶憂色的李如梅，越發心急如焚，怎奈不敢出聲說情，只能任憑自己臉脹得通紅；兄弟三個，在自己父親面前，竟有如碎膽的耗子一般。

好不容易，過了一刻之後，有一聲「喀」發出，打破了寂靜——那是李成梁喝罷茶，順手將蓋子掩覆在碗上的碰撞聲，然後才是他長長的吁氣聲，尾音拖了好一會兒，接下去慢條斯理的說：

「你們起來吧！方才的戰況，我親眼目睹，怪不得你們——」

赦書下了，他的三個兒子全都暗自鬆了一口氣。

李如梧和李如桂更是連忙叩首，異口同聲的說：

「謝父帥——」

說完，兩人分別再磕一個響頭，才掙扎著已經跪得半麻的膝蓋站起身來，垂手低頭，侍立在李成梁跟前。

李成梁狀似意態悠閒的看了兩人一眼，淡然問道：

「你們都看到了？古勒城不容易攻打——如梧，你倒說說看，經歷了方才那一戰，心裏想出了什麼制敵的良策？」

李如梧囁嚅著回答：

「父帥，孩兒還記得，八年前，父帥率領孩兒們攻打王杲時，用的是火器，這次……」

他答話的態度極其小心謹慎，可是，李成梁還不待他把話說完，就已經連連搖頭：

「現在，和八年前的天時、地利都大不相同，哪裏還能縱火？沒有留意到風向？大雪天？」

「是。孩兒錯了！」李如梧驀的羞紅了臉，但也立刻改換成堅定的口氣說：

「孩兒會牢牢記住父帥的教導！」

李成梁卻不理會他，轉眼向旁：

「如桂，你呢？」

李如桂趁著李如梧答話的時候，心中已經盤算好了說詞：

「父帥，孩兒以為，阿太雖然勇猛，古勒城畢竟是座小城，兵丁、糧草都有限；何況，古勒城的地勢依山據險，雖有利於防守，卻因為背山，而沒有退路，阿太想要越山脫逃，勢必得在這大風雪中翻越杳無人跡的冰山，那更是不易——所以，孩兒想，既然攻城對陣都討不了阿太的便宜，何妨就用這個『甕中捉鱉』之計，將古勒城團團圍住，日子一久，城中糧草盡了，自然不得不降！」

李成梁聽了他這番話，嘴角微微牽動了一下，鼻孔裏哼出一聲冷訕來說：

「倒是一條十拿九穩的下下之策！」

霎時，李如桂也窘得紅著臉低下頭，不敢再說話；幸好，李成梁並沒有要責罵他們的意思，話就點到為止，接下來便揮揮手，說：

「你們都下去吧！去挑幾匹快馬，派幾個伶俐的人，到沙濟城那邊去看看動向，順便催催尼堪外蘭！」

這是任務，也是他兄弟二人的下臺階——李如梧和李如桂當然心中一喜，而表面上畢恭畢敬的上前屈膝：

「是！父帥，孩兒遵命！」

兩人一起退出，李成梁接著吩咐李如梅：

「你也下去吧——先去看看後軍和如楠那邊的狀況，叫他們把確實的糧草數目報上來！」

「是！父帥。」

三個兒子都走了，營帳中只剩下李成梁獨坐，儘管身後依舊站滿了侍衛、家將，四下裏卻冷清了下來；他的耳中還聽得到兒子們漸去漸弱的腳步聲，情緒不由自主的起了變化，心中油然生出感慨，口中跟著發出一聲長嘆。

兒子們的表現令他失望，虎父犬子，已成定局——他有九個兒子：如松、如柏、如楨、如樟、如梅、如梓、如梧、如桂、如楠❺；在自己的羽翼下，這九個兒子的錦繡前程與榮華富貴全都不成問題，不說有世襲的職位，就是憑為他們所製造的軍功，至少也都蔭個總兵官或副、參將；但是，這九個兒子個個才智平庸，武藝普通，膽識、氣度、襟抱都毫無過人之處，根本不是做大事業的材料，沒有一個能繼承他「寧遠伯」鼎盛的武功和事業！

「生在這樣的鐘鳴鼎食之家，原該比別人強……」

他一向馭下極嚴，對兒子的態度尤其嚴厲，怎奈兒子們全都是資質普通的平凡人，給他們什麼樣嚴格的教養都沒有用！

想著，心裏便不由自主的勾起了自己早年的回憶：少時家貧，寥落得幾乎無以維生，因而自幼嘗遍人間的辛酸，世態的炎涼，吃過千種苦，度過百樁難，全憑撐著一口氣，苦苦的咬牙熬過來；而後，雖然襲了職位，卻是經歷了數不清多少次的大小戰役，在戰場上一刀一槍的與敵搏命才積下軍功來換得上進；幾十年間身經百戰，身上留下的刀劍槍戟各種傷疤歷歷可數，而且還得處心積慮的結交權貴、阿諛當道——「寧遠伯」的爵位得來不易啊！

但，這些回憶，只是令他更加深傷痛——自己費盡千辛萬苦，九死一生才掙來的爵位，根本沒有一個出色的兒子來繼承——只怕，自己這本朝第一的事業，要及身而止了！

他的眼神中不自覺的流露出一股落寞與悵惘來，心裏默默的自言自語：

「難道，這竟是我在戰場上殺戮太多的報應……上天竟然不給我個好兒子！」

是怨天，也是尤人，更是傷感、遺憾、無奈；已近暮年了，他的眸光中現出了歲月的無情，那是一種蒼老的神色；他沒有法子不讓自己的思緒掠到身後事去。

「假若，如松他們幾個中間，有一個如我當年一般就好了！」

他想著，驀然間，眼前掠過了一個人的影子，一個雄姿英發的少年俊傑；他飛快的捕捉自己的思緒，留住這個影子。

「阿太……啊，不，是努爾哈赤！」

是努爾哈赤！

他心中的影像更明確了些——是努爾哈赤！他聰明睿智，英俊魁梧；更重要的是，他處在困難的環境中，不但不氣餒，反而更堅強、更勇敢的面對困難的挑戰！

「這孩子，將來必成大器——」

早在六年前，他就暗自發出過由衷的讚美；那時，努爾哈赤剛被送來做人質，才十九歲，但是氣度不凡，他一看就認定這個少年不是池中之物，於是青眼相加，甚至故意多給他學習、磨練的機會，多次出征都帶他同行，有一次還趁他苦戰不懈而受傷的時候，引經據典的訓誨他：

「天將降大任於斯人也，必先苦其心志，勞其筋骨——你遇上的這些艱難凶險，都是磨練！」

可是，在此刻，突然想起這些來，只是平白讓心中增加一分惆悵：

「只可惜，他不是我的兒子……如果是，那該有多好！」

悵惘和失落感更重了，他愣愣的出神，一雙細長的眼睛沒有目標的張望著前方；而就在這時，營帳外傳來一個宏亮的聲音，打斷他的思緒：

「父帥，孩兒如桂告進！」

「進來！」

李如桂一進帳就恭敬的報告：

「啟稟父帥，尼堪外蘭有捷報傳來了——」

一聽這話，李成梁先是微微一笑，而後嘿然道：

「這傢伙，倒也不完全是個酒囊飯袋！」

李如桂稟道：

「他攻下了沙濟城，而且屠了城——此刻正帶著城主阿亥的人頭往這裏趕！」

李成梁點了點頭：

「唔，很好！」

李如桂還有下文：

「父帥，另外有一件事十分蹊蹺——據探子來報，有兩個人，各騎一馬，又帶著兩匹馬往古勒城去，一人已經進了城，一人還留在城門口；就外貌看，這兩人有點像是建州左衞的覺昌安父子！」

李成梁下意識的脫口「咦」了一聲：

「覺昌安？會在這個時候上古勒城？」

但隨即會意：

「喔！是了！他跟阿太是親戚——」

而接著又沉吟起來：

「他明明與我有私約，這個時節，怎麼會公然露面呢？」

說著卻問李如桂：

「你親眼看清楚了？確實是覺昌安父子？」

李如桂囁嚅了一下，終究還是低下頭，降低聲音，實話實說：

「孩兒不曾親眼目睹，是探子來報！」

這下子，李成梁皺眉了，隨即以他一貫的、帶著令人不敢抗拒的威嚴、不會遲疑的信服力的聲音、語氣命令李如桂：

「親自去看清楚——如果真是覺昌安父子，裏面必然大有文章，要查個一清二楚！」

李如桂當然應：

「是。孩兒遵命！」

等他走出營帳，李成梁的眉頭皺得更緊，一面思忖，一面喃喃自語：

「覺昌安這老小子一向有心機，有城府，說話只帶七分真……現在還公然上古勒城，不曉得又懷了什麼鬼胎！」

說著，竟不自覺的伸手做了個手勢，而且沉聲吩咐：

「來人啊，盆裏的火不夠了，加點料，燒旺些！」

註一：蘇克蘇滸河亦稱蘇子河。
古勒城在今遼寧省新賓縣上夾河鄉勝利村。

註二：《明史．李成梁傳》：「……高祖英自朝鮮內附，授世襲鐵嶺衛指揮僉事，遂家焉。」

註三：《清史稿．王杲傳》記，王杲在嘉靖年間為建州右衛都指揮使，但桀驁不馴，時與明邊疆發生衝突；萬曆二年七月，王杲誘殺明守備裴承祖，並聯絡土默特、泰寧諸部，圖犯遼、瀋，李成梁率軍包圍王杲城寨，以火器進攻，王杲敗逃，投奔哈達萬汗，但萬汗將王杲俘獻於明。

註四：王杲死後，其子阿太走依萬汗長子扈爾干，而心中念念不忘父仇；萬汗死後，扈爾干勢衰，阿太附北關合攻扈爾干，又數犯孤山、清河等地，勢力漸大。
泰寧部與朵顏、福餘合稱「兀良哈三衛」，位在黑龍江南、漁陽塞北；《明史．外國傳》記，明太祖洪武二十二年置此三衛指揮使司。
「兀良哈」在《蒙古源流》中記為「烏梁海」；本意是在樹林中打獵的人。
日本學者和田清著《明代蒙古史論集》（潘世憲譯，北京．商務印書館．一九八四年）收錄其〈兀良哈三衛的根據地〉、〈兀良哈三衛之研究〉兩篇重要論文。

註五：《明史．李成梁傳》後附其弟成材、子如松、如柏、如楨、如樟、如梅之傳。李成材當時任參將。

3

雪白的灰裏窩著紅炭，銅火盆裏散出宜人的溫暖，她因為心中喜悅，分外覺得一室如春，而自己是春風中的璀璨繁花。

對著銅鏡而坐，雪靈宛如黑緞般披垂下來的髮長及於地，柔若流雲，緩緩飄曳，她以一把雕花象牙小梳輕輕梳髮，隨意瀏覽著鏡中自己的盈盈甜笑，不自覺的隨口低唱：

春日宴，綠酒一杯歌一遍，再拜陳三願：一願郎君千歲，二願妾身長健，三願如同梁上燕，歲歲長相見……

詞句是五代詞人馮延巳的〈長命女〉，詞意卻是她自己心中的似水柔情，因而分外傳神，唱得物我兩忘。

她的容顏有如出水芙蓉般的清絕美絕，秀麗優雅，換回了漢式女裝，身上是一襲淡荷色繡花衣裙，頸上戴著一條如意結繫雙魚碧玉墜項鍊，於極其素雅中顯出嬝娜柔婉來，更因為心中有情，眼角眉梢多了三分嫵媚和一抹甜蜜；歌著唱著，反覆再三，整顆心沉醉在自己的情意和歌聲中。

直到兩下輕叩門扉的聲音響起，才驚醒她的甜夢：

「雪靈——」

叩門而入的是努爾哈赤，她起身相迎，披垂的髮掀動若微揚的風，映襯得她臉上的笑靨更加甜美；可是，努爾哈赤的神色非常沉重，俊朗的眉目之間籠罩著濃郁的愁雲，進屋後一言不發的往炕上坐定，直著雙眼出神。

雪靈猜到他的心事：

「努爾哈赤，你還在為乾爹帶兵出城打仗的事憂慮嗎？」

努爾哈赤回眸定定的看她，隨即嘆氣：

「我真想出城去打聽個究竟——」

雪靈道：

「可是，一出廣寧城，遼東地方那麼大，女真人的城那麼多，沒有確定的目標，漫無頭緒，無從打聽呀！」

說著，她委婉相勸：

「且先忍耐，等他們回來再問吧！而且，乾娘說得有理，不會是打建州左衛的，你就別擔心了嘛！」

努爾哈赤依舊皺著眉頭，但是伸手握住了雪靈的掌心：

「我也知道，不會是建州左衛——但，我卻不知道為什麼，心裏隱隱有一種不祥的感應！心亂，煩躁，靜不下來！」

雪靈輕聲一嘆，緩緩的將臉頰依偎在努爾哈赤的胸口，柔聲道：

「再忍一忍——乾爹的性子你是知道的，他要出兵打仗，事先不會對任何人透露行蹤，所以，這會兒，府裏根本沒有人知道，也根本打聽不出消息來！」

努爾哈赤道：

「這些我都知道——但，我的心裏委實漲滿了不安、不吉的感覺，像有什麼不幸的事情要發生似的！」

雪靈無奈，只有改變談話內容——她婉言道：

「那麼，我陪你出去走走，散散心，好麼？」

她側仰著臉說話，聲音極其委婉，眸中流露著款款的深情與切切的關注，與努爾哈赤四目相對，如春水般溫柔的淌入他的心中。

於是，努爾哈赤點點頭，擁著她走回鏡前，幫著她梳起長髮，挽成雙髻垂髫，又為她披上一件大紅鑲白狐皮邊的斗篷，挽著她走出房中。

兩人漫步而行，在雪地上留下兩行清晰的足印；出了寧遠伯府，大街上疏落著幾戶普通的民房，因為逢著大雪天，家家戶戶都緊閉大門，街上往來的行人也少，顯得一片寂靜；兩人越走，人跡越少，走了一小段路之後，來到鼓樓前大街的石坊前才停下步來。

這座石坊別有意義，乃是朝廷為表彰李成梁鎮遼有功而建，形制為四柱三開間五樓式，通枋、欄板、斗拱等全用青色花崗石為材，浮雕著人物、花卉、鳥獸，柱前立著四獸，看來精美壯觀；坊上的豎匾大書「世爵」二字，其下橫書「天朝誥券」與「鎮守遼東總兵官兼太子太保寧遠伯」、「萬曆八年十月吉日立」的石刻❶——這一切，他兩人當然不陌生。

雪靈站在石柱邊，看看比她還高大的石獸上的積雪，又抬頭看看「寧遠伯」那幾個大字，不經意的隨口讚嘆：

「乾爹的鎮遼之功真是了不起！我聽府裏人說，本朝以非外戚的異姓，憑軍功封伯爵的，當代只有乾爹一位；再往前推，只有武宗朝討平了宸濠之亂的王守仁❷——一百年才出一位呢！」

她是由衷之言，但，言者無心，聽者有意，一句「鎮遼之功」，宛如尖刀刺入努爾哈赤的心中，霎時間，他原本的憂煩加重了一倍，臉上愀然色變，舉頭望空而一言不發。

冷寂橫在兩人之間，氣氛僵住了；雪靈一回眸，立刻體會到了他的感受，心中暗暗自責：

「哎，我怎麼疏忽了？他是女真人——」

原意是陪他散心，不料弄巧成拙，她的心裏難過極了，想要補救，偏又不知道該說些什麼話才能化解僵局，只有緊緊的依偎著他，讓他感受到自己的歉意。

過了好一會兒，她突然心念一動，索性以一種堅定的語氣對努爾哈赤說：

「過幾天，等乾爹回來，稟明了他老人家，你就帶我回建州去吧！」

努爾哈赤驀的一愣，下意識的反問：

「回建州去？」

雪靈雙頰一紅，小聲的說：

「是啊！回建州——我們雖然可以長住乾爹府中，儼如自家；但……再過幾個月，孩子出世了，總不能不讓他認祖歸宗吧？」

她的神態嬌羞而誠摯，但，聽了這話之後的努爾哈赤，眼中卻悄悄的掠過一抹沉痛之色；他沉默了好一會兒，仰頭向天發出一聲嘆息，然後顫聲說：

「我自十九歲離家，到現在已整整六年，這六年來，我從不曾回去過……這件事，容我仔細想一想再說，好嗎？」

雪靈道：

「你是有礙難之處吧，但，事情總可以解決的——我聽乾娘說過，你是為繼母所不容，才離家寄居府中；不過，你既有祖父在堂，他必能為你作主；我想，咱們去求他老人家說句話；只要他肯，繼母便不好再為難你了！」

她說得合情合理，但努爾哈赤卻越聽心中越亂，深藏著的隱痛也開始浮動；他強自忍耐著，深深吸口氣，讓森冷的寒氣進入身體裏為他驅趕已經開始四竄的火焰；然後，他以極力控制下的平和語氣對雪靈說：

「咱們回去吧！」

回程的路上，一個旁人都沒有；白茫茫的琉璃世界裏，只有他兩人攜手同行，彷彿要走入天長地久裏去，更像是要走回心中永恆的家園。

入夜以後，他失眠了。

心中充塞著千萬道澎湃洶湧的熱浪，令他在枕上輾轉反側，燒灼的心胸隱隱作痛，逼得他不得不披衣而起。

推開房門走出去，在風雪中踱步到後園；園裏樹樹梅花怒放，交織成一張濃香郁馥的網；他置身在冷香中，思緒是清明的，回憶更像排山倒海似的翻湧而來——離開家園那天的情景整個回來了。

背著簡單的行囊，牽著一匹馬，離開生長的地方；祖父和父親親自送他出門，出了赫圖阿拉城以後又整整走了十里路。

一路上，誰都沒有開口說話，只有送到盡頭的時候，祖父才淡淡的說了一句：

「你好好的去吧！」

他停下步子，牽著馬韁的手很自然的鬆開了；回頭一望，祖父和父親身體都站得筆直，衣服卻無風自動；祖父的半白髮辮一閃一閃的散著微光，像滴上了淚水。

熱血沸騰了起來，他翻身撲倒在地，激切的喊：

「孫兒拜別——」

註一：這座石坊現仍保存於北鎮縣。李成梁大敗蒙古圖們可汗的「圜山之役」發生於萬曆六年十二月，因功封「寧遠伯」應在萬曆七年，本石坊立於萬曆八年，為實物實證。

註二：王守仁亦為明代大儒、明代最重要的思想家之一，其「陽明學說」影響後世至深至遠，詳見黃宗義《明儒學案》等著作述論。平定宸濠之亂後，王守仁被封為「新建侯」，後改世襲伯爵，詳見《明史》本傳。

4

覺昌安獨個兒待在客房中，好幾次險險失手掉落拿著的茶杯；他心亂已極，耳朵裏還不時聽到屋外傳來亂烘烘的聲音，增添他的焦慮，更令他坐立不安。

來到古勒城好半天了，不但原來想做的事一件也沒做成，還被請進這客房中，半晌無人理睬——他心急如焚，怎奈無計可施，愁煩得一頭半白的髮幾成全白。

好不容易，客房外傳來了腳步聲，緊隨而來的是叩門聲；他登時雙眉一揚，跨出大步去開門；不料這麼一來，手一鬆，茶杯立刻掉在地上，發出「哐噹」一聲；他顧不得這個，搶步上前開門。

然而，來的人卻不是他所巴望的阿太夫婦，而是他的兒子塔克世❶；他不免失望，下意識的發話：

「你怎麼來了？我不是叫你在城門口等著嗎？」

塔克世小聲的回應：

「阿瑪，我已經等了大半天，天都快黑了，還等不著您出城，不能不進來了呀！」

理由充足，覺昌安沒再往下說，先讓他進屋坐下，然後才詳詳細細的告訴他：

「我來了以後，事情進行得很不順利；阿太不肯投降，大妞也不肯跟我走；我要跟他們分析利害，他們卻要先去跟士卒交代事情，說好回頭過來，卻半天沒影兒——唉！我看，他們是根本不想和我說話！」

塔克世默默的聽著，隨即頓了一頓，放低了聲音說：

「我在城門口這半天，仔細察看了情勢，覺得不妙——今天，阿太固然逼退了李成梁；但，李成梁的大軍已經在做準備，明天會傾全力而來，也必然會使出求勝的厲害殺著來！」

覺昌安搖頭嘆息：

「阿太年輕，不知道李成梁的厲害——李成梁在當代根本沒有敵手！他是百戰雄獅，怎會對付不了阿太這初生之犢？」

而他說的一點也沒錯——此刻的李成梁正全副戎裝，八面威風的高坐在虎皮太師椅上；雖然時近黃昏，高齡的他看起來仍顯得精神飽滿，容光煥發，尤其是眸光中閃爍著得意的神色，洩密似的展現了心中潛藏的自信。

火盆燒得極旺，熊熊的烈火發出豔紅的光，將四下裏映出帶著詭異的洋洋喜氣來，也將李成梁映得彷彿一下子年輕了十歲，原先已經泛白的鬚髮全被映成了灰紅色，閃閃光亮的頭盔甲冑也化成了血紅般的顏彩。

李如梅屈身向他報告：

「啟稟父帥，尼堪外蘭已經趕到了，就在帳外候著。」

「傳！」

李成梁的命令簡短而充滿威嚴，而且，接下來的排場令人驚心動魄：

「傳尼堪外蘭進帳……傳尼堪外蘭進帳……傳尼堪外蘭進帳……」

如雷霆般的聲浪從李如梅到整齊排列的侍衞們，一波一波的此起彼落著傳到帳外，回音更是重疊迴盪不休；寧遠伯的軍威、氣派和架勢確是幾可比擬大明天子。

尼堪外蘭哪裏見過這等陣仗？一聽這有如排山倒海的傳呼聲浪，先就膽戰心驚；而李成梁又哪裏容得他遲疑？遣來的裨將們催促了一聲後，立刻不由分說的像挾持般的推他到帳前。

一排甲冑鮮明的持槍衞士從帳內整齊的排成一列長隊，延伸到帳外來，槍尖雪亮，令人望而生畏；隊伍後面豎著幾面大旗，招展得醒目且刺目，陪襯著營帳中再次傳出的威武雄壯的聲浪：

「尼堪外蘭到……尼堪外蘭到……」

尼堪外蘭的兩腿已經發軟發顫，卻因為後退無路，只有硬起頭皮來舉步前進；一名裨將提了個包袱往他手中一塞，道：

「喏，阿亥的人頭，拿進去表功吧！」

說畢且用力推他一把，讓他跌跌撞撞的進帳；他手捧包袱，心口怦怦亂跳，抬眼一見高高在上、氣勢凌人的李成梁，心中更是惶恐異常，下意識的「咚」一聲雙膝落地，口中稱道：

「圖倫城尼堪外蘭，參見大帥——」

「唔——」

李成梁閒閒的應了一聲，但連正眼都不看尼堪外蘭一下，也沒叫他起身，而讓他一直跪著，語氣更似漫不經心：

「你沙濟城打得怎麼樣啦？」

「大帥洪福！」尼堪外蘭連忙露出笑容，偏因為長了一口暴牙，顴骨又高，兩道眉毛靠得極攏，笑起來比哭還難看；他說話的聲音乾而焦，十分刺耳，神情卻滿是諂媚：

「沙濟城的人一聽大帥的威名，先逃走一大半，剩下跟著阿亥守城的人，才幾百而已——我們的大軍共有三千人馬，包圍了沙濟城，第一次攻城就大勝，殺了他們一百多人；夜裏，城中好些人想逃跑，溜出來，被我們抓到八十多個，通通殺了；第二天，攻城更順利，殺了主將，連同投降的，有兩百多人；第三天，沙濟全城人人自危，已經沒有戰力與鬥志，我們很快便攻破了城，殺了所有的人；城主阿亥在城破的時候已經自殺……我先帶了他的人頭，趕來給大帥報喜！」

說著高舉手中的包袱：

「敬獻大帥，沙濟城主阿亥的人頭——」

李成梁根本不回應，唯有兩名侍衞出列，過來接下包袱，捧到他跟前五步的地方，將包袱打開來，裏面果然是一顆血跡斑斑的人頭。

阿亥面色如生，睜著一雙怒目，緊咬著兩排牙齒，腦後烏黑粗壯的髮辮還是完整的，看來十分恐怖。

李成梁只垂了一下眼皮，往下一瞄就揮手示意；兩名侍衞立刻一躬身，迅速的將人頭用原來的包袱包好，提在手上，快步退出帳去。

尼堪外蘭見狀，心中一快，自認為大功告成了，連忙又向李成梁磕了一個響頭，口中稱道：

「恭喜大帥——大帥洪福，我軍大獲全勝，斬殺無數，為大帥立下軍威！」

李成梁斜斜睨他一眼，冷冷一笑，然後發出一聲嚴厲的喝令：

「來人哪！給我拿下！推出去砍了，梟首示眾，身子扔到野地裏去餵狗！」

四周立刻響起如雷的回應：

「是！」

整齊排列的刀斧手齊聲同喝，隊伍裏立刻湧出幾名大漢，一把架起匍匐在地的尼堪外蘭。

事情有如晴天霹靂打到尼堪外蘭身上，一隻魔手電光石火般的將他從春風春陽中推進結了冰的萬丈深淵裏；他拚死命掙扎出聲：

「大帥……饒命……饒命啊……」

他的聲音變得更難聽，像一段燒焦的木頭在鋸子下呻吟；頭縮在一個彪形大漢的肋下，手腳不停扭動，涕泗橫流的哀哭嚎叫：

「大帥……冤枉啊！我得勝，立功……大帥反倒要殺我……」

李成梁根本不理會他，嘴角盡是冷笑；幾個大漢架著尼堪外蘭轉過身子，往營帳外走去；尼堪外蘭被強行架著膀臂拖著走，身不由己，動彈不得，只餘口中還在殺豬似的叫：

「大帥……我無罪，我立了功呀！」

他一路喊叫，快到帳外的時候又補一句：

「大帥這樣殺我——我死得不明白啊！」

聽到這話，李成梁的態度改變了，吩咐：

「回來！」

大漢們得令，又把尼堪外蘭架回李成梁跟前，幾個人一起鬆手，尼堪外蘭便像肉餅一樣被摔到地上；他匍匐著，嗚嗚的向李成梁哭訴：

「大帥，我為大帥帶兵滅沙濟城，這，就算沒有功勞，也有苦勞啊……我為大帥盡心盡力的賣命，大帥反要殺我，我死也不瞑目啊！」

李成梁輕聲一哼：

「你想要死得明白麼？」

尼堪外蘭頓首大哭：

「大帥要殺我，我不敢不死！但求大帥讓我知道自己的過錯之後再領死——」

李成梁輕蔑的看他一眼，對他說：

「你犯的過錯還不大嗎？死有餘辜，自己還不知道？」

說話的聲音冷峻而嚴厲，尼堪外蘭聽得膽戰心驚，伏在地上一動也不敢動；整座營帳中鴉雀無聲，李成梁厲聲的數落也就更具威嚴：

「你嫉古勒城的阿太在女真人中的聲望凌駕了你，就來求本帥出兵；又說阿亥一向聽服於阿太，要求本帥一起攻伐；結果呢？你領三千兵馬去攻沙濟那種勢弱的小城，卻用了三天時間，折損五、六百人馬才下城；古勒城這邊呢，阿太勇不可敵，三番兩次弄得我方損兵折將，遲遲不能取勝——你還不罪該萬死嗎？來人，快將他拉出去，用他的心肝來祭我陣亡的將士！」

刀斧手們再一次發出雷霆般的齊喝：

「是——」

尼堪外蘭幾乎魂飛九霄，結結巴巴的顫聲哀求：

「是……是……我，我，罪該萬死……但，但，但求大帥念在我的苦勞……饒我一命……我，我願戴罪，為大帥立功……」

李成梁冷笑一聲：

「你還能再立什麼功？」

尼堪外蘭邊顫邊說：

「我……我願……破古勒……」

李成梁「嗤」的一聲，目中盡是鄙夷：

「就憑你？」

尼堪外蘭磕著頭說：

「我，我雖不能……力敵，但……可以……想，想出計謀……智取！」

李成梁道：

「憑你這顆腦袋，能想出什麼好計？留你無用，還是拉出去砍了吧！」

尼堪外蘭的額頭早已磕破，皮破處沁出了血，但他還是沒命的連連往地上重重的磕了又磕。

「求大帥，再給我一次機會——」他跪求哀哭，眼淚混著血跡，臉上一片模糊，嘴裏不停的說：

「我一定會想出一條置阿太於死地的計謀，求大帥開恩！」

李成梁板著臉不作聲，跟前的李如梅看著他這等狼狽可憐模樣，一面暗笑，一面上前兩步，向李成梁施了一禮，試著替他說情：

「父帥開恩，饒了他這次，讓他戴罪立功吧！」

尼堪外蘭也立刻把握機會，連連磕頭求說：

「大帥開恩！」

李成梁沉默了一會兒，倏的一抬眼皮，銳利的目光直掃尼堪外蘭；尼堪外蘭哪裏敢直視他，一個勁的磕頭求饒；李成梁又是一聲冷笑：

「饒你這狗賊奴一次死罪——來啊！把這狗賊奴的手腳都綁起來！」

「是！」

幾名大漢再次應聲而出，取過繩索，將尼堪外蘭綑綁了個結實。

李成梁這才丟下命令來給尼堪外蘭：

「快快想出破古勒的計謀來——今夜，想不出來就不許吃喝，到明天還想不出來，就丟到雪地上去受凍；要是拖延到後天，本帥便命人到雪地上去，剝光你的衣服，讓你活活凍成冰棍！」

說完，他昂首起身，跨開大步，走往後帳去了；接著，大隊的家將、侍衛、隨從、刀斧手，外加李如梅、李如梧、李如桂等人全都一起尾隨，魚貫而出，不多時便走光了，偌大的空間裏只剩下人豕似的尼堪外蘭，獨自跪伏著，心裏悄悄的發出呻吟：

「我這是何苦來……為了對付阿太，招惹了這個魔頭……把自己整得這麼慘……」

他固然悔不當初，李成梁卻是一走進後帳就忍不住笑出來，臉上盡是得意之色，一面自言自語：

「這狗賊奴，諒你能有多少膽量，也配在本帥面前說話！」

說著，他緩緩的在上首的高椅上坐下來，接過隨從遞上來的參茶，一飲而盡，然後吁出一口暢快的氣來，才又吩咐李如梅說：

「不用等到天亮，他就會想好主意的——是女真人，才想得出對付女真人的最狠最毒的絕招——天亮前，打發個人去問問！」

「是！」

李如梅應畢，他且把目光轉向李如桂，慢條斯理的問：

「覺昌安父子的動靜，弄清楚了嗎？」

李如桂連忙恭敬的回答：

「孩兒親自去看，那人果然是塔克世；到了黃昏時分，也進城去了；直到天黑，未見他父子出城；孩兒曾要探子特別留意，是否有建州左衞的人馬出動，來援古勒；但，探子回報說，沒有——」

李成梁冷哼道：

「這個老小子，叫他畫古勒城的地圖來，混到這個時候還沒有交上來——要是還敢帶了人馬來攪局，他建州左衞就別想留一個活口！」

李如梅插嘴問：

「他們趁這個時候上古勒城，該不會是想趁亂撈點好處？」

這個話，李成梁沒有表示意見，而只是下令：

「加派人手，特別仔細監視——」

不料，命令只下了一半就被帳外突然傳來的聲音打斷：

「啟稟父帥，孩兒如梓有急事，告進！」

「進來！」

李如梓一進帳，先是單膝下跪行禮，繼而飛快的報告：

「京師有快馬到，是二叔派人飛報，說李定李公公已私下悄悄啟程向遼東而來，有要事與父帥密商——」

接著又補充說明：

「快馬先到，李公公的腳程大約慢兩天！」

「喔！」

事出突然，李成梁心口一陣狂跳，臉色沉了下來，腦海飛快旋轉；他直覺的認定京中又出事了！

接著便向李如梓追問：

「來人還有沒有別的話？」

李如梓道：

「沒有了！只是李公公走得急，二叔連信都來不及寫，只命他傳這句口信！」

他明白了，事情嚴重、緊急；但，和這些才智平庸的兒子們是商量不了的，於是，他故意放淡口氣，說聲：

「知道了！」

隨即一揮手，做了個要人退下的手勢。

兒子們退走後，他立刻沉入思考中；這是他多年來的習慣，無論大小事情，只要是必要的，他都要反覆再三想個透徹——他的思慮縝密精細，處事小心謹慎，做人圓滑周到，性格堅忍剛強，本是他一生事業成功的主要原因——他深深明白，凡事要連一絲細節都不放過，才不會造成失誤，才不會有失敗的記錄；更何況，現在要面對的會是一件天大的事！

李定突然私自出京到遼東來找他，絕對有非比尋常的事——這事遠比覺昌安父子的動靜和企圖重要多了——他心中的關注點轉移了，全副的精神都用在思索李定來遼的事由上，而且越思越想越不安：

「必是朝中又有了什麼變故——」

朝中已經接二連三的生變，先是去年六月，內閣首輔張居正病逝；十月裏，司禮太監馮保失勢被謫❷；兩人原本都是權勢薰天的人，一死一被謫，當然是影響深遠的大事；而這兩個人都是他的重要靠山——靠山倒了，他哪敢不全神貫注的留意情勢的變化？哪敢不加倍小心、加倍努力的來保住自己的功名？

李定本是馮保最重要的心腹太監之一，也是他以往結交、巴結馮保的重要管道，兩人本有深厚的情誼——他翻來覆去的想著：

「明天，先逼著他們攻破古勒城，後天趕回廣寧，迎著李定，仔細談談——」

朝中的新變局，他難以猜測，但，無論李定來找他是什麼事，他都要向李定把朝廷中的現況問個一清二楚，尤其是這三個月來他最放在心上的一個疑問：

「馮保為什麼失勢？萬歲爺是他親手照顧長大的，怎麼落得這般下場？接下來還會有什麼牽連？」

其次，當然是當今的萬曆皇帝朱翊鈞對自己的態度——他忐忑不安的想著：會不會因為張、馮這兩個大靠山倒了而改變呢？

他是邊帥，出鎮遼東多年，極難見到皇帝的面，要想捉摸皇帝的心思只有依靠太監；尤其是當今的萬曆皇帝，才二十一歲，親政不久，而少年心性，直如人海般的變幻莫測……

註一：覺昌安有五個兒子，分別是禮敦、額爾袞、界堪、塔克世、塔察篇古，其中禮敦之女嫁阿太，塔克世生努爾哈赤。

註二：明朝本設有宰相，但自明太祖連殺三個宰相之後就廢止了宰相制，罷中書省，六部便直屬天子。後來設立了「內閣大學士」，本只屬顧問性質，或為太子師；中期以後，內閣的權力日重，大學士中的首席和次席便稱為「首輔」、「次輔」，雖然名義不同，但已是實質的宰相、副宰相。而且因為明制，六部尚書在名義上的品級較高，因此多以尚書兼大學士，方能為首輔。宦官則分「內十二監」，分別為司禮監、內官監、御用監、司設監、御馬監、神宮監、尚膳監、尚寶監、印綬監、直殿監、尚衣監、都知監。其中司禮監最重要，監內除了如制的掌印太監以外，還有「提督太監」，主管宮內一切宦官的禮儀刑名，「秉筆太監」甚至替皇帝批奏疏。張居正和馮保在萬曆繼位時即出任內閣首輔和司禮太監，時間長達十年，對明朝中葉的歷史有重大影響；張居正之死的影響尤其長遠，餘波盪漾多年。

5

二十一歲，生命中隱隱藏著一股春水破冰般的靈動，風箏飛天般的昂揚；他急於擺脫舊有的束縛，也急於塑造一個全新的自我；儘管白皙、俊美的臉上猶帶三分嬌養與稚弱之氣，清澈、明亮的眼眸中卻飽含著揚帆待發的衝力；他是大明朝的少年天子，萬曆皇帝朱翊鈞。

張居正已經不在了，那個寄望他締創「萬曆之治」而如嚴師般管束著他、且替他掌管了十年國政的張居正已經不在了，他已是名副其實的一國之君，時代的領導人；但，就在這美好的紅杏枝頭春意鬧的二月裏，他正襟危坐所閱讀的竟是言官們攻擊張居正的奏疏。

作為御書房的文華殿裏，布置、陳設都是普天之下最一等一的講究，既保有皇宮裏金碧輝煌的特色，也特別營造出一股書卷氣來；地上鋪著厚重柔暖的織花羊毛地毯，上置紫檀木雕花几椅，几上的宋窯青瓷花瓶中養著瓊枝，壁上懸著昔年宣宗皇帝御筆親繪的〈三陽開泰圖〉❶；他坐在鋪著正黃色織錦軟墊的雕花九龍椅上，桌上的文房四寶靜靜的陪伴著他——一切都美好無瑕，但他的眉頭卻越來越靠攏，幾乎每讀一行就聚緊一分。

太監們送上來的奏疏有十多本，厚厚的一大疊，他才讀完第一本，心緒就已經扭成一團：

「怎麼會這樣呢？會是……這樣的嗎？」

他重複著喃喃自語，既不相信自己所讀到的內容是真實的，但也沒有完全不接受，而痛苦的感覺爬上了心扉……他忍不住伸手蒙住自己的臉，手中的奏疏立刻掉落在地。

陪著他在一旁靜坐的淑嬪鄭玉瑩，原本正在低頭看書，被這些聲響驚動了，抬頭一看，嚇了一大跳，連忙過來，柔聲的問：

「萬歲爺，您怎麼了？」

邊說邊用手去輕拍他的肩臂，朱翊鈞從自己的手掌中緩緩抬起頭來，臉上已經脹成通紅，但他強忍著，不想對她說出心中的感受，因而掙扎了一下之後隨口胡亂解釋：

「啊，啊，奏疏太長……看得朕眼花了！」

而這話，就連站在他身後侍立的小太監們都無法置信，鄭玉瑩當然更清楚他在搪塞，但她不想說破，而是笑吟吟的順著他的話頭接下去：

「眼花是累了，萬歲爺請歇會兒吧！」

說罷立刻指揮小太監們上熱茶、上點心來，一面又向朱翊鈞說：

「臣妾給萬歲爺說點奏疏以外的有趣事兒解悶吧！喏，臣妾方才讀本朝梁辰魚所撰《浣紗記》，裏頭有一段，真是好笑：西施與夫差泛舟採蓮，西施竟唱起北宋蘇東坡所作的詞〈洞仙歌〉來了！」

「什麼？」這下，朱翊鈞的興頭被引起，心思被轉移了，他張大了眼睛問：

「會有這種事？」

鄭玉瑩取過書來交給他，指著說：

「萬歲爺請看！」

朱翊鈞看了兩行，立刻捧腹大笑：

「戰國時代的美女唱宋詞……哈……哈……果然……好笑……好比是張飛打了岳飛，唐明皇娶了貂蟬……」

鄭玉瑩也跟著大笑，兩人笑成一團，他的愁雲頓散，甚至，他忘情所以的笑著抱起鄭玉瑩轉圈子，轉得鄭玉瑩的髮絲和裙襬都飛散開來，也幾乎笑岔了氣，過了許久才漸漸平息。

他還滿口稱說：

「好，好，好——好個天下妙文！你再給朕找找，還有這樣的笑話，都找來給朕瞧瞧！」

鄭玉瑩人在他的懷裏，沒能盈盈下拜，卻一樣能用香甜得如水蜜桃汁般的聲音行禮：

「臣妾遵旨！臣妾一定盡力去辦，絕不辜負萬歲隆恩！」

幾句話把朱翊鈞哄得更高興，索性親起她的臉頰來……十五歲的她被選入宮，冊為淑嬪才只半年多的時間，就憑著出色的美貌和聰明機靈贏得了他的心，成為後宮中最得寵的佳麗；而扭轉乾坤似的改善朱翊鈞的情緒，這已不是第一次——這份靈巧婉媚，善於引導，是她最異於常人的本事，使她在後宮中輕而易舉的擊敗年齡與她不相上下的正宮皇后和其他妃嬪，成為他心中的第一人。

大笑開懷的朱翊鈞則直到大半天之後才再想起「張居正」這個人來，而心情既變，語氣也就完全不一樣：

「原來傳奇中有這麼滑稽、這麼好笑的內容，朕一點都不知道——以往，張先生不讓朕看這些書！」

說著，他竟學起張居正那副道貌岸然、蒼老持重的神情和口氣來說：

「南唐李後主的詞冠蓋古今，宋徽宗書畫雙絕，獨步天下，後唐莊宗擅串百戲，陳後主妙通音律；但，他們的這些本領非但不能使國家富強起來，反而導致國家滅亡——陛下英明，要引以為鑑，切不可重蹈覆轍！」

鄭玉瑩先是一聽他又提起張居正來，心裏暗自嘀咕：

「怎麼總忘不了那個糟老頭？」

但，接下來一看到他學那糟老頭說話，學得維妙維肖而滑稽之至，她登時笑彎了腰，拍著手喊叫：

「後唐莊宗算什麼？萬歲爺才擅串百戲呢！」

朱翊鈞生平第一次施展模仿別人的本領，就受到這樣的讚美，心中得意起來，興頭更濃，索性一鼓作氣的模仿下去：

張居正走路的時候，衣袍是文風不動的；說話的時候，眼珠子也是文風不動的；他的習慣動作是兩手持笏，舉在胸前，老半天不動，說話的內容必然引經據典——朱翊鈞開始擺出莊嚴肅穆的表情，放沉了聲音說：

「古之欲明明德於天下者，先治其國；欲治其國者，先齊其家；欲齊其家者，先修其身……老臣所誦係《大學》章句，殿下請複誦！」

說完，他再怎麼竭力忍耐也控制不住了，「噗哧」一聲笑了出來，隨即放開嗓門前仰後合的大笑，又順手把已經笑得喘不過氣來的鄭玉瑩拉過來擁在懷中，兩人一起笑得像稚齡的孩子。

笑得眼淚掉了出來，眼前一片模糊，但他過了許久才意識到，才伸手擦拭眼角，卻也分外珍惜這場生平第一次擺脫掉束縛、肆無忌憚的開懷大笑；笑夠了，他仔細的向鄭玉瑩補充說明：

「這是朕六歲，被冊為皇太子時，行『東宮出閣講學』❷，第一天受的教——那時，張先生還不太老，講經史，能一口氣說上兩個時辰不停；而且，給朕展讀的《帝鑑圖說》，每一筆都是他親手寫、親手畫的呢！」

說著說著，他且得意了起來：

「只是，他絕想不到，朕現在會學他的樣子來取樂，把他說過的話都弄成笑話！」

言官的上疏指陳已經不重要了，重要的是他心裏面，張居正的嚴肅形象被打破了，他丟開了張居正所加負在他背上的包袱，他豁然開朗，他不再乖乖的接受別人對他的期許和束縛，他頓覺輕鬆自在；在人生的路途上，他又往前跨了一大步。

他從六歲開始就被寄予「治國平天下」的重望，接受嚴格的「做皇帝」的教育，長達十五年的時間都生活在尊貴、單調、嚴肅而且充滿了壓力的生活裏，練習做一個周遭的人所期許的聖主明君。

一開始，他的表現很令人滿意——六歲的他，具有聰明、乖巧、懂事、孝順、好學等等優點，讓皇宮裏的人都拿他當「神童」看待。

有一次，他的父親穆宗隆慶皇帝朱載坖在宮中騎馬，一時高興，放轡馳騁起來，小小年紀的他竟上前進諫：

「父皇是一國之君，天下之主，尊貴無比，獨騎馳騁，不免令臣民們暗中擔憂！」

朱載垕聽了，對他的聰明懂事大表驚訝，立刻下馬，好好的獎賞了他一番；自己沒有兒子、一向疼愛他的陳皇后和他那宮女出身、因生了他而進位為貴妃的生母李氏，更是欣慰得熱淚盈眶。

十歲那年，朱載垕駕崩，他繼承皇位，成為「萬曆皇帝」；從此也步入父親的後塵，失去了單騎馳騁的自由。

同時，朝政起了變化：隆慶朝留下的內閣首輔高拱已是三朝元老，視沖齡即位的他和陳、李兩宮太后為婦人孺子，態度倨傲而目中無人，引起眾多反感；閣臣中排名僅次於高拱的張居正掌握住時機，聯結了一向有交情的司禮太監馮保，以兩宮太后的詔旨逐走高拱，自己登上首輔的寶座，也大受太后們的器重和禮遇，他則對張居正事以師禮，尊稱為「元輔張少師先生」，並且賦予無上的政治權力❸。

從此，張居正大權獨握，長達十年；而在此之前，張居正就以擔任太子太傅、吏部尚書的職務，成為他名實皆具的老師；由此之後，張居正和他的母親李太后，以及照顧他長大的太監馮保組成了一個鐵三角，既是國家的權力中心，也是他童年至少年的歲月中最親近的三個人。

而這三個人如出一轍的帶給他高度的期許和壓力。

李太后出身寒微，因緣際會，做了皇帝的母親，便特別寄望這個兒子成為有史以來最優秀的皇帝，因而給他特別嚴厲的管教；首先，她從原住的慈寧宮搬進乾清宮，和他一起居住，以便照顧他的生活；在生活上，她全心全意盯緊兩件大事，一是他的教育，一是早朝。

他從被立為皇太子，行「東宮出閣講學」，便由張居正擔任主持，其下有五位主講經史的老師，兩位書法老師和一位侍讀；登極後繼續受教，並且每月舉行三次「經筵」，滿朝文官都來聽講；但，這些講學的地點不在乾清宮而在文華殿；依禮，太后不出席；於是，不放心的她派出了馮保等心腹太監，藉伺候為名，在課堂上仔細留意他求學的精神和成績，只要偶有偷懶、耍賴、頑皮的行為，或者經書背得不夠流利純熟的話，一回乾清宮就會受到她的責罰。

早朝則攸關體制，她更要認真監督。

依例，每天天未明，皇帝便在中極殿❹接見文武百官，商議國事；他以沖齡即位，臣下們為他做了修改，改為每旬逢三、六、九日才舉行早朝，一個月共舉行九次；這九天便是他的受刑日——十歲的孩子，哪能在五更天起床呢？李太后便親自督促，不是大聲叫醒，便是命太監們硬把他抱起來，用冷水給他洗臉，強迫他醒來上朝；而太監們為了完成任務，常常用力過猛，以致他的手腕上常有烏青出現……

馮保則是李太后最忠實的特務，最認真的任務執行者。

他從襁褓中就由馮保負責照料，不但穿衣吃飯沐浴梳頭等事全由細心的馮保一手包辦，連牙牙學語時的字彙也都由馮保教導；忠心耿耿的馮保做事謹慎周到，對他的照料非常周全，使他從小到大沒有得過大病，沒有因疏忽而磕碰摔跌受傷，因而備受器重，也成為他在生活上最親近的人。

從小，他就親暱的稱呼馮保為「大伴」，不但片刻不離身左右，甚且在私心中寄託了一份宛如父子般的親情。

但，日後他卻發現，馮保常常在背後出賣他——馮保每天都要一五一十的向李太后報告他的言行舉止、學習狀況，連一點小錯、一絲小懶都不放過，以致李太后對他的一切都瞭如指掌而毫不容情的責罵他。

而這一切都是形式——長大後，他完完全全的明白了，李太后和馮保的作為都只是形式，真正在骨子裏操持著這一切的人是張居正。

馮保只是奉李太后之命行事，而李太后目不識丁，從來沒有讀過聖賢書，哪裏知道「聖主明君」是什麼，「萬曆之治」又是什麼呢？都是聽張居正說的——她對他的期許，其實是來自張居正；甚至，她種種「愛之深，責之切」的做法也可能是來自張居正的建議！

張居正一心想做個名垂青史的人，想做個締創「萬曆之治」的名相，因而把希望寄託在他身上，要將他塑造成「堯舜禹湯」般完美的人，要他做一個完完全全合乎自己理想的人，以完成自己的心願。

因為寄予重望，所以要求特別嚴格——從他六歲做「張先生」的小學生開始，就日復一日的背誦、研讀張居正所選定的經史典籍，和張居正親手為他繪寫的《帝鑑圖說》，專注的聆聽張居正講述治國平天下和做個聖明之君的大道理；只要稍微不認真學習，就會受到張居正厲聲的「勸諫」和李太后的責罰；因此，他不敢不認真、努力學習這些枯燥乏味的大道理，努力忍耐這些嚴格的教育和壓力，努力按照別人的希望和期許生活；長達十幾年，他不能做別的事，沒有休閒活動，沒有娛樂……

而此刻，他更且驚恐的發現：

「以往，朕就像塊濕泥巴，張先生怎麼捏，就成什麼形——」

從小到大，連他所讀的書都是出自張居正的嚴格挑選——張居正控制了他的心智，一如控制國政！

更何況，張居正一心想用嚴格的教育把他塑造成青史上最完美的聖主明君，而自己的行為呢？

他不自覺的脫口對鄭玉瑩說：

「喔！他才不是聖人！他只曉得要逼朕做個聖人，自己卻做盡壞事！」

才過眼的言官的奏疏中明明白白的陳說張居正的罪行，說他擅權，說他營私，說他貪污，說他收受了數不清的賄賂！

而這話對沒有看過奏疏的鄭玉瑩來說，有點突如其來，不很明白話中之意；但她原有的笑意未歇，竟而不假思索的回了他一句：

「反正是個笑話而已，管他是不是聖人！」

朱翊鈞一聽這話，先是一愣，繼而又有了新的領悟，於是，他又笑了起來：

「是啊！他只是個笑話！」

這麼一個轉折，心情不一樣了——張居正不只是他偶然學樣取樂的對象，而根本就是一個笑話！

他高興得哈哈大笑，抱著鄭玉瑩又跳又叫：

「他根本是個笑話，做過的事，說過的話，全都可笑極了！他教朕讀的那些書，講的大道理，也全都是笑話！他活了一輩子，裝了一輩子的正經臉孔，都是笑話！」

他對他的期許，更是個笑話——他要徹底的抛掉它！

那個已經在肩膀上積壓了十五年之久的做個聖主明君的重責大任，更要徹底的抛掉它——因為那只是個笑話！

他快樂的告訴鄭玉瑩：

「朕想通了！著著實實的想通了——」

鄭玉瑩的笑容裏滴得出蜜來：

「恭喜萬歲爺！」

他自由了，他輕鬆了，而且，他不再是任張居正捏塑成形的泥巴，不再背負重壓；想通了這些，他同時得到了有生以來最大的快樂。

於是，他重新抱起鄭玉瑩來轉圈子，和鄭玉瑩一起放聲大笑，一起放聲尖叫，一起忘情所以。

不久，他就和鄭玉瑩一起陶然入夢；當然，即使入了夢，靈魂可以自由翱翔，他也不會飛到萬里長城外的遼東，去看一個年長他四歲、處境比他困難了千百倍的人，正伸出雙臂，開始接受他所抛棄的做一個聖主明君的重責大任……

註一：此畫現藏臺北故宮博物院。

註二：明制，皇太子自幼即受教於翰林院諸學士讀書，稱為東宮出閣講學。登極以後繼續就讀，並且每月舉行三次「經筵」，所有的師保、六部尚書、左右都御史、內閣大學士等政府官員都必須出席，一起聽當日的講官講學，內容大都是經史。

註三：明代的文官制度，太師、太傅、太保稱為三公，官階正一品，雖是加官的虛銜，但地位非常崇高。其次為太子太師、太子太傅、太子太保，官階從一品，名義上是太子的老師，張居正且實際負責輔導皇帝讀書，稱「元輔張少師先生」，多年後且稱「太師張太岳先生」。吏部尚書則是在吏、戶、禮、兵、刑、工六部裏最有實權的首長。吏部主管全國文官的升遷調轉，甚至有力量保薦其他各部的尚書。張居正既為內閣首輔，又被尊為少師、太師，掌管吏部，集天下尊榮與實權於一身。「兩宮太后」之稱，則是張居正為鞏固地位、拉攏宮中的做法之一；原來，明制，只有正宮皇后才可以在新君登極時被尊為皇太后，加上徽號；皇帝的生母如為其他妃嬪，只能稱「太妃」，不能稱皇太后；張居正為了示好萬曆的生母，這才打破成例，兩宮並稱為加上徽號的皇太后。陳皇后被尊為「仁聖皇太后」，李貴妃被尊為「慈聖皇太后」。

註四：明朝皇宮的三大殿初名奉天殿、華蓋殿、謹身殿，嘉靖四十一年重修完成後更名皇極殿、中極殿、建極殿；清朝又改名為太和、中和、保和三殿。

6

「我是為安邦定亂而生——」

一個堅定的聲音在心中澎湃，激盪成磐石般的信念；他仰頭向天，望著無限寬廣的蒼穹，追尋著那股支撐自己的意志與精神的力量；童年時，祖父、父親、母親分別向他講述過的祖先誕生的故事，彷彿從天而降，呼應著他的心聲。

上天賜給我們一座聖山，那是果勒敏商延阿林，長白山；它遼闊壯麗，巍然高聳，山頭終年覆蓋晶瑩潔淨的白雪，散發永恆的光明。山的頂峯上有天池，是江河的源頭；池的東邊有布庫里山和布爾湖，湖畔有瓊花異樹，煙嵐掩映著碧波，景色美如仙境。

不知是哪一年的春暖時節，有三位天女降臨湖畔，她們是恩古倫、正古倫和佛庫倫；湖水清澈如鏡，漣漪中搖曳著天光雲影和她們美麗的容顏，引她們入湖沐浴。

微暖的風輕拂，傳送著她們的笑聲；遠處的山谷響起回音，鳥雀開始歌唱，草木發出共鳴，遠在天外的神鵲振翅飛來，參與盛會，牠把口中銜著的朱果卸在佛庫倫的衣上，開始引頸高歌，讓山林更加熱鬧。

浴罷的佛庫倫上岸著衣，看到朱果時，她拾起來含在口中；但，朱果一下子就嚥進了腹中，接著，身體開始產生異常的變化：她有孕了。

她的身體沉重，不能飛升；於是，恩古倫和正古倫先返天界，獨留佛庫倫在湖畔待產。

嬰兒出生的時候，天剛破曉，晨曦初放，金芒萬丈，嬰兒的全身被映照得燦爛輝煌；佛庫倫看了說：「你應當姓愛新覺羅，名布庫里雍順。」

布庫里雍順相貌英俊，體格健偉，而且聰明睿智；佛庫倫告訴他：「你是我吞朱果所生，天意要你降生人世，為世人定亂安邦！」她給布庫里雍順一艘小船，自己飛回了天上。

布庫里雍順駕著小船，沿著天池的水源順流而下，來到山下，憑著聰明才智和勇武堅毅的特長，敉平了三姓間的爭戰，做了貝勒，在俄漠惠建了俄朵里城，子子孫孫永遠延續……

而後，這融合得如天籟的聲音有了轉折：

「這就是愛新覺羅的祖先——努爾哈赤，你要牢牢記住，愛新覺羅是為定亂安邦而生的，你要承擔起這個與生俱來的使命！」

而他的心中也重新發出呼喊：

「我是為定亂安邦而生！」

這重責大任是上天的交付，是父、祖的寄望，是自我的期許，三者已然緊密的融合為一；他仰望著蒼穹的眼眸發出熾熱如火般的烈光，雙拳握緊得如兩團鋼球。

天色沉黑，黑得如為千百層黑漆黑幕所封凝，透不出半絲光來；這是黎明前最黑的一道黑，黑得欲令人窒息，但他定睛直視，回報以肩負起使命的信念。

心中無疑無懼，無惶無惑；一生所要奮鬥的方向與目標已經隱隱成形，他將極盡全力，勇往直前——仰望的雙眼有如直接在與上天對話，傳達他的許諾。

而肅寂的沉黑畢竟隨著時間的流逝逐漸淡去，天欲破曉，奮力一掙，終於透出光來，片刻之間翻出一道魚肚白；而後，紅光從天邊嫣然而出。

他的心中湧起一股感動，熱流更加奔騰翻湧；而不經意間一轉眸光，竟意外的與雪靈四目相對——不知道什麼時候，雪靈已經來到園中，在梅花樹下悄然而立。

晨曦漸起，映得滿樹滿枝的梅花分外嬌豔，又從花間滲透落地，碎影參差重疊，宛如繾綣的水中浮萍；風來吹落梅瓣搖曳如夢，光影之間，又更平添迷離之美，美得不似人間的所在；而漸起漸濃的晨光，漸漸將她帶著三分飄逸之氣的容顏映成溫柔的粉紅色，看來宛如偶謫人間的花神。

她原本靜靜佇立，全心全意的守候著自己的摯愛；她在花間，他在花外，但這不是距離，他們之間有著無形的緊繫，人在哪裏並不重要；遙遙相對，眸光一觸即是永恆。

於是，她輕輕一笑，萬千深情便完整傳遞；但，努爾哈赤的心卻為之一顫。

相處了六年，心意相通，她的輕笑牽引著他內心深處最最真純誠摯的深情，然而，一股酸楚也隨之而來——生命中背負著超重的責任和必須完成的使命，他所要付出的和面對的，不只是情；所要追尋的，更不只是一個生死相許的知心伴侶……

陽光和雪花一起飄灑，金白兩光閃爍著互相映照，他的心中也是一寒與一暖交替，激盪得陣陣生疼；但，他邁步走過去，走到她面前。

他的心中和她一樣滿溢著款款深情，但卻必須說出令她傷痛的話：

「我不能離開這裏——我是不自由的——我是個人質——」

聲音很低，但是沉定、清楚；他一字一頓的說，眼神中包含著無奈，也別有一種無怨與無悔。已經隱藏了六年的秘密，本是不可告人的，但是他已下定決心，要讓她瞭解真相，乃至於瞭解女真人的命運和自己的使命；而一如預料，話一出口，震驚和驚恐立刻擊中雪靈的心，原本清純如水的眸光有如被千萬支針尖刺入般的散亂、破碎、滴血，而後簌簌劇顫；原本柔婉甜美的聲音有如迸裂、嘶啞，含糊得幾乎難以分辨：

「什麼？你——你……你……說……什麼？」

他的心口也在隱隱作疼，硬生生的忍住後，他握起她的手，捧住她的臉，正視著她的眼，輕聲的說：

「我對不住你，不能帶你回家！更對不住我們的孩子，讓他得出生在寄人籬下的地方！」

一頓之後，他坦誠說出一切：

「六年前，我的祖父為了建州的安全和發展，與李成梁交換條件，讓我來到這裏做人質，他為李成梁工作，執行一切李成梁交付給他的任務；李成梁也很守信用，六年來，沒有把矛頭指向建州左衛，使我建州左衛的子民可以安居樂業……」

他的聲音極低、極微，混合在風聲雪聲與落花聲中，送入她的雙耳；終於，她的意識清明了，兩眶眼淚轉了幾圈後潸然而下，隨後哽咽著說：

「你有苦衷……我不會怪你的！」

努爾哈赤擁她入懷，為她拭去淚珠：

「這事，實在對不住你……望你能體諒，能顧全大局！」

雪靈低低的吐出兩個字來：

「我能——」

努爾哈赤滿懷歉疚，柔聲的對她說：

「委屈你了！」

雪靈半仰著頭，臉頰靠著他的胸膛，定睛望他：

「我畢竟是你的妻子，你的苦衷，我應當容受，一點也不覺得委屈！」

她的話非常簡單，但卻是一股暖流……他感動得輕輕一顫，環著她的手臂圈得更緊，一面在她耳畔呢喃：

「我真是世上最幸運的人！」

而片刻之後，兩人攜手離園，雪靈思忖了一會，自己無法釋疑；猶豫了一下之後，終究還是繼續追問：

「我沒想明白，究竟是為什麼，你祖父要為了建州左衛和乾爹交換條件？」

這一問，又問得努爾哈赤的神情怔忡了起來；但他已決意讓雪靈瞭解一切，於是，嘆了一口氣之後，耐心的解說：

「這一百多年來，女真人的命運非常坎坷，各部落之間不但不團結，還互相攻伐，自相殘殺，百姓的日子非常難過，因此，人人都希望能出一位大英雄來安邦定亂，帶領全體女真人走上康莊大道；只可惜，一直沒有——而這二十年來，『沒有』的原因，卻是李成梁所造成！」

雪靈詫異的問：

「怎麼會是乾爹造成的呢？」

努爾哈赤雙眉一皺，沉重之色立現，聲音卻壓得更低微：

「李成梁不是個尋常人物，自他鎮遼以來，或以武力，或以權謀、心計、智術對付女真人，蓄意消滅女真人中的出類拔萃者，使我女真人中出不了能領袖羣倫、有所作為的大英雄——我的外祖父王杲❶，時任建州右衛都指揮使，便是在羽翼半豐時就被剿滅！」

雪靈驚訝得睜大了眼睛：

「會有這種事？」

努爾哈赤嘆了一口氣，點點頭說：

「那是在八年前——你還在稚齡的時候！」

接著又詳細的告訴她：

「王杲被滅，對女真人的影響很大、很壞；因此，祖父苦思對策，想出了保全建州左衛的方法！」

雪靈深深長嘆：

「就把你送了來——」

努爾哈赤卻瞇起眼來，再次仰頭向天：

「這是我願意的——為了改善女真人的命運，我願盡全力完成祖父交代的任務！」

心思動了，他很自然的娓娓陳述：

「我的祖父是位英勇而且充滿了智慧的人；他年輕的時候，我們建州左衛的規模還很小，而常遭強大的別部欺凌；有一次，碩色納帶著九個兒子，加虎帶著七個兒子，仗著他們人多勢眾，強悍勇武，大舉侵凌女真各部；當時，祖父有六個兄弟，被人稱為『寧古塔貝勒』❷，六兄弟同心，率領子侄、族人奮勇抵抗，不但將他們打敗，還反攻過去，消滅了碩色納和加虎兩大家族；從那時起，五嶺以東，蘇克蘇滸河以西，兩百里之內的諸部才通通歸順我們建州……」

註一：《清史稿校註．后妃列傳》記：「顯祖宣皇后，喜塔臘氏，都督阿古女。歸顯祖為嫡妃。歲己未，太祖生。歲己巳，崩。」其註三考據，都督阿古即王杲。

註二：努爾哈赤的先祖有實際文獻可考的是自其六世祖孟特穆開始，《清史稿校註．太祖本紀》記：「……都督孟特穆，是為肇祖原皇帝，有智略，謀恢復，殲其仇，且責地焉，於是肇祖移居蘇克蘇滸河赫圖阿喇。有子二，長充善，次褚宴，充善子三：長妥羅，次妥義謨，次錫寶齊篇古。錫寶齊篇古子一：都督福滿，是為興祖直皇帝。興祖有子六：長德世庫，次劉闡，次索長阿，次覺昌安，是為景祖翼皇帝，次包朗阿，次寶實。景祖承祖業，居赫圖阿喇。諸兄弟各築城，近者五里，遠者二十里，環衛而居，通稱寧古塔貝勒，是為六祖。」「寧古塔」是滿文「六」的意思。

7

無法入眠的覺昌安恍如一夜之間老了十年，皺紋密布的臉上更顯蒼老憔悴，茫然失神，身體明明躺在熱呼呼的炕上，精神卻不停的打著寒顫。

輾轉反側之際，眼前不停的浮動著各種畫面，一會兒是王杲的臉，一會兒是阿太的臉，一會兒又是大妞，乃至於大妞的父親、自己的兒子禮敦，錯錯亂亂的反覆交替，將他的心思攪動得無法平靜下來；更壞的是，他與阿太、大妞的對話還不時的回到耳際來——

夜裏，阿太和大妞總算蜻蜓點水似的到客房裏來了一下；怎奈，兩下裏談得不投機。

阿太信心滿滿的對他說：

「我古勒城是座銅牆鐵壁城，李成梁休想動我分毫！」

而他猶且試做最後的努力：

「李成梁畢竟人多勢眾啊！大軍圍城，不好對付，不如隨我到建州左衛暫避！」

沒想到，阿太這個嫡親的孫女婿竟然絲毫不留情面的板起臉孔，掉轉頭，踏著重重的腳步走出了房門。

他登時陷入尷尬中，更沒想到，一向疼愛得如同自己心頭肉的親孫女，接下去說的話更不留情面：

「瑪法，對不住，我們不能聽從您的建議！阿太是個男子漢，說什麼也不會投降敵人或者棄城逃走！否則，他就不配做古勒城主，不配做王杲的兒子！也不配做我的丈夫！」

說完也掉頭走了，跨出門檻的時候，連眼眸都不曾回轉一下，看一眼臉色慘白、全身發抖的他。

連續被這兩番利刃般的話刺傷的他，若非有塔克世及時扶住，早已摔倒在地……

心頭滴血，痛入肺腑，他強忍著兩眶淚水，喃喃低語：

「他們不懂得我……不瞭解我的心……」

懂得他的塔克世既與他有相同的感受，便想不出話來安慰他，只有默默的陪著他；直到子時過後，才出言勸他安歇，而且親自扶他上炕，為他脫靴、蓋被；但，這些善盡孝道的舉動卻於事無補，絲毫改善不了他心中的痛楚，更難以減緩他心中澎湃起伏的思潮——他再三重複的、激切的想著：

「我是要保全他……保全女真人中的少年俊傑，以圖未來啊……竟反被孫輩羞辱……他這麼不懂事，不識大體，這……又要步入王杲的後塵啊……」

躺下來之後，思緒更清明，心裏也就更難過、更悲痛：

「王杲，原本是個被期許的人，卻白白送了命——再不牢記這教訓，我女真人就永遠沒有指望了！」

而且，他更沒法子不反覆想著千百年來女真人遭逢的悲慘、惡劣的命運——

女真人本係北方遊牧民族通古斯的一族，源流與歷史都十分深長，在古代有肅慎、靺鞨等名稱；四百年前，女真出了大英雄完顏阿骨打，率眾抗遼，建立金朝，使女真從以漁獵維生的游牧部落進化為軍事、政治、經濟、文化都很有可觀的大國；但在金朝為蒙古消滅之後，又失去了進化的文明社會和統一的國家規模，退化回半原始的狀態，分裂成許多小部落，依舊以遊牧漁獵維生，且因失去了體制，失去了共主，各部落之間時起衝突，征戰不休。

明朝建國之初，在遼東設置遼東都指揮使司，總轄遼東軍政，其後又設立奴兒干都司，下轄三百八十四個衛[1]，卻反而使情勢更加複雜——女真各部不但互相攻伐的情形沒有改善，且因多了明政府的介入，漢人移民的增加而糾紛更多；再加上元朝滅亡，蒙古人北返，北疆情勢不變，促成許多蒙古人遷徙到遼東一帶，以及朝鮮人也經常越界攪局，形成了多角問題，使得遼東幾乎沒有一天不發生戰爭，越發使女真人的生活陷在水深火熱之中。

明成祖永樂元年，女真頭人阿哈出入朝，明朝便設立了建州衛，以阿哈出為指揮使。明英宗正統初年，明朝裁撤了奴兒干都司，體制再次變更，又造成紛亂：當時，女真大致分為野人女真、海西女真和建州女真，三大部之下又分成許多小部；此後，野人女真逐漸強大，往南侵略，迫得海西和建州女真往南遷移。

建州女真遷到蘇克蘇滸河上游的赫圖阿拉之後，分為建州三衛，卻因禍得福的大有收穫——赫圖阿拉靠近明朝的領地，他們和明朝的聯繫也就密切起來，生活大受影響，水準也提高了許多。

而早在永樂年間，明朝便在開原、廣寧兩地設立馬市與女真各部進行貿易。憲宗成化年間，又在撫順開設馬市，專與建州女真貿易，以後又加開了廣順關、鎮北關、清河、靉陽、寬甸等幾處馬市；雙方的交易，明朝以布、絹、緞、米穀、鐵器等物資交換女真人的馬、牛、羊、人參、貂皮等產物；但，馬市的設立各有利弊，利則雙方各取所需，各易所無，既可造成經濟繁榮，又可促成文化交流；弊則紛爭隨之而來。

兩方貿易時，明朝的官吏和商人常以詐欺的方法牟取暴利，如濫徵貿易稅、不等價交換，乃至於「巧取」，而因為雙方文明的程度懸殊，女真人愚直，常在明人的陰險狡詐上吃虧；女真人受欺後心有不甘，往往以蠻力相對……原本就戰爭頻仍的地方，更加雪上添霜。

此後，惡劣的情況延續了將近百年；早先，明朝的朝廷既因內部政治腐敗，宦官弄權，奸邪當道，又苦於東南沿海的倭寇和內地的盜賊蜂起，無暇也無力顧及、整治遼東；所設的遼東鎮，夾處在蒙古、女真、朝鮮之間，不但施展不出良策來，自己也常被捲入混戰中，使情勢變得更壞。

直到十三年前的隆慶四年，李成梁被任命為遼東總兵，情況才有所改變，變成一面倒的臣服於李成梁的麾下；但，這固然使明朝掌控住了遼東的情勢和大局，女真人的命運卻因此更暗無天日——李成梁本是不可多得的將才，加以軍功日盛，胸中的謀略與日俱增，頗能因勢就時的制敵；對於女真、朝鮮、蒙古間的多角關係，他採取了「以胡制胡」的策略，一面暗中挑起事端，令他們自相殘殺以互相牽制、削弱實力，一面「坐山觀虎鬥」，等待並掌握「鷸蚌相爭，漁翁得利」的時機，一面又集中力量對付、消滅女真人中的佼佼者，以防女真人中再出個如完顏阿骨打般能率眾建國的大英雄。

王杲就是這個政策下的祭品。

時任建州右衞都指揮使的王杲是當時的女真人中最傑出的雄才——時間進入萬曆初年之際，建州三衞實際上已經分裂為蘇克蘇滸河部、渾河部、完顏部、董鄂部、哲陳部和包括鴨綠江部、朱舍里部、諾音部的長白山三部，而王杲在諸部中勢力最強大。

他生性桀驁不馴，驍勇善戰；早在嘉靖三十六年十月就率眾犯撫順，掠東州、惠安等地，四十一年五月又誘殺明副總兵黑春，犯遼陽，劫孤山；明指揮王國柱、陳其孚、戴冕等數十名將都先後死在他手裡；到了隆慶六年，他率千餘騎犯清河；隨後又在萬曆二年七月誘殺了明備御裴承祖，並且聯合蒙古土默特、泰寧等部，準備大舉用兵。

李成梁則早從萬曆元年就開始計畫討伐他，萬曆二年十月，經過縝密部署的計畫實現了。李成梁麾下的明軍分幾路屯駐、進圍，逐步包圍了王杲的城寨；明軍使用砲石、火器，正好遇到大風，城柵、屋舍都起火燃燒，王杲的軍隊因而不能作戰，被斬殺了一千多人；王杲本人逃到阿哈納寨，李成梁派兵追殺，王杲只得投奔海西女真哈達部的萬汗❷；不料，萬汗出賣了他，將他俘獻給李成梁，第二年被檻車送京處死……

「往事歷歷——都在眼前啊！」

覺昌安忍不住老淚縱橫，無法自制；王杲是他的姻親，塔克世的岳父，努爾哈赤的外祖父，彼此誼屬至親，關係密切；王杲之死，更是女真人的重大損失；八年來，他無日不在苦思對策，而現在，竟眼睜睜的看著阿太要步上王杲的後塵……歷史即將重演，他身在其中，看得一清二楚，偏又使不上力來挽救！

思前想後，他心如刀割，眼皮半點也闔不上，躺著更難過，他索性盤腿坐起；不料，塔克世也一樣無法入眠，聽到聲響，一樣盤腿坐起，悄聲的喚：

「阿瑪──」

他報以輕微的乾咳，於是，塔克世下炕，打火點燈，一面忖度著時間：

「還不到三更天呢！」

覺昌安沉默了一會兒，嘆了口長氣之後低聲的說：

「天一亮，咱們就回去吧──五更的時候開始準備吧！」

但，從三更到五更，還有大半夜的時間，得清明明的忍受精神上痛苦的煎熬；而深夜裏的古勒城並不寧靜，客房外隨時傳來士兵們巡邏的腳步聲，偶爾還有不遠處傳來的吆喝聲、盤查聲；甚至，精神處在不尋常狀態下的他，時而還有錯覺、幻覺出現，幾次彷彿聽到了戰鼓聲、馬蹄聲、殺伐聲，因而幾次發出心驚肉跳的問話：

「會不會是李成梁發動了夜襲？」

和他一樣滿懷焦慮、不安的塔克世幾次為他隔窗眺望，竭盡所能的安撫他的情緒，陪著他熬忍緩慢流逝的時間，好不容易捱到了四更過去，五更將近。

號角聲起，軍中的炊煙也隨之而起，惡戰即將來臨，一切準備就緒；而他也下定了決心，告訴塔克世：

「咱們用過早餐就走，趁他們開戰之前出城！」

兩人其實都沒有胃口，軍士送來的早餐只勉強吞下幾口，草草用罷就起身離去，出了門，上馬往城關行去；古勒城不大，走不了多久就到了；城關上已經布滿兵丁，人人弓上弦，刀出鞘，嚴陣以待。

覺昌安沉吟了一下說：

「看看他們的戰況吧！我終究掛心——」

於是，兩人下馬；塔克世就近問一個站得筆直的軍士：

「城主和福晉，現在在哪裏？」

軍士回答：

「明軍已經開始出動，城主帶人出城應戰，福晉在城樓上，親自擊鼓助陣！」

塔克世回頭看看覺昌安，覺昌安壓低了聲音對他說：

「咱們見了大妞，不免尷尬，不如不跟她招呼，到邊上看幾眼！」

塔克世點頭稱是，隨即跟著他登上城樓，立定後，居高臨下的往城門外的戰場望去——古勒城的城樓建得並不高，約當一座高臺的規模而已，相形之下，跨著戰馬，立在城門口的阿太便顯得異常高大威武，在幾員副將和一千軍眾的簇擁下，發出耀眼的光芒。

遠處的咚咚鼓聲也開始傳來，明軍展開行動了，大隊人馬快速的朝古勒城奔來，鮮豔的旗幟在風雪中狂舞，像在祭壇上引導死神到來。

古勒城樓上的大鼓隨即出聲，轟然震天；阿太將長槍高高舉向半空，為他傳送出必勝的雄心；覺昌安放眼看看奮力擊著皮鼓的大妞，再看看英武的阿太，心中更是百感交集；不料，就在他心念轉動的剎那，塔克世的驚呼聲穿過鼓聲，敲打他的思緒：

「阿瑪，您看——明軍的主將，怎麼會是尼堪外蘭呢？」

「什麼？」

明軍的主將果然是女真人中的敗類圖倫城主尼堪外蘭，他騎在一匹高大的駿馬上，身穿明軍的戰袍，頭戴明軍的盔甲，腦後不倫不類的垂著一條小辮子，額上幾處磕破皮的血跡與青紫之色還很清楚的留著，神情卻已從搖尾求饒的委鄙之色一變為得意、驕橫的嘴臉，兩相映襯得分外滑稽。

原先的攻城主將李如梧、李如桂都不見了，李家的家將們也沒了蹤影；尼堪外蘭身邊只有幾名軍士隨行，有的掌旗，有的持槍，有的舉盾，還有一人持著一支長桿，桿上懸著沙濟城主阿亥的人頭。

覺昌安一見就大驚失色，皺著眉頭向塔克世耳語：

「情況只怕有變——」

而出人意料之外的變化已在瞬間發生，快得令人來不及想妥應變之策——尼堪外蘭和三千明軍快速的迫近城下，到達陣前後，先上來一排弓箭手，不由分說的一陣亂射，幾百支弩箭漫天穿刺呼嘯，雖然傷不了什麼人，卻逼得阿太和守軍們無法上前應戰。

趁著弩箭齊放的當兒，尼堪外蘭以女真語高聲喊話：

「古勒城的全體兄弟們，聽我說！大明朝寧遠伯的大軍已經攻下沙濟城，全城的人都被殺光，你們看，這就是沙濟城主阿亥的人頭——」

說著，他舉起手來示意，那手持長桿的軍士立刻策馬上前，將手中的長桿左右擺動，阿亥的人頭連著長髮辮便在半空中不停的飄動，看起來令人毛骨悚然。

「這就是抗拒大明朝寧遠伯的下場——沙濟城的人不肯投降，就是死路一條！古勒城的兄弟們，別學沙濟城的樣啊！」

尼堪外蘭的聲音本來就難聽，再加上高聲喊叫，分外刺耳，但也更清楚的傳散開來，因而全部的守軍都聽到了。

覺昌安和塔克世齊聲暗叫：

「不好！這下糟了！」

塔克世同時著急的問：

「阿瑪，恐怕會動搖軍心……怎麼辦？」

覺昌安嘆了口氣，還來不及說話，尼堪外蘭的喊叫聲又起：

「寧遠伯的大軍已經將你們團團圍住了，你們一個也跑不掉的，還是趕快投降吧——如果不投降，等到城破的時候，就會遭到和沙濟城一樣的命運，通通被殺光！」

這幾番喊話，果然影響到了古勒城的守軍，人羣中開始三三兩兩的竊竊私語，看得覺昌安和塔克世焦急萬分；塔克世的雙手握緊了拳頭，用力的互捶；覺昌安皺著眉頭直視城下，忽然，他的腦中靈光一閃，立命塔克世：

「快去叫大妞擊鼓，打斷尼堪外蘭的話！」

「啊，是！」

是個好主意，但，一切都來不及了，尼堪外蘭已經發出更煽動人心的喊話：

「你們趕快投降吧，投降的人可以保住自己的命——大明朝的寧遠伯，遼東總兵，李大元帥有令，投降的人免死；而且，如果有人殺了阿太投降，便讓他代替阿太做古勒城主！」

這話一出，人羣中便不只是竊竊私語，而是開始騷動；不多時，羣眾就開始失去秩序。

尼堪外蘭且更加賣力的大喊：

「快殺了阿太投降吧——誰殺了阿太，誰就是古勒城主！」

守軍失控了，不但無心作戰，秩序混亂，倒戈之勢也隱隱成形；而就在這時，人羣中突然傳出一聲高呼，應和尼堪外蘭的話，喊叫說：

「他說得對——我們不如殺了阿太，自己來做城主，免得被明朝的大軍殺光！」

霎時間，人羣騷動得更厲害，不少人響應著大聲呼叫起來：

「對啊！我們投降……」

「先殺了阿太……」

情勢逆轉如江河直下，而身處其中，目睹這一切的覺昌安下意識的用力一跺腳，仰天發出一聲悲嘶：

「完了——」

註一：明置奴兒干都指揮使司，治所在遼代奴兒干城舊址，即黑龍江下游亨滾河對岸附近特林地方。轄境東起鄂霍次克海，西迄鄂嫩河，南瀕日本海，北達外興安嶺。

註二：《清史稿》二百三十七卷載：「萬，哈達部長也。萬自稱汗，故謂之萬汗。明譯為王臺，『臺』『萬』音近。明於東邊酋長稱汗者，皆譯為『王』某，若以王為姓，萬亦其例也。哈達為扈倫四部之一，明通稱海西。哈達貢於明，入廣順關，地近南，故謂之南關……」

8

漆黑、狹窄、燠熱、沉悶……這條不見天日的通道彷彿長得無盡頭，永遠也走不完；他在黑暗中摸索前進，空間窄得只容他一人通過，身體便不斷的碰撞著兩側的壁面；而空氣污濁得令他幾乎窒息，四周像有千萬個厲魔在向他張牙舞爪的撲來，亟欲噬咬、撕裂他的身心，又欲化成無形的千刀萬劍和有若千鈞重擔的壓力，毫不容情的襲向他的心頭，切割著他身上的每一寸肌膚，壓迫著他的心臟……他苦苦的掙扎，使盡全身的氣力抗拒這四周向他湧來的一切困難與險惡，然後，一步一步向前走……

他咬緊牙關，忍受著所有的苦楚與壓力；汗水自額上涔涔的溢出來，濕透了衣衫；四肢疲倦了，全身乏力了，整個人幾乎虛脫了；他強忍著，憑著意志的力量支撐著，指揮著已將近癱瘓的肢體繼續前進……前進……在黝黑沉悶的無名的通道中走著。

幾度幾乎暈眩，幾乎癱倒，他竭盡全力的忍住，奮力的邁著腳下的步子前進；不知道走了多久，才好不容易看見前方隱隱透出一絲紅光來。

於是，他奮起精神，朝那紅光走去；越走越近，紅光越分明，他也就更加奮力掙扎，迎向那紅光；不料，走到近處，睜大眼睛看清楚了，才發現那紅光是血光——血光發自兩個人的身體，這兩個人已然沒有頭顱，只剩頸子以下的軀體，斷頸處正汩汩的往上噴出鮮紅的熱血。

他心中大駭，張大了嘴驚呼；而一抬頭正好仰見那兩顆被截去的人頭，高高的懸在半空中，頸斷處正在往下淌著滴滴淒紅的熱血。

他不由自主的發出一聲尖銳的吼叫：

「阿瑪——瑪法——」

然後，眼前一黑，什麼也看不見了，整個人就在無邊無際的黑暗中急速下墜，墜入一個冰冷的無底深淵……心頭的血全都凍結了，身體動彈不得……

幸好就在這個時候，耳畔傳來一個熟悉的聲音：

「努爾哈赤，你怎麼了？努爾哈赤，你醒醒呀——」

聽覺並沒有喪失，而且聯結他心中最深層的底處，刺激著他恢復心跳——那是雪靈的聲音，溫柔的呼喚著他，為他帶來力量：

「努爾哈赤……努爾哈赤！」

他霍然睜眼，坐起身子。

「這是怎麼回事？」

四周是白花花的天光，強烈得刺眼，雪靈一雙清潭似的眼眸一如往昔的迴盪著柔情；她的手中握著一方繡帕，他額上的冷汗已經被拭去一半，她住了手，驚喜的喊：

「啊！努爾哈赤，你總算醒過來了！」

鬆出了一口大氣，她接著說：

「方才，可嚇著我了——大白天裏，你竟睡著了；我看見的時候，你已經像魘著了似的，滿臉通紅，渾身冷汗，拳頭握得鐵緊，人卻睡得熟，我叫了好半天都叫不醒；努爾哈赤，你可是做噩夢了？方才的樣子好怕人喲！」

努爾哈赤全身一顫，冷汗再次泉湧，但，神智已恢復了清明；於是，他告訴雪靈：

「我做了個噩夢——非常恐怖的噩夢！」

雪靈關切的問：

「你夢見了什麼？」

「我夢見了兩個人——」

努爾哈赤一面仔細的回想方才的夢境，一面說；可是，才說了一句，突然驚怖的顫聲呼叫：

「啊……那是我的祖父和父親！」

他下意識的跳起來：

「我要回去看他們！」

話還沒有說完，人已經往門口走去；雪靈只得起身跟在後面追，一面提醒他：

「得先稟告乾娘——等等我，我陪你去！」

努爾哈赤停下步來等她，牽著她的手一起出門，卻因為心急如焚，腳步不自覺的加快了許多，雪靈得跑著小步子才跟得上，於是有點喘，但還不停的安慰他：

「你別急，夢未必會成真……人人都會做噩夢，未必是惡兆……」

努爾哈赤皺著眉說：

「無論如何，我放心不下！」

雪靈卻想好了主意：

「先求乾娘擔待著，等乾爹回來的時候幫我們說個情；然後，我們騎了大青，立刻出發，大青腳程快，快去快回——說不定，還趕在乾爹之前回來呢！」

努爾哈赤道：

「我趕回去，只要看一眼，見到他們平安就回來，片刻也不逗留！」

他沒忘了，自己是不自由的人質，但，實在顧不得——他告訴雪靈：

「離家這麼多年，我第一次升起這麼強烈的感覺，懸念他們的安危！」

雪靈安慰他：

「骨肉至親，懸念是人之常情；乾爹一定肯通融的！」

說著，到了二夫人房，兩人快步進屋；二夫人卻對他們說：

「我正要打發人去找你們呢——你們乾爹就快回來了！」

雪靈脫口就問：

「哦？乾爹的仗打完了？得勝了？什麼時候回來呢？」

二夫人告訴她：

「方才，我去了一趟大夫人房，聽到些消息，大軍即將凱旋！」

說著，她深深的嘆了口氣：

「但，努爾哈赤，有件事，對你來說，是個壞消息！」

努爾哈赤登時心中一緊，不假思索的驚問：

「什麼壞消息？建州左衞怎麼了？」

二夫人搖搖頭說：

「不是！不是建州左衞——你乾爹攻打的是古勒和沙濟兩城，不是建州左衞！只是，我記得，你家和古勒城主有親，是不是？這回，怕有傷亡！」

努爾哈赤忍不住發出一聲驚呼：

「啊——古勒城主是我的舅舅，也是我的堂姊夫！」

雪靈仔細的向二夫人說明：

「乾娘，努爾哈赤方才做了個噩夢，心中感到不祥，本想回建州左衞一趟——這兩天，他心緒不寧，老惦著家裏，做了噩夢，心裏就更急！誰曉得，這不祥的凶兆應驗在古勒城，遭殃的是他的親戚——」

二夫人伸手拍拍她的肩頭說：

「親戚也是骨肉牽連的人，發生了變故，他的心裏會很難過；這幾天，你要多安慰安慰他！」

雪靈低聲答：

「是——我懂！」

二夫人看她一眼，再把目光轉到努爾哈赤身上，臉上浮起笑意來：

「另外，我正盤算著件事，正主兒可就是你們兩個了！」

雪靈不解的問：

「乾娘，我們有什麼事？」

二夫人抽回眼來，看著她一臉狐疑、會不過意來的天真模樣，忍不住笑著逗她兩句再說正題：

「傻孩子，你們有什麼事？當然是親事——等你乾爹一回來，就該挑個日子，讓你們拜堂完婚了！」

話一入耳，雪靈登時臉紅得如赤霞，害羞的把頭埋進二夫人懷中，只剩後腦勺向人；而侍立在二夫人身邊的丫鬟僕婦們卻興奮了起來，七嘴八舌，吱吱喳喳的笑著搶話說：

「恭喜小姐，要做新娘子了！」

「恭喜新姑爺，娶了我們如花似玉的小姐，趕在年上添個小孫少爺！」

屋子裏的氣氛一變而為喜洋洋的熱鬧，接下去，大家你一言、我一語的說了大串道賀的吉祥話，聽得二夫人高興得合不攏嘴；努爾哈赤也臉紅了，但，他的情緒還深陷在方才的噩夢中，心頭恍然還浮現著道道鮮紅的血光，驚怖的陰影壓在眉梢也還沒有退去；因此，他的神情是僵滯的、茫然的，出著神不說話，而任憑身邊的人在熱切的談話——只有隱約一些聽進他耳裏去：

「其實，努爾哈赤是該回建州左衛一趟的！」這是二夫人在說話：

「婚姻是人生大事，雖說在這裏訂了，還是應該回去稟明高堂……」

然後，又是一連串欣喜的、興奮的、熱烈的聲音交織在一起：

「小姐的嫁妝，咱們立刻打點起來……」

「喲！紅紙我早備下了，紅喜字兒全歸我來剪——大小兩千個，三天內完工！」

「紅蓋頭最要緊，上面的金線雙喜字，交給我——」

「針線娘、裁縫一起伺候，四季衣裳百套，也得要十來天呢，咱們得分頭監工……」

除了他以外，每一個人的心情都是雀躍的；二夫人房中，宛如千樹萬樹桃杏李花一起盛開，蜜蜂蝴蝶黃鶯一起飛舞歌唱，除了他這即將做新郎的正主以外，每一個人都陶醉在這絢麗繽紛的春光中。

他茫然的面對周遭的人，走不進面前這歡欣鼓舞的氣氛中去；明明是屬於自己的喜事，他卻像無法擁有似的手足失措，也明明已經證實了出事的不是建州左衞，他的心神還是恍惚不定——他顯得不定心，彷彿根本弄不清楚自己是置身在噩夢還是喜氣中，抑或無端的在兩極之中掙扎泅泳；一波波彷彿人世無常的漩渦，悲喜交加的向他湧來，令他心中百味雜陳，卻又無從咀嚼。

9

朱翊鈞的不定心則來自煩躁——

朝班之上，文武百官們發揮了本朝大臣「好議論」的傳統特色，滔滔不絕的發言，此起彼落，接力般無止無休的延續下去，一件事討論了兩個時辰還沒有結果，無法定案，原訂在日出後不久就結束的早朝便一直延續下去，弄得他不耐煩極了。

勉強捱到午時，他實在忍不住了，下定決心命太監吆喝退朝，大臣們才肯閉上嘴巴，結束議論，磕頭行禮，山呼萬歲；而他這個「萬歲」才能結束坐冷板凳的酷刑。

回到乾清宮時，耳中還在嗡嗡作響，心中還燒著無名火；他命人火速宣召淑嬪鄭玉瑩伴駕，才一見到人，就拉著她咬牙切齒的訴說：

「朕從小最痛恨兩件事，一件是『早朝』，一件是『經筵』——早就下定決心，要想辦法把這兩樣狗規矩廢掉！」

說著，他竟像個孩子般絮絮叨叨的向鄭玉瑩訴說委屈：

「從前，每逢早朝的日子，才五更天，母后就命太監硬拉朕起床，不管多冷的天，太監們都用冷水撲臉，非要朕醒來；然後橫拉直抱的弄出宮門登輦上朝，常常弄得朕身上發疼，還不能抱怨，否則準挨母后的罵；可是，到了中極殿上，根本什麼事都沒有——朕就是坐在高臺的龍椅上發呆，看大臣們你一言我一語的吱喳，費掉整個早晨的時間，朕一句都聽不進去，橫豎最後都給張居正拿主意——都是在白折騰朕，沒意思極了！經筵是一羣老頭子像一塊塊木頭似的坐著，口齒不清的講一些迂腐不堪、連他們自己也做不到的大道理給朕聽，還要朕牢牢記住，背得一字不錯；要是朕偶爾打個瞌睡，或者沒記住他們的話，他們就去給母后打小報告，讓朕被母后責罰……你說可不可惡？」

而問歸問，卻根本不待鄭玉瑩回答，又一迭聲的怨懣了下去：

「到了現在，張居正不在了，朕還得受這些酷刑——每天起個大早，忍著瞌睡，冒著寒氣去上朝，結果都是乾坐枯等，聽這羣老混蛋們天一句地一句的議論吵嚷，白白耗掉大半天，真是太不值得了！」

說著，他登時高舉雙手，仰頭向高空——彷彿在對天立誓似的大喊：

「朕一定要廢掉這兩個狗規矩——朕不要上朝，不要上經筵！」

而從來沒有上過早朝、也沒有上過經筵的鄭玉瑩，既體會不了他的心情和感受，便不知該如何應對，偏又想要曲意承歡，急切間竭盡所能的想，想出了兩句模稜、含糊的話來說。

「這事，慢慢的跟大臣們商量著再說吧！」

不料，朱翊鈞一聽，立刻跳起來，大吼大叫的說：

「哪能跟他們商量？那羣老王八蛋哪裏肯廢早朝，廢經筵？一商量，他們會囉哩囉唆的來勸來諫還不算，一定又忙忙的去稟告母后——事情哪裏還做得成？」

鄭玉瑩碰了個釘子，自覺難堪極了，一面又懊惱自己說錯了話，引起朱翊鈞的吼叫，於是力求補救——片刻之後，她想妥了，立刻換成另一種姿態，露出更甜美的笑容，以更溫柔的聲音說：

「萬歲爺，大臣們委實討厭，早朝和經筵一定要廢掉；但，您已經下朝來了，何必老記著那些討厭的人和事呢？容臣妾伺候您玩些消閒解悶的事兒吧！」

朱翊鈞一聽，眼珠子活了，連轉了兩轉，笑著問：

「有什麼新鮮有趣的事好玩？」

鄭玉瑩道：

「臣妾小時，最喜歡玩的莫過於『數銀子』——」

她出身鹽商之家，童年生活和在皇宮中長大的朱翊鈞有極大的不同——她準確的料定，任何民間孩童的遊戲，對朱翊鈞來說都是新鮮的，都能用來哄他高興個老半天——於是，她仔細介紹：

「臣妾家中經商，小時候，長日無聊，最愛去看帳房先生數銀子、算帳、登帳；如果是碎銀子，就用秤一塊一塊的秤，幾錢幾分幾兩，然後，放到一起，手一撥就滾來滾去，撞出叮叮響的聲音，好聽極了！要是成錠的整銀就更好玩，白得通體發亮，給燈兒一照，還會一閃一閃的射出光來；拿來疊羅漢、堆房子，再好玩不過！算帳也好玩，帳房先生一撥算盤上的木珠子就是『扣』的一聲，然後搖頭晃腦的嘀咕幾聲，再撥；要是算大生意的帳，他一隻手能撥得飛快，『扣扣扣扣』的聲音就彈得像連珠砲似的；要是只算柴米油鹽醬醋茶的小帳，他就慢慢的撥，『扣』、『扣』、『扣』的，活像老和尚打盹呢——」

她的話還沒有說完，朱翊鈞的童心就已經被勾了起來，興高采烈的喊：

「有這麼好玩的事？怎麼朕以前都不知道呢？」

鄭玉瑩掩著口笑道：

「您是萬歲爺呀，誰敢讓您玩這些小老百姓家的把戲呢？」

朱翊鈞呵呵的笑了個開懷：

「現在沒人管得了朕了，朕想玩就玩——」

隨即命太監們：

「取些銀子來！」

鄭玉瑩立刻補充一句：

「整箱抬來吧！」

她記憶猶新，一個月前，朱翊鈞有大批私人財富入庫，光是白銀就有好幾大箱——夠玩好一陣子的！

於是，太監們奉命行事，開庫抬箱，他兩人則在午餐之後就立刻投入遊戲中。

一口大鐵箱被抬來放在乾清宮的正廳中，上了鎖，還加了封條——太監們當然不敢擅自開箱，一切都原封不動。

而朱翊鈞一見封條，先是微微一愣，繼而目光怔忡了一下；藏在心底的一根弦被觸動了，他不自覺的發出一聲輕呼：

「啊，大伴──」

鐵箱本係馮保所有……往事又回來了，眼前浮起了一個朦朦朧朧的畫面，他隱約看見了小時候的自己：三歲，個子小得與椅子齊高，不知道窗是什麼，而馮保一把抱起他來，讓他騎在脖子上看窗外的景致，教他認識那是松樹，那是柏樹，那是牡丹……四歲，走路不小心，摔了一跤，哭了起來，馮保要哄他高興，爬在地上給他當馬騎，逗得他開心大笑……

那是美好的回憶，遙想起來餘味無窮；但，再看一眼鐵箱，看到鐵箱上的封條，心裏這股冒上來的溫馨立刻退下去，取而代之的寒意迅速上湧，同時，他聽到了自己的心裏在嘆息，在訴說：

「他竟然做了這麼多壞事，積聚了這麼多營私舞弊而來的財富……」

兩個多月前，太監張誠等人來向他舉發馮保的種種不法時，他幾乎不相信那是真的；但是，證據確鑿；而且，他想到了以前，馮保總是在他背後，把他的言行舉止全盤報告給李太后知道，導致他常常受到責罰：

「他是個表裏不如一的人，他在朕面前裝模作樣的假扮忠心耿耿，背地裏卻老是去向母后告密──既然這樣，他在背地裏貪財受賄，賣官鬻爵，就不是沒有可能！」

這麼一想也想得他倍感痛心，因為，那是從小到大最親近的人啊，竟然做出了形同背叛的事──世上還有什麼可信任的人呢？

於是，他接受了張誠等人的舉發。

而心中畢竟還有一念之仁，想到了小時候的種種，便不忍心批准張誠等人的奏請，判處馮保死刑；幾經掙扎之後，他做了折衷的處理：下詔宣布馮保的十二大罪，但免其死，而僅革去司禮監的職位，發往南京閒住，財產則全部籍沒……

一個月後，這道命令執行完畢，馮保在失勢之後孤孤單單的啟程赴南京，昔日趨炎附勢的人們十足展現了「人情冷暖」之象，一個也沒有來相送，而非法積聚的財產被逐一清點出來，送到他的跟前。

一下子看到這麼多金銀財寶以及價值連城的古玩奇珍、稀世字畫，他登時就傻了眼——一名太監竟然能夠積攢這麼驚人的財富，簡直不可思議！

他一向在「張先生」的約束下過著極儉樸的生活，皇宮的建築儘管金碧輝煌、美輪美奐，生活起居儘管錦衣玉食，府庫儘管充實，國家儘管富庶，但他卻不但連偶爾揮霍一下的自由都沒有，還從來沒有親自動用過一分錢；前些年，他想整修一下慈慶、慈寧兩宮的宮殿，因為張居正反對而作罷了；李太后想蓋廟、做佛事，也按照張居正的意思免了；元宵節的鰲山和新樣宮燈更因為張居正認為浪費而廢止；他大婚的費用，儉省到為歷朝之冠……有的時候，他甚至懷疑，自己在名義上是「富有天下」的天子，而實質上卻是個毫無私有財產、一文不名的窮小子——尤其是在和馮保的驚人財富相比較之下！

這麼一來，他立刻覺得，這一回懲治馮保的舉動是對的——至少，目前這一大批財富全都落入了自己手中！

納入了內帑，一切都可以自由支配，不必再像從前一樣，宮中有什麼費用都得先經過張居正的同意，再去向戶部要錢；李太后原本為皇弟潞簡王朱翊鏐❶成婚在即，戶部撥來的銀兩不敷使用而發的愁也立刻化為烏有——他撥了一些金銀珠玉去給朱翊鏐做婚費，也奉上了一些給兩宮太后，孝順與友愛一應兼顧，餘下的十之七、八留給了自己……

而這麼一陣思前想後，原先被勾引起的對馮保的複雜感懷又改變了；心裡帶著幾分經過轉折後的錯亂與扭曲，集結成一種特殊的快樂的想法：

「啊，幸虧有馮保——留下這許多財富！」

幸虧有馮保，積聚下這許多不義之財來歸他所有……他高興得親自上前揭去封條。

鄭玉瑩緊隨在後，蓋子一打開，她立刻興奮得拍手叫好：

「太好了！這麼多白花花的銀子——」

欣喜，雀躍，滿面紅光，笑靨如花……她確實見錢眼開，見銀心開，由衷的感到快樂，也由衷的散發著、傳送著這股快樂的感受，連帶使原本因朱翊鈞陷入沉思而顯得肅靜的氣氛改變了；她那樂曲般悅耳的笑聲使得整座乾清宮變得活潑、熱鬧、生機蓬勃，也感染得朱翊鈞的心靈動了起來，有如生出了翅膀似的自由翱翔，快樂悠遊。

這雙重的快樂使朱翊鈞和她一起發出笑聲，一起開心的埋首於把玩銀子的樂趣中。

「馮保」這個名字已經被徹底忘了個乾淨，兩人把原屬馮保的白銀一塊塊的秤過，記下重量，登錄在冊；然後，像積木一樣的疊羅漢，堆房子……

「時間」是什麼也被徹底忘乾淨了，兩人用白銀堆成一幢小屋，恍然間覺得那是一個真正屬於自己的天地，箇中只有情投意合的兩小無猜，也就錯以為其他的一切都是不存在的，因而遺忘了身外的世界——但，世界卻不曾遺忘他們：黃昏將近時，太監們上來提醒朱翊鈞：

「萬歲爺，該去給兩宮太后請安了！」

一聲叫喚，將他喚回現實中，他登時感到掃興；但，什麼話都不敢有，連眉頭都不敢皺——他一向事母至孝，既是給母親請安的時間到了，便有天大的快樂也得捨棄！

於是，他只在眼神中掠過一絲悵惘與無奈，小聲的對鄭玉瑩說：

「朕去去就來！」

說著便起身，順從的接受太監們的安排，喝口茶，披上大氅，準備出門；而就在腳步將要踏出門檻的時候，心中突然一緊：

「唉喲，糟了！今天的奏疏還沒看，萬一待會兒母后問起……」

這麼一想，腳步自然而然的停住，腦海裏飛快的尋思補救之道：

「揀要緊的看兩眼再去——早朝時講的只有兩件事，一件是議論張居正的功過，另一件是彈劾遼東總兵李成梁……議論張居正的多半沒有新鮮話了，彈劾李成梁的奏疏趕緊看看，看言官們怎麼說……」

於是，他一面返回正廳端坐，一面命太監：

「快快取那份彈劾李成梁的奏疏來！」

註一：穆宗有四子，依次為憲懷太子翊釴、靖悼王翊鈴、神宗翊鈞及潞簡王翊鏐。翊釴、翊鈴早夭。翊鏐與神宗同為李太后所出。

10

李成粱低頭審視著阿太夫婦血跡斑斑的頭顱，然後得意的仰天而笑。

「好，好，很好！這賊酋再也不能作怪了！」

侍立一旁的李如梅立刻率著弟弟們一起屈身道賀：

「恭喜父帥——父帥軍功彪炳，無人能及！」

親自送人頭進帳的尼堪外蘭更是忙忙的跪下叩首，堆了滿臉諂媚阿諛的笑容，連聲歌功頌德：

「大帥洪福齊天——大帥軍功乃是我大明朝第一人，勳業蓋世，虎威蓋世！」

「唔，好了！起來吧！」

李成粱展現了他對待部屬時難得一見的悅色，也展現了他治軍所一貫秉持的賞罰分明的原則。

「尼堪外蘭——你總算是戴罪立了功，所以，本帥讓你將功贖罪，不再追究你的錯失！另外，也賞你點東西，補補你的苦勞！這次在古勒、沙濟兩城俘獲的財物牲口，拿三分之一賞給你吧！」

尼堪外蘭喜出望外，連忙又咚咚咚的磕著響頭：

「謝大帥——謝大帥賞賜！」

李成梁揮揮手，示令他起身：

「你去吧——記住！好好兒的當差，少不了好處！」

「是！是！是！大帥恩典！尼堪外蘭絕對忠心耿耿，永遠聽大帥使喚！」

他滿口盡是感恩、仰承、巴結的話，李成梁卻不耐煩聽，拋了個眼神給李如梅；李如梅立刻轉身訓示他：

「你趕緊辦正事兒去吧，別在這裡磨牙了！」

這麼一說，尼堪外蘭當然不敢再多言，應聲「是」，再磕一個響頭便識趣的退出營帳。

等他一走，李成梁才再度低頭端詳阿太夫婦的人頭，隨口發出冷哼：

「好一對同命鴛鴦——」

古勒城破的主因是守軍倒戈，自相殘殺，阿太夫婦的死則是雙雙自刎；但無論如何，他大功告成了，只剩下一件重要的大事要辦：

「傳師爺，擬奏捷疏！」

殲敵無數，賊酋授首，飛報朝廷，當然又可敘功受賞——他不自覺的點點頭，得意的大笑，口中露出兩排森森的白牙；可是，就在這一剎那間，他突然想起一件事來，於是立刻把目光朝向兒子們：

「覺昌安和塔克世的行蹤呢？」

霎時間，三兄弟一起臉紅——沒人答得上話，最後，還是李如梅鼓起勇氣囁嚅著回覆：

「孩兒立刻傳人來問！」

李成梁對這項疏忽當然頗不高興，登時皺起了眉頭，但卻沒有發作，而只是沉聲交代：

「生要見人，死要見屍！」

李如梅火速應命：

「是！」

他親自去辦這事，跑著小步子出帳；四周靜了下來，於是，李如桂沒話找話似的想了個話頭，向上請示，以填補空白：

「父帥，可要先差人快馬趕回府去，報個喜？」

李成梁點點頭：

「也好！讓府裡先沾沾喜氣！」

接著吩咐：

「明日班師！腳程要快！務要趕在李定到達之前！」

李如桂唯唯諾諾的應：

「是！明日一早孩兒親自監督！」

才說完，李如梅回來了，非常具體的回報：

「覺昌安和塔克世父子在我軍中——是裨將張和把他們從古勒城中帶來的，據張和說，他攻進古勒城中時，阿太夫婦已經自刎，他率軍直入阿太住處；不料，阿太的住處中，人都跑光了，只剩兩個；而這兩個人自稱是朝廷命官，是建州左衞指揮使覺昌安和他的四子塔克世；並說，身為朝廷命官，誤陷古勒城中，想求見父帥，做個說明；張和不敢定奪，先將他們帶回來……」

李成梁一聽，先是發出一聲冷笑，繼而撇著嘴說：

「又不知道要拿什麼花言巧語來哄我——這個老傢伙，一肚子奸詐，絕不是尼堪外蘭這種人，只要拿點好處就會乖乖賣命，替我對付女真人！」

而後，他的神情開始產生變化，甚至動容的從座椅上站起來，背剪著雙手，來回踱著方步。

李如梅等兄弟幾個看不明白他的舉動，卻不敢發問，只能暗暗交換狐疑的眼神，而靜靜等待李成梁的下文。

四周寂靜得宛如不許銀針落地，李成梁的踱步聲便分外清楚；他的步子緩慢而沉重，彷彿每一步都踩在人心上；而幾圈步子踱下來，心中已然做出決定；隨即，他凝眸注視李如梅，一字一頓，異常清楚的吩咐他：

「你去命令尼堪外蘭，說，這兩個人，膽敢冒充朝廷命官，假借建州左衞指揮使的名義，在古勒城中招搖撞騙，挑撥生事，罪該萬死；著令處死——命他親自行刑！」

李如梅微微一愣，稟道：

「父帥，這兩人確實是覺昌安父子——殺朝廷命官，須有聖旨……」

李成梁一瞪眼，沉聲喝道：

「胡說，這兩人分明是假冒的！建州左衞指揮使奉了聖旨，鎮守建州左衞，怎麼會在古勒城中滋事作亂？這兩人分明是假冒的歹人，要快快的殺了，以免辱及建州左衞指揮使的英名！」

這麼一說，李如梅只有恭敬的應命：

「是的，父帥，孩兒這就去辦！」

語畢，他立刻轉身退出；但，才走了幾步，李成梁出聲叫住了他，用一向淡漠從容的口氣補充：

「記住——這事叫尼堪外蘭去辦！而且，讓他發出告示，傳語女真各部：他尼堪外蘭擒住了假冒朝廷命官的歹人兩名，斬首示眾！」

「是——」

應聲之後，李如梅的心中突然明白了，自己的父親果然具有超乎常人的厲害，思緒縝密，處事周到，心機深沉，精於謀略——他立刻暗自提醒自己，要牢牢的記住，並且學會父親的這些厲害。

然而，當他走出營帳以後，心裡卻彷彿升起了一股別種的、異樣的感覺，似乎有點慌，有點茫，但要仔細追究，又覺得什麼也沒有；他命一名軍士去傳尼堪外蘭來接受命令，自己像散心似的在營外的空地上踱著步子。

時近黃昏，雪地裡寒氣深重，他每吸一口氣，心中就淌過一道涼意，腦中也就清明一分，但他卻怔怔的空著心，什麼也不想；一會兒之後，軍士來報，尼堪外蘭前來候命，他猛一回頭，不經意的望見天邊正在沉落的紅日，散出一道令人驚心動魄的紅光來，非常刺眼，而且刺心，令他不由自主的發出一聲驚呼：

「啊，這血紅——」

11

一道鮮豔欲滴的紅光飛快的撲閃，宛如天邊的落日殘霞急速降墜，墜成粉碎，血花四散，噴泉似的濺灑在人間，雪靈的身體整個被染得通紅，只剩下白皙的臉與漆黑的髮露在紅絲緞外。

僕婦手持衣料，披覆在她身上；二夫人仔細端詳，比對顏色，看準了，點著頭說：

「這塊好——紅得喜氣！」

接著，她指揮起丫鬟婢僕和裁縫、針線娘：

「吉服，紅蓋頭，全用這色正紅……那塊櫻桃紅，紅得透亮，出閣前家宴穿；玫瑰紅帶三分嫵媚，做家居服……霞紅上要繡小金梅花，杏紅上要繡靈芝，桃紅上繡長青柳，海棠紅上繡吉祥如意……」

屋子裏堆滿了各種紅色的衣料，擠滿了來為雪靈做嫁衣的人，人人忙得額頭冒汗，也忙得笑逐顏開；為首的二夫人更因為一次要指揮許多人，要分心交代許多事，因而忙得說話帶著輕喘；但，母愛的力量支持著她，使她的精神處在高度的亢奮中，絲毫不為事多而感到勞累——她一迭聲的吩咐：

「裙幅上繡日出東海、百子獻瑞、五福臨門、喜上眉梢、並蒂蓮開、華枝春滿……跟繡鞋配對，各式十二件……」

她一面說，針線娘們一面記，大家忙成一團；反而是這些事務的正主——即將出嫁的雪靈，因為對這一切都沒有主張，都插不上手，只有端然坐著，聽人擺布；原本心裡百味雜陳，感受多得不得了，卻因為太多了，理不清，一陣慌茫之後就失了神，轉化成一片空白。

原本有一股衝動，想上前去抱著二夫人說：

「乾娘，我本是棄嬰，您撿了我回來，救了我的命，當我像親生女兒一樣疼愛，現在，還要為我操這許多心……」

但，嘴唇一陣哆嗦卻說不出話來，一切的感激感動感恩都只能留在心裏而無法傳達；她整個人都僵住了，失神似的，一動也不動的坐著。

她心愛的小狗樂樂，卻因為生平第一次經歷這麼繁華、熱鬧的場面，既不明所以，便給弄糊塗了，索性跟她一起發呆；伏在她的懷裡一動也不動，只睜著一雙晶亮如淵如潭的眼眸，替她張望茫不可知的未來。

第二章

一生一世一雙人

1

「萬歲駕到——萬歲駕到——」

太監們從大老遠的地方就開始吆喝，慈寧宮中則早已得到過通報，已經有兩隊人等在門口迎接；朱翊鈞才要下軟輿，雙腳還沒觸及地面，全部的人就開始行禮，齊聲呼頌：

「萬歲萬萬歲——」

左列為首的是王皇后，右列為首的是王恭妃，後面跟著十來個太監宮女——他當然全都看見了，但卻不想拿正眼仔細端詳，只隨口哼道：

「平身！平身！」

接著便像逃也似的跨著大步，自顧自的進門去了。

到了正廳，一見端然高坐的李太后，他立刻下跪行禮：

「兒臣參見母后，母后千歲千千歲！」

李太后正滿臉慈光的享受著含飴弄孫之樂——她的懷中抱著他的兒子，剛滿六個月的朱常洛——於是，一面喊起，一面叫宮女給他看座，一面還繼續逗弄孩子，且又一面對他說：

「喏，瞧他這小模小樣的，多討人喜歡喲——」

一等他坐定，又叫奶娘抱到他跟前去；孩子長著一張挺像他的長形臉，嘴裏還沒長牙，笑起來露出一截粉紅色的舌頭，非常可愛；但他卻不肯伸手接過來抱，只就奶娘懷中看一看，敷衍似的說了聲：

「很好！很好！」

接著便緩緩擻開頭去，不再面對；幸好，孩子還小，不懂事，沒有產生難過的感覺，而且，方才出門去迎接他的王皇后和王恭妃已經回來了，王恭妃——孩子的生母——順手把孩子接了過去抱著，場面上的尷尬也就立刻被遮掩過去了。

李太后開始問話：

「皇兒，今日朝中可有什麼要事？」

他立刻欠身作答：

「有給事中❶黃道瞻等上疏，彈劾遼東總兵李成梁，並說，李成梁的長子出任山西總兵，乃是不當之事，因為，本朝向無父子同為重鎮總兵之例……」

不料，等他把話說完，抬起頭來的時候，卻見李太后在他低頭說話之際，已經重新把常洛抱回懷中，正伸出手指輕按他的小臉蛋，輕點他的小鼻子，逗他嘻笑，充分享受著做祖母的樂趣。

霎時間，他難過得幾乎失聲痛哭，再三咬牙才忍住——他不是不知道，李太后向無政治慾望，更無政治才能，每天問他朝中要事，只是例行的、關心的垂詢，而不會認真思考，或者提供意見；但，他在專心答話時，她這種心不在焉，不當一回事的態度，卻是一把殺傷他的尖刀！

這也是以往沒有發生過的情形，他不明白，李太后為什麼要這樣疏忽他、冷落他，他的心扭成了一團，臉上的顏色全變了。

而李太后全然沒有注意到他的感受，過了好一會兒，意識到四下裏變得寂靜了，是他的話說完了，於是繼續習慣性的說出幾句例行的話：

「這些事，好好和大臣們商量著辦吧！」

說話的時候，她的目光還是集中在常洛身上，常洛正發出格格的笑聲，像在慶賀自己戰勝了父親，搶走了祖母的心似的……他難過極了，覺得如坐針氈。

心中抽搐著發出一個聲音來，告訴他，這屋子裏的人們都是陌生人，或者，自己在這個屋子裏是陌生人……

他勉強忍耐著，默然靜坐了好一會兒才起身告退，於是，行禮如儀，頌喊了「母后千歲千千歲」，而後轉身離去。

王皇后和王恭妃依禮恭送他到門口，他更加不想再多看那兩個平淡乏味如白木板的人一眼，不但一如往常的不理會、不出聲，甚至抬眼望天，故意擺出倨傲的、高高在上的態度和神色跨步出門。

上了軟輿之後，這些武裝不由自主的解除，他便徹底被自己的情緒擊敗——為了維護顏面與尊嚴而硬撐起來的精神力量消失了，軀體便宛如被抽去了脊椎似的整個癱軟在椅上。

眼角不自覺的閃動起淚光，心中思潮翻湧，一波接一波而來……

他很小就失去了父親，孺慕的對象只剩下母親，內心深處遠比一般人更渴望得到母愛，自己且極力做到恭敬孝順，以贏得母親的愛；奈何，母親表現「愛之深」的方式是「責之切」，所給予他的是嚴厲的管教和高度的期許，而不是他所企盼、渴求的溫馨與慈祥——方才，母親懷抱著常洛逗弄時所散發的慈愛之光，本是他最嚮往的，怎奈，對象不是他……她身兼「嚴父慈母」兩個角色，卻只給了兒子「嚴父」，而把「慈母」全給了孫子！

失落感從心底快速攀爬，他的心靈逐漸被掏空，逐漸步向空虛和孤獨；他覺得世上沒有至親的人——方才湧起過的孤寂感又回來了，在那屋子裏，在母親、妻妾、兒子的面前，他是一個陌生人！

而所謂的妻兒，更是荒謬的表徵。

王皇后是他十六歲時冊立的，至今五年來，兩人談話不到十句，以至於他連她的閨名是什麼都不知道！

但，這卻不是他蓄意所為——早先在議立皇后時，他的心裏曾經泛起過絲絲漣漪，也曾對未來的妻子產生過幾許想像和期待；然而，擇后的權力既操在兩宮太后手中，他便只有全盤接受的份；太后們心目中的皇后人選標準是「端正敬謹溫良」，入選的「王氏」也充分合乎這個標準，卻不曾設想過，一個個性「端正敬謹溫良」的女子，不懂生活的情趣，在閨房之中便是一塊木頭！

王皇后來自民間尋常人家，沒有讀過什麼書，相貌平常，拙於言詞，忠厚老實，「端正敬謹溫良」……猶記婚禮當天，他一如上朝般的起個大早，然後按照大明朝既定的立后大典的儀制，照章行事，重複著列祖列宗們履行過的繁文縟節；冊立一后二妃，分別是皇后王氏，昭妃劉氏，宜妃楊氏。折騰了一整天，禮成之後，人已累得半癱，卻得繼續進行洞房花燭的儀式。紅蓋頭揭起，他看到的是一名平庸、呆板的陌生女子，四目相對，兩皆茫然。

此後，兩人見面時總是相對無言；甚至，兩人從此再也沒有單獨相處過，所謂的「見面」，就是去向兩宮太后請安時，在太后宮中相遇。

至於王恭妃和朱常洛，那更是莫名其妙的來到他生命中的兩個人。

他一樣不知道王恭妃的名字叫什麼，成為他孩子母親的過程更是荒謬絕倫。

一切都是偶然：那天，他到慈寧宮請安，李太后小睡未起，他等得百般無聊之際，一名宮女奉了時鮮果子上來，儘管看來粗笨平庸，但他一時興起，便幸了她。事後，他為這不體面的事，心裏覺得窩囊，便不按宮裏的規矩，給承幸的宮女賞賜，更不許文書房的內侍詳細的記下時間，甚至嚴禁隨身的太監們說出這件事——他本以為，這樣就可以瞞天過海的當作沒有發生過這件事，他的窩囊更不會外洩。

不料，這名宮女竟因此而懷孕……

孩子生下來了，活生生的留住了他的不體面，他的窩囊和恥辱，那是生命中永遠消滅不去的烙痕，他只有無可奈何的承受——但卻不是接受。

他打心底裏就不能接受這個孩子，蓄意逃避，盡量不面對，當作是不存在的；對於孩子的母親，更是連一句話都沒對她說過。

給她「恭妃」的名位是因為李太后對他施壓，對他曉以大義，甚至，與他交換條件的結果；他從來沒有喜歡過她，沒有情意，沒有愉悅，有的是因為一時任性而被迫付出重大代價的委屈與忿忿不平……

天色已經沉暗，隨侍的太監們打著燈籠照路；他的心中也是一片沉暗，卻無心燈可點；思前想後之際，稍一不特別留意、控制，眼淚就闖了出來；幸好，再抬頭時，乾清宮已經在望，他即將回到沒有委屈和窩囊的天地裏，心裏先不自覺的舒出一口長氣。

太監正要喝道，而乾清宮中適時傳出了一陣樂音，琤琤琮琮，悠悠揚揚，好聽極了。

他連忙制止太監：

「別出聲！」

他屏氣豎耳，仔細聆聽，分辨這樂聲的內容；怎奈他一向極少接觸音樂，根本聽不出來是何種樂器所奏；而正感沮喪之際，樂音中忽然加入了女子的歌唱：

思悠悠，恨悠悠，恨到歸時方始休，月明人倚樓！

咬字很清楚，聽得很明白，而且聽出來了，是鄭玉瑩在歌唱；霎時間，他的心輕輕一顫：「恨到歸時方始休——啊，我才去了這麼一會兒，她竟如此費心的盼我歸來……」

徜徉的是一股熱流，是一種感動，更是甜蜜的感覺；心口怦怦的大幅跳動，情緒不一樣了，失落和沮喪感立刻被趕走。

鄭玉瑩本是在條件交換下偶然得來的，卻使他獲得了愛情——李太后逼他冊封常洛的生母王氏為「恭妃」時，相對的同意他另外多選美女入宮；於是，他一日立九嬪，鄭玉瑩是這九名女子之一……

下了軟輿，他做手勢，示意太監們統統不許出聲，自己更是小心翼翼的踮起腳尖，悄然無聲的進門。

鄭玉瑩人在起居間裏，正懷抱著琵琶，悵悵出神的彈著唱著，身側的一盞琉璃燈，既將她的臉頰映成薔薇色，也拖長了她的身影；他先躲在布幔後面，偷眼看著她，逮到一個時機，飛快的一個箭步衝上去，到她身後，迅速的伸出雙手蒙住她的眼睛。

鄭玉瑩發出一聲驚叫，手一失常，「鏗」的一聲，琵琶弦斷，緊接著「啪」的一聲失手落地，而這些都與朱翊鈞的嘻笑聲重疊在一起：

「強盜來了！綁你去做壓寨夫人！」

鄭玉瑩格格的笑了起來，配合著他的玩笑，誇張的尖聲喊叫：

「救命啊！有採花賊！」

朱翊鈞也跟著喊叫：

「拿銀子來贖！」

鄭玉瑩身體扭動著，做出掙扎的樣子，一面嬌聲道：

「不要——沒有銀子——」

朱翊鈞笑道：

「沒有銀子，就得跟我走！」

說著，他索性雙臂用力一箍，將鄭玉瑩的上半身整個圍在懷中，後背貼著前心，貼緊了，低頭朝她的耳中吹氣。

鄭玉瑩笑久了帶喘，耳中一陣酥癢，又重新笑了起來，身體再一扭動，兩個人一起歪身斜滑，摔倒在棗紅織金盤龍團花的長毛地毯上。

一支雕著合歡花的碧玉簪率先離開原位，橫陳在地毯上；侍立的太監宮女們緊接著離位，識趣的退出門去；笑聲逐漸轉化成窸窸窣窣，地毯上散落的物件逐漸增多：翠翹金雀、珠鍊玉珮、赤金翼善冠、七寶腰帶、衣袍羅裙、鞋襪……

註一：給事中的官職始自於秦，職掌為諍諫君主，與諫議大夫合為「言官」和「察官」，與執掌監督百官的御史等職，同為監察制度的不可或缺者；歷代雖時有變動，但大致因沿；到了明朝，給事中的組織比歷代擴建，職權也擴充，所設的員額同於六部的吏、戶、禮、兵、刑、工，設六科，每科設都給事中一人，為正七品；左右給事中各一人，給事中若干人，均為從七品；執掌的權限除了諍諫君王、封駁章奏外，還可建議政事，糾劾官員，考察拾遺並參與廷議、廷推。

2

天地悠悠，兩情繾綣；枕著努爾哈赤的膝，雪靈心中別有一股安定的感覺，她的雙手輕按小腹，臉上露著甜笑。

努爾哈赤的住處陳設非常儉樸，一張炕，一套几椅而已；牆上掛著弓箭和一把琵琶、一管洞簫，炕上鋪著虎皮，几上置著幾部書——他平日最愛讀《三國演義》，這部書已經翻得有些兒起毛了；另外幾部是《四書》、《史記》、《遼金元史》和《孫子兵法》——他自小與漢人往來密切，因而熟識漢文，兼之本性勤勉好學，幾年下來著實讀了不少書，也十分喜好音樂，能彈善吹。

瓶中一枝清供，使空氣中飄浮著幾許梅花的幽香，屋子裏的氣氛便多出了三分柔和；雪靈先是悄聲低語：

「這個小女真人，不知是男是女？」

接著卻伸手撥弄努爾哈赤衣上的盤扣，指尖計數似的來回滑動，隨後對他說：

「我不懂女真語，你來想——若是男孩叫什麼名字好？女孩要叫什麼名字？」

努爾哈赤泛起滿臉的笑意，一面仔細的向她說明：

「女真人給孩子命名，有幾種慣例；男孩多半以山名、獸名，或者勇士、武器來做名字，女孩多半以花名，或者鳳凰、珍珠；另一種比較特別，是以數字命名，有的是祖父或父親的年齡，有的是排行或者出生時的重量，所以有的人名叫『二十五』、『五十七』、『五斤』……」

雪靈聽得興味盎然，卻突然「哎喲」了一聲，笑著說：

「我從來沒問過你——所以一直不知道，『努爾哈赤』這四個字的女真語究竟是什麼意思？」

努爾哈赤笑了起來：

「你喚了六年，竟然不知道——我來告訴你吧，這是『野豬皮』的意思！」

雪靈哈哈大笑：

「真有趣！但，你為什麼名叫『野豬皮』呢？」

努爾哈赤道：

「女真人善於狩獵，很多的食、衣、器用都採自狩獵所得的獸；野豬皮常被用來做衣服，是貼身之物——」

雪靈半開玩笑的說：

「名字也是個貼身之物，唔，這名字取得好！而且，你是我的貼身之物，所以，你是我的努爾哈赤！」

努爾哈赤笑著捧住她的臉頰：

「你也是我的貼身之物——我來給你取個女真名字！」

雪靈甜甜的問：

「小野豬皮怎麼說？」

努爾哈赤說：

「舒爾哈赤——但，不能給你用了！」

雪靈咦然：

「為什麼？」

努爾哈赤告訴她：

「我的三弟就叫作舒爾哈赤——別重複了，我另外想一個給你！」

雪靈頓了一下，搖搖頭，嘆了口氣說：

「別的名字對我來說沒有意義——我只要做小野豬皮，別的都不要！」

努爾哈赤心中一熱，低下頭，用下巴貼著她的額頭，輕聲的說：

「你應該也叫努爾哈赤——我們是同一個人！」

雪靈眨了一下眼睛，眸中水光瀲灩，盪漾、搖曳……而後閉上了。

許久之後，她才重新開始說話：

「第一次見到你的時候，我才十歲——那天，你和哥哥們比賽騎射，飛身上馬，跑了兩圈以後，一箭射出，正中柳枝，我跑過去為你拾起羽箭和斷落的柳條兒，心裏頭怦怦跳個不住，像在大喊著：英雄！英雄！後來，我把那柳條兒養在水瓶裡，養了好多天，羽箭放在枕頭下面，每天枕著睡……」

說著，她輕輕一笑，手指像刷子般的梳著努爾哈赤的眉毛，又接著娓娓細訴：

「那時候，我根本不知道什麼叫女真，什麼是漢人，只覺得，一看到你，心裡就好高興；從來不覺得女真人和漢人有什麼不一樣……啊，那時候怎麼想得到，我也成了女真人……」

努爾哈赤應和著她的話說：

「女真和漢人，本來就應該是一家人——從前，女真建立金朝時，境內有契丹人、渤海人、高麗人、漢人，都能和睦相處，親如家人……只有這一百多年來才內戰不斷！」

這話引發了雪靈的感觸：

「你要做個像完顏阿骨打一樣的大英雄，就能改變這種情形！」

努爾哈赤的感觸更深，但是一時接不上話來，只好沉默以對；但，雪靈對女真的認同感已經產生，心念一轉，又興起了新的想法：

「多告訴我一些女真人的歷史好嗎？」

這下，努爾哈赤的心緒也大幅波動起來，應承她說：

「好的。」

那是他向所熟悉的——以往，每當心緒不寧的時候，他總是讓自己默默獨處，懷想祖先，讓自己的心靈和祖先在一起——依附著祖先的精神，他的心中自然而然的產生了安定的感覺，更從而產生出一股巨大的精神力量和奮鬥的勇氣來；這樣，他的心情很快就能恢復平靜，來面對眼前的挑戰。

尤其是來到李成梁府做人質的這六年來，遭遇困難、需要忍耐的時候遠較常人為多，鍛鍊出來的意志、精神也遠較常人為強；這股安定感便常是他能克服困難、忍耐一切的重要關鍵，使他能在鍛鍊中成長；而現在，面對雪靈的問，他更能侃侃細說：

「傳說中，天女所生的布庫里雍順在長白山之東，俄漠惠之野的俄朵里城建國以後，傳到後世，國中發生叛亂，全族的人都被殺害，只有幼子范察走脫；但，叛軍不肯放過他，派兵四處追殺；范察逃到荒野，為了躲避追兵，藏進亂草叢中，追兵近在四周搜尋，情況非常危險；幸好，一隻奉神諭來救他的鵲鳥趕到，停在他的頭上，追兵們遠遠的看見了，認為鵲鳥停棲的地方大約是一堆枯木，如果有人躲藏的話，鵲鳥必然驚飛，所以斷定范察逃往別處去了，他們也就轉往別處搜尋；於是，范察逃過了這一劫❶！」

雪靈偏著頭想了一想，問：

「范察是真的有神助嗎？萬一那鵲鳥沒接到神諭趕來救他，可怎麼辦？或許，是范察急中生智，自己引了鵲鳥來救他——是了，他一定是把囊中帶的乾糧撒在身上，引得鳥兒來吃，從遠處看去，就像鵲鳥棲息！」

努爾哈赤忍不住莞爾一笑：

「你這小腦袋也不知道是什麼做的，有這麼千奇百怪的想法！」

雪靈微笑著說：

「這不是千奇百怪的想法——我只是想著，一個人如有神助，當然是件好事；但如果沒有得到神助，便要自助！得不得到神助，自己掌握不住，得靠運氣，自助的話就全憑自己的本領；所以，我想，范察一定是個聰明、勇敢的人，即使沒有神助，也能脫險！」

努爾哈赤心中一動，不自覺的點著頭：

「不錯！因為他勇敢，才能臨危不懼、不亂，冷靜、從容的想出脫險的方法；因為他聰明，才想得出方法——」

雪靈甜甜一笑：

「你也覺得我想的有理？」

說著，她又問：

「范察逃過了這一劫，以後呢？他中興復國了嗎？」

「沒有——」努爾哈赤搖搖頭，告訴她：

「中興復國並不是一件簡單的事，直到好幾代子孫以後，才完成這個使命——我們這位祖先名叫孟特穆，生來聰明英武，立志要恢復先人的舊業；準備周全之後，他設下計謀，將仇家的後代四十幾人，誘騙到蘇克蘇滸河邊，虎欄哈達下，距離俄朵里城以西一千五百多里的赫圖阿拉❷，先殺了一半的人，再捉了剩下的人，逼令他們交出政權，這才恢復了布庫里雍順所建立的國家！」

雪靈聽了，登時發出崇敬的讚嘆：

「真了不起！這位孟特穆可真是智勇雙全！以寡擊眾，中興復國，真是大英雄！」

努爾哈赤微笑著說：

「他是我的六世祖——據我的祖父說，他的容貌十分威武……」

但，故事才起頭，卻被突然傳來的敲門聲打斷，隨即，一個重重的男聲在門外響起：

「努爾哈赤少爺在嗎？」

「什麼人找我？」

起身開門一看，來的是守門的軍士，他問：

「什麼事？」

「門上來了一個人，說要找您；鬧了好半天，我們都沒辦法把他趕走；剛才，他看我們不肯通報，竟然跪下來求我們——弄得我們不好再趕他，只有來給您通報一聲，看您見是不見？」

努爾哈赤詫異的問：

「是什麼樣的人？叫什麼名字？」

軍士回答：

「名字不肯說，但，看裝束是個女真人！」

努爾哈赤一聽，心裡微微一顫，隨即點頭：

「我跟你去看看——」

雪靈走過來，朝他問：

「會不會是從建州左衛來的？」

努爾哈赤苦笑一聲道：

「不知道——如果是的話，這倒是六年來，第一次有建州左衛的人來找我呢！」

無奈和酸楚一起湧到心田，六年來所累積的濃郁如稠的苦汁，和有家歸不得的辛酸、在外漂泊流浪的艱難困苦以及對親人的懸念，全都翻江倒海似的奔騰起來；他用力甩甩頭，硬忍下這一切難受，勉強擠出聲音來對雪靈說：

「我去看看——」

說完，和那軍士一起離去；走到側門上，遠遠就望見一個跪地的人影；女真裝束，而因為跪地不動，任憑雪花飄在身上，冷得簌簌發抖。

努爾哈赤一見便心生不忍，快步趨前，一面用女真語對那人說：

「快起來！這樣會凍壞膝蓋的！」

那人聞聲，抬起頭來，顫顫的喊：

「少主——」

努爾哈赤心頭一震，登時發出一聲帶著激動的驚呼：

「帕海——怎麼是你？」

是塔克世的隨從——他立刻一把拉起帕海來，帕海已經凍得臉色發青、嘴唇發紫，兼之情緒異常，站起來之後腳步不穩，口齒不清，只說得出模糊的兩句：

「有事……來報……」

努爾哈赤一看，心中越發狐疑、不安，稍稍轉念一想，拿定了主意；於是，他吩咐帕海稍待，轉身吩咐那軍士去牽兩匹馬來，馬來了以後，將其中一匹的韁繩交給帕海。

「到別的地方說話——跟我走！」

兩人縱身上馬，離開原地；努爾哈赤十分熟悉廣寧的環境，因此，跑不了多時，就到了一處荒僻得不見半點人蹤的所在。

這原是一條小溪，天寒，溪水結冰了，堅固得和陸地一樣，非常便於行走；而又因為它原是溪流，上面沒有半戶人家，空曠得只有風雪經過，只要一有人走近，立在溪上的人立刻可以看見，因而是一個談私話的好地方。

兩人下了馬，努爾哈赤才開始要仔細問話，帕海卻急切的搶先說：

「老爺和四爺失蹤了——家裡亂成一團，沒人拿得定主意，少主，您快想想辦法！」

他又慌又亂，幾句話講得像連珠砲，而聽在努爾哈赤耳裏卻如轟然雷鳴，不祥的預感再度黑雲般的壓在心頭，他咬著牙忍耐，力持鎮定的對帕海說：

「怎麼回事？你慢慢的、仔細的說！」

帕海用力吞下幾口口水，盡量把話說清楚：

「前幾天，老爺和四爺悄悄出門，說，為免引人注意，不帶我們跟去；又說當天就回來——可是，已經三天了，還沒回來；福晉派我出來打聽消息，方才，我去古勒城，打聽他們的下落，但是，古勒城的人都被殺光了……」

一語未畢，努爾哈赤已經用力抓住他的手臂，大聲吼叫：

「什麼？他們到古勒城去了？」

他下意識的使勁出力，而且抓著帕海搖晃；帕海險些跌倒，但是極力支撐著，同時肯定的回答他的話：

「四爺臨走，確實這麼說！」

一面又補充著說：

「現在，大家都擔心他們出了意外；所以，我不顧一切來找您——他們失蹤了，沒人當家作主……」

而努爾哈赤的心緒被攪亂了，情不自禁的衝口狂呼亂喊：

「不，不，不會的……他們不會有事的！不會的！」

帕海見他這樣，恐懼得輕輕發抖，過了好一會兒才鼓起勇氣來，囁嚅著，顫聲的說：

「少主，您回家去吧——全家，靠您拿主意呢！」

努爾哈赤激動得全身一陣抽搐，而後，他使出全力控制情緒，讓自己平靜下來，而且面對現實的做了理性的思考；他先不答覆帕海的請求，而是分析情況：

「看來，現在只有李成梁和尼堪外蘭知道他們的下落了！」

接著，他對帕海說：

「我去找李成梁，當面問個明白；你到圖倫城走一趟，不過，別去找尼堪外蘭，那個人一向陰險狡詐，找到他，他也不會說實話的；你還是向圖倫城的軍士們打聽的好，最好是找那些跟過尼堪外蘭去古勒城的人，消息會確實點！」

帕海點點頭：

「是。我立刻就去！」

努爾哈赤又想了一想道：

「打聽完消息，你也別再到廣寧來找我了！」

說著，他一咬牙，下定了一個決心；於是，他告訴帕海：

「我一定設法回建州左衛——最多三天吧，我一定回去！所以，你去了圖倫城，就直接回建州左衛！」

「是。」

「你這就走吧——騎了這馬去，這裡離圖倫城很遠，不能靠走路！」

帕海猶豫了一下：

「但，這馬是總兵府的——」

努爾哈赤道：

「就因為這樣，你到圖倫城打聽消息，才不致引人疑心——你到圖倫城後，隨便捏造個名字來歷，唬住人就行；而有了這馬，多半會被認為你是李成梁已經收買的人，給他跑腿來的，說不定有人更樂意告訴你消息！」

帕海恍然大悟：

「我明白了！」

說著，他躍上馬背，一揚鞭，馬匹飛奔而去；不多時，偌大的身影只剩下一個小黑點，再不久，連小黑點都看不見了。

努爾哈赤望著這個黑點在迷茫的白雪中消失之後，才躍上馬背，返回李成梁府；一路上，他的心情惡劣已極，而身外的狂風暴雪也落下來了，他竟忍不住仰天長嘯。

帕海的陳述已經隱隱是一個噩耗，未經證實，但直接扣緊了他的預感……

心緒絞緊了，胸口燃燒了……他全身熱血翻湧、沸騰，彷彿要自身軀中爆裂飛濺出來……

於是，他不自覺的加倍用力狂揮馬鞭，而渾然沒有聽到馬的陣陣悲嘶……

註一：努爾哈赤的祖先中名叫「范察」的有兩人，另一人是孟特穆之弟，後掌建州右衛者。

註二：虎欄也寫作「呼蘭」，滿語「煙囪」之意，「哈達」為「山崗」，此山即煙囪山，又稱灶突山。赫圖阿拉為滿語「橫崗」，位於今遼寧省撫順市新賓縣境內。

3

李成梁的書房布置得極盡講究、氣派之能事，一幅寶藍色織百隻虎豹的地毯鋪滿了地面；整排紅木書櫃上收藏著精心搜求而來的歷代善本書，其中最具特色的一櫃面西，放置著非常完備的全國山川圖說、地理志、兵書、兵器圖說、陣法等等戰爭用書、圖軸；以數量之豐、蒐羅之細密完備、分類整理之精要妥善，在在都是本朝私家收藏中的第一名。

書房的正中央擺著一張極大的紅木雕花書桌，桌上齊備著上好的文房四寶，都是難得一見的極品；面南的壁上懸著一幅大與壁齊的草書，筆酣墨濃下的幾個字展現著雄壯奔騰之氣，看來神似龍蟠虎踞於壁；這幅字出自本朝名家的手筆，寫著兩句唐詩——

但使龍城飛將在
不教胡馬渡陰山

字寫得酣暢淋漓，氣勢磅礴，彷彿天風海雨逼人，也襯出了李成梁功成名就後的身分——坐在這幅大字前面，李成梁志得意滿的神情中更增添了三分霸氣，十足是個不可一世、威鎮邊關的大元帥。

但，儘管兵書滿架，四寶齊備，李成梁卻極少在此地讀書或動用筆墨──他平常喜歡在書房裡沉思，是因著布置、陳設都具匠心，和他本人的「味道」接近，氣氛有助於思路暢通、清明、縝密；喜歡在這裡召見心腹談事，則是因為書房比廳堂來得隱秘，而且對屬下來說，在書房召見，便是被當作「自己人」，意義不同……

更何況，儘管「寧遠伯」的名位是拿軍功得來，而非文墨；他的功名是在戰場上建立的，而不是在書房之中；但他卻明白，在重文輕武的本朝，人們心目中尊敬、崇拜的是大儒、學者，而非武夫；擁有一座氣派講究、藏書豐富的書房，可以改變、提升自己的形象，就如同本朝的一代大儒、平亂名將王守仁一樣，廣受景仰。

基於這樣的見識，修建了本朝第一的書房，他自然也會多撥出一點時間留在書房裡；因此，凱旋班師，回到府中，一頓飽餐之後，他特意換上質料、做工都比官服還要講究的便服，信步走進書房。

他背剪雙手，昂然的站在書房中，目光隨意瀏覽；最後，視線定定的停留在壁上的大字；早年讀書不多，他對字畫的鑑賞和品味十分有限，即使是重金購得，或者各方贈獻得來的歷代名家手筆，大都因為意境太過高奧而被他束之於內庫，唯獨這一幅大字，因為「性相近」而深得他的青睞，懸於壁上，多年來始終不曾換掉，竟成為書房的一部分。

「但使龍城飛將在……不教胡馬渡陰山……」看了再看，口中跟著誦念一遍，然後，他情不自禁的發出了得意的大笑。

這一仗打得漂亮極了，他感到非常滿意；雖然摧毀的兩座城規模都不大，首功和擄獲的財物牲口也不多──關外所謂的城，和關內比起來，只能算是一座小寨而已──但，阿太這個心腹大患除去了，報給朝廷的奏疏可以大大發揮一番，加上幾分誇張，一樣是大功一件；一如往昔，他彪炳的軍功，又多一次累積。

「『寧遠伯』的勳爵，一半靠這些『賊奴酋』的腦袋，一半靠運作，雙管齊下換來的──」

他默默的想著，眼中掠過一道混合得意與感慨的複雜神色；半生戎馬，久歷官場，什麼都經歷過了，任何一種對自己有利的伎倆他都懂得……然而，眼前這些榮華富貴的得來，委實不是件容易的事！

他的先世為朝鮮籍，高祖李英內附，歸化為明朝臣民，被授世襲鐵嶺衛指揮僉事之職；但，傳到他這一代，家境已經清貧如洗；他雖有世襲之職，本人也英毅驍健，有大將之才，卻因為窮得連進京的盤纏都沒有而無法襲職，到了四十歲猶是生員；幸得四十歲之後巧遇貴人──一位十分器重他的巡按御史，得知他的窘迫之後，贈金資助他入京，這才襲了指揮僉事之職；此後，他才有機會在軍旅中求取上進，逐步積功，升遷到遼東險山參將、副總兵等職。

而仕途起步既晚，過程坎坷，得位之後，當然加倍珍惜，也遠比其他人懂得運作之術，謀取節節高升……隆慶元年，張居正入閣任大學士，成為朝中要人；第二年，戚繼光被拔擢任薊鎮總兵❶，鎮守環衛京師的薊鎮、永平、山海關等要地，儼然成為本朝第一武將；目光敏銳的他，在一陣思考後，認清了事情的關鍵點，立刻把自己的政治前途壓寶似的投到張居正身上，不惜一切的大力結交，一面也極力在戰場上作表現，締創無數戰功；果然，目標準確，方法奏效，他成功了。

隆慶四年，他升任遼東總兵；兩年後，穆宗崩逝，當今的萬曆皇帝即位，朝中人事更迭，張居正成為獨攬國政的「元輔張少師先生」，馮保成為後宮第一權宦，而他既已建立深厚的聯結基礎，此後當然更全力逢迎，仕途也就一帆風順；剿滅王杲後，幾年間，他又以數破入侵遼東的蒙古各部、鎮壓女真各部的作為而軍威更盛，官銜先加太子太保，世廕錦衣千戶，再進為加太保，世廕本衞指揮使；到了萬曆六年十二月，他以出塞二百餘里的直搗圜山破土蠻之役大捷❷，累積的軍功已達當代武將之最，於是，朝廷加封他為寧遠伯，歲祿八百石。

但，榮華富貴固然已經掙來，想要長久保住，還得更加努力──回想自己以往的榮耀之際，他並沒有得意忘形的忽視了眼前的隱憂。

他的目光從「但使龍城飛將在，不教胡馬渡陰山」上移開了，腳步也緩緩移動，在書房裡踱了一回方步，然後，他吩咐：

「傳如梅！」

李如梅一來，他先言簡意賅的問：

「李定什麼時候到？」

李如梅回答：

「孩兒已派人沿途接迎，每個時辰都會回報當下的行程──他因為不慣在風雪中行進，行程比預定慢了些，但，估計今天入夜前一定可到！」

他「嗯」了一聲，隨即交代：

「你先去準備十來份厚禮——每份金、銀各五千兩，再讓師爺陪你挑些上好的字畫、古玩，一份給李定，其餘備用！」

他胸有成竹——儘管朝中人事更迭，但，無論誰上臺，只消捨得拿財帛去買，就斷無不通的路——這是他行之多年的「法寶」，百試百靈；以往，他每打一次勝仗，就有許多人喝采，把他的戰功誇大好幾倍向皇帝美言，打敗了則為他掩飾推諉；偶爾遇到幾個正直的人要據實以報，也往往被他所結交的權臣阻止，甚至排擠；因此，他連掩敗為勝的謊都敢說，殺良民降卒冒功的事都敢做；只要朝中的權臣收下他的重金，他的前途就光明似錦；橫豎他鎮遼多年，光是在軍費、馬價、鹽課、市賞等項目上的好處就已抵得過一座國庫，更何況他還仗著遼東總兵的特權，任意搜刮民脂民膏，乃至於全遼商民的利益盡入他的私囊，從這些非分的所得中，提出個一兩成來，就足夠賄賂滿朝要人了。

而且，他也深知，朝中的權臣、宦官敢胡作非為，心中有恃無恐的一大原因也是因為結交了擁重兵的邊帥，作為援引——這相互勾結的微妙關係，只要拿捏得恰到好處，善加運用，效能就增加好幾倍！

而準備禮物的事，李如梅和師爺都有豐富的經驗——以往，即使沒有人事更動，每逢年節，也都要以厚禮打點京師要人！

這一次，他特別用心，於是又特別提示幾句：

「朝中換了新人——你告訴師爺，有幾份的古玩珍寶要加倍，挑最上等的東西！」

繼張居正任內閣首輔的是張四維，早在上任之初的前幾個月就打點過了，但，禮多人不怪……

他思忖著：

「等李定來——今夜確定下名單，明天一早，連同這次大捷的奏疏一起送進京！」

等李定來，是因為要向他打聽目前在宮中得寵的太監名單……他打的如意算盤一如往昔，大捷的奏疏送到皇帝跟前的時候，宮中、朝中收了他好處的權要們就一起為他美言……

嘴角微微牽動了一下，眼皮輕輕跳動，他用平和的聲音吩咐李如梅：

「你去吧！」

而就在這時，門外傳來聲音：

「父帥，孩兒如桂告進！」

「進來！」

李如桂稟報的是家常事：

「大兄有書信到來！」

「唔，是平安家書麼？」李成梁隨口一問，眼角掃過李如桂高捧在手上的信函，雙手文風不動。

李如桂熟悉他的慣例，呈上書信不過是個形式，李成梁所要知道的是信中要點，尋常的平安家書他根本不會細看，因此，恭敬的稟道：

「是。大兄已經平安到達山西，就總兵官任了！」

李成梁點點頭，吩咐：

「嗯，讓師爺回封信，說我要他盡忠職守——」

「是！」李如桂應著，隨即再稟：

「慶功宴都已經準備好了！」

「知道了！」

於是，李如桂和李如梅一起行了禮退出書房，各辦各的事去了；而李成梁的思緒被這個岔一打，便不由自主的從送禮的事轉到李如松身上；自己的兒子，他當然清楚，早些年，李如松隨他從征，得了些軍功，也廕了都指揮同知，充寧遠伯勳衞；後來再遷署都督僉事，做到了神機營右副將；如今，算是掙到了一片天，出任山西總兵官——父子同為總兵，並居要鎮，在本朝乃是罕例——但，其中並非沒有隱憂：

「如松不夠聰明，心思不夠細密，沒有謀略……位子高了，要應付的事不只是戰場上的刀槍，他恐怕弄不周全……他驍勇有餘，智謀不足，有膽無略，可怎生是好？」

想著，他喟然長嘆：

「官位可以替他運作，軍功可以替他製造，就是腦袋不能替他換一個！」

心情沉重了起來，竟使他不自覺的從座椅上起身，默默的踱起步子，過了許久之後，他喃喃自語：

「眼前，還是多替他使點力吧……朝廷裏的牛鬼蛇神，他應付不來，萬一讓人看他不順眼，看他眼紅，買通了言官整他……」

有些錢可不能省——他立刻叫了李如梅來，吩咐他，送到京師的賄賂再加一倍豐厚，而且帶上李如松的名片。

註一：明代「九邊」中的薊州一鎮，防線從山海關開始，是明朝的「九邊」中最靠近京師的重地，直接捍衛京師；直接轄有喜峯口、馬蘭峪等關及遵化、薊州、豐潤、玉田四縣；整條防線東至山海關三百五十里，西至黃花鎮四百五十里，長達兩千里，負有捍衛京師的責任，當然是最重要的防線。

註二：《明史．韃靼傳》所記載的「土蠻」，即是《蒙古源流》、《蒙古黃金史》中所記載的「札薩克圖．圖們可汗」。

4

天黑之後，有九千九百九十九間房的皇宮裏點起了數以萬計的明燈，照得室內一片清亮；但，室外的過道廊徑階庭欄杆仍顯得昏黯影綽；太監們打著燈籠行走，遠看宛如一排排的螢火蟲。

兩排分列左右的螢火蟲隊伍走到內閣，帶引了值宿內閣的首輔張四維進入隊伍後，又往文華殿走回；只是，顧慮張四維年事已高，路徑不熟，須小心行走，因而速度慢了許多。

反倒是張四維本人，儘管腳下快不來，心裏卻急得恨不能插翅而飛，立刻趕到文華殿——這是他入仕三十多年、任內閣首輔半年多來，第一次蒙皇帝單獨召見，是生平最榮耀的事，怎麼會不興奮、雀躍呢？

「恩寵……殊榮……居然給我遇上了……」

大明朝的皇帝，勤勞得在夜裡召見值宿的閣臣，已經是幾十年都沒有的事了——他想得心頭陣陣發熱，感動得幾乎老淚縱橫，身體顫巍巍的險些跌倒，口中喃喃出聲：

「萬歲爺如此勤政，莫非『萬曆之治』的願景就要實現了？」

於是，熱血更加沸騰；一進入文華殿的正廳，望見了端然正坐的朱翊鈞，他竟以比平常高出兩倍的聲量喊：

「老臣見駕……萬歲萬萬歲！」

聲音大得讓第一次單獨召見大臣的朱翊鈞嚇了一跳，睜大眼睛看他，因而忘了說話，忘了喊「平身」，而形成君臣兩人相對無言、張四維一直跪著的場面；直到好一會兒之後，侍立的張誠再三的朝朱翊鈞擠眉弄眼，才提醒了朱翊鈞，但，這君臣首度會面的氣氛已陷入了無可挽回的尷尬。

張四維的腿已經跪麻，只好由太監扶他起身；而就在起身的剎那，他一抬眼，恰巧正對朱翊鈞的臉，霎時間，他不由自主的愣了一下。

比在朝廷上謁見時的距離近了許多，他看得非常清楚，這張臉和以往大不相同了——他直覺的感到，小皇帝長大了，原本從俊美的臉上流露出來的三分稚氣，已經有一分化為英氣，一分化為銳氣；在身旁兩排明燈的輝照下，一雙眼睛更顯得炯炯有神；他的心裏登時掠過一道複雜的思緒。

「不容小覷啊，別再當他是個孩童……哦，天佑我朝，要出勤政的聖主明君了……我須好好應對……」

奉召之時，他已經思索了一遍，夜裏召見值宿的閣臣，本該是有重大的急事諮詢，但這幾日，天下無事，不知道皇帝要諮詢些什麼——他重複著提醒自己要小心。

而朱翊鈞開口說話了，內容卻令他大吃一驚：

「張卿，你倒說說看，張居正究竟是一個什麼樣的人？」

他險些「啊」的發出驚呼，白天已經討論了一上午的事，晚上還要特地單獨召見他——一個念頭閃到心裏，他斷定，皇帝非常重視這件事，重視到了入夜以後還在思考、垂詢的程度，實在非同小可。

但，這個話委實不好回答——上午在朝班之上，因為人多，大家眾口紛紜，還容易敷衍；這當兒卻只有自己一個人在皇帝跟前，無論說什麼都沒有人分攤責任。

更何況，他還沒能揣摩出皇帝心裏的想法究竟是什麼，萬一回答的話正好違逆了龍心聖意，豈非大大不妙？

因此，他萬分為難……掙扎了好一會兒，他才像下賭注似的偏向一個思考點：

「他畢竟是張居正一手教大的孩子，心裏多少有點依戀……就算朝裏有人說點壞話，也不見得會全盤抹煞……」

在探知皇帝真正的心意前，說話應有所保留——他十足鄉愿的回答：

「張故太師任內閣首輔多年，作為甚多，舉凡改革稅制、整頓吏制、治理河道、加強邊事等，各方面都大力進行，以期裨益國計民生……」

他說話的態度非常恭敬，語氣非常誠懇，但，滔滔不絕的說了一大串，卻都是沒有具體內容的冠冕堂皇；只說張居正做了許多事，卻不肯說張居正做得好還是做得壞。

朱翊鈞耐著性子聽，但是，聽了好半天還是搔不到癢處，忍到不耐煩了，發作了起來——他直著嗓門，大聲的說：

「朕是問你，張居正到底有沒有貪贓枉法，收受賄賂？」

用詞尖銳，語氣犀利；而且，他的眼中射出懾人、逼人的火光，凶得有如一隻猛虎。

張四維不自覺的全身一顫，「噗」的一聲跪倒伏地，絞盡腦汁的在瞬間想出幾句敷衍、搪塞的話來應付：

「老臣惶恐……老臣……對張故太師的私德，所知不多，不敢妄言；求萬歲爺寬限些時日，容老臣與吏部、言官諸同僚仔細查明後再奏……」

朱翊鈞嘿然冷笑：

「你需要多久時間？」

張四維吞吞吐吐：

「十天……半月……」

朱翊鈞不滿意，但是接受了——他隨即吩咐：

「你盡快查清楚！」

說著，不等張四維叩首喊「遵旨」，又緊接著問：

「那麼，李成梁的事呢？你以為，該怎麼發落？」

張四維的頭伏在地上，索性不抬起來，避開朱翊鈞犀利的眼神，唯唯諾諾的回答：

「老臣當盡全力督促，責令所司盡快定議……至於邊帥的發落，事有前例可循——無論李成梁父子的作為如何，都可比照戚繼光的例子改調他鎮！」

戚繼光也是張居正所重用的人，原本是當代第一名將，早年因禦倭寇[1]建下無數戰功，而被拔擢為環衛京師的第一重鎮——薊鎮總兵官，歷時十六年；張居正一死，戚繼光首當其衝的倒楣，即使毫無過失，也被莫須有似的以「不宜於北」的理由改調為廣東總兵。

這是一個月前的事，朱翊鈞的心中還留有深刻的印象，一提就想得起來；於是，他「嗯」了一聲，微微點了一下頭，說：

「改調到不怎麼要緊的地方去，也是個辦法——你給朕仔細想好了奏來！」

張四維暗自鬆了一口氣，口裏朗聲的說：

「老臣遵旨！」

總算可以退出去了——來的時候，心中所自以為的「恩寵」、「殊榮」早已化為烏有；走到半途，他更覺得身體涼颼颼的，定一定神之後才意會到，官服裏面的襯衣已全被冷汗濡濕了；好不容易回到內閣，一進門，整個人幾乎癱倒在地。

原本以為是千載難逢的「獨對」，終了卻須慶幸能夠結束……他坐了好久，喝完下人送上來的一整杯熱茶，心裏還是不寒而慄。

就寢以後，他根本無法闔眼，直視著黑濛濛的帳頂，卻老是恍覺朱翊鈞犀利的眼神就在前方，心裏更是反反覆覆的胡思亂想；一會兒想著：

「他長大了，不是個孩子了，不管什麼事都要追根究柢的查問了……」

一會兒又從另一個角度想：

「到底還是個孩子啊，不明白世間百態；官場之中，哪裏會沒有一個『賄』字呢？」

哪一個官員不是往上級送賄，往下級收賄的呢？

他從嘉靖三十二年考中進士、入仕為官開始就已經把這個「賄」字寫得龍飛鳳舞；甚至，早在入仕之前就已深諳此道。

他的大舅是名臣王崇古，父親和小舅是鹽商，從小，他就親眼目睹著父、舅兩方因善於運用「官商勾結」之術而大富大貴；鹽商倚仗大官而獲得專利的特權，橫行成暴發，大官也從鹽商身上得到經濟上的後盾，而有能力巴結上司、權貴，使自己步步高升；入仕以後，他不但如法炮製，還加倍使力，先是巴結了當時任吏部尚書的高拱，使高拱提拔他升官；接下來又巴結上張居正、馮保，使張居正引薦他以禮部尚書兼東閣大學士。

而今，張居正已死，自己順理成章的繼張居正任內閣首輔——送賄的對象當然不會是已死的張居正，但，他怎能向朱翊鈞奏明，現在，自己最大的送賄對象乃是朱翊鈞的外祖父、李太后的父親武清伯李偉呢？

當然不能說出口——他只有在心裏喃喃自語：

「孩子長大到了二十一歲，要查賄……還得再過幾年才會全盤明白，官場之中，無人不賄，無時不賄，無處不賄……人到真正長大的時候，才會明白『水至清，澤無魚』的道理……」

二十一歲是小猛虎般的年齡，自己身為內閣首輔，得小心應對；但，挨過幾年，就太平無事了——他想著，口裏發出幾聲嘆息，心裏卻寬坦了不少。

而完全體會不到他的想法的朱翊鈞，儘管嘴裏已經同意給他十天半月的時間查明張居正的受賄問題，人也回到了乾清宮，心裡卻寬坦不下來，像死擰著，個疙瘩般的反覆叨念：

「朕一定得弄清楚，他究竟是個什麼樣的人？是不是和馮保一樣，貪贓枉法到富可敵國的地步？為什麼他教朕做個聖人，自己卻盡做壞事？」

彈劾張居正的話，他其實已經信了五、六分，只是還沒有看到全部的證據，不免忐忑而已；而陪著他，仔細察言觀色的鄭玉瑩心裏卻犯著另外一種嘀咕：

「好端端的像忽然中了邪似的，連夜跑到文華殿去召見閣臣問話；回來又像得了失心瘋似的，滿口念念有詞；其實就是那個『張居正』，陰魂不散的纏著他！」

她不清楚朝廷中正在議論張居正功過的情形，但她很清楚，朱翊鈞的心像天，時晴時陰時雨，有的時候確實擺脫掉了張居正的束縛，有的時候仍然會受影響——自己雖然寵冠後宮，但還沒有完全擁有朱翊鈞的心，因為，張居正的鬼魂仍然在裡面霸佔住一個角落。

而她並不想與張居正爭風吃醋，也不急著與張居正作戰——聰明的她很清楚自己可以用迂迴婉轉的方法把張居正徹底的趕出去。

一如以往，她使用了轉移朱翊鈞注意力的方法，帶著盈盈淺笑，溫柔體貼的說：

「萬歲爺，您既親口答應了大臣，給個十天半月的時間，自己幹麼還老擱在心上呢？十天半月以後再料理吧！現在，且容臣妾伺候些消閒解悶的事，以慰萬歲爺為國事煩勞了一整天的心！」

朱翊鈞笑了：

「你最善於給朕消閒解悶了——白花花的銀子就好玩得很！」

他的玩心上來了，但是，眼珠子一轉，又想起了一件事：

「黃昏時，朕在門外聽到你唱歌，好聽極了！」

鄭玉瑩立刻款款施禮，甜笑著說：

「謝萬歲爺誇獎！」

朱翊鈞道：

「張先生一向認為『玩物喪志』，所以，朕極少聽人奏樂、唱歌——你再唱給朕聽聽吧！」

鄭玉瑩的機會又來了——她立刻接著這個話頭，順流而下似的說：

「臣妾一定領命——但，與其由臣妾唱給萬歲爺聽，還不如萬歲爺您自己來唱，更能領略詞曲之美！」

朱翊鈞聽得一愣：

「什麼？朕自己來唱？朕從來就……就不會唱歌的呀！」

鄭玉瑩道：

「萬歲爺英明，一定一學就會！」

說著，她補充解釋：

「臣妾會唱歌，也是學來的——往昔，臣妾家中蓄有優伶、樂伎、舞姬，閒時跟她們學學，很快就什麼都會了！」

朱翊鈞被她說動了：

「好，你教朕唱歌吧！」

鄭玉瑩立刻行禮：

「臣妾遵旨！」

隨即歪頭想了一想，道：

「前兩天，萬歲爺扮演張居正，串戲的本事高過後唐莊宗李存勖；這會兒，臣妾便教萬歲爺唱支後唐莊宗所做的詞曲〈如夢令〉，萬歲爺也一定唱得比李存勖本人還好！」

朱翊鈞詫道：

「李存勖作過詞、曲？朕怎麼不知道？」

但，隨即醒悟，一拍額頭：

「都是張居正——他不准朕涉及任何『玩物喪志』的事！」

鄭玉瑩立刻再把話頭調離張居正，笑著說：

「萬歲爺學會以後，索性來扮後唐莊宗——他是皇帝中的奇才，通音律，善串百戲，個性詼諧風趣——萬歲爺扮起他來，一定絕妙之至！」

朱翊鈞立刻拍著手笑：

「太好了！又多了件有趣的事！朕來扮李存勖，上朝的時候，是唱著歌去的！」

鄭玉瑩一見他的興頭已起，立刻命宮女取了一支笛子來，自己先按譜試著吹出曲調來，接著便一句一句的教給朱翊鈞：

曾宴桃源深洞，一曲舞鸞歌鳳，長記別伊時，和淚出門相送；如夢，如夢，殘月落花煙重。

〈如夢令〉短而旋律優美宛轉，詞意纏綿蘊藉，朱翊鈞一學就朗朗上口；而且，一句唱出，心中登時升起一股驚喜感，既對自己初次施展的歌喉產生了出乎意料般的滿意，也得到了一種奇妙的、美好的感受；一曲唱完，他更愛極了詞中風流多情的韻致，於是反覆唱了好幾遍；唱得熟了，鄭玉瑩開始吹起笛子來為他伴奏；兩人練了兩遍就配合得天衣無縫；生平首次接觸音樂的朱翊鈞越發覺得其樂融融、心曠神怡……

夜深了，明月升起，照見花影，也照見一雙弄笛唱曲的人影；如夢，如夢，他陶醉了。

註一：倭寇入侵，從明朝初期就已開始，成為嚴重的禍患則是在嘉靖年間；當時日本正處在「戰國時代」（一四六七至一五七三年，織田信長、豐臣秀吉、德川家康等人陸續稱雄，而尚未統一的時代），各封建諸侯為了爭權奪利、擴張勢力範圍，彼此爭戰不休；在戰爭中的潰兵敗將，失掉軍職的武士——「浪人」淪為海盜，並與一些不肖的漢人聯合，在沿海地區搶劫、作亂；由於日本曾受漢朝封為「漢倭奴國」，因此這些來自日本的海盜被稱為倭寇。

5

夜色極美，明月映雪，特別清亮，但，映照到李成梁府的大廳時卻顯得黯然無光——大廳中正在舉行慶功宴，燈光和火光一起放出刺眼的光芒，室內亮得更勝白晝，酒肉菜餚混合蒸出的濁鄙之氣，更是整個掩去如詩月色的清美。

大廳中擠滿了人，李成梁所蓄養的一千多名家將，半數分散在軍營中與兵丁歡宴，半數在這裏接受犒賞，人人席地而坐，面前一張小几，放滿了醇而烈的美酒和各式山珍海味；銅火盆裡生著熊熊烈火，將酒食的氣息烘得更濃郁，將人人興高采烈、觥籌交錯的氣氛烤得更熱烈；一室之中，歡笑呼喝聲不斷，喧囂得直逼年節喜慶。

高坐上位的李成梁當然更顯得飛揚跋扈，暢快欣慰；環顧著周遭的歡鬧氣氛，不時發出朗聲大笑，一杯接一杯的喝著酒，接受家將們的敬賀。

酒過三巡，酒意已濃，心頭開始飄然，情緒更加興奮、激昂，於是，他情不自禁的擊掌放歌：

大風起兮雲飛揚，威加海內兮歸故鄉，安得猛士兮守四方——

他唱的是漢高祖劉邦在功成名就之後所做的〈大風歌〉，歌聲高亢、洪亮、奔放，將歌詞中雄壯的氣勢唱得淋漓盡致，聽得座上的人皆不約而同的鼓掌叫好，甚至跟著合唱，帶得氣氛更加熱烈、勃發，也激得李成梁的豪興更高，索性擊掌作拍，一氣呵成的放聲唱了下去：

大風起兮雲飛揚，威加海內兮滅胡虜，有我猛士兮守四方——

歌詞改動了幾個字，更切合他的身分；詞中口氣極大，完全是他意氣風發的心聲；而且他唱得氣勢磅礡，無論歌聲、神情，乃至舉手投足之間都流露出一世之雄的氣概，聽得座上眾人更加如癡如狂，不但歡呼和鼓掌之聲四起，更有人高聲呼叫：

「元帥威猛……滅胡虜啊！」

呼聲一出，原本已經情緒高張的眾人，更加熱血沸騰、慷慨激昂，頃刻間，一屋子的人都齊聲大呼：

「元帥威猛……滅胡虜啊！」

聲浪一波波的翻湧，久久不絕，音量大得震耳欲聾，傳到屋宇之外，有如雷電齊鳴，不但穿透了風聲和雪聲的掩蔽，更傳到了正破雪而回的努爾哈赤的耳中。

他處在心情混亂中，帕海的話和他自己的不祥預感糾結在一起，令他不由自主的思索、猜測著事實，推論出不幸的情況；但，思緒中又存著一個矛盾的念頭，他寧願自己的預感和猜測都是錯誤的，不幸的事並沒有發生……因此，他的心情起伏不定，情緒焦慮不安，全身的血液沸騰到燃點，瀕臨無火自焚的邊緣，再猛一聽這排山倒海似的歡呼聲，他先是被震得愣了一下，緊接著，打內心深處發出冷顫。

刺入他心窩的首先就是「胡虜」這兩個字——待在李成梁府中六年了，他和每一個人都相處得極好，心中早已不存著胡漢殊族的鴻溝；但，就在這時，這兩個字像利箭般的射入心中，刺穿他的心，發出一個森冷的顫聲：

「我也是你們心中的『胡虜』啊！」

一種前所未有的孤立感包圍了他——他清楚的體認到，這座他所熟悉的府第並不是他的家，他不屬於這裏，這裏也不屬於他；寄人籬下六年，這裏的人儘管表面上和他相處得很好，內心裏卻不認同他——在這樣的人羣中，他根本是個不折不扣的孤兒、異類……

想到這裏，他全身冰冷；可是，下一個聲浪又衝進他的耳膜：

「元帥威猛……滅胡虜啊！」

突然間，他全身重重一顫，整個人跳起來，心中的烈火又熊熊燃燒到沸點，咬得格格作響的牙關中迸出一個聲音：

「是啊！你們的職志，就是——滅胡虜啊！」

霎時，做過的噩夢又回到眼前，祖父和父親的頭顱離開身體，鮮血四下噴灑……

胸中一陣熱血翻滾，他幾乎全身每一個毛孔都要冒出火來，雙手握緊拳頭，兩腿失控似的朝大廳狂奔——就在這一剎那間，他的理智崩潰了，取而代之的是如烈焰般不顧一切的衝動。

他的心中只剩下一個念頭：去找李成梁問清楚，要他親口說，祖父和父親如今安在？他們是否無恙？

他像一團火似的朝李成梁那不可一世的笑聲源頭衝過去，守在門口的衛士因他是熟人，而沒有出手攔他；他很快就衝到李成梁跟前，只是，他先沒料想到，此刻的李成梁已經喝醉了。

酒到十二分，李成梁志得意滿的情緒膨脹到極點，額上沁出汗珠，醉眼通紅，還不時仰天大笑，看到一個人影出現在眼前，根本沒有分辨容貌，就下意識的伸出手，抓住對方的肩膀，高聲喝道：

「跟我去——殺胡虜啊！」

說著又一迭聲的高喊：

「如梅——如梅——」

一旁的李如桂連忙趕過來對他說：

「父帥，五哥奉您的命令在城門口迎接李定；他是努爾哈赤啊！」

「努爾哈赤？」

李成梁斜睨著醉眼瞥了努爾哈赤一下，慢慢的縮回手臂，可是還沒等到手臂全部收回，忽然又發出一聲暴喝：

「努爾哈赤也是胡虜啊！也要殺——來人！給我拿下！」

這話一出，全部的人都驚愕得瞠目結舌，愣在當場；努爾哈赤更料不到情況會是這樣，而情緒在衝動中，心中一片轟然，一時間竟失去反應；反倒是李如桂忍住驚愕，勉強擠出一絲笑容來向他打著圓場說：

「父帥醉了，你先出去吧！有什麼話明天再說好了！」

哪裏知道，李成梁酒意雖濃，心中卻清明雪亮，而且有了酒精的刺激，反應更快，一聽說眼前衝進來的人是努爾哈赤，立刻強自集中精神，定睛看清楚努爾哈赤的神情，心中登時有了防備；再一轉念，索性趁著酒意，來個出人意料的先發制人。

「斬草不除根，春風吹又生──」

他在心裏暗念一聲，然後倏的一睜雙目，射出兩道凌厲如刀的神光，口中發出一聲斷喝：

「拿下努爾哈赤──違令者斬！」

他的目光、神情、聲音全無半點酒意；甚至，威嚴、剛厲之氣比平日猶勝三分；這下，眾人的酒意全被震醒了，個個都意識到李成梁並非兒戲，再也沒有人敢遲疑，立刻一擁而上，將努爾哈赤團團圍住，就連平日和努爾哈赤情同手足的李如桂、李如楠兩人也沒敢例外，全都拔劍出鞘，和廳中的幾百家將一起圍住努爾哈赤。

努爾哈赤空拳赤手孤立在包圍他的人羣中央，遭逢這樣意外的狀況，他心中對祖父和父親的下落早已雪亮，也自知處在廳內這幾百包圍人羣，以及整座李成梁府數以千計的護衛人馬下，唯一的下場就是身首異處，化為厲鬼……

他不由得悲憤填膺，怨氣沖天，怒目環顧包圍的人羣一周，然後，他索性昂然挺立，雙臂環胸，仰頭縱聲大笑起來，悲壯、激憤的聲音中透著一絲蒼涼：

「哈哈哈哈……元帥果然威猛啊！」

6

「乾娘——乾娘——」

雪靈急切的哭喊著，聲音已因慌張而嘶啞，混在短促、凌亂的腳步聲中，特別顯得淒厲；她邊跑邊哭喊，而且一進門就朝二夫人懷中撲過去，去勢既急，重心便不穩，還沒到二夫人跟前就摔倒在地；嚇得二夫人驚叫一聲，隨即下意識的起身扶她，卻被動作更快的兩名丫鬟搶先扶起；二夫人攬她入懷，一面嗔道：

「什麼天大的事——你是摔不得的！會動胎氣的呀！」

雪靈急得如火焚身，哭得如雨撲面，咽喉緊顫得幾乎喘不過氣來，賴著全力掙扎才硬擠出聲音來說：

「乾爹要殺努爾哈赤——」

二夫人大吃一驚，不自覺的提高聲音：

「什麼？怎麼會有這種事？」

她一面撫拍雪靈的背，一面思忖著說：

「好端端的，怎麼會——我正準備等慶功宴完了，去找他說你們的親事呢——你聽誰說的？

該不會是傳錯話了吧？」

雪靈抽抽搭搭的哭著，一面斷斷續續的說：

「是真的——九哥偷偷來告訴我，讓我來求乾娘設法救人——九哥不會亂說的！」

二夫人想了一想，命身旁僕婦：

「你悄悄去把如楠找來見我！」

一面又命打手巾來給雪靈淨臉，好言哄慰她：

「世上沒有解決不了的事，犯不上先哭傷了自己——再說，你乾爹一向疼愛努爾哈赤，平日裡常誇他，不會真要殺他的——也許，只是順口說句氣話……」

但，這一說卻觸動雪靈心中隱藏的痛處，才剛稍緩下來的啼哭又高揚起來，淚水噴泉般的四溢；一面卻鼓起勇氣來，誠實的對二夫人說：

「乾爹不一定只是說句氣話……努爾哈赤告訴過我，他到廣寧來，是來做人質的……乾爹忽然要殺他，也許跟這個有關……萬一有關，便是真的……」

一聽這話，二夫人登時瞠目結舌，出聲不得，過了好一會兒才喃喃的說道：

「人質？我從來沒有聽說過呀！當時，人人都說努爾哈赤因為繼母不容，離家獨居，無以維生，來投靠元帥；我看他可憐，又特別聰明、懂事、勤勞，也就特別疼他……他怎麼會是人質呢？」

雪靈垂淚道：

「繼母不容是掩人耳目的說法，實則，他的祖父和乾爹交換條件——」

二夫人的眉頭皺了起來：

「事情這麼複雜？」

話只說了一句，門外已傳來腳步聲，兩人不約而同的停止談話，而李如楠的聲音隨即響起：

「孩兒如楠告進！」

李如楠是二夫人親生的兒子，因而在生活禮儀上無所避諱，進門後請了安就落座；二夫人也就開門見山的問：

「你對雪靈說，元帥要殺努爾哈赤——究竟是怎麼回事？」

李如楠當然早在進屋前就已經料到母親要問這件事，但，事到臨頭，還是囁嚅、吞吐了一陣才結結巴巴的回答：

「父帥在慶功，努爾哈赤衝進來……父帥下令拿下，關起來；並且命人傳喚尼堪外蘭火速趕來……行刑！」

最後兩個字，他放輕了聲音說；但，二夫人和雪靈仍然聽得很清楚，也引得雪靈立刻又哭起來；二夫人皺起眉頭，連嘆好幾口氣，沉吟了一下，咬咬牙，道：

「你父帥現在在哪裏？我去見他！」

李如楠面有難色，互搓著雙手，小心翼翼的說：

「有太監從京師來，父帥延至書房談話——極機密的，不許任何人靠近……」

二夫人再度嘆氣，連連搖頭，一頓之下再問：

「努爾哈赤做了什麼錯事，會讓你父帥下令殺他？」

李如楠道：

「他什麼事也沒有做，是父帥要斬草除根！」

二夫人詫道：

「什麼意思？」

李如楠不作聲，低下頭看著自己的鞋尖，但是終究不敢欺瞞母親，一會兒之後吞吞吐吐的說：

「我軍攻打古勒城的時候，努爾哈赤的祖父和父親都在城裏……被俘……然後……被……父帥下令處死……」

「什麼——」

發出驚呼的同時是兩個人，隨即，雪靈又哭了起來；二夫人則是連連嘆氣，繼而定定神，想了一想說：

「事情既是這樣，去找你父帥求情也沒有用了！」

然後，她對李如楠說：

「等我想想再說——你先回去吧！」

「是。」

李如楠退出後，二夫人又朝丫鬟僕婦們吩咐：

「你們也下去吧！小姐心情不寧，得讓她一個人靜一靜！」

等到房中只剩下她母女兩人的時候，二夫人先是失神似的悵望前方，黯然的眼光中隱藏著絕望，而後又發出了無奈的嘆息，伸手拍著雪靈哭得抽搐不已的背，柔聲勸說：

「別哭了！小心傷了胎氣！你的後半輩子，就全指望他了呢！」

她的弦外之音，雪靈當然聽得出來，她倏的抬起頭，圓睜著一雙淚眼道：

「乾娘，您是說——啊，不，努爾哈赤不會死的！他根本沒有犯錯！」

而這話也提醒了她自己——她心中一震，而後全身顫抖，隨即跳起來，喊道：

「他沒有犯錯，不能白白的冤死在這裏——太冤枉了！無論如何，他不能冤死在這裏！」

潛藏於生命底層的堅強剛烈之氣被眼前的困難激發了出來，她一個箭步往門外衝去；二夫人一把拉住她問：

「你要到哪裏去？」

雪靈道：

「我去放他逃走——趁現在走還來得及！他應該回建州左衛去！祖父和父親死了，他是長子，應該回去襲指揮使的職位——指揮使是朝廷命官，沒有聖旨下來，誰都無權殺他！」

她的話說得一氣呵成，而且，手臂雖被二夫人牢牢拉住，雙腳還是一個勁的要往外衝；二夫人一邊使盡力氣拉住她，一邊說道：

「你先別衝動，不然，不但放不了他，還會誤事——首先，你根本不知道他被關在哪裏，府裏這麼大，你到哪裏去放人？」

醍醐灌頂，當頭棒喝，雪靈的理智被喚回來了——她反轉身，面向二夫人，咕咚一聲雙膝落地：

「乾娘，求求您，救救努爾哈赤……救他回到建州去，他永生永世都不會忘記您的大恩大德！」

二夫人眼角含著淚水，顫顫的說：

「努爾哈赤平常也喊我一聲乾娘，我又何嘗不是拿他當兒子、女婿看待呢？」

潛藏於她生命底層的堅強剛烈之氣也被激發了出來，她勇敢而果決的盤算了一會，然後，她一手拭淚，一手扶起雪靈：

「我也知道他氣度不凡，胸懷大志，將來會有出息的……但願他日後功成名就時，沒有忘記你今日救他脫險的情意！」

雪靈流著淚道：

「他若有出人頭地的一天，您就是他的親娘啊！」

二夫人長嘆一聲：

「有你這句話也就夠了——」

說著，她仔細的想了想，告訴雪靈：

「人關在哪裏，還是我去問如楠吧！放人的事我來辦，你呢，先去找些乾糧，給他帶在路上充飢；再牽了大青，到北側門外頭去等他會合！」

雪靈聽了這番話，既佩服她考慮周到，也多了一層隱憂——她下意識的握住二夫人的手，遲疑的說：

「乾娘——您去放了努爾哈赤……乾爹知道了，必然責怪……那不是，太連累您了……」

二夫人含淚注視了她好一會兒，臉上露出一個慘淡的苦笑來說：

「由他一頓打罵吧——事情已經到這節骨眼了，還能顧著『責怪』嗎？」

說著反而推了雪靈一把：

「快走吧！遲了，或者驚動了你乾爹，會誤事的！」

雪靈又被提醒，於是不再分神臆想後果，披上斗篷，緊隨在二夫人身後，推門出屋；不料，兩人才剛跨出門檻，原來蜷臥在屋角的小黑狗樂樂，突然一躍衝過來，抬頭看著兩人，不停的搖著尾巴，嗚嗚輕吠。

雪靈對牠說：

「樂樂，我們要去辦事，你不能跟，快回屋裏去！」

哪裏知道，一向乖巧的樂樂這回卻不聽話，眼睛中露出乞求的神色，尾巴不停的搖，四腳不肯移動回屋，弄得雪靈拿牠沒辦法。

二夫人道：

「讓牠跟吧！別為牠耽誤了正事！」

於是，兩人一狗一起走出房門，分頭去辦事；二夫人到李如楠房中去查問努爾哈赤被關的所在，雪靈逕自到廚房去取乾糧，樂樂緊跟著她，一步也不肯落後。

快走到廚房的時候，雪靈猛的一警覺，先停住腳步，把自己臉上的淚痕擦乾淨，再硬擠出笑容來，裝出輕鬆愉快的神情走進廚房。

廚房裏日夜都有人當值，以備傳喚，尤其這一夜，既舉行慶功宴，又有遠客到來，廚房裏除了備下超量的酒食，不熄爐火外，所有的人手一個也不敢撤下；廚子、傭役、僕婦全都留著；一個僕婦眼尖，看到雪靈推門進來，立刻喊叫：

「哎喲！小姐！您怎麼親自來了？要個什麼東西，打發丫頭來說一聲就是了，三更半夜，天寒地凍的，幹嘛親自走一趟？」

雪靈親切的向她笑著說：

「我可不是特意上你們這裏來的！」

她指著樂樂說：

「這小傢伙在屋子裏悶了一天，不安分了，要出來溜溜！我也想著等天亮了帶牠去打獵，讓牠舒舒筋骨——索性就逛到你們這邊來，先拿兩袋乾糧，天一亮就出發！」

「有，有，有——」一個廚子立刻趕上來說：

「我馬上給您裝好兩袋，熟肉切片兒？一袋大麵餅？加壺酒吧，路上好解渴！」

「謝謝！」

接過了兩袋食物和一葫蘆的酒，雪靈向全屋子的人甜笑著說：

「我先走了——等我獵幾隻野兔回來，讓你們顯顯手藝！」

然後，她在眾人的笑語聲中帶著樂樂走出廚房；一出門，迎面撲來一陣刺骨寒風，如刀一樣刮在臉上，令她不由自主的打了一個冷顫，心中一酸，由不得又要掉下淚來；但是，理智告訴她，努爾哈赤正在生死一髮的關鍵，自己無論如何要撐下去，救他脫險……

她緊咬牙關，忍住淚，挺直脊梁，一步步的往馬廄走去，邊走邊尋思盜馬的辦法。

盜出一匹馬，比取得食物要困難多了，尤其是在半夜裏，根本沒有理由向馬廄總管要一匹馬使用──唯一可以當作藉口的「打獵」，也得等到天亮以後；但，等到天亮就緩不濟急了！

她又是著急，又是焦慮，竭力逼迫自己苦苦思索，一顆心絞成千百轉的麻花，絞得疼了，思緒便觸及努爾哈赤；但，一想到他的生死安危就繫在這個關口上，她立刻轉回思緒，一絲一毫也不敢稍縱時間飛逝，強逼自己苦思良策……逼得急了，腦海中竟也倏的閃過一道靈光；於是，她暗叫一聲「有了」，便快速的奔向馬廄。

到了馬廄總管跟前，她暗自做了幾次深呼吸，極力克制住自己的情緒，也盡量保持著最平常的態度、聲音和語氣說話：

「元帥嫌尼堪外蘭遲遲不到，生氣了，罵人呢！他命如楠九哥騎了他的大青，快馬追上去催──九哥酒喝多了，頭有點暈，要我替他跑一趟！」

馬廄總管不疑有他，但卻笑咪咪的朝她搖頭：

「哎喲，小姐，三更半夜的，怎麼讓您一個大閨女往女真人的窩裏跑呢？別的幾位少帥呢？努爾哈赤少爺呢？讓別人跑一趟吧！」

「努爾哈赤剛才惹元帥生氣，正在受罰呢！八哥他們全陪著元帥在會客，誰敢替九哥當差呀？有幾個腦袋呀？九哥只有找我幫忙，才不會給元帥知道！」

她扮出輕鬆自在的神情，說話的時候還俏皮的眨了幾下眼睛，把這番編得天衣無縫的話說得分外自然；只是，精神上承受了過重的壓力，冷汗汨汨而流。

好在馬廄總管並沒有其他的意思，只是有點擔心她孤身外出，好心好意的對她說：

「要不要我叫幾個人陪您跑一趟？您一個人夜裡跑路，害不害怕？」

「叫人陪了也沒有用啊！」雪靈笑著回答他：

「大青的腳程快，別的馬跟不上，還不是白陪？你不用替我操這些心啦，往常我出去打獵，哪兒沒去過？老虎、獅子都射過，還怕尼堪外蘭那個膿包窩藏著野狗不成？」

「嗨！您說笑了，誰不知道小姐是女英雄，三天兩頭跑出去打獵，真是哪兒沒去過呀！不過——喔！倒是這會兒別把大青趕得太快！」馬廄總管告訴雪靈：

「大青不知道怎麼回事，今兒一整天都不肯吃草料，我和幾個獸醫親自去看了兩回，查不出什麼毛病來，沒有別的症狀，就是淨餓了一天；我本來打算等天亮了再去仔細看看——您先騎了去，別讓牠太累就行，等您回來我再看吧！」

「好的！」

雪靈說完，從馬伕手裡接過韁繩，牽著大青從馬廄旁的側門出府；然後，她抱起樂樂，躍上馬背，才一坐定，口中先吁出一口長氣，身體一軟，險些虛脫暈厥；但她咬緊牙關，強自集中起意志的力量，撐住肉體，揮鞭趕馬上路——她當然不是往圖倫城的方向奔去，而是按照二夫人的計畫，繞著李府的圍牆，到北側門與努爾哈赤會合。

這一夜的月亮特別大、圓、明亮，映在雪地上，和雪光疊映成淒冷的青光；馬蹄在雪上踏過，濺起點點雪泥，在青光下特別顯得森寒；她白皙的肌膚在寒光下變得一點血色也沒有，硬挺起來的背脊單薄如紙而堅定如鋼。

到了北側門，她下了馬，放眼細看，找尋人蹤；然而，四下不但無人，門也緊閉著從裏面鎖住；霎時間，她心中一緊，急得冷汗遍體，雙目落淚；再一想，李府中不但護衛眾多，防備森嚴，每道門上還都加派兩倍人手戒護，她的心中便有如咚咚鼓聲敲擊：

「乾娘能不能救他出來？他能不能從戒備森嚴的府裡逃出來？」

一顆心急得千回百轉，懷抱著遍體溫熱的樂樂卻不停的發著冷顫；幸好，就在這當兒，耳際傳來一個輕微的聲響；她連忙抬眼去看，霎時，熱淚幾乎奪眶而出——努爾哈赤正縱身從牆頭上跳下來！

他是聰明的——為了避開府中的護衛，從二夫人找到他被關的所在，為他解去身上綑綁的繩索之後，他就攀爬上屋，沿屋頂、牆頭到達北側門，這才一點也沒有驚動府中的護衛。

「謝天謝地——」雪靈登時暗念一聲，等到努爾哈赤躍下地面，她連忙三步併作兩步的趕上前去；兩人四目相對，眸中流露著死生契闊的永恆，口中反而說不出話來，她的千言萬語只化為一句：

「你快走吧——」

她把手上的馬韁交給他，頓了一下之後，再低聲說：

「我猜想，乾爹很快就會發現的，路上千萬別耽擱，越快回到建州左衛越好！馬背上有一袋熟肉、一袋乾糧和一葫蘆酒，夠在路上充飢的！」

她說話的時候，懷中的樂樂像往常一樣，扭動了兩下身子就竄進努爾哈赤的懷中，努爾哈赤也如往常般的伸手抱住牠；雪靈輕嘆一聲，依依不捨的伸手摸摸樂樂的頭，說：

「也罷！就讓牠跟你去吧！」

努爾哈赤握住她的手，激切的說：

「乾娘要我帶你一起走——你是我的妻子，要走一起走！」

雪靈眼中含淚，用力搖頭：

「我不能跟你一起走——我有身孕，不方便長途趕路；而且，我不能丟下乾娘跟你走；她私自放你，必然會受到乾爹的責怪，我怎能丟下她一個人受罰呢？」

說著，她掙開他的手，催促他說：

「你快走吧！給人發現就走不了了！」

努爾哈赤遲疑了一下道：

「那，你——好好照顧自己！」

雪靈拚盡全力忍住淚，堅定的催促努爾哈赤上馬，定靜的對他說：

「別顧我了——你已是建州左衛的指揮使，要做的事多著呢！」

這話激起了努爾哈赤胸中的激憤、豪情和熱血；他握拳向天，發出誓言：

「是的！頭一個，父、祖之仇，一定要報！」

於是，他昂然的一躍上馬，而後又彎腰對雪靈說：

「我先走了！等報了仇，我再接你回建州！」

語畢一揚馬鞭，大青馬立刻舉足飛奔，轉眼就失去了蹤影。

人走遠了，心掏空了……這一別，不知何年何月何日能再見；雪靈整個人都僵住了，兩眼癡癡的望著前方那吞沒了努爾哈赤背影的黑空，彷彿整個世界都靜止了。

淒寒的風毫不容情的呼呼颳著，雪又落了下來，飄在她的髮上身上，但她毫無寒意——她只有一種感覺，那便是地老天荒，覺得自己的心已經掙出了身體，振翅高飛，跟隨著努爾哈赤而去。

跟隨著他……天涯海角，永不分離……

月色如冰，清澈澄淨，映照著她生死相許的摯情，生出永不熄滅的光。

7

月色如詩，清光生輝，美絕人寰，但是，照在李成梁的書房上，卻映出了人世間的萬千醜惡、齷齪……

遠道而來的李定被奉為上賓，由李成梁親迎到書房相見；雖然一路旅途勞頓，而且因為不習慣關外的風雪交加，使行程慢了些，入夜才到達，但，養尊處優的他吃多了補品，精神健旺得很，不但臉上毫無倦容，連踏出的步子都虎虎生風。

他年約四十上下，臉形如蛇，面白無鬚，說起話來是太監特有的尖聲細氣，而目光閃爍，神情中帶著三分陰沉不定和三分趾高氣揚。

李成梁延他上座，他毫不客氣的大步上前落座；兩人相識多年，雖然大都靠書信往來，見面的次數不多，但他對李成梁的一切都不陌生，甚至，並不怎麼敬畏這個手擁重兵的邊帥，舉止中絲毫不存謙讓之意。

反倒是李成梁收斂起了自己平日裏的威嚴之氣和戰場上的睥睨之態，萬分客氣的對待李定——即便情緒還沒能完全從慶功宴的激烈動盪中平息下來，他也施展出超人般的理智控制住了，一點不影響眼前的要事。

落座、上茶之後，他拱手施禮：

「李公公一路辛苦——」

接下來先問候李定的主子：

「馮司禮大安——移駕南京，一切安適！」

哪裏知道，李定一聽這話，立刻打喉嚨裏擠出兩聲尖聲尖氣的乾笑，聲音是太監的特有，音調更是特別；隨後，他斜眼瞄了李成梁一眼，漫不經心似的說：

「李元帥久鎮邊關，對朝裏、宮裏的事不免疏隔——咱家，早就改隸張司禮座下了！」

話說得坦率，坦率得令李成梁險些發出「啊」的一聲驚呼；幸好，他畢竟是久歷官場、通曉人情世故的人，徹底瞭解官場的現實、冷酷，對這話的內容絲毫不感到奇怪——他意外、驚訝的，不過是李定直截了當的說話方式——因此，他的神情根本沒起變化，甚至，自然而然的順水推舟：

「是，是，是——公公說的是！本帥駐地離京師太遠，消息不靈通，日後得多仰仗公公提示！」

而心裏已經豁然開朗：

「原來，新上來的紅人兒是張誠！」

取代馮保出任司禮太監的正主兒出現了，李定的來意已經可以得知，該打點的對象也明確了：宮裏的太監們以張誠為首，朝裏，內閣以張四維、申時行為首，六部、言官……全部名單一下子具體起來，一起在腦海中浮現。

李定的到來確實幫了他很大的忙——才說第一句話就提供了他當今官場最重要的消息！

他當然立刻報答——袖中早就放著一份禮單，上列送給李定的厚禮的禮單，他趁便雙手奉上：

「公公笑納！」

內容是白璧一雙，玉器五件，古玩五件，奇珍五件，金銀兩箱……李定只看一眼就眉開眼笑，緩緩的將這張字跡工整的泥金紙箋摺成小四方，收入懷中。

新的「情誼」建立了，新的「關係」確立了，接下來就可以仔細商量相互間的利益輸送之道了。

已然認定雙方是「一家人」的李定，說起話來開始增加三分客氣，他拱拱手說：

「張司禮特別讓咱家親自跑一趟，拜會拜會元帥，瞭解元帥的心意——元帥這麼客氣，咱家也不枉此行，回去定然好生回覆張司禮！」

李成梁微笑，點頭，而後慢條斯理的說：

「請公公多多美言——本帥立刻修書一封，勞煩公公代呈張司禮！」

他說話的時候眼皮不停的跳動，眼光銳利深沉，神情中更帶著審慎和反覆思考之色，是同時在推度張誠的「心意」和設想如何向張誠展現自己的「心意」。

李定的話已經明說，這一次，張誠派他私自出京，潛赴遼東，索賄只是次要目的，最主要的是想瞭解自己的「心意」——自己本是張居正和馮保所提拔、重用的人，張誠當然不放心！

要如何讓張誠瞭解，自己是個懂事的人，不但懂得攀結新貴的重要，而且絕對不會眷戀過去的知遇？

「該讓如梅親自去見張誠——見過了面，情形就不同……」

至於李定，更應該好好巴結——他既能從馮保的心腹成功的一變而為張誠的心腹，顯見確有過人之能，拉攏得宜的話，說不定就能成為自己在宮中的耳目，在必要的時候大大發揮作用！

想定，他盤算得越發仔細，李定將在遼東停留三天——既有三天，時間很充裕，他便有十足的把握可以收買到李定來為自己所用！

因此，他對待李定的態度更加客氣……再談了幾句話之後，他看看時間不早了，開口請李定安歇；接著，竟紆尊降貴的親自送李定到特為準備的豪華客房去，親口交代下人們仔細伺候，再與李定約了明早會面，這才離開，返回自己房裏去。

信步走在長廊上的時候，心裏還在千繞百轉；斜照的月光把他的影子拖長了，也把他的腳步映得更顯沉穩，投射出他對維護住自己的功名利祿的信心。

而他完全不知道，他在心中思索不已的對象張誠，正在與張四維討論他的事。

張四維「獨對」的時候，奏稟的內容不利於李成梁，侍立在旁的張誠聽得一清二楚，心裏也展開了一番盤算，一等得便，立刻趕到內閣來找張四維。

李定剛走沒幾天，還沒有準信回報，他不想這麼快就下定論——李成梁是隻肥羊，不必急著處置。

張四維建議將李成梁比照戚繼光來處置，那是不對的；這兩個人是不同種類的人，不能一視同仁。

戚繼光被調廣東，真正的主要原因是不肯送賄，其次是因為他是張居正重用的人——戚繼光自以為是不世出的將才，是國之棟梁，既不把繼張居正任內閣首輔的張四維放在眼裏，也不巴結言官、交好後宮太監，那就活該倒楣！

張四維如何聯絡言官整肅戚繼光，整個過程他都清楚的看在眼裏——一開始，一個小小的給事中張鼎思上書，說戚繼光不宜於北；第二天，在張四維的蓄意運作下，朝中沒有人出來為戚繼光說話，第三天，張四維奏請皇帝，改調戚繼光為廣東總兵；接著立刻發布命令，要戚繼光交出薊鎮總兵的印信，不日南下，而連「不宜於北」的原因都沒有講清楚——他是旁觀者清，而且袖手旁觀，一句話也沒說；因為，戚繼光不獨不肯送張四維的賄，連他的賄也一樣不肯送！

「不送，就去自食苦果吧——」

對戚繼光的下場，他帶著三分快慰；但，他認為，李成梁的人品和戚繼光大不相同，不至於自命清高的自毀前途——他的態度也不一樣，特地親自來提醒張四維：

「先別胡亂斷了財路，等等李定的消息——」

一語提醒，張四維低聲驚呼：

「啊，不錯！李成梁雖也是張居正的人馬，但未必像戚繼光一樣又臭又硬！」

但是，話已經說出去了——尤其是跟皇帝說過的話，更是駟馬難追——張四維頓感為難：

「可如何是好？」

他皺起眉頭，低聲嘆氣，隨即陷入苦思：

「萬歲爺已經同意將李成梁改調他處，只等我上奏疏……唉！總不能明白奏說，我說錯話了，且讓李成梁留任！唉！萬歲爺又不是個糊塗人，我也不能改口……」

難！難！難！他絞盡腦汁，愁眉苦臉了好一會兒，還是壓擠不出可以收回自己的話的辦法來；卻不料，苦思不得之際，不經意的一抬頭，正好面對張誠，張誠狀似悠閒的看著他，臉上的神情似笑非笑；他登時心中一動，茅塞頓開，立刻向前拱手作揖，低聲說：

「請張司禮指教！」

張誠牽了牽嘴角，眼中微帶得意之色，但卻好言好語的教導他：

「老大人自己當然不好跟萬歲爺說，先別動李成梁——何妨請別的大人代勞呢？」

方法其實很簡單，只是，自己急昏了，一時間想不到而已，而張誠旁觀者清，一語點醒——

離早朝還有好幾個時辰，來得及運作、安排……他的愁眉舒展了，笑容也有了，一面連連向張誠作揖道謝，一面暗自提醒自己：

「明天先備份禮送他！」

而張誠雖沒聽見他這句心裏的話，卻因為事情已圓滿處理完畢，放心了，起身向他告別。在銀色的月光下，兩人對揖而別，接著各忙各的；張誠踏著月影返回司禮監，張四維則對月盤算，擬妥腹案。

他打算讓次輔申時行在早朝的時候為李成梁說話，建議朱翊鈞再觀察李成梁一陣子，而且以遼東情勢混亂，無人有能力取代李成梁的理由，讓李成梁暫時留任——

雖然夜已深，宮門已經上鎖，值宿內閣的他沒法子立刻派人去聯絡申時行，但是無妨，他已經想出了辦法：一等四更天，太監宮女們開始忙碌的時候，宮後專供雜役使用的小側門開啟時，他便派下人以回府取物為由出宮，然後直奔申府傳遞訊息，就能趕在早朝前讓申時行明白該說些什麼話。

他背剪著雙手，在月光下目送張誠，心裏一片篤定，與在月光下行走的張誠的情緒完全一致。

月光映照著皇宮中的簷瓦梁柱、高牆長廊、過道曲徑，投下大片陰影，也從間隙中透光，形成參差交錯的明暗；張誠的身前走著兩名打燈籠的小太監，燈籠的光照在地上，又多了一份交錯的光影，更且因行走而搖晃，越發把他這個半陰半陽、不陰不陽的太監烘托得如鬼魂魅影般的幢幢。

他心中的魑魅魍魎也一起湧現——他年紀不大，心機卻不淺，因而在太監羣中出類拔萃，少年得志。

入宮之初，他和張鯨兩人投在張宏名下；當時，馮保勢盛，張宏屈居其下，始終得不到登上青雲之路；張宏生性溫良老實，並沒有怨言；而他和張鯨兩人的想法就不一樣了。

張宏沒有發展，連帶影響他兩人的發展——這個困境當然一定要改善，於是，兩人不顧張宏的反對，私下擬定了譖害馮保的計謀，並且準確無誤的抓住時機，一舉成功。

馮保被鬥垮了，張宏這一系的人得了志；張宏本人出掌司禮監，他則穩坐司禮監中的第二把交椅；張宏老實，實質上操控一切的是他，和出掌東廠的張鯨一起接收了原屬馮保的權力和利益。

而兩人原本在朱翊鈞面前舉發的馮保的惡行，諸如貪贓枉法，勾結朝臣、邊帥，收受賄賂，養勢弄權等事，自己全都照做不誤。

不到半年的時間，他的財富已經增加好幾倍，而這一回──他估計，經過這次的事件之後，李成梁的「孝敬」不會少，張四維將比以往更聽話──又是一次豐收呢！

左右沒人，他無須隱藏心事，於是，他得意的笑了起來，仰天對著明月而笑──橫豎月亮不會說話，即使清楚的照見了大明朝中這醜陋的太監、大臣、邊帥互相勾結圖利的事實，也無法在皇帝面前揭露！

8

月光清明明，一樣照出了李成梁和李定心中的魑魅魍魎，但是照在二夫人身上的時候，卻正好逢著一陣狂風吹過雲朵來，掩去了大半，而變得黯淡了，使得她的眼前沒有光，兩腳直直的往黑暗走去。

眼前漆黑，雙目茫然，她拖著遲緩的步子回到房中，精神陷入了恍惚中，人變得失魂落魄，進門坐下時，腦中是一片空白。

背著李成梁私放努爾哈赤逃走，是她有生以來做的最瘋狂的事；可是，做了這麼一件瘋狂的大事之後，她的心裏竟然什麼感覺也沒有，沉靜得有如一汪死水，連先前的緊張和恐懼，也都在她解下努爾哈赤身上繩索的剎那間化為烏有——她像突然間失去了意識，整個人成了一具行屍。

她根本不知道自己是從哪裏得來的勇氣和膽量，敢放走努爾哈赤，敢背叛李成梁……心裏唯一的懸念是雪靈，那十六年前在雪地裏揀來、救活的棄嬰，與她有緣，成為她最疼、最心愛的孩子；雪靈從小聰明美麗、乖巧貼心，在精神上是她親生的女兒……母愛的溫暖感漫布心胸，她不自覺的喃喃自語了一句：

「願她與努爾哈赤白頭偕老——」

而這麼一想，全副心神都放鬆了，平靜了，於是，她解衣上床，不一會兒就睡著了。丫鬟僕婦們都不在房中，沒有人為她熄去燈火；但是，在明亮中睡著，她反而比平常睡得更安詳、更寧靜、更無牽無掛，連夢都沒有做。

也不知道睡了多久，她被一陣狂亂、粗暴、嘈雜的聲音驚醒，她迷迷濛濛的睜開眼睛，在被窩中坐起身子，卻還來不及披衣下床，手持三尺長劍，氣沖沖一腳踢開房門的李成梁已經到了眼前。

才得到通報，登時火冒三丈的李成梁滿臉怒容，通紅的雙眼中凶光直現，比在戰場時還勝三分；一腳跨到床前，口中怒喝：

「好賤人——你做的好事！」

喝聲未畢，長劍已經刺出，二夫人連慘叫都不及發出就已遭長劍貫胸而亡；然而，盛怒的李成梁卻沒有因此而洩了憤，平息了怒火；他從二夫人屍身上抽出劍來，咬牙切齒的胡亂揮動，沒一會兒，二夫人的屍體就成了一攤慘不忍睹的肉泥，他也洩去了一些力氣，這才氣喘噓噓的丟下長劍，回頭向跟在身後、全都嚇得不敢動彈的隨從們發出一聲暴喝：

「去把雪靈那個賤婢捉來！」

雪靈才剛回到府裏——她遙望努爾哈赤的背影，直到什麼也看不見之後，又淒然欲絕的在原地癡立許久，根本沒有注意時間的流逝，直到一陣如雷鳴般的馬蹄聲響起，才驚醒了她。

她的心倏的往下一沉——這是大隊人馬出府的聲音，那麼，李成梁已經發覺努爾哈赤逃走的事了，派出大隊人馬追趕……

「上天保佑，千萬別讓他們追上努爾哈赤——」她情不自禁的向空祈禱。

夜已未央，月明星稀而風雪交加，森寒刺骨，她一起意想雙手合十，才發覺四肢已經僵麻——人在雪地中站久了，凍壞了。

但，意識回來了；她一面甩甩手，活動肢體，一面想：

「乾娘一定以為我跟努爾哈赤走了……還是趕緊回去陪她吧！」

於是，她轉身回府；只是，雙足麻木，身體僵硬，再加上心情紛亂，精神不集中，路便走得極慢；偏偏，不經意間又想到了一件事——她不由自主的發出「哎唷」一聲：

「我怎麼忘了告訴他，大青一整天不吃草料，有點異狀，不能趕得太快呢？」

想著，心裏又多了一層陰影，只有勉強想一句「但願沒事吧」來安慰自己；然而，心情終究焦慮不安，忐忐忑忑的心繫努爾哈赤的安危，腳下更快不了……

而等她一腳跨進府門，卻幾乎與奉命來捉拿她的人，頭對頭的撞個正著。

私放努爾哈赤逃走，必然要接受李成梁的責罰，這本是她意料中的事，也存了坦然接受責罰的想法——只是，到了李成梁跟前時才發現，李成梁的「責罰」之重之慘，超過了她能夠承擔的千千萬萬倍……

雙目盡赤的李成梁人坐在椅子上，衣袍猶被怒氣鼓得無風自動，臉上青筋凸顯，鬚髮張揚，神情猙獰之至；座椅後面的床上，則是一堆模糊的肉泥，包含了鮮紅的血、雪白的碎骨、肉末和混在其中的黑色毛髮、翠玉手鐲的碎屑；雪靈第一眼見到李成梁的神情已然不寒而慄，膽戰心驚；第二眼看到他身後的肉泥，登時發出一聲尖銳的慘叫，整個人幾乎暈過去，而一下子癱倒在地。

她當然知道，這堆肉泥就是那撫養她長大、疼她愛她、慈祥善良的二夫人……目睹這慘絕人寰的情景，她的精神和肉體一下子全部崩潰，匍匐在地，嘶聲尖喊：

「乾娘，我害了您——」

邊哭邊喊，她邊奮起全力朝二夫人的血肉爬去，耳畔卻傳來李成梁冷得令人打心底發出寒噤的聲音：

「看到了？這就是背叛我的下場！以後，看誰還敢！」

雪靈猛的一咬嘴唇，一條血絲從她口中淌下來：

「你索性——連我也殺了吧！」

李成梁冷哼道：

「養了你十六年，你卻吃裏扒外，早就死有餘辜——不過，我卻得留著你，萬一努爾哈赤逃過了今日的追殺，還要用你來讓他自投羅網！」

雪靈咬牙切齒，用力搖頭：

「不——他不會回來的！」

李成梁仰天大笑：

「哈哈哈哈……他們那種人，最講究什麼情義了，不然，覺昌安和塔克世怎麼會死在尼堪外蘭那個膿包手裏呢？」

說著，他臉上的肌肉抽搐了幾下，忽然一張嘴，露出兩排森冷的白牙來：

「我有的是辦法叫他自動回來——他若是三天之內沒有回來，我就把你綁在城樓上，命我遼東的八十萬大軍輪番姦淫你，讓全城的百姓都來觀看——看他受不受得了！」

雪靈全身冰冷，掙扎著發出微弱的聲音：

「你好狠毒……可是，你不能如願——」

她呼吸困難，胸口有氣無力，後面兩句話的聲音小到聽不見，再接下去便連聲音都發不出來；伏在地上，微微喘了兩口氣，心裏默默念著：

「努爾哈赤……你可要安然逃出……別讓乾娘和我……還有你這未出世的孩子白死……」

念完，她用力吸進一口氣；然後，她突然奮起全身殘存的一點餘力，從地上一躍而起，飛快的朝屋中的梁柱衝過去，「砰」的一聲巨響，頭顱撞上梁柱，頭骨破裂，鮮血和腦漿一起飛噴開來。

李成梁和隨從們人手雖多，卻因為事情出乎意料之外，而且快如電光石火，根本來不及反應——原本看她虛弱不堪的倒在地上，防不到她會有這麼一個突如其來的舉動——即便全都是身經百戰的人，也因為料想不到外表柔弱的她會有這麼剛烈的內心，這麼悲壯的殉死，一下子全愣在當場，竟而被鮮血和腦漿噴上了衣袍。

尤其是李成梁，他因為距離近，且又坐著，竟被噴得滿頭滿臉，弄得一時間睜不開眼睛來；直到隨從們趕上來為他拭淨頭臉後，才睜得開帶著茫然的雙眼；只是，心緒無法立刻從剛才的驚心動魄中恢復正常，整個人失去了平日的威嚴，而有如失了魂似的出神坐著，心中閃過一道五味雜陳的感覺：

「努爾哈赤……你畢竟有過人之處，竟有人為你這樣的死……」

他在心中反覆咀嚼這種感覺，幾次之後便幾乎要從嘴裡吐出嘆息來；可是，嘆息的意念一起，還沒到唇邊，就被他自己遏止了——他忽然警覺到，自己身邊跟著許多隨從，他們目睹了二夫人和雪靈的死亡過程，心中不會沒有感受——他警覺了，不能讓這些人的心中產生特殊的情緒或者想法，不能讓這些人得知他心中的複雜感受！

於是，他倏的露出一個凌厲威猛的眼神，鐵青著臉，用暴厲的口氣喝道：

「都給我拖出去餵狗！」

說完，他站起身，用力的跨出步伐，昂首挺胸的走了出去，而且故意把每一個步子都踏得虎虎生風。

9

月色被吞滅了，消失了——

大風雪霸佔了整個世界，其他的東西全都消失了。

努爾哈赤策馬狂奔，四周的一切都飛快的向身後掠去；城垣、房屋、樹林……什麼都看不見了，眼前只有漆黑的天色和撲面的白雪，心中只有一個意念：飛，飛，飛回建州……

而大風雪彷彿故意在考驗他的能耐，竭盡所能的咆哮、怒吼、發了狂似的向他襲擊，阻礙他前進；他咬緊牙關，奮盡全力與風雪搏鬥，一面用力揮動馬鞭，衝破風雪，往建州的方向奔去。

可是，飛奔了一段路程之後，異狀出現了——大青的腳程比平常慢了許多，無論怎麼揮鞭趕牠都起不了作用，而且越來越慢，不一會兒之後連普通馬匹的速度都沒有了。

「大青，你怎麼了？我急得恨不能插翅而飛，你怎麼反而慢吞吞的？」

心急如焚的努爾哈赤只好停止揮鞭，皺著眉頭對大青馬說；可是，話才剛說完，大青馬就發出一聲悲嘶，躍起前兩足在空中踢了幾下，接著便跪倒下來；這突如其來的舉動險些把努爾哈赤翻下馬來，幸好他騎術精，應變能力好，大青馬一驚起，他立刻抱住馬身，自己整個身體緊貼馬背，直到大青馬跪地之後，他才輕輕的躍下馬來，抱著被這突發的意外嚇得汪汪大叫的樂樂落地站穩。

大青馬又是一聲悲嘶，口中吐出白沫來，跪著的四肢逐漸支撐不住身體的重量，慢慢倒臥下去。

努爾哈赤平日常騎著牠外出打獵，對牠有一份特殊的感情，看著牠這個樣子，心裏十分難過，可是又怕李成梁的追兵趕到，只有任牠倒臥路旁，而依依不捨的摸著牠的臉說道：

「大青，你可是病了嗎？偏又是在這個節骨眼上——唉！但願你讓人發現，帶你回去救治；原諒我顧不得你了！」

說著，他從馬背上取下了乾糧和酒，低頭對樂樂說：

「走吧！咱們得走路回建州了！快的話幾天可以走到！」

樂樂倒像聽懂了他的話，跟在他腳下舉步就走，一人一狗冒著大風雪徒步前進，雪地上泥濘不堪，走起來非常困難；而且，風雪交加，逆向撲面，山路又是上坡，走得他一步一艱難，使盡全力走了一大段路，全身疲憊不堪，尤其是兩隻腳，涉雪步行太久，已經被凍得僵麻刺痛，迫得他只好停下來休息。

喝了一大口酒暖身，吃了幾口乾糧，而後蹲下身，餵樂樂吃了些牛肉；填滿了肚子，精神足了，樂樂高興得用臉頰摩擦他的膝蓋，不料，才擦了一下，牠突然豎起耳朵，靜了一下，緊接著便發出一聲低吠；努爾哈赤連忙抱起牠，摀住牠的嘴道：

「樂樂乖，別叫！否則，咱們會被發現——」

一面自己伏下身，把耳朵貼在地上，仔細傾聽，一聽聽得他心中大震──傳入耳中的是馬蹄聲，而且是為數眾多的馬蹄聲……

「李成梁派出的追兵到了──」

他立刻做出判斷，這起雜沓的馬蹄聲大約是三百騎，而自己要隻身與三百騎兵對搏是不可能獲勝的，雙足的速度也絕不可能快過馬匹，根本沒有脫逃的希望──眼下唯一可能逃過這場追捕的方法只有躲藏！

主意想定，他便就著已經微亮的天光仔細打量四周的環境；山路兩側都是樹林，尤其是右邊的一片林木十分茂密；於是，他立刻舉步往左邊走去，走入樹林之後再踏著留下的足印原步退回，然後再走入右邊的樹林──一條路的兩邊都留下腳印，至少可以混淆一下追兵的觀察與判斷！

同時，他得防著樂樂向馬隊衝過去吠叫，索性緊緊的抱著牠走，一面仔細尋找可以藏身的地方；好在這一帶的地形他並不陌生，以往無論打獵或挖參都常來，只差天氣實在太壞，風雪交加，增添許多困難；但是，馬蹄聲越來越近，他已經沒有多餘的時間尋找掩體了。

側耳傾聽，大隊人馬已經離他不遠，就耳力所及的聲音判斷，已經有不少人下馬沿路搜尋他的蹤跡，情勢迫在眼前，一切都不由自主──情急之下，他無可選擇的往眼前不遠處一棵被雷殛過的枯樹奔去，心想枯樹往往有樹洞，或許可以藏身；誰知一到枯樹前，才發現這棵枯樹中雖有個大洞，裏面卻已被鴉鳥據住做了鳥巢，他這一奔過去，反而驚起了巢中的鴉鳥，一隻隻振翅亂飛。

這下子弄巧成拙，鴉鳥驚起，更容易洩漏自己的行蹤，努爾哈赤登時驚得心頭簌簌亂跳；可是，精神緊張到極致，竟逼出一道靈光從腦中閃過。

他從眼前的鴉羣想到祖先范察逃亡的故事：

「范察逃到荒野，為了躲避追兵，藏進亂草叢中，追兵近在四周搜尋，情況非常危險；幸好，一隻奉神諭來救他的鵲鳥趕到，停在他的頭上，追兵們遠遠的看見了，認為鵲鳥停棲的地方大約是一堆枯木，如果有人躲藏的話，鵲鳥必然驚飛，所以斷定范察逃往別處去了，他們也就轉往別處搜尋……」

他還記得自己講過這個故事給雪靈聽，而雪靈當時的反應卻是：

「或許，是范察急中生智，自己引了鵲鳥來救他——是了，他一定是把囊中帶的乾糧撒在身上，引得鳥兒來吃，從遠處看去，就像鵲鳥棲息……」

他清楚的記得雪靈當時的話：

「一個人如有神助，當然是件好事；但如果沒有得到神助，便要自助！得不得到神助，自己掌握不住，得靠運氣，自助的話就全憑自己的本領——」

「我知道該怎麼做了——」

於是，他迅速取出袋中的乾糧，撒了一把在地上，果然引得鴉鳥爭相飛下地來啄食，他一看，連忙又多撒幾把，然後緊抱著樂樂躲進樹洞裡去。

他的身材比樹洞高大許多，很勉強的擠進去，也還有半個肩膀、一隻手露在外面，只得折了一枝積滿雪的樹枝拿在手上，擋住自己的身體——他很明白，這樣的掩蔽並不周全，追兵們只要走近細看，立刻就會發現，自己便斷無生路；然而，到了這個節骨眼上，他根本無法掌握命運的吉凶，唯一能抱的一線希望，便是滿地悠閒啄食的鴉鳥能給追兵們一個「此地無人」的錯覺……

人馬聲近了，努爾哈赤的一顆心緊張得提到了腔子上，他知道，這羣追捕他的士兵們個個都已經弓上弦，刀出鞘，只要一發現他的行蹤，就會亂箭齊發，把他射成蜂窩、刺蝟……他不是怕，而是悲憤——如果就這樣不明不白的死了，理想和使命都無法實現了！

「上天——」

他忍不住在心裏高呼一聲，熱淚盈滿眼眶；但是強忍著，不讓熱淚溢出，而心中熱血澎湃，洶湧翻騰；既想到祖先留下的安邦定亂的使命，也想到祖父未完成的心願，要帶領全體女真人走向康莊大道……

「上天！請讓我活下去！我有重大的使命要完成！瑪法！阿瑪！保佑我，幫助我，讓我脫困，回到建州去，完成您們交付給我的使命！」

他在心裏默默禱念，一面仍舊極力保持著理智，傾聽不遠處的人馬聲息——大隊人馬就在附近，幸好沒有再走近前來——他從聲音中辨出，人馬似乎在原地尋找了一陣子之後，又往另一個方向去了。

也許，這一回的追兵也像追捕范察的叛軍一樣，看見鴉羣棲息，就認為是無人的所在，掉轉馬頭往別處尋找去了吧！

但他還是不敢掉以輕心，仍舊側耳傾聽許久，直到確定完全沒有人馬的聲息了，才緩緩鬆出一口長氣，之後才發現，在這冰天雪地的嚴寒中，自己竟然冒出一身汗來！

他不由得再次發出默禱：

「總算僥倖逃過這一劫——多虧這羣鴉鳥掩護我！啊！鴉鳥們，謝謝你們幫忙，他年我若有出人頭地的一天，必然命令我全族子孫世世代代都不准打你們，每逢祭祀，定要撒糧餵你們，來報答你們今日助我脫險的恩惠❶！」

默念完後，伸頭一看，鴉鳥們已經快啄完撒在地上的乾糧；估量著再過一會兒，這羣鴉鳥又會振翅亂飛，而自己藏身的樹洞也非久留之地，再仔細聽聽，確定追兵們已經離得比較遠了，而且沒有回轉的跡象，這才抱著樂樂走出樹洞。

一出樹洞，他才有所感，全身都已僵麻，隨即刺痛不已——縮在樹洞中太久，超過負荷了；他只得放下樂樂，在原地扭動身體，過了好一會兒才恢復正常。

天色已經微明，雪勢也漸小；就著天光，仔細打量四周；斷定，追捕他的人馬雖已離開這附近，卻仍然在這座山中四處搜尋，要在光天化日之下避開他們回到建州去，並不是件容易的事；他必須仔細考慮。

方法很快想妥——

他記得，以往到這一帶打獵的時候，發現過一個十分隱秘的山洞，曾用來作為打獵時的歇腳地，他想到山洞裏去躲上一天，入夜再出發回建州；一則是自己一天一夜未曾休息，而且，從得知祖、父的噩耗開始，情緒激動，精神緊張，逃跑的過程更且策馬狂奔、在雪泥中徒步許久，體力已經過度透支，再不休息的話，很難支持幾天的路程回建州；其次，他在李成梁府裏待了六年，深知李成梁處事的習性；李成梁向來不做徒勞無功的事，像這樣派出大隊人馬追捕一個人，如果一天之內沒有結果，便不會繼續進行，而會改變方法；也許是日後派人到建州暗殺，也許索性出兵攻打建州——因此，只要躲過一天，眼前的追兵便會無功自返。

「逃過眼前的追殺是當務之急，日後的事，日後再應付吧……」

於是，他帶著樂樂往記憶中的山洞走去。

記憶不差，很快就走到了；那確實是個理想的藏身之處——山洞的位置隱僻，洞口有樹有藤，遮蔽著洞口，不熟悉這裏的人絕看不出裏面有洞。

撥開樹藤，他彎身走進山洞；以往，他鋪的乾草還在，便順勢坐下來；只是，人才一坐下，心裏立刻湧起一陣酸楚和感傷來，眼前不知不覺的浮起了一個人影——以往，他到這裏打獵，進山洞休息，身邊總是跟著清麗如仙、笑靨如花的雪靈，只有這一次，身邊跟隨的是樂樂……

「雪靈——你現在在做什麼？夜裏睡得好麼？你放心，我是平安的……」

懷裏抱著樂樂，眸光遙向雪靈，他情不自禁的喃喃出聲：

「這輩子……總有一天……我會打回廣寧，接你到我身邊……」

他堅定的自語，像在為自己的一生訂下重要的奮鬥目標；只是，他的肢體實在疲累已極，出了一會神之後，不知不覺就伏在乾草堆上沉沉的睡著了；跟著他奔波了一整夜的樂樂也累極了，從他鬆開的臂膀中伸伸頭，看了四周一眼，隨即趴下呼呼大睡。

他很快就進入夢鄉，在夢中，他又回到了往昔，帶著雪靈在山中逐鹿、獵熊、打虎、射狼；雪靈依偎著他，眼眸深處悄然透出生死不渝的摯情……

熟睡中，他一樣在發出海枯石爛、地老天荒的誓言，唇角自然而然的牽起一絲甜蜜的笑意，全副心神沉浸在美麗的夢境中。

然而，凶險已經來臨了，就在不遠處──夢入似水柔情中的他毫無所覺。

追捕他的人馬就在山洞附近，因為不熟悉地形，既不知道山洞的存在，也不知道努爾哈赤就藏身在山洞中，找了整夜沒發現人影，全都又累又煩，情緒焦躁起來，幾個帶頭的人便商量著說：

「何不放把火燒燒看？不管他躲在哪一個草叢堆裏，火一燒就能把他給逼出來──不敢出來也就燒死在裏頭了！一乾二淨，咱們也好回去覆命！」

於是，一羣人立刻找來許多乾枯樹枝，引燃火，成了火把，丟進草叢中，草叢很快的著火；而且雪停了，風勢卻非常大，助長了火勢，不多時，草叢間已成熊熊大火，山中又多的是林木，遇火即燃，烈焰四下飛騰，頃刻就燒到努爾哈赤藏身的山洞前。

烈火無情，根本無視於努爾哈赤的存在，一路摧枯拉朽的燒了過去。

樂樂一下子驚醒過來，牠遠比人類靈敏的聽覺和嗅覺使牠感覺到異常，於是立刻跳起來，向努爾哈赤大聲吠叫，只奈，努爾哈赤累極而睡，睡得又沉又香，根本叫不醒。

眼看著火舌像魔掌般的延伸過來，頃刻就要吞沒整個山洞……

註一：滿族人對烏鴉存有感激之心，無論皇宮或民宅，都立有一根「索倫桿」，每逢節日，將豬羊的內臟和五穀雜糧放在桿上的盛器裏，以饗烏鴉，這事已成滿族最重要的習俗之一。

10

旭日東升，灑出千千萬萬條金線到人間，照在整座結了冰的雪山上，映出滿山的反光，繽紛瑰麗，耀眼奪目；而後，日麗中天，天上人間相互交映，更是金霞萬丈，燦爛輝煌，形成絕色美景。

每一個日夜反覆一次的「樹掛」奇景❶，也開始展現璀璨：玉樹瓊枝上結成銀花的冰雪開始在旭日的光芒中融化，幻成五彩晶瑩的水珠，再從樹梢上開始緩緩飄落，閃閃耀眼……

棲息了一夜，躲避過風雪的鳥兒也展翅飛了出來，在樹林中盤旋翱翔，向著金色的豔陽高歌；一時間，整座被肅殺的冰雪封凍了一夜的山上又恢復盎然的生氣。

就在眾鳥啁啾，喚醒黎明聲中，努爾哈赤睜開雙目，從熟睡中醒來。

這一覺睡的時間雖然不很長，但卻睡得極熟，已經足夠消除疲勞，恢復體力；因此一睜開雙眼，便覺得精神飽滿，肢體舒暢，於是，立刻翻身而起。

可是，人才一坐起就驚覺有異，他下意識的出聲：

「咦？」

身下的乾草沿著他的身體濕了一圈，鼻端隱約嗅到一股焦味，再一看，樂樂倒臥在腳邊不遠處，而山洞裏並不像有人進來過的樣子，於是，他立刻喊：

「樂樂——」

可是，樂樂的反應完全不像平常那般的機靈活潑、聞聲躍起、搖著尾巴朝他奔來，反而是一動也不動的臥在地上，不理會他的喊叫。

努爾哈赤心中詫異，又喚了牠一聲，還是沒有反應；走過去一看，這才發現樂樂伏在地上，雙目圓睜，舌頭半露口外，全身的毛又濕又冷，有些部位已經結上一層霜，而心跳停止了。

「樂樂……」

努爾哈赤心中一酸，伸手抱起狗兒，輕輕闔上牠的眼睛，自己眼中卻流下淚來：

「我明白了——空氣中有一股燒焦味，一定是我睡著的時候，外面起過火；你怕我被火燒死，所以，用自己的身體沾滿雪水，在我身體四周打滾，把我身下的乾草都弄濕，不讓火燒過來……而你卻這樣活活累死了……」

說著，他順手在地上挖了個洞，將樂樂埋進去，一面埋，一面低聲的向樂樂說：

「樂樂，你捨命救我，這份情義，我永遠都不會忘記——」說著，他低頭吁出一口長氣：

「我會做出一番事業來的——來日我出人頭地的時候，要命令我的族人，子子孫孫、世世代代都不准殺狗，不吃狗肉，不穿戴狗皮衣帽，來報答你今日捨命救我的情義❷！」

他心中充滿感傷，但，眼前還有許多事要做，無暇流連，再看了狗塚一眼他就轉身離去；走到洞口，他仔細的側耳傾聽一會，確定了附近沒有人聲，這才走出山洞。

洞外果然觸目都是火燒過後的痕跡，地上橫陳著一段段焦枯的樹木和燒成灰燼的落葉雜草，雪落在上面，凌亂參差，間或雜著幾隻走避不及而被燒死的鼠兔小獸，焦味更濃；不遠處的一株樹上還有餘煙裊裊，像是火燒起後，又逢下雪，雪水澆熄了大火卻留下幾許火苗蔓延，燃著樹枝，許久才熄，熱氣在雪中化為煙騰……

這種種火焚後的痕跡，看得努爾哈赤陣陣心驚；從這些痕跡中，他可以推斷出，這場火燃起的時間雖不長，火勢卻很大，而且這不是天火，是人為的縱火……自己是再度死裡逃生！

「天哪！難道，這一切都是在考驗我？」

他熱血沸騰，熱淚盈眶：才不過一天一夜的時間，遭逢了這許多突如其來的變故，使他險些失去寶貴的生命，若不是二夫人、雪靈、鴉鳥、狗兒的相救，世上已經沒有他這個人了——他下意識的握緊雙拳，仰首向天，向著光芒耀金的天日，發出一聲怒吼：

「天哪！無論你給我什麼樣的考驗，我都會戰勝的！我是努爾哈赤，我會戰勝一切——」

心中有千軍萬馬在奔騰，有翻天怒濤在澎湃，於是，他向天立誓：

「女真人的命運坎坷了幾百年——但我立誓，我會戰勝這一切，我會戰勝坎坷的命運，使每一個女真人都不再受欺凌、殘害……」

立完誓，他就在自己激昂的情緒中邁開大步往前走；胯下沒有馬匹，手中沒有寸鐵，乾糧已經用盡，而前路崎嶇陡峭且漫長，沿途既有數不清的荊棘，山中更隨處隱藏著凶猛的野獸，隨時會冒出來吞噬行人，再加上李成梁所派出的追兵的威脅，在在都使他的前路充滿了凶險和困阻；但是，他滿懷信心，因而不在乎自己一無所有，不畏懼九死一生的際遇，毫不猶豫的抬頭挺胸往前走……

遠隔山外的建州左衞，徒步至少要五天以上的時間才能到達；渴了嚼雪塊，餓了打獵，從山洞裏誘出些小獸來捕食；而遇上猛獸的時候，因為手中沒有武器，他不想多費力氣在牠們身上，就盡量以爬到樹上躲避的方式來解決；只有一次，他遇上一隻大熊，對他窮追不捨，他爬上了樹，那熊卻在樹下用力搖撼樹幹，一株大樹轉眼已被搖得快要連根拔起，他沒奈何，跳下樹來，空手和大熊搏鬥，直到憑著雙拳打死大熊為止。

幾天後，距離建州左衞只剩下一半的路程，他便加快腳程，在蜿蜒的山路上跑著小步子前進；忽然，他的耳朵豎了起來，兩腿也下意識的停住步伐。

原本只有風雪聲、松濤聲、獸吼聲和鳥鳴飛撲聲的山中，竟隱隱夾雜著幾許馬蹄聲……

警覺心油然而起，他立刻伏在地上，耳朵貼地，仔細傾聽，確定了是馬蹄聲，但是為數不多，只有十來騎的光景；他立時做出決定，先找了一棵枝椏茂密的大樹爬上去，一則躲避，二則居高臨下，看清來的這隊人馬是什麼身分，若是尋常的獵人，避過就沒事；若是李成梁的手下，因為只有十來騎，而不是千軍萬馬，他相信自己即使赤手空拳，也對付得了。

於是，他置身樹上，屏息以待，睜大眼睛，仔細注意漸行漸近的馬隊。

不多時，這一小隊人馬的行蹤出現了，只差還隔著一段距離，看起來只是一團模糊的黑影，分辨不出是不是李成梁的手下；他一面全神貫注的虎視，一面準備好了撲擊之勢……

終於，來人的形狀逐漸分明，模糊中約略可以看出，所著衣帽都不太像是明軍，再走得近些時，又可以看見馬上的人穿的是窄袖獵裝，腦後垂著辮子——這一小隊人馬竟是女真獵人！

緊繃的心終於舒緩了些，但也不敢全部鬆懈下來——他告訴自己，要等到看清來人的面貌時，才做下一步的打算，以防這是李成梁的手下改扮成女真人的模樣來誘使他現身。

可是，當他看清了那騎在馬上、帶頭走在前面的人的面貌時，心中立刻湧上一股意外的驚喜，連忙朝那人大喊：

「額亦都——」

而且，他邊喊邊從樹上跳了下去。

正在馬上前進的額亦都沒有料到會有人從樹上喊他，先是被嚇了一跳，根本來不及勒馬，而且，馬跑得快，勒住馬頭的時候，已經跑過了好一段路，等他再掉轉馬頭跑回來，這才看見喊他的人。

「啊，努爾哈赤——你怎麼會在這裏？」

喜出望外的額亦都立刻高興的跳下馬來，和努爾哈赤緊緊的抱在一起；兩人不期而遇，心中都萬分驚喜，擁抱了許久才分開來。

「這些都是跟我學武藝的徒弟，今天，我特地帶他們上山打獵，讓他們實際印證所學，打幾隻大熊回去呢！」額亦都大聲笑著對努爾哈赤說道：

「遇上了你，真是太好了，待會兒就請你示範給他們看看，也讓他們知道『人上有人』的道理！別說是他們，武藝比他們師父強的都還大有人在呢！」

他說得興高采烈，努爾哈赤卻只能報以苦笑：

「額亦都，獵熊的事，我看只有改天了——不瞞你說，此刻我心急如焚，恨不得插翅飛回建州左衞，哪裏有心情、有時間在這裏打獵呢？如果你肯幫忙的話，請你借給我一匹馬，好讓我能早一點回到建州左衛！」

「借馬有什麼問題——這裏有十匹，隨你挑一匹就是了！」

額亦都立刻慷慨允諾，但也關切的問：

「看你的樣子，不像平常，是不是發生了變故？」

努爾哈赤仰天而嘆：

「我的瑪法和阿瑪都被李成梁殺害了，我自己九死一生的從李成梁那裏逃出來，正要趕回建州左衛去，召集族人，為瑪法和阿瑪復仇！」

一聽這話，額亦都立刻「啪」的一聲，手掌拍在努爾哈赤肩上，朗聲說：

「既是這樣，我們跟你一起去建州左衛——連我十個人，全都聽你使喚！」

「額亦都——」努爾哈赤心中感動之至，他伸出手去，抓住額亦都的雙手，顫聲道：

「好兄弟……」

但是隨即一轉念，竟不由自主的想拒絕額亦都的好意：

「以建州左衛薄弱的力量，面對李成梁的數十萬大軍，無異以卵擊石；我是勢在必行，你，你卻沒有必要以身涉險……」

這話是在替額亦都設想，但卻引來額亦都的大聲抗議：

「什麼話！我額亦都什麼時候怕過危險？」

說著，他又重重的拍了一記努爾哈赤的肩膀，高聲說道：

「難道你忘了我們三年前就約好的信諾，立好的誓言嗎？大丈夫在世上，應該要做出一番轟轟轟烈烈的事業來，死都不怕，還怕危險？」

努爾哈赤熱淚盈眶：

「啊！我怎麼會忘了？我無時無刻不記得，我們約好一起做一番英雄事業，立誓互相扶助……」

那是在三年前……

一天，努爾哈赤有事經過蘇克蘇滸河部的嘉木瑚寨，因為寨長穆通阿的兒子噶哈善哈思虎剛和他的妹妹尼楚賀訂了婚約，乃是親家；他便依禮拜見穆通阿，並且在嘉木瑚寨住了兩天，就在嘉木瑚寨中，他認識了哈思虎的表弟額亦都。

額亦都姓鈕祜祿氏，世居長白山；祖上家世顯赫，是長白山一帶的望族❸，而且資產龐大，財力雄厚。後來，他的祖父阿陵阿拜顏帶著全家搬到英崿峪居住，家業更大；他的父親都陵阿武藝超羣，勇猛過人，因而贏得「巴圖魯」❹的名號。額亦都生於嘉靖四十一年，比努爾哈赤小三歲。

不幸的是，阿陵阿拜顏在額亦都很小的時候就去世了；幾年後，都陵阿夫婦又慘遭仇家殺害；額亦都才六歲就成了孤兒，僥倖逃過劫難後躲在鄰村長大，到了十三歲那年，他已長得和成人一樣高壯結實，孔武有力，也練就了一身好武藝；於是，他找上仇家，親手殺了仇人，報了父母之仇。

但是，報了仇之後，也依舊孑然一身；於是，他想到了姑姑嫁在嘉木瑚寨，是穆通阿的福晉，便索性來到嘉木瑚寨，住在姑姑家裏。

在嘉木瑚寨，額亦都和長他兩歲的表兄哈思虎相處得非常好；兩人既談得來，也喜歡一起打獵、切磋武藝，更喜歡帶著寨裏的年輕男孩們操演陣仗，模擬戰場上的前進、後退、攻擊等戰技，弄得寨中每天都「殺」聲不斷，喧騰熱鬧；而這對表兄弟之間的感情也就越來越好，好得連親兄弟都比不上。

等到兩人認識了努爾哈赤之後，這對表兄弟立刻多了一個新的、共同的精神中心，那就是努爾哈赤——三個年輕人一見如故，徹夜長談；話題當然不外乎理想、抱負、女真人的過去與現在，乃至未來的發展；努爾哈赤侃侃而談，不但立論精闢、眼光遠大，而且氣勢懾人，一段話說得哈思虎和額亦都打從心眼裏佩服起他來：

「我常在想，一個人是不是力氣大些，武藝強些，就是個了不起的人呢？想了幾次以後，我認為不是的，因為，人是血肉之軀，力氣再怎麼大，武藝再怎麼強，對手只要人多些，還是敵不住的；而且，人是會老會死的，到老死的時候，力氣和武藝就一點也使不出來了。我又想，什麼樣的人才是真正了不起的人呢？我想出來了，就是活著的時候做了一番大事業，直到死了以後也被人記得、依然受人尊敬的人！」

「你說得對極了！」額亦都一聽，首先就大叫大嚷起來：「大丈夫活在世間，的確是要做出一番大事業來才不枉此生；走！我們跟你去！好好的大幹一場，做出一番大事業來！」邊說他邊跳了起來，恨不得立刻就出發。

哈思虎到底年長了兩歲，便不像額亦都這麼衝動，他用力拉了額亦都一把，讓他繼續坐下來談話，一面對他說：

「做一番大事業──你要去做什麼樣的大事業呢？先聽聽努爾哈赤詳細的說說嘛！不然，你立刻跳上馬去，卻不知道馬頭要朝哪邊呢！」

哈思虎這麼一說，額亦都不好意思了，訕訕的笑著，重新坐下來。

努爾哈赤看看他們，心裏也著實喜歡他們，於是，坦誠的說出心中的話：

「不錯，要做一番大事業之前，先要想清楚、看清楚──看清楚現在世上有哪些大事業需要人去做，再想想自己適合做哪一種……」

他的話還沒說完，額亦都已經插進嘴來問：

「那麼你說，現在世上有哪些大事業需要我們去做？」

努爾哈赤看著他，慢慢的說道：

「這個問題我曾經想過多次，到現在為止，只想到一件，那就是女真的統一──身為女真人，我最關心的當然是女真人的命運；你們看，現在女真人分成這麼多小部，彼此打來打去，自相殘殺，削弱實力，最直接的惡果是百姓沒有好日子過。但是，女真人並不是向來這樣的；幾百年前，女真人建立金朝的時候，是團結起來向外拓展實力，吸納周遭所有的人，一起建立強盛的邦國；那時候，百姓都過著安居樂業的生活……」

「對呀！」額亦都用力一拍自己的大腿：「這些，怎麼以前我沒有想到過呢？」

哈思虎也點著頭說：

「努爾哈赤，你說得太有道理了──咱們女真人光是為了自己打自己，每年就不曉得要死多少人；如果女真各部統一起來，大家不再自相殘殺，老百姓就能過好日子。」

「我知道了！努爾哈赤要做的大事業就是統一女真，讓老百姓過好日子——」額亦都登時發出一聲歡呼，接著便緊緊握住努爾哈赤的雙手，高聲說：

「努爾哈赤，做大事業需要幫手——我第一個跟你走！」

接著，哈思虎的雙手也加了進來……

那時，努爾哈赤二十二歲，哈思虎二十一歲，額亦都只有十九歲……

「這些，我怎麼會忘了呢？」

努爾哈赤緊緊握著額亦都的雙手，心中熱血沸騰，喃喃的說：

「好兄弟，我們上路吧！也許，我們的大事業就從此開始了呢！」

額亦都命徒弟中的阿克登和塞勒共騎一馬，勻出了一匹馬給努爾哈赤；十一個人十匹馬，火速的奔向建州左衞。

有了馬匹代步，腳程快了許多，跑了一整天，歇了一夜，第二天一大早又開始趕路，還沒到中午時分，赫圖阿拉城已經在望。

遠遠望見赫圖阿拉的城寨，努爾哈赤心中五味雜陳，熱血沸至高點；離家時祖父與父親親送到半路的種種情況還如在眼前，回家的原因卻是他們遇難……當初身懷使命離家，割捨、壓抑了親情，毅然決然的挑起重擔，但，離家的六年間，何嘗有片刻忘了這個生長的地方，忘了血肉相連的家人呢？更數不清曾有多少次在夢中回到自己的家園！

自己的家，無須特意的想，眼前就自然而然的浮起它的模樣來：房子外面用木柵圍起來，圈住一大片空地；房子是泥草房，室內按照女真人的習慣，南西北三面砌著火炕……小時候，自己常和弟弟們圍著母親，聽她講故事；四、五歲開始在院子裏騎著小馬練習射箭，那幾把小弓小箭全是祖父親手做的……

想到這裏，努爾哈赤的眼眶紅了起來，可是，他一咬牙，硬是把這一切都壓了下去，心中只剩下熊熊烈火化成的巨大聲音：

「我會復仇的——我回來，回來為瑪法和阿瑪復仇——」

他的心被這個聲音燒灼得沸騰，反應到身體上是加緊策馬狂奔，頃刻間，赫圖阿拉城到了；城是沿山崗而建，到了城關下，便只能放緩馬步進城，而城裏又散落著三三兩兩的民房，不像野外山路，適合快馬奔騰，因此，一隊人馬只能用不太快的速度往努爾哈赤的家跑去。也幸好馬跑得不快——在快到家的時候，路旁忽然衝出了一個人，大喊一聲：

「啊！少主！您終於回來了！」

那人是帕海，努爾哈赤連忙勒住馬頭，停下來和他說話：

「是你——帕海，你怎麼在這裏？」

「我心裏發急，屋裏待不住，想到半路上來等等看——全家的人都急得坐立不安，怎麼算都超過了您約定回來的時間，大家都深恐您出了意外……」

聽他這麼說，努爾哈赤立刻想起和他約定回建州左衞的時間是三天，自己由於大青的病故和李成梁的追殺，耽誤了三天的約定，當然要令弟弟們和帕海發急；於是，他立刻向帕海說：

「對不住，我誤了約定，害大家發急——」

「少主，您——也知道了吧……我在圖倫城打聽到確實的消息，老爺和四爺，已經遇害……」帕海說著哽咽了起來。

努爾哈赤強忍著，沉聲對帕海說：

「我都知道了——我們先回去再說吧！」

說著，他命帕海上馬，和他共騎，領著額亦都的九騎一起往家中跑去；不料，將到家門的時候，迎面駛出來一輛馬車，兩方險些撞個正著，幸好馬車只有一輛，閃了一下也就避開了。

「是繼福晉——」帕海向他解釋：「她從一聽說四爺沒了，而您要回來，就說要帶著巴雅喇少爺回哈達部去，大家連著勸了幾天，全不管用，只好隨她去——」

聽了這話，努爾哈赤心中感慨萬千，只是不好顯露出來，便付諸沉默；過了一會兒才問：

「其他的人聽到我要回來的消息，有什麼反應？」

帕海道：

「我不清楚——沒人告訴我；只有一次，我遇上瑚濟寨的完布祿老爺，帶著兒子來打聽您的消息；聽他說話，感覺到他對您非常尊敬；另外，就是聽幾位少爺提過一次，說『三房』的心裏一直很不服氣——」

努爾哈赤輕輕嘆了口氣：

「只怕他們不但不服氣，還會趁火打劫……」

話才說完，家已經到了；帕海立刻下馬，朝木柵裏面邊喊邊跑：

「回來囉——努爾哈赤少主回來囉……」

呼喊聲立刻驚動了屋裏的人，一羣人飛快的從裏面迎出來。

「啊，穆爾哈赤、舒爾哈赤、雅爾哈赤……你們，全都長大了！」

剛下馬的努爾哈赤一抬眼看到迎面而來的三個弟弟，心中百感交集，尤其是當三個人不約而同的一聲「大哥」傳到耳中時，他整顆心幾欲燃燒，立刻張開雙臂，把三個弟弟一起圍住——卻不料，弟弟們都已經長大，他的雙臂居然不夠圍住三個人，而變成四個人合抱在一起，過了許久才分開。

「雅爾哈赤，我離家的時候你只有十三歲，還是個小孩子；沒想到，你已經長得這麼高壯結實，像個大人了！」

努爾哈赤又是高興又是感慨的捏捏每一個弟弟的肩臂，拍拍每一個弟弟的胸膛，又向著最小的雅爾哈赤目不轉睛的看著，點著頭說：

「你騎馬、射箭，都是我親自教會的呢！」

舒爾哈赤插進嘴來說：

「大哥，雅爾哈赤也已經娶妻生子了！」

努爾哈赤欣慰的說：

「好，好，太好了——那麼你呢？幾個孩子了？」

舒爾哈赤紅著臉回答：

「三個——二子一女；前幾天第二個兒子才出生，還沒有命名；大哥您回來得正好，這個孩子就請您命名吧！」

「好，好，進屋去再說吧！」

努爾哈赤說著，一面又向弟弟們介紹額亦都和他的徒弟們：

「這是我平生第一位知己，額亦都——其實，算起來我們是親戚……」

才說到這裏，門口忽然傳來一個清脆嬌嫩的聲音，打斷他的話：

「大哥——」

「啊，小妹——」

門中走出來一個梳著雙辮、長得亭亭玉立的少女，努爾哈赤一看眼睛就紅了。

「小妹，你也長大了——容貌竟然和額娘一模一樣！」

「額娘的女兒當然像額娘——」

小妹名叫尼楚賀，意思是「珍珠」，她的情緒激動得說話的時候眼角含淚：

「這幾年，大家都天天盼望大哥回來，現在，總算盼到了——」

「是的，我回來了，我再也不會離開家，離開你們了……」

站在家門口，環顧著家園，努爾哈赤有感而發的說，也像是給天地、眾人一個許諾似的；

接著才向尼楚賀介紹額亦都：

「他是你未來的夫婿哈思虎的表弟，也就是你的表弟，以後你要好好的待他！」

尼楚賀臉上一紅，慢慢低下頭去，但口中還是大方的回應：

「是。」

接著，努爾哈赤率先舉步進屋，所有的人跟在他身後一起往屋裏走。

可是，剛要跨入門檻的時候，努爾哈赤突然停下腳步，回轉過頭，以極為莊肅的神情和沉穆的聲音問：

「穆爾哈赤，瑪法和阿瑪的靈堂設了嗎？」

穆爾哈赤是諸弟中年紀最長的，但因他是侍妾所生的庶子，在家中地位不高，一向沉默寡言而勤於任事；努爾哈赤卻因為他是長弟，遇大事先問他；穆爾哈赤雖然平常不愛多話，逢事卻不畏縮，努爾哈赤一問，他就詳細回答：

「已經設了——從兩天前，消息證實的時候就設下了。」

「唔。」

覺昌安和塔克世的靈位設在原本供祭祀用的西炕牆上的「板子」上，按照薩滿信仰❺的儀式供著祭品，努爾哈赤一進屋，立刻走到兩人的靈位前，「噗咚」一聲雙膝跪下。

接著，後面的人也全都跪了下去，十幾個人黑壓壓的跪滿了一屋子。

氣氛沉重而悲戚，但卻沒有人發出半點聲音；努爾哈赤雙膝跪地，抬頭挺胸，雙目直視兩個靈位，臉上沒有表情，只有肌肉在輕輕顫動、抽搐，眼中沒有淚水，而是滿眶怒火，口中沒有聲音，而心中的怒濤洶湧澎湃，一波接一波的發出怒吼，一波比一波猛烈，足可撼天動地：

「我會復仇的……我會為您們復仇，也會為所有無故被殺的女真人復仇……我立誓，我會殺了李成梁，為所有的人復仇！」

一條細細的、鮮紅的血跡從他的嘴角緩緩的溢了出來。

註一：東北特有的「樹掛」奇景，是冬夜嚴寒，樹枝上都結滿冰珠，望之如玉樹瓊枝；等到黎明旭日初升時，陽光映照，熠熠生光，則燦爛耀眼；等到日色漸濃，冰珠開始融化，又恢復原來的樹枝的面貌。「樹掛」的奇景尤以松花江、吉林一帶最為著名。

註二：滿族人對狗存有一份深厚的感情，視狗為最忠心的夥伴。現今的努爾哈赤雕像旁即跟隨著一條狗，而埋葬著努爾哈赤先祖的永陵，其石雕的最大特色為狗身龍首，因而被一般人稱為「坐龍」，與一般傳統的龍不同。

註三：鈕祜祿氏是女真人中的望族，早在金朝就有多人在朝為官，詳見《金史》。

註四：「巴圖魯」是「勇士」之稱。

註五：當時女真人多信仰薩滿，是一種較原始的、以巫師作法為主要形式的信仰；或者還不能稱為「宗教」，而僅是信仰。

第三章

更教明月照流黃

努爾哈赤向弟弟們問話：

「目前，我們建州左衞有多少實力？」

這話一出，沒有人敢出聲，過了好一會兒，舒爾哈赤才囁嚅著說：

「自從瑪法和阿瑪被明軍誤殺……」

努爾哈赤「啪」的一聲，一掌擊在身旁的小几上，打斷舒爾哈赤的話，不料用力過猛，竟將小几擊得粉碎，他怒喝著說：

「什麼誤殺——分明是謀殺！」

「是，謀殺——」舒爾哈赤小心的看了他一眼，慢慢的繼續說下去：「自從瑪法和阿瑪被謀殺以後，建州左衞的人就分成兩種，一種是離我們遠遠的，深恐沾了霉氣；一種依舊忠心耿耿；只是，第一種人多，第二種人少……」

努爾哈赤聽了先是默不作聲，過了一會才問：

「那麼，有多少可用的兵力？」

舒爾哈赤小聲的說：

「很少……恐怕，只剩下……幾十個人而已！」

「幾十個人……哼，哪怕只剩下我一個人，也不會改變我為父祖復仇的心志！」

努爾哈赤語氣堅定，雙手緊緊握拳。

沉默了許久的穆爾哈赤忽然對努爾哈赤說：

「瑪法還遺下十三副甲——」

說著，他立刻進裏屋，從箱中取出這十三副甲，交給努爾哈赤❶。

甲衣原本就是戰場上的用具，上面還殘留著拭不去的斑斑點點的新舊血痕；努爾哈赤把這十三副甲一一攤開來，凝視了許久；先人的血汗遺澤似乎還留在甲上，他感覺得到；甚至，他覺得祖先的靈魂就住在甲衣中……

「我會和您一樣，用它上戰場……戰無不勝……為您復仇……」

他對著甲衣喃喃訴說，說完話，立刻換了另一種神情，沉肅的對弟弟們和額亦都說：

「來！我們先分配一下工作！」

他當中坐下，其餘的人環圍著他而坐，聽他從容分配。

「明天，我親自到遼東巡撫衙門❷去找明朝的官兒理論，至少要要回瑪法和阿瑪的遺體安葬——穆爾哈赤守在家中，要完成幾項任務，第一，讓額亦都熟悉這裏的環境，第二，仔細檢查家裏的每一個地方，預做設想，假如敵人攻來的話，哪些地方比較脆弱，設法補強；舒爾哈赤和雅爾哈赤親自去拜訪我們的堂房和族人們，告知我復仇的決心，盡量爭取他們的幫助！能多一個人算一個！」

「是的。」

三兄弟接受任務以後，齊聲的答應；可是，餘音還沒有完全消失，舒爾哈赤的眉頭就開始皺起，眼神也微有些不定。

努爾哈赤一眼看見，立刻問他：

「舒爾哈赤，你有話要說嗎？」

舒爾哈赤先是欲言又止，一頓之後誠實的說出心中的憂慮：

「大哥，您是知道的，三房的人一向看我們四房不順眼，總覺得瑪法搶了其他兄弟們的世襲職位；也早就先下手，聯合一些族人站到他們那邊去了……這一回，出了這麼大的不幸，他們連派個人來慰問一下都沒有；雖說大家都是曾祖父的子孫，可是，有多少人肯出力就難說了——更何況，李成梁的軍力那麼強，大過建州左衛幾百倍，如果我們去對人說，現在建州左衛有幾十人，要去找有幾十萬大軍的李成梁復仇，恐怕別人……還沒聽完話就嚇跑了……」

他的話沒全說完，努爾哈赤先做了一個手勢阻止他繼續說下去，然後對他說：

「我懂你的意思——但你的顧慮是因為還不清楚我復仇的全盤計畫；大家聽好了，這是我詳細考慮後想定的計畫，一共分成三個階段；第一個階段，我們必須要忍耐，不能跟明朝翻臉，因為，我們的力量太弱了，根本不是明朝的敵手，不能做無謂的犧牲；所以，我們只找圖倫城的尼堪外蘭復仇……」

這麼一說，舒爾哈赤的情緒緩和下來了；而一旁的額亦都卻突然插進嘴來說：

「請我表兄來幫忙嘛！他和我一樣，從一認識你開始，就決定要跟隨你做一番大事業——如果他知道你需要人手，一定會立刻趕來！」

這句話提醒了努爾哈赤：

「是啊！我還有一些朋友可以幫忙！」於是他仔細考慮：

「沾河寨的常書和揚書一向和我談得來，又有正義感……薩爾滸城的諾米納雖然比較滑頭，但是他的哥哥卦拉和尼堪外蘭有舊怨，也許會同意大家一起打尼堪外蘭……」

想到這裏，他立刻動手寫信，分別給蘇克蘇滸河的薩爾滸城主諾米納、沾河寨主常書和揚書兄弟，以及哈思虎；他在信中非常詳細、非常懇切的說明自己的父祖被殺的事由，以及自己立志找尼堪外蘭復仇的決心，請求他們援助。

信寫完之後，他派額亦都的徒弟去送信，自己和弟弟們以及額亦都繼續商議復仇的計畫。

努爾哈赤思慮縝密，設想周到，任何枝微末節和每一種可能發生的狀況都沒有疏忽掉，並且反覆推敲、詳究，幾個人便談到深夜才各自就寢。

第二天，努爾哈赤按照計畫，前往明朝設在遼東的首府遼陽，找遼東巡撫李松理論。

李松當然沒有接見他──託辭正在處理要事，派了一名書吏張化文代為接見。

張化文在遼東巡撫衙門任職已歷三年，對女真人的世界雖不如他從小習作的八股文章來得熟悉，但是歷練了三年也就不完全陌生；這回奉了巡撫的命令來接見努爾哈赤，儘管素不相識，他也深具能處理得當的信心。

而努爾哈赤長期在漢人圈子裏生活，說得一口流利的漢語，和張化文溝通起來完全沒有困難。

努爾哈赤先說明來意：

「我的祖父任建州左衛指揮使，乃是大明的朝廷命官，一向忠心報效，卻無緣無故的在古勒城中被殺害，連同我父親也一起冤死；這是不共戴天之仇，我要來討還一個公道！」

話說到後來，他悲憤填膺，不知不覺的咬牙切齒起來；張化文雖然沒有完全弄清緣由，卻懾於他的氣勢，也有點同情他失親的悲痛，於是先好言好語的安撫他：

「這件事，我立刻呈報巡撫，反應上去，一定給你一個公道——」張化文連聲說：「你先請回，我盡快處理這件事，盡快給你答覆！」

他的態度還算好，努爾哈赤對他的反應還算滿意，也就不再僵持，答應先回建州左衛去等消息。

一回到赫圖阿拉城，剛進門就聽到一件令他欣喜不已的事情——穆爾哈赤告訴他：

「完布祿大叔帶著他的兒子安費揚古❸來求見您，聽說您需要人手幫忙，就留下了安費揚古在這裏追隨您！」

「啊，太好了！」努爾哈赤高興的說：

「安費揚古為人忠誠，武藝又非常好，會是一個好幫手！」

對於安費揚古，他非常瞭解——安費揚古的父親完布祿是最忠於建州左衛的人，他們姓覺爾察氏，世居瑚濟寨；安費揚古和他同歲，從十幾歲的時候就以武藝超羣出名。

「現在，人呢？快請來見！」

「他和額亦都在屋後的空地上試射——我立刻去請他們來！」

穆爾哈赤說完立刻出屋找人，不多時，三個人一起走進來；穆爾哈赤在前，額亦都和安費揚古並肩走在後面，恰好形成一個有趣的對比；兩人的身材雖然差不多高，容貌和氣質卻大不相同，額亦都長得方頭大耳，天生一副大嗓門和豪爽的個性，說起話來總是眉飛色舞，一張濃眉大眼的臉上便動感十足；安費揚古卻是瘦長形臉，目光銳利而內斂，沉默寡言的臉上幾乎沒有什麼表情；兩人一起走進來的時候，額亦都還兀自高談闊論，安費揚古則是十分專注傾聽的模樣，正好是一動一靜的對比。

而努爾哈赤一看到兩人並肩而入，立刻就打心眼裏發出快慰之至的笑聲，他走上前去，擁抱了一下安費揚古，接著又一手攬著額亦都的肩，一手攬著安費揚古的臂，開懷大笑：

「三國的劉備有五虎將——我也已經有了兩員虎將，還怕什麼敵人有千軍萬馬？」

註一：現今永陵陳列的努爾哈赤祖先遺留的「索子甲」為藤甲，福陵陳列的努爾哈赤的「鎖子甲」為鐵甲，兩者材質不同，未詳這十三副甲是什麼材質所製，待考。

註二：明制，一地的最高文職官為巡撫，武職為總兵。遼東巡撫一職始設於宣宗宣德十年十二月，其後經數次因政治制度變革而有所改變，萬曆年間，遼東巡撫仍為當地最高文官，巡撫衙門則先前設於廣寧，萬曆年間曾遷遼陽。遼陽本是明之遼東第一大城，遼東都指揮使司所在地，而成遼東首府。日後，遼陽為努爾哈赤攻陷後再遷廣寧。

註三：「安」是蒙古文「大臣」的意思，據札奇斯欽教授言，安費揚古或可解為此人名費揚古，而稱他「大臣費揚古」。

2

「李成梁是一員虎將？」

朱翊鈞脖頸微歪，目光凝聚，望向空無一物的前側，口氣半帶狐疑，聲音低沉，既像是思忖時的自言自語，又像是推敲後的詢問。

午後斜日的光暈映在他頰上，宛如為他敷上一層薄薄的金粉，增添幾許陰柔之美。

張誠彎腰低頭垂手，狀至恭敬的侍立在旁，也藉著這姿勢掩護，不讓朱翊鈞看到他閃爍的目光；他的心裏忐忑著，自忖沒有十全的把握能說動朱翊鈞，但也認為，自己如果說對了話，成功的希望很大，因此，他加倍小心謹慎的應對。

「這都是萬歲爺洪福齊天，本朝才出了這麼位能鎮守邊關的虎將啊！」

朱翊鈞嘴角一牽，目光收轉，正視張誠，雖然只看到張誠頭上的帽子，也還是被這句奉承話掀起了幾絲欣悅，順口就問：

「那麼，你說，大臣們說得對？遼東問題多，全靠李成梁撐著？」

張誠登時心口狂跳——時機來了，他得善加把握，同時也再次提醒自己：天賦過人的朱翊鈞並不容易蒙蔽，分寸要拿捏好！

於是，他以誠惶誠恐的態度回話：

「萬歲爺恕罪……奴婢不懂國家大事，不敢多嘴！」

一面說，他一面下跪，連連叩首：

「萬歲開恩，寬恕奴婢死罪……奴婢只懂得伺候萬歲爺的起居，從來不敢與聞國事……」

朱翊鈞笑了，微微點頭：

「你是對的……母后早就說過，別讓太監們插手朝政，免得又出個王振、劉瑾……起來吧！」

張誠立刻再磕一個響頭：

「謝萬歲！」

起身後，他的頭垂得更低，態度更加恭敬：

「萬歲隆恩，且讓奴婢將功折罪——奴婢給萬歲爺跑腿，去到庫房，把記著李成梁事情的檔案全給搬來，讓萬歲爺徹徹底底的看個明白！」

朱翊鈞被提醒了，用力拍了一下座椅扶手：

「是啊！這麼一來，朕就知道該怎麼辦了！」

他高興的吩咐張誠：

「很好，你去吧！」

張誠再度下跪叩首：

「奴婢遵旨！」

然後，他以極其謙卑、恭敬的態度退出去，只在出門以後，嘴角才忍不住露出一絲得意的笑容來，但也隨即著意隱藏的收了起來。

而完全沒有看到他的神情的朱翊鈞，嘴角也掀起了得意的笑容，向陪在身邊、這許久工夫都默不出聲的鄭玉瑩說：

「這個辦法好！朕親自把李成梁的所作所為都看清楚，就知道該怎麼發落他——再也不會被大臣們東一句西一句的說得拿不定主意！」

鄭玉瑩不曉得「李成梁」是誰，沒法子在這方面接腔，只有笑吟吟的應承他的話：

「萬歲聖明，凡事都能乾綱獨斷的！」

這話聽在正想乾綱獨斷的朱翊鈞的耳裏，起了鼓勵的作用，使他的精神更加勃發，因而不厭其煩的向鄭玉瑩解說：

「朕明明記得，前幾天有言官上疏彈劾李成梁，說他不好，說他的兒子也出任總兵，是不應該的；朕召張四維獨對的時候問他，他奏說可以依戚繼光之例改調——不料，剛才在朝班上，申時行幾個，絮絮叨叨的稟奏，反反覆覆的說，李成梁是一員虎將，遼東非李成梁鎮壓不可——沒幾天工夫，說法就完全相反了，真是莫名其妙！」

鄭玉瑩很專心、很仔細的聽他訴說，雖然一樣因為不懂政治而無法幫他解決問題，但卻明白了他心中困惑的原因——大臣們對事情的看法、說法前後不一致，而且互相矛盾，令親政不久的他莫衷一是；她想為他分憂解勞，於是幫著想主意，也很快就提出建議：

「要不，去請示皇太后——」

朱翊鈞下意識的眼睛一亮：

「是啊，朕小的時候，母后幫朕應付大臣，做得很成功——」

但，他隨即想到了李太后現下的心境，目光立刻黯淡下來：

「母后現在年紀大了，心裏只有孫子——」

這麼一來，又觸動了他因母子間疏離而生的感傷，他不願面對，於是立刻甩甩頭，揮去這思緒，轉而對鄭玉瑩說：

「還是張誠的主意好，朕自己把李成梁看通透，自己拿主意——」

話說到一半，聰穎過人的他忽又觸類旁通的有了新想法：

「除了李成梁，還該把每一個大臣的底細都徹底弄明白；這樣，凡事就全由朕自己拿主意，誰也左右不了朕——而且，知道了他們全部的底細，就能把他們一個個都管得乖乖聽話；不但不敢像張居正一樣，當朕是小孩；不敢再翻來覆去的，既前後矛盾，又囉唆個沒完；也不敢做壞事，更不敢蒙蔽朕！」

鄭玉瑩立刻仰頭，以崇拜的眼光看他：

「臣妾從小就聽人說：『天子聖明』，現在親眼目睹了！」

這話聽在朱翊鈞耳裏，並不覺得是奉承，而是讚美，他的精神受到了鼓舞，登時眉開眼笑：

「朕要締創『萬曆之治』，萬世流芳呢！」

他又想做個聖主明君了，但這種心態並不是矛盾——在他想出了駕馭大臣之道的當兒，心中當然洋洋得意，也充滿了自信；原本對張居正賦予他的期許與壓力所產生的反感，霎時化為烏有。

鄭玉瑩則立刻配合：

「萬歲爺現在不靠張居正辦事了，要親手締創『萬曆之治』，做千古第一的聖主明君呢！」

朱翊鈞越發眉飛色舞，聲音有如歡呼：

「朕是千古第一的聖主明君！」

他心花怒放，又抱起鄭玉瑩轉圈子，精神狀態也開始進入得意後的飄飄然；在不知不覺中，張居正的期許已經成為他的自我期許，與他的夢想和憧憬結合在一起，化為一種完美的感受，他興高采烈，喜不自勝，也認定自己是千古第一人，而實質上，他仍然是個不知人心險惡的純潔少年。

當張誠回到他面前來的時候，一如常態的以極其恭敬、謙卑的態度下跪、行禮，他絲毫沒有異樣的感受；跟在張誠後面、捧著多疊文書的小太監們一起下跪行禮，一起口呼參見萬歲時，他更加沒有異樣的感受，完全想不到，這些以張誠為首的太監們呈遞上來的文書是動過手腳的。

他開始聚精會神的閱讀，仔細考核李成梁以前的作為，看得入神了，忘了時間，直到黃昏將近，鄭玉瑩提醒他該去給李太后請安了，他才如夢初醒般的抬起頭來，坐直身體，讓目光回到現實的世界來，身體如往常一般的前往慈寧宮。

但是，人走在路上，心思還是不時飛回「李成梁」這三個字上，腦海中交錯縱橫著記載李成梁事蹟的紙頁。

萬曆三年春，土蠻犯長勇堡，李成梁率軍擊退……冬，泰寧部炒花聚眾二萬餘騎，從平虜堡南掠，進而轉掠瀋陽，李成梁出戰，發火器退敵，斬以千計；是役大捷，加李成梁太子太保，世蔭錦衣千戶……次年，土蠻從父黑石炭、弟大委正等入寇，李成梁大破……六年正月，土蠻復入，李成梁連夜出塞二百里，搗破劈山營，大捷，加太保，世蔭本衛指揮使……六月，敵犯鎮靜堡，李成梁復擊退之……十二月，土蠻聯合泰寧部長速把亥，聚集三萬餘騎，壁遼河，攻東昌堡，深入至耀州，李成梁分兵遣諸將扼守各要地，而親率勁銳，出塞二百餘里，直搗圜山，大破敵軍；論功，封寧遠伯，歲祿八百石……

文句都是極簡、極尋常的字詞，但是，所記載的內容在在都令他怦然心動，從而勾引起潛藏在內心深處的英雄意識。

儘管長在深宮，從來不識干戈，但他畢竟是個男人，心中對戰爭懷有興趣和嚮往，一看到這些文字，首先升起的感受就是興奮，隨即熱血沸騰，一面想像這一場場戰爭的畫面，恨不得自己也能身在其中，與敵交戰，大獲全勝，成為百戰沙場的英雄。

因此，他失去了理智，沒有冷靜、客觀的去考辯這些記載的真偽，而毫不懷疑的認同了這些記載，也認定了李成梁幾乎每一年、每一月都為大明朝守衛國土，打敗入侵的敵軍，創下彪炳的戰功——他下意識的頻頻點頭，自言自語：

「李成梁果然是員虎將！」

隨即，早朝時，大臣們在殿上交相討論關於李成梁去留一事的情景也回到了眼前——

內閣次輔申時行很恭敬的跪伏在地，很懇切的進言：

「臣啟陛下，有關遼東總兵李成梁被彈劾一案，應多方詳議，審慎處理；因為，遼東的情勢複雜，既為多種民族混居之地，又與朝鮮、蒙古接鄰，極難治理，我朝中亦少有通曉遼東事務的人才，而李成梁其人具有特別的條件，第一，他本籍朝鮮，世居遼地，通曉遼事；第二，他是一員難得的虎將，鎮遼以來，戰功卓著，鎮壓了蒙古、女真各部，維持了遼東的平靜；是以，目前不宜有所更替——」

在當時，他的心裏產生了很大的疑惑，沒有立刻採用申時行的意見，做出明確的決定，因為，這個話與張四維的意見矛盾；而現在，他的疑惑消失了。

「申時行的說法才是對的，李成梁是一員虎將，應繼續留任，為朝廷鎮守遼東！更何況，先前，黃道瞻上的彈劾疏，並不是說他的才能不行；而是說，他與李如松父子並居重鎮總兵，為本朝未有之例……」

他想得心頭陣陣發熱，身體幾乎手舞足蹈起來，既高興自己擁有的臣屬是虎將，也為自己能乾綱獨斷而興奮，而且在高興之餘，思路也變得特別清晰，腦海裏立刻把第二天早朝時該說的話都預想了一遍，甚且面面顧到的設想著：

「張四維好歹是老臣，是內閣首輔，應該給他留點面子——不採用他的意見，也得跟他多說幾句好聽的，讓他心裏好過些！」

哪裏知道，第二天上朝，張四維的應對大大出乎他的意料之外而令他瞠目結舌——

原本，他因為心意已定，便率先詢問申時行，讓申時行重複昨日的稟奏內容，為李成梁的留任進言；然後再非常客氣的詢問張四維：

「張卿以為如何？」

卻不料，張四維上前稟奏的內容竟是：

「啟奏萬歲，臣以為，申時行申次輔所言極是；李成梁確是一員虎將，鎮遼非他不可，宜留他續任遼東總兵一職！」

宛如「嗡」的一聲巨響震入耳中，轟得他半是驚愕，半是茫然；原先準備好的安慰張四維的話全用不上了，心裏急速旋轉著的念頭是，何以張四維會在短短的時間裏推翻原已陳奏過的意見，換了另一種話來說？

情急之下，他竟略帶口吃：

「張卿……你……你……日前……明明說……」

下面的話，他說不出來了，而成竹在胸的張四維開始慢條斯理的自圓其說——張四維極恭敬的下跪，以被歲月磨洗得全無火氣與骨氣的聲音說話：

「臣啟萬歲，臣曾奏說，李成梁飽受言官彈劾，似不宜久鎮遼東；但，李成梁所受的彈劾，真相如何，仍須明察；而正如次輔申大人所言，鎮遼非李成梁不可；臣權衡輕重之後，叩請萬歲允准申次輔之奏——至於言官所論，李成梁、李如松父子並居重鎮總兵，確實為我朝向無前例之事；臣叩請萬歲聖斷，將李如松改調他職！」

耳朵裏依然嗡嗡響，腦海裏卻將這幾句話聽得很明白，更沒有失去思考的能力：

「他獨對的時候明明說，應將李成梁像戚繼光一樣改調他職，這會兒卻說成了應將李成梁的兒子李如松改調他職……他是老糊塗了？還是想欺蒙朕？或者——是被申時行這干人說服了，改了主意？」

他的思路非常敏捷，但怎奈，畢竟是個涉世不深的少年……他完全不知道事情的內幕、真相，完全不知道朝臣、邊帥、太監之間存在著一張互惠互利的網，完全不知道世上有「利害關係」、「運作」這些事；他再怎麼聰明，也體會不到筆畫最簡單的一個「人」字，其實是最複雜的；他的疑惑、納悶所觸及的還只是一層極淺的表面，而且百思不得其解。

但他想不出什麼話來指責、反駁張四維，幸好，張四維的意見已經變得與申時行一致，也完全吻合他的心意，無須再做進一步的討論；只是，他原本飽滿、高昂的情緒被破壞了，變得意興闌珊，即便是發出充滿權威的旨意，語氣也變得有些疲軟，像正在洩氣的皮球：

「好吧！著內閣研擬，調李如松職——」

3

都是金銀財寶的功勞——李成梁當然比誰都明白，特別是他在香案前跪下，朝著太監手裏的聖旨再三叩謝皇恩的當兒，心裏發出了陣陣冷笑。

最應該感謝的是歷年來從自家庫房裏流出去的各種財物，其次是張四維、申時行、許國、張誠、李定等宮朝要員；最不應該感謝的是皇帝，是聖旨——儘管他極盡恭敬之能事的三叩首，高呼「謝主隆恩」。

危機已經消失了，太監所宣讀的聖旨很明確的告訴他，皇帝讓他繼續做遼東總兵；其實，這消息他早在前幾天就已經由自己特有的管道中得知了；天子聖明，裁示他續任，他的長子李如松則由山西總兵官調成僉書右府，再改成提督京城巡捕——總之，功名利祿、榮華富貴全給保住了。

嘴角微微一哂，心中同時湧起了無限的感慨和理性的思維；但是，叩首稱頌完畢起身時，他的神情毫無異狀，言行更是一如往常——他很客氣的向來宣旨的太監寒暄：

「有勞公公！」

隨即遞上禮單，並且派遣兩名兒子親自奉客，盛宴款待；接著吩咐師爺：

「擬謝恩疏——」

然後也一如往常般的踏著威武、沉穩的步伐退離大廳，直到走進書房以後，神色才展開變化。

身邊已無外人，無須再戴著假面具了——他這才長長的吁出一口氣來。

又度過了一次風浪——儘管被言官彈劾這種事，對在戰場和官場上都已身經百戰的他來說，根本不算什麼驚濤駭浪，但卻是小皇帝親政後的第一回合，意義不同。

原本，他因為不熟悉小皇帝的習性而特別小心謹慎的應付——初接到言官彈劾他父子不當並居重鎮總兵的消息時，正是他遣李如梅攜帶大批厚禮陪同李定返回京師的第二天，一向行事果斷的他立刻加派李如梓再多帶一倍的厚禮追上李如梅，一起赴京師處理這件事。

他相信，官場上沒有財寶解決不了的事。

果然，他的想法和做法都是正確的——現在，聖旨一到，更加證實這一點，也使他深刻的體悟到，當今這個自以為英明睿智的皇帝，其實跟歷朝的其他皇帝沒有什麼兩樣，都是給太監和大臣牽著鼻子走的！

明白了這些，也就摸到了途徑，曉得了自己該怎麼走下一步路；但他也同時提醒自己，第一步路走對了，並不代表此後可以高枕無憂，可以掉以輕心——尤其要仔細的教誨、告誡兒子們，今後須更加小心謹慎，更加全力以赴，才能把所開發出來的正確途徑走成一條獲得榮華富貴的金色大道！

而經歷過這樁事故之後，他也更加著急的要把兒子們調教出來，因為，父子同朝，榮枯同株，任何人出點小差錯都會影響全家。

「別的事學不周全也就罷了，官場的事，一定要精通，否則——啊，下場就會跟戚帥一樣！」

心中一動，他不由自主的想起戚繼光來，也立刻聯想到：

「那是一個活生生的前例，正好拿來跟他們說說！」

戚繼光是一個典型的只知盡忠職守、創下彪炳戰功而不善於周旋官場的人——他會仔細教給兒子們，戚繼光的作為裏，哪些是該學的，哪些是該當作教訓，絕不可犯的；戚繼光的下場，尤其是殷鑑……

戚繼光字元敬，山東人，祖上以軍功世襲登州衞指揮僉事；他出身將門，熟諳軍事，生性豪爽正直，倜儻負奇氣，好讀書，通曉經史大義且熟讀兵書，因而文武雙全。

十七歲因父親病亡襲職，不久被薦升為都指揮僉事，備倭山東；又以胡宗憲的推薦，改浙江都司，充參將，鎮守寧波、紹興、臺州三郡。

當時，這幾處是倭寇鬧得最凶的地方，百姓飽受蹂躪，無以聊生；防守這幾個地方，責任大，困難多，且是第一線的戰場，萬分凶險，但，一生的英雄事業也就從此開始。

世宗嘉靖三十四年，戚繼光赴浙江就職，上任後，以衞所軍❶已無戰鬥力而上疏朝廷，請求招募新兵；總督胡宗憲支持此議，批准執行；於是，他在金華、義烏一帶招募三千壯丁，編為新軍，施以嚴格的軍事訓練。

他親自教授這支軍隊擊、刺等戰技，並且針對江南一帶迂迴曲折多水、不利大隊人馬馳騁的地形，和倭寇善設伏、會衝鋒，擅長短兵相接的作戰法，研創出「鴛鴦陣」的陣法，以十二人為一個戰鬥小組，配合長短兵器、盾牌，組成一個機動、靈活、嚴密的集合體，適合近距離的搏鬥。

除了戰技、戰術、陣法之外，他又特重軍紀、軍法，使這支軍隊訓練完成後，成為全國品質最精、效率最高的隊伍，在戰役中百戰百勝，「戚家軍」因而名聞天下。

嘉靖四十年，倭寇大舉入侵浙東，次年再犯福建，全數被「戚家軍」殲滅，浙東的倭亂遂告平息，戚繼光因而升官，進秩三等；「戚家軍」也開始增募新兵，擴充規模，實力更強，號稱「攻無不克，無堅不摧」，又以對百姓秋毫無犯而聲望日隆。嘉靖四十二年，倭寇入侵福建興化、平海一帶，戚繼光會同福建總兵俞大猷、廣東總兵劉顯所部，大敗倭寇；這一役勝得榮耀之至，世宗皇帝特地告謝郊廟，論功行賞，戚繼光得了首功，升任總兵官。

第二年，倭寇糾集殘餘部眾萬人，垂死掙扎似的孤注一擲，全數出動，包圍福建仙遊；戚繼光領兵救仙遊，大展神威，殲敵無數，並且乘勝追擊戰敗逃竄的人馬，將福建境內的倭寇剿滅淨盡；接著又與俞大猷聯手，掃除廣東境內的殘餘倭寇；在東南沿海一帶猖獗了二十年之久的倭寇於焉全數平定，還給百姓一個安樂的生存空間。

兩年後的隆慶元年，以俺答犯大同，土蠻犯薊鎮，京師的安全備受威脅，給事中吳時來上疏建議調戚繼光、俞大猷北上專訓邊卒，保衛京師；但當時朝廷的政策決定放棄以往由勳臣總兩廣兵的政策，改各置大帥，決議俞大猷仍鎮南方，任廣西總兵，與任廣東總兵的劉顯共保南疆，獨調戚繼光北上，以都督同知總理薊州、昌平、保定三鎮練兵事。

這「北調」使戚繼光開始了第二個事業高峯——京師當然是全國最重要的地方，他在軍事方面的過人才華有了更大的發揮機會，使他成就了一番轟轟烈烈的事業。

戚繼光北調的這一年，正是張居正入閣之年，向有知人之明的張居正，對戚繼光的才華、能力不但重視、推崇，還萬分信任，賦予他絕對的權力，也為他擋除了朝中反對的聲音，使他免除了來自複雜的政治層面的後顧之憂；在少有掣肘的阻力下，他逐步進行了再造本朝軍事力量的鴻圖。

鎮薊的十六年間，他研創出許多適合北方氣候、地形的戰術、陣法及武器，也訓練出為數更多的精銳部隊；並且親自考察萬里長城的建築，在城上加築墩臺，臺高五丈，虛中為三層，可以駐防百人；從山海關開始，在延綿兩千里屬於薊鎮邊防的範圍內修築了一千兩百座墩臺，費時五年才告完成。

這些建築、軍隊、武器和卓越的戰略、戰術，使戚繼光所負責的這條捍衛京師的兩千里國防線固若金湯，俺答和土蠻在幾次進犯都吃到苦頭後，也和倭寇一樣放棄了侵擾中土的念頭。

就這樣，「戚帥」的威名由南擴展到北，而使敵寇卻步，保住了大片江山，使萬千百姓受惠無窮。

只是，任誰也沒想到，張居正一死，沒多久，戚繼光就被調離薊鎮要地，去到廣東——事情令人感慨萬千，但是，李成梁的心中卻是別種想法；他緩緩踱步，走到書架前，在戚繼光的兩部著作前停步，定定的注目；《練兵實紀》、《紀效新書》❷，寫的全是戚繼光多年征戰、練兵的心得，早已被公認是本朝最重要的兵學著作；而他卻情不自禁的發出一聲自言自語：

「既立功，且立言——只是，不會做官，終歸是一場空！」

戚繼光「不會做官」的例子簡直罄竹難書，他甚至不會給自己增加「首功」——本朝的制度，武將的功勞是依照他的部隊所斬敵人的首級數目而訂——他不殺俘，不殺降，打仗也總是拚命的一舉肅清，而不懂得「養敵」以留下後路，以便繼續有仗可打，有功可敘；最後又弄得威名太重，敵寇都不敢來犯，連年無仗可打，「首功」也就無法直線上升，因此，儘管功業彪炳，卻沒能封「伯」——不像自己，「寧遠伯」的爵位早就到手了！

想到這點，李成梁的臉上立刻有了笑容，那是不知不覺中湧起的得意的神情；首先想到，戚繼光間接幫了他大忙——由於薊鎮固守得太嚴密、太堅實，土蠻才放棄了由薊鎮南侵的路線，轉圖遼東，而帶給他許多立功、升官的機會；接著又想，論起「做官學」的運用之妙，自己絕對是邊帥中之最者——幾個邊帥中，王崇古採取和平相處、互開馬市的方式與蒙古相處，戚繼光是一舉殲滅、威名嚇阻，結果都弄得無仗可打，自己也難以加官進爵；不像自己，不時的挑弄女真人自相殘殺，製造事端，然後再以這事端出兵攻伐，這樣，遼東便連年多事，連年征戰，自己的「首功」便連年迭增，使高官厚祿源源不絕。

而且，戚繼光更傻的是，不曉得變通，不會巴結權貴，也沒有在張居正死後見機行事的立刻搭上新權貴的路線——這些，跟自己比起來簡直有天壤之別！

想著，李成梁更加得意，忍不住想要仰天大笑；但是畢竟心裏懸著許多事，念頭一轉就割捨了這道宣泄——他想打鐵趁熱，立刻叫兒子們來受教；於是，他沉聲吩咐侍衛：

「傳少帥們來見！」

但是，他也沒有疏漏了其他的瑣事，同時又吩咐另一名侍衛：

「著師爺先擬致內閣張閣老、中次輔等人的謝函，備禮單——與謝恩疏一併送來過目！」

侍衛們一一領命道「是」，他卻還有事吩咐：

「多派人手，去看看女真各部的動靜——」

這事跟送禮給朝中要人一樣重要，而且是相輔相成的——他一向善於運用。

但是，話才剛完，心中的一根弦又被觸動了，於是他沉吟著補充：

「特別注意建州左衛——看看努爾哈赤在做些什麼！」

註一：明代開國之初即創行「衛所兵制」，綜合歷代所行的徵兵和募兵制的優點，去其缺點，而成新制。衛所軍原本的來源有四種，一是早先跟隨朱元璋起事的部隊；二是歸附、投降來的部隊；三是謫戍，因犯罪而被罰充軍的；四是垛集，從百姓家中按人口比例抽調。制度建立後，軍人列入軍籍，並為世襲，職業軍人的子孫永為軍籍——「軍戶」為明代特有的戶籍之一。而這些職業軍人所實行的是「屯耕」，一面接受軍事訓練，擔負保衛邊疆和鎮守地方的任務，一面仍要從事耕作，以自給自足。而明朝根據地理形勢和設防的需要設置「衛」或「所」，全部軍士都被編置在衛所中。每一百一十二人編為一個百戶所，每十個百戶所編為一個千戶所，每五個千戶所編為一衛，軍官的職務即稱為百戶、千戶、衛指揮使。當時的衛所遍及全國各地，有十七個都指揮使司，下轄三百二十九個衛，及六十五個獨立的守禦千戶所，軍隊的總數約一百二十萬左右；這個軍制稱為衛所兵制，軍隊即稱衛所軍；但，延續了將近二百年的時間，到了嘉靖年間，衛所軍的戰鬥力日漸走下坡，和開國之初有天壤之別。

註二：戚繼光的著作另外還有一部《止止堂集》，為詩集。

4

尼楚賀不識字，一整個晚上站在努爾哈赤身後，看著努爾哈赤忙碌的在紙上又畫又寫，許久連頭都沒有抬起來一下，由不得她又是納悶又是好奇，目光隨著努爾哈赤手中的筆遊移；只可惜，她什麼也看不懂，又不敢出聲打岔詢問，便只有耐著性子等，好不容易才等到努爾哈赤放下筆，抬起頭吁出一口長氣。

「大哥，您這是在做什麼呀？」

她趕緊抓住機會問，深怕努爾哈赤的休息時間一縱而逝，又埋頭工作，那就又不能問了。

努爾哈赤看到她這充滿好奇的神情，不禁微微一笑，細心的向她解釋：

「我在畫地圖——這是打仗的時候一定要用到的東西，我得先準備好；你看，這裏是建州左衛，沿著這條線走，就可以到尼堪外蘭的圖倫城……我先憑心裏記得的地形、路線畫下來，明天再去實地查看對照一下，然後仔細修改，就可以畫出很準確的地圖來！」

尼楚賀詫異的問：

「這是打仗要用的嗎？怎麼以前……阿瑪、瑪法都沒有用過呢？」

努爾哈赤道：

「這是我從漢人那裏學來的——李成梁手下人馬，個人的武藝並不是很高強，如果一對一的打鬥，未必是我們女真武士的對手；可是他們善用各種器具，善用戰術、謀略、陣法，形成一套完整的『兵學』，融合運用起來，威力就不得了；所以，我很用心的隨時隨地注意、學習……」

尼楚賀聽了伸伸舌頭說：

「打仗還要學——學這麼多東西呀！我還只當是一個人平日裏勤練武藝，有了本領之後，到打仗時，帶些人馬，衝到敵人那裏，殺光了敵人回來，就是『巴圖魯』了！」

「那就是漢人說的『有勇無謀』！」

努爾哈赤莞爾一笑，隨即卻輕輕蹙起雙眉，嘆口氣說：

「有勇無謀的下場往往是白送性命……這也就是咱們女真人空有武藝，卻被人打得抬不起頭來的第一個原因！」

這個感觸，尼楚賀還體會不到其中的辛酸，因此沒有什麼反應；反倒是努爾哈赤看著她，心裏突然想起了幾件事來，因此，鄭重的對她說：

「小妹，你平日空下來的時候，順便幫我做幾件事情，好嗎？」

「當然好——您要我做些什麼呢？」

「首先，記下每天日出日落的準確時刻；然後，幫我削七百四十顆小木珠子，每顆要一樣大小……」

「好的，這些都很容易做——」尼楚賀滿口答應，卻滿心疑惑的問：

「但是，您要這些做什麼呢？難道也是打仗要用的嗎？」

努爾哈赤點點頭說：

「是的——我在廣寧時聽李成梁提起過，明朝的戚繼光將軍用兵如神，創出了許多新的兵器和陣法，因而將來犯的倭寇打得落花流水；他掌握時間的方法用的就是這兩種，記清楚每天日出日落的時間，列成一張詳細的表；七百四十顆珠子是用來計算時間的，叫兵士按照踏一步的時間移動一顆珠子，這樣一點都不差；打仗的時候時間推算得準，是件很要緊的事，戚家軍是常勝軍，靠的是這些真本事，不是靠揀來的運氣！」

尼楚賀驚嘆著說：

「這個人真厲害！腦袋裏能想到這麼多！」

努爾哈赤微微一笑說：

「所以，他才會是明朝的第一名將，值得我好好的向他學習！這七百四十顆珠子就是學到的第一樣！」

尼楚賀道：

「我盡快——一、兩天就成了，我常削珠子給侄兒們玩，這事難不倒我！」

「好極了！」努爾哈赤拍著手道：「你一削好，我立刻就可以試試它的效用；而且，就用這些向漢人學來的本領打尼堪外蘭，也試試這些漢人的本領靈不靈——小妹，你可知道，我向漢人學到的第一個本領，就是知道打仗不是全憑武藝的道理呢！」

尼楚賀笑著對他說：

「現在，這個道理，連我都知道了！」

說著，她突然想到一個新的疑問，於是，她仰頭發問：

「大哥，您學了很多漢人的東西嗎？漢人究竟是什麼樣的一種人呢？怎麼您有的時候好像對他們又氣又恨，有的時候卻說他們好，要學他們的本事呢？」

聽她這麼一問，努爾哈赤不由得興起了萬千感慨，心裏既複雜且矛盾，幾乎使他無法用言語向尼楚賀解說清楚，想了好一會兒，才勉強做出簡單的說明：

「又氣又恨，是因為他們欺侮咱們女真人……可是，他們確實有很多好本領，我們一定要學，學會了將來才打得贏他們……」

而這話，尼楚賀只聽得一知半解，似懂非懂，他也只能盡力解說：

「其實，漢人也和我們女真人一樣，一樣是人——穿的衣服、梳的頭髮不一樣，沒有什麼要緊；人都是血肉之軀，上天生成的時候沒有不同——可是，人多了，流傳的世代久了，就不一樣了；漢人人多，流傳的世代久，而且，他們有自己的文字可以使用，寫成書，把每一代人的本領都記存下來，後一代的人很容易把前面幾代人的本領都學全，這樣代代相傳，傳了幾千年，越是後代的人越聰明、越能幹、本領越大……到了現在，就有了許多女真人沒有的本領。」

尼楚賀問：

「要是咱們女真人也有自己的字可以寫成書，那不就和漢人一樣，後代的人會越聰明、越能幹了嗎？」

這無心說出來的話，聽在努爾哈赤的耳中卻立刻產生作用；他的心中動了一動，接著便陷入沉思，兩眼望著前方，臉上沒有表情，整個人都出神了；許久之後，才見眉毛輕輕一聳，喉中吐出一個低微的喃喃自語：

「是啊……女真人也該有自己的字……」

尼楚賀原本因為他出神沉思，便不敢發出聲響驚動他，也沒有聽到他這句細微的心聲，只看到他口唇微動，但是聲音小得聽不見，這才出聲問問：

「大哥，您在說什麼？」

這麼一來，驚動了努爾哈赤，他抬眼一看尼楚賀，心神也回到了現實。

「哦，沒什麼——我只是想到了一件以後要做的事而已！」

說著，他再看看尼楚賀，心裏突然湧起了一個疑問，於是，他目不轉睛的正視尼楚賀，緩緩問道：

「小妹，你今夜一直陪在我身邊，是想等我空下來時說話嗎？你有事要對我說嗎？」

尼楚賀臉上一紅，但卻大方的回答他：

「是的，大哥——有一件事，我從您回來的第一天起就想來找您說，可是，您太忙了，所以我就藏在心裏，等了這些天！」

「什麼事？是關於哈思虎的嗎？你放心，我會盡快辦——讓你們早日完婚！」

尼楚賀的臉更紅了，同時急忙搖手：

「不是的，大哥——我是想問您，您還記得哈哈納札青嗎？」

這突如其來的一問，倒讓努爾哈赤倏的一愣。

哈哈納札青姓佟佳氏，是他早先離家前所納的侍妾，人很溫婉樸實，娘家是建州左衛轄下的獵戶；但在他離家之後，就沒再見過面；返家後沒見到她，原本有點納悶，卻因為心裏背負著父祖之仇的重壓，還騰不出心思來詢問；尼楚賀這下一提起，他的心中立刻浮起她的身影來，也多了幾許感觸。

「我當然記得——」他向尼楚賀露出一個苦笑：

「但是，我回來以後沒見到她——」

尼楚賀定定的抬起頭來，直直的注視他好一會兒，接著現出了笑意：

「您沒忘了她就好——六年前，您離家時，阿瑪為了掩人耳目，悄悄的把她送回娘家去住，每隔些日子，派人送點糧食衣物去——您既然已經回來了，是不是該把她給接回來呢？」

努爾哈赤心口一陣猛跳，對這突如其來的消息，他半帶驚喜，半露尷尬之色，卻也滿口應承：

「哦，是，那，就派帕海去接吧！」

尼楚賀笑得甜滋滋：

「得接三個人，連褚英和東果一起接回來！」

努爾哈赤問：

「褚英和東果是誰？」

尼楚賀越發笑得眉飛色舞：

「是您的兒子和女兒呀——您離家的時候，札青已經有孕，後來就生了褚英和東果這對雙胞兄妹；五歲多了，您還不知道自己已經做父親了……柬果那小模樣很討人喜歡，而且，很聰明，從去年就知道找大人追問，她的『阿瑪』在哪裏——」

她說得興高采烈，努爾哈赤卻聽得瞠目結舌，心中百味雜陳，半晌都說不出話來。

自己竟然已經做了父親，有了兩個五歲多的孩子——這遲到的「喜訊」帶給他的感受是特殊的、奇異的，而且還帶著一絲絲的茫然。

兩個身體中流著他的血液的生命竟然在他毫不知情的時候就悄悄的孕育了、誕生了、成長了……生命的奇妙似乎是由大自然而非人類自己掌管的，他覺得不可思議。

這一夜，他便在滿心奇異的感覺下失眠了；頭在枕上翻來覆去，思緒全都縈繞成一團；想到了自己幾次僥倖從死神手裏奪得一條生路，而生命卻已在不知不覺中延續了下一代，他的感觸更深了。

而就在千頭萬緒的糾葛中，他又想到了雪靈，以及雪靈腹中正在孕育的生命和待他慈愛如母的二夫人，心中的懸念更加深重。

回到建州左衛的這些日子裏，他無時無刻不在記掛著她們，只是現實環境不容許他再回廣寧與她們聚首而已；她們好嗎？會因為私放他逃走而受罪嗎？他的心中掠過一絲酸楚，短時間之內，他是看不到她們了；也許，雪靈必須像札青一樣，獨自撫養孩子好幾年……

「在能力還不夠的時候，凡事都只有忍耐——」忍住了心中的酸楚，他咬著牙，暗自對自己許諾：「現在只有忍耐……但是，總有一天，我會帶著女真的軍隊，打下廣寧！」

熱血在心中沸騰，潛藏在心底深處的誓言飛了出來，焚燒著他的全身，令他灼痛不已；他握緊了拳頭，咬緊了牙關，眼前所浮起的影像是真正的殺人凶手李成梁。

他相信那一天會來到的——打下廣寧，殺了李成梁，奉養二夫人，迎回雪靈和孩子……

美夢一定會成真——鄭玉瑩隻手托腮，頸微側，臉微斜，滿懷信心的出神冥想，眼中盡是對未來的憧憬，也因為心裏迴旋著美好的夢想，使她的容顏看起來更美。

她相信自己能得到朱翊鈞全部的愛情，儘管他是尊貴無比的皇帝，是不可一世的天子，是至高無上的一國之君，也終究是她裙下的俘虜。

雖然進宮才幾個月，她已經超越了後宮中所有的女人，成為朱翊鈞的朝夕相隨者，也對他的這顆「龍心」有了很獨到的瞭解：儘管朱翊鈞在表面上因著自幼受到張居正嚴格的教育，讀了許多聖賢書而滿腦子都是古聖先賢，治國平天下，乃至於急著想有所作為；實際上卻是個熱情且多情的人，內心深處嚮往著、熱愛著所有美好的事物，而且，和她一樣渴盼著愛與被愛——這兩極並存於他的心中，並非矛盾，也不難掌握。

她出身優渥富裕的鹽商之家，生母是曾經顛倒眾生的江南名妓，從良後成為鄭府最得寵的小妾，她由是得天獨厚，既生就了出眾的美貌，復有玲瓏剔透的心思和過人的才藝，而且從小耳濡目染，深刻識得情愛的真諦以及拿捏分寸之道；被選入宮的時候，她全家歡欣鼓舞的焚香謝天，每一個人都認為她必將寵冠後宮，家族也將因她的得寵而雞犬升天。

而儘管她背負著這麼重要的使命進宮，蓄意的承歡，心中所存的倒不完全是這種現實的功利，尤其是當她在盈盈下拜之後偷偷抬眼，所見到的皇帝是一名唇紅齒白的俊美少年時，心中立刻泛起了漣漪，那純然是對愛情的憧憬與渴盼——和朱翊鈞一樣，她的心中並存著兩種截然不同的情懷，並非矛盾；聰明的她甚且能把這兩極調適得很好。

每天凌晨，她總能及時的從甜夢中醒來，在張開眼睛以前就先露出笑容，滿心歡悅的等著太監站在窗外喚醒朱翊鈞，然後以最溫柔、最美好的姿態恭送朱翊鈞去上早朝；半天後，再以歡天喜地般的神情迎接朱翊鈞返回；午餐後，陪侍朱翊鈞到御書房……生活雖然是這樣的周而復始，一成不變，她卻覺得非常甜蜜，非常快樂；同時，她很確定的認為，儘管自己現在的名位僅是等級很低的「淑嬪」，但是一定能很快就進位為妃，為后——尤其是她發現，王皇后、楊宜妃、劉昭妃、王恭妃都是平庸之輩，除了進宮的時間比她早以外，其他所有的條件都遠遜於她……

越想心情越好，口裏竟不自覺的哼出了樂曲：

「如夢……如夢……殘月落花煙重……」

哼完一頓，卻忍不住啞然失笑。

這支〈如夢令〉教給朱翊鈞之後，已經成為他最常掛在嘴邊的旋律，不料自己也受到了感染似的隨口就哼了出來——一股異樣的感覺湧上心頭，她彷彿覺得自己的心意已與朱翊鈞相通，因而笑意逐漸轉化成真誠的欣悅。

而就在這個時候，她的心腹婢女碧桃進門來了。

碧桃從小服侍她，多年來形影不離；她被選，碧桃也隨她進宮，不但繼續伺候她的生活起居，也是真正與她心意相通的人。

她坐正了身子，看著碧桃走到她面前來，行禮後高高舉起手中的托盤，同時掀起蓋在盤上的絨布。

「娘娘請過目！」

棗紅底色的托盤上放著五錠小黃金元寶，看來非常醒目，鄭玉瑩微微點頭。

「唔！」

碧桃站起身，很恭敬的請示：

「奴婢這就去辦了！」

鄭玉瑩重複叮嚀：

「話該怎麼說，都沒忘吧？」

碧桃立刻回答：

「是——奴婢要說，請公公費心，事成之後，必有重謝！」

鄭玉瑩用力點頭：

「嗯，很好，你去辦吧！」

碧桃欠身應「是」，重新將絨布蓋在金元寶上，再行個禮就退了出去。

鄭玉瑩也緩緩起身，漫無目標的踱了幾步，再往窗口走去，心裏的盤算也和腳步一起運走；她深信，給張誠的這點好處絕對是值得的，很快就會有回收的——張誠對朱翊鈞的影響力，她曾經親眼目睹過；而自己寄望於張誠的，不過是常常提醒朱翊鈞讓自己進位為妃而已，事情並不困難，張誠一定可以辦到。

心情非常好，她走到窗口的腳步非常輕快；將近窗口的時候，她甚至聽到了悅耳的鳥鳴，美得如同幻覺，但走到了窗口，一眼看見窗外的景象，又能確定一切都是真實的。

晨光透雲，絢然燦然，野鳥自由翺翔，盡情放歌；乾清宮的幾名宮女也將鳥籠提了出來，取下罩著的棉布套，將十幾個鳥籠掛在屋簷下；霎時間，籠裏養著的各種鳥兒也立刻施展歌喉，唱出曼妙的樂曲，天地間於焉更加熱鬧，更加生氣蓬勃。

面對這些，她的心中又是一喜——她覺得，這是個好兆頭，幻覺竟是真實，象徵著她的美夢必然成真。

心念一動，她立刻飛快的奔向鏡臺，坐下來，仔細端詳自己，為自己設想一套全新的裝束，從髮髻的樣式、釵環珠玉首飾到衣裳鞋襪，全都刻意講究：

「讓他一進門就眼睛一亮，再也移不開！」

她喜孜孜的想著，腦海裏浮現起自己做各種不同打扮的模樣來，映襯著鏡中真實的自己，飛快的變換著；隨即，她招手吩咐宮女們上來伺候，為她試梳各種髮型……為了抓住朱翊鈞的心，她不厭其煩的重複著——一如大臣們在中極殿上不厭其煩的向朱翊鈞重複進言。

話題的中心仍然是「張居正」，只是，議論的情況與前些日子比較起來已有不同。

原來一褒一貶，勢均力敵的情況改變了，一部分的人在經過運作後由褒轉向貶，一部分的人因為仰體帝心而主動見風轉舵，褒方的分量便越來越輕。

朱翊鈞聽到的聲音絕大多數都在指責張居正，證據被逐一提出，又多又詳盡，而且半數以上是重大罪行；他抬頭挺胸的端然高坐在龍椅上，仔細的聆聽；表面上不動聲色，內心中再次波濤洶湧，而且澎湃得比以往厲害了十倍、百倍。

晨曦從窗紙中透進殿來，彷彿想用和煦的暖氣為他驅除早春的惻惻輕寒，卻又像力道不夠似的照不進他的心裏去，致使他的內心深處盡是冰冷與黑暗，發出戰慄不止的聲音：

「他……他這麼壞……貪贓枉法……作惡多端……」

疑惑消失了，他全盤相信了大臣們的指控，也從而產生了悲憤感：

「朕敬他為師……視他為父……他……他竟欺蒙朕……愚弄朕……」

這股被欺騙、被愚弄的感受使他的心受到傷害，悲憤的情緒開始加入怨恨：

「他不該這樣……他太對不起朕……他……他實在豬狗不如……」

這麼一來，他再也無法維持住外表的平和鎮靜了，霎時間，他「虎」的一聲從御座上站起來，身體發著抖，喉嚨裏迸出有如童音般尖細但卻高亢的吼聲：

「好奸惡的人！」

正在階下滔滔不絕的指控張居正罪行的御史登時嚇了一跳，人愣在當場，聲音戛然而止，整座大殿中便像突然遭逢日月星辰停止運轉的變故般僵住了，人人成為泥塑木雕；幸好老成的閣臣張四維和申時行穩住了場面。

兩人暗自交換了個眼色之後，立刻雙雙出列，跪地叩首，高聲稱頌：

「萬歲萬萬歲——」

這一帶頭，立刻引發全部的大臣就地下跪叩首，齊聲高呼：

「萬歲萬萬歲——萬歲萬萬歲——」

聲浪一如排山倒海般的巨大、延綿不絕，殿上的氣氛當然隨之改觀；而隨侍的太監們更是機靈的在司禮太監張宏的眼色指揮下，一起上前簇擁朱翊鈞下座，張誠、張鯨二人適時的齊聲大喝：

「退朝！」

朱翊鈞早被這些熟悉的聲音叫回了神智，也索性順著勢頭下座離去，卻在走出殿後，步上軟輿之前，以非常沉穩、平靜的聲音指示張誠：

「著內閣擬旨來看——研定張居正的罪名——人雖死也不可免——須追奪他生前的官階！」

張誠立刻恭敬的下跪、叩首：

「奴婢遵旨！」

朱翊鈞沉吟著補充了一句：

「這事還須稟奏母后——橫豎就這樣，先寫旨來看！盡快寫來！」

張誠更加恭敬的應承：

「奴婢遵旨，奴婢立刻去向內閣諸大人們傳旨！」

6

閣臣們齊聚在布置得莊重、肅潔的內閣中議事，自首輔張四維、次輔申時行、而至余有丁、許國共四人，個個正襟危坐，神色凝重，而且無言以對，使得屋子裏像籠罩了烏雲似的陰沉滯悶。

空氣中唯一流動的是張誠的雙眸——久等閣臣們發言未獲的他有點急了，頭不動而兩隻眼睛不停的左顧右盼，巴望著能看到有人雙唇開啟；怎奈張望了半天還是沒等到有人說話，實在忍不住了，他自己打喉嚨深處發出一聲乾咳。

沉悶的氣氛終於有點改變，四名閣臣不約而同的以遲緩的速度抬了抬下巴，也不約而同的朝聲音的來源望了一眼，但，這些動作隨即就結束了，四個人又重新像泥塑木雕似的默然靜坐。

張誠越發著急，索性上前朝四人拱手，然後大聲說話：

「列位大人，萬歲爺在等著呢，請大人們速速寫旨吧！」

倒是這麼一來，閣臣們再也不能默不出聲了——身為首輔的張四維只得硬著頭皮率先回應：

「唔——唔——速速——寫旨——」

皇帝的命令，他當然只有接受；但，皇帝既不在眼前，他便忍不住要吐點苦水，因而愁眉苦臉的嘆息：

「不過，此事，委實難以下筆——有勞司禮久候——」

張誠卻順著話頭逼他：

「閣老，咱家久候倒無所謂；要惶恐的是，萬歲爺久候了呀！」

說著，臉上展現出比張四維更重的愁眉苦臉：

「萬一回覆晚了，萬歲爺惱火了，要打咱家板子，砍咱家腦袋的呀！」

張四維登時一顫，神色略帶尷尬，又立刻轉為恭敬，望空而拜：

「萬歲萬萬歲，老臣知罪！」

其餘三名閣臣也立刻望空而拜，齊聲稱道：

「萬歲聖明，臣等知罪！」

張誠的嘴角慢慢浮出一絲笑意來，心裏則是加倍得意——任務完成了。

果然，再過不了半個時辰，這四名閣臣就排除了萬難，咬牙切齒的動筆，擬就詔書，替朱翊鈞宣布張居正的罪狀，以及追奪張居正生前的官階——儘管這份詔書在遣詞用語上必須非常慎重的反覆推敲、斟酌，弄得每一個人都絞盡腦汁，費盡心思，以致在料峭的春寒中熬出一身熱汗來，但畢竟在「聖命」的重壓下勉力完成了任務。

張誠冷眼旁觀整個草擬詔書的過程，一面在心裏盤算著，該選擇哪些部分稟報給朱翊鈞；而當諸閣臣寫完最後一個字，放下筆，吁出一口長氣來的時候，他也立刻上前作揖行禮，狀至欣慰且半帶誇張的致意：

「多謝閣老，多謝列位大人成全，讓咱家能拿了這份文稿回乾清宮覆命，保住了咱家這顆腦袋！」

張四維越發尷尬，但是，抬眼看看張誠，又見他的神情中半帶著笑意，像是在說個笑話似的，就更想不出適當的話來應對，勉強說一句：

「司禮言重了——且有勞司禮代呈代稟，恭請聖目御覽！」

張誠立刻伸手接過文稿來，笑嘻嘻的回說：

「咱家這就飛奔去面聖——大人們放心，擬的這道旨，要是合了萬歲爺的心意，萬歲爺給了獎賞，咱家也會立刻飛奔來報喜！」

這話就更像玩笑，張誠的神情也越發像個任意捉弄人的頑童，四名閣臣給他弄得啼笑皆非，又拿他無可奈何，只有等到他揚長而去之後，才得到解脫。

四個人都已年過半百，白髮蒼蒼，體氣衰弱，經歷了這麼一下的摧折，更是心力交瘁；尤其是一向多病的余有丁，一口氣鬆下來的時候，精神上少了壓力也少了支撐，便成為洩氣皮球，整個萎了；他臉色頓成死灰，身體搖搖欲墜，若非侍立的太監們趕上來扶住，早已傾倒在地。

其他的三個人當然立刻興起了兔死狐悲的感傷，一面連忙吩咐太監傳喚醫官，一面不約而同的彎腰低頭查看被扶住後癱在椅上的余有丁的神色；三個人雖都默不作聲，心裏卻有共鳴：

「真真是……伴君如伴虎啊……已逝的首輔被追奪官階……現任的閣臣憂悶成疾……」

而心志、作為正有如一隻小老虎般的朱翊鈞，在接過張誠所遞上來的內閣擬旨時，是迫不及待的一口氣讀完，然後，在他認為語氣還不夠嚴厲的地方，親自提筆修改，改後再閱讀一遍，直到完全滿意了，才鬆開手，放下筆，長長的吐出一口長氣。

張居正的黑影終於被完全掃除，完全消滅了！

「奪上柱國太師銜——」

太師銜是張居正去世時追贈的，當時還給了「文忠」的諡號——朱翊鈞雄心萬丈的想著，這一次，先詔奪上柱國和太師銜，過幾天，再追奪文忠的諡號；循序而進，做個徹底，重重懲治張居正死後的靈魂。

他的心中湧起了一股莫名的興奮和成就感，直想站起身來跳躍、舞蹈，想揮舞雙臂狂聲歡呼。

從六歲到現在，整整十五年的桎梏啊，從給鄭玉瑩觸動的靈感，在精神上擺脫掉，到現在，親自動手付諸實際行動——他確定，自己得到釋放了！

他想起，自己從小就喊他「張先生」，前面還時時冠以「元輔」、「少師」、「太師」這些尊敬詞，而張居正所回報給他的，只有些許做臣子的恭敬，大半都是做師保的嚴厲；童稚時期，連兩宮太后都常用「張先生」的話來約束他、威嚇他；有一次，他背書時錯念了一個字，張居正發出嚴厲的聲音指正他，嚇得他哭了起來……

而現在，報復的時候到了！

他低下頭，看著閣臣們替他草擬的詔書，白紙黑字，以及他用朱筆修正的字跡，分分明明，鏗鏘有力，心中又湧起了陣陣熱潮，像手刃了仇敵似的痛快。

當然，他完全不知道，也想不到，自己這種心態和作為已在閣臣的內心深處種下惡因，將會結成惡果——

余有丁在急救後緩緩甦醒，隨即，家丁們將虛弱不堪的他抬上轎子，返回府第，其餘三名閣臣則自己徒步上轎，返回府第；而清醒的人往往比昏迷的人痛苦，外表莊嚴肅穆的國之棟梁們，儘管還能維持著老成持重的姿勢平穩的行走、上轎，內心中卻如舟遇巨浪般的起伏。

尤其是曾經受過張居正提拔、以往與張居正相處融洽的次輔申時行，轎子一起動，思潮便加倍澎湃不已，心緒化成陣陣狂風暴浪。

他先是情不自禁的想到了張居正，而回憶的匣子一打開就關不上……

張居正是江陵人，字叔大，號太岳；從小聰明過人，五歲入學，讀書過目不忘，而有「神童」的美譽；十歲時已讀通六經大義，下筆為文卓然成章，聞名於鄉里之間；十二歲，他到荊州府考秀才，荊州知府李士翺和湖廣學政田頊當場出題考他，他的表現非常好，因而成為知府與學政親自拔擢的最年輕的秀才。

第二年，他赴鄉試考舉人，成績十分優秀，深受湖廣按察僉事陳束的讚譽，力主錄取；但，湖廣巡撫顧璘卻主張讓他落第。

顧璘是個高瞻遠矚的人，認為資賦優異的兒童長大後能否成棟梁的關鍵是將小聰明發展成大智慧，而這中間須經長時間的磨練；張居正既是可造之才，便不宜讓他以十三歲的稚齡中試，以免生出驕氣，而應讓他受到挫折，激勵心志，再多讀書，以期更上一層樓；因此，顧璘一面讓他落第，一面大力稱勉、鼓勵，甚至以「國器」期許。

下一科，他十六歲，中舉；二十三歲考中進士，從此走入宦途。

這年是世宗嘉靖二十六年，當時的政局非常不好。

肇因於世宗是個不稱職的皇帝，早在即位之初就以「大禮議」❶風波廷杖大臣，當場杖死一百多人而致朝中元氣大傷；接下來又崇信道教，不理國政，弄得宮朝俱亂；嘉靖二十一年發生了宮女企圖謀弒的「壬寅宮變」❷，更使世宗搬出皇宮，住進西苑，國政全交給權臣、佞臣把持。

朝中先是由佞臣張璁等人主政，嘉靖十五年，夏言入閣，在經過一番激烈的政治鬥爭之後取代了張璁；隨即，嚴嵩得寵入閣，朝中成為夏、嚴兩人暗鬥的局面。

而外患與內憂往往並來，當時，北方有俺答威脅，東南沿海有倭寇猖獗，處處民不聊生，全國的經濟更因而蕭條——張居正以新科進士授翰林院編修❸的這一年，是個百病叢生的年代。

第二年，嚴嵩鬥垮了夏言，並設計置他於死地，從此，嚴嵩獨攬大權，朝政變得更加黑暗；兩年後，俺答大舉入寇，圍攻京師，造成「庚戌之變」❹；作為朝廷的新進官員，張居正的心中可想而知的是既懷憂國憂民之感，又使不上力來救國救民，徘徊於無奈和焦慮之間。

但他畢竟是個聰明絕頂的人，懂得如何在困難的環境中與人周旋，以得到晉升的機會；他的座師徐階，時為重臣，但與嚴嵩不和，他卻與兩人都相處得很好，頗受器重；不久，他升任右中允，領國子監司業事，而與祭酒高拱相善，再遷侍裕邸講讀，更是博得了全裕王府的人讚美；同時，他也特別留心典章制度以及歷代盛衰興亡的因果，言談間時時適當的表達出自己獨特的見解；因此，他雖年輕資淺，卻以這「內外兼修」的本領而深受賞識。

嘉靖四十一年，徐階取代嚴嵩出任首輔，張居正的才能開始得到發揮的機會，政治生命開始展露曙光；嘉靖四十三年，他升官任右春坊諭德，並被選為裕邸日講官；兩年後升任翰林院侍讀學士，掌翰林院事；這兩職都為他日後的入閣奠定良好基礎，侍講裕邸，則使他成為裕王跟前的股肱，影響更大。

嘉靖四十五年，世宗駕崩，傳位裕王，是為穆宗❺，改元隆慶；隆慶二年二月，張居正升任吏部左侍郎兼東閣大學士，選入內閣參預機要，但，這卻不代表張居正因而得以大展長才——當時的政局一樣陷在混亂中，處在首、次二輔的惡性鬥爭中，一名新進的閣臣根本沒有施展抱負的空間。

而情勢不久就起了變化，高拱鬥走了徐階，登上了首輔的寶座；高拱性直而傲，同儕苦於相處，多所求去；唯有張居正以前此任職國子監時相得甚歡而肩隨；心思細、城府深的張居正深諳處人之道，一面在內閣中勤敏任事、善事高拱，使自己在內閣中的地位日漸重要，一面結交宮中得勢的太監馮保以為援引。

隆慶六年，穆宗駕崩，年僅十歲的皇太子繼位為帝，改元萬曆，朝中政局也跟著有所改變。

張居正年屆四十八歲，心智、政治經驗乃至行事手腕都已經過長時期的磨練而達成熟，一切鋪墊的工作也都完成，而高拱卻絲毫沒有注意到，當然更無絲毫警惕——生性倨傲的高拱言談間總帶三分藐視他人的意味，既引人反感，也容易給人可趁之機；張居正巧妙的連結了馮保，將高拱目中無人的態度和言語轉述給兩宮太后知道，使兩宮太后對高拱說的「婦人孺子」

的輕蔑語產生極大的反感，因而大力倚重張居正，由他策動，將高拱逐出朝廷，自己出任內閣首輔。

黃金歲月於焉展開，小皇帝和兩宮太后對他尊禮有加，賦予他無上的政治權力，並且無論人前人後都稱呼他「元輔張少師先生」，而不直呼其名——在實質上，他不是「張先生」，而是「張攝政王」。

但，為國家、萬民之幸的是，張居正並非嚴嵩之類的權臣，而是一個有理想、有才能的人；且因為他自中進士以來長達二十五年在朝任官，深知自嘉靖以來累積多年的各種弊病、民生疾苦，心中也早已謀定了各種改革的方案，一朝掌權，立刻著手進行。

他整飭吏治、改革賦稅、用人唯才、加強考核、重視實務與效率；在民間的施政重點放在興修水利、治理黃河、獎勵農業上，並且清丈全國的田畝，改行「一條鞭」稅法❻，輕徭薄賦，使百姓休養生息；在邊防上，他大刀闊斧的任用優秀名將，首重戚繼光，任薊鎮總兵，守衛京師所在的國防線；遼東地區重用李成梁；大同、宣府、延綏、寧夏線委由王崇古負責，在當時，這裏因為與俺答為鄰，是最麻煩的地方；俺答時常發動戰爭寇邊，百姓苦不堪言；王崇古主張放棄戰爭，改採安撫政策，與俺答修好，彼此和睦相處；而這種「改國防為外交」的做法很受一干存著「漢賊不兩立」觀念的朝臣非議，但，張居正大力支持這種做法，王崇古的主張得以實行，邊境從此無事，事實證明這個做法是正確的❼。

幾年下來，也證明了張居正的施政是成功的，他改革了本朝許多積弊已久的政治、經濟和國防上的陳疾，破除了許多弊病；在他雷厲風行的改革下，本朝開始從頹廢、衰敗的沉沉暮氣中得到新生，百業轉甦，欣欣向榮，海內肅清，邊境安寧，民間日趨富庶，百姓生活由貧窮進入小康之境，國家府庫由空乏而漸有積累而充實；經過十年的努力後，本朝的國力到達新的高峯。

當然，張居正的個人威望也隨著他的政績而升高，而如日中天，而到達新的高峯；兩宮太后對他倚望日深，把輔佐小皇帝治理國家的重任全部託付於他，恩賞不斷，並且以小皇帝的師保期勉他；小皇帝對他又尊重又敬畏，不只是言聽計從，還半帶「怕」意——既怕「張先生」對他進德修業的嚴厲要求和各種勸諫，更怕有一天「張先生」不悅了，拂袖而去，丟下國家大事不管——所以，小皇帝既怕他講話，又怕他不講話……

中時行想得忍不住長長的嘆出一口氣來，再緩緩的搖搖頭，而後，下意識般的閉上了雙目，但是，心中依然一片清明，由不得他不繼續往下想。

那是萬曆五年的秋天，張居正遭喪父之痛，依例當離職返鄉居喪，守孝三年；但，國家不可一日無他，小皇帝也不可一日無他，因此，小皇帝下詔「奪情」，要張居正繼續留在朝中處理國政大事而不返鄉守孝。

而這「奪情」的聖旨固然凸顯了張居正的重要，卻與本朝的禮法以及人心中根深柢固的倫理道德觀念有所抵觸，因而引起了許多反對的聲浪；而張居正採用高壓的手段來制止這些反對者發言，許多上疏反對奪情的官員都被廷杖、貶官，這才消滅了反對的聲音；但是，聲音固然能消滅，人心中的想法卻消滅不了，以致人心不服的情形始終存在著。

其實，即便沒有「奪情」這事，「人心不服」的情形也一樣存在——早在他推行改革以來，就有數不清的人因改革成功而喪失了既得利益，於是在背地裏反對他、怨恨他、咒罵他，只是礙著他無與倫比的政治實權而拿他沒奈何，而勉強隱忍罷了。

而這一切，張居正全都心知肚明，甚至曾經親口說出來過：

「幾年來結怨於天下不少，那些奸夫惡黨，有的明裏排擠，有的暗中教唆，沒有一天不是在打我的主意！」

當然，他也用強硬的態度和手段對付這些反對者——經過「奪情」的事故後，他的個性有了顯著的改變，年輕時圓融、善周旋的特質消失了，因權位過大而逐漸產生的剛愎自用的心性飛快擴大，甚且到了唯我獨尊的地步，無論用人，還是官員升降，全憑自己的愛憎決定，因而導致心中暗自反對他的人越來越多。

但是，真正給張居正致命打擊的，倒不是這些暗地裏怨恨他的反對者，而是疾病——去年六月，張居正先是染患小小的腹疾，不料在短短幾天內病情轉劇，沒撐多少時日就撒手人寰。

當時，這個突如其來的變故令親痛仇快，也令兩宮太后和小皇帝既悲痛逾恆，且驚惶不已，不知國事朝政要依靠誰來輔佐；只是，當時誰也不會想到，時間只過了短短的九個月，小皇帝對待張居正的態度就由親而變成了仇！

這中間，當然有部分原因是出自於大臣、太監的運作——身處在權力中心的內閣，職位僅次首輔的他，對於近在眼前發生的事，甚至自己也參與其中的事，哪裏會有半絲半條不明白的呢？

要在張居正逝後報復的人，在宮中是張誠、張鯨兩人，在朝中暗自操控這件事的人，是現任的內閣首輔張四維！

張誠、張鯨是以扳倒馮保起家的，馮保與張居正相善，多年來都連成一氣，他兩人自然要視張居正為仇，於是非常樂意配合張四維所策動的徹底殲仇計畫。

張四維早先是以重禮歲時餽問張居正，而成為張居正所樂意提拔的人；萬曆三年，張居正要增置閣臣，便引了張四維入閣；初時，張四維非常恭敬的曲事張居正，而張居正位高權重，唯我獨尊，張四維只有忍氣吞聲，仰事於他；又怎奈，張四維才學不佳，在閣中所擬的旨常不如張居正之意，令張居正對他漸生嫌惡之心；而他又與張居正的親信王篆、曾省吾等人相處不歡，互相交惡——原本，張四維以為自己得罪了張居正，快要丟官了；不料，張居正突然一病不起，張四維竟像揀到一樣的繼任了首輔，讓他覺得，這真是上天的特別眷顧。

首輔的大位坐定後，他像多年媳婦熬成婆般的長長的吐出一口氣來，然後定謀報復——儘管張居正已逝，他還是要報復。

在朝多年，他深知，儘管以往在朝中有不少反對張居正的人，但是不會有人主動出手彈劾一個已死的人，因此，他索性親自策畫、發動；第一步，他命自己的門生李植配合張誠、張鯨的行動，上疏舉發馮保貪瀆，使馮保失勢，不能再維護張居正；接著再策動其他的人上疏陳述張居正的過失……

轎子顛了一下，申時行給晃得不自覺的睜開眼來，所幸並非路上發生事故，只是轎夫出了一點小岔，轎子仍在行走，他也就不出聲；可是，思緒難以停止，而且是跳動的，跳到了方才的時刻。

他想起了方才張四維那裝模作樣的神情——滿臉痛苦，半天下不了筆，擬不出追奪張居正官階的詔書——若非自己與他相識多年，在內閣中共事多年，已深知他的真面目，一定已經誤信了他的表演為真實！

他感慨萬千，怔忡出神。

「這便是官場——」

這是結論，也是他最深刻的體認；但，年過半百，積累了多方面的人生經驗與官場歷練的他，再怎麼也是個凡夫俗子，感慨一起，念頭很自然的先轉向自己。

「今後該如何在官場中自處？持盈保泰啊！」

以往，他也是張居正引進內閣的人，生性溫和得近乎鄉愿的他與張居正相處得很好；張居正對部屬們頤指氣使，別的人忍受不了，唯有他能；張居正目空一切，剛愎自用，他索性唯命是從，做個沒有意見、沒有聲音的人——他雖是男性，卻長於展現「陰柔」的本領。

他仔細思索了一下，最後，他斷定，這個本領應該是無往不利的，以往既應付得了張居正，現在一樣能應付張四維，甚至，面對初生之犢般的小皇帝也會管用的。

「上善若水」——古聖先賢的至理名言是可以用來做別解的。

他也不知道自己為什麼會突然想起「上善若水」這句話來，但是，這別解給了自己一道新的啟發。

「若水，若水——這是今後的自處之道啊！」

原則找到了，他的心裏登時輕鬆了不少，因而用力的吐出了一口大氣。

註一：明武宗無子，死後由堂弟朱厚熜入承大統，是為世宗；繼位後，為了應如何尊崇自己的本生父母而在朝中引起了很大的風波；一派的人認為他入繼帝位，即是做孝宗的嗣子，應尊孝宗為「皇考」，而稱自己的生父與獻王為「皇叔父」；另一派的人認為他是入繼帝位而非入嗣孝宗，所以應尊生父為「皇考」，尊孝宗為「皇伯父」；兩派爭執不下，稱為「大禮議」；後來衍為實質上的政治、權力的鬥爭；最後，因為世宗本人的心中偏向尊自己的生父為「皇考」，因此後者獲勝，並趁此打擊異己，鼓勵世宗將主張尊孝宗為皇考的人處以廷杖，當場死傷殆盡。

註二：世宗崇道，且好色，在位期間頻頻徵選淑女進宮，又為煉丹，挑選大批幼女進宮，以致後宮宮女超過千人。嘉靖二十一年，宮女楊金英等十餘人因不堪凌虐，密謀將世宗勒死，但為皇后所救；事後，楊金英等被處死，且株連甚廣。

註三：明朝的科舉制度，秀才每三年有機會參加一次在本省省會應考的「鄉試」，被錄取的稱為舉人。舉人每三年有機會參加一次在京師的禮部衙門舉行的「會試」，被錄取的便成為進士的候選人，經過「殿試」之後便成為進士。

進士在制度上分為三榜，第一榜稱為一甲，只取三名，俗稱狀元、榜眼、探花，正式的功名是「賜進士及第」，入翰林院，狀元授修撰，榜眼、探花則授編修。第二榜稱二甲，功名是「賜進士出身」。第三榜稱三甲，功名是「賜同進士出身」。這兩榜的進士還有一次考選的機會，入選的可以進入翰林院見習，稱為「翰林院庶吉士」。三年期滿「散館」（畢業的意思），可以留院任職或分發到都察院或六科當御史或給事中。未入選為庶吉士的進士們則分發往外地任職（如縣官等）。張居正中試後被選入翰林院當庶吉士，三年散館因表現優異升編修。

註四：俺答是當時蒙古的汗王，在《蒙古源流》、《蒙古黃金史》等書中稱他為阿勒坦可汗。

註五：明穆宗朱載垕，世宗第三子，嘉靖十八年二月封裕王，後因世宗長、次二子前逝，得繼大位。

註六：「一條鞭法」是繼唐的「兩稅制」以來稅制上的一大改革，據《明史．食貨志》的記載，這項改革將稅科門類和課徵手續予以簡化和歸一，在稅法的內容上也做了更新，將原來名目繁多的課稅項目悉併為一條，並且折算成銀徵收，立法頗為簡便，也改正了許多賦役不公、項目繁雜、手續不便等缺點，因此實行後人民大受其益。但這稅法並非張居正所創，而是經由前此多年、多人的努力後才在萬曆年間，由張居正「集大成」，實行成功。

註七：當時俺答已年老，又因強娶三娘子事件而致他的孫子把漢那吉投明，心中苦惱，且已崇信佛教，開始厭戰，遂同意與明言和，接受明封為「順義王」，並與明互開馬市，互派兵保護百姓，維持和平；從此邊境無事，結束了明朝與蒙古自開國以來的世仇關係，直到明亡，蒙古與明朝之間沒再發生過戰爭。

7

幾天來，努爾哈赤忙得連喘口大氣的時間都沒有。

先是遼東巡撫衙門那邊有了回音，張化文親自帶人送回了覺昌安和塔克世的屍體，屍體已經裝進質料相當不錯的棺木裏，斷頭處也用線縫上了，還給穿上全新的壽衣，經過一番修飾，兩人的遺容看來便十分「安詳」，全無死不瞑目的悲憤和咬牙切齒狀；此外，張化文還帶來三十道敕和三十匹馬，以及給努爾哈赤個人的都督敕書。

「巡撫大人已經查明，令祖父子二人確是遭到了誤殺，心中好生愧疚，因此上奏朝廷，請旨從優撫恤，厚給恩賞，不但復給都督一職，還加封你為『龍虎將軍』——」張化文彬彬有禮的向努爾哈赤說道：

「寧遠伯李總兵征沙濟、古勒二城是向朝廷請過聖旨的，不料征戰之時刀槍無眼，竟發生了不幸的意外，在下謹代巡撫大人向你致意，請受在下一禮，並接受『龍虎將軍』的封號和都督的敕書！」

說著，他果然神色肅穆、態度鄭重的向努爾哈赤施了一禮。

而努爾哈赤卻因在李成梁府中待過很長的一段日子，對於漢人官場中的假仁假義和造作虛偽的「禮數」早已了然於心，再加上張化文這番表面上仁至義盡，實際上卻厲害無比的話，聽得他心裏冷冷一哼：

「將軍、都督……兩個虛名，幾道敕，三十匹馬，就想買得我忍下不共戴天之仇，善罷干休了？世上有什麼財物和名位比我祖我父的性命更寶貴？要不，換我去殺了李成梁，卻去封李如松襲父職，加『龍虎將軍』好了……朝廷的旨意，哼，我怎不知殺我祖、父，乃至於殺王杲、阿太，雖是李成梁做的，源頭卻是你們大明朝廷的『制夷之策』，誅我族中菁英，令我族人自相殘殺，以防我女真族人坐大……拿『朝廷』這兩個字來壓我，想要我放棄尋仇？我只礙於現今勢力單薄，無法尋你大明朝廷和李成梁之仇，才暫時忍著，等待來日有足夠的實力時，叫你知道我的朝廷，我的旨意！」

他心裏想著，嘴裏說的卻是另一番話：

「那麼，殺人凶手尼堪外蘭呢？請交給我處置！」

張化文堆了滿臉的笑向他打圓場說：

「朝廷給你加官進爵，對你優禮有加，你又何必追究下去呢？人死不能復生，追究凶手又有什麼意思呢？除了洩憤以外，又得不到什麼……」

這話聽得努爾哈赤的心中更加有氣，因此他冷冷的向張化文說：

「殺我祖父和父親，那是不共戴天之仇；我不敢追究朝廷的旨意和李總兵，人是尼堪外蘭殺的，我只認定他是凶手、仇人，一定要請巡撫大人把他交給我處置，我父、祖之死才算了結——」

他的神情冷漠、態度強硬，說話的語氣更是斬釘截鐵，弄得張化文面有難色，想了一會兒，終於據實以告：

「在下是奉命行事，交出尼堪外蘭的事實在礙難照辦！」他頓了兩下腳，才像下定決心吐實似的繼續說道：

「據在下所知，寧遠伯李總兵已經許了尼堪外蘭，要助他於甲版一地築城，立他為女真人的共主——事實擺在眼前，尼堪外蘭是絕不可能交給你的；俗話說，形勢比人強，識時務的才是俊傑，你又何必硬要要求一件別人根本做不到的事呢？」

這個答覆其實早在努爾哈赤的意料之中，因此聽說後既沒有再引起什麼情緒上的反應，也不再與他爭論下去，而只是淡淡的說道：

「好吧！既然巡撫衙門沒法子做到，那就由我自己來做吧！」

說著，他很禮貌的向張化文一揖；張化文當然知道這是送客，只得訕訕的起身告辭。

等到張化文的雙腳一跨出門檻，努爾哈赤立刻又忙著籌備攻打圖倫城的事——巡撫衙門不會交出尼堪外蘭，是他早就預料到的事，攻打尼堪外蘭的圖倫城，更是早已下定決心的事——而令他欣喜的是，早先他派人送信邀約的沾河寨主常書、揚書兄弟、準妹夫哈思虎，以及薩爾滸城主諾米納都派人送來了回信，願意與他結盟，共同出兵攻打圖倫城。

他先是再派人送信，約定一個月後在建州左衛會盟，請各人帶著所部前來；接著，他便忙著籌畫會盟的大小事宜，大至會盟的形式和所要約定的內容，小至至少有一百人來到建州左衛的吃住瑣事……他全都仔仔細細的考慮一遍，所有可能發生的狀況也全都做了周密的設想，接下來，便是擬出攻打圖倫城的計畫。

而這些事情，身邊竟然沒有一個人能幫上他的忙——三個弟弟中，論武藝數舒爾哈赤最好，但像這樣謀畫的事就不行了；額亦都和安費揚古雖然武藝超羣，但也不善於運籌帷幄，因此，他們幾個人每天就是一起演練武術、騎射，或者把額亦都的九個徒弟當作千軍萬馬般的指揮攻守進退，謀畫的事全歸努爾哈赤個人來完成。

因此，努爾哈赤忙得恨不得自己是孫悟空，能變出許多和自己一樣的人來幫忙……

尼楚賀親自帶著帕海去把哈哈納札青和褚英、東果母子給接了回來，他看了她們母子三人，雖然喜在心頭，卻勻不出什麼時間來多陪陪她們；舒爾哈赤的妻子抱著新生的次子來拜見他，他看著那肥頭大耳的新生兒，心裏著實喜歡，可是除了快速的想了個「阿敏」的名字以外，也分不出多餘的時間來抱抱弄弄！

他必須埋頭在即將到來的大事上——生平第一次與人舉行會盟，團結實力，聯合行動，再接下來的是打生平第一場仗；這兩件大事，半點輕心都不能掉！

「只許成功，不許失敗——」

他告訴自己，也要求自己；而為了完成這個目標，他必須付出全部的努力。

但是，意外的事竟搶在大事成功之前發生了。

一天，額亦都、安費揚古和舒爾哈赤兄弟幾個人一如往常的在一起練習武藝，額亦都新近研創出一個六人合力的小組進攻法，便教他的徒弟們演練起來，自己和安費揚古在一旁觀察，以改進缺點；努爾哈赤獨自在房中，面對著地圖，反覆的思考幾種進攻圖倫城的路線；他用小石塊代表自己帶領的軍隊，用小木塊代表尼堪外蘭的軍隊，模擬雙方交戰的狀況。

就在這個時候，帕海帶著一臉異樣的神情走進來。

一進門，他就看見努爾哈赤正埋首於「紙上用兵」，心裏也知道這個時候是打擾不得的，當下便抽身退出去；到了屋外，尋著了額亦都等人，連忙上前向他們講了幾句話。

幾個人一聽，不由自主的變了臉色，氣氛跟著凝重沉肅起來；過了一會兒，額亦都先開口打破沉默：

「現在人呢？」

帕海回答：

「在廚房裏——格格在弄吃食給他！」

額亦都道：

「你去等著，等他吃飽了，帶他來見努爾哈赤；我們幾個先去跟努爾哈赤說一聲！」

「啊，不！」舒爾哈赤突然發出了略帶輕顫的聲音阻攔：「還是讓他回去吧，他要告訴大哥的話，由我們來轉達就可以了……」

額亦都沒等他說完就打斷話頭：

「那怎麼行？天底下沒有這樣的道理！」

舒爾哈赤囁嚅著說：

「你不清楚大哥的脾氣，也不清楚過去的事——」

額亦都的聲音大了起來：

「我是不清楚這些！不過，我清楚努爾哈赤的度量，他並不是個小心眼的人！」

舒爾哈赤的聲音也大了起來：

「他一向有恩報恩，有仇報仇！」

眼看兩個人開始起爭執，已經沉默許久的安費揚古打圓場說：

「我看這樣吧，這事，既然舒爾哈赤的意見是這樣，就先別介入這事，裝作不知；努爾哈赤那邊，就由額亦都和我去說，萬一不行的話，再照舒爾哈赤的意見辦——哦，雅爾哈赤、穆爾哈赤，你們呢？願意陪我們去找努爾哈赤，還是陪舒爾哈赤在這裏等？」

雅爾哈赤和穆爾哈赤對望一眼，結果是決定陪舒爾哈赤等消息，於是，額亦都和安費揚古兩人逕自來找努爾哈赤。

努爾哈赤還在望著地圖出神，只是原先排列在地圖上遊移的小石塊已經全部取代了小木塊；聽到兩人進來的腳步聲，抬頭一看，高興的叫：

「啊，你們來得正好！快來看我訂好的計畫——這一仗，我有必勝的把握！」

額亦都是個直腸子兼急性子，不待思索便道：

「打仗的事慢點再談，我們是來找你講另外一件事的——你的小弟弟巴雅喇回來了！」

努爾哈赤跳了起來，一迭聲的問：

「什麼？巴雅喇回來了？人在哪裏？誰帶他回來的？」

他的臉上流露的是驚訝和疑問的神情，不但沒有不悅，還帶著幾分驚喜，抓著額亦都的臂膀喊道：

「快帶我去看他！」

看了他這種反應，額亦都和安費揚古先暗自鬆出一口氣，接下來才笑著向他解說：

「巴雅喇是昨天夜裏一個人偷偷跑回來的，到了這裏，天還沒大亮，他也不敢喊門，跑進外間的柴房裏睡著了；剛才，帕海去取柴的時候看見了，叫醒了他，他肚子餓，先帶他到廚房裏吃東西去了，等他吃飽再來見你！」

「唷！這孩子，怎麼自己偷偷跑回來，路上多危險哪！」努爾哈赤連嘆兩聲道：「想回來的話，送個信，我派人去接他，不是好嗎？」

「他對帕海說，有緊急的事要告訴你，急得連夜偷偷跑了來！」

額亦都聽完他的話，心裏已經有了譜，於是索性敞開話來說：

「他這一回來，你打算怎麼處理？方才舒爾哈赤可緊張得不得了，怕你還記著舊惡，心裏容不下巴雅喇，要把他送回去呢！」

努爾哈赤仰天一笑：

「我豈是那種小鼻子小眼的人！他母親的所作所為，根本不關他的事，更何況，他母親也不過是因為阿瑪遭了禍，怕日子不好過，帶著他回娘家去——並不是犯了什麼天大的錯，所以，別說是巴雅喇，就是他母親想回來，我也一樣歡迎！阿瑪的妻兒，都是一家人嘛！舒爾哈赤太小心眼了，我的親弟弟呢，竟這麼不瞭解我！」

他說完話的時候，尼楚賀和帕海正好帶著巴雅喇走進大廳來；巴雅喇才十歲，還是個孩子，身量顯小，眉目間依稀有幾分像塔克世；努爾哈赤一見他便覺得心酸，沒等他一聲「大哥」

喊完，就已經迎上去一把抱了起來。

「巴雅喇，你回來了，大哥心裏很喜歡！」

他抱著巴雅喇，好一會兒才把他放下來，然後又鄭重的對他說：

「不過，你年紀小，一個人在夜裏跑路，太危險；萬一在半路上遇到大熊，可怎麼辦？以後不可以自己四下亂跑，想上哪兒，跟哥哥們講，叫人陪著你去才行！」

經他這麼一說，巴雅喇的眼眶不由自主的紅了起來，只差沒掉下眼淚：

「我是有很要緊、很緊急的事要告訴您，才顧不得害怕就跑回來了！」

看他要哭，努爾哈赤心裏不由得想笑，臉上忍住了，耐著性子，輕聲細語的問他：

「出了什麼要緊的事？慢慢說。」

巴雅喇道：

「薩木占舅舅受了人家的好處，要害您呢！我偷聽到他告訴額娘說，他已經聯絡好龍敦那些一向就不喜歡您的人，到堂子❶去立誓，大家合力除掉您——」

聽了這話，努爾哈赤先是沉默了好一會兒，繼而問：

「你知不知道，薩木占受了什麼人的好處？除了和龍敦合謀之外，還約了誰？還有哪些鬼主意？」

巴雅喇搖了搖頭道：

「我不知道，我偷聽到的話裏沒講這些！」

努爾哈赤沉默了一下，又嘆口氣：

「其實，猜都不用猜就知道誰是主謀——除了尼堪外蘭，還會有誰？」

說著，他又向巴雅喇道：

「巴雅喇，謝謝你回來告訴我這些！」

巴雅喇幼小的臉上揚起一道堅毅的神情，並且以堅定不移的口氣對努爾哈赤說：

「不，大哥，您不用謝我！我也是阿瑪的兒子，為阿瑪報仇的事我也有份；即使我的親舅舅要阻止我們為阿瑪報仇，我也不能眼睜睜的看著他來害您；我年紀小，但也能幫著做許多事！」

努爾哈赤高興得笑了起來，拍著他還只到自己半胸的肩頭，大聲說：

「好兄弟，有志氣——以後不但為阿瑪報仇的事有你一份，還有更大的事業要等你去做呢！」

他的聲音爽朗有力，充分傳達了心中的快慰；舒爾哈赤、雅爾哈赤和穆爾哈赤早已悄悄的走進來，立在他身後；聽到這聲音，三兄弟的心胸也登時開闊起來，暖流漫布全身。

當然，努爾哈赤並沒有在欣喜快慰之餘疏忽了巴雅喇傳來的警訊——他的仇人尼堪外蘭既已先得到李成梁的支持，又正在聯合一向與他不睦的姻親和族人，一起來對付他，那是一股不可忽視的力量；而且「明槍易躲，暗箭難防」，既不知他們會在暗中使出什麼樣的陰謀詭計來，只有隨時隨地提高警覺，小心防範……

薩木占和龍敦的人品，他十分清楚；薩木占是個貪得無厭而且唯恐天下不亂的人，只要許以重利，他會六親不認，嚴重到連自己的父母都能出賣；至於龍敦，他是被妒忌心蒙蔽了良心！

龍敦算來是他的族伯——當初，曾祖父福滿生了六個兒子，分別是德世庫、劉闡、索長阿、覺昌安、包朗阿、寶實，六兄弟合稱寧古塔貝勒；祖父覺昌安繼承祖業，領了赫圖阿拉城，其他五兄弟各自築城，近者五里，遠者二十里，環衞著赫圖阿拉居住；龍敦是三房索長阿的兒子——自從覺昌安率領族人打敗碩色納、加虎二族，收服五嶺以東、蘇克蘇滸河以西二百里間的諸部，聲勢日盛之後，龍敦的妒忌心就開始作祟了。

他先是在其他五房族人中散播耳語，說，覺昌安是四房，根本沒有資格繼承祖業；接著又說，覺昌安為了壯大自己的實力，以獨霸女真部落，正在準備悄悄的吞併其他五房……耳語一傳多，連原本不相信的人也將信將疑起來；因此，不久之後，五房的族人就逐漸與覺昌安疏遠、敵對……

覺昌安和塔克世遇難後，龍敦不但幸災樂禍，還開始聯合族人準備歸附尼堪外蘭，他對人說：

「覺昌安和塔克世就是因為得罪了尼堪外蘭才把命送掉的，要想保命，只有歸附尼堪外蘭——大家趕快歸附，將來少不了有好處！」

這幾天，他更是大量散播耳語：

「大明朝已經許了尼堪外蘭，要幫他築甲版城，做女真人的共主——」

「努爾哈赤是什麼東西，敢向尼堪外蘭尋仇？他打得過人家嗎？」

「尼堪外蘭有大明朝撐腰，十個、百個、一萬個努爾哈赤都拚不贏的！」

「和尼堪外蘭作對，阿太就是一個例子；到時候，我們全族的人都完了……」

想到這些，努爾哈赤眉頭輕皺，心思轉動，他警惕的告訴自己，在全心策畫攻打圖倫城的同時，絕不能疏忽了這些來自背後的隱憂。

註一：堂子是「神廟」。

8

潛藏在背後的隱憂究竟有多少？李成梁要求自己仔細推敲，逐一琢磨，並且想出化解之道，卻怎奈，總有好些時間，他控制不住自己的心思怔忡出神，而無法冷靜思考。

他背剪著雙手，獨自立在廊下，目光遙遙的望向遠方。

春氣濃了，雪雖然還在飄著，但已經不再具有封凍肅殺的威力，滿園的樹梢枝頭開始冒出微細的新綠，間或傳來幾聲鳥鳴，生命從冬眠中復甦；他遠眺的眼角中常有嫩綠的葉芽兒影子拂入，耳中也聽見了宛轉的鳥語，可是，他的心中沒有春天。

一股不知名的失落感在悄悄吞噬他的心，像蛀蟲一樣將他的心蛀空；令他在某些時候沒來由的覺得寂寞，即使是在大批人馬的前呼後擁中，好幾個兒子的隨侍下，乃至於在檢閱數萬大軍的同時……

總覺得生命中少了些什麼——當然，他很明白，少的是些什麼；多年來身邊最親近的人，一下子少了幾個，委實不習慣——偶爾，他也不免在失落的情緒中攙雜著一絲絲悔意，覺得自己在盛怒之下，對二夫人和雪靈的處罰太嚴重了些；可是，往往這個念頭剛冒出一點點芽來，就立刻被他自己強行壓制下去；他斷然的告訴自己，她們是背叛者，死有餘辜！同時，他命令自己的心裏不再留下有關她們的點滴。

他緊緊的在心靈上武裝自己，非常嚴密的不讓思念和悔意爬上心頭，堅強的忍耐著寂寞與失落的侵蝕——除了獨自望著遠方出神的行止以外，他沒有洩漏半絲。

雖然這做法近乎於滅絕自己的人性，但確有必要，甚至，他深信，自己最近常怔忡出神的情形是暫時的，是春暖時節所帶來的情緒波動而已，一俟季節改變，就能完全排除。

而控制住自己心神的時候，他的生命中便只有權謀與戰爭。

腦海裏最常起伏的是朝廷裏的人事鬥爭，以及要為自己和兒子們謀福利的各種做法——有時，他的疑問也被想出答案，自己最大的隱憂首先是宮朝中複雜的人事，萬一掌握不好，後果嚴重；其次是兒子們不夠優秀，不能寄予重望——

而遼東的情勢，就不必列入「隱憂」的範圍；因為，他能全盤操控，全盤掌握——即使是唯一逃過追殺的漏網之魚努爾哈赤，他也一點都不擔心。

努爾哈赤所有的行為、動向，他都瞭如指掌，毫無失誤；特別是努爾哈赤去到遼東巡撫衙門索要父祖遺體的事，巡撫衙門還派了專人來徵詢他的意見，也完全按照他的意見行事。

他的意見明確、簡單、利落：

「告訴努爾哈赤，確是誤殺——第一，要屍首，可以給他，另外加他點無關大礙的封賞，算是補償；第三，絕對不把尼堪外蘭交給他，否則，以後不會有女真人肯為我大明朝辦事！」

而等到來人離去後，他立刻吩咐李如梧：

「派人去給尼堪外蘭送個口信——把努爾哈赤這幾天的行動給他詳細說一遍，接下來的事，叫他自己看著辦——他是女真人，女真人的事他比漢人清楚，該怎麼對付努爾哈赤，他也比漢人清楚！」

努爾哈赤還是個不成氣候的初生之犢，用陰險狡詐的尼堪外蘭去對付，絕對綽綽有餘；自己必須集中全部的心力對付真正的隱憂——朝廷的情勢。

張居正死後遭禍的事令他震驚不已，尤其是一想到，自己也曾是張居正大力拔擢的人，心裏就多上三分恐懼；而遠在關外，不很深入明白整個事情的原委與真相的他，情不自禁的產生了感慨：

「刻薄寡恩啊——輔國重臣，功在社稷……而且，曾是師保……死後竟致追奪官階……實在令人心寒！」

但他本非正義之士，更沒有打算要為張居正仗義執言幾句，感慨僅只是念起，一閃即過，他還有更重要的事要做，那就是替自己打算。

遠眺的眼光收回來了，身體也開始有了動彈，他緩緩轉身，舉步走入書房。

書桌上還攤放著前些日子打從京師送來的，詳述有關追奪張居正官階一事的信——之所以依舊攤開著，是因為他連日來總是一日數次閱讀它——他記得很清楚，自己第一次讀這內容的時候，根本無法置信，反覆讀了好幾次之後，心情展開了幾番曲折如峯迴路轉般的變化之後，才接受這個事實；而既接受了事實，心思立刻翻轉。

好在自己已經搭上了新的線，張四維、申時行、許國、張誠、李定，這幾個人都已十拿九穩，還得再多下工夫的只有皇帝一個人；其次，對於自己以往與張居正之間的密切關係得費心處理，務必要使世人遺忘了這件事……

他開始集中精神，針對這兩個要點思考；卻在想出周全、完善的辦法之前，思路就被憑空闖入的事件打斷。

李如桂進來向他稟報：

「啟稟父帥，京師有信──封口上標著『急』字！」

事情非比尋常，他下意識的問：

「又生變故了？」

沒敢開啟信封閱讀信件的李如桂沒法回答，恭敬的高舉信件呈遞給他，誠實的說：

「孩兒不知內文！」

他接過信來，親自打開信封，取信來看；隨即臉色一變，立刻吩咐李如桂：

「把你的兄弟們都叫來！」

還留在府裏的兒子只剩下如梧、如桂、如楠三個，一起到他跟前來領命；他以沉重的語氣告知：

「張閣老丁憂──內閣又將有人事變動！」

隨即，他分配任務：

「如桂到京裏走一趟，攜帶書信、財禮，與如松、如梅、如梓一同拜會申、許幾位，特別要留意繼任首輔的人選──照常理推論，應是申大人──如果是，情況就非常好，如松、如梅都知道該怎麼辦，你也就可以回來了！」

李如桂立刻恭敬的回應：

「孩兒遵命！」

李成梁緩緩追加一句：

「事情如有萬一，立刻飛書！」

李如桂依舊恭敬回應：

「是！」

李成梁把目光轉向李如梧、李如楠：

「府裏人手少了，你們兩個得當下所有的差——這些日子，要著實的卯上全力！」

李如梧、李如楠立刻恭敬的抱拳躬身：

「是！」

但，知子莫若父，這兒弟兩人才具平庸，更何況，李如楠打自二夫人慘死、精神上受了重大刺激後，辦任何事都比以往差了三分——李成梁微一沉吟，想了幾個減輕他們工作量的方案，於是吩咐：

「派在扈倫四部的人手都叮嚀一遍，叫他們加倍用心，注意動靜，但是暫時按兵不動——其次，把尼堪外蘭叫來，仔細吩咐——建州的努爾哈赤，交給他負全責，無論用什麼方法，都要把努爾哈赤的人頭交上來！」

己方已經分不出人手來了，這是最上上的做法——對於輕重緩急，他能準確衡量，明確區分；扈倫四部的情勢以及努爾哈赤的人頭都影響不了他的烏紗帽，朝廷的政局和皇帝的愛憎態度，才是能否長時間擁有高官厚祿的關鍵，才是必須全力以赴的方向——行事風格向來穩、狠、準三者兼具的他，這次當然也不會做出捨重就輕的事來。

而朝廷中的政局卻與他的預估小有出入，表面上的動盪、衝突沒有如他所憂慮的發生，但實質上的複雜、糾葛、變化和影響卻遠遠超過他的預估。

張四維依制返鄉守喪，申時行很順利的由次輔晉升為首輔，在人事上沒有發生任何衝擊；但是，朝廷在不到一個月的時間裏發生下詔追奪張居正官階和更換首輔兩件大事，有如在許多人的內心中種下了惡因，而這惡因無聲無息的快速成長、蔓延，凝聚成一股腐蝕的力量。

最具體的、首當其衝受影響的人當然是新任首輔申時行——他固然要慶幸自己運氣好，憑空得到機會，登上了首輔的寶座；但，既有張居正死後遭禍的前例在，他的心中便忐忑不安，儘管賀客盈門，道喜聲不絕於耳，他卻不敢放心的認為，這憑天而降的是件喜事，而且在私心中煞費苦心思索的不是為國為民之道，而是該如何避免重蹈張居正的覆轍。

而對於朱翊鈞來說，所抱持的態度、心情又是另外一種。

初獲張四維丁憂的報告時，他來不及思索就發出了帶著驚愕的一聲「喔」，但是，一頓之後，就再也沒有特別的表示，而只淡淡的說一句：

「依例辦理便是！」

他當然不會再像六年前，張居正丁憂時，親自下旨「奪情」——他已經長大成人，他已經親操國柄，他已經無須依靠輔臣佐理；首輔丁憂，返鄉守喪，只要換個人繼任首輔就可以了——對現在的他來說，誰擔任首輔都是一樣的！

由次輔申時行繼任，是非常順理成章的，他完全沒有意見，也沒怎麼放在心上，下了朝以後，他唯一想起這件事來的時候，赫然是在與鄭玉瑩情話綿綿之際。

「朕原本已命內閣擬旨，晉封你為妃；不料，張四維丁憂，事情又要拖延了！」

繡著龍翔鳳舞的錦帳裏，情境綺麗旖旎，而他滿懷愧疚，說話時，眼眸與聲音都特別溫柔，擁著鄭玉瑩肩頭的手掌散發出陣陣熱氣。

善體人意的鄭玉瑩立刻嫣然一笑，報以更溫柔的聲音：

「臣妾等得──更何況，只要萬歲爺有這份心意，臣妾也就心滿意足了！」

朱翊鈞立刻安慰她：

「好在，朕已經下旨命申時行刻日繼任首輔，再過幾天，內閣的人事就穩定下來了──那時，朕會叫張誠去催他們，快些把晉封的事辦好！」

鄭玉瑩心中百花盛開，臉頰更宛似盛開的花瓣：

「多謝萬歲！」

幸福與喜悅的感覺攜手而來，充實著她的生命；身體依偎著朱翊鈞，她感到安適、滿足，眼眸深處流淌著醇酒般醉人的繾綣，手指輕輕的在朱翊鈞的心口滑動，宛如去觸摸他內心深處的海誓山盟。

9

會盟的日期近了，面對著這樁有生以來的第一件大事，努爾哈赤心情興奮，意志高昂，如有熊熊烈火在生命中燃燒，使他看起來容光煥發、精神飽滿、幹勁十足。

而他這旺盛高昂的情緒也連帶感染了身邊的每一個人，四個弟弟、額亦都、安費揚古、帕海……就連五歲的褚英也興高采烈的跟著巴雅喇拿著小弓小箭跑進跑出，滿口「會盟」、「結友」，雖然小腦袋瓜裏什麼都不懂，卻增加了三分興奮的氣氛。

尼楚賀和札青帶著妯娌們忙著準備吃食和住宿用的帳篷、被褥等雜物——來會盟的人馬多達百名，安排這許多人馬的吃住是件非常繁重的事；她們把男人們獵回來的野獸整治起來，一部分醃漬，一部分製成肉乾，也留一部分現煮；又用麵粉和小米做了餑餑，酒也盡早的釀了，貯了幾十大缸；帳篷則學著蒙古包的樣子，用木條做支架，再蓋上氈子做頂；幾樣東西準備下來，姑嫂幾個全都忙了個昏天黑地。

倒是在這種狀況下，札青的優點就顯露出來了；原本，她既沒有特別美麗的容貌，也沒有大家閨秀的氣質與風華，再加上沉默寡言，看起來便很不出色；但是，她做起事來卻十分俐落、能幹，大小事情都料理得停停當當，既周全又周到，而且任勞任怨、默默耕耘，幾天下來就博得了妯娌們的刮目相看，暗中對她讚美有加。

而她照顧努爾哈赤的生活起居來更是無微不至——打從接了她回來以後，努爾哈赤就再也不用為生活上的瑣事分時分心，從一早起床的洗臉水到晚上的消夜，札青全都料理妥當了，他更可以把全副心神專注在會盟的大事上。

在約定會盟日期的十天前，第一支人馬到達了建州左衛；那是尼楚賀的未婚夫嘉木瑚寨的噶哈善哈思虎，他帶著二十幾名親自訓練出來的勇士和熾熱的心，快馬加鞭的趕路，搶了個第一到達。

一下馬，他立刻就和聞聲出迎的努爾哈赤、額亦都緊緊的抱在一起，三個人不約而同的高興歡笑，異口同聲的道想念；接著，努爾哈赤拍著他的肩，對他說：

「好兄弟——我們的事業要開始了——」

額亦都更是扯開嗓門大叫：

「你來得正好！我們要大幹一場了！」

這一夜，幾個人又像三年前初識時一樣，坐在一起高談闊論到不知東方既白，唯一不同的是多了安費揚古和舒爾哈赤兄弟而已，談話的內容雖然也和三年前一樣，盡是年輕人的理想和抱負，內容卻比三年前具體、實際得多了，重心當然是這次的會盟……

兩天後，沾河寨的常書和揚書兄弟也到了。

常書兄弟姓郭絡羅氏，世居蘇克蘇滸河部的沾河寨，父親死後，兄弟兩人共為沾河寨主；常書和努爾哈赤同歲，身材微胖，圓臉上笑咪咪的，把一雙眼睛瞇成一條直線，看來便分外可親；揚書的年紀小了幾歲，氣質上很明顯的多了幾分稚嫩，身材和臉蛋也很明顯的比哥哥小一圈，一張圓圓的娃娃臉上眉清目秀，頰上紅撲撲的像搽了胭脂；兄弟兩人戴著同色的皮帽，身上的衣、鞋也同色同料，手上的武器卻大不相同，常書使刀，揚書的武器是長槍，槍上綴著紅纓，舞起來隨風飄動，非常鮮豔。

兩人和努爾哈赤是舊交好友，和哈思虎、額亦都也有過幾面之緣，唯獨不識安費揚古，因此一到之後，努爾哈赤立刻為他們介紹，話說得帶三分趣，以拉近大家的距離：

「這位是安費揚古，瑚濟寨最出名的勇士……沾河寨主常書，他的刀法可厲害呢，乖乖，我認識他這麼多年來，什麼話都說得，就是不敢領教他的刀法……這位是揚書，咦，揚書，你的袍子怎麼撕裂了這一大塊？路上和人打架了嗎？」

努爾哈赤一向眼尖，揚書衣袍前襬上的一條裂縫無所遁形；而這一問，揚書原本潤紅的臉色立刻脹成紫紅，他沒好意思回答，訕訕的只管傻笑。

常書笑著替他說明：

「他倒是沒和人打架，是和自己淘氣了——前邊路上有片果樹林，我們歇腳的時候，他說看著樹上像有個東西，太高了，看不清，也許是鳥巢，一面說，一面就猴兒似的爬上樹去，不防樹上的鳥巢是空的，而且樹枝又乾又脆，他抓的一枝看起來粗，實際上受不得重，抓著抓著就斷了，連忙跳下樹來，可把件穿來作客的新袍子給撕了這麼大的一條縫子！」

這話說得在場的人無不捧腹大笑，笑得揚書的臉更加通紅，好在努爾哈赤一邊笑，一邊替他解了窘：

「我小妹做得一手好針黹，這麼一條縫難不倒她的，管保她補得一點痕跡也沒有！」

說著又向哈思虎道：

「勞你駕，去找尼楚賀過來吧！」

哈思虎早來兩天，已經和尼楚賀相處得有點熟悉了，兩人既早有婚約，他且個性開朗，不會扭捏作態，因此大大方方的去找了尼楚賀來給揚書補衣裳。

尼楚賀果然生得一雙巧手，撕裂了一條大縫的衣服到她手中，不多時就還給揚書一件完整如新、半點也看不出縫補痕跡的衣服；看得幾個人都目瞪口呆了好半晌，然後才異口同聲的讚美起尼楚賀的手藝來。

哈思虎尤其甜在心裏，不停的偷眼去看尼楚賀，看得眼睛裏都沁了蜜；額亦都的心情和他不同，性情又特別活潑開朗，便拍著揚書的背，向他開著玩笑說：

「好了，有我表嫂在，你可以放心的爬樹了！」

這句話一舉掃紅了三個人的臉，尼楚賀雖然落落大方，到底是個閨女，聽到額亦都的打趣，索性一扭頭就走開去；哈思虎不好意思去追她，只好望著大家夥一陣傻笑，結果又換來一場哄堂大笑。

可是，玩笑過後，話入正題的時候，氣氛就立刻變得沉重而嚴肅。

常書先起話頭：

「諾米納這傢伙一向滑頭，貪生怕死，講話極不牢靠，這一回，他真的會來嗎？」

努爾哈赤回答他：

「他回我的信上，很肯定的說，一定如期趕到！」

常書道：

「可是，這個人說話常常不算數，萬一他不來呢？」

哈思虎沉吟了一下，跟著說：

「不是沒有可能——我這一路上來的時候，就聽了不少流傳的閒話，說是明朝要幫尼堪外蘭築甲版城，立他做女真人的共主，已經有不少人相信這話，紛紛跑去投效尼堪外蘭了；要是諾米納聽到這消息，是很有可能打退堂鼓……」

「萬一他不來，我們怎麼辦呢？」揚書冒出了一句：「要改變計畫嗎？」

「不，」努爾哈赤堅定的回答他：「即使諾米納不來，我們的會盟還是如期舉行——只不過是少了薩爾滸城一部而已，我們三部會盟，然後攻打圖倫城……所有的計畫都不變——」

說著，他鄭重的注視著每一個人，一字一頓的說：

「我們既然決定要做出一番大事業來，又怎能為了別人而改變計畫呢？」

額亦都立刻應和：

「是啊，如果諾米納不來，就隨他吧——我們已經決定要做的事，不能因他而改變！」

幸好，諾米納這一回倒沒有如大家所猜測的打退堂鼓，在會盟之日的前一天，他帶著幾十個人匆匆趕到。

他的出現給大家帶來了幾分驚喜，原本就熱烈的氣氛更好了；到了夜裏，哈思虎特意避開努爾哈赤，找了常書、揚書兄弟和諾米納一起在自己帳中悄悄商議事情。

他先是試探性的對諾米納說：

「外邊盛傳，明朝要幫尼堪外蘭築甲版城，立他為女真人的共主，這消息也不知是真是假，依你看呢？」

諾米納道：

「消息只怕不假，尼堪外蘭一向是明朝的走狗，活兒幹多了，賞他一塊肉骨頭啃啃，總是有的；可是，尼堪外蘭的人品實在太壞了，讓他做女真人的共主，我們就要倒楣了！」

聽他這麼說，哈思虎就放心了；於是，他先看看常書和揚書，再轉回來看看諾米納，然後誠懇而鄭重的說：

「以小弟的淺見，在我們這幾個人中間，智慧最高、謀略最深、氣度最大的人是努爾哈赤，既然大家都認為尼堪外蘭的人品不好，不能讓他做女真人的共主，不如擁戴努爾哈赤——我想，明日的會盟，大家就推舉他為盟主，做我們四部的『貝勒』❶！」

他的話還沒有全部說完，常書和揚書就已經鼓起掌來，兄弟兩人異口同聲的說：

「好極了！我們也是這麼想的！」

諾米納一看，四個人裏已經有三個人的意見相同，便無可無不可的同意了哈思虎的話。

哈思虎心中一樂，連忙又去悄悄知會額亦都和安費揚古……

第二天一早，會盟的儀式正式舉行。

木臺早在幾天前就搭好了，位在蘇克蘇滸河畔一塊空曠的野地上，背山面河，景觀優美，視野遼闊；臺有四尺見方大小，五尺高，臺上的陳設十分簡單，僅只在當中設了一個香案而已，可是，它在每一個人的心目中都象徵了一個崇高的意義，上了木臺，即是把自己的心志剖露出來，展現於光天化日之下，由天地為證，神明為佑，使天下人皆知……

四部的人馬整齊的排列在臺下，各部的人數並不多，都不過二、三十人光景；最少的建州左衞只有十幾人，那是舒爾哈赤四兄弟、安費揚古和額亦都師徒；可是，人數雖少，武器也不甚周全，氣勢卻十足，每個人的臉上都流露著一股旺盛、蓬勃的生命力，在旭日東升的光芒中分外顯得精神抖擻。

努爾哈赤懷著誠敬、肅穆的心，率先踏著沉穩有力的步伐登上木臺；他的身後依次跟著哈思虎、常書、揚書和諾米納，上了木臺後，先是向天行禮，接著又互相行禮，然後，努爾哈赤對大家說：

「今日我們在此會盟，結為一體，大家要互愛互信，精誠團結，同心協力，共創未來！」

他的話才說完，哈思虎立刻接下去：

「是的，我們四部的人，從此便如手足一般，同心協力，共創未來；並且，我們推舉努爾哈赤為四部之長，號令四部人馬——」

他面朝臺下，朗聲的說，努爾哈赤還來不及有什麼反應，臺下的羣眾已經在額亦都和安費揚古的帶領下發出了歡呼：

「我們推舉努爾哈赤為四部之長——」

「我們推舉努爾哈赤——」

呼聲從建州左衞的十幾個人開始，很快擴散到全體羣眾，一百人左右的隊伍齊聲高呼，形成一波十分可觀的聲浪。

努爾哈赤高高的立在臺上，面對著歡呼的羣眾，全身熱血沸騰，眼睛裏閃動著熾熱的光芒，臉上流露著堅定的神色；他看著臺下的羣眾，再緩緩的仰首向天，面對著旭日東升的萬丈光芒，一個聲音悄悄在他心中響起：

「你是上天的兒子，為安邦定亂而生……」

一股強烈的使命感衝擊著他的心胸，祖先誕生的傳說和他的生命融成了一體，他明確的感受到了自己與生俱來的任務；於是，他默默的在心中立誓：

「從現在開始，我將逐步完成『安邦定亂』的使命，盡我所有的努力，不負上天對我的期許——」

熱血一波波的在他心中澎湃，凝聚成一股巨大的精神力量；於是，他大步的向前一跨，向著臺下的羣眾抱拳行了一禮，朗聲說道：

「努爾哈赤一定不辜負各位的愛護，自今而後，竭智盡力，和大家一起做出一番英雄事業來！」

哈思虎、常書、揚書和諾米納在他身後異口同聲的呼應：

「我們嘉木瑚寨、沾河寨、薩爾滸城，率先歸附，自今日起，效力於努爾哈赤貝勒的麾下！」

說完，諾米納又補充一句：

「我們三部首先歸效，但願您記得今日之情，他年輝煌騰達的時候，別忘了我們是最先來歸的兄弟！」

努爾哈赤伸出雙手，和四個人交疊著緊緊握在一起，大聲說：

「我們對天盟誓，同心協力，共創事業，永不相忘！」

說著，立刻舉行盟誓的儀式，由努爾哈赤為首，四人並排在後，焚香告天，椎牛祭天，然後，大家一起在香案前單膝跪下，向天盟誓……

儀式結束後，努爾哈赤獨自進入置放覺昌安和塔克世棺木的空屋中，默默的跪在棺木前，跪了整整一個下午。

覺昌安和塔克世的棺木一直都沒有下葬，是因為努爾哈赤發過誓，要等拿到尼堪外蘭的人頭來告祭時才下葬；而現在，復仇的行動即將展開，他來到棺木前，向著裏面長眠的靈魂訴說心中的話：

「請放心，我會成功的！我會為您們復仇，也會完成上天所賦予我們愛新覺羅氏的使命……我們的始祖是天女奉天意而生，來到世間，安邦定亂，您們不幸壯志未酬就為奸人所害，遺留下來的使命，由我來繼承；上天的意旨，您們的意旨，我不能、也不敢逃避、推辭……請放心，我一定會完成的……」

他把十三副遺甲逐一攤開來，再一次用雙手輕輕撫遍；他的動作是輕柔的、無聲的，可是，心中卻澎湃著、洶湧著一股無可抵擋的巨大的力量。

註一：貝勒本義是「部長」的意思，與金代的「都勃極烈」發音接近，或為同義，待考。

10

朱翊鈞的動作也是輕柔的、無聲的——他站在鄭玉瑩面前，彎著腰，小心翼翼的為她畫眉。

鄭玉瑩一頭俏麗可人的「楊妃墜馬髻」已經亂了、散了，臉上的粉黛都不見了，唇上的胭脂更是全被朱翊鈞吃光了；她坐在妝檯前，長髮披散垂地，臉微微仰起，迎向朱翊鈞。

朱翊鈞手持眉筆，專注的描畫；他第一次做這樣的事，因而屏氣凝神，專心一志；四周靜得有如在全心等候一朵美絕人寰的芙蓉綻出花蕊，不許有一絲嘈雜干擾；他的手沒有發抖，筆沒有歪斜，片刻間就很成功的為她畫出彎如新月的兩道蛾眉；完成後，他左看右看，對自己的本領感到非常滿意，喜孜孜的笑了。

鄭玉瑩的臉上帶著甜蜜、滿足的笑容，眼眸深處流動著盈盈水光；她沒有攬鏡相照，而是維持著同一個姿勢，繼續仰臉向朱翊鈞。

朱翊鈞放下手中的眉筆，取沾了胭脂的棉紙，為她染紅雙唇。

暖暖的陽光透窗而入，淡了三分，柔了七分，乳黃色的光暈春酒般的醺著皇宮裏的這一雙玉人；兩人沉醉在美好的感覺中，恍然以為時間將會停駐不運轉。

雙唇點成嬌嫩欲滴的櫻桃紅後，大功告成了；朱翊鈞直起腰來，得意萬分的陪著鄭玉瑩照鏡子。

鄭玉瑩喜上眉梢，依偎著他，回眸而笑；朱翊鈞輕撫她的長髮，眸中蕩徉著喜悅之光；整座寢殿靜寂無聲而迴盪著蘊藉、繾綣之美，是專屬兩人的小世界，也是兩人私有的洞天福地。

但怎奈，他是個皇帝——他的身後總跟著一羣太監，也總有太監做出煞風景的事——侍立的太監們已經屏息等待了許久，看到鄭玉瑩眉唇都完工，以為沒事了，抓住時機上前叩請。

「啟稟萬歲，正午將近，該用膳了——請移駕文華殿吧！」

美好的氣氛立遭破壞，朱翊鈞覺得掃興之至，心中一口熱氣往下沉，整個散了；但他在皺了一下眉頭之後決定不予忍耐，隨即吩咐：

「朕今天不想到文華殿去，午膳改在這裏用——奏疏也送到這裏來看！」

太監們感受到他有點不高興了，不敢違拗，立刻跪下叩首：

「奴婢遵旨！」

朱翊鈞略帶不耐煩的一揮手，太監立刻退出去；他吐出口氣，回過頭來對著鄭玉瑩微微一笑。

「朕哪裏都不想去，只想和你待在這裏——」

說著，他順手拿起妝檯上的象牙雕花小梳來為她梳髮；鄭玉瑩從鏡中看著他細心的模樣和細膩的動作，心中升起了一股感動，更有三分歡喜；她凝眸直視，眼裏是兩人的形影，心裏烙上了海誓山盟，於是唇角和眼角眉梢一起現出更深更濃的笑意來。

張誠進來了，後面跟著兩名捧著奏疏的小太監，先在起居間停住步子，將奏疏放在桌上，然後，張誠獨自進寢殿來稟奏。

他的身分不同，朱翊鈞必須耐著性子問他事情。

「今天，可有什麼重要的事上奏？」

善體帝心的張誠立刻滿面笑容的回稟：

「啟稟萬歲，申閣老率領內閣諸位大人，擬好了鄭娘娘晉封妃位的詔書，也預擬了兩個名號，叩請萬歲圈選！」

這話讓朱翊鈞的態度馬上改變，鄭玉瑩更是立刻目不轉睛，豎起耳朵來專心的注意這事。

朱翊鈞接過奏疏，打開一看，念道：

「容妃，德妃——」

他立刻轉頭問鄭玉瑩：

「你看，你喜歡哪一個？」

鄭玉瑩笑著回應：

「臣妾全憑萬歲爺的旨意！」

朱翊鈞沉吟了一下：

「這也許是用『三從四德』的典故，取容、取德——依朕看，選『德』字吧！四德之首！『容』固然好，卻列第三！」

鄭玉瑩更加高興，立刻起身，盈盈下拜：

「叩謝萬歲爺恩賜！」

朱翊鈞親自伸手扶起她：

「你看吧，朕總是言而有信的，這件事，可給你辦成了——唔，對了，這事須先稟奏母后，一會兒，朕親自帶你去慈寧宮見母后！」

鄭玉瑩低下了頭：

「是！」

朱翊鈞輕拍她的手背，安慰她：

「你放心，母后一定會答應的——」

說罷，他像是要給鄭玉瑩一個具體保證似的吩咐張誠：

「先傳諭內閣，就這麼辦吧——而且，申時行辦事很積極，很周全，給他個嘉勉！」

張誠立刻恭敬的應：

「奴婢遵旨！奴婢立刻前往內閣傳旨！」

起身後，他快速的退出乾清宮，一路盤算，這事倒是一本萬利，三面討好；鄭玉瑩給他的好處已經收過了，往後還會源源不斷，內閣這邊呢，當然也少不了！

跨步走進內閣的時候，他滿臉笑容，一見到申時行，更是一揖到地，滿口稱頌：

「恭喜閣老——申閣老甫一上任，辦的第一樁事就讓萬歲爺龍心大悅，今後必然聖眷特隆，大受重用！」

申時行先是給他的舉動弄得微微一愣，隨即醒悟，立刻還禮，非常客氣、謙遜的說：

「這都是司禮在聖駕面前美言之故！」

張誠笑咪咪的說：

「哪裏，哪裏，確實是申閣老事情辦得好——萬歲爺對閣老擬的旨很滿意，特命咱家傳旨嘉獎褒揚呢！」

申時行立刻望空行禮，朗聲而呼：

「萬歲萬萬歲！」

張誠等他禮罷，一改神情為端肅：

「萬歲爺已經選定『德』字做鄭娘娘的名號，閣老請先定旨，並且著禮部準備『冊妃儀』的大小事務吧！」

申時行恭敬的回應：

「煩請司禮代為稟奏，臣等全力以赴，報效隆恩！」

功德圓滿了，張誠再客套幾句後便告辭離去；他一走，申時行不免在心中暗自嘆息，暗感荒唐，對自己擔任首輔要職後做的這第一件事，更是產生了哭笑不得的感覺，忍不住悄然自問：

「她何德之有呢？」

但是，久歷官場的他，表面上根本不動聲色，沉著一張臉，親自動筆寫下「鄭淑嬪進位為德妃」的詔書；與其他幾名閣臣相對，也繼續以端正忠誠的面目示人；只在坐進了轎子返回府第的路上，才由衷的、真誠的嘆出幾口氣，以及為自己的行為發出無奈的搖頭。

不料，轎到門口停下後，轎簾一掀，他看到正有一輛馬車離去，車裏的人已經看不清楚了；他不免納悶，下了轎，正準備發問，卻又看見管家拱著背站在門口，門裏多了一個覆著紅綢的木箱；他更加納悶，而迎上前來的管家卻在他問話前就遞上一張名刺。

「老爺，方才，有貴客到來，說是特來給老爺高升首輔道喜，但卻不肯進屋等候老爺下朝歸來就走了！」

申時行不明所以，索性先打開封套來看名刺，一看卻是「鄭國泰」三個字，心口登時怦怦劇跳起來。

鄭玉瑩之兄──他的心裏雪亮，這份禮不是賀禮是謝禮，貴客不是來道賀他升遷，而是來酬謝他擬「進位」詔的；這事令他悚然而驚：

「鄭家真是厲害，消息得的這麼快──聖旨還在擬寫的階段，他們就知情了！」

光是這一點，自己就不是對手──須好生相處！

兩榜進士出身的他當然嫻熟歷史，向來，宮朝之中的禍因亂源，不外乎宦官、外戚、朋黨三者，本朝當然不會例外；而自己雖然已經登上了首輔的寶座，卻絕無能力改革、改善；自處之道唯有好生應對、應付，表面上敷衍過去，只要在自己的任上不出太嚴重的大亂子就可以了！

歲月為他累積了許多人生經驗，形成他特有的做人處事的原則和態度……仔細思索之後，他悄悄在心裏拿定主意，作為日後行事的依據。

因此，他的心情變得開朗了些；回房更衣後，他一面去到書房，一面命人叫兒子們來談話；不料才剛到書房坐下，管家又進來稟報。

「遼東李元帥府，遣少帥求見！」

他微微一愣：

「如松、如梅兄弟幾個，不是前天才來過嗎？」

管家回道：

「李元帥又派了一名少帥自遼東專程來道賀，昨天夜裏才到達京師，因而幾位少帥陪著弟弟再來走一趟！」

既是新遣，必有新致的書信——不能不接見。

於是，他沉聲吩咐管家：

「有請！」

第四章

一劍光寒四十州

1

李如梧的任務圓滿達成，一切盡如人意，於是連同早先赴京辦事的李如梅、李如梓都與他一起返回遼東。

行囊裏當然帶著申時行的回信……

李成梁接見了歸返的兒子，嘉勉幾句後，走進書房中，親自閱讀這封信，信中雖多是客套語，但是很明確的當他是「自己人」，讀著有讓他像吃下定心丸一樣的感受，腦海中更是自然而然的思考起有關申時行的一切。

申時行字汝默，長洲人，是嘉靖四十一年的狀元——既在考場奪魁，當然精擅作八股文章，而他整個人也像一篇八股文章，表面上四平八穩得深具「溫良恭儉讓」的美德，實質上卻沒有內容，沒有理想，沒有原則，甚至沒有操守。

他最善於扮演「老好人」的角色，凡事以「和」為處理的標準，從不得罪人，無論君子或小人，他都能相處得推心置腹，是道德家所不齒的鄉愿，但是在本朝的官僚體系中，他卻是做官的上上之選。

從中狀元、循例授翰林院修撰開始，他就以拿手的「柔功」一路青雲直上；受知於張居正，也是因為他沒有主見，對上司唯命是從的優點——張居正主見極強，操控部屬如布偶，正需要他這麼一個柔如水、不多話、逆來順受的人聽命辦事。

當然，實質上，他絕對不是真正「溫良恭儉讓」的人——真是「溫良恭儉讓」的人，還能在朝中做上幾十年的官，乃至做到首輔嗎？所謂的「溫良恭儉讓」只是他戴的一頂假面具而已，而這假面具是他博取高官厚祿的工具——

手裏還捏著申時行的親筆信，李成梁微瞇起眼來望向半空，心裏鼓滿了思緒；申時行究竟是個什麼樣的人，他最清楚不過——以往，他送到京師的厚禮，總數有三成是到了申時行的荷包裏——申時行從無為國為民的情操，也從無大奸大惡的想頭，千里做官，所為的只是自己的利益；因此，這番出任首輔，一定繼續戴著他「溫良恭儉讓」的假面具，把事情做得像八股文章一樣的四平八穩，不得罪人，不做壞事，只裝飾表面，不充實內容。

他絕不會像張居正一樣的對皇帝寄予重望，要求皇帝勵精圖治，締創盛世；也不會像張居正那樣嚴格的整飭吏治，要求全國的官員人人清廉自守，提高效率，弄得百姓安樂而官員怨恨……

「以申時行做官的本事，一定會把朝廷弄得一團和氣，人人都喜歡他這個老好人，這個首輔的位子可以長久坐下去——」

李成梁默默的想著，隨即現出了一個欣悅的笑容——他立時聯想到，申時行的首輔位子如果坐得既穩且久，自己的位子也就可以坐得既穩且久！

這麼一想，精神立刻抖擻起來，意志昂揚，於是，他朗聲吩咐左右隨從：

「傳令下去，三天後，本帥親自校閱廣寧城裏的大軍！」

隨從們受到了他的情緒感染，也都倍感興奮，一聲「是」應得簡短有力，中氣十足，隨即跑出去傳令的腳步更是虎虎生風。

但他的決定卻非源於情緒——他心中所謀畫的是，這是個用兵的時機，首輔新上任，要有點軍功來錦上添花，連帶的，更確保自己的權位！

「挑個大地方、大部落，好好打他一仗，拿下千把個腦袋來，顯顯本帥的威風，添添申閣老的喜氣；也叫天下人知道，本帥武功第一，遼東非本帥坐鎮不可——」

腦海裏立刻閃過幾個名字：海西女真有扈倫四部，哈達、葉赫、輝發、烏拉，建州女真有三衞……找個人多勢弱的打，好多建首功！

「哈達部自萬汗死後，開始走下坡……葉赫在往上竄，清佳砮、楊吉砮兩兄弟很像個樣子……」

女真各部的情況他都很清楚，逐一思索一遍，很快就可以選定用兵的對象。

不料，就在這當兒，門外傳來語聲，打斷他的思緒：

「孩兒如楠告進！」

他坐正身體，一抬下巴：

「進來！」

李如楠進門後，單膝下跪行禮：

「孩兒參見父帥！」

李成梁自己心情好，也給兒子一個和顏悅色：

「起來吧！」

李如楠起身後向他稟告：

「孩兒已傳令各軍，立刻做好準備，三天後在沙場候校——」

李成梁微一點頭：

「嗯！」

李如楠繼續往下稟告：

「啟稟父帥，尼堪外蘭派人告急、求救！」

李成梁沒把這話放在心上，連眼皮都不動，淡淡的問：

「又怎麼啦？」

李如楠詳細說明：

「還是為了努爾哈赤要找他尋仇——」

李成梁微一皺眉：

「不是早就告訴他，讓他自己想辦法對付嗎？」

李如楠囁嚅著往下說：

「來人是說，努爾哈赤現已聚集了嘉木瑚寨、沾河寨和薩爾滸城的人馬，要打圖倫城——尼堪外蘭深恐不敵……」

李成梁冷哼一聲：

「沒出息！」

隨即卻問：

「努爾哈赤搞到了多少人馬？」

李如楠回答：

「聽說，大約一百人。」

李成梁再問：

「圖倫城現在有多少人馬？」

「大約一千。」

「那還怕什麼？」李成梁越發露出輕蔑的眼神，發出鄙夷的冷笑：

「真是沒出息，兵力是人家的十倍，還怕成這樣！」

李如楠臉上脹成了豬肝色，過了好一會兒才想出話來，勉強解釋：

「尼堪外蘭是怕……努爾哈赤和哈思虎等人，武藝好……」

「更沒出息——別人武藝好，他自己怎麼早不練練？事到臨頭才急得搖尾巴？」

李如楠倍加窘迫，低下頭，不敢說話；李成梁隨意瞄他一眼，曉得他只是來稟事的，怎奈歷事不深，硬把別人的難堪當成自己的，更證明了他才具平庸——有兒如此，唯有暗自嘆息，但也特別給他一個下臺階。

「你帶三千人去幫他，拎了努爾哈赤的人頭來見我！」

李如楠很恭敬的應：

「是！」

李成梁一揮手：

「去吧！」

李如楠如釋重負，立刻告退；不料才一走出門檻，又聽見李成梁喊他：

「回來！」

李如楠立刻轉身返回，走到李成梁跟前。

「父帥吩咐！」

李成梁似仍在思考中，說話的速度放慢了許多。

「尼堪外蘭的事不用管他，這個人一肚子壞水，明裏打不過努爾哈赤，暗地裏有的是詭計，就讓他們兩個女真人自己去捉對兒廝殺吧，咱們不出兵！」

李如楠驀的一愣，不知道該說些什麼好；他完全不明白李成梁的用意，尤其，李成梁一向不更改已經發布的命令，這次卻立刻收回剛說的話，令他難以置信。

他雙眼發直，視線正好落在李成梁身後那幅有餓虎撲羊之勢的「但使龍城飛將在，不教胡馬渡陰山」大字上，但他心中茫然，沒有產生什麼特別的感受來。

李成梁斜眼瞄了他一下，眉頭微微一皺，但隨即舒開，耐著性子教導他：

「努爾哈赤只有一百人馬，不值得動手——我要用兵的對象是海西——一會兒，你去把如梓他們都叫來，我交代攻打海西女真的事！」

李如楠立刻恭敬的回答：

「是！孩兒立刻就去！」

李成梁伸了一下手示意：

「慢——你可明白，這其中的用意？」

李如楠不明白，但很努力的思索，勉強想出話來回答：

「海西女真人多，孩兒們可以多立首功……」

總算差強人意，但這只是最淺的一層看法，李成梁還是得耐著性子教導他：

「努爾哈赤要找尼堪外蘭報仇，那是女真人自家的事——他們自相廝殺得越凶，就越顯得遼東多事，非得有大軍鎮壓不可——其次，目前這兩人實力都很薄弱，且等他們自相殘殺之後，勝的一方壯大起來時，有了相當的規模，才值得我軍動手！」

李如楠聽明白了，很恭敬的行禮：

「是！父帥教導，孩兒牢牢記住！」

李成梁的感慨已起，索性再多說幾句：

「以往，我跟你們兄弟說起過戚帥的事，你可還記得？」

李如楠立刻回答：

「孩兒記得！」

李成梁輕描淡寫般的說：

「說來聽聽！」

李如楠全心全意的思索、回答：

「父帥引典籍上的話說：『狡兔死，走狗烹，飛鳥盡，良弓藏。』告誡孩兒們，不能把狡兔、飛鳥一網打盡——」

話一出口，他自己恍然大悟，眼中臉上都泛出紅光。

李成梁也頗感欣慰，總算這個最小的兒子給教明白了——無論是在戰場還是在官場打仗的原則。

「打仗的方法有千萬種，可是，我們的人手太少，只有一種方法可用，那就是速戰速決！」

努爾哈赤向身邊的人解釋：

「我常聽漢人說：『兵貴神速』，非常有道理，動作快，才能在敵人還沒有準備好以前就殺他個措手不及——我聽過一個故事，是兵學上的重要例子；春秋時代，宋國和楚國在泓水開戰，宋軍先到，先排好陣勢，楚軍慢了一步，還沒有全部渡過泓水；這時，宋國的大司馬勸國君宋襄公趁楚軍渡河的時候攻擊他們；偏偏，宋襄公認為趁對方還沒有準備好的時候就殺過去，這場仗就打得不公平，不可以這麼做。等到楚軍全部過了河，還沒有擺好陣勢，大司馬又來勸他，該發動攻擊了，他還是說不行，要等楚軍也擺好陣勢，雙方打起來才公平。等到楚軍一切準備好以後，兩國開始交戰，楚軍人多，一下就把宋軍打了個落花流水，宋襄公大腿上中了一箭，差一點就射穿屁股！」

最後一句話聽得所有的人都哈哈大笑，額亦都邊笑邊說：

「哈——天底下竟然有這種呆子！」

努爾哈赤道：

「就是有的，這件事是漢人的正史所記載，是真有其人其事❶！」

額亦都笑道：

「要是咱們打仗的時候，也能遇到這樣的呆子，該有多好！」

努爾哈赤道：

「能不能遇到這樣的呆子得靠運氣，可是，運氣是最不牢靠的東西，凡事都要靠自己！咱們也別指望遇到這種呆子，只看從這個呆子的故事裏學到些什麼吧！」

於是，他一正神色，慢條斯理的逐一分析：

「首先，打仗不是競技，根本沒有公平可言，一對一的比武，那是打擂臺，不是打仗；第二，打仗要能善於把握時機，稍一錯過，就可能打敗仗……」

額亦都順著他的話接下去：

「那就連屁股都要給人射穿了！」

一句話，把大家又逗得大笑；但是，笑夠了時，額亦都展現出嚴肅的一面——他收斂起開玩笑的神情，正正經經的說：

「努爾哈赤說得很對，我們一定要記得他這話，也一定要服從他的領導——嚴格說起來，我們每個人都還沒有正式打過仗，以往那些小場面，只能算是『武鬥』，幾個人，或者幾十個人打殺；現在，我們是要正式的去攻下一座城，算起來，這是我們生平第一次打仗，人這麼少，方法就一定要對——」

安費揚古也點著頭說：

「從阿太被滅的例子，我就想到，個人的武藝和打仗的方法完全是兩回事！」

「不，」努爾哈赤笑了一下，糾正他道：「個人的武藝也非常重要，我們人這麼少，每個人都要以一敵十！」

接著，他詳細說明作戰的計畫：

「第一要快，第二要隱秘——要做到這兩點，才能在圖倫城還沒做好防備的時候打下來；我們人少，要做到這兩點還不算太難；哈思虎、常書、揚書、諾米納，各帶人馬從你們的地方出發，每一支隊伍的人數都不多，不很容易引人注目，而且，我想到了一個方法，就是晚上行進，白天睡覺，這樣就可以秘密的到達圖倫城；今天四月……嗯，那就五月十五吧，三更時分，我們在圖倫城外東南方的樹林裏見，我會在樹枝上繫白布條作為記號；天不亮，開始攻城——」

說完這些，他又拿出自己所繪製的地圖，打開來指給大家看：

「圖倫城築在山坡上，後面是高山，這種地勢易守難攻；我們人少，萬一他們從上面放馬衝下來，我們會吃虧；所以，得趁天黑的時候摸上去，打他個出其不意——大家看，他們的城寨圍成方形，門在正中，只要打得開門，殺進去就容易了；要是打不開，就找城寨上的死角，靠山谷這邊，也許防禦就差，人往往以為地勢險要的地方有天險，反而會疏忽……」

他侃侃而談，神情和聲音都顯得信心十足；可是，就在眾人都受到氣氛感染而激發出高昂鬥志的當兒，諾米納突然提出問題：

「明朝一向支持尼堪外蘭，依你看，這一回，尼堪外蘭如果向李成梁求援，李成梁會不會出兵助他？」

一句話，不啻是一盆兜頭潑下的冷水，淋得大家一下子聯想到李成梁的「八十萬大軍」，心裏不由自主的升起一股寒意，臉色透白，沒有人接腔；氣氛突然沉下來，滯悶得令人幾乎喘不過氣來。

努爾哈赤也和眾人一樣，垂目不語，臉色逐漸由白透青，一顆心往下沉，冷汗沿著額頭和頸項往下淌流，鼻中幾乎停止呼吸……突然，他虎的一聲站起來，大喝道：

「就是賭，也要賭他一賭！」

說著，立時從箭袋中抽出一支箭來，曲起膝，將箭往大腿上一挫，「拍」的一聲，箭身立刻折斷；他咬牙切齒，臉色脹成血紅，目光中火花四射，虎虎的看著每一個人，大聲說：

「如果李成梁出兵的話，誰也逃不了，躲在家裏一樣束手待斃，還不如放手一拚，也許能拚出一條路來！」

他心裏的火焰重新燃燒起來，而且比以前燒得更旺、更猛；因而整個人散發出一道奇異的光芒，舉手投足間都充滿令人震懾、信服的魅力，聲音中更挾帶著一股無法抗拒的力量：

「大丈夫豈能因為敵人人多勢大，就改變自己的志向——若是因為李成梁有八十萬大軍，大明朝有一萬萬百姓，我們就怕得什麼事也不敢做了，那又何必活在世上呢？」

幾句話，重新鼓舞起大家的雄心壯志，額亦都首先吁出一口長氣來說：

「是啊！要是因為尼堪外蘭有明朝援兵就害怕的話，那還談什麼『作為』？像烏龜一樣，縮頭躲進殼裏，老死一生就完了！」

諾米納結結巴巴的回應：

「倒也不是怕……我的意思是……是……萬一……萬一，不可不防……」

哈思虎看了他一眼，定定神，慢條斯理的說：

「你想的『萬一』，是沒有錯；但，萬一未必是必然——李成梁有可能出兵，但不是一定會出兵；努爾哈赤說得對，就是賭，也要賭他一賭；我就賭李成梁不出兵，我們一定拿得下圖倫城！」

安費揚古也跟著說：

「一來，攻打圖倫城是我們已經決定的事；二來，李成梁出不出兵，是個未知數；三來，努爾哈赤所定下的攻打圖倫城的方法是秘密進行，只要我們自己守口如瓶，尼堪外蘭和李成梁就不會知道我們的人馬行經的路線和攻城的時間……」

常書和揚書則是異口同聲的說：

「我們既已結盟，推舉努爾哈赤為貝勒，就該服從他的領導，以他馬首是瞻——都已經到這個節骨眼了，再東想西想、怕這怕那的，根本一點意思也沒有！」

這話不啻是「結論」，諾米納一聽大家都這麼說，當然也就閉上嘴，不再表示意見；幾個人一起牢牢記住了努爾哈赤所擬定的作戰計畫，第二天便帶著人馬回自己的城寨去籌備攻打圖倫城所需要的人力和物品。

三路人馬一走，赫圖阿拉登時冷清下來，可是，冷清歸冷清，忙碌的情況還依舊，婦女們忙著製作乾糧，額亦都、安費揚古和舒爾哈赤兄弟幾個忙著四處蒐集武器、準備馬匹、演習戰陣，一天中幾乎沒有半刻閒暇。

努爾哈赤的心中更是波瀾起伏，面對著生平第一仗，面對著「只許成功，不許失敗」的處境，精神上的壓力非常大；為了能更詳細判斷敵情，他選派了幾個細心、謹慎的人，分別到廣寧和圖倫城去實地觀察、打聽李成梁和尼堪外蘭的動向，並且反覆思考、推敲……

終於，出發的日子到了。

在出發前一天，他再次仔細清點人員、兵器、馬匹、糧草以及各種裝備，作戰的計畫也重新在心中回想了一遍，接著命令所有的人去休息，以養足精神在夜間上路。

可是，一切都準備就緒後，他反而睡不著，上了炕，翻來覆去了一陣，合不上眼睛，最後，索性翻身下炕。

五月裏的天氣暖和中已略帶幾分炎熱，他只披了一件單衣便走出房間。

四下裏靜悄悄的，一點聲息也沒有，半個人影都不見，偌大的大廳、庭院，平常總是嘰嘰呱呱的充滿人聲笑語，這會兒，怎麼全沒了呢？他不禁詫異起來，壯丁們大約都聽他的命令各自歇息養精神去了，可是婦女們呢？小孩兒們呢？

四下張望了一遍，確定沒有人，他只得順步兒蹓出門去，走出大門，又逛了好一會兒，才看見一株大樹下有個小小的身影，蹲在地上，低著頭兒，不曉得在玩些什麼；可是人卻認得出來——那是東果！

於是，他趕上幾步，喊：

「東果！」

東果一聽有人喚她，立刻仰起小臉，睜著一雙烏亮的眼珠子張望，一眼看到努爾哈赤，馬上就眉開眼笑的站起身子，舞著兩隻小手朝他跑過來，邊跑邊喊：

「阿瑪——」

她的童音又甜又軟，聽得努爾哈赤不自覺的心花怒放，等她跑到跟前，伸臂把她給抱了起來。

「東果，告訴阿瑪，你一個人蹲在樹下，在玩些什麼？」

東果道：

「姑姑教我數數兒，要能從一數到一百才算過了第一關，她才要再教我別的本事；所以，我就撿了許多小石子，排在地上，一個兒一個兒的數！」

努爾哈赤一聽，不由得對她刮目相看：

「你才五歲呢，要是能從一數到一百，那可真了不起！」

東果一本正經的說：

「姑姑才了不起呢，她還有好多本領要留到以後才教給我！」

努爾哈赤笑著伸手捏捏她的腮幫子：

「你學了姑姑的許多本領，長大以後要做些什麼了不起的事呢？」

東果想也不想就回答他：

「要像額娘一樣嫁個大英雄！」

努爾哈赤驀的一愣，隨即哈哈大笑：

「好，好，將來，阿瑪一定仔仔細細的給你挑個大英雄嫁過去！」

東果露著一臉天真無邪的笑容，拍著兩隻小手，歡天喜地的笑著說：

「哇！好棒好棒！額娘嫁了個大英雄，姑姑快要嫁大英雄了——東果也要嫁給大英雄！」

努爾哈赤忍住笑，心中暗道：

「再過幾年，就算心裏想，你也不好意思這樣叫嚷了！」

口裏卻問她；

「你額娘上哪兒去了？」

東果道：

「在姑姑房裏——」

「我們找你額娘去！」

說著，他抱著東果往尼楚賀的房裏走去；一進屋，看見舒爾哈赤的妻子帶著阿敏也在，姑嫂三個坐在炕上一起做針線，他一眼瞥見札青手裏正在縫著一件小孩的衣服，猜想是給阿敏做的，並沒有太特別注意；不料札青給他這麼一看，兩頰立刻紅了起來。

尼楚賀見狀，不由得抿著嘴兒一笑道：

「大哥還不知道呢！」

努爾哈赤訝道：

「知道什麼？」

札青的臉又更紅，低著頭，不說話，舒爾哈赤的妻子笑了一笑，向努爾哈赤道：

「恭喜大哥，家裏又要添人添丁了！」

努爾哈赤立刻會過意來，原來，札青又有孕了！

他的心中一陣驚喜，多日來忙碌得昏天黑地，心神專注在會盟、攻打圖倫城的事情上，竟沒有注意到札青有了喜，自己實在太粗心了；而心念一轉，又更加喜上眉梢——這當然是個好兆頭，在出兵前夕，得了這「添人添丁」的喜訊，絕對是戰勝的預兆！

於是，他高興得朗聲大笑起來：

「啊，太好了——以後打仗又多個人手！」

說著去逗東果：

「你額娘生個弟弟，會幫阿瑪打仗呢！」

東果卻吃味了，嘟著嘴道：

「東果嫁的大英雄，也會幫阿瑪打仗！」

這下，引得所有人都大笑起來，就連才幾個月大的小阿敏也揮舞著兩隻小手，眉開眼笑的發出咿咿呀呀的聲音；努爾哈赤置身其間，心中緩緩升起一股暖流，順著血液，擴散到全身。妻子、兒女、家人……他感受到的是一種恆常的溫馨，凝聚成一股安定的力量，在支持著他；於是，他堅定的在心裏告訴自己：

「這一仗，我一定要勝——」

這個聲音一直縈繞在他心中，伴隨著他的生命……第二天，他率隊出發的時候，這個聲音已經成為他生命的一部分。

出發前，他舉行了簡單的祭祀儀式，祭拜天地神祇、列祖列宗；然後，他逐一凝視跟隨他出征的人員，除了巴雅喇因為年紀太小而被留下來以外，家裏所有的男人都跟他走了，於是，他鄭重的吩咐巴雅喇：

「你負責看守家園，我們外出的時候，你是唯一的男人，要勇敢保護姊姊和嫂嫂們！」

說完，他翻身上馬，帶著隊伍，頭也不回的走了。

註一：事見《左傳》僖公二十二年。

3

皎潔的月光從高高的天上灑落人間，照得大地一片銀白。

五月十五日，明月圓如玉盤，月光從茂密的枝葉縫隙中透出點點清光，使得黝黑的樹林中仍有微光可以辨物。

努爾哈赤的人馬趕在天還未全黑時到達樹林，依照約定，他在樹枝上繫了白布條作為記號，然後便在樹林中靜靜的等待同伴們到來。

不多時，哈思虎帶著人馬到達了；緊接著，常書和揚書這一隊也到了。

可是，常書、揚書兄弟一到就帶來壞消息：

「諾米納不來了——他派人去找過我們，說，族裏的龍敦告訴他的弟弟奈喀達，尼堪外蘭不但有明朝做後盾，也說動了哈達部站在他這邊，無論如何我們是打不過的；他決定聽奈喀達的勸，不和我們一起行動了！」常書仔細的把事情說了一遍。

揚書又補充一句：

「他還勸我們也別來了，說是免得白白送死！」

努爾哈赤一咬牙，怒道：

「又是龍敦——」

常書道：

「聽起來，龍敦已經和尼堪外蘭走到一路去了！」

努爾哈赤冷哼道：

「他們既然有我這個共同敵人，當然要聯合起來，一起對付我！」

哈思虎看他心中不快，便出言安慰：

「諾米納不來也就算了，有我們這些人，一樣打得下圖倫城！不差他那幾十個人手！」

常書也道：

「等我們打下圖倫城，再去打他那個薩爾滸城，讓他知道背盟失信的後果！」

聽了這些話，努爾哈赤沒有立刻答腔，反而讓自己陷入思考中，一會兒之後，他以果斷的語氣命令舒爾哈赤：

「把樹上的白布條拿下來！」

接著，他又向哈思虎等人說：

「走！把隊伍帶到樹林子的另一頭去！」

對他這突如其來的命令，眾人都不明所以，但都照著他的話做了；等到隊伍全部轉移好陣地之後，他才慢吞吞的對哈思虎等人說：

「我們的作戰計畫必須修改——且先按兵不動，在這裏等上三天三夜再動手！」

「這是為什麼？」

幾乎在場的每一個人都發出了詫異聲，不解的看著努爾哈赤。

努爾哈赤向大家解釋說：

「諾米納既然背盟失信，就不能不防著他把我們的作戰計畫洩漏給尼堪外蘭——假如，他真的出賣了我們，我們的處境就從暗處到了明處，首先，我們剛才集合的地點，本來是秘密的，現在卻變成敵人已經探知的，萬一派人來偷襲呢？再者，如果尼堪外蘭已經得知了我們的攻擊計畫，不是正可以針對我們的計畫防禦嗎？我們再按照原定計畫攻城，豈非要吃很大的虧？」

他這番話，聽得每個人都心服口服的點頭稱是；哈思虎便問：

「我們的計畫要改成什麼樣？」

努爾哈赤回答他：

「攻城的方法不變，只是時間延後三天而已！」

他向大家詳細解說其中的道理：

「人心中的警惕性很容易隨著時間而淡化——假如尼堪外蘭聽說我們今天要攻城，他會全面戒備起來，全圖倫城的人也會非常緊張，小心防守；可是我們今天不去，到明天，他們的戒備心就會鬆懈一點，明天我們還是不去，後天還是不去，讓他們一連三天空等，精神就鬆懈了，不是以為我們已經知難而退，就是根本不相信諾米納的話，認為他是唬人的；總之，他們的戒備會比今天差很多，我們就容易得手多了！」

這話令每個人都佩服得五體投地，揚書由衷的說：

「您真聰明，推舉您做貝勒，一點也沒錯——」

努爾哈赤淡然道：

「這個道理，我是在漢人的書上學來的——我不是天生的聰明，只是一有機會就用心學別人的長處而已！」

哈思虎道：

「能學到別人的長處，比天生聰明還管用呢！」

他的話才說完，常書又想到了新問題：

「弟兄們帶的乾糧不夠吃上三天——這可怎麼辦呢？總不能餓著肚子打仗吧？」

對於這個問題，努爾哈赤胸有成竹，慢條斯理的對大家說：

「回頭我親自跟弟兄們去說，請大家先暫時委屈點，乾糧攤著吃，不夠的，採點果子充飢，忍耐過這三天，等大家打了勝仗，拿下了圖倫城，城裏多的是好吃好喝的，盡可吃個飽、喝個夠，連城裏所有的牛羊財寶，也統統分給大家！」

常書道：

「我怕大家會餓得沒力氣打仗呢！」

努爾哈赤笑了一笑道：

「『皇帝不差餓兵』，那是漢人的說法——我聽說，成吉思汗的軍隊在出去打仗前，總是半餓著肚子，等他們打下城池，城裏的東西，就盡他們吃個夠，喝個夠，搶個夠！『打勝一仗，放搶三天』，這就是成吉思汗百戰百勝的秘訣，這回，我們正好試試看這個法子靈不靈！」

哈思虎聽著笑道：

「這法子一定靈——餓著肚子打仗，打勝了才有得吃，大家為了填飽肚子，當然拚命！」

這法子果然靈——第四天拂曉時，努爾哈赤一聲令下，一百名武士個個奮勇爭先……

努爾哈赤攻城的策略是先派十幾個武藝高強的步卒，悄悄摸近城寨，找到防守較弱的死角，在城外埋伏；然後，由他自己和額亦都、安費揚古幾個臂力強、箭法準的人，負責射殺城樓上防守的人；這時，在城外埋伏的步卒便趁敵方防守者被射殺的混亂局面，翻牆而入，打開大門，門一開，負責主力攻擊的馬隊立刻長驅直入的衝進城裏——

一切都如他所算計——射出第一箭的額亦都，搶先大展神威，「嗖」的一聲，羽箭凌空疾飛，彈指間，準確的射中一名在城樓上巡視的圖倫城士兵，他的身體立刻倒下，身邊的同伴還來不及弄清楚怎麼回事，努爾哈赤和安費揚古的羽箭也已飛到，一箭射倒一個人，箭箭命中；城樓上立刻亂了起來，有人大喊大叫，有人吆喝著快些打鑼打鼓、通知城裏的守軍；可是，城門在支援的守軍到達前就被打開，騎兵們如潮水般的湧進來。

圖倫城的居民大半還在睡夢中，根本不知道城門口發生戰爭，等到天亮後，他們要展開一天正常的作息時才知道，圖倫城已經易主了。戰爭很快就結束，除了因為努爾哈赤事先準備周密、策略正確，額亦都等人的英勇善戰之外，圖倫城守軍的膿包也是主要原因之一——圖倫城的守軍幾乎不堪一擊，支持不了多久就全數棄械投降。

勝利來得超乎想像的順利，努爾哈赤的心中反而升起了一股無以名之的錯愕——多日來所不敢掉以輕心的生平第一仗，實現起來竟然這麼輕鬆？

可是，等他控制住全城的局面，要搜捕尼堪外蘭的時候，才發現，事情還有他想像不到的一面。

「城主老早就向明朝的李大帥求援了！」

投降的俘虜中有幾個是尼堪外蘭的親信，他很快就問出口供：

「李大帥早就一口答應支援，卻不知為了什麼，援軍老是不來；城主聽說你們五月十五要來攻城，到了十四還等不到明朝的援軍，他便帶著妻兒財寶逃到別處去了！」

努爾哈赤氣得咬牙切齒：

「好個狡猾的東西！」

說著，他重重一拳擊在桌上，木製的桌面立刻被擊出窟窿；然後再問那俘虜：

「他逃到什麼地方去了？」

那名俘虜眼見他出拳如鐵錘，嚇得膽戰心驚，哪裏還敢隱瞞什麼，兩排牙齒抖得格格作響的說：

「逃……逃到甲……甲版……去了！」

努爾哈赤冷哼一聲：

「甲版——哼，除非他能飛天下地，否則，就算他能逃到北京城去，我也一樣要把他捉來碎屍萬段！」

常書在旁說道：

「都是諾米納這廝——要不是他走漏消息，尼堪外蘭也不會聞風而逃！」

額亦都意氣飛揚的說道：

「我們乘勝追擊，不管他甲版城、薩爾滸城，統統打下來再說！」

努爾哈赤點點頭道：

「當然！」

正說著，帕海已經帶著各部派出的從人，逐一清點完這一役的戰利品，上來報告——這一仗打得順利，所以沒有誅殺多少敵人，努爾哈赤也不打算屠城，因此降卒、俘虜極多，加上全城的百姓、牲畜、財物，收穫非常豐富。

努爾哈赤仔細聽完帕海報的數目，高興的笑著說：

「雖然走脫了尼堪外蘭，弟兄們並沒有白辛苦一場！」

說著，他公平的把得來的人丁分成三份，建州左衞、沾河寨、嘉木瑚寨各得一份；財物則平均分給每一個戰士，這麼一來，戰士們全都高興得歡呼起來，又跳又笑的大喊：

「我們效忠努爾哈赤貝勒——」

4

有了圖倫城的俘虜加入，建州左衛的人丁、牲畜一下子增加了好幾百，人手多，許多事情做起來就快得多，因此，努爾哈赤的一些構想開始逐步實現。

首先，他指揮這些人丁，把建州左衛的中心地赫圖阿拉城城柵整修了一下——這座建在山崗上的城柵，最早是在他六世祖孟特穆時代修築的，是祖業，卻也因為年代久遠而顯得老舊，而且有多處破損，多年來雖然做過幾次整修，但都因為是小規模的修補，改善有限；這回他便運用這些增加的人力，好好的大事整修。

於是，從入山砍樹、搬運，到架木為柵，他帶著所有的人著實忙了好一陣子。

看過漢人的廣寧、遼陽等城，那些以磚瓦、石塊建構起來的堅固的城牆、幾丈高的城樓、厚實的城門、廣闊的御道，眼前這座完全以新伐的樹幹圍成的柵、搭起的樓，覆上泥草為頂的「城」，規模小到無法比較；但是，他除了心中偶爾掠過幾絲感觸之外，依舊忙得起勁，工作得樂觀而積極，只有在夜深人靜的時候，心中的聲音才會清晰的響起，提醒著他：

「總有一天，女真人的城，也會蓋得和漢人的城一樣，堅固、高人。」

偶爾，他也會進一步想：

「不只是城……吃的、穿的、住的、用的……所有比漢人落後的，都要迎頭趕上去，和他們一樣好！」

在李成梁府裏待了六年，他對漢人有很深入的瞭解；漢人的物質文明、文化發展，乃至於國家規模、社會制度，都是女真人所不如的——儘管一般的女真人嘴裏不肯承認，但確是事實。「不承認只是死鴨子嘴硬，能濟什麼事呢？」對這些，他的心裏雪亮，也早就想通了：「不如人就是不如人，事實擺在眼前——還不如早早敞開心胸，學好人家的長處，日後拚贏他；否則就會永遠不如人……」

一想到這層，他的熱血又重新奔騰，鼓舞著他的精神、意志，使他的情緒更加高昂，也使他身邊的人受到高度的感染，精神特別抖擻，這麼一來，築城的工作便在不知不覺中進行得特別順利。

可是，無情的打擊始終沒有遺忘他，不知道什麼時候就又悄悄降臨……

先是，他不經意間聽到幾個圖倫城俘虜在工作的時候順口聊天；這些人原本是尼堪外蘭麾下職位較高的部屬，信口談論的便不外乎尼堪外蘭的種種，特別是關於這次他攻打圖倫城時，尼堪外蘭遭到李成梁見死不救的對待；幾個人不停的猜測著尼堪外蘭得罪李成梁的地方，忽然，一個人嘆著氣說：

「這李大帥，心腸是夠狠的，別說他不救圖倫城吧，反正全城都是女真人，他一個也不放在心上——聽說，他一發起脾氣來，連老婆女兒都親手砍死呢！」

另外一個道：

「是啊，聽說，都是如花似玉的大美人呢，呵，他怎麼下得了手呢？」

第三個人插嘴道：

「女兒不是他親手砍的吧？我聽說是自盡，好像是自刎還是撞柱來的……」

努爾哈赤聽到這裏，整張臉翻白，白得一點血色都沒有，兩排牙齒咬出了格綳聲；接著，臉色逐漸轉紅，在憤怒的火焰飛撲下，從微紅而大紅而血紅而紫紅，而雙目盡赤；再接著，轉身邁開步子走了，身邊的人因為正在工作，誰也沒有特別去注意他。

他大步走到繫馬的樹下，解開馬韁，翻身躍上馬背，用力一揮馬鞭，馬匹立刻揚蹄飛奔；塵沙隨之而起，迎風漫天，但他毫無所覺，不停的揮舞馬鞭，策馬狂奔。

風在耳畔呼嘯，聲量遠不及他心中的怒吼：

「乾娘——雪靈——李成梁——」

「李成梁——你殺我祖、父、義母、妻兒——我與你不共戴天！」

怒吼聲排山倒海似的在他心中洶湧澎湃，如天崩地裂、如雷電交響、如萬千戰鼓擂動……天地玄黃，宇宙洪荒，他的心在悲憤與哀痛中震破混沌；狂揮著馬鞭，人在馬上像箭一樣的向前飛馳……

時刻在感恩、思念著的二夫人和雪靈，竟然已經與他天人永隔——原先，他曾臆測，她們會受到些許責罰，卻想不到，竟嚴重到為他付出寶貴的生命——

「乾娘、雪靈——你們是為我而死的——李成梁——你我不共戴天——」

心中的怒火到了沸點，眼前不停的浮掠著二夫人慈祥和藹的面容和雪靈甜美溫柔的笑靨，胯下的馬毫無目標的狂奔，手上的馬鞭只是在發洩心中的悲憤……也不知跑了多久，胯下的馬累得脫了力，竟然長嘶一聲，前足就地跪下。

努爾哈赤身體為之一傾，眼前幻覺頓失，呼出一口氣後下了馬，舉目一看，自己置身在一座樹林子裏，四周一個人影也沒有，除了馬的急促喘氣之外，沒有任何聲息。

可是，他心中的怒火卻沒有因為這一陣策馬狂奔而發洩殆盡，而平息下來；更沒有因為置身在這樣一個寧靜安詳的樹林中而得到平靜，相反的，一腔怒火在他胸中翻湧奔騰得更加激烈，令他全身都要冒出火來。

驀的，他的喉中發出一聲狂吼，身體彈起、前衝，掄起拳頭，沒命的往樹幹上擊打，一拳重似一拳的猛力撲打，恨不能打倒了每一棵堅實粗大的樹木……心中已無理智，直覺中像每一拳都打在李成梁身上……而後，手上的皮破了，沁出了鮮血，他毫不覺得痛，依舊不停的搥打樹身，直到一聲淒厲的馬嘶傳到他耳中，令他受到重大刺激，才停下拳來查看究竟。

他的馬發出厲嘶——果然發生了狀況，頭一抬，立刻看見，樹林中正有一隻錦紋斑斕的老虎，風一樣的由遠而近，快速奔來。

努爾哈赤心中一涼，而情緒立刻冷靜下來；猛虎當前，自己孤身一人，當然不能掉以輕心；而且，自己的馬匹又累又驚，已無舉足狂奔的能力，除了迎戰猛虎之外別無選擇。

弓箭武器全沒帶在身上，只有靴筒中還藏著一把小匕首——他立刻伸手一摸，幸好還在，心裏也就立刻盤算好了戰虎的主意；而就在他一摸一思之間，猛虎已經到了跟前，「呼」的一聲大吼，全身往上躍起，從半空中撲下，兩隻爪子朝他抓過來。

幸好他打獵的經驗豐富，熟悉老虎的習性，也清楚老虎攻擊人的方法，所以，雖然處在被虎攻擊的驚險狀況中，心中卻不慌亂，他身手敏捷，反應快，幾下縱跳閃躲便躲過了老虎的攻擊；那隻老虎幾下撲他不著，便一邊咆哮怒吼，一邊加快動作，忽而尾巴掃過來，忽而爪子撲過來，兩眼凶光畢露，咆哮聲越來越大。

努爾哈赤先是忽前忽後的躲閃著，一面仔細觀看，等待下手的機會；可是，那隻老虎撲了半天，沒有收穫，性子被激怒了，使出來的力氣更大，一撲個空，爪子在地上趴出個大坑，弄得塵土落葉四下飛揚，影響了努爾哈赤的視線，便不容易抓住適當的出手時機，只得繼續在樹與樹間跳躍著閃避牠的攻擊。

忽然，努爾哈赤停止了閃躲，一跳跳到老虎身後，那老虎也察覺到了，便把前爪按在地上，身體凌空扭轉過來，就勢拿人；可是，就在牠凌空撲來的當兒，努爾哈赤忽然略一蹲身，身子捲成球狀，從老虎的肚腹之下翻滾過去，手中的匕首準確的插入虎腹，然後再快速的往旁邊滾出去，以避免被虎尾掃中。

而這隻老虎非常勇猛，雖然肚腹被刺，受了重傷，卻毫無退逃之意；儘管腹中鮮血直冒，口中依然吼叫得震山撼林，攻擊性也依然不減，一爪子又往努爾哈赤撲去；努爾哈赤剛從牠的腹側下滾出來，還不及站起身子，牠的爪子已到，只得仍用滾姿往旁邊閃躲，這下卻慢了分毫，左肩上竟生生的被牠抓下一塊肉來；而且，牠一撲得手，又接二連三的連番撲來，努爾哈赤只得就地打滾躲閃。

可是，那老虎畢竟腹中插入了匕首，幾撲之後攻擊的力道就減弱了，淌了一地的鮮血，動作也慢了；努爾哈赤這才得到機會，翻身跨上虎背，掄起拳頭，往虎頭上一拳又一拳的打去。

直到百來十拳之後，那隻老虎才不再動彈；努爾哈赤也使盡了全身力氣，一鬆手，整個人便虛脫得伏在虎身上大口喘氣，喘了好一會兒，又俯下身去，拔出匕首，割開虎頸，咕嚕咕嚕的喝了二、三十口虎血，再喘上幾口大氣，這才恢復些體力；再抬頭一看，日色已經有些微昏，時間不早了，這才想到自己從聽到二夫人和雪靈的噩耗之後策馬狂奔，已將近整天，只怕大夥兒們找不到他，已經發急了！

「該回去了！」搖搖頭，他對自己說：「還有好多事要做呢，做好了，才有找李成梁報仇的希望！」

說著，他站起身來去牽馬，這一起身才發現自己的手足都已脫力，連幾步路都險些走不動；待去牽起了馬，又發現這匹馬既疲累過度，且驚嚇過度，似乎已經病了；他想到馬匹得來不易，需要好好珍惜，眼下只好不去騎牠，牽著牠走路回家，更不能讓牠馱虎屍回去；於是，他一咬牙，先吸飽一口氣，一舉就把虎屍扛上了自己的右肩，用左手牽著馬，奮力舉步。

「我們得走快點，否則，天一黑就出不了林子！」

他像是在對馬兒說話，又像是自言自語，可是，再接下去，心裏不禁倒抽了一口冷氣。

原來，他來的時候，因為情緒激動，心中悲憤，發洩似的策馬狂奔，根本沒有注意路向，更不知道現在置身的樹林是什麼地方，哪裏能找到歸路呢？

他登時傻了，腿一軟，差點倒地；咬著牙勉強支持住身體，再逼迫自己冷靜下來想辦法。

終於，他想到了：

「人說，老馬識途——馬兒呀，這下得靠你了，你順著我們來的路走回去，回到我們的家去吧！啊……唉！你原是圖倫城俘來的馬，可別走回圖倫城去……那也不打緊，到了圖倫城，我就識得回赫圖阿拉的路！」

於是，他放開韁繩，讓馬自由行走，自己跟在後頭；誰知道，那馬一得自由，卻停在原地，根本不舉步；幸好努爾哈赤從小勤習騎射，熟悉馬性，不難有法子讓牠行走，稍費一下工夫也就開始上路了。

但儘管這樣，這一人一馬還是在林中繞了好些時候才走出樹林；出了樹林，天色已經轉黑，努爾哈赤硬撐著一口氣，辨認了方向，繼續舉足邁步。

而才踏出兩個步子，耳中隱隱約約聽到了馬蹄聲，似乎有人正朝自己的方向走來，速度並不快，過了一會兒才看得到人影；努爾哈赤滿心巴望來的是熟人，趕緊睜大眼睛，就著已經微黑的天光，仔細辨認來人，等到人影近了，看得清了，他發現，來的人竟是安費揚古！

他心中驚喜得如獲至寶，立刻張口，想要大聲叫喊安費揚古；卻不料，心中一喜，原先支撐著他的意志力一下子崩潰，全身無力，發不出聲音來；緊接著，他肩上的死老虎「啪」的一聲巨響，從身上掉了下來；再接著，雙腿一軟，身體直直的倒了下去。

5

「好了，好了，總算醒過來了——」

努爾哈赤一睜開眼睛，首先傳入耳中的就是大家不約而同的慶幸，而只有額亦都的大嗓門一路連珠砲似的說了下去：

「您打一隻老虎，大睡兩天，說起來過癮，擺在眼前的是差點沒把我們急死——方才我們已經在商議，如果再不醒來，那不是病了，就是中邪了，明兒一早，就得去給您請薩滿來跳神作法、驅除邪靈❶！」

說著，他做了一個禮神的手勢，又接下去哇啦哇啦的說著：

「還好您醒了，我們不用去請薩滿，大家也可以放心了！」

努爾哈赤的神智逐漸恢復，目光注視著滿臉關懷的額亦都，再逐一看著守在身邊，默不作聲，而眼中飽含熱切的安費揚古和巴雅喇，心裏升起了一股感動，於是他說：

「謝謝你們，我沒事——只是太累，睡了兩天；讓你們為我擔心，我的心裏很過意不去……」

可是，口裏才說「沒事」，心裏已經開始感覺到「痛」，眼珠子一轉，首先進入的是自己的雙手，上面用布包了起來，而痛意從包紮中透出來。

心裏立刻想起了在樹林子裏發生的一切，自己瘋狂的擊打樹幹，然後打老虎……

難道竟因此而把雙手打爛了嗎？可是，心裏想歸想，嘴裏卻不便說，而只是向大家問：

「是安費揚古把我扛回來的？」

安費揚古回答他：

「是——您忽然不見了，一天都沒人影兒，大家夥急了，分頭去找；我遇到您的時候，您牽著馬、扛著虎，滿身是血，模樣兒好不怕人！」

額亦都立刻插嘴：

「安費揚古是讓他的座馬馱虎，自己背您，一步一步的牽著兩匹馬走回來的！他進屋來的時候，那模樣可也讓人嚇了一大跳！」

努爾哈赤心中非常感動，但反倒說不出話來，下意識的起身下炕，誰知道身體才一動彈，立刻就感到全身痠痛得彷彿全部的筋骨都斷了，十分難受，但他一咬牙，還是坐起了身子。

「我就這樣大睡兩天嗎？這兩天裏有沒有什麼事情發生？」

額亦都回答他：

「一切正常——城快修好了，舒爾哈赤他們幾個在幫您監督；哈思虎派人送了信，說，他半個月以後會到赫圖阿拉來！」

努爾哈赤一聽，露出笑容：

「好極了！我正想和他商量一下攻甲版城的計畫呢，還有，他和尼楚賀的婚事也該早點訂個日子……」

話頭一頓，又說：

「派個人去送信，請常書和揚書一起來吧！又要打仗了，少不了他們兩個！」

額亦都道：

「好，我馬上派人去！」

於是，他轉身走出去派人送信；努爾哈赤也就順勢下炕，可是，因為兩手都包著布，無法穿鞋，安費揚古道：

「我來幫您穿吧！」

巴雅喇立刻搶著說：

「我來，我來——我來幫大哥穿！」

努爾哈赤微微一笑道：

「讓巴雅喇穿吧！」說著順勢問安費揚古：「我的手怎麼了？」

安費揚古道：

「皮開肉綻，只怕要休養好幾天才能復元；好在沒有傷到筋骨，不礙什麼事——誰讓您用拳頭打老虎呢？」

努爾哈赤苦笑一聲：

「遇上了，沒辦法，只有打——總比被牠吃掉好！」

安費揚古卻說：

「可是，您拳頭打的是老虎，嘴裏卻喊著『李成梁』；我背您回來，一路上聽您喊了好幾回，睡了兩天，也不停的喊『李成梁』！」

聽了這話，努爾哈赤先是微微一愣，接著低聲喃語：

「那是……我在打老虎的時候，心裏面當作是在打李成梁吧！」

說著說著，心裏那股悲憤的怒火又湧上來了，他覺得憤怒已經漲滿了每一條血管，鼓得急欲破體而出，令他全身炙熱燒痛；可是，這一回，他卻沒有再由外在的肢體中展現出來，而是慢慢的將這股怒火沉澱下去，留在心底深處；然後，平靜的對安費揚古說：

「走吧！我們出去看看！睡了兩天，還真有點愧對辛苦築城的弟兄們呢！」

可是，兩人才走到門口，就遇上迎面而來的尼楚賀，她手中捧著托盤，盤上放著幾碗食物和清水，身後跟著東果；尼楚賀一見他，立刻就說：

「您剛睡醒又要出去？先吃點東西吧！這兩天只灌下點參湯，肚子是空的！」

這麼一提醒，他果然覺得飢腸轆轆，於是，尼楚賀和安費揚古先陪他進食；他的手包紮了起來，無法取食，便由安費揚古餵他；等到吃完食物，尼楚賀收拾好碗筷，要起身離去的時候，努爾哈赤叫住了她：

「小妹，麻煩你幫我做樣東西好嗎？」

「當然好，」尼楚賀帶著溫柔的笑容問他：「您要做什麼樣的東西？」

「麻煩你幫我做尊神像——用布縫就成了，像你上回做給東果玩的布偶那樣……我要的，是一尊女神，臉上有慈光，嘴角有笑容，眼睛在看我……」

「頭髮和衣服呢？」

「頭上梳髻，交領衫、長裙……」努爾哈赤仔細的告訴尼楚賀：「兩手在腰前交疊！」

「好的。」

尼楚賀一口答應，她擅女紅，手巧動作快，第二天就把布偶做好，送到努爾哈赤跟前。

努爾哈赤一見到布偶，心中頓感酸楚，悲痛也隨之而來；布偶的外貌只是一個尋常的漢女，卻是他心中的二夫人和雪靈的化身，他癡癡的望了布偶許久，然後，他對尼楚賀說：

「你拿去，把祂供在我們的神案上，以後，每逢祭祀、跳神的時候，連祂一起祭拜！」

尼楚賀不解，順口詢問：

「這尊是什麼神？」

努爾哈赤看著布偶，輕聲回答她：

「於我有恩、有情、有義……就稱祂做『萬曆媽媽』❷吧！」

「是的。」

尼楚賀應了一聲，沒再問下去就照辦；但是努爾哈赤的心中卻澎湃著千言萬語，在李成梁府中長達六年的生活，點點滴滴的往事全都回到心中，反覆徘徊，最後只凝結成一句話：

「乾娘，雪靈，我永遠都記得你們……你們不會白白犧牲的，有朝一日，我會報仇雪恨……」

這個聲音在他心中迴盪，化成一股龐大的力量；而他的情緒也發洩完畢，取而代之升起的是冷靜與理智，他明白自己目前的實力、處境和整個遼東的情勢，他明白自己所應該努力的方向與步伐，也明白必須一步一步小心謹慎的前進，才有完成願望的可能——

「打老虎只是匹夫之勇——打下老虎的是獵人，打下天下的才是英雄！」

於是，他把對二夫人和雪靈的感恩與思念之情，深深埋入心底，立刻開始規畫攻打甲版城的一切事宜。

「甲版城一定要拿下來……尼堪外蘭，你這個女真敗類，就算你逃到天上去，我也要把你揪下來碎屍萬段！」

想到尼堪外蘭，他便不自由主的咬牙切齒，因此，心思更專注的全部投入戰爭的規畫中；而有了第一場戰勝的經驗與信心，他的籌備工作進行得比第一次得心應手；同時，赫圖阿拉的城柵新近完工落成，全城的人心為之振奮不已，四周的氣氛顯得欣欣向榮，也加倍鼓舞了他的情緒，身體上的傷口漸癒，整個人充滿了活力與幹勁……

他常常工作到深夜、凌晨而絲毫不覺得疲累，他為著自己正在逐步往理想與使命前進而感到興奮不已，他整個生命都在這股巨大的精神力量的支持下更加堅強、更加充滿鬥志。

可是，潛伏在他身邊的危機卻沒有因為這些原因而消滅，就在距離赫圖阿拉城不遠的地方，一項陰謀正在悄悄的進行：

那是努爾哈赤的族人——他的伯祖德世庫、劉闡、索長阿，叔祖寶實等人的子孫——以龍敦為首的一羣人，既眼紅他打勝仗、重修赫圖阿拉城柵的成果，再加上往日的積怨妒忌與近日來尼堪外蘭的挑撥，正在堂子立誓，約定聯手暗算他、謀害他……

一個夜裏，努爾哈赤方初步估計完目前己方攻打甲版城的勝算，準備熄燈就寢，卻因為夏夜燠熱而感到心中有些兒躁悶，且全無睡意，便決定索性不睡，獨自去巡視新修的城柵，同時登上城樓仰觀天象，以判斷天氣的變化；於是，他披上棉甲❸，攜帶弓矢，持刀外出。

信步往城門口走去，一路上寧靜無聲，可是將到城門，依然不聞人聲，心中就不免感到詫異——值夜守城的士卒哪裏去了呢？

他的心中忽然一警，這不是士卒怠忽職守就是已經來了敵人，必須盡快處理；於是，他一邊快步奔跑，一邊順手拉起弓來，一箭射向城樓上懸著的示警用的銅鑼，頃刻間，「哐」的一聲鑼響，打破了夏夜的寧靜，連連迴盪著餘音，久久不散。

而他就在鑼聲中快步登上城樓，往下一看，城下赫然聚集著一羣人，而且已經有幾個人架好了梯子，正在往上爬，聽到鑼聲示警，才急忙往下退，城下聚集的人卻因為鑼聲響起，竟然不顧仍在梯上的同伴，紛紛轉身後退。

努爾哈赤一看，心中大怒，搭起弓，「嗖」的一聲，立時射倒了一人，而這麼一來，城下的人便逃得更快，轉眼間跑了個一乾二淨，只剩下還在梯子上的人，眼見逃不了了，索性舉起雙手投降；努爾哈赤並不想多傷無辜，也就不和他們計較；等到聽見鑼聲示警而趕來的額亦都、安費揚古到達的時候，這幾個降人便交給帕海去處理了。

然後，他向額亦都和安費揚古詳細說了一遍方才的經過，並且語重心長的做出結論：

「我們的處境，簡直是步步殺機——今後，得更加小心！」

註一：當時女真人信仰薩滿，有人生病或被認為中邪時，常請薩滿（類似巫師的靈媒）舉行跳神的儀式來驅除邪靈，恢復健康。跳神的儀式屬巫師作法的一種。

註二：關於「萬曆媽媽」的由來有許多種說法，為李成梁的二夫人是其中之一，並且因為她於睡眠中被害時裸身（當時關外人多裸睡）；所以，跳神的時候要熄燈。

註三：當時的「甲」約分重甲衣、輕甲衣兩種，重甲衣以鐵片為主，綴滿全身。輕甲衣則以棉布或皮革為主，僅在要害處縫上鐵片；棉甲便是以棉布製衣，上綴部分鐵片的輕甲衣。

6

殺機在李成梁的心中醞釀成熟，趨於飽滿，而至於外溢……

他的眉間、眼中全都露出鐵青的森寒之氣，臉上的肌肉微微抽動，人站在「不教胡馬渡陰山」的大字前，右手重重壓著桌上的文件。

「就是葉赫部吧——」

做出這個選擇，是件不費吹灰之力的事，訂出戰策戰略也無須太費周章，壓在手下的文件詳細的記錄著葉赫部的情況，他早已熟知……

葉赫部是海西女真的「扈倫四部」之一——海西、建州、野人本是在遼東鼎足而三的女真部族；現今，野人女真因為仍處半原始的落後狀態，長居北域，鮮少南下；真正造成遼東情勢複雜混亂的是海西與建州，而海西女真的實力又超過建州，隱隱居領袖的地位，若非扈倫四部之間彼此常自相殘殺，消滅了實力，早已使遼東易幟。

扈倫四部分別是哈達、葉赫、輝發、烏拉；早先，哈達部因為部長萬汗善事明朝，而大受明朝扶助，成為最強的一部；萬汗也多次為明朝效力，尤其是建州的王杲崛起時，想聯結蒙古的韃靼部東西遙應，萬汗處於中間，切斷了這條聯結線，其後又在王杲兵敗來投時，將王杲俘獻明朝，既除去了王杲這個對手，也因而得到了明朝的信任，雙方關係更好，萬汗的聲望達於頂峯，哈達部也就在女真各部中獨領風騷多年，直到萬汗死後，才輪到葉赫部揚眉吐氣。

但，葉赫部之長在種族上並非女真，而是蒙古──他們的先世出自蒙古，姓土默特氏，其後因滅那拉部，佔據那拉一地，便以地名為姓，姓「那拉」；後來，又因遷移到葉赫河岸，便以「葉赫」為號。

現今的葉赫部長是兄弟二人，共領十分廣闊富庶的葉赫一地，兩人依險築二城，相距只數里，哥哥清佳砮居西城，弟弟楊吉砮居東城，都自稱「貝勒」，也都擁有可觀的實力。

而葉赫與哈達部之間，存在著一段已經牽連了三代的恩怨，雙方的關係十分微妙；最早結的仇是哈達上一代的部長旺濟外蘭殺了清佳砮、楊吉砮的祖父褚孔格，搶奪了明朝所賜敕書和所屬各寨；清佳砮和楊吉砮矢志復仇，只奈力不如人，不得不隱忍；而後旺濟外蘭為叛徒所殺，他的兒子博爾坤舍進迎萬為部長，萬是能人，大力擴展，勢力更盛，幾年後自稱為「汗」，清佳砮和楊吉砮只好表面上對他恭順敬謹，甚至把妹妹溫姐嫁給萬汗；萬汗一高興，也嫁了一個女兒給楊吉砮。

但是，忍耐是為了完成更重要的使命；多年後，兄弟二人等到了機會；先是趁萬汗年漸老勢漸衰，悄悄的收復失地，楊吉砮且另娶；其後，萬汗的兒子扈爾干性情殘暴，他的部屬白虎赤等不堪受虐，帶著人馬投奔葉赫，楊吉砮一體收留，造成雙方實力此消彼長；萬汗得知後心中憂憤，隨即病死。

萬汗死後，三個兒子相互爭權奪利，其中，外婦所生的庶子康古魯因不服溫姐所生的兒子孟格布祿繼承父職，又與扈爾干相爭不過，率部來投奔清佳砮；清佳砮嫁了一個女兒給他，幫他對付扈爾干；使萬汗的兒子們兄弟相殘的局面更加嚴重，也使歷經這些變故後的哈達部實力漸弱，以致不如葉赫。

不久前，清佳砮和楊吉砮兄弟率領白虎赤等人攻打他們的親外甥孟格布祿，殺了不少人，奪了不少甲冑馬匹財物，燒了許多房屋田稼，也收復了不少祖父時代的失土……

「葉赫兩城，加起來至少有五千人馬——這才值得動手——」

他準備在校閱完廣寧的駐軍後就著手擬訂攻打葉赫部的計畫，也充滿了自信，認為這次的行動必然將有豐碩的成果——大捷的奏報到京師的時候，必能使皇帝龍心大悅，也必能使皇帝更加認定遼東多事，非自己鎮壓不可！

一切都是如意算盤，他也全都算計得非常精準，只失算了一點——萬曆皇帝朱翊鈞對於遼東事物並沒有他想像中的關心。

對朱翊鈞來說，「遼東」這兩個字是臣下提起來的時候就關注一番，沒有人特別提起的時候就忘記的東西；「李成梁」這個名字更只是偶爾引發起對英雄、戰爭等詞的嚮往而已，時間一久，感覺淡了，名字也就被遺忘了——這些遠在天邊的東西，不如近在眼前的事物容易吸引他的注意。

太平盛世，朝中無事；而且，張居正所帶來的陰影已徹底被掃除，一時間，他無可費心了，全副的心神得以放在鄭玉瑩身上。

就如同申時行升任首輔後完成的第一件事是擬鄭玉瑩的〈晉封德妃詔〉，他在長達三個月的時間裏，心裏放在第一位的也是這件事；從親自叩請李太后同意開始，到交付禮部確實辦理，幾乎每一件事，每一個細節他都詳細過問，並且再三指示，這次的冊妃大典務必要辦得盡善盡美。

而鄭玉瑩當然加倍歡喜，也加倍賣力的曲意承歡……她除了再三著力的將自己裝扮得美如天仙之外，也透過父兄的支援，從鄭府挑選了多名訓練有素的歌姬舞伎進獻給朱翊鈞，陪襯著她在朱翊鈞跟前載歌載舞。

鄭玉瑩尤其善體人意的設計出令他心曠神怡的歌舞——以她為主，歌舞姬們為輔的第一場演出，赫然就是他最常掛在嘴邊的〈如夢令〉。

悠揚柔美的笛音一吹出前奏，朱翊鈞立刻心中一動，眼中一亮，不由自主的跟著笛曲輕哼輕唱；而鄭玉瑩已經翩翩起舞，舞姿曼妙婀娜，是朱翊鈞生平所未見，看得朱翊鈞癡了，全副心神都飄飛了起來；在半恍惚之際，歌聲源源而出……

窗外月色溶溶，花影幢幢，更加烘托出乾清宮中「春殿嬪娥魚貫列，笙簫吹斷水雲間」的繁華；歌姬們唱出悠美的和聲，陪襯著朱翊鈞的歌和鄭玉瑩的舞。

如夢……如夢……殘月落花煙重……

此情此景，直是天上人間，而這又是朱翊鈞第一次識得歌舞之美，第一次品味清歌曼舞的柔媚情境，又是有生以來最美好的感覺；於是，他不但陶醉了，還深陷其中，不克自拔，歌舞也就一場接一場的延續下去，通宵而達旦。

子夜一過，宮女們送上來美酒佳餚，鄭玉瑩親自為他執壺斟酒……他忘情所以，醉上加醉，而在東方既白的時刻與鄭玉瑩相擁入夢，夢中也依然延續著「重按霓裳歌遍徹，醉拍闌干情味切」的韻致，而不見紅日高起，更不知文武百官們已經在中極殿等候他多時。

準時上朝的官員們先是呆站枯立的等著，保持著莊重恭敬的姿勢默然不語；時間一長，忍耐不住了，人羣中開始傳出低低的竊竊私語，而後擴增成三三兩兩的交頭接耳；半個時辰之後，開始有人向首輔申時行詢問，一個時辰後，申時行被情勢逼得無法再保持沉默，硬起頭皮請殿上伺候的太監到乾清宮中去，轉達恭請聖駕上朝的懇求。

太監們一去不回，殿上也依舊不見朱翊鈞駕臨，私語開始轉化成議論，而且絕大多數人都猜測是「春宵苦短日高起，從此君王不早朝」的原因。

又過了半個多時辰後，才有腳步聲從殿外傳來，議論中的官員立刻不約而同的停止出聲，引頸翹首向門外張望。

來的人只是張誠——感到失望的人登時嘆出一口長氣，但隨即又一擁而上的包圍了張誠，七嘴八舌的向他探問情況，殿上登時亂了起來。

幸好，富於心機的張誠同時具有沉穩、鎮定的特質，善於應付場面，也很快的控制住場面。

「萬歲爺昨夜不慎感染風寒，小有不適，須靜養調理——今日免朝！」

這話立刻使許多人由猜測轉為關切，於是，發出的聲音更大，甚至傳起了誇張的聲浪。

「萬歲爺龍體欠安，乃是天大的事，絕對輕忽不得——」

「天子有恙，我等應聯名上疏請安……」

而胸有成竹的張誠只是面帶微笑的重複同一句話：

「小恙，小恙，已召太醫診視，各位大人請放心——萬歲爺只須歇息一天就能痊癒！」

他的態度非常堅定，彷彿對朱翊鈞的病情有十足的把握，眼神中更是不帶半絲憂慮，幾名老成的大臣們看了，心裏猜測到幾分，嘴裏就不言語了，只有一些對人情世故還不完全通透的人繼續包圍著張誠，關切的問個沒完；張誠極有耐心的應付，轉眼間，中午將近——早朝的時間早就過了，無論如何，這一天，大明天子不上朝已成定局，大臣們在亂烘烘的中極殿上虛度了一天，什麼事也沒做。

而這一天，距離大明皇宮有千里之遙的赫圖阿拉城中正在井然有序的展開許多新計畫。早在日出之前，努爾哈赤就一如平日的帶著額亦都、安費揚古以及弟弟們一起出城在郊野上演練武藝，日出後返回；用餐後，他向所有的人提出心中所擬訂的攻打甲版城的計畫，並且分配任務。

話說到半途，兵丁來報，哈思虎和常書、揚書兄弟到達了——他們如約準時率部而來——努爾哈赤高興的親自出迎，與這三名盟友熱切擁抱。

落座之後，哈思虎很興奮的向努爾哈赤提起：

「我來的路上，遇見葉赫的部長楊吉砮貝勒，他極力讚美您！」

努爾哈赤立刻喜上眉梢：

「太好了！我正想多聯絡一些友部結盟，葉赫部如對我們有好感在先，事情進行起來會順利得多——就趁這次，我們出兵攻甲版，凱旋歸來時，順路去拜訪他；他的年紀比我大了許多，我應以長者之禮見他！」

然而，哈思虎卻建議他：

「您應當去向他求親，他一定會答應的！」

可是，他的話還沒說完，努爾哈赤的臉色就已經黯了下來，眼中泛起一抹傷痛，頭也低了下去，過了好一會兒，才發得出聲音來——他以沙啞的語聲對哈思虎說：

「我的妻子已經死了——我，不想再娶！」

但他也知道哈思虎不明白這句話的意思，於是，簡單的把自己和雪靈的戀情說了一遍，再重複心中的結論：

「當我聽到雪靈死訊的那一剎那間，就已經決定了——我將終身不娶，留著正室之位，紀念為我而死的妻子！」

聽了他的話，哈思虎的心裏也多出了幾許感傷；但，他的想法和努爾哈赤恰是相反的——他懇切的向努爾哈赤說：

「您對雪靈姑娘的心意，連我這局外人聽了都十分感動；但是『當局者迷，旁觀者清』；我這旁觀者要提醒您一句話：假如您想替雪靈姑娘報仇的話，就更有必要和葉赫部聯姻！」

他一語未畢，努爾哈赤已經倏的從炯炯有神的眼睛裏，射出兩道犀利的目光來，直直的看著他，許久都不曾眨一下眼皮。

哈思虎當然知道，努爾哈赤心中的理智已經戰勝了感情，於是，他繼續說下去：

「我還記得您以前常說，女真人想要強大起來，第一件要做的事就是團結，各部合而為一，不再相互殘殺，然後才能有好的發展……您說，各部合而為一的方法是聯絡朋友，消滅敵人——那麼，姻親是不是比朋友的關係更密切呢？」

努爾哈赤一言不發，默默聽著，神情逐漸改變；哈思虎冷眼旁觀，立刻抓緊機會，侃侃的向他詳細分析與葉赫部聯姻的重要。

「葉赫的勢力正逐日增強，已經開始凌駕於哈達之上；如果您娶了楊吉砮的女兒，成了姻親，建州左衛和葉赫部之間的關係便加深了一層，不但可以免去相互攻伐的問題，在許多方面還可以互為膀臂，互相幫助——譬如說吧，日後您想出兵為雪靈姑娘復仇，如果能得到葉赫出兵助您，是不是又多了一分勝算呢？」

哈思虎說著，又拍了拍努爾哈赤的肩膀，語重心長的對他說：

「在我看來，您對雪靈姑娘的情義，和您娶楊吉砮的女兒為妻，兩者之間並沒有衝突——甚至，您可以這麼想；娶葉赫之女為妻，是為了壯大建州左衛的實力，以備將來為雪靈姑娘報仇……」

這句話深深打動了努爾哈赤的心，他沉默了一會兒之後，緩緩的吁出了一口長氣，接著，他輕聲對哈思虎說：

「你說得對，謝謝你提醒我！」

於是，他修正了部分的行動計畫——在攻打甲版城之前，先到葉赫部求親。

他從上次在圖倫城所得來的戰利品中選出一件貂皮作為拜見楊吉砮的禮物，又準備了十二顆東珠為聘禮，在哈思虎等一干人的陪同下，親自拜訪葉赫部。

楊吉砮一向對他有好感，一聽說他親來拜訪，高興得不得了，立刻以上賓之禮將他迎進屋；見了面，又與他行了抱見禮，滿面笑容的朗聲讚美他：

「英雄出少年——真是英雄出少年！我聽說你以十三副甲起兵為祖、父報仇，以百人克圖倫城；真是了不起！有志氣！有魄力！」

他一迭聲的說話，一邊還豎起大拇指，努爾哈赤卻被他說得有些不好意思而臉紅；幸好楊吉砮緊接著又去讚美別人：

「你就是額亦都吧！唔，我聽說你打仗的時候，像不要命似的，一個勁的往前衝；好！年輕人，就應該有勇，有膽——你是安費揚古吧！我聽說你的武藝非常好，什麼時候到葉赫來住幾天，幫忙教教我那幾個不成材的孫子吧，讓他們上戰場的時候少挨幾刀！」

他的嗓門大，說話的聲音洪亮，態度誠懇，大力讚美年輕人，十足是長者風範，讚美的話也純粹出於愛護，完全沒有不自然的虛憍，因此，氣氛十分和樂；努爾哈赤也就在融洽的氣氛中，取出貂裘，雙手奉給楊吉砮，並且向他說：

「我們後生晚輩，第一次正式前來拜訪，承您不棄，沒有當我們是外人；這一點點心意，請您笑納！」

說著，他的臉上忽然一紅，原先預定要向楊吉砮求親的話，一下子全梗在喉嚨裏害起羞來，一個字也不肯透露。

眼看著他說不出話來，身邊的人全都替他著急，尤其是急性子的額亦都，心裏發急得只差沒跳起身來，代替他向楊吉砮求親；哈思虎則是悄悄的伸手輕拉他的衣袖，暗示他開口求親；奈何他脹紅了臉，遲遲沒有啟齒，幾個人急得手心直冒汗。

倒是收下貂裘的楊吉砮在高興得朗聲大笑之後，又大聲說起話來，紓解了尷尬的場面：

「努爾哈赤，我聽說你在廣寧住了六年，才回建州的？這才是啊，金窩銀窩，總不如自己的狗窩嘛！」

接著他又問：

「既然回來了，當然得有一番打算——你除了找尼堪外蘭報仇以外，還有什麼長遠的計畫？」

努爾哈赤回答他：

「有的——我在廣寧住了六年，親眼目睹了漢人的富強和進步，因此，等我報了祖、父之仇以後，要致力於改善女真人的一切，使女真人和漢人一樣富強、進步！」

聽完這話，楊吉砮瞪大了眼睛問他：

「你知道漢人的大明朝有多大嗎？」

努爾哈赤點點頭道：

「知道——大明朝全國約有一萬萬人口，朝廷稅收，每年有四百多萬兩銀子❶……」

楊吉砮打斷他的話問：

「你可知道一萬萬人口，那是咱們女真人總數的一千倍以上？」

努爾哈赤道：

「當然知道。」

楊吉砮突然一板臉，厲聲的問：

「既然知道，你還敢這麼大言不慚的說，你要使女真人和漢人一樣富強、進步？你有何德何能？你做得到嗎？」

一見他變臉，所有的人都嚇了一大跳，不知道話題為什麼會變得這麼尖銳，更不知道該如何應對，便不免有些兒驚慌；唯獨努爾哈赤面不改色的抬頭挺胸，大聲回答楊吉砮：

「我目前的能力雖然還很薄弱，只能一點一點的做，但我卻相信，凡事只要盡力做去，就一定有做到的一天——我相信總有一天，我會帶領著女真人走上康莊大道！我對天立誓，以此為終生職志，盡全部的努力來完成這個使命；即使在有生之年還不能做到，也將傳承下去——我的兒子、孫子、子子孫孫都會繼續做下去，這個使命就一定能夠完成！」

他不知不覺的說出了潛藏在心底的話，而且越說越大聲，情緒越高昂，到後來幾乎像吼叫似的說完話，楊吉砮睜大了眼睛狠狠的瞪他，他也毫不示弱，瞪著大眼直視楊吉砮，衝突一觸即發，場面火爆極了。

哈思虎等人的心全都懸到了腔子上，每個人都在暗暗盤算，這一趟，己方只來了十幾個人，葉赫部卻有好幾千人馬，萬一發生衝突，該用什麼方法脫逃？哈思虎本人更且多了一分懊悔，悔不該慫恿努爾哈赤到葉赫部來求親……

誰知道，楊吉砮在和努爾哈赤瞪著眼，互相注視了好一會之後，忽然出人意料之外的「哈哈哈」仰天大笑起來，他一邊笑，他一邊離座走過來，拍著努爾哈赤的肩膀，朗聲說：

「好……我果然沒有看錯人！有志氣！我就是喜歡有志氣的年輕人！」

他的態度忽然大幅改變，出乎全部人的意料之外，人人露出驚訝之色，唯獨努爾哈赤依舊神色如常的注視著楊吉砮，而楊吉砮絲毫不理會別人的反應，自顧自的對努爾哈赤說：

「你有這腔志氣，將來必成大器——我的小女兒今年九歲了，我把她許配給你，五年後，我會送她到赫圖阿拉完婚！」

這話一出，人人喜出望外，努爾哈赤卻提出疑問：

「您既許我聯姻結親，而您的長女已十四歲，為什麼不以長女許我，卻要等到五年後，娶您的幼女呢？」

楊吉砮告訴他：

「我的兩個女兒，容貌都長得很美麗，論品性和聰慧，也很難分出高下；但是，我的幼女有幾點比姊姊好的，一是端重；二是度量大，能容人；三是慾望小，並且能犧牲自己，成全別人——我認為她更適合你，雖然她年紀比較小，但是，值得等她五年！」

聽他說得誠懇，努爾哈赤也就不再多言，欣然取出帶來的十二顆東珠作為聘禮，恭恭敬敬的呈給楊吉砮。

楊吉砮收下聘禮，越發開懷大笑；又聽說他將要攻打甲版城，立刻命人取了一件打造得十分講究的甲衣送給他，另外又送了十名武士、十匹馬，以資助他攻打甲版城——這趟赴葉赫部求親之行，圓滿極了。

可是，攻打甲版城的行動，卻沒能如計畫中的一舉下城，擒住尼堪外蘭……

甲版城還是新築，木色猶新；而儘管城柵築得堅固，守軍人數也不少，戰鬥力卻不強，兵無鬥志，很快就被努爾哈赤的人馬攻了下來；只是，尼堪外蘭又早已逃之夭夭。

「幾天前，薩爾滸城的城主諾米納和奈喀達，就派人來報過信……」

被擄的一個尼堪外蘭的親信，禁不起幾下逼問，就一五一十的招供：

「城主要我們固守城池，使你們不疑心他已逃跑……其實，他一聽到消息，連夜就走了……妻子兒女財物都帶走了……已經兩天了！」

一聽這話，努爾哈赤氣得眼中幾乎冒出火來：

「好狡猾的尼堪外蘭……好可惡的諾米納！連續兩次背盟違誓，給敵人通風報信，破壞我們的計畫，真是太可惡了！」

常書和揚書不約而同的說：

「我們回師去打薩爾滸城，向諾米納討還這個公道！」

哈思虎想了一想，提出不同的意見：

「薩爾滸城的實力不弱，諾米納做了虧心事之後，未必沒有防備我們會去打他——如果我們貿然去打薩爾滸城的話，不一定佔得了便宜，還不如另做詳細的計畫之後再打；眼前，先追尼堪外蘭要緊，他帶著妻子兒女財物，跑不快的，才兩天，我們應該很容易追上！」

努爾哈赤稍一考慮之後採納了哈思虎的意見：

「你說得對，我們先去追尼堪外蘭，薩爾滸城改天再打——」

於是，全部人馬依循著尼堪外蘭逃亡的路線追下去；根據俘虜的供詞和針對地理位置研判，尼堪外蘭應是朝撫順的方向奔去，目標似乎是經過東河口臺，穿越邊界，進入明朝的疆域。

一得到這個研判的結論，努爾哈赤的心中不免有點兒著急：

「我們的腳步得加快了，萬一讓他逃進了明朝的邊界，想要抓他是難上加難！」

而尼堪外蘭還是逃掉了——

努爾哈赤的判斷並沒有出錯，他確實是沿著撫順直奔東河口臺，打算越過邊界入明境；努爾哈赤一路追下去，在邊界前三十里的地方追上了尼堪外蘭。

可是，就在幾可手到擒來之際，大隊明軍出動了；霎時間，旌旗蔽空，塵沙漫天；努爾哈赤在沒弄清楚明軍是不是要幫助尼堪外蘭之前，不想貿然行事，於是停止前進，就地立營；誰知道，到了夜裏，尼堪外蘭竟找到機會逃走了。等到努爾哈赤弄清楚邊界上的明軍大舉出動，是為了要驅逐尼堪外蘭，不讓他越界入邊，而不是助他出戰時，尼堪外蘭早已逃了個沒蹤沒影！

這事讓努爾哈赤嘔得不得了，收兵回到建州左衞，檢點這一次出兵所擄獲的人馬財物雖然不少，可是跑了正主，便依然有恨；而檢討起前因後果來，不能不歸咎於諾米納：

「可恨的諾米納、奈喀達——要不是他們兄弟二人通風報信，尼堪外蘭的人頭早已到我手中！」

哈思虎則說：

「我仔細想過，諾米納這傢伙，在我們推舉您為四部之長的時候，就表現得很勉強；兩次背盟違誓，給尼堪外蘭送信，這些行為正好說明他的心態——我看，他未必想投效尼堪外蘭，該是他自己想做盟主，所以才玩這種把戲！」

這話立刻引來揚書一聲冷笑：

「他想做盟主？誰要推舉他？也不照照鏡子——走！咱們立刻出兵，給他一點顏色瞧瞧！」

他衝動得登時就跳了起來，恨不得立刻就朝薩爾滸城殺過去；可是，努爾哈赤儘管胸中怒火燃燒，心中仍理智的思考；於是，他冷靜的阻止揚書說：

「薩爾滸城的實力不弱，我們得仔細盤算好了之後再出兵！」

而就在這個時候，諾米納和奈喀達派來的使者到達了赫圖阿拉。

使者向努爾哈赤傳話：

「渾河部的杭甲及札庫木二路，一向與我友好，你可不能侵犯他們。東佳和巴爾達兩城是我的仇家，你應該出兵攻打他們，奪取了他們的城之後，人畜財物歸你，但需把那裏的土地送給我，否則，以後你的人馬別想從我的地界上經過！」

這話把努爾哈赤氣得幾乎說不出話來，常書和揚書則大聲的叫嚷起來：

「這是什麼話嘛！簡直目中無人！他算老幾？要我們去奪了地來送給他！不然就不准我們路過？簡直是放屁！」

哈思虎也說：

「太過分了！狂妄自大——」接著，他對努爾哈赤提出建議：「這回，一定要打下薩爾滸城來；否則，大家會以為您怕了他，影響了盟主的威信；而且，如果他背盟違誓、妄自尊大卻不受處罰的話，以後還有誰會自動遵守盟約呢？」

努爾哈赤想也不想就回答他：

「當然。」

於是，他仔細思考，想出了攻打薩爾滸城的辦法：他先是回覆諾米納和奈喀達，表示接受他們的要求，然後約定日期，共同出兵攻打巴爾達城。

到了兵臨巴爾達城下的時候，努爾哈赤對諾米納說道：

「你帶著薩爾滸城的人馬先攻城吧！」

可是，諾米納想保持自己的實力，不肯做第一波的攻擊，便對努爾哈赤說：

「不，你先上，我替你掠陣！」

努爾哈赤說道：

「好吧！我先帶人攻城——但，我麾下兵丁的武器不夠，請把你軍的武器先借給我部一用！」

諾米納答應了，便命自己的人馬先把武器借給建州左衛的人馬使用；他再也想不到，努爾哈赤一得到武器之後，並沒有去攻打巴爾達城，而是先拿下了他與奈喀達……

薩爾滸城的問題就這樣迅速、俐落的解決了，諾米納和奈喀達立時就擒，努爾哈赤宣告了他們的背盟違誓及通敵之罪後馬上就地處死，手無寸鐵的部卒們也就全部投降了；努爾哈赤並不想殺太多的人，收編了他們之後，令他們留在薩爾滸城——只不過薩爾滸城從此成為他的屬地而已。

這一次，他不費一兵一卒就取了薩爾滸城，懲治了不守盟約的諾米納，盡有薩爾滸城的一切，實力又增加了許多；可是，心中的遺憾並未稍減——尼堪外蘭仍然逍遙在外。

因此，收兵回到建州左衞之後，他連片刻也不稍歇，立刻又派出人手去打聽尼堪外蘭的下落；幾天後，消息回報；原來，先前誤以為尼堪外蘭有明朝撐腰而追隨的人們，在親眼目睹了明兵不准尼堪外蘭入境的情形後，無不相互私下商議：

「這麼看來，尼堪外蘭根本沒有取得明朝的支持嘛，還談什麼助他築城，扶持他做女真人的共主呢？」

於是，尼堪外蘭原來的部屬和不久前誤信謠言而投效他的人，紛紛開始背叛他，沒兩天就逃散得所剩無幾；尼堪外蘭沒奈何，帶著妻兒及身邊僅餘的幾個兄弟從屬繼續遠逃，現在已經逃到了大約在龍江西南三十多里的鵝爾渾❷。

一聽到這個回報，努爾哈赤立刻揚起攻打鵝爾渾的念頭；但，隨即冷靜的深思，覺得鵝爾渾距離建州左衞很遠，收集到的情報又不夠詳實，無法謀定而後動；而且眼前還有一件大事要辦，他衡量了一番之後，決定暫緩向鵝爾渾出兵，而先辦眼前的大事。

所謂的「大事」便是尼楚賀和哈思虎的婚事……

他選定花好月圓的中秋佳節前夕，按照女真人「送親」的習俗，親自送尼楚賀到嘉木瑚寨與哈思虎完婚。

家裏的婦女們早已為尼楚賀準備好了全新的大紅嫁衣，他也親自挑選許多珍貴物品作為她的陪嫁；由於是唯一的妹妹，他在喜慶的氣氛中，心中隱藏著濃重的失落感，因此竭盡所能的給她豐厚的嫁妝，來補償心中的失落……

臨出門前，尼楚賀依依不捨的哭了好幾天；可是，女孩子長大了，終歸要出嫁，哭歸哭，終究要含淚穿上嫁衣，拜別親人，上馬而去。

一路上，楓紅遍野，點綴著濃濃秋光，景色非常宜人；同行的額亦都個性開朗外向，活潑樂觀，而且心中認定了這回進行的是件「大喜的事」，高興得笑口大開，根本體會不到努爾哈赤心中的失落感和尼楚賀的離愁，但是，他一路上興高采烈的談笑風生，倒也沖淡了不少努爾哈赤情緒上的低落。

可是，婚禮過後的喜宴上，努爾哈赤竟然喝了個酩酊大醉——他平素酒量非常好，從來沒有喝醉過，但，這一回的喜宴，他只喝了幾十碗，眸光就開始矇矓起來，再喝不了幾碗，步子也踉蹌了，就在大多數人還在暢飲的時候，他已經醉了個人事不知。

這下，額亦都詫異了，可是，怎麼也推不醒他，更無法問話，只好忍下疑心，先扶他去睡；第二天，在回建州左衛的路上，才詢問：

「貝勒，您昨夜怎麼會一下子就喝醉呢？是不是心裏惦記著什麼事，所以醉得快？」

努爾哈赤沉吟了一下，終於還是對他說出實情：

「尼楚賀嫁了——我心裏捨不得！」

額亦都詫道：

「您何必牽掛這個呢？哈思虎會待她很好的！」

「我當然知道哈思虎會待她很好——但，她是我唯一的妹妹，說嫁就嫁了出去，做了別人的媳婦，再也不能常在我跟前打轉，心裏便覺得少了什麼！」

額亦都聽了這話，仔細看了努爾哈赤兩眼說：

「我沒有妹妹，很難體會您這種嫁妹的心情，但是別人嫁妹妹好像不是您這種心情——哎，您大約是最疼愛妹妹的人了！」

努爾哈赤嘆了一口氣說：

「漢人常說，兄弟如手足——兄弟是手足，姊妹又何嘗不是呢？」

額亦都微微一愣，接著不由自主的嘆了口氣：

「我生來沒有兄弟姊妹，真羨慕您有這麼多手足！」

努爾哈赤看著他，一笑道：

「難道我不是你的手足嗎？」

額亦都仰天大笑：

「是——當然是！」

說著，兩人不約而同的朗聲大笑，一起快馬加鞭，返回赫圖阿拉；可是，兩人才走到城外五里處，遠遠的就看到城柵上的戒備比平常森嚴，不覺心中生疑，立刻又加快步子，而守在城樓上的舒爾哈赤和雅爾哈赤也看到了他們，下樓迎出來，兩下見面，努爾哈赤聽他們一說，這才知道，就在他「送親」的這一天，又有變故發生——

那是努爾哈赤的六叔祖寶實的兒子康嘉，糾合了族人同謀，引哈達部的軍隊，由渾河部的兆佳城城主李岱為嚮導，搶劫一向歸附於建州左衛的瑚濟寨，並且在半路上瓜分財物。

安費揚古當時正帶著幾個人在外頭打獵，聽說有人搶劫瑚濟寨，立刻帶著巴遜等十二個人追出去，追到劫匪之後，這十三騎奮勇殺入敵羣，打敗了哈達兵，殺了四十個人，奪回被搶劫的財物……

聽完這段敘述，努爾哈赤不覺心中有氣，罵道：

「康嘉和李代這兩個混蛋，虧他還是我們的族人！竟去勾結哈達兵來搶劫，真是該死——」

同時，心裏興起了征討兆佳城的意念，但是，他先叮囑大家未雨綢繆：

「大凡心懷不軌的人，一次出手沒有收穫的話，還會有第二次、第三次；今後，大家要更加小心防備——依我猜想，盜匪還會再來；而且，明搶已經失手一次，他們也可能改成暗盜；這可要更小心防備，漢人的話：『明槍易躲，暗箭難防』，這是說，要應付暗中的偷襲比較困難……」

而他的猜測一點也沒錯，沒多久之後，盜賊果然改從暗中潛入。

是九月裏一個天氣陰晦的夜晚，全部的人都已安睡，努爾哈赤卻在熟睡中感應到戶外傳來異常的聲響，朦朧中辨認，依稀是狗叫。

「是湯古哈的吠聲？」

他心有所覺，人立刻就清醒了，一個念頭從心中閃過：

「湯古哈從不胡亂狂吠，難道有盜賊闖入？」

於是，他輕輕的從炕上起身，穿上衣服，推醒札青，抱起了東果和褚英，將她母子藏入櫃子裏，自己拿了刀和弓箭，隱在窗口邊朝外看。

窗外一片漆黑，但是仔細分辨，仍可隱約看到幾條人影，而且有兩三個人已經拔了木樁，進屋來了；他估量，時間緊急，已經來不及通知在別房睡覺的人，情急之下，放開嗓門大喝一聲：

「外面來的是什麼人？有種的進來，看我打得你做死老虎！」

說著，他用刀背敲著窗櫺，大叫著說：

「你不敢進來，我便出去殺你，看誰來試試我的刀利不利！」

一邊說，他一邊用力踢開窗戶，然後隨手拿起一把椅子，從窗口扔出去，裝作自己從窗口跳出去的樣子，同時飛快的從房門衝出去，一搭弓，「嗖」的一箭先射死一個人。

這麼一來，全部的人都被驚醒了，紛紛拿著火燭武器出房應變；努爾哈赤更是趁著燈火通明之際，又發箭射中人；這下，摸進來偷襲的盜賊驚慌了，立刻全部逃走。

賊退以後，努爾哈赤帶著大家，拿著火把，屋前屋後仔細巡視一遍，這才發現宿在窗外的帕海，竟已在酣睡中被賊刺死了。

看著帕海的遺體，努爾哈赤心中十分難過，眼前不停的掠過往日的情景，那是帕海到李成梁府去找他，跪在雪地中不肯起來的樣子……

「要不是你，我根本不知道瑪法和阿瑪出事了！」

他喃喃的對著帕海的遺體哀戚的說：

「多年來，你忠心耿耿，任勞任怨——誰知道你竟死於非命，真是令我傷痛！」

於是，他親手埋葬了帕海，親手為帕海立了一塊墓碑，完成後，他再三重複叮嚀身邊的人：

「帕海為我們而死，大家要牢牢記住他——同時，也要牢牢記住，我們的身邊隨時會有盜賊、刺客潛入，也極有可能是李成粱，或者尼堪外蘭，或者龍敦、康嘉、李岱派來的人；大家要隨時提高警覺，半點都不能放鬆！」

處境太壞，周遭充滿了困難與凶險，唯有更堅強、更小心謹慎的應對，才能克服困難，戰勝凶險……

註一：這是明萬曆五年的統計，參見張居正奏疏〈看詳戶部進呈揭帖疏〉，該年歲入四百三十五萬九千四百餘兩銀，歲出三百四十萬四千二百餘兩銀。

註二：約在今齊齊哈爾西南的昂昂溪，距離建州左衛非常遙遠。

7

處境尷尬，申時行每天都得面對困難，並且在困難中思考，想出應對之道來，把尷尬的場面敷衍過去。

事情當然是源於大明天子朱翊鈞——朱翊鈞自從開了一次不上朝的前例之後，每隔幾日都要犯「小恙」一次，必須「歇息」一天。

而事情的真相他早就一清二楚——除了自己的猜測非常正確以外，張誠也在私底下悄悄向他吐實：

「萬歲爺實是美酒入口，不能自已……盡情暢飲之後，自然不克早起上朝……」

但，這真相並不能向其他的大臣透露——除了張誠在吐實之後立刻要求他不可將這話轉述給其他人之外，他也深知做首輔的分寸，嚴格要求自己不多話。

他的心中有一把尺，懂得衡量；身為大臣，絕對不能議論皇帝的隱私，但朝中有數千官員，凡事唯他馬首是瞻，也唯他是問。

朱翊鈞在幾次不上朝之後，官員們已經不再相信張誠的話，認定張誠只是在敷衍而已；因此，大多數的人都轉而向他詢問；他也只能敷衍，應付場面——只不過，他演戲的本領比較高，看起來神情和態度都比張誠要誠懇了許多而已。

「值此秋去冬來之際，天氣寒暖不定，稍有不慎，便感風寒——萬歲爺生長深宮，龍體遠比一般人嬌貴……」

「且幸我大明朝四海昇平，天下康寧，少有非要勞煩天子費神的事……」

他說這些話的時候，心中並無羞愧之感，說出後也沒有引起其他人的反感，因為，這些話並不假；尤其是「四海昇平，天下康寧」，確是個令人欣慰的事實——這一年，大明朝境內只有少數幾個地方發生過小規模的水災、旱災，並無大礙，整體上整個中原地區都是五穀豐收，百姓安樂的局面；天子是太平天子，宰相是太平宰相，即使天天上朝，也沒有太多的事情要傷神。

但是，他的內心深處偶爾會升起一絲痛苦的感覺來，也會興起一絲感慨：他覺得，做官，其實是在做騙子，以往，他多次親眼目睹，也多次親自參與欺騙皇帝的行為，現在，他親自幫著皇帝欺騙大臣——兩榜進士出身的他，畢竟曾經熟讀四書五經，內心中還是有一絲修齊治平的信念未泯，對於自己成為騙子的事實不免感傷。

嘆息過後他才開始原諒自己，開脫自己，為自己解釋說，這是逼不得已的；再過一會兒，他又想到了更好的理由，於是喃喃自語：

「為尊者諱……乃是聖哲垂訓之至理名言……更何況，太平盛世，天子不朝，對社稷百姓並無大礙！」

說完話，心中的痛苦與感慨便漸漸沉落，沉入最幽深的角落，等到一段時間之後再度被觸動時才重新升起，重新沉落，這樣周而復始的反覆循環著；而每循環一次，重量就減輕一些，循環了幾次之後，重量就減到了微乎其微，而後他的心就麻木了，再也沒有什麼感覺了。

入冬以後天氣寒冷，朱翊鈞「免朝」的藉口又多了一項……中時行替他向大臣們說明的時候便更顯得理由充分。

「天寒地凍，唔——委實易感風寒；萬歲爺萬金之體，每晨冒寒上朝常致龍體欠安，須善加調護、歇息！」

而大臣們已經漸漸習慣了朱翊鈞每隔三五天就要「感風寒」一次的說法，也接受了「幸無大礙」的說法，大家心照不宣，得過且過；申時行的應付之道於焉又更上一層樓、更高明、更得心應手，也使他自己成為更徹底的鄉愿，使朝廷成為人人無所事事、暮氣沉沉的所在。

直到十二月間，遼東又傳來了大捷的戰報，氣氛才有些微改變，他的情緒也被注入了一些興奮。

那是遼東巡撫李松與李成梁合謀，設下「市圈計」，誅殺了葉赫部的東西兩貝勒清佳砮、楊吉砮。

「市圈」本是定制，諸部落間互市，築牆圍成交易市場，稱為「市圈」；先是李成梁訂好計畫，商得李松同意合謀，聯合指揮備禦霍九皋行事；第一步，先許了葉赫部的貢市，接著便約清佳砮和楊吉砮到鎮北關的市圈中領受明朝賞賜。

同時，李成梁在四十里外的地方設下埋伏，不動聲色的等著清佳砮、楊吉砮來自投羅網。

清佳砮、楊吉砮兄弟倆來到鎮北關的時候，隨行的有兩千多騎兵，聲勢浩大；霍九皋遣人對他們好言好語的勸說：

「大明巡撫、總兵請你們來領賞，乃是歡慶的喜事，用不著帶著數千甲騎入圈啊！何況，圈圍不大，容不下數千人馬呢！」

清佳砮兄弟一聽，覺得有理，於是答應來使，只帶三百騎入圈；這個約定正中霍九皋的下懷，他一面暗中在夾牆裏布置埋伏，一面親自向李松報告情況。

李松給他的指示是：

「這兩個夷虜入圈以後，要是好好就撫，接受本撫的號令和約束，則升起旗子，擺酒慶賀，埋伏的甲士也不用出現；否則，就以鳴砲為號，砲聲一響，所有的埋伏務須盡出，將他們一網打盡！」

霍九皋於是受命，請清佳砮和楊吉砮進圈；兩人不疑有他，帶了三百騎昂然入圈。

李松高坐在南樓上接見他們，一見面，李松就感到不悅：原來，李松少與女真人直接接觸，不熟悉女真人的生活禮儀，以漢人的傳統禮儀觀念來衡量清佳砮兄弟，認為他們見了長官，居然還高據馬鞍，既失禮，且大不敬，於是，他要霍九皋叱責他們，令他們下馬行禮。

這麼一來，弄得清佳砮和楊吉砮心裏也很不高興；女真人長年在馬背上討生活，見了長官不下馬是很平常的事，一點也不算失禮，李松的命令簡直是找碴，因此，兩人的目光中不知不覺的流露了怒意。

接著，李松自以為是的教訓了他們一頓，並且要他們即刻接受明朝的安撫和約束，停止對哈達部的侵略、停止擴充武力、吞併其他小部，同時，把最近侵奪的哈達部人馬、財產、土地都還給哈達部。

這些話經由霍九皋的傳譯說給清佳砮兄弟時，兩人頓時怒火上揚，於是出言不遜，氣氛立刻變得非常火爆；接著，楊吉砮回頭看了一眼跟隨他來的哈達叛將白虎赤，白虎赤立刻拔刀攻擊霍九皋，砍中了霍九皋的右臂，霍九皋也奮起還擊；雙方動起手來，清佳砮和楊吉砮帶來的三百騎兵一起鼓譟，攻擊在場的明軍；而就在這個時候，李松一使眼色，從人立刻發砲；頃刻間砲聲如雷，埋伏的一萬甲兵從夾牆裏衝出來，如潮水般的淹沒了清佳砮和楊吉砮；三百騎，再加上從人以及清佳砮的兒子兀孫孛羅、楊吉砮的兒子哈兒哈麻，一共三百十一人，全部被殺，沒有留下半個活口。

而埋伏在四十里外的李成梁大軍，一聽到砲聲，也立刻衝出來，圍擊留在圈外的葉赫部軍隊，殺了一千五百二十一人，奪了一千七百零三匹馬……

接到這樣的戰報，申時行的心口熱了起來，快慰的尋思：

「還是李成梁有辦法，做得出這麼像樣的戰果來——拿到萬歲爺跟前，定讓龍心大悅，重加封賞——說不定，還能把萬歲爺的龍心拉回到國事朝政上來！」

他覺得，這段日子裏，朱翊鈞常常不上朝的直接原因固然是因為貪戀鄭玉瑩的美色，飲酒嬉樂無度所致，但是天下無事，引不起朱翊鈞的興頭也是一個原因，有了這件令人興奮的捷報，情形也許會改變——大臣們與寵妃互相爭奪皇帝的心，前一回合雖然輸了，但有了這新籌碼加入，也許能反敗為勝！

因此，他的情緒變得非常高昂，也飛快的在心裏盤算著為李成梁進言的說詞，各種能打動皇帝龍心的語言，全部在腦海裏走上一遍。

8

「增歲祿二百石，改前詹指揮參事為錦衣衛指揮使——」

給李成梁的獎賞很快就發下來，朱翊鈞親自做了朱批——確如申時行的設想，朱翊鈞一見這份大捷的奏疏，立刻大為興奮，第二天一早就親自臨朝，一迭聲的問了好些話，表現得非常關注遼東問題，非常器重李成梁，對這次大捷更是非常欣慰，也很大方的給予獎賞，聖旨一下立刻快馬飛送遼東。

一切盡如人意，而正不停的盤算各種做官術的申時行，依然沒有半點疏忽的親自給李成梁寫信，另派快馬送去——雖然他知道，老謀深算的李成梁即使沒有自己的信，也會明白下一步路該怎樣走，該如何與自己配合。

信比聖旨早一天到遼東，送進門裏交給李如梧轉呈的時候，李成梁正散發著懾人的霸氣，高高坐在鋪著虎皮的太師椅上，逐一審視被送到他面前來的人頭，清佳砮、楊吉砮、白虎赤……他仔細端詳，每一顆人頭上的表情都是咬牙切齒的，保持了臨死前所受的痛苦，肌肉扭曲，眼珠突出，猙獰之外還平添一股恐怖的氣象；可是，李成梁看著看著，所發出的是得意萬分的仰天大笑，笑了一陣之後，他自己臉上的肌肉也抽動、扭曲得略帶恐怖，但他一點都不自覺，又連聲獰笑：

「你們這兩個賊酋奴，看你們以後還能耀武揚威嗎？試過了本帥的手段，滋味如何？」

說著，他再發出一陣志得意滿的狂笑，一種勝利的快感在他心中發酵，催動他的情緒趨向高昂：

「你們就是最好的例子……看以後還有誰想做老大——有本帥在，一個也別想！」

他的心沉浸在亢奮的情緒中，久久不能自已，腦海中更是不停的轉動，一幕幕的景象此起彼落的交替浮湧，從砲聲響起，到驚心動魄的肉搏，乃至於刀起頭落、血光飛迸，眼前盡是一片紅霧……

他更記得，在殲滅了所有清佳砮、楊吉砮帶來的人馬之後，他命大軍深入葉赫部，兩萬鐵騎團團圍住清佳砮兄弟所居住的城寨；隨後，兩人的子侄們自縛請降，到了他跟前，匍匐在地乞憐求饒，發誓永受他的號令節制，永不生叛心……

想到這裏，他不禁發出一陣得意洋洋、不可一世的狂笑；他令葉赫部的男人全都跪地向他乞降，黑壓壓的跪滿了半座山寨，人人誠惶誠恐的求他饒命——還有什麼樣的感覺勝過這種生殺大權操之在我的威風呢？

其實，他又何嘗會真的殺光葉赫部的人呢？殺光了葉赫部的人，不是又少了一個可以隨時征討、立戰功的部落嗎？不是又得費事的再暗中扶植一部來牽制哈達部，以收制衡之效嗎？

自己又不是傻子！

更何況，這次有一千五百多首級的戰功已經很夠了，不必「竭澤取魚」的殺個精光，絕了後路。

「剩下的這些人頭，權且寄在你們項上，待本帥慢慢的來取！」

他的心在冷笑，嘴巴上卻說得仁至義盡：

「姑念你們乞降求饒，足證天良未泯；我大明朝天子聖明，念在上天有好生之德，只要你們從此不再生叛意，姑予寬貸——」

而這些冠冕堂皇的話，他也命師爺寫進給皇帝的奏疏中——這是必要的，沒有一個皇帝不認為自己是聖明的，仁慈的，既能打勝仗也會寬貸戰敗的敵人！

他深知自己的做法是正確的，隨時立些戰功奏報上去，既提醒皇帝注意到自己的存在，也讓皇帝認為，遼東不時都有戰爭發生，確實是「多事」，而自己又每戰必勝，戰果輝煌，這樣可以讓皇帝重視到自己的才能和重要性——

這一切，對鞏固自己的職位而言，都是有幫助的。

申時行的信送到他手裏來了，他打開來很仔細的閱讀；讀罷，發出了會心的微笑。

這是真正的親密戰友啊——有了申時行，首先，朝廷的各種情況、皇帝的言行心思，他都能瞭如指掌了——這個人，沒有白結交！

其次，申時行給他的意見，與他自己的想法是不謀而合的——雖然信中的文字多屬隱語：

有關遼東情勢的掌握，遼東政策的運用、執行，盡皆仰賴吾兄操持，夷虜之間關係錯綜複雜，非吾兄不能熟知，亦非吾兄不能操控，及與我朝間關係，亦非吾兄不能運用——遼東多事，非仰仗吾兄不可，惟盼吾兄今後更加戮力王事，全面掌控遼東情勢，巧妙運用，則弟在朝中即高枕無憂矣……

全面掌控遼東情勢，巧妙運用——申時行的話對極了，今後，他所要奉行的原則也就是這兩項！

這一次，他得到的「增歲祿兩百石」、「改廕錦衣衛指揮使」兩個獎賞，雖然從表面上看來，「兩百石」是微薄的物質，「錦衣衛指揮使」只是個小官，收穫不大；但是實質上卻代表著「龍心大悅」，代表著他已得到了皇帝的重視與歡心，意義非常大，非常重要……

想畢，他立刻吩咐，召喚師爺前來覆書申時行。

先是致謝，然後，他懇請申時行放心，自己絕對能夠全面掌控遼東情勢，巧妙運用；接著，他兀自出神思考起來，慎重的考慮著下一個行動。

他認為，葉赫部經此大創，固然將偃旗息鼓好一陣子，而遼東的情勢也將產生新的變化；自己前此曾答應過尼堪外蘭，要扶持他當女真人的共主，值此情勢有變之際，這件事也應重新考慮。

卻因為這麼一想，他很自然的思路一偏，聯想到了努爾哈赤：

「怎麼尼堪外蘭暗中策畫了好幾次暗算，都沒能得逞，這小子還真不好對付……」

所幸，努爾哈赤目前在遼東還算不上是重要人物，在情勢有所變動之際，並沒有影響可言，不必對他多費心神！

而努爾哈赤的心思卻正與他相反——努爾哈赤除了竭盡全力關注遼東情勢之外，還特別多費心思來注意他的動向。

初聽到葉赫部的清佳砮、楊吉砮命喪市圈的消息時，努爾哈赤難過得好半天都說不出話來；其一，當然是因為他不久前才和葉赫部結親，聘了楊吉砮的女兒；而且，他和楊吉砮相處的時間雖然不長，私心中卻對這個個性爽朗、氣度頗大的長者深懷好感；那次上葉赫部求親的時候，楊吉砮誠懇的態度、充滿了鼓勵與期許的語言和長者風範，乃至於試探性的厲聲責問和許嫁女兒，都歷歷如在眼前，誰知道一下子就發生這麼大的變故！

其次，經過這麼個變故，他再一次深刻的體認到李成梁的用心——李成梁是不會允許任何一個女真部族壯大起來的，無論是建州、海西，任何一部，只要羽翼稍豐，他便動手剪除——他的目的就是要女真人永遠陷在這種各小部分立、互相殘殺的煉獄中，萬劫不復，永遠強大不起來，永遠聽憑他宰割……

想到這裏，他再次提醒自己，對李成梁要小心應付，必須仔細的構設出一套正確、完善的謀略來，而且，在自己實力還沒充實到足夠與之抗衡時，一定要韜光養晦，隱藏壯志與實力，避免引起注意。

因此，他的許多作為都在不聲張的情況下悄悄進行，暗中壯大、充實自己而不引起外界注意；首先，他當然是多派人手打聽尼堪外蘭的消息，以便訂出征討的計畫；其次，由於兩次遇劫，他決定「釜底抽薪」，將康嘉、李岱一干人馬都列入征討的對象，研擬出征討的計畫，一俟時機成熟就出手，以便一勞永逸的除去這些後顧之憂。

另一方面，由於他連破圖倫、甲版、薩爾滸等幾座城池，擄來了不少人口，必須訂出一套管理的辦法來；他仔細考慮，打算把全部的人口以三百人為一個單位整編，每個單位分由自己兄弟、額亦都、安費揚古統領，所有的人按照專長做半日的工作，無論耕種、打獵、挖參、打造武器、養馬……等，全部各司其職；另外的半日則接受嚴格的軍事訓練，騎射陣仗，進退號令，全都操練得一絲不苟，務求將來在戰場上得到百戰百勝的成果。

事情考慮得周到、完善，他當然就忙上加忙。

寒冬裏大雪紛飛，氣候酷寒，他常因忙碌而通體火熱，滿面紅光，也因而使他更顯得精神勃發，意志高昂，帶動了身邊每一個人的士氣，一座小小的赫圖阿拉城便充滿了活力，充滿了朝氣，充滿了鬥志，也充滿了信心和希望。

偶爾歇下手來的時候，他也會仰望著滿天的大雪默思，甚而許願、祈求……

一年將盡了，這一年他遭逢了有生以來最大的變故與最嚴酷的考驗、歷練，喪失了至親至愛的人，經歷了九死一生，但也踏出了新的腳步，開啟了屬於自己的事業，奠立了一個新時代的基礎，這一年，該是生命中最重要的轉捩點，經歷了最大的困難和凶險，激起了最堅強的鬥志與勇氣，承擔了最沉重的責任和使命，走向未來。

思潮在心中洶湧澎湃，同時他也昂然向天許諾，新的一年將要到來，未來的歲月裏，他將更加努力奮鬥戰勝坎坷的命運，開創新的局面，他很堅定的許諾，這一年他已憑藉著勇氣戰勝了困難，未來的一年也將如是。

他的心中充滿了信念與信心，滿懷盡是新希望，因此，面對著皚皚白雪，目光不但沒有被飄逸的雪花引得迷離恍惚，反而更澄明、更堅定——這一點，朱翊鈞與他恰恰相反。

9

鵝毛般的細雪凌空飄灑飛舞，宛如天上吹落了一幅珠簾，斷了線的珍珠自在得翩如驚鴻，矯若遊龍，更且在斜陽的柔光迴映下，敷粉般的暈出一層華彩，美得疑似幻境奇景。

雪花朦朧如夢，朱翊鈞為之目眩神移，心裏更是飄飄然，恍恍惚惚；他一手擁著鄭玉瑩的纖腰賞雪，一手拿著碧玉小酒杯，頻頻啜飲；酒意已到七分，朦朧的究竟是雪花，是他的眼眸，還是他的心神，都已無法分辨，美景與美人也幾乎混成一體，令他醉上加醉；而他的感覺非常好，好得渾然物我兩忘。

一年將盡了，本是個省思過去、規畫未來的時刻，奈何他的心緒已經東飄西飛的不集中在朝政上了，根本想不到「省思」二字上去。這一年，萬曆十一年，是他真正親政的一年，奈何原本極想有作為的他，只做出一件具體的大事，那就是追奪張居正的官階——他自以為成功的擺脫掉了張居正所帶給他的一切，以印證自己長大成人的事實，從此他可以隨心所欲，為所欲為。

他的自我感覺非常美好，醇酒美人盡入掌中，貴為天子，坐擁天下而不每天上早朝，日子過得心滿意足，再無他想！

這一年是他生命中最大的轉捩點，他從張居正的傀儡皇帝轉變成真正掌握至高無上的權力的皇帝，他得到了權力，體會到了權力的滋味，也開始了濫用權力……

雖然他從無反省的習慣，從不檢討自己，因而絲毫沒有意識到，但卻是個事實，這一年——無論於他，還是於大明朝而言，都是一個失敗的開始。

——卷一完

附表一

努爾哈赤家世表

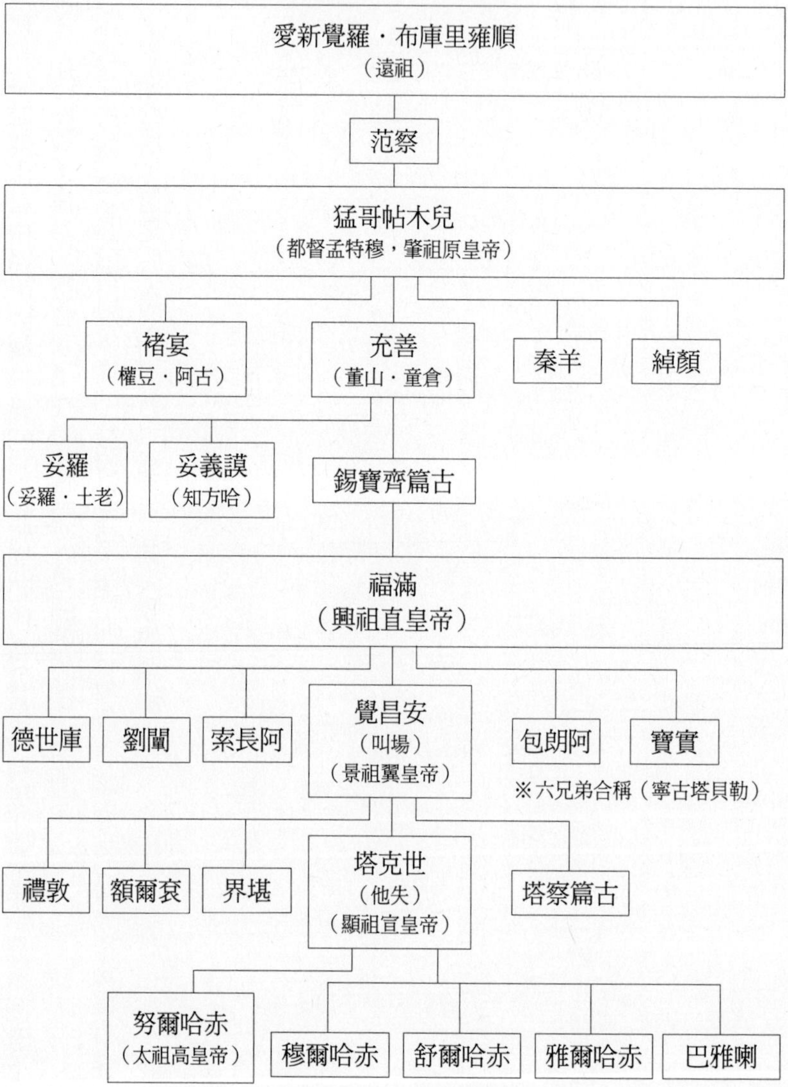
愛新覺羅・布庫里雍順
（遠祖）
范察
猛哥帖木兒
（都督孟特穆，肇祖原皇帝）
褚宴
（權豆・阿古）
充善
（董山・童倉）
秦羊
綽顏
妥羅
（妥羅・土老）
妥義謨
（知方哈）
錫寶齊篇古
福滿
（興祖直皇帝）
德世庫
劉闡
索長阿
覺昌安
（叫場）
（景祖翼皇帝）
包朗阿
寶實
※六兄弟合稱（寧古塔貝勒）
禮敦
額爾袞
界堪
塔克世
（他失）
（顯祖宣皇帝）
塔察篇古
努爾哈赤
（太祖高皇帝）
穆爾哈赤
舒爾哈赤
雅爾哈赤
巴雅喇

附表二 明清之際簡要大事記（明嘉靖三十八年（一五五九）～明萬曆十一年（一五八三））

西元／明曆	明朝	女真・蒙古	日本	西洋
一五五九年 嘉靖三十八年	大敗倭寇，斬漢奸汪直。	努爾哈赤誕生。	織田信長入京都。	
一五六〇年 嘉靖三十九年	蒙古阿勒坦可汗犯宣府等地。	遼東大饑，蒙古數萬騎入犯。	田樂間之戰。	
一五六一年 嘉靖四十年	山東、山西等地鬧饑荒。		川中島之戰。	
一五六二年 嘉靖四十一年	首輔嚴嵩下臺，徐階繼任。	建州王杲犯遼陽、劫孤山。	德川家康與織田信長同盟。	法蘭西新舊教之戰開始。
一五六三年 嘉靖四十二年	劉顯、俞大猷、戚繼光等大破倭寇。		三河「一向一揆」亂起。	特稜特宗教會議閉幕，政教分離完成。
一五六四年 嘉靖四十三年	戚繼光大破倭寇於福建仙遊。		德川家康平「一向一揆」。	莎士比亞誕生。
一五六五年 嘉靖四十四年	嚴嵩子世蕃伏誅。			
一五六六年 嘉靖四十五年	世宗崩，穆宗繼位。	蒙古阿勒坦可汗犯遼東。		
一五六七年 隆慶元年	張居正入閣拜大學士。解除部分海禁，開漳州港對外貿易。			蘇格蘭女王被迫讓位。

一五六八年 隆慶二年	戚繼光鎮薊州。	努爾哈赤母親去世。	織田信長進京平亂。	荷蘭獨立運動開始。
一五六九年 隆慶三年	高拱入閣。			
一五七〇年 隆慶四年	阿勒坦可汗之孫把漢那吉來降，李成梁任遼東總兵。		織田信長與足利義昭不和。	
一五七一年 隆慶五年	詔封阿勒坦可汗為順義王，蒙古從此無事。		「南蠻船」始至長崎。	聖日爾門和約成立，法新舊教徒和好。
一五七二年 隆慶六年	穆宗崩，神宗繼位。高拱、張居正、高儀受顧命。	王杲犯清河。	姉川之戰。	波蘭改選國王。
一五七三年 萬曆元年	高儀卒，高拱被罷，張居正獨攬國政。朝鮮送回被倭擄去人口。	蒙古圖們可汗犯遼東。	室町幕府滅亡。三方原之戰。武田信玄卒。	
一五七四年 萬曆二年		七月，建州都指揮使王杲誘殺明備禦裴承祖。十月，李成梁破王杲。		
一五七五年 萬曆三年	張四維入閣。黃河決高郵、碭山。	二月，王杲復出，敗於明，投哈達萬汗。七月，王杲被誅，萬汗襲封龍虎將軍。	長篠之戰。	西班牙殖民者自馬尼拉來中國，襲用呂宋名號與中國通商。

一五七六年 萬曆四年	黃河決崔鎮。遼東巡按御史劉臺以論張居正逮捕下獄，削籍。	王杲子阿太襲建州都督僉事。	織田信長徙安土城。	
一五七七年 萬曆五年	張居正丁父憂，「奪情」，反對者多被廷杖、謫戍。	努爾哈赤離家，依李成梁。		
一五七八年 萬曆六年	張居正起用潘季馴治河，丈量天下田畝，限三年完成。申時行入閣。	圖們可汗入犯，被李成梁擊敗。	上杉謙信卒。	
一五七九年 萬曆七年	詔毀天下書院，封李成梁為寧遠伯。			英國人首航印度。荷蘭七州合力拒西班牙。
一五八〇年 萬曆八年	黃、淮二河治理完成。	池東都督王兀堂犯永甸，敗於李成梁。		葡萄牙王塞巴斯提安卒，無後，絕統，西班牙王腓力二世兼葡萄牙王，二國合併（—1640）。耶穌會教士羅明堅到廣州，利瑪竇到澳門。
一五八一年 萬曆九年	裁冗官，核傜賦，行「一條鞭法」。	圖們可汗再入寇。		哥薩克兵征服西伯利亞。荷蘭建共和國。

一五八二年 萬曆十年	六月，張居正卒，年五十八歲。張四維繼任首輔。 七月，朱翊鈞冊九嬪。 九月，朱常洛出生。 十月，馮保失勢。	三月：李成梁攻破阿太及泰寧部速把亥。 本年哈達萬汗病死。	織田信長滅武田勝賴，水攻高松城。 本能寺之變，明智光秀叛殺織田信長，隨後，羽柴秀吉討明智光秀。	教皇格列高里十三改正曆法，即今之陽曆。利瑪竇到北京。
一五八三年 萬曆十一年	二月，蒙古俺答子乞慶哈（黃臺吉）襲封順義王。 三月，追奪張居正官階。 四月，首輔張四維丁憂，由申時行繼任。	正月，王杲子阿太等從靜遠、榆林入犯，李成梁督兵大敗之。 二月，李成梁兵圍古勒城，城破，城主阿太夫婦及努爾哈赤的祖父覺昌安、父親塔克世都被殺。 五月，努爾哈赤起兵復仇，攻克圖倫城。 八月，努爾哈赤攻甲版城，追捕尼堪外蘭。計殺諸米納，取薩爾滸城。 十二月，李成梁設「市圈計」，誘殺葉赫貝勒清佳砮、楊吉砮。	這一年為正親町天皇天正十一年。 羽柴秀吉舉行清洲會議，大權集於羽柴秀吉。 而後，柴田勝家起兵反對羽柴秀吉，反被羽柴秀吉打敗；勝利後的羽柴秀吉開始建築大阪城。	

失必兒汗國
阿羅思
喀爾喀蒙古
欽察汗國
帖木兒汗國
土魯番
土默特蒙古
居延海
嘉峪關
寧夏
綏遠
瀚
海
呼倫湖
貝爾湖
捕魚兒海
林丹汗據地
察哈爾蒙古
黑
龍
江
女
真
大
凌
河
瀋陽
錦州
承德
喜峰口
山海關
寧遠
江
綠
鴨
們
圖
江
朝
鮮
黃河
大同府
北京
永平
河
北
山
東
山
西
榆林
府谷
銀川
米脂
延安
陝
西
甘
肅
安塞
合水
潼關
西安
洛陽
開封
河
南
安
徽
鳳陽
南京
江
蘇
浙江
湖
北
鄖陽
長江
烏斯藏
（西藏）
四川
湖南
江西
福建
雲南
廣西
廣東
政權部族界
今國界
省級政區界
河川
萬里長城

明時期全圖

明代宮禁圖

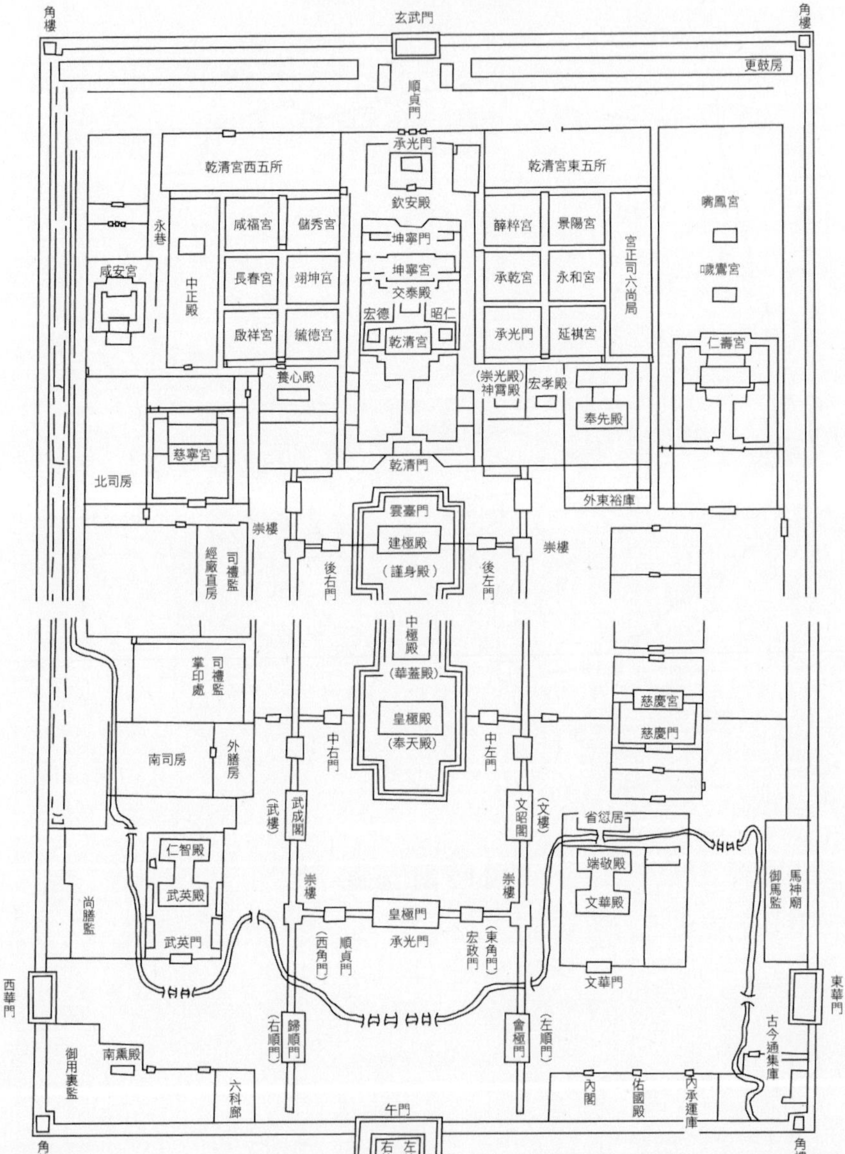
角樓
玄武門
角樓
更鼓房
順貞門
承光門
乾清宮西五所
乾清宮東五所
欽安殿
永巷
咸福宮
儲秀宮
坤寧門
坤寧宮
交泰殿
宏德
昭仁
乾清宮
蘚粹宮
景陽宮
宮正司六尚局
噦鳳宮
曦鸞宮
咸安宮
中正殿
長春宮
翊坤宮
承乾宮
永和宮
啟祥宮
毓德宮
承光門
延祺宮
仁壽宮
養心殿
（崇光殿）
神霄殿
宏孝殿
奉先殿
慈寧宮
北司房
乾清門
外東裕庫
雲臺門
建極殿
（謹身殿）
崇樓
經廠直房
司禮監
後右門
後左門
崇樓
中極殿
（華蓋殿）
掌印處
司禮監
皇極殿
（奉天殿）
中右門
中左門
慈慶宮
慈慶門
南司房
外膳房
（武樓）
武成閣
文昭閣
（文樓）
省愆居
仁智殿
武英殿
端敬殿
文華殿
尚膳監
崇樓
崇樓
御馬監
馬神廟
皇極門
承光門
武英門
（西角門）
順貞門
宏政門
（東角門）
文華門
西華門
東華門
（右順門）
歸順門
會極門
（左順門）
古今通集庫
御用監
南熏殿
內閣
佑國殿
內承運庫
六科廊
午門
右掖門
左掖門
角樓
角樓

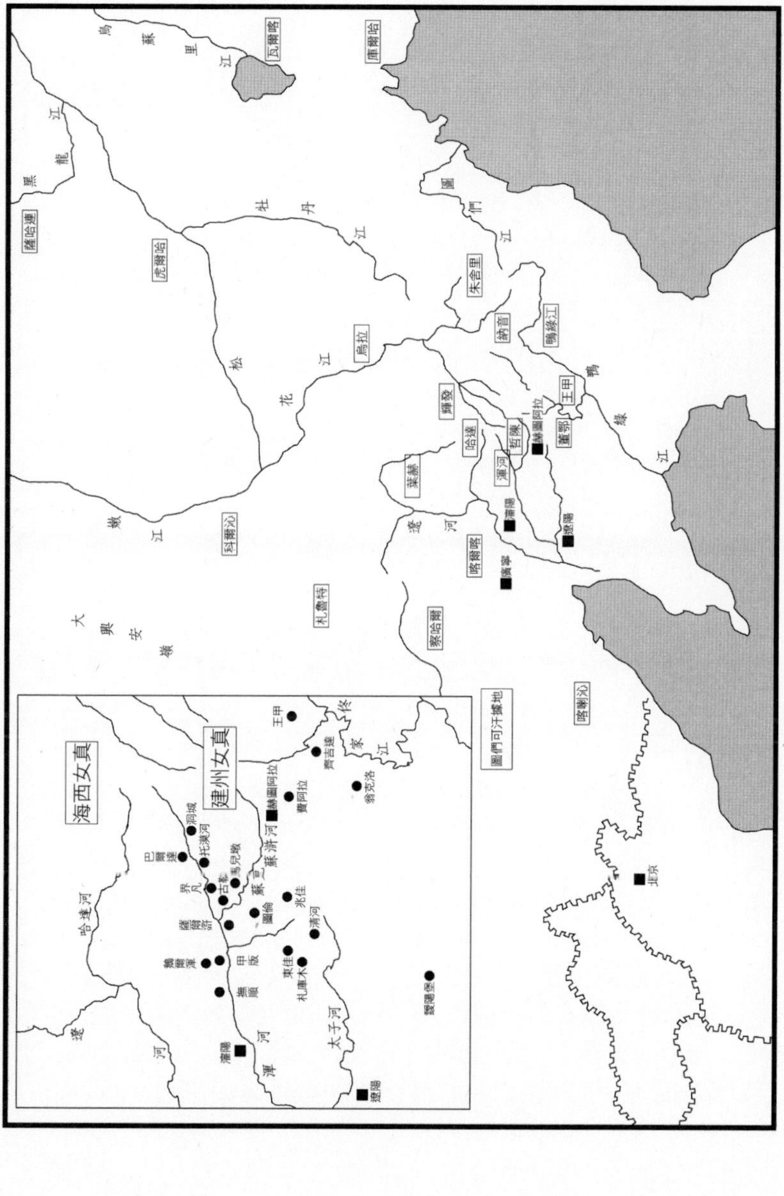
烏蘇里江
瓦爾喀
庫爾哈
黑龍江
薩哈連
虎爾哈
牡丹江
圖們江
朱舍里
訥音
鴨綠江
松花江
烏拉
輝發
哈達
哲陳
渾河
赫圖阿拉
董鄂
王甲
葉赫
瀋陽
遼陽
遼河
喀爾喀
廣寧
嫩江
科爾沁
札魯特
大興安嶺
察哈爾
圖們可汗據地
喀喇沁
北京
海西女真
建州女真
佟家江
齊吉達
費阿拉
翁克洛
洞城
托漠河
巴爾達
蘇滸河
馬兒墩
界凡
古埒
薩爾滸
蘇子
兆佳
圖倫
清河
哈達河
甲版
撫順
東佳
札庫木
靉陽堡
太子河

卷二　鐵騎迎曦

第五章

萬紫千紅總是春

1

鮮紅色的爆竹懸在雪白的天地間，顯得分外光豔，分外醒目，分外象徵喜慶；點火後，爆竹劈里啪啦的連天作響，火光閃亮四射，除夕和元旦在一瞬間交替。

朱翊鈞身穿簇新正黃色龍袍，龍袍上用黃金鏤織而成的金絲線繡了八條盤成圓形的祥龍，加上他自己正好是九條龍，象徵著「九五之尊」的身分；頭上戴著黃金打造的冠冕，精鏤細雕著祥雲與飛龍的圖案，豪華尊貴得舉世無雙；冠冕的前後兩端各綴著十二串珍珠，每一顆的大小都一樣，而且顆顆渾圓無瑕，綴在冠冕上像兩道簾子，既是裝飾，也是阻隔——為了表示尊貴，皇帝的頭頂當然要與世隔絕。

可是，像這樣華麗、尊貴的衣帽穿戴在頭上、身上，感覺非常不舒服；珠玉和黃金儘管是高價的物品，卻非衣物的最佳製材；他的冠冕重達十斤，戴上了頭，脖子就無法任意轉動；龍袍一穿上身，四肢的動作就很不靈活，全身只能維持著有如木偶般的姿態——這種姿態遠遠看起來十分莊嚴肅穆、雍容高貴，他也別無選擇的以這種姿態在皇極殿上接受文武百官的朝賀。

一切繁文縟節都按照本朝代代相傳的禮制進行，從皇帝升殿、擊鼓鳴鐘、奏樂、禮官唱各種贊詞……到壯觀之至的官員跪拜、驚天動地般的山呼萬歲，乃至禮成，足足要進行好幾個時辰，他的頭和脖子從被華貴無比的冠冕壓得發痠到逐漸僵硬，身體坐在又重又硬的簇新龍袍裏面，維持幾個時辰不搖不動的姿勢，四肢也從痠硬到麻木……

「茲遇正旦，三陽開泰，萬物咸新——」一陣抑揚頓挫，那是代致辭官跪在丹陛中，朗聲誦念：

「恭惟皇帝陛下，膺乾納祜，奉天永昌……」

這一長段的頌贊念完後，外贊官唱起禮辭，同時，滿朝數萬官員一起在殿外跪伏下來，動作整齊一致，場面浩大壯觀，相形之下，更顯得皇帝一人高高在上；可是，滿朝文武官員，乃至全國的一億百姓，沒有一個人瞭解此刻的萬曆皇帝朱翊鈞心中的感受……

他的心裏有一個微弱的聲音在掙扎、在呻吟：

「天哪，怎麼還不結束呢？還要再忍多久呢？為什麼不早點完了呢？還得要忍……忍到什麼時候才會完呢？為什麼不快點呢？」

這冗長的正旦朝賀儀，對他來說，是一種酷刑，整個人穿戴著重而不舒適的冕服，像個木偶般的一動也不能動，直視著前方，看著這年年相同的場面，年年相同的儀式，兩百年來一成不變的、老掉了牙的傳統❶……

他的心裏早就恨透了這件無聊的事，這種只具形式的固定儀式，除了代表一個古老的大帝國極度重視繁瑣的禮儀，連一點枝微末節都不能疏忽的傳統之外，沒有任何實質意義；但是，他身為皇帝，對於這種朝賀的儀式，想逃都逃不了，只能勉強克制自己心中的厭煩，忍耐著，像個木頭人般直直的坐在金碧輝煌的大殿上，聽憑肢體在尊貴的服裝中逐漸僵硬麻木——那是得等到儀式結束後，泡上許久熱水才能恢復的。

泡澡的時候，他的心情比身體提早復甦，那是因為鄭玉瑩——鄭玉瑩隨侍在側，不但親自為他搓背、搥肩，還不時的妙語如珠，哄得他、逗得他不時開懷大笑，一切都改觀了。

從檜木澡桶中起身的時候，他已覺得身心舒暢，精神健旺，伸著懶腰，開始享受鄭玉瑩為他精心準備的酒食與聲色。

歌舞姬與樂伎們聯合獻上了全新的內容，由笙簫絲竹展開前奏，細細嫋嫋的迴旋著一段樂音，而後，八名麗人簇擁著鄭玉瑩載歌載舞，詞曲是南唐李煜的〈虞美人〉：

春花秋月何時了，往事知多少；小樓昨夜又東風，故國不堪回首月明中；雕欄玉砌應猶在，只是朱顏改，問君能有幾多愁，恰似一江春水向東流！

歌舞都是新編，在在都極盡優雅柔美之能事，朱翊鈞第一次品味這闋詞曲，立刻為之神往，而絲毫沒有想到，李煜是亡國之君，這闋詞更是亡國之音；身為天子，在元旦佳日沉迷於亡國的氣象中，乃是不祥之兆；他只是盡情的欣賞、陶醉、陷溺其中，甚而貪婪的帶入自己的生命中，與自己合而為一。

而引他進入這個情境，乃至沉迷其中的鄭玉瑩，心中當然暗自歡喜；朱翊鈞越少上朝理政，留在她身邊的時間就越多；越熱愛她所安排的歌舞，心中就越少去想別的人，別的事，放在她身上的心思也就越多；甚至，她有一種勝利的感覺——她總覺得，自己在和大臣們進行拔河比賽，大家都在竭盡所能的使用各種方法來贏取朱翊鈞的心，以往，她贏過，輸過，也時或不分勝負，而現在，情況明朗了，朱翊鈞的心越來越往她這邊傾，屬於她的籌碼越來越重——她非常有把握，自己贏定了！

只要再有一點時間，她就能全盤掌握他的心，得到他全部的愛情，以及成為他的正宮皇后！

因此，她分外加倍用心，挖空心思的設法使他夜夜春宵而致日上三竿才醒來；事情一點也不難，世上儘多的是新鮮有趣、能吸引朱翊鈞的好玩的事，只要認真思索，隨時都能想出新的主意來。

更何況，朱翊鈞一向對上早朝存有反感——她很清楚的記得，以往，朱翊鈞每每在朝班上被大臣惹煩，下朝回來的時候向她叨念，要廢掉早朝與經筵這兩樁事，這兩樁也是他從小最痛恨的事；時至今日，雖然不便明白的詔告天下，廢掉早朝與經筵，但是盡量不去觸及，便是實質上的罷廢！

而這一點，她也確實與朱翊鈞心意相通——朱翊鈞像在極力彌補自己過了一個嚴肅、枯燥、乏味的童年似的，開始盡情享受；元旦過後不久，元宵佳節到來，他的玩興立刻沸騰起來。

早在年前，鄭玉瑩第一次向他提起歡慶元宵的構想時，他心中的一樁往事立刻被觸及，因而悻悻的說：

「朕即位的第一年就想到過——元宵燈節，民間熱鬧非凡，皇宮裏也應張掛起千萬彩燈，施放煙火，與民間同樂；不料，張居正竟說，宮中費用應盡量節省，一夜歡慶，費銀十幾萬兩，似無必要；朕只好作罷——」

但，這僅只是回憶往事，話一說完，他立刻轉念，並且神色一變為雀躍：

「如今，張居正不在了，朕可以為所欲為了！」

鄭玉瑩更是萬分機警的把握時機：

「這個元宵，萬歲爺一定能隨心所欲的賞燈，看煙火——臣妾小時讀宋詞的句子，說：東風夜放花千樹，更吹落星如雨，心裏羨慕得不得了，就想著哪天可以親身經歷這樣的繁華——託天之幸，臣妾得侍天子，真能身歷其境了！」

朱翊鈞高興得頻頻點頭：

「你說得好，東風夜放花千樹，更吹落星如雨——朕也想親身經歷一番！」

略一思索後，他立刻召來張誠，交付任務：

「朕決定過個稱心如意的元宵佳節——一應費用，一應事宜，你都去張羅好；辦得周全，朕有重賞！」

張誠跪下叩首：

「奴婢遵旨！」

藉著叩首動作的遮擋，他的眼珠子肆意轉動，盤算情況；這個任務勿庸置疑，必須接受，要盤算的只是如何執行而已——過一個朱翊鈞「稱心如意」的元宵節，至少得花費二十萬兩銀子，而專屬御用的「金花銀」❷，一年總共只有二十萬兩，這筆元宵的花費得另外籌措，因此得有籌措之道！

好在，現任的內閣首輔是申時行而不是張居正——鄉愿的申時行絕不會嚴格要求皇帝節省用度，不做無謂的浪費揮霍！

站起身來的時候，他已胸有成竹，因而言之有物：

「奴婢立刻與內閣的諸位大人商量，著戶部撥專款支應！」

朱翊鈞的讚美也言之有物：

「很好！去吧！」

張誠非常恭敬的退出，而且確如其言的盡心盡力辦事：他立刻去找申時行商量，也很快籌措到了這筆費用。

於是，鄭玉瑩構想的種種歡慶的內容得以具體實現：原本由黃色琉璃瓦、白玉欄杆、畫棟雕梁所組成的金碧輝煌的皇宮，裝點上了各式各樣製作精巧新奇、五光十色、美不勝收的花燈，配上鼇山、煙火，瓊花玉樹、珍禽異獸，以及歌舞樂伎們的絲竹管弦、清歌曼舞……朱翊鈞度過了生平最豪華、最奢侈、最盡興、也最快樂的一次元宵節，攬著鄭玉瑩的纖腰，他高興得像個孩子，笑得合不攏嘴；甚至，施放煙火的時候，他望著滿天燦爛絢麗、耀眼奪目的火花，興奮得尖叫起來，忘情所以的手舞足蹈。

一夜狂歡，而狂歡過後，他的情緒仍處在亢奮中，無法入眠；鄭玉瑩陪著他暢飲美酒，為他歌舞助興，直到日上三竿以後才相擁進夢鄉。

醒來後，他的心神仍是異常的——雖然佳節已過，花燈已卸，煙火已施盡，但他的心已被這場遊玩引導得有如脫了韁的野馬，再也拉不回廐中；一連幾天，別說是上朝，便連個「朝」

字都丟到九霄雲外去了。

一眨眼十天過去，他還是通宵達旦的飲酒作樂，無心理政；這樣算計起來，連同年前歇朝的日子，前後已長達一個月之久不上朝了，大臣們又開始在私下議論起來，也紛紛向內閣首輔申時行表達意見，要求皇帝臨朝。

萬般無奈的申時行只得向張誠求助：

「實在是……罷朝太久了，羣起議論……萬萬懇請司禮婉言勸駕，請萬歲爺上朝！」

張誠露出愁眉苦臉，但也說了句良心話：

「歇了一個月，也確實太久了——不只是大人們議論，只怕，給皇太后知道了，還要挨罵——這樣吧，咱家硬起頭皮來，勉為其難的去勸勸！」

這事進行起來確實困難，但他畢竟是最常接近朱翊鈞、最瞭解朱翊鈞的太監，聰明機警、富於心計的他很快就想出了辦法——他來到朱翊鈞跟前，採用迂迴曲折、大繞彎子的方式說話：

「奴婢特意提醒萬歲——皇太后跟前，該去請安了！」

他的語氣謙卑、低柔，甚至輕聲得像在對朱翊鈞說悄悄話，但卻準確的命中要害，朱翊鈞的心輕輕一顫，思緒也往這方面集中；想一想，又屈指算算，果真有好幾天沒見到母親的面了——他仔細追溯，這一個月裏只見到母親三次，先是在除夕時去向兩宮太后辭歲，元旦前去賀歲，隔了十四天，元宵節當天，他去親迎兩宮太后賞燈，而太后是上了年紀的人，不那麼貪愛喧鬧的五光十色，更不會與他一起通宵遊樂，來了只略坐一坐就返回了，總共與他相處不到半個時辰，說不到兩句話；此後，他盡情玩樂，幾乎忘了兩宮太后的存在……他微帶緊張的詢問張誠：

「皇太后——召你問話了嗎？」

張誠小心謹慎的回答：

「奴婢尚未蒙受皇太后召見，只略微聽聞慈寧宮的執役太監說起，皇太后常惦著萬歲，每天總會叨念幾句……」

朱翊鈞輕輕垂下眼皮，過後，他像自言自語般的咕噥：

「朕……盡快去請安……先叫人把這幾天的奏疏拿來……看完再去，免得她問起……」

他的心終於有點甦醒了，體認到還有奏疏要批；過後，他吩咐張誠準備，明天早晨上朝吧！

張誠所受命的艱難任務總算完成了，他暗暗鬆了一口氣，雖然心裏也同時飄過一個念頭，不曉得朱翊鈞這「恢復上朝」能持續多久，但，眼前這一關畢竟是渡過去了；他偷眼去看朱翊鈞，朱翊鈞正在伸懶腰，吐長氣，像在使出很大的力氣強迫自己暫時壓下玩興，乖乖的去見母親，乖乖的去上朝。

萬般不情願，但是怕挨母親的罵，不得不再穿戴上極不舒服的龍袍、皇冠，端坐到大殿上的龍椅中——

而相對於朱翊鈞的一心想遊樂、懶得上朝理政，努爾哈赤的心境和精神狀態都與之迴然不同——此刻的他，正孤獨的面對自己，內心中充滿了奮鬥的意志和勇氣，整個人洋溢著澎湃旺盛的生命力。

從除夕的祭祖典禮結束後，他就把守歲、圍爐這些熱鬧的氣氛留給家裏的其他人去享受，自己獨自步入停放祖父和父親棺木的空屋中。

他默默的注視著兩口棺木，許久之後，情緒逐漸從激動恢復到平靜，心靈也就從寧靜逐漸進入澄明的思考；他先是仔細回顧、反省這一年來所發生的一切，自己的種種作為，乃至於建州左衛目前的實力。

去年連打幾場勝仗後，建州左衛的實力擴張許多，人丁增加，他必須制定出適當的方法來管理，因而一有空就往這方面思考；先是回顧女真以往的舊制，再衡量現今的實況、未來的發展；一段日子下來，新的管理制度已隱隱在心中成形，不久就能具體而完備的付諸實行；同時，心裏也在仔細思索一個新發生的情況——由於打了幾場勝仗，建州左衛的名氣大增，現在，已經有人自動前來投效；而且，以往背棄離去的部分族人，也逐漸回頭了。

飽嘗過人情冷暖、早就清楚人性種種的他，對於這種現象根本見怪不怪；當他以十三副甲起兵的時候，旁人看著毫無勝算，當然不肯冒險支持，而今幾場勝仗打下來，在那些人眼中，自己的分量當然不一樣了；卻不過，他並不想和這些人計較過去的種種；即使是過去曾經想殺害他的人，現在想回過頭來投效他，他也一樣伸開雙臂歡迎——既然「人情冷暖」是必然的現象，又何必計較這麼多呢？

「休怪別人冷眼待我，那時是我自己力量微薄，別人才看我不起——若要別人熱眼看我，唯有我自己先自強，事業若是做出來了，別人自然會尊我、敬我，即使遠在千里之外，也會趕來投效我！」

他反覆思考：

「民為邦之本——人當然越多越好，人越多，邦的規模就越大；能為我所用的人越多，事業就能做得越大……目下建州左衛的人數只有幾百，正要多招募人丁，有人自動來投效的話，即使有缺點也應該包容——人誰沒有缺點呢？只要他有一方的長處能用，一些小缺點就不要去計較了……漢人不是說過嗎？水太清澈的話，就不會有很多條魚——啊，是了，我作為一個領導人，要能『知人善任』，瞭解這個人的專長，讓他去做這方面的事，盡量發揮所長，至於他的缺點，就不要太計較；畢竟，世上根本沒有完人……」

想通了這一點，他更加的確立了自己用人、處事的原則和擴張建州左衛實力的方法；然後，他再一次的思索著自己已在心中醞釀了許久的遠期、中期、近期的各種計畫。

近期的計畫非常具體：攻打兆佳城和追捕尼堪外蘭；中期的計畫是把建州左衛建設成一個人口眾多、軍隊精良、經濟富足、城池堅固的地方；遠期的計畫則是帶領著全部的女真人走向康莊大道……

「我是為定亂安邦而生的——」

從小就深深植入心底的使命感再次漲滿心胸，激發得他全身的血液都熾熱、澎湃起來；在多年前，也許只是一個孩子的夢想、幻覺，但是成年以後，當他一次又一次的親身經歷女真人的苦難和殺戮，一次又一次的深切體認到女真人的坎坷命運時，這個使命感就不再只是幻覺和夢想，而是一種真實的、具體的認知，清楚的、明確的瞭解，這是自己這一生所必須完成的工作，是與生俱來的責任，即使有天大的困難也不可以遁逃。

面對著祖父和父親的棺木，他的心中洶湧著一股巨大的力量；他清楚的感受到，祖父和父親的生命一起延續到自己身上，自己的使命既是與生俱來，那麼，也經過了祖父和父親的傳遞，甚且，是祖父和父親以死亡來提醒他接受使命……

「我的一生，將為所擔負的使命而竭智盡力，至死不悔——」

當元旦的第一道曙光自天際穿出的時候，他步出了屋子，無畏於風雪的嚴寒，迎著晨曦，向著天光，說出自己心中的重誓；因此，當大明朝上自萬曆皇帝朱翊鈞，下至一億黎民百姓都還在為著接踵而來的元宵節大肆慶祝、狂歡的時候，他已經準備好一切，親自帶領部隊出發攻打兆佳城。

但是，這次出兵，開始的時候很不順利；原因是兆佳城的位置在地勢險要的高山上，山路崎嶇陡峭，而氣候惡劣，風雪交加，行軍非常困難，勉強前進，人馬都吃足了苦頭。

於是，有人心裏開始打退堂鼓——尤其是幾個和他同族的人，仗著和他有血緣關係，直截了當的向他提出意見：

「天氣太壞，行軍困難，不如先退兵，等天氣暖和的時候再做打算吧！」

努爾哈赤當然不會接受退兵的提議，他登時沉下臉，毫不留情的教訓那幾個人：

「大丈夫做事，豈有因為天氣不好就改變計畫？遇到困難，應該設法解決，怎可退縮不前？要是連這麼一點小困難都不敢面對，將來還能做出一番大事業來嗎？」

接著，他又恨恨的說：

「兆佳城主李岱，與我是同姓同族的堂兄弟，卻為哈達兵做嚮導，來搶劫我們的城池；這種勾結外人、欺凌自家人的行為，不給他一點懲罰怎麼行？我一定要打下兆佳城來，這點小困難不算什麼——」

最後是安費揚古想出了辦法，大家不再逆著風雪攀行陡峭的山路，而改在山路上鑿出階梯來——軍士們一級一級的邊鑿邊鱗次而上，同時用繩索綁住馬匹，以人力吊運上去；於是克服了困難，順利到達位在崇山峻嶺中的兆佳城。

可是，等到大隊的人馬到達後，新的、更嚴重的問題又橫陳在眼前——原來，龍敦早就派人來，把努爾哈赤出兵的詳細行程告訴李岱；因此，李岱已經做好防禦措施；大批守軍集結在城上，一聽號角，人人刀出鞘、弓上弦的嚴陣以待，李岱也親自登上城樓，手舉長刀，刀上的紅纓在風雪中虎虎招展；兆佳城依地勢而建，居高臨下，從城下仰頭上望，倍覺城高人多，攻打不易。

於是又有人打退堂鼓：

「兆佳城事先得知消息，已有準備，很難攻下，還是先退兵，等他們不備的時候再來吧！」

聽了這話，努爾哈赤非常生氣，冷笑著罵道：

「我當然知道他們有了準備——但，別人有了準備，我們就要不戰而退嗎？懦夫！」

說完，他不理來進言的人紅了臉，立刻親自衝鋒。

他命舒爾哈赤、穆爾哈赤和雅爾哈赤兄弟三人，帶著一百人包圍兆佳城，往城上射箭掩護；自己和額亦都、安費揚古各帶幾十名士卒衝鋒攻城；因為由下往上仰攻不易，他想出輔助的方法同時進行：先命軍士砍倒幾棵大樹，由幾人合抬著去撞開城門，一部分的人帶著斧頭，由城牆下方砍開城柵；他自己一馬當先的揮舞著長槍殺進城去……

兆佳城很快被攻下，守軍大半棄甲投降，大勢已去的李岱在努爾哈赤跟前丟下武器，跪地請降。

這次戰勝，建州左衞的實力當然又擴增了一些，可是，努爾哈赤的心中另有感觸，返回後，他向額亦都和安費揚古說：

「我軍的訓練不夠——單憑攻兆佳城時，遇到一點小困難就想退縮來看，我軍的士氣、意志力、信心、耐心，全都不足，從今以後，必須在這幾方面加強訓練！」

額亦都聽了，抓抓耳朵說：

「遇難思退，貪生怕死，這些，不都是人之常情嗎？能訓練得他們全部革除嗎？照我看，我們的部隊每戰必勝，已經很了不起了！」

努爾哈赤搖搖頭道：

「不然——我聽說過明朝戚繼光將軍治軍的事跡，據說他北調的時候，帶了三千子弟兵到薊鎮，點校時適逢大雨，而這三千兵丁從早到晚直立在雨中，動都沒有人動一下……」

他的話還沒有全說完，額亦都已經伸了一下舌頭：

「真有這樣的事？那可真厲害！」

努爾哈赤點點頭道：

「練兵要能練到這種程度，才配稱得上是『將軍』；我們應該向他多學學！」

額亦都詫道：

「您要請他來我們這裏？」

努爾哈赤莞爾一笑道：

「不是的——人家是明朝的大將軍，哪能請來我們這裏？我的意思是，他曾經寫了兩部講練兵的書，我們讀通了，就學會了他的練兵術——這兩本書，我以前在李成梁府中看到過；現在，得找漢人買！」

額亦都道：

「這就容易了，馬市裏頭有不少漢人買辦，要什麼講一聲，他們本事大得很，連產在大南方的新鮮荔枝都能拿來換人參呢！」

努爾哈赤微一點頭道：

「這事就吩咐下去，即刻去辦吧！」

額亦都應了一聲「好的」，便傳下令去；可是，還不等這兩本書買回來，一個重大的噩耗先傳了回來——

哈思虎竟然在外出的半路上被人暗殺！

接到這個報告，努爾哈赤連甲都來不及披，隨手抓了刀與弓箭，跨上馬匹飛奔而去；當時安費揚古帶著人打獵去了，額亦都正在訓練軍士的戰技，舒爾哈赤在監督騎士練馬術，一聽到這消息，又眼看著努爾哈赤衝出去，兩人立刻丟下手邊的工作，飛身上馬，追隨努爾哈赤的身後，趕到哈思虎出事的現場。

哈思虎和座騎的屍體都橫在地上，他的死狀很慘，幾支長箭自他身後射入，前胸一刀穿心而過，頸上的一刀割斷了半個脖子；座騎則中了好幾支長箭，倒斃在地；從現場的狀況看起來，像是有人自他身後發箭偷襲，他中箭後墜馬，敵人再從正面刺殺他……

努爾哈赤趕到現場，才一下馬；尼楚賀也已經聞訊趕到，她幾乎是摔滾下馬，一落地，立刻撲過去抱住哈思虎的屍體，哭得雙眼幾乎流出血來。

看看尼楚賀，再看看哈思虎的屍體，努爾哈赤又是憤怒，又是心酸，他想安慰尼楚賀幾句，但是說不出話來，而心裏在厲聲吼叫：

「這是誰幹的？是誰殺了哈思虎？我要把他碎屍萬段！」

他憤怒得想立刻上馬去找凶手拚命，只是不敢撇下尼楚賀離開，這才勉強忍住；可是，眼看尼楚賀哭得死去活來，自己一點忙也幫不上，心中的憤怒更深；等額亦都和舒爾哈赤趕到的時候，他發洩了出來，咬牙切齒的喊叫：

「我要把凶手碎屍萬段——」

額亦都比他還衝動，才下馬就又跳上馬，吼道：

「是誰幹的？我殺他八刀——」

可是，努爾哈赤的理智還在，拉住了額亦都的馬韁道：

「尼楚賀需要人照顧，我們先帶她回去！」

尼楚賀已經哭暈過去，陪同她前來的從人小心的扶住了她；可是努爾哈赤不放心，親手抱起她，放在自己的馬背上，又脫下自己的外衣，裹起哈思虎的屍體，放在額亦都的馬背上，然後，他牽著兩匹馬，低著頭踏出沉重而哀傷的步子，一步步的走回赫圖阿拉城，其他的人也就牽著馬，跟在他後面徒步走路；在雪地裏，一行人的每一步都留下一個深深的足印，綿延成一條漫長的鞭炮似的圖形，像是無止境的哀傷在心中留下烙痕一般。

註一：《明史．禮志》載：「明太祖初定天下，他務未遑，首開禮、樂二局廣徵耆儒，分曹究討。」後經多名宿儒、大臣，參考以往各朝制度，增益修訂而成；其後改動的不多，較重要的只有永樂中又定巡狩、監國及經筵日講之制，英宗時罷後宮殉葬之制而已。「元旦朝賀儀」為明代禮制中重要的大典之一，亦為明太祖時制定。

註二：「金花銀」本是為神宗大婚而特別增加的稅收，後來衍為正式的稅收之一，歸神宗使用，有如他的「私房錢」。

2

暗殺哈思虎的凶手赫然是龍敦和薩木占！

根據哈思虎的從人們的陳述，努爾哈赤推測到當時的情形：龍敦和薩木占商定了毒計之後，派人去請哈思虎到龍敦家裏赴宴，不疑有他的哈思虎只帶了少數幾名從人上路；走到半路，忽然聽到不遠處傳來幾聲慘叫，哈思虎命從人去察看究竟，自己留在原地等消息；而這時，一羣早已埋伏在路旁的偷襲者從他的背後放出冷箭……

得到這個判斷的結論後，憤怒得兩眼幾乎冒出火來的努爾哈赤立刻帶著武器飛身上馬，額亦都跟著他一路狂奔，一起衝到龍敦家去。

誰知這一趟卻撲了個空，龍敦的家裏不但沒半個人影，連像樣點的東西都已經搬光。

「這廝準是猜到我們會來找他——」額亦都恨聲的罵：「好個狡猾的東西！」

「逃也沒有用，我一定要抓他回來，給哈思虎抵命！」

努爾哈赤說著，一拳打在牆上；他的力氣大，這一拳竟把泥草砌的牆打出一個洞來。額亦都一樣怒火高張，緊接著也揮拳往牆上打去；兩個人一拳又一拳的猛搥牆壁，不多時就把一面牆打得泥屑四飛、木柱斷裂，整個坍倒；牆一倒，屋頂也跟著坍塌，房屋立成廢墟。

兩人搶在屋倒前跑出來，附近的鄰人有不少聞聲跑來圍觀，一看是他兩人毀屋，就沒有人敢多話，唯獨努爾哈赤的族叔稜敦出來打圓場，邀請兩人到他家中去坐。

因為想向他打聽龍敦的下落，努爾哈赤接受了他的邀請；可是，稜敦的本意卻是勸告努爾哈赤：

「快回家去！你們兩個人單獨在外頭實在太危險了——現在有很多人想要殺害你呢！先殺哈思虎就是讓你少掉一個幫手——龍敦對大家說，你已經打了好幾次勝仗，打下了好幾座城，實力越來越強，若不趁現在殺掉你，將來，所有的城都會被你吃掉；有好些人相信他的話，都跟他去了，你可要小心點呀！」

聽他說得誠懇，努爾哈赤對這個老好人生出了由衷的感謝，於是對他說：

「謝謝你告訴我這些——但我卻不是個膽小怕事的人，龍敦和薩木占合謀，殺了我的妹夫，我不會放過他們的；請你告訴我，龍敦逃到哪裏去了？」

看他態度堅決，稜敦知道勸不過，便審慎的告訴他：

「龍敦臨走沒有很明確的說要上哪兒，但他同時帶了好些人走，大約去薩木占那兒了！」

努爾哈赤冷笑道：

「我會去找他們的！」

稜敦連忙搖著手勸告他：

「依我看，薩木占已經聚集了好幾百人馬，你千萬別隨意闖去！」

努爾哈赤淡淡的說：

「你放心，我不會逞匹夫之勇的——我也帶著幾百人馬去！」

說著，他向稜敦道謝、告辭；回家的路上，他的心中開始盤算攻打薩木占的諸般事宜。

回家後，他先去看望尼楚賀；傷心欲絕的尼楚賀除了哭泣以外還是哭泣，怎麼勸都不肯稍停，更不肯吃喝；大腹便便的札青已經臨盆在即，卻因為不放心，寸步不離的親自守著她；努爾哈赤看她哭得臉頰、眼睛都已經凹成淵洞，想到她新婚不久就做了寡婦，心裏便陣陣發酸，但又說不出話來安慰她，默默的陪她坐了一會兒，便退了出去。

哈思虎的喪事當然必須立刻處理，他不以外姓為嫌，將哈思虎的屍體陳放在自己家中，置備棺木，選了上好的冠履衣服為他入殮，並且舉行隆重的葬禮。

開弔的時候，沾河寨的常書和揚書兄弟聞訊趕來弔祭，幾個人一會面，回憶起不久前和哈思虎並肩作戰，攻下圖倫、甲版這幾座城的往事，心中都湧起了無限的感傷；再一看尼楚賀原本如花的容顏，因為這件事的打擊而變得憔悴不堪，心裏又更難過；在這種情況下，反倒是努爾哈赤不想讓大家的心情都沉陷在低調中，特意想些其他的話題來分散注意力。

因此，喪禮過後，他立刻就向大家提出攻打薩木占的計畫；果然，在「為哈思虎復仇」的前提下，每一個人的情緒都升高了起來，而且越談越激昂憤慨，恨不得立刻就去找龍敦和薩木占拚命……

這一談便直談到半夜才結束，各自就寢；可是，努爾哈赤的頭剛一就枕，就覺得眼前好像有人影，睜開眼仔細察看，卻什麼也沒有。

他索性披衣而起，燃亮燈，看個究竟，這才明確的認定，有人在他的屋外，月光照著那人，將身影映在窗紙上。

於是，他悄悄走出房門，繞到窗外去，赫然發現那人是揚書。

揚書似乎是在出神沉思，一動也不動的站著，連努爾哈赤走到他身後都毫無所覺。

努爾哈赤拍了一下他的肩膀問：

「怎麼一個人在這兒發呆？想什麼心事？」

揚書被這一拍，驚得猛然一顫，回過神來時看見努爾哈赤，還沒說話臉就先紅起來；努爾哈赤看他神色有異，越發目不轉睛的看他，揚書不是有城府的人，藏不住心事，支吾了一會兒，鼓足勇氣，以堅定的態度對努爾哈赤說：

「我是來向您提出請求——請把尼楚賀嫁給我吧！」

這下換成努爾哈赤嚇了一跳，他怎麼也沒有料想到，揚書在他的窗外站了這許久，心中想的竟是這件事；他驚訝得瞠目結舌，過了好一會兒才鄭重的問：

「這是你考慮了很久才做出的決定？」

揚書點點頭：

「是的。」

接著，臉色更紅，而且不由自主的低下頭，一面小聲說：

「她曾為我縫補新袍上的裂縫，我也願為她縫補失去丈夫的裂縫——我會好好待她、好好照顧她！」

努爾哈赤定定的看著他，感受到那圓圓的娃娃臉上流露著真摯的情意，為之心中一熱；沉默了一會兒之後，緩緩吐出一口長氣來說道：

「我只有這一個親妹妹，從小就最疼她——但，哥哥和丈夫是兩種不一樣的親人，能給她的也是不一樣的疼愛和照顧；我當然希望她既有哥哥、又有丈夫……但她現在剛遭喪夫之痛，要她願意再嫁，恐怕不是短時間的事！」

揚書道：

「不要緊，我有耐心等。」

努爾哈赤點點頭：

「那就好——你有空的時候不妨去陪陪她，等到適當的時機，我會出面處理的！」

說著，他拍拍揚書的肩膀，露出一個多日不曾出現過的微笑，說：

「我誠心的祝福你們！」

兩人並肩走回屋裏去。第二天，努爾哈赤得空時把揚書求親的事告訴札青，要她得便時勸尼楚賀再嫁；札青聽了，想了想後告訴努爾哈赤：

「怪不得——這事我悶在心裏好一陣子了，往常揚書見了妹妹，總會無緣無故的紅起臉來，原來是心裏喜歡她——」

聽了這話，努爾哈赤並沒有任何反應，沉默了一會兒之後就走開了，但是心裏五味雜陳——已經有許久的時間，心中沒有想到過「情」這個字了，可是這下子，竟因為尼楚賀、哈思虎、揚書三個人之間的微妙關係，牽動了他心中深埋已久的思念。

他想起了雪靈，想起了那段形影相隨的日子，繾綣、惆悵和仇恨一起湧上心頭，再一次令他傷痛得如遭千刀萬劍，過了許久才逐漸忍下去，重新把這一切感受鎖進心底去，而只想眼前的要務。

「為哈思虎報仇才是當務之急——」他的理智提醒自己：「抓到那兩個凶手以後，尼楚賀的心才勸得過來！」

他瞭解尼楚賀的個性，她不吃不喝終日啼哭的情況，只有等抓到凶手才能改善；於是，他派出兩個小組的人手，一組去打聽尼堪外蘭的情形，一組負責偵察龍敦和薩木占的情況。

另一方面，他也加強赫圖阿拉城的防備——龍敦和薩木占是什麼手段都使得出來的人，必須防著他們先發制人的來偷襲赫圖阿拉城。

果然，在他還沒有準備好出兵攻打龍敦和薩木占之前，意外的事情又發生了。

四月裏的一個夜晚，他因為一向遲睡，這夜又因和舒爾哈赤一起核算建州左備現有的人口、牲畜的數目，乃至於預估在夏季的市圈貿易中，能夠出售多少物品，有多少收入，能換回多少物品的問題，而談論到深夜。

他明確的指示舒爾哈赤：

「人參、鹿茸這種東西，漢人都拿來當作補品，我們自己卻沒什麼用處，多賣些給他們不打緊；牛羊、獸皮也可以多賣一些，馬匹就不要賣，打仗用得著，我們自己都嫌少呢！絲綢那一類的東西，只能給女人做衣服，沒太大用處，盡量少買——要多買生鐵，那是打造武器用的，得想盡辦法多買！」

這些事，兩人仔細商談許久，因此，就寢的時間延後許多，可是，他的警覺性並沒有因為遲睡而稍減，即使在闔上了眼睛的朦朧間，他還是若有所感的聽到戶外有些細微聲響。

於是，他悄悄起床，穿上衣服，帶了刀和弓矢，出戶上屋頂，躲在煙囪旁察看究竟。

天很黑，剛開始的時候看不見什麼，一會兒之後感覺有人朝自己這個方向過來；他屏息以待，等那人走近，趁其不備，用力一擊，那人「啊」的叫了一聲，「砰」的翻身滾下屋頂，重重的摔在地上。

宿在門邊的侍衛洛漢聽到聲音，翻身而起，衝出門來，一個箭步趕上，逮個正著。

努爾哈赤順勢下屋，吩咐洛漢將那人綁起來。

「還綁什麼呢？」洛漢詫異的問：「一刀殺了不就完了？」

可是，努爾哈赤稍一思索便決定不殺那人；於是，他故意問說：

「半夜摸黑跑到我家來，是不是想盜我的牛？」

那人立刻順水推舟的回答：

「是的——我是來盜牛的！」

努爾哈赤罵他：

「身強力壯，不務正業，半夜到人家家裏盜牛，簡直不像話——下次再給我抓到，不砍斷你的手才怪！」

說著，他吩咐洛漢放那人走；洛漢困惑的看著他，囁嚅著說道：

「您別相信他胡說，他不像是來盜牛的——我看他倒像個刺客呢！」

可是，努爾哈赤揮手打斷他的話：

「我說過，這次放了他，下次敢再來就砍斷他的手！」

洛漢無奈，只得依命將那人放了；等到那人走遠，努爾哈赤才對洛漢說：

「我何嘗不知道他是個刺客呢？只是，他個人與我既素不相識，當然也不會有舊仇存在；他為什麼要來暗殺我呢？是受人主使的——既然主謀並不是他，殺了他又有什麼意義呢？不過多傷一條人命而已，還不如放回去，讓主謀的人知道，我也不是容易被人暗殺的，以後還是打消這個念頭算了！」

洛漢聽了恍然大悟：

「您想得真周到！」

努爾哈赤一面與他並肩回屋，一面又對他說：

「這人如果是龍敦他們派來的，不久也會與他在戰場上見面，那時再殺也不遲；如果不是龍敦他們派來的，那麼主謀的人或許對我只有一點小誤會，沒有什麼深仇大恨，可是一殺了他，仇就結定了；目前建州左衛的實力還不強，仇家越少越好！」

聽了這話，洛漢更加心悅誠服，由衷的欽服，說道：

「是的，屬下懂了！」

但，努爾哈赤還是重複告誡他：

「儘管今夜趕跑了刺客，卻不能保證今後刺客不會再來；以後我們要更加小心！」

而他果然有先見之明，一個月之後，事情再次發生。

晚睡慣了，臨睡前更是習慣性的特別小心，這一夜，他看到一名新投來的婢女，入夜不睡，提著一盞燈坐在灶旁，燈火忽明忽滅的閃了好幾次。

他立刻就有了警覺，回到房中，先把短甲穿在衣服裏面，提了刀，攜了弓矢，悄悄走出房門，繞過每一間房門口，走到庭院裏，隱身在暗處察看；果然，院門旁籬落處彷彿有人影移動，他拉起弓準備，等那人移得近了，「颼」的一箭射去。

可惜天公不作美，四下裏有風，使他的箭一發出就虎虎作響，讓那人有了防備，一閃躲避開了箭矢，而僅射穿衣服。

那人轉身逃走，努爾哈赤追上去，從後面射中那人的腳，那人摔倒在地，這才束手就擒。

正在屋子裏睡覺的人們當然都被這些聲音驚醒了，男人們都拿著武器衝出來；一看努爾哈赤已經擒住了刺客，舒爾哈赤先不由分說，上去順手「啪啪」兩個耳光，打得那人嘴角沁出血來，一邊破口大罵：

「活得不耐煩了，敢到這裏來撒野——想去見閻王？別怕沒有人送——」

罵著，拔出佩刀來就要往那人身上砍去；可是努爾哈赤阻止了他，自己問那人道：

「你叫什麼名字？」

「義蘇。」

努爾哈赤再問：

「你是哪裏人？三更半夜到我這裏來，想做什麼？」

義蘇低下頭，不肯回答這兩個問題；努爾哈赤也就不再問，隨口輕描淡寫的對義蘇說：

「不管你來的目的是什麼，現在你知道了，不可能得逞的，以後別再輕易嘗試！」

義蘇的頭低得更低，牙齒咬著嘴唇，半點聲音也不敢發出；但是努爾哈赤卻出乎他意料之外的吩咐侍衛說：

「放他走吧！」

他這麼吩咐，侍衛們當然照辦；可是舒爾哈赤卻大喊大叫起來：

「怎麼又要放？上次就是你放刺客走，這回才又來了──不殺一次立威，以後他們會天天跑來行刺！」

努爾哈赤不想和他爭論，裝作沒聽見他的咆哮，誰知他卻不停的喊叫：

「你這麼膽小怕事，抓到了刺客都不敢殺，遲早有一天讓刺客把你給殺了！」

他越講越不得體，安費揚古便忍不住伸手拉了一下他的袖子，示意他別再講了；額亦都則是平靜的對努爾哈赤說：

「這個義蘇我看著很眼熟，像是董鄂部的人──反而不像龍敦派來的！」

努爾哈赤道：

「不管他是哪一部的人，只要行為還沒有嚴重到不可原諒，就不要殺他──我們想做一番大事業，就應該多結盟友，少結仇家；更何況都是女真人，何必為了一點小錯就殺他？」

說完這話，他便逕自回屋去，留下大家在屋外，洛漢也把他上次放走刺客時所說的話陳述了一遍，聽得舒爾哈赤不覺自悔孟浪，額亦都則豎起大拇指道：

「我們跟隨他，一點也沒有錯──一樣是人，努爾哈赤總是比別人深謀遠慮、豁達大度；想事情總是往大處想，想得深、想得遠，別人想對他不利，他反倒不怎麼計較！」

3

努爾哈赤所斤斤計較的是軍隊和武器的品質，他親自操練士卒，也親自管理馬匹的飼養和訓練，更親自監督武器的打造；二月來臨的時候，新造的一批武器和盔甲都如期完工，交上來，試用後還算滿意；而有了這批器具的加入，他對攻打龍敦和薩木占，為哈思虎報仇的行動又增加了三分勝算，因此，他更加積極的練兵，周詳的擬定出兵的計畫和日期。

而在大明朝廷，朱翊鈞才剛開始打起精神，出席元旦以來的第一次早朝；但是，委實沒有什麼太重要的事要處理，大臣們行禮如儀，他懶洋洋的說些慰勉的話就下朝了，總計他與文武百官們會面的時間還不到半個時辰。

但，一回到後宮，年輕的他立刻恢復了生命力，變得興致勃勃起來，帶著鄭玉瑩到御花園中遊玩。

春意漸濃百花漸放，引來蜂飛蝶舞，芳草初嫩，樹梢一片新綠，午前的溫煦陽光且為御花園敷上一層金粉，景致更加華美；兩人來到浮碧亭，朱翊鈞隨手取過宮女們捧著的魚餌，投向池中，立刻引來池中飼養的無數錦鯉游來爭食，鱗光斑斕，燦爛如霞，也使得水中的倒影搖曳盪漾，像一池的碎夢，看得朱翊鈞心花怒放，眉開眼笑，不時對鄭玉瑩說：

「真是良辰美景——」

而同樣置身在良辰美景中的鄭玉瑩，心中也一樣充滿了愉悅，她嗅著輕拂的微風時時送來的花香，看著水中游魚，一時興起，隨口輕唱了起來——

日初長，柳絲綻黃金模樣，雨才過，桃杏花撲面清香，賣花人聲聲喚起懷春情況。蝴蝶兒爭新綠，燕子兒語雕梁，打點出那小扇輕羅也，還要去流水橋邊賞！

她的嗓音嬌柔婉轉，唱起這樣切切如私語的小曲，別有一種細膩纏綿的情思，甜媚綺靡，十分動聽；朱翊鈞立刻鼓起掌來，一迭聲的讚美，並且發出疑問：

「好聽！真好聽！不過——這是什麼詞曲？怎麼跟你以往唱的〈如夢令〉、〈虞美人〉都不一樣呢？」

鄭玉瑩笑著回答：

「這是民間的俗曲，不是什麼了不起的詩人、詞人所作，不登大雅之堂——多承萬歲爺不嫌棄！」

朱翊鈞詫異的問：

「民間俗曲——竟這麼好聽！這種俗曲，民間多嗎？」

鄭玉瑩深知他不曾經歷過民間生活，勉強忍住笑，中規中矩的為他解說：

「民間百事、百業，都能有曲——民女、農婦們採茶、採桑時隨口唱著，車伕、轎伕們隨口哼著，牧童、漁夫、市井小販，都常隨口唱曲；要是青樓、妓院，就更多更豐了，常是夜夜笙歌——所唱的當然都不是雅曲，而是俗曲！」

朱翊鈞聽得目瞪口呆，過了一會兒才發出驚愕的讚嘆：

「民間生活，總是多采多姿！」

他滿臉豔羨、嚮往，也引發了鄭玉瑩的聯想，於是一路為他解說下去：

「民間有許多東西都與皇宮中不同——帝王宮中，一切都以尊貴、華麗、端正為準，民間的作風則不敢僭越，不得仿效皇家的尊貴，因而活潑熱鬧；萬歲爺請看，這座浮碧亭建在池上，形制方正，藻飾典麗，乃是至高無上的天子遊憩之處；而臣妾家中也有一座樓閣蓋在水池上，但那是戲樓，黑瓦木簷，全無龍鳳雕飾，但是，水池極大，戲臺臨水，唱戲的時候，絲竹管弦之聲從水上透出來，特別好聽；即便是臣妾剛才隨口唱唱的俗曲，要是在水閣中配著管弦和聲，也能如仙音般好聽呢！」

朱翊鈞聽得為之神往，隨即發出一聲興奮、雀躍的歡呼：

「索性，在皇宮中也蓋一座水閣，當作戲樓……咱們就可以把歌舞樂伎都移到戲樓來，每天聆聽仙音……」

鄭玉瑩立刻笑吟吟的應和：

「樂音透水，美如仙音；如果皇宮裏蓋了水閣戲樓，萬歲爺常常得享仙音；連帶的，臣妾隨侍萬歲，也跟著有福了！」

朱翊鈞連連點頭：

「朕立刻辦——立刻叫人去辦！」

他劍及履及的立刻叫了張誠來，一面比手畫腳，一面口沫橫飛的把這個計畫告訴他，並且命令他立刻著手進行，盡快完成。

但是，聽完這個天馬行空般的夢想的張誠登時愣在當場，隨即，他「噗通」一聲跪倒在地，然後磕頭如搗蒜。

「萬歲爺開恩……奴婢死罪……這事……難辦……」

朱翊鈞大感詫異：

「怎麼？」

張誠識得輕重，伏在地上說話，說的都是具體的實話：

「首先，要在宮裏挖個大水池，池上蓋個戲樓，費用得要上百萬兩銀子；其次，皇太后若不恩准……」

這話像一盆冷水，兜頭潑在朱翊鈞心上，澆去他的熱情，讓他冷靜的面對現實——他的目光神情立刻一起僵住。

張誠的話不但一點都不誇張，而且完全正確……愣了好一會兒之後，朱翊鈞的神情轉為沮喪，接著，他跺腳、嘆氣、連連搖頭，什麼話也不說了。

鄭玉瑩的神情也很明顯的轉為失望，低著頭，垂著眼，一言不發。

張誠小心謹慎的啟奏：

「奴婢滿心為萬歲爺拚死命的辦事，辦成了這件大事，是大功一件，好討萬歲爺的獎賞——

奈何這件事，是奴婢拚了死命也辦不成的——宮裏沒有這麼多銀兩可用……」

朱翊鈞已經想到了，大明朝一年的全部稅收大約是四百萬兩銀，哪裏能用一百萬兩銀來給他蓋水閣戲樓呢？更何況，即使大臣們屈服了，同意了，皇太后也不會點頭的！

除非——不肯死心的他，心念一轉，又觸動了希望：

「要是能先張羅好了這筆費用，再去跟母后商量，也許能讓母后恩准！」

入夜以後，他悄悄的與鄭玉瑩商議；但，鄭玉瑩也潑了他一盆冷水：

「但是，到哪兒去張羅這麼多的銀子呢？」

他無言以對，只有無奈的接受這個事實，搖頭嘆氣，決定放棄：

「算了！不要再想了！」

不料，幾天後，新的希望又降臨了——

他看到了御史羊可立上的奏疏，條列了故太師張居正的種種罪狀，其中最重要的一條是張居正曾經在嘉靖年間因為私怨而羅織罪名，構陷遼王憲㸅謀反，因而使遼王憲㸅被廢為庶人；並且附上憲㸅妻子的辯冤疏，疏上明白指控張居正陷害憲㸅的前因後果，並指出憲㸅被廢後，全部的財產都被張居正吞併，總價值不下於千萬❶。

第一眼看到這份奏疏的時候，他根本不相信，可是第二個念頭一轉，又推翻了第一眼的直覺——眼前鐵證如山，由不得他不相信，雖然他一向對張居正有著「正直得過於嚴厲」的根深柢固的看法……

一時之間，他愣住了，不知道該怎麼處理這件事；可是，再轉念一想，一個可怕的想頭吞沒了全部的意識：

「憲㷆的全部財產，價值千萬以上，全為張居正所吞沒……」

他突然興奮了起來，上次抄沒馮保財產時，一箱一箱的金銀珠寶、古董珍玩呈現在他的面前，由他一一親自清點、納入私庫時的那種喜悅和快感，再一次回到心頭；記憶猶新、食髓知味……他忍不住喃喃的自言自語：

「抄家……抄他的家……千萬、萬萬，全都是朕的了，要蓋水閣、戲樓，綽綽有餘……」

說著，他全身不自覺的發出輕顫；接著，眼前浮起了幾個不連續的畫面：黃澄澄的金子、白閃閃的銀子、血紅的瑪瑙、碧綠的翡翠、渾圓的珍珠、溫潤的美玉……相對於張居正那不苟言笑的音容、深沉銳利的目光，乃至於親自編撰繪製的《帝鑑圖說》，互相衝擊了一下，但，他沒費上多少交戰的工夫，就讓前者戰勝了後者。

四月裏的一天，他正式下旨抄張居正的家，籍沒張居正的財產；派去執行任務的人是司禮太監張誠、侍郎丘橓等幾個親信，分兩批人辦事，一批去抄張居正在京師的府第，一批去抄張居正在江陵的老家。

可是，他的心裏只想著張居正價值千萬的財產，根本就沒有料到，這個只想謀財的念頭，在得逞前先造成多人死亡的慘劇——

聖旨一下，早在張誠、丘橓到達江陵之前，江陵的地方官就已經「拿著雞毛當令箭」的先到張府上去登錄了人口，並且如臨大敵的封了門，以防有人脫逃或運出財物；於是張居正留在老家的家屬們就只能躲在空室中乾等，等到張誠、丘橓到達江陵，打開張府被封的門時，已經有十幾個人活活餓死了。

接著，張誠和丘橓等人開始清查張居正所遺下的財產，結果卻令人大失所望——張居正生前最寶貴的「財產」只是幾屋子書籍，和少許字畫；生前貴為太師，權傾天下，幾個兒子也都在朝為官❷，可是所蓄積的錢財，連兄弟子侄輩都搜括盡了，也只有黃金萬兩、白金十餘萬兩而已，論財力，他比民間的一般中等商人都不如！

然而，「善體帝心」的張誠很清楚，這樣的結果呈報上去的話，朱翊鈞不但不會滿意，還要大發脾氣，他當然不能就此結案；同時，他並不相信當年手攬天下大權的張居正會清廉到這樣的程度；於是，他把張居正任禮部主事的長子張敬修抓了來，嚴刑拷打，逼著張敬修招出其他的財物所寄放的地點……

註一：明初，太祖大封皇子為親王，就藩全國各地；第十五子朱植於洪武十一年封衛王，二十六年改封遼王。遼王原來的封地在遼東，王府位於遼寧廣寧；成祖「靖難」，遼王渡海南歸，徙封荊州；憲㷿是第七代遼王，憲㷿淫酗暴虐，胡作非為，在張居正主持政務期間屢被彈劾，便在隆慶年間由朝廷正式下旨，廢為庶人，禁錮終身，同時廢遼王國，所有遼府諸宗一概改屬楚王管轄，遼府事務由廣元王綜理。

註二：張居正有六個兒子，前三子敬修、嗣修、懋修俱為進士出身，授官。第四子簡修，以加恩授南鎮撫司簽書管事，第五子允修，廕尚寶丞。

4

痛得暈死了過去，等到悠悠忽忽的睜開眼睛的剎那間，知覺卻是麻木的，似乎痛楚已經遠離了；可是，眼皮才剛一張開，微微掀動了眼角，那徹骨的疼痛又全部回到了意識中，而且隨著神智的逐漸恢復而逐漸加重……

身上已經沒有半分肌膚是完整的，被捉到縣裏刑訊❶，還不到半大的時間，一切傳聞中的酷刑才動用了不到百分之一……僅只杖打、棍夾兩項，就已痛得他哀號慘叫，幾度暈厥，心中除了求速死之外別無其他的想頭。

張敬修像一攤軟泥般的伏倒在地上，身上全是凝結的污血，肋骨和腿骨都已折斷，全身皮開肉綻，氣若遊絲，只有神智逐漸清醒；他連眼珠子都不敢動一下，深恐一牽動肌肉就使疼痛加劇；出身書香門第、官宦世家，從小到大的人生階段就是讀書、赴考、做官，如此而已，生平吃過的最大的苦頭就只是三更燈火五更雞的「苦讀」經書而已，連手指都不曾被刀子割破過，又怎禁得起這樣打得體無完膚的酷刑？

「百無一用是書生——」心裏隱隱升起了一個聲音，為自己解釋；可是，下一個念頭緊接著升起：

「不，不是書生無用，是我無用……」

他聽說過，一些江洋大盜在身受凌遲之刑的時候，還能談笑自若，直到氣絕為止；而同為書生的成祖朝的方孝孺、鐵鉉等人❷，在身體歷遍各種釘灼拷剮之後，仍然不變節操，從容就義；自己和他們比起來，實在差得太遠了，經受不住半天的刑求，竟然誣服——想到這裏，他的心中湧起了一陣愧意，痛楚的感覺又從肉體滲入心靈。

他清楚記得，自己在第二天痛暈醒來後，再也熬受不住了，便信口招供，承認父親生前還有三十萬金寄放在門生曾省吾、王篆、傅作舟等人處……

「這下可連累他們了——」

這幾人早已因為是「張居正門生」而被罷，現在又莫名其妙的被加上這個罪名，還不知道會蒙上什麼樣的災難；這全都是因為自己忍痛不過而連累別人——他慚愧自己不是方孝孺那種氣節凜然的鐵錚錚漢子，沒法子歷遍酷刑之後還能維持讀書人的尊嚴、原則和氣節；相形之下，自己不但是個懦夫，不配以讀書人自居，還不配做自己父親的兒子！

一想到父親，張敬修原本已痛徹了的心，又平添一分酸楚；由於是長子，他和父親相處的時間遠比弟弟們多——他出生時，父親還沒有中進士，成年時，父親也還沒有入閣，閒暇較多，甚至還抽得出空來親自考量他的文章；自己也因為年紀較長，跟在父親身邊的時間較多，對父親的瞭解也比別人多些——

父親在官場上周旋了幾十年，先是夾處在嚴嵩與徐階的權力鬥爭中❸，接著又夾處在徐階與高拱的鬥爭中❹，中間有一度罷官回家讀書，東山再起後稍微修正了做官的方法，以至於無往不利，最後集天下大權於掌心之中，整個過程常令論者以「權」、「謀」來論斷；而交結大太監馮保、奉承兩宮太后以求行事順利的做官方法，也令清議者加上一個「術」字；對待小皇帝的態度更容易令人在周公、王莽、曹操中產生聯想，施政的內容則又被比之於王安石；可是，父親真正的精神層面卻只有少數幾個人瞭解——父親在骨子裏是個追求完美的理想主義者，一生的辛勞，其實都只是在追求一個事實上並不存在的、心目中的理想國。

「讀聖賢書，所學何事？」

這是父親最常掛在口邊的一句話，他知道，讀聖賢書的父親心中最嚮往的是上古的治世，堯舜禹湯文武的時代；也把這個嚮往當成自己的使命，一心要把大明朝治理得不亞於上古治世，創造一個將來永垂青史的「萬曆之治」。

當然，進入官場之後，父親立刻就明確的瞭解到理想和現實的差距；本朝從以八股文開科取士的制度開始，就與古聖先賢在經典中所闡釋的政治理念互相抵觸、矛盾，沿用了兩百年之久的文官制度所形成的官僚體系和做法，更不合乎上古時「民為重，社稷次之，君為輕」的理想；而要把古聖先賢的政治理想在本朝推行，會困難得有如挾泰山以超北海。

但是，父親卻不是一個遇到困難就停止前進或者改變理想的人；他是個意志堅定，甚且執拗的人，面對困難，只會改變做事的方法，而不會改變做事的目標，因此採用了各種權謀智術作為表面上的潤滑劑，來進行治理大明朝的使命……

果然，他成功了；十年的內閣首輔做下來，整飭吏治，興修水利，消除黃河水患，丈量全國土地，修訂賦稅制度，在在都造福了黎民百姓，也使得全國富庶安樂的程度為大明朝開國以來之冠；他可以含笑九泉了！

無論皇帝對他的態度改變，朝臣攻擊他、破壞他的名譽，乃至死後追奪官位、抄家，都無法改變一個事實，那就是父親在執政的十年間所締造的成績；他的名字將會寫進政治史中，並且得到高度的評價！

「然而，我卻使他蒙羞……只為了經不起拷打而誣服……我不配做他的兒子！」

想到這點，張敬修突然睜大了眼睛，忍耐疼痛的能力也似乎增強了一些，於是，他咬著牙用手掌勉強撐住肢體，慢慢翻身坐起來；一陣陣痛徹心扉的感覺交相襲來，他只有依靠不停的想著父親的種種志業，使自己的精神得到支持的力量；坐定後，他轉頭向四周看看，四周一片漆黑，只有遠處的一張桌子上有盞如豆的油燈，一名錦衣衞伏在桌上睡著了；牢房裏只關了他一個人，一個被打得骨折肉綻的文弱書生，逃不走，不需要太嚴防他逃走！

可是，這對他來說，是個好機會——

「我將不再連累別人……至少把持住僅餘的、最後一分做人的尊嚴，使我不至於太無顏去見父親！」

想畢，他解下了褲腰帶，將一端在牢房的鐵欄上繫緊，中間套一個活結，把自己的頭伸進去後，再用力拉緊另外一端，生生的把自己勒死。

註一：張敬修當時因丁憂守制於江陵老宅，被捕刑求當在江陵縣衙牢獄中。

註二：方孝孺、鐵鉉等人是忠於建文帝的名臣，成祖奪位之後，因不肯附逆而慘遭酷刑，並株連十族，為明朝歷史上最著名的慘刑和士大夫氣節之表現。詳見《明史》本傳。

註三：嚴嵩是孝宗弘治十八年的進士；世宗嘉靖十五年任禮部尚書兼翰林學士，二十一年入閣；兩年後，在鬥垮了原來的首輔夏言之後出任首輔，權傾天下。徐階是嘉靖二年的探花，嘉靖年間任禮部尚書，不久也入了閣，位在嚴嵩之下；兩人面和心不和；剛開始嚴嵩佔上風，不久，世宗本人逐漸不喜歡嚴嵩，而轉重徐階，徐階得到機會，使嚴嵩失去世宗的歡心而罷官，而後順利的取代他出任首輔。

註四：世宗駕崩時，徐階以內閣首輔的身分代繼位的穆宗草擬即位詔；但擬詔時他只和張居正商量而沒有知會其他的閣臣，因而引起其他人的不滿，能力強的高拱反應尤其激烈，便想盡方法逐走徐階，自己出任首輔，並兼吏部尚書，集閣、部大權於一身。

5

「但使龍城飛將在，不教胡馬渡陰山……」

兩眼凝視著牆壁上這幅鐵畫銀鉤、有奔雷之勢的書法，李成梁心中情不自禁的把書法中的詩句又默念一遍；無論是詩是書，所展現的都是一份慨然壯志，流露著磅礡氣勢；可是，此刻的他在面對的時候，心中所升起的卻是錯綜複雜的感慨和憂慮。

那當然是因為聽到張敬修在獄中自縊的消息——雖然在表面上，他仍然維持住不動聲色的鎮靜，情緒的變化沒有一絲在神情中流露出來，可是，心中驚濤駭浪奔騰翻湧，心緒完全無法平靜。

張敬修的下場，連帶著張居正的一生，盤據著他大半的思緒，在腦海中旋轉、糾纏不已；攪得他一時間理不清思路，心亂如麻，頭也開始痛起來，只有面壁藉著欣賞書法來強迫自己定神靜心，仔細思考。

「萬不能步上張居正的後塵……」他在心中明確的對自己說：「萬萬不能——」

這是唯一的結論，要讓自己活下去、保住功名富貴，也要讓子子孫孫都能活下去、永保功名富貴，必須要有一套適合這個時代和環境的辦法；於是，他開始屏息凝神的思考，從自己過往的種種逐一詳加省思，乃至於現今的朝中形勢，以及未來自己所要迎合的……

反覆推想了好幾日，總算也分析、歸納出了一個大概來：他對自己以往的表現還算滿意，軍功彪炳，在朝中不但沒得罪半個人，更與當權者結交了個滴水不漏；但是，處在現今形勢下的自己卻必須格外小心謹慎——「張先生的人」這件外衣還沒有脫去，朝臣的結交還得再加把勁，以防萬一有言官找碴似的上書，參上自己一本！

而就上次自己因誘殺清佳砮、楊吉砮而錄功、敘賞這件事看來，小皇帝對自己以及遼東都還算重視——這就證明了自己以往的「遼東政策」是正確的：製造一個「遼東多事」的局面，三不兩天就有仗要打，請戰和報捷的奏疏三不兩天的往朝裏送，小皇帝自然會特別關注遼東，關愛自己！

再則，認真估量小皇帝的才能，儘管他清算張居正的手段狠毒，在治理國事上卻還是初生之犢，內地的情況應已千頭萬緒，更遑論是邊疆！對於邊疆和軍事，小皇帝恐怕連基本認識都不夠，還談什麼治理——這也就是說，好唬得很！

「只要他認定遼東多事……朝中熟悉遼事的人不多，除本帥而外……嗯……」

想到這點，他得意的笑了起來；這個既定政策是不變的，而日因為行之多年，早就十分得心應手：培植實力薄弱的女真人，等他們坐大後，再挑撥他們與實力強大的女真人火併、自相殘殺，以收制衡之效，偶爾，自己也親自出馬誅殺幾個女真人中有實力的菁英，以免尾大不掉，也為自己增加軍功——這個「治遼之策」是可以不用修正的。

要修正的是自己表現出來的給皇帝和朝臣的印象：當務之急當然是要先淡化自己是張居正

所拔擢的這個事實，其次，鑑於張居正和戚繼光的下場，自己的做官哲學中要加強「善體帝心」的努力，一切言行都要盡量迎合皇帝的心意，既不可像張居正那樣事事忠言直諫，也不可像戚繼光那般一舉消滅所有的敵人，減低了自己的重要性。

當然，要做到「遼東多事」易，想做到「善體帝心」難，還得再付出更多的努力。

「寵愛鄭德妃，漸好奢華……」

他的念頭轉了幾轉，心中不由自主的想起了從京師傳來的這幾句密語，也不自覺的瞇起雙眼，喃喃低聲自語：

「終究是少年心性……若果是這樣，倒也好辦！」

主意想定了：如果這個消息屬實的話，只要走上鄭德妃的路子，功名和富貴就永保定了——而且，這個消息屬實的成分居多，畢竟，多年來花在京師買消息的大把銀子不會是丟在海裏的。

於是，盤算確實：

「自古以來，做官的走皇帝的內線，不過是外戚和宦官兩條路——宦官，我已重新搭上了張誠的線；再有了鄭德妃這條，那就雙管齊下，萬無一失了！」

他行事從不拖泥帶水，當下便命令左右：

「傳如梧！」

可是，這一回卻出乎往常的慣例，李如梧並沒有立即應命來到他跟前，而是過了好一會兒，才帶著自知遲到的驚慌神色，匆匆趕來；一見到他，立刻跪倒在地，伏著頭不敢抬起來：

「孩兒來遲，父帥恕罪——」

李成梁心中有事，便沒有像平常一樣的大發雷霆，只冷冷的「哼」了一聲，就讓李如梧自行解釋：

「孩兒只是出府去遛遛，原本早就回來了，卻因為在城門口聽得有人在談努爾哈赤，因此停下腳步，聽了好一會兒，才耽誤了些時間……」

一聽到「努爾哈赤」這四個字，李成梁驀的心頭一震，隨之興起了一股複雜的茫然感，耳中也開始嗡嗡作響，臉上不動聲色，可是一等李如梧回完話，卻下意識的脫口問：

「你聽到努爾哈赤什麼消息？」

李如梧不敢有所隱瞞，卻又心存怯意，囁嚅著回答：

「我聽說他帶了四百人去打龍敦和薩木占！」

李成梁冷笑一聲道：

「我當是什麼大消息——」

李如梧跪伏在地，不敢表示任何意見，全身連動也不敢動一下；幸好李成梁很快就掠過努爾哈赤的話不提，而對他說：

「起來吧！我有事要你去辦！」

這話是「皇恩大赦」，李如梧當然忙不迭的站起身子，李成梁吩咐他道：

「你再帶一批珠寶珍玩，到京裏去找你二叔、五哥；今年的餉銀已經撥下，一樣不用運來，留在京裏打點各方——該用的地方盡量用，另外，要他們走上鄭德妃的路子，她本人和她母家，兩方面都要搭上線！」

他說一句，李如梧就點一個頭，應一句「是」；等他全部說完，李如梧更是立刻恭恭敬敬的應：

「孩兒立刻去辦！」

「去吧！」

「孩兒告退！」

李如梧說完，又恭恭敬敬的跪下磕個頭，倒走著步子退出書房，到了書房門外才轉身離開。

李成梁看著他退出到了門外，仍可從花格窗中看到窗外的人影經過，心裏忽然興起了一股莫名的衝動，想叫他進來再問上幾句話；可是一張嘴，立刻就頓住，沒有發出聲音來；等到叫他的念頭再轉濃的時候，李如梧已經在這一個猶豫間走遠了，他頓覺心中若有所失，但是提不起勁派人去叫回來，索性就作罷了；可是，一轉身，看見壁上「不教胡馬渡陰山」的大字，心裏頭的複雜感覺又一起湧上來。

「努爾哈赤——」

這個名字牽引起心中許多感觸，交織成密網；這個人，曾經待如子侄、曾經必欲殺之而後快……如今，是要等著他壯大以後，來增加自己的軍功、鞏固自己的名位！

想來想去，往事歷歷，百感交集，他便更加心亂如麻；情緒既不安定，夜裏便不易睡好覺，所幸；他的理智還算清明，精神上也還負擔得起，因此，也還能繼續按照預定計畫執行對朝廷和女真的策略。

而努爾哈赤完全不知道李成梁心中這種種複雜的想法和起伏、糾葛的情緒，心中只有一個單一的認定：血海深仇，總有一天要找李成梁了斷。只是，在實力還無法與李成梁抗衡的時候，必須要忍耐，甚且必須盡量在表面上隱藏鋒芒，以避免引起李成梁的注意……他非常清楚自己所處的劣勢，為了能走到自己理想中的遠景，時機未到之前的忍耐絕對是必須的——

因此，在每次出兵前，他所制訂的作戰計畫和出兵的名義，都盡量避開李成梁的注意；祖、父之仇的對象只界定在尼堪外蘭身上，行軍力求隱秘……當然，這一次征討薩木占的做法也不例外。

建州左衛的兵力已經超過了五百人，他留下一百多人守城、保護老弱婦孺，自己親自率領四百人出兵攻打薩木占、龍敦等人，為哈思虎復仇。

根據派出去的探子回報，龍敦和薩木占帶了人馬財物逃到馬兒墩寨，投奔一向與他們友好的馬兒墩寨主訥申和萬濟漢。

馬兒墩寨有天險——它位在地勢險峻的山巔，一面是峭壁，只有一條山路可通。

有了攻兆佳城的經驗，努爾哈赤對於攻打地勢高險的山寨便不敢掉以輕心；他先仔細聽取好幾路探子向他描述馬兒墩寨的地理位置、形勢，先畫出簡單的地圖，然後親自帶著兩、三個侍衛，悄悄到馬兒墩寨附近觀察一遍，回來後再把地圖補充詳實；接下來，才是召集額亦都、安費揚古和弟弟們一起商議攻城的計畫。

攤開地圖之後，努爾哈赤向大家說的話，竟然不是攻城的法子，而是問起守城的法子：

「假如我們去守這座馬兒墩寨，要用什麼法子打退來犯的人馬？」

他第一句話說出，就聽得人人一頭霧水，舒爾哈赤甚且脫口就說：

「我們是攻打的一方啊，怎麼反而要替敵人想守城的方法呢？」

努爾哈赤不理他，自顧自的問著額亦都和安費揚古：

「假如你們兩人負責守馬兒墩寨，而面臨一支四百人的隊伍攻城，要如何應付？」

這回卻是一向沉默寡言的安費揚古先回答——低頭仔細注視地圖，想了一會兒的他說：

「這座寨有一面是峭壁，乃是天險，可以省下許多力氣；另一面的這條通路由下而上，狹窄陡峭，非常有利於防守，只要在居高臨下的路口設下幾道埋伏，第一道負責擲下石頭、擂木，第二道埋伏負責射箭，第三道負責截殺衝過前兩道埋伏的人馬，那麼，敵人縱有千萬大軍，也沒法子穿過這條山路到達寨子！」

聽他說完，努爾哈赤哈哈大笑，拍著他的肩膀，讚道：

「好將才——如果你去把守馬兒墩寨，那麼，我們真是連插翅也飛不到寨子了！」

他的笑聲在爽朗中充滿了愉悅，聽得舒爾哈赤駭然問道：

「您還笑得這麼高興？這個萬無一失的守城法，安費揚古想得出來，難道訥申、萬濟漢他們想不出來？也許他們就用這個方法守城呢！」

努爾哈赤笑著說：

「我也猜想他們會用這個法子守城！」

說著，他立刻收起笑容，嚴肅的正視每一個人，銳利的目光中流露著一種無法抗拒的威嚴，然後，他放緩了說話的速度，一字一頓的對大家說：

「知己知彼，百戰百勝，這句話是不會錯的——我們在攻城前，如果先假設自己是守城的一方，把守城的方法都想清楚，再去想攻城的方法，這樣，做出來的計畫，會比單一的只考慮如何攻城要周全得多！」

這話一說，人人恍然大悟；而額亦都在重新仔細凝視地圖之後，突然用力一拍大腿：

「我有辦法了——」

說著，他用手指著地圖，對大家說：

「請看，從赫圖阿拉到馬兒墩寨的這一路上都很尋常，我們可以正常行軍，到了馬兒墩寨的山下以後，便須改用他法，上山的路只有一條，可能會設伏的也只有這一條路——請看，這條山路起初還不算很陡，山勢也還平緩，這裏並不很適合設伏襲擊，即使有，也很容易解決，因此，這一段路，以我們人馬的作戰經驗，不難通過；真正的困難是在這裏——」

他伸出手指，指著地圖上的一個點說：

「這個地方陡峭險峻，沒事的時候要爬上去都會出一身臭汗，就更別說打仗了；在這裏埋伏了安費揚古的三道人馬，那可真連鳥都飛不過——但是，請看，這一段路雖險卻不長，路面又窄，所以我想，我們用幾塊大鐵牌，像屋頂一樣的擋在上面，擋住從上面扔下來的飛石、擂木、箭矢，第一批的士卒棄馬不用，從牌下匍匐而過，上去解決敵方的埋伏，第二批人馬跟在後面衝上去，清除城外所有的埋伏，第三批人馬就可以長驅直入的進攻城寨了！」

他一口氣說完整個攻城計畫，聽得眾人不約而同的鼓起掌來，齊聲道：

「好辦法！」

努爾哈赤也笑著拍拍他的肩膀：

「這樣，還愁攻不下城嗎？」

然後，他補充著說：

「還有一件事，另外派十個人去做——馬兒墩寨建在山巔，那種地方無法鑿井，我估計他們全寨的人所飲用的水，全是引山泉水入寨積貯的，只要找到了他們的水源和汲道，截斷了汲道，城中便無水可以飲用，我們圍住城寨，不出三天，他們就不戰而降！」

他的話一說完，立刻博來全體的歡呼：

「太好了——這次出兵一定非常順利！」

果然，按照額亦都的攻城術，努爾哈赤所率領的部隊很順利的消滅了山路上的埋伏，進而包圍馬兒墩寨，並且截斷汲道；兩天後，馬兒墩寨全寨自動投降；只可惜，寨主納申和萬濟漢憑著對環境的熟悉，趁隙逃走了，只擒住了龍敦和薩木占。

兩人被五花大綁，一起推到努爾哈赤跟前。

一見到龍敦和薩木占，努爾哈赤的眼中幾乎冒出火來，先指著龍敦怒喝：

「你，你的父親，和我的祖父是親兄弟——」

又指著薩木占怒道：

「你，你的妹妹是我父親的繼妻——你們這兩個人面獸心的畜生——你們原本和我的祖父、父親都有很密切的關係，他們被人殺害，你們不但不協助復仇，還要千方百計的破壞，最後竟設計暗殺哈思虎——你們兩個，還是人嗎？」

他一邊厲聲怒罵，一邊順手拿起馬鞭往兩人身上抽去；打得兩人身上出現條條血痕，薩木占吃痛不過，「噗」的一聲跪倒在地，口中胡亂喊叫：

「這都不關我的事——這些，全都是龍敦的主意……都是他，不是我！」

龍敦倒還直直的立著，一面躲閃當頭而來的馬鞭，一面對跪倒在地的薩木占露出一個鄙夷的冷笑，一面向努爾哈赤喊道：

「努爾哈赤，我落到你手裏，算我輸；但，我死後做鬼也要回來殺你！」

聽他這麼一叫，努爾哈赤反而停止了揮打馬鞭，「啪」的一聲把馬鞭扔在地上，然後雙眼直視龍敦，冷冷的說：

「好！有話你就說個明白！好歹讓你做個痛快鬼！」

龍敦道：

「你只知道要為你的祖父和父親復仇，卻不顧全族人的性命——尼堪外蘭有大明朝撐腰，你還敢與他為敵，你如果殺了尼堪外蘭，大明朝一定不會與你善罷干休，試問，你對抗得了嗎？你沒看到阿太、清佳砮、楊吉砮的下場嗎？你自己想報仇，賠上一條命不打緊，我們全族的人可不能跟著陪葬！不殺你，我們全族都有被大明朝剿滅的危險！」

努爾哈赤滿臉盡是輕視之色：

「沒出息的東西，膽小、怕死——」

龍敦吼道：

「為了我們要活下去，只有先殺了你！」

努爾哈赤住了罵口，冷冷的對他說：

「只可惜你不但殺不了我，自己也活不下去——我原本可以饒恕你，但你殺了哈思虎，就不可原諒；我非要殺了你，給尼楚賀止心痛！」

龍敦發瘋似的喊叫起來：

「你要殺我……你會連全族的人都一起殺掉！你這個劊子手！」

努爾哈赤立刻出手，「啪」的一聲，一個耳光打在他臉上，打得他不由自主的停止喊叫；然後，努爾哈赤兩眼射出銳利的眼光直視龍敦，平靜而有力的、一字一頓的對他說：

「我會帶著全族的人，親手去殺掉尼堪外蘭，親手殺掉每一個仇人！」

他的話意在言外，沒有說出「李成梁」三個字；而龍敦哪裏聽得懂這個，死到臨頭，沒有理智，滿口反擊似的狂喊狂叫：

「你敢和尼堪外蘭作對？他有大明朝撐腰，你有什麼——」

「我有志氣！」

努爾哈赤冷冷的回他一句，隨即吩咐侍衛：

「把這兩個人拉出去砍了！」

可是，話才出口，心念突然有了轉折，於是他揮手要侍衛作罷，然後轉身對揚書說：

「你負責押解這兩個人回赫圖阿拉，親自押著他們去交給尼楚賀，讓尼楚賀親手殺了他們，為哈思虎報仇！」

6

從馬兒墩寨班師的歸途中，努爾哈赤一連好幾次聽到探子向他報告從董鄂部傳來的消息，逼得他不得不仔細思索起因應董鄂部的方法。

董鄂部和建州左衛多年來一直互相攻伐、爭戰不休；十年前，覺昌安的幼弟寶實之子阿哈納渥濟格與董鄂部部長克輸巴顏因事成仇，董鄂部便屢屢發兵攻擊建州左衛。當時，覺昌安的三兄索長阿之子是哈達萬汗的女婿，因而借得哈達兵來助陣，不但打退了來犯的董鄂部軍隊，還反過去攻擊董鄂部，奪下董鄂部好幾座寨子，董鄂部這才暫停攻擊建州左衛。

可是，近日來，董鄂部又起捲土重來之意，原因是部裏的幾個貝勒，眼見努爾哈赤在這短短一年的時間裏，每戰皆捷，征服了不少城寨，使建州左衛的實力大增，竟眼紅起來，想重新以武力攻打建州左衛，且一面積極製造蟒血毒箭為武器，一面派出刺客暗殺努爾哈赤。

誰知道事情有了變化——大舉攻打建州左衛的行動還沒有開始，董鄂部本身就發生了內亂，幾個貝勒之間因著權力、利益的分配不均而自相爭鬥起來……

聽到這些消息，努爾哈赤仔細思考了幾天之後，終於下定決心出兵攻打董鄂部。

「先發制人——」

他向大家提出這個決定，並且詳加說明：

「董鄂部和我們建州左衛之間的爭戰已經進行了幾十年，必須做一次徹底的解決——現在正是時機，趁他們正在鬧內亂，實力分散，而且，忙著對付自己人的時候，必然疏於防備外人，我們出其不意，發兵攻入，勝算很大——」

他侃侃而談，卻不料，一段話說完，所換來的反應竟然是寂靜無聲——在場的這許多人，沒有人說出一言半語來；甚至，像連呼吸也一起停住了似的——四下裏突然呈現了一種大異於平常的凝重氣氛，那是以往從未出現過的。

努爾哈赤當然首當其衝——他立刻感受到氣氛異常，先是一愣，接著下意識的脫口問話：

「怎麼？你們不贊成嗎？」

經他這一問，大家夥不覺面面相覷起來，最後還是額亦都先說道：

「董鄂是大部，不是小城小寨，加把勁就攻得下來——這事我們得多加考慮！」

接著，舒爾哈赤也表示意見：

「董鄂部一共擁有二、三十座城寨，論實力，是我們的好幾倍；以往，建州左衛是靠著哈達部幫助，才打退他們——這幾年來，只要董鄂部的部隊不開過來打我們，就已經謝天謝地了，哪裏還敢想攻打他們呢？」

常書則說：

「您曾說過：『知己知彼，百戰百勝。』可是，我們對董鄂部並不很瞭解——甚至，我們幾個人，都沒有實地到過董鄂部，也不太認識董鄂部的人——嚴格說起來，我們對董鄂部非常陌生；貿然出兵去攻打他們，能有幾分勝算呢？」

聽完這些意見，努爾哈赤先是沉默了下來，接著，目光逐一掃過每一個人的臉，最後停留在額亦都臉上，這才以不疾不徐的速度說道：

「額亦都，就在四年前，我們初次見面的時候，我對你和哈思虎說過的話，你還記得嗎？」

額亦都不自覺的點了兩下頭，努爾哈赤的聲音卻顯得有些黯然：

「現在，哈思虎不在了，當年的志向，少了一個人來完成——不過，哈思虎會永遠記在我心中，當時我們說過的話也永遠記在我心中；我們三人一起講述過女真人以往建立大金國的輝煌歷史，也講述過女真人現在的處境，更思考著女真人未來的前途……」

這幾句話一說，額亦都心中的回憶和壯懷、熱血都一起被激勵了起來，立刻就應和著他說：

「是的——我還記得你說，女真人現在會遭逢任人欺凌、宰割的命運，主要的原因是自相殘殺……你還說，要使女真人強盛起來，恢復昔日大金國的聲威，第一要緊的事就是團結起來！」

對他的話，努爾哈赤用力點了兩下頭，然後再次注視著每一個人，說：

「大家知道我為什麼想出兵攻打董鄂部了？我並不是想殺掉他們的人，或者搶幾座城寨，甚至想報以往互相攻伐的仇——連他們派出刺客要暗殺我，我也可以原諒他們，難道還會想找他們算陳年老帳？但是，如果考慮女真人的前途，我就必須出兵攻打他們；因為，只有戰勝他們，才能徹底解決延續了幾十年的互相爭戰、攻伐的問題；只有讓他們徹底臣服，才不會時時對建州左衛造成威脅——不只是董鄂部，今後，所有的女真部落，我都要逐一團結起來！」

最後一句話，他說得大有氣吞山河之勢，聽得人人都動容，可是，他仍不停歇，大聲的說下去：

「只有團結起來，女真人才有前途，否則，就會如王杲、阿太、清佳砮、楊吉砮，乃至於我的祖父、父親一樣，不明不白的送了性命——這是我思考了許久之後，得到的答案；今天，我就說給大家聽，一來讓大家明白我要攻打董鄂部的原因，二來，讓大家明白我們未來所要努力的方向——」

他說得每一個人的心中都熱血沸騰，再也沒有人反對出兵攻打董鄂部；一等會議結束，人人都立刻著手進行自己所分配到的工作，積極的準備作戰。

到了九月間，一切戰前的準備工作都已完成，努爾哈赤便親自率領五百精兵，攻打董鄂部部主阿海巴顏所居住的齊吉答城。

正處於內亂的董鄂部，再遭受外敵攻打，無疑是雪上加霜，阿海巴顏只有採取閉城堅守的策略來應付；努爾哈赤兵臨城下的時候，阿海巴顏不派一兵一卒應戰，而只施放蟒血毒箭來守住城樓。

由於箭上有毒，努爾哈赤也就不採硬攻搶上的戰略，而只團團圍住齊吉答城，準備和阿海巴顏乾耗下去；一面派兵士們四處放火焚燒田稼、城樓、民房，來逼使阿海巴顏投降。

卻不料，上天不作美，今年的第一場大雪竟提早飄下，「火攻」的方法便不怎麼管用，每每火一放，遇上雪水，火勢就不易擴張，反而盡冒濃煙：受到了這樣的天時限制，他只有下令暫時退兵回赫圖阿拉。

但是，退兵的時候，他令兵卒先行，自己親率十二名侍衛埋伏在濃煙叢中。

果然，阿海巴顏中計了——他遠遠看見努爾哈赤的部隊遠離，便以為建州左衛的人已退得一個不剩，於是打開城門，帶著一些人馬出來救火；誰知道，埋伏在濃煙中的努爾哈赤率人一舉衝出來，殺了好些人，奪了兩副甲，然後揚長而去……

「至少是衝殺了一陣，給阿海巴顏一個下馬威，叫他膽戰心驚——」

當他和部隊會合的時候，他輕描淡寫的向眾人敘述了一下經過，再做出結論：

「日後，他只要一聽『建州左衛』這個名字，心裏就先存了怕意！」

說著，心裏又開始盤算起下次攻打董鄂部的計畫；他先是檢討自己這次無功而返的原因，主要是沒有預料到天氣會產生變化——關於這一點，他反覆的思前想後，而自責起來：

「啊，我怎麼就疏忽了呢？打仗的時候，天氣的變化也是勝敗的關鍵之一啊！從前，諸葛孔明草船借箭、火燒赤壁，不都是因為能掌握天氣的變化而獲得勝利？」

他熟讀《三國演義》，對於小說中的人物、故事、戰術、謀略，無不了然於胸；想起這兩個典故來，心中便又是慚愧又是堅定的對自己說：

「下次絕不可再犯這個疏忽——」

於是，他派了兩個細心的屬下，扮成獵人，潛進董鄂部去，蒐集各方面的資料，其中特別交代的一個任務，就是向當地居民詳細打聽董鄂部一帶，一年四季氣候變化的情形，以作為他擬定下次作戰計畫的參考。

可是，一件偶然的事發生，使他攻打董鄂部的計畫產生了變化——王甲部的孫札秦光滾來到建州左衞，依禮求見，並且說明來意：

「我願帶領王甲部歸附於您的麾下，只求您為我雪恥復仇——我與翁克洛城有仇，前些日子，我落單被他們擒住，被縛在木樁上百般淩辱，好不容易才趁隙逃出，保住一條性命；但是，我千思百想，若是沒有您的幫助，我沒有法子洗雪這個恥辱……」

話說到後來，他的眼眶紅了起來，聲音也顯得哽咽。

看著他這番模樣，努爾哈赤的心中平添幾分惻隱；再仔細一考慮，覺得自己團結女真各部的目標，在第一個階段的步驟中，也必須藉著東征西討來奠下基礎，何不趁著孫札秦光滾的請求，順水推舟的幫他攻下翁克洛城，而一箭雙雕的收服了翁克洛城與王甲部呢？

於是，他立刻答應：

「我們就一言為定——我出兵攻打翁克洛城，為你雪恥，你率王甲部隸歸建州左衞！」

而且，他立刻就說到做到點起人馬，準備出兵攻打翁克洛城。

由於孫札秦光滾曾被擒往翁克洛城後逃出，對於翁克洛城十分熟悉，便由他口述翁克洛城的情況，作為努爾哈赤擬定作戰計畫的參考；因此，這次的攻城計畫制訂得十分周全、細密。

只是，孫札秦光滾完全不知道，自己之所以會失手被擒，是因為侄兒戴度墨爾根出賣了他，而戴度墨爾根又把他這一次向建州左衞求援，一起出兵攻打翁克洛城的計畫，原原本本的通報了翁克洛城，以使他們提早防備……

臨出發前，孫札秦光滾提醒努爾哈赤：

「翁克洛城有兩名神箭手，一個名叫鄂爾果尼，一個名叫羅科，都是百發百中的好手，須得小心防範！」

努爾哈赤點了點頭說：

「我已下令將士都穿重甲衣，兵卒只有輕甲衣，但都帶著盾牌，小心防箭！」

說著，他便率領眾人上馬，朝翁克洛城出發。

早就得知努爾哈赤要來攻城的翁克洛人，也仿效阿海巴顏守齊吉答城的方法，聚兵城中，緊閉城門，只施放弩箭、彈擲石塊來防禦，而不出城應戰；做的打算是拖延戰爭的時間，使攻的一方因為行軍在外，糧草不繼而自動退兵。

努爾哈赤攻城的方法也是攻齊吉答城的老法子——放火焚燒城樓及村中廬舍，以逼使守城的一方因火勢蔓延而無法固守，再趁城中因火警而大亂時加緊攻城。

翁克洛城的運氣沒有齊吉答城好，上天沒有為它降下一場大雪來挽救城被攻破的命運……城樓火起的時候，努爾哈赤的軍隊趁著守軍分了一部分人搶著救火，施放的弩箭、石塊來勢稍緩的當兒，用巨木撞開城門，一舉衝進城中。

可是，翁克洛城的守軍十分頑強的抵抗，儘管城門被攻破，卻不肯投降，仍然聚守在城中做殊死戰，因此衍成激烈的巷戰。

雙方刀來槍往，斧砍矛刺的進行著驚心動魄的肉搏戰，血肉橫飛、慘呼哀號的畫面和聲音此起彼落，殺戮之慘烈、搏鬥之凶險，較之馬戰、騎兵衝刺還有過之而無不及……更因為城中巷戰，波及了不少無辜的百姓，平添了許多冤魂。

努爾哈赤本人也因為巷戰不利馬匹奔馳而下了馬，登上屋頂，站在屋脊上朝城中的守軍射箭；他的箭法奇準、力道強勁，每射一箭就有一個敵人應聲而倒；他射得興起，索性射出連珠箭，接二連三的羽箭便如狂風般的一波吹倒一排人……

然而，就在他射倒一排人的同時，「咻」的一聲，一支羽箭也向他迎面射來；他反應敏銳，立刻就用手上的弓去撥開飛射而來的羽箭；誰知道這支羽箭非比尋常，乃是翁克洛城的神箭手鄂爾果尼所射，發箭的人臂力之強為平常人的好幾倍，他舉弓一撥，竟然沒有撥落羽箭，而只將箭勢撥偏一些；但是，這箭的力道太強，「突」的一聲，穿過他身上的重甲衣，射入他的左肩，進肉有手指般深。

他卻一聲不響，反手將箭從肉裏拔出來，掉轉箭頭，隨手往敵軍擲去，立刻又是一名敵軍應聲而倒；他更不讓敵人有喘息的機會，繼續發射，又是一排羽箭射倒一排人……

左肩的傷口上汩汩的冒出鮮血，順著甲衣一路流到腳下，身上便像披了一條紅帶子似的；然而，他的精神全部集中在戰場上鏖戰，根本沒有意識到傷口疼痛，意志的力量更且支持著肉體，使他在身受箭傷之後依舊奮勇作戰，一箭接一箭的朝敵人射去。

「不攻下此城，誓不甘休——」

他的心裏有一個強大的聲音在吶喊，這個聲音的力量大過了痛楚的力量。

但也在這個時候，新的危機來了：翁克洛城的另一名神箭手羅科，眼看著他左肩受傷，估量著他的感應力、注意力和反應的敏銳度都會受到影響，是個可乘之機，便藉著城中四處火起，烈焰瀰漫和殺聲震天的掩護，悄悄逼近他的身後，瞄準他的頭頸一箭射去。

努爾哈赤正往敵軍中發箭，冷不防這一箭射來，正中他的頸項，射穿了他的鎖子甲護項，也從頸中穿肉而過；隨著砉然這聲羽箭穿甲，一股痛徹心扉的感覺湧上來，碩大的軀體搖晃了兩下，幾乎傾倒，但他緊咬著牙關強行忍住，直直的站立著；然後，他舉手握住箭桿，猛的一咬牙，用力把穿頸而過的羽箭從甲與肉中拔出來，箭簇已經捲如鉤，連著的血肉紛紛迸落，血湧如注，往外噴流；他極力的支持著，既不出一聲，也依舊挺直站立。

他身旁的侍衛和正在不遠處殺敵的額亦都、穆爾哈赤看到他頸中中箭，連忙趕過來；侍衛們趕到他身邊，伸手要扶他下屋；他雖然身受重傷，神智卻十分清楚，低聲對侍衛們說：

「別來扶我，我自己走下去——現在敵方還不知道我受了重傷，別讓他們知道，否則會趕上來追殺，我們人在屋上，很危險；我自己走下去，他們就料不到我傷在要害……」

於是，他奮力鼓起全部的意志力，支撐著自己的身體，一隻手摀著頸中的傷口，一隻手拄著弓，慢慢的踏出腳步，走下屋來；腿腳每踏出一步，頭就感到一陣暈眩，兩處箭傷的傷口上，鮮血不停湧出，將他全身都染成通紅……然而，他堅強的咬著牙，撐住了肢體，直到下了屋，身邊圍起好幾道建州左衛的人，他才接受侍衛們的扶持；可是，就在兩名侍衛一起扶住他的時候，他兩眼一閉就直直的暈了過去。

7

額亦都著急的朝孫札秦光滾跳腳大罵：

「都是你出的餿主意，來攻打翁克洛城——」

他命人將孫札秦光滾綁起來，狠狠的對他說：

「貝勒如果有個三長兩短，要你抵命！」

舒爾哈赤則不由分說的一頓拳打腳踢，沒幾下子就把孫札秦光滾的臉上身上都打得紅一塊青一塊紫一塊，好不容易被穆爾哈赤、雅爾哈赤幾個給拉開去，才沒活活把孫札秦光滾打死；十幾個人中一向最穩重、沉默、冷靜的安費揚古也出現了生平最焦躁、憂慮的神情，定睛注視努爾哈赤的眼眸中幾乎閃動著淚光……

已經整整十二個時辰過去了，努爾哈赤頸中的傷口還無法完全止血；裹了厚達寸餘的金創藥，血水還依然從包紮中滲出來，枕被都被染得殷紅一片；人是昏迷的，在十二個時辰中，他甦醒來過四次，每次都只是微微睜開眼睛，用微弱的聲音要水喝，喝了水之後便重新陷入昏迷的狀態；在昏迷中，他的呼吸、鼻息都十分微弱，脈搏遲緩，心跳更大異於往常的堅實有力。

僅存的意識只是一片模糊，眼前盡是茫茫的白，像雲又像雪，悠悠忽忽的飄浮著；他的知覺中已經沒有了痛楚，而是覺得自己如棉絮一般輕飄飄的在雲端、在雪中飛浮，毫無目的的遊翔，直欲隨風飄到天的盡頭……

生存與死亡只有一線之隔，甚且是若有若無的一線，身體已經不屬於自己，僅餘心裏的一個聲音在喚他：

「你是上天的兒子，你為安邦定亂而生！你的任務還沒有完成，不能躲開——」

這個聲音周而復始的在他心中迴旋、激盪，音量也越來越大，大到有如雷鳴般的在他耳邊怒吼，令他在意識模糊的昏沉中，不自覺的發出低微的囈語，彷彿應和似的說著：

「我是上天的兒子……我為安邦定亂而生……」

而就在他處於險境，苦苦的在生存與死亡的邊緣中掙扎求生的同時，遠在北京城中的萬曆皇帝朱翊鈞開始為自己建築墳墓。

事情還是肇因於張居正——張居正死後的下場太慘了，財產全部被沒收，只留下空宅一所、田十頃，作為他八十老母的贍養之用，家屬子弟除張敬修已死不論之外，全都發配往瘴癘之地！

雖然朱翊鈞身邊的張誠，乃至張誠身邊的李定都心知肚明，張居正的家屬子弟們之所以受到這麼嚴厲的懲處，一部分的原因是朱翊鈞沒有得到期待中的財物，而失望，而不悅，而拿他們出氣、洩憤，甚而儼如報復般的加重罪名；但一般的大臣們無法深入瞭解皇帝的心事，所能看到的是事情的表面，所引發的反應也就只有幾種。

少數忠誠、正直的人認為對張居正的懲處過重，這些人中也包含幾名以往曾經反對過張居正的人，他們就事論事，對皇帝的做法有點不以為然，於是私下竊議，也上疏勸諫；奈何這些人大都是年輕資淺、職位較低的官員，而且總人數少，上了疏也只是展現了自己的骨氣，更何況，朱翊鈞根本不閱讀奏疏，即使寫了洋洋灑灑的萬言疏也起不了什麼作用。

更多的人是把張居正當作前車之鑑，告誡自己絕不可觸犯「天顏」，以免禍遺子孫；於是，原本就鄉愿的人更加鄉愿，以明哲保身的原則來維持自己的功名利祿；其中也有一些人因為深刻體會到了「天威」的厲害，聯想到了「善體帝心」的重要，於是竭力往這方面下工夫，以適應生存環境；而少數一些仕宦多年、位居高職、已在官場磨成精的人，思慮遠較一般人縝密，設想遠比一般人周到，悄悄的聚在一起，所商議出來的對策更是化被動為主動——這些人，當然是朝中重臣、宮中巨閹的組合。

「須有一件重大的、新鮮的、有趣的事，吸引了萬歲爺的心，讓他轉移了注意，不再把心思用在懲處罪臣上！」

率先提出這個建議的人當然是最常靠近朱翊鈞身邊的張誠——他帶著李定，來到內閣與閣臣們密商，從而發出這麼個極其中肯的意見。

「萬歲爺是少年心性，這會子心裏有氣，拿著張家的人出氣，就怕他氣沒出夠，又株連到別人頭上去——但只要有個讓他高興的事，心裏一樂，就能把怨氣給忘到九霄雲外去！」

而這也確實是個好主意，立刻博得了閣臣們的認同，一致點頭稱是；再接下來，便是要想出一件足以吸引朱翊鈞的心、轉移朱翊鈞的注意的事來……

埋頭苦思、集思廣益、反覆討論——兩個時辰後，終於得出一個結論來：

「我等聯名上疏，重提張閣老的『築陵』之議吧！」

張四維任內閣首輔的時候，曾經提議修築陵寢，怎奈他在位的時間很短，事情弄得不了了之，現在舊議重提，正是時候！

熟知朱翊鈞一切的張誠立刻大表贊成：

「這個好——首先，前些時候，萬歲爺突發奇想，想在宮裏蓋個水閣戲臺，就為了怕皇太后不允，怕沒法張羅經費，只好打消念頭；為此，萬歲爺悶悶不樂了好多天；現在，去給他提築陵的事，準能引起他的興頭來——列位大人恐怕有所不知——」

說著，他忽然曖昧的一笑，隨即壓低了聲音，像偷偷洩漏機密似的說話：

「萬歲爺最喜歡蓋房子，常常與德妃娘娘拿整錠整錠的白銀蓋房子，像小孩子玩積木似的——蓋好了再拆掉重蓋，大大小小，各種樣式，不曉得玩過多少房子了；不過，那些都是假房子；現在，要是能給他蓋座真房子，他可不知道會有多高興呢！」

閣臣們無不暗自偷笑，而事情也就此拍板定案，於是開始撰寫奏疏……

尋常的奏疏不一定能得「聖目御覽」，但是，經過張誠的安排，就一定能到朱翊鈞跟前——這件事又非同小可，張誠索性親自捧著這份奏疏到乾清宮；這回，他沒有再如以往般的費盡心思，預想些能引朱翊鈞入甕的話語；因為，他有十足的把握，這份奏疏必能讓龍心大悅。

而朱翊鈞也一如他所料——張誠的雙腳踏進乾清宮的門檻時，朱翊鈞正在與鄭玉瑩一起用白銀蓋房子。

白銀的來源當然包括了不久前抄沒張居正遺產的所得，數量雖然沒讓朱翊鈞滿意，但也能讓兩人玩上好一陣子了，兩人先把銀子數上一遍，然後動手建築。

這一回，兩人蓋的還不是尋常屋舍——朱翊鈞在開始數銀子前就被觸動了一根心弦，他想起以往曾見過的描繪北宋汴京盛景的〈清明上河圖〉，於是命太監從庫房中找了出來，展開來，指給鄭玉瑩看：

「瞧！這畫裏的房舍樓臺，全都跟宮裏不一樣，尤其是這座大拱橋，跟宮裏的金水橋簡直有天壤之別——朕看書上的記載說，這座大拱橋乃是汴京的一大特色，也是汴京最繁華的地方，每天從橋上、橋下經過的人馬舟車數以萬計！」

鄭玉瑩雖然沒有讀過這些記載，但是聰明、靈巧的她早已揣摩到了他的心思，也立刻想好了配合的方法——她裝模作樣的低頭細觀，然後笑語嫣然的說：

「這座橋是木造的——到了萬歲爺手裏，也許要改成用白銀打造，來顯顯皇家的富貴氣象！」

朱翊鈞登時哈哈的笑了起來，拍掌叫好：

「說得好！朕正有此意！」

於是，兩個人，四隻手，興高采烈的忙碌起來，〈清明上河圖〉是不朽名畫，但畢竟是平面的作品，改用銀錠來搭建畫中的拱橋，不但將圖畫變為實物，而且呈現了不同的風味。

朱翊鈞高興極了，在整個搭建的過程中，他的想像力和創作慾都得到了充分的發揮和滿足，因而渾然忘我；張誠屏氣凝神、落腳無聲的走到他跟前，他當然沒有分心注意，沒有察覺；懂事的張誠極有耐心的等著，一直等到他搭完整座拱橋，自覺大功告成，停下手來。

但這還不是說話的時機——朱翊鈞依然沒有注意到他的存在，而是和鄭玉瑩一起仔細端詳這件作品，不停的滿意點頭，也不停的接受鄭玉瑩的讚美。

白銀搭成的拱橋，閃閃發亮，光可鑑人，而實質上只是他們的玩具，他們也高興得像個孩子，看著自己親手做好的玩具，笑得闔不攏嘴；唯有張誠的心裏感到啼笑皆非，但他依然保持著恭敬的姿態，面帶微笑，一言不發，耐心的等著。

朱翊鈞注意到他的時候，天色已經昏黑了——時近黃昏，必須掌燈了，否則便看不清這座白銀拱橋了；而太監們一上來掌燈，朱翊鈞的視線和心神才有了移動，才注意到身邊站著張誠。

而機會來了，張誠自會把握——就在乾清宮中華燈初上之際，朱翊鈞在燈下讀到了大臣們建議他預築陵寢的奏疏。

霎時間，他的心口急速加溫，心跳加快，眼睛發亮，雙眉上揚：

「確是個好主意——朕怎麼沒先想到——」

他忘乎所以的伸手拍向座椅的扶手，這麼一來手中的奏疏便掉落在地，但，這並不重要，重要的是他高興極了，他一定要做這件事。

「築陵……蓋一座地宮……一切重新規畫，全都可以按照朕的意思做……」

這當然比用白銀當積木玩，蓋房造橋要有趣得多了；更何況，他不能在皇宮裏蓋水閣戲臺的遺憾，也可以得到補償了：

「朕不能隨意改造現有的皇宮，也不能重新修建一座皇宮，生前的住所不能隨心所欲，死後的住所卻可以！」

雖是死後的住所，卻可以在有生之年完成，可以完全按照自己的意思建築、布置……他高興已極，突然一轉身，攔腰抱起鄭玉瑩，滴溜溜的轉著圈，轉得鄭玉瑩的裙幅和裙上的環珮都飛了起來，發出叮叮噹噹的撞擊聲，和他興奮的歡呼聲互相應和：

「我們可有得忙了——」

緊接著，他們果然忙碌了起來——先是親自去徵求兩宮太后同意，隨即命太監找出本朝歷代帝王陵寢的資料，詳加閱讀；然後興致勃勃的構想這座地宮的形制、規模、陪葬物件等，以及選派官員、太監，前往陵寢預定地的昌平縣仔細勘查地理，命風水堪輿師前往實地探測、推算……每一件事、每一個細節都親自處理，忙了個不亦樂乎❶。

而這批被派往昌平縣勘查的官員、太監，當然以申時行和張誠為首，臨行前，朱翊鈞親自召見，說了許多慰勉的話；等到這些人出發後，他立刻宣了畫師進宮，替他把心目中理想的陵寢畫出具體的形狀，再拿來與鄭玉瑩反覆討論，有了新的想法後又重新修改，重畫一幅；這樣下來，他更加忙得不可開交。

因為這樣，陵寢的草圖畫了許久還遲遲未能定稿，直到申時行、張誠從昌平返回後向他稟奏實際查勘地理形勢的情況時，這座陵寢的樣式還仍然在他的腦海中不停的修改。

但這無妨——朱翊鈞的想像和創作的慾望都在這個過程中得到更大更極度的滿足，心情出奇的好，並不在意陵寢圖樣定稿的時間；他熱切的接見歸返的大臣、太監，殷殷詢問昌平縣陵寢預定地的狀況，接著再修改草圖……

他得到了有生以來最大的快樂和滿足，每天像一隻勤勞的小蜜蜂，沉浸於忙碌的工作中；

大臣們也暗自鬆了一口氣——大家的目的終於達到了，朱翊鈞的心思完全轉移到築陵上，再也不想清算大臣，甚至，壓根兒就忘記了「張居正」這個名字了。

大家暗暗慶幸起來。

不料，幾天後，朱翊鈞的心情又有了轉變，原先的快樂與興奮都大打折扣，好在原因與大臣們無關，是因為鄭玉瑩——女人心，海底針，饒他貴為天下第一人的皇帝也摸不透；原本興高采烈的陪著他想這想那、幫他出了好多主意的鄭玉瑩，沒幾天工夫就對修築陵寢的事減了興頭。

她不但不再興奮、熱中，還顯得懶洋洋、無精打采，反應冷淡；勉強宣了她來到身邊，她也是輕鎖蛾眉，不言不語，原本如水的眸光中平添落寞，有時甚至含著珠淚；問她話，她不肯說，卻減了飲食，人就一天比一天消瘦。

他看著心疼，但是，猜不出她的心中為什麼不快樂，就無法對症下藥，只有乾著急。

到了第五天，他把一向最善體人意的張誠叫到身邊，摒退其他的太監、宮女，仔細盤問。

「依你看來，這幾天，鄭娘娘的心裏，為了什麼事不高興來著？」

張誠歪著頭，認真的想了好一會兒，回稟說：

「依奴婢看，鄭娘娘或許是因為張娘娘生了皇次子❷，心裏有點兒酸——」

「哦——為了這個呀！」朱翊鈞鬆了一口氣似的笑出來：

「小事一樁嘛！後宮妃嬪這麼多，誰要生孩子，朕怎麼攔得住呢？你替朕挑樣好東西去給她，跟她說幾句好話——別人生孩子算什麼？朕最放在心裏的是她呀；再說，只要她肚皮爭氣，還怕生得比別人少嗎？」

張誠瞇起眼來發出會心的笑，一面磕頭說聲「奴婢遵旨」，一面退身出去當說客去了。

哪裏知道，他這一去，過了許久才回來，等回到朱翊鈞跟前時，卻是滿臉的神秘兮兮。

於是，朱翊鈞再次摒退左右，單獨和他談話。

「奴婢該死，沒能完成萬歲爺吩咐的事——」張誠「咚」的一聲跪倒在地之後，先發制人似的滿口認錯，而且邊說邊不停的磕頭：

「鄭娘娘不肯受賞，奴婢送去的珠寶首飾，全都原封不動的帶回來了！而且——奴婢該死，奴婢猜錯了鄭娘娘的心思，鄭娘娘說，皇次子生得好，她瞧著白白胖胖的小孩兒，很喜歡……」

聽他這麼說，朱翊鈞不由自主的一嘆：

「唉——那，她為了什麼事不高興呢？」

「奴婢……奴婢，倒是給探出點頭緒來了……」

張誠跪伏在地，頭卻抬了起來，偷偷觀察朱翊鈞的反應。

朱翊鈞情溢乎辭的一迭聲的說：

「你快說——」

張誠低下頭來，垂著眼道：

「奴婢伺候鄭娘娘說話，跪了好半天；鄭娘娘先是什麼也不肯說，奴婢只好拚命向她提著說，萬歲爺心裏有多疼她，見她瘦了，急得連築陵的事都放慢下來了，又說萬歲爺心裏頭擺她第一個，半天不見她心裏就不快活；這樣子說了好半天的話，才引得鄭娘娘露了半句口風——」

「她說什麼來著？」

「鄭娘娘說——」張誠再一次偷眼觀察朱翊鈞的神色反應，小心翼翼的回答：

「釀得百花成蜜後，為誰辛苦為誰忙——」

「啊——」

朱翊鈞登時就明白了，但同時也讓他自己陷入了為難中，情緒立刻煩躁起來。

原來，按照本朝的體制，帝陵中與皇帝合葬的只有皇后，名分上為「妃」者，即使封到品級最高的皇貴妃，即使生前寵冠後宮，死後也只能另外葬在妃園，而不能進入帝陵與皇帝合葬；鄭玉瑩對張誠所說的話，指的當然是這個，現在是她陪著朱翊鈞竭盡心思的規畫築陵諸事，以後與朱翊鈞合葬的卻是別人，她必須冷清清、孤零零的獨葬妃園！

「除非換她做皇后——」朱翊鈞想著，嘴裏不覺喃喃自語，可是，緊接而來的卻是一聲長長的嘆息：

「這事，朕作不了主……」

皇后早已立了，要改換鄭玉瑩當皇后，難如上青天——本朝雖曾有過廢了已立的皇后，另立新后的前例❸，但，必須是皇后有失德之行才可言廢；現在的王皇后既老實且端莊，更深得李太后的歡心，如要廢后，既沒有正當理由，李太后也不會答應，更何況，勢必會在朝中引起不易擺平的軒然大波！

而且，即使廢后另立，鄭玉瑩也不具有被立為新后的資格，她尚未生育，無法「母以子貴」；要立新后的第一順位該是皇長子的生母，那個他從來也不曾付出過愛心和情意的王恭妃……

反覆的想著這些煩人的事，朱翊鈞便煩上加煩；雖只是「家務小事」，卻讓他苦惱不堪，只有命人拿酒來，自己喝了個酩酊大醉，昏睡上一天一夜，才得到暫時的麻醉與逃避。

而命運竟似在跟他開玩笑，當他從昏睡中醒來，還不甚清醒之際，就看到守在身邊的張誠滿臉是笑，一見他睜開眼睛，立刻跪地叩首，連聲稱頌：

「恭喜萬歲爺——賀喜萬歲爺——」

朱翊鈞傻了，愣愣的問：

「朕有什麼喜？」

張誠的聲音裏充滿雀躍：

「萬歲爺醺然入睡之際，鄭娘娘嘔吐不已；奴婢立召太醫診視，才知道，鄭娘娘有喜了！」

這下，朱翊鈞眼睛直了，心口一陣狂跳之後，臉上露出個驚喜後的傻笑來，心裏五味雜陳，而自言自語了一句：

「她也要生孩子了——」

註一：明朝的帝陵，除太祖因定都南京，孝陵乃建於南京；惠帝因成祖「靖難」，失蹤而未築陵寢；景帝因英宗「南宮復辟」被廢為王而無陵寢之外，其餘諸帝陵寢都在河北省昌平縣（今北京市昌平區），現為著名古蹟「明十三陵」。

註二：《明史．諸王列傳》記：「神宗八子。王太后生光宗。鄭貴妃生福王常洵、沅王常治。周端妃生瑞王常浩。李貴妃生惠王常潤、桂王常瀛。其邠王常溆、永思王常溥，母氏無考。」「邠哀王常溆，神宗第二子。生一歲殤。」

註三：明朝「廢后」的例子不多，見於〈后妃列傳〉所記的僅有四次；一為宣宗的恭讓皇后胡善祥，她因無子、多病，而孫貴妃有寵，因此在受到暗示下主動上表辭位，但在死後又被諡為皇后。二為景帝的汪皇后，景帝因英宗親征，在土木堡為也先所俘而繼立，即位後廢英宗之子、已被立為太子的見深（即後來的憲宗），立己子見濟為太子，汪皇后極力反對，因而觸怒景帝，被廢。其三為憲宗的吳皇后。憲宗為太子時，因英宗被俘，景帝即位而被廢，但隨後因英宗復辟而復立；他因幼年失母，由保母萬氏負責照顧，即位之前即與萬氏發生畸戀，登極後便立萬氏為貴妃；萬貴妃恃寵而驕，吳皇后性直，摘其過杖之，因而觸怒憲宗，被廢。其四為世宗張廢后，被廢原因不明。

8

生存和死亡只有一線之隔，意志力憑空和死神的魔掌搏鬥……死神似乎隨時都可以輕易獲勝似的囂張，一雙挾帶著森森死氣的魔掌揮舞得風雨不透，一面發出淒厲的呼號聲，撲向掙扎中的生命；手無寸鐵的意志力只有咬緊牙關，苦苦支撐、抵禦——

「我是上天的兒子……我為安邦定亂而生……」

唯一的憑藉是這個信念，支撐著意志的力量，從僅能維持不敗而逐漸反擊……整整度過了一天一夜之後，他的意志力總算戰勝了死神，逼得死神黯然退出爭奪他生命的戰場。

緩緩睜開眼睛，眼珠子轉了一下，他張嘴從喉嚨裏發出一個微弱的聲音：

「水——」

一碗潔淨的清水很快端到他的唇邊，一支湯匙從碗裏舀了清水，送入他口中，一縷甘潤的感覺順著咽喉流下去；一碗清水喝完，心口的感覺舒服了些。

這一回，他沒有像前幾次那樣，喝完水立刻又陷入昏迷狀態，而能把眼睛睜大，仔細看清圍坐在他身邊的人，清楚的說了一句話：

「我這是在哪兒？」

說話的聲音雖小，但卻清晰，聽得全部的人都驚喜交集，額亦都先發出歡呼：

「謝天謝地——您總算醒了！」

努爾哈赤不但人清醒了，神智恢復正常，痛楚的感覺也一起回來了，尤其是傷在頸子上，一說話立刻牽動傷口，馬上就感到一陣徹骨的痛；但是，神智一旦恢復，心裏便有許多話要問，根本顧不得傷口疼痛；他咬牙忍耐，發出清楚的詢問：

「我昏迷了多久？現在的情況怎麼樣了？」

幾個人七嘴八舌的告訴他：

「我們還在翁克洛城裏——我方已攻下半座城，現在和翁克洛城的守軍隔著幾條巷子對峙；看來，他們已經沒有戰鬥的能力，只用弩箭守住陣腳，沒有別的動靜，我方也僅是守住已攻佔的地方，沒有繼續發動攻擊；您已經昏迷了一天一夜，大家顧慮您的傷勢，沒有做任何行動。」

努爾哈赤問：

「我的傷，很重？」

「您受傷流血不止，昏迷不醒，情況十分危險；直到半個時辰前，傷口才止住血——大家本想撤退回建州左衞，但是您的傷口流血不止，不能在路上顛動，所以，大家決定固守在這裏，等您的傷勢減輕後再採取進退的行動！」這回是舒爾哈赤一個人回答他的話：

「現在，您總算脫險了——血止住了，人也醒過來了，看來是不礙事了！」

額亦都露出笑容：

「只要休養一段日子就會復元的，三個月以後，保管您還能像以前一樣打老虎！」

「這支箭，只要再移上一分就正中咽喉——」舒爾哈赤忿忿的說：「射您的人名叫羅科——我們立刻發動攻勢，我去把他抓來，綁在樹上射他一百箭，叫他做一隻死刺蝟！」

說著，他跳起身來就往外衝，但是，安費揚古趕上兩步，抓住他的手臂，拉他回來：

「別這麼衝動！貝勒人雖醒了，傷勢還很重，禁不起戰爭的折騰；而且，我們攜帶的糧草已經所剩無幾，不如先退兵回建州左衞，等貝勒的傷勢完全痊癒後再來攻打！」

額亦都歪頭一想，贊成安費揚古的意見：

「留得青山在，不怕沒柴燒，先養好貝勒的傷，才是第一要緊的事！」

於是，大家決定退兵回建州左衞。

努爾哈赤的身體一向十分健壯，而且在二十六歲的壯齡，受的外傷很快復元，只是在身上留下了極明顯的傷痕：尤其是頸上的疤痕，由於是一箭射穿頸肉，傷口有兩個，癒後的疤痕竟如頸上扣了兩顆棋子一般，令人望而心驚；反而是他本人並不怎麼在意，從痛楚稍減時就開始恢復往常的談笑風生；體力稍一恢復，就又開始埋首工作。

這次的工作重心當然是重新擬定攻打翁克洛城的計畫，由於吃過「神箭手」的虧，他特別加強這方面的防備；首先，他參考了許多種盾牌的樣式，設計出有別於一般鐵質長方形的盾牌，改用圓形；並且設計了一套專門在近距離攻擊「神箭手」的方法：兵士手持圓盾，低身滾地以避開羽箭的射擊範圍，逼近「神箭手」的身邊，攻擊雙腿——「神箭手」的利器在於弓與箭，這種滾地而來的攻勢，可以使他們無法發揮長處。

他先命工匠打造了五十面圓盾，再從軍士中挑選五十人交給額亦都和安費揚古訓練；一段日子後，五十名軍士都把這套攻擊方法練習得十分純熟，一手持短刀，一手持圓盾，在地上滾得像球一樣順溜、敏捷。他親自校閱的時候，這五十人分成兩隊，撲向兩個目標；手中的圓盾像蚌的殼般的保護他們，使他們在遠距離時擋開了長箭，而滾過了羽箭的射程之後，他們滾動的速度更快，不多久就滾到目標人的腳下，二十五人合力一圍，幾個人向前一抱，立時活捉目標人。

看完他們的表演，努爾哈赤高興得鼓起掌來，大聲說道：

「太好了！太好了！」

「有了這五十人，翁克洛城可以一舉攻下了！」

果然，當他的軍隊攻進翁克洛城的時候，這隊「滾地隊」立刻發揮平日精良的訓練，向著鄂爾果尼和羅科這兩個神箭手滾過去，不出一炷香的時間便活捉了鄂爾果尼和羅科。

翁克洛城當然順利攻下，發落了城主和主要的幾件大事後，鄂爾果尼和羅科被五花大綁著推上來。

仇人見面，分外眼紅，幾個人再一想到努爾哈赤險些喪生在他兩人的箭下，胸中的怒火就燒得更旺，異口同聲的主張把這兩人綁在樹上，受萬箭穿心之刑。

這兩人卻是鐵錚錚的漢子，雙手被反綁，耳裏聽著這些殘酷的主張，眼中了無懼意，挺著胸膛，筆直的站立，連眼皮也不眨一下。

看著這兩人的神情，努爾哈赤不由得暗暗點頭稱許，心中想著：

「三國時候，老將黃忠本與劉備為敵，日後卻為劉備立了許多功勞；嚴顏也是如此，他被擒之時，傲然喝道：『有斷頭將軍，無投降將軍！』傳為千古美談；就連張飛那莽夫都能以禮敬而使嚴將軍降，我難道不能嗎？這兩人箭法如神，如能為我所用，定能為我打下許多勝仗！」

想到這裏，他立刻笑容滿面的從座位上站起來，往前走了幾步；他先是對身邊的三個弟弟、額亦都、安費揚古說：

「兩軍交戰，志在取勝，這是千古不易的道理；我們率軍攻打翁克洛城，他兩人身為翁克洛城的守將，為了保護翁克洛城而拿箭射我，並沒有不對！能把我射成重傷，表示他們的武藝高超、箭法精妙；像這樣既忠心、勇敢，而又武藝超羣的人，一向是我所敬愛的，若是他們在戰場上失手被殺，我尚且覺得可惜，怎麼反而要處死他們呢？」

這幾句話說得大出眾人的意料之外，就連鄂爾果尼和羅科這兩個當事人也聽得傻住，愣在當場，作聲不得。

而努爾哈赤卻一貫從容自在的說下去：

「從他兩人各射我一箭的時候，我就想著，這兩人是我的敵人，為了翁克洛城而射我——假如他們投效了我，一定也會為我去射敵人，以他們的武藝，一定能建許多功勳……」

這下，人人恍然大悟，鄂爾果尼和羅科則不約而同的掠過一絲感動的神色；額亦都走到兩人跟前，在他們的肩上各拍一掌道：

「黃忠、嚴顏都是名將，難道不值得你們效法嗎？」

說著，他一使眼色，原來負責押解兩人的軍士立刻為他們鬆了綁。

繩子一解開，鄂爾果尼和羅科便一起拜倒在地，異口同聲的說：

「從此以後，我倆誓死效忠——」

努爾哈赤上前親自扶起兩人，高興得仰天大笑說：

「我又多了兩個一起奮鬥的夥伴！」

接著，他清點翁克洛城的人、畜、財物等戰利品，和建州左衛原有的一切合併統計，覺得數量已經很可觀，於是，他把心中已反覆推敲成熟的組織管理制度說了出來，並且具體實行。

「從前，金太祖完顏阿骨打建國時，將舊日的狩獵組織改進，創設『猛安』、『謀克』制，以三百戶為一謀克，十謀克為一猛安；我想參用這舊制，並以往常慣用的『牛彔』、『額真』之詞為名，作為我邦的兵制❶——」

他的構想是把每三百人編為一個「牛彔」，設一名「額真」來統領；現下的人員中，他自己、三個兄弟和額亦都、安費揚古都分別統領了一個或兩個牛彔。

而最特別的安排是，額爾果尼和羅科也被任命為牛碌額真，統領三百人。

這樣的處理，他不但贏得了鄂爾果尼和羅科的誓死效忠，更使麾下所有的人，都衷心稱頌他廣博的胸襟、氣度，並且廣為宣揚，使聽到這樁美事的人都為之心動，於是，從四面八方自動前來投效他的人馬如湧泉般滔滔不絕……

註一：「猛安謀克」之制參見《金史》。

「牛彔額真」也本是狩獵制度，「牛彔」是女真語「大箭」，「額真」是「主」，女真舊制，同一族或同一村落的人出去打獵，每十人一組，以一人為首領，其他九人各交一支箭給首領，以示聽命，因此稱首領為「大箭主」。

努爾哈赤以「牛彔額真」為名稱，但所統領的人數已非十人，而沿用金制為三百人，其後並逐漸演變，先為一六〇一年，以「四旗」為標幟，一六一五年擴增為「八旗」，遂形成八旗制度。

史籍中首見努爾哈赤創建「牛彔」制為萬曆十二年，攻翁克洛城後授兩神箭手牛彔之職，但未記當時努爾哈赤麾下有幾個牛彔，待考。

9

朱翊鈞滔滔不絕的說著話，因為興高采烈，他滿臉紅光：

「朕最喜歡女兒——你要早早的給朕生個女兒……朕從小就喜歡小女娃兒，粉嫩嫩、嬌滴滴，甜得像花蜜似的——小時候，朕最喜歡去找壽陽公主、永寧公主玩，後來，母后生了榮昌公主，朕更喜歡，每天都要抱她，逗她笑，教她講話；只可惜，不久，朕就做了皇帝，每天給張居正逼著上朝、讀書，母后也不許朕膩著妹妹玩……唉！那個時候，朕心裏好難過——後來，妹妹們長大了，選了駙馬下嫁，出宮居住，朕更難過，又不敢說出口……現在，沒人管得了朕了，要是你生個女兒，朕從早到晚都抱著……」

他一邊說，一邊為坐在鏡前的鄭玉瑩梳髮，但是眼睛只在她的黑髮和自己手中的翠玉梳子上遊移，根本沒有朝向鏡中的她，因而使這番話像在自言自語——他其實不是在對她說話，而是在真誠的吐露自己的心聲。

但是，這個話聽在鄭玉瑩耳裏，卻很不是滋味，心裏所升起的是失望和啼笑皆非的感受，因此，她半嘲諷似的輕輕一笑，隨口回應：

「小時候沒有得到的東西，如今想補回來——看來，萬歲爺是個癡心漢子！」

她說話的態度和語氣都不若平常嬌俏甜美、靈巧宛轉，而顯得勉強、僵硬；從確定自己懷了身孕開始，她的心裏便滋生了新的想頭：皇后無子，自己如果生了兒子，取而代之的希望就高了，因此，一心想要生個兒子以奪取皇后寶座的她，根本不認同朱翊鈞這種天真爛漫的想法，更無法體會他的心態——多重性格的他，其中之一的特點便是追尋自己失落的童年，包括賴床、玩兒童遊戲，乃至於報復張居正等不合理的行為——對她來說，「抱妹妹」的渴望根本是個笑話，她想要而還沒有得到的東西只有皇后的寶座，別的什麼都不重要！

而朱翊鈞一樣沒能體會她的心事，兀自興高采烈，笑容滿面，一雙手上上下下的忙碌著——為她梳髮，其實是在把玩她的頭髮——甚至，他根本沒有聽清楚她在說些什麼，一個勁的自顧自說下去。

「等你生了公主，朕立刻晉封你為貴妃……公主更要選個好名字……給她最好的封賞……」

他的目光只在鄭玉瑩的長髮上打轉，沒注意到鄭玉瑩的神色在漸漸改變，越變越不自然；她的情緒異常，既因他的話不合心意，也被懷孕初期的不適感所催動，皺了一下眉之後，她突然重重的把手中的小鏡子往妝檯上一擱，冷笑一聲，提高、拔尖了音調說話：

「萬歲爺該不是因為已經有了常洛，就不想再生個兒子了吧！」

朱翊鈞被她的反應弄得嚇了一跳，失手就把梳子掉在地上，而且精神被刺激得很緊張，致使說話結巴。

「你……你怎麼……這麼說？」

鄭玉瑩的情緒比他更異常，一路連珠砲似的說下去：

「你早就有了兒子，將來就立他當皇太子——要我生女兒，只是給你抱著玩的——我們母女，都是你的玩物！」

她的情緒失控，說的既是真心話，也違失了禮儀；但是，朱翊鈞的情緒也處在異常中，便完全不覺；而且，他第一次看見鄭玉瑩發脾氣，既有點驚慌，也不知道該怎麼辦好，又覺得鄭玉瑩冤枉他了，心裏感到委屈，因而滿臉痛苦，說話更加結巴：

「朕……朕……不是這個……意思……」

鄭玉瑩一看他這個反應，心裏更加惱火，「呼」的一聲從椅子上站起來，正面面對他，凶巴巴的大聲質問：

「那，你為什麼不巴望我生的是兒子，將來立他當皇太子？」

情緒激動下，潛藏在心裏、積壓了許久的聲音終於衝出口外，她豁出去似的，索性把話都給說了出來；而朱翊鈞卻被她質問得瞠目結舌，愣了好一會兒之後，緩緩吸了一口長氣，順著她的話頭哄她：

「好，好，好，等你生了兒子，朕就立他當皇太子！」

這話中聽了，總算讓鄭玉瑩的情緒和臉上的怒氣和緩了下來，但她還不肯立刻露出高興的笑容來；朱翊鈞只當她的氣還沒全消，人還沒完全回心轉意，於是小心翼翼的陪著笑臉，低聲下氣的向她解釋：

「生常洛……只是一時起意……朕一向對他們很冷淡，也從來沒想過要冊立常洛當皇太子，你不要放在心上嘛……噢……」

他一邊說話，一邊伸出手去攬住鄭玉瑩的肩；鄭玉瑩先是默默的聽著，不接話，卻把頭慢慢的低了下去，隨後靠在他的胸膛上，朱翊鈞低下頭，在她耳畔溫柔的輕言細語：

「朕的心裏……只有你呀……」

鄭玉瑩不出聲，但是整個人在他懷中化成了一池溫柔和暖的春水。

語言上的摩擦完全消失了，情緒上的不快也全都化為烏有，兩人重新融入甜蜜的繾綣中，一切如初；但，這也是一個新的開始——兩人共同孕育的小生命開始成形，隱藏的問題開始浮現，兩人對情愛與名位的立場、想法也開始出現歧異——這場小小的不愉快雖然很快化解，但是惡因已經種下，難以結出善果……

而當這場小小的風波被太監、宮女們當作趣談般的在後宮中傳播，再通過張誠、李定等大太監的嘴流進大臣的耳中時，絕大多數的大臣非但不以為趣，還從私心深處生出重大的憂慮。身為內閣首輔的申時行尤其憂上加憂——打從昌平縣考察陵寢預定地回來以後，他的心裏就壓著塊石頭，每天把情緒往下拉墜。

倡議築陵，固然使朱翊鈞的注意力轉向，但，接下來，要面對的是更大的問題。

首先，築陵至少要費好幾百萬兩銀——這筆經費到哪裏去籌措呢？

這一天，他獨個兒在家，在書房中，反覆細思，答案當然是有的——

皇帝要用錢，就要百姓多納稅，這是千古不變的定律，但是，這麼一來，張居正費了大半生時間所推行的財政、賦稅方面的改革，就會被全部推翻，「一條鞭稅制」的良法美意，將蕩然無存，稅法一改，賦稅一加，首當其衝倒楣的當然是天下百姓！

更何況，築陵的大工程一動，要動用大批的工匠與工料，全國許多造橋鋪路、修城開河的工程一大半以上都要暫時停頓下來，影響百姓甚巨！

想到這裏，申時行不自覺的緩緩閉上眼睛，輕聲嘆氣，搖著頭喃喃自語：

「百姓何辜，百姓何辜啊！」

他瘦尖的臉上滿布皺紋，嘴唇、下巴上留著幾許花白鬍鬚，聲音從鬍鬚後面發出來，便幾近於無，好在他這話並不是要說給別人聽——此刻的書房中除了他自己以外，就只有牆上掛的一幅畫中有人而已！

可是，他的感慨還沒有完全抒發，就已經有人打斷他的獨白，家丁來報：

「許國許大人來訪！」

「快請——」

許國的職位是禮部尚書兼東閣大學士入參機務，僅次於他為次輔，一向與他相善，因此他一聽這個名字就不假思索的命請，一面卻不自覺的嘀咕了一聲：

「還下著雨呢，他倒好興致！」

說著，舉步出迎；由於兩人同朝為官，而且私交甚篤，有如至親好友，便無須如上賓外客般的客套拘禮，直接就迎入書房中坐了。

申時行的書房布置得頗具匠心，壁上正中掛著一幅南唐董源的名畫〈洞天山堂〉❶，兩旁的條幅卻是元末倪雲林的真跡，寫的是王維的詩句：「坐看紅樹不知遠，行盡青溪不見人」——這組字畫當然是申時行親自精心配置的，字裏畫間暗寓著他的心態；王維官右丞，他現任首輔，乃是實質的丞相，論身分也相當；而詩畫的內容標榜著高古、隱逸、與世無爭，便彷彿在代替他發言說：

「我現在是位高權重的丞相，但我的心卻是清高的，高得隨時可以掛冠而去，隱逸山林！」

雖然這話是在自欺欺人，但因為他貴為首輔，便從來也沒有人揭穿過真相；許國則是「入芝蘭之室，久而不聞」的習慣了，而且在官場打滾了幾十年，早就懂得面具和真面目之間的一切學問，因此，走進書房、在客位上就座、乃至接過蓋碗喝茶，一連串的動作下來，他連看都不看牆上的字畫一眼。

啜了口茶，申時行便率先說話，他喚著許國的字說：

「維楨，你真好興致，這等大雨滂沱的日子，還出來串門子；我就不行了，雖然在家裏悶得慌，這把老骨頭卻打不起勁出門找朋友！」

許國謎著眼笑了起來：

「閣老是修養好，在家坐得住；下官實在是因為幾天不上朝，蹲在家裏，總覺得骨頭都快生鏽了，就是冒了雨也要出來走動走動！」

申時行摸摸鬍子道：

「幸好你我兩家住得近，以後不上朝的日子，你就上我這兒來下盤棋，解解悶吧，免得你我這兩把老骨頭都生起鏽來！」

許國先點了兩下頭道：

「這麼一來，就不怕沒朝可上了！」

說著，他卻又搖了兩下頭，自顧自似的低聲說道：

「卻不知道，還要等多久才有朝可上呢！」

他眼皮下垂，不露任何神色；可是，申時行卻倏的睜大眼睛，悚然心驚似的注視他，過了好一會兒才吐出一口氣來，語重心長的說：

「維楨，你該不是——真的來找我閒嗑牙吧？」

許國的反應也是謹慎的，但是，他的個性本來就比較木強，地位沒有申時行高，顧忌也就沒那麼多，雖然壓低了嗓門說話，內容卻沒有太多保留：

「閣老……宮裏傳出來的話，閣老一定早就知道了：鄭德妃志在后座，果真讓她生了皇子，將來準出亂子！萬歲爺這樣三天兩頭的不上朝，到底也不是長久之計……閣老一朝首輔，肩挑天下大任，想必已有防治之道，如有差遣，下官萬死不辭！」

申時行聽他說著話，眼皮漸漸闔攏，等他說完話，才慢慢睜開，眼光中流露著一股茫然的神色，半晌後喉嚨中才發出一聲乾咳，拱拱手說：

「如何防治，願維楨有以教我！」

這麼一說，便輪到許國愣住了，也一樣過了半晌才說話：

「閣老或可率領羣臣上疏——」

申時行報之以苦笑，連聲說：

「或可一試，或可一試……」

許國看他滿口應承，神色卻有異，便問：

「閣老莫非有什麼礙難之處？」

申時行乾咳兩聲，沒有回答他的問題，反而喚了家丁上來，命傳棋局伺候；這麼一來，許國已知此行的目的落了空，也就不再多話，兩人一等棋局擺上便下起棋來打發無聊的時間；申時行的棋力原本在許國之上，這一回卻不知怎的竟連輸三盤，連扳手的機會都沒有。

許國雖然贏得輕鬆，心裏卻沒來由的升起了一股悵然若失的感覺，彷彿這三盤棋贏得不光彩似的；因此，三盤棋一下完，他就怏怏然的告辭了。

天上還在下著雨，陰陰濕濕的感覺非常難過；申時行目送許國踩著濕淋淋的雨水，步入已經抬進中庭裏來的轎子；轎簾一放下，他心裏也不知不覺的升起一道平靜得異常的聲音：

「維楨，你是有意還是無意，想陷我墜入萬劫不復之中？」

想著，他那一向望之謙和、不太有神情變化的瘦臉上的嘴角突然牽動了兩下，一股寒意從心底升起。

「莫非，你想用這個法子讓我下臺？你……覬覦我的位子，不少時候了吧！可是……哼，還早著呢！」

心裏冷笑，臉上的神情當然就更冷；幸好許國早已上了轎子，根本沒有看到他的表情，更聽不到他的聲音，申時行心中的秘密想頭，便只有他自己一個人知道。

可是，儘管心中自認為對許國的一切都掌握得住，轉身舉步踱向書房時的步子卻顯得沉重、吃力，甚且蹣跚；心裏堆積的事情又增加了一些，重得委實不勝負荷。

他並不在乎許國覬覦自己的位子，許國這個人性子急、主見強，既缺少文臣應有的雍容大度，也常和言官們發生衝突，光憑這幾個缺點就已經不具有競爭力，哪裏還能搶走自己的位子呢？更何況，別說是一個許國，就是全部的朝臣中覬覦自己位子的人一起算上，他也有對付得了的自信——首輔只有一個，閣臣覬覦這唯一的位子，千方百計的想取而代之，哪一朝沒有過呢？哪一天不在進行著暗地裏的鬥爭呢？大臣間的明爭暗鬥，根本是件稀鬆平常的事，自己既有本事坐上這個位子，就會有本事對付飛到這個位子上聞香的蒼蠅……

真正難以應付的是皇帝——皇帝的心也一樣是海底針，極難捉摸，而且，稍微捉摸得不對，就會招來意想不到的災難和恐怖的下場。

張居正的殷鑑不遠——其實，不只是張居正；在專制、極權為中國歷代之冠的本朝，幾乎所有敢忠言直諫、剛正不阿的臣子都沒有落得過好下場；早自太祖開國之初，就大肆誅戮功臣，創下廷杖制度，使得在朝為官的大臣毫無個人尊嚴可言……

「唉！屈指算來，宦途上已經走過了二十三年——」

他是嘉靖四十一年的進士，在朝中確確實實的做了二十三年的官，除開剛中進士的前一、兩年摸索期外，二十多年來，他秉持著自己洞澈了人情世故和現實環境之後所決定的「鄉愿」的原則前進，一切都還算順利，首輔的位子也穩穩到手。

「今後該如何自處？」

站在氣勢磅礴的〈洞天山堂〉的圖畫前，他整個人看起來更顯得瘦小，臉上的皺紋更多，鬢髮更白，神色更黯淡；且因為苦苦的思考著，沉重的壓力使他的背顯得更駝。

許國的話並沒有錯，皇帝經常不上朝，鄭妃志在后座，將來都會出亂子——自己身為首輔，是不是該想出法子來預防這些危機發生呢？

可是，皇帝的反應又會怎麼樣呢？

年少的他會聽得進逆耳的忠言嗎？肯捨去眼前的逸樂而勤於政事嗎？

「難啊……難啊……」

一縷微細的聲音自他的唇中顫出，心中的寒意更深，眼前則浮起了一幕幕本朝經常發生的畫面：摘下烏紗帽、脫去官服、由太監們按倒在地上，頭向下，貼在地面，背朝上，四肢被太監們牢牢的按緊，厚重的大木棍隨即狠狠的打在身上，負責計數的太監則大聲喊：一、二、三、四……

自己如果違逆皇帝，下場也是這樣；非但現任首輔的榮華富貴、權勢名位都沒有了，還將受廷杖，甚而被處死，乃至如張居正般的死後被抄家、禍遺子孫……他越想，眼神就越黯淡，背就越彎駝，使得站在表現山林隱逸、高風亮節的字畫前的精神與肉體都顯得分外渺小……

淅瀝瀝的雨一直在下著。

註一：此畫現藏臺北故宮博物院。

第六章

綠煙滅盡清暉發

1

呈現著溫馨、和美、圓滿，充滿了親倫之愛的〈三陽開泰圖〉被取了下來——太監們重新布置文華殿，以迅速、確實的動作將壁上的畫作改換成朱翊鈞親自挑選的〈韓熙載夜宴圖〉❶。

氣氛登時一變，文華殿裏浮現起南唐末世的繁華和綺靡，顧閎中筆下的韓熙載府中通宵達旦的歌舞喧嘩，飲酒作樂，歌舞樂伎們笑靨如花，賓客們在急弦繁管中陶醉；這一切——除了主人翁韓熙載處在充滿歡樂的宴會中，舉止瀟灑但神情中別有一股落寞以外——全都合乎朱翊鈞的心境。

完工後，朱翊鈞攜著鄭玉瑩親自來了一趟；時間已經入夜，太監們高舉起無數燈籠，從通道一直延綿到長廊，到門口，將整座文華殿照得有如建在火海中；殿裏則點起了百盞華燈，光燦甚且勝過白晝；朱翊鈞全身浸沐在燈光中，臉上浮出一層異彩來。

他張望了四周一遍，對更新後的陳設頗為滿意，連連點頭，也特別讚美這幅〈夜宴圖〉：

「唔——很好——這幅畫尤其好——美酒佳餚，清歌曼舞，賓主盡歡，看得朕好生羨慕，也想在這裏擺上酒宴，召大臣們來賜宴，大家醉個痛快呢！」

鄭玉瑩笑著接腔：

「這個容易啊，只要萬歲爺一聲令下，酒宴立刻擺上，大臣立刻進宮——」

不料，朱翊鈞立刻搖頭，而且重重嘆氣：

「算了吧！朝裏那些人，一個比一個迂腐，每天都一本正經，滿口仁義道德呢，哪裏會像畫裏的這些人，這麼有趣——這麼瀟灑自如的放浪形骸——」

他的臉上很明顯的籠上了失望之色，而靈巧的鄭玉瑩立刻設法為他化解：

「大臣們無趣，也無所謂——萬歲爺召了歌舞樂伎前來獻藝，獨享歡樂便是！」

朱翊鈞勉強釋懷：

「也罷！」

鄭玉瑩心念一轉，又有了新說詞：

「請萬歲爺稍等兩日——臣妾剛得知，臣妾之父最近又買了一批能演唱『傳奇』的女樂——臣妾立刻遣人去說，讓他將這批女樂敬獻入宮！」

朱翊鈞的興頭這才有點回來，咿唔兩聲：

「好——好——」

說著，心裏忽生感慨，伸手過去攬著鄭玉瑩的肩：

「朕幸虧有你伴駕，不然，日子會過得乏味之至！」

但是，這話也提醒了鄭玉瑩——她已有孕，並不方便再伴駕；而且，她自得寵之後便一直住在乾清宮東暖閣弘德殿，封了妃位之後，撥了翊坤宮給她居住❷，她並沒有搬過去；但已受了孕，就非得搬到翊坤宮獨居了。

霎時間，她的心裏蒙上了陰影，臉上的笑容也變得僵硬了些，話更說不出來。

朱翊鈞卻完全不知道她的心事，自顧自的說下去：

「宮裏這許多人，就只有你能替朕安排這些——」

鄭玉瑩輕輕皺起眉頭，頓了一下之後，柔聲的說：

「萬歲爺，臣妾……恐怕……有好些時日，不能伴駕了呢！」

朱翊鈞先是一愣，隨即會意，接著又嘆氣：

「哦……哦，你有孕——唉！朕，險些忘了——」

遺憾緊隨而來，他屈指細數：

「懷胎十月，產後一月……你都得獨自在翊坤宮住著……」

鄭玉瑩慢慢垂下眼皮，同時將臉頰靠在他的肩上：

「這老長的一段日子……」

朱翊鈞立刻安慰她：

「不要緊的，朕加派人手伺候你，絕不會讓你有半點不順心！」

鄭玉瑩忍不住「噗哧」一笑：

「臣妾怕的是萬歲爺會寂寞難當啊——」

朱翊鈞呵呵傻笑兩聲：

「你不是替朕安排了一班女樂進宮嗎？朕不難打發時日嘛——倒是你，初次生育，須得加倍小心！」

鄭玉瑩趁機提出請求：

「臣妾想請萬歲爺恩准——臣妾初次生育，確實需人照顧，請萬歲爺恩准，臣妾之母能常常進宮來看望臣妾！」

朱翊鈞立刻同意：

「這有何難？朕馬上下旨——」

鄭玉瑩帶著甜笑，依偎在他的懷裏：

「謝萬歲！」

第二天，她開始準備遷移到翊坤宮居住；獨自安靜下來，思考也就換了一個角度——「不能伴駕」固然遺憾，但，懷孕卻是天大的喜事，更何況，朱翊鈞已經親口答應過她，將冊立她所生的皇子為皇太子；依本朝「母以子貴」之制，她可以獲得皇后的寶座，未來，更是名正言順的皇太后！

因此，她表面上依依不捨的搬出乾清宮，其實心中竊喜，甚至，非常快樂；她覺得，作為一個女人，所能夠追求到的最高名位已經近在眼前，很快就要到手了。

兩天後，她入住翊坤宮；一切都安頓下來後，她立即派人去接自己的生母馮非煙進宮。名為照料，實際上是有事與母親商議，有事要她去辦。

馮非煙年近四旬而望之如三十許，美豔豐腴，眼角眉梢充滿風情；她本是江南名妓，從良後下嫁鄭承憲為妾，雖然排名第六，卻最為得寵；而自從鄭玉瑩被選入宮，一路進位為妃，乃至懷了龍種之後，她在鄭府的地位也一路節節高升，而成為最重要的一個人，連鄭承憲本人都要特別巴結她，討她的歡心。

其原因當然不再是因為她的美貌與風情，而是她所生的女兒將為全家帶來榮華富貴；因此，這一次，她被接入宮「照料」鄭玉瑩待產時，全家額手稱慶，只差沒有明目張膽的鳴放鞭炮，奏起鼓樂送行而已。

一路上，她的情緒好到極點，身體在轎子裏隨轎搖晃，心頭喜孜孜，不時默想：

「要是天從人願，生個皇子，做了皇后——日後的好處，幾代都吃不完……她做皇后，家裏的封了承恩公，我就是一品誥命夫人；她做皇太后的時候，我可是皇帝的外婆……」

出身青樓的她，以往從來沒有過與皇家有關的任何念頭，如今卻實實在在的擺在眼前，她興奮得全身發抖。

轎子走到皇宮後門的時候，她一看皇宮的景觀，儘管只是瞎子摸象似的一小片，也幾乎熱淚盈眶，心裏陣陣的想著：

「瞧這氣派模樣……裏頭住著皇帝皇后呢，以往這都只是戲文裏頭有的……將來，鄭家一家子都靠這個……」

於是，她越發暗暗下定決心，默默向天立誓，一定要竭盡全力照顧女兒順利生產，順利登上皇后的寶座——只走到皇宮門口，她就已經深刻體悟到了，皇后的寶座不但是鄭玉瑩個人夢寐以求的目標，還是鄭氏一族榮華富貴的來源，她既是鄭氏家族的一員，也將成為宮裏宮外的橋梁——突然間，她的精神一振：

「現在，鄭家全家一條心，一定能幫她做上皇后！」

註一：此畫現藏北京故宮博物院。

註二：明朝宮制，帝、后分居乾清、坤寧兩宮，妃嬪各居東、西六宮，翊坤宮為西六宮之一，建於永樂十八年，初名「萬安宮」，嘉靖十四年改名；是十二宮中規模較大而且靠近乾清宮的建築。

2

「皇后之寶」的金印光燦奪目，與它所代表的尊貴身分相輝映；在坤寧宮起居間端然正坐的王皇后伸手從錦盒中取出這顆屬於她的金印，沾上印泥後，蓋在面前雪白的宣紙上。

提起後，蓋在宣紙上的紅印便完整的呈現在眼前，鮮紅的朱砂非常醒目，端端正正的一個方框，包圍著「皇后之寶」四個大字，也有如牢籠似的囚著這「皇后之寶」四個大字。

她只看了一眼，侍立的宮女便伸手為她取走這張宣紙，再為她在面前鋪上一張新的、潔白無瑕的宣紙，讓她再蓋上金印……重複上幾十次，午後的光陰也就打發掉了。

整日無所事事的她，唯有以此消磨時間，而這金印既是她唯一的擁有之物，也是她自身的投影——金碧輝煌的坤寧宮也是一個鮮紅色的框框，一座牢籠，囚禁了身分為皇后的她。

而她終生無法走出這座囚籠——從她被選為皇后，被舉世之人羨慕，視她為世上最幸運的女子開始，命運就已經註定，她必須默默的接受、順從，而且連一點疑異的念頭都不能產生。

她生在小康之家，父祖都是老實、忠厚的普通百姓，從先輩到親朋都不曾出過達官貴人，但是生活中充滿了溫馨、平靜和幸福；她生性貞靜莊重，從小接受母親傳授「三從四德」的教育，識字之後，讀的是《女四書》、《列女傳》這些書，使她整個人更接近古聖先賢心目中理想的女子。

本以為，成年後的一切都將與自己的母親相仿，嫁到一個門當戶對的小康之家，生兒育女，相夫教子，度過平凡、正常、幸福的一生；不料，一件偶發的事，使她偏離了原先架好的軌道，陰錯陽差的做了皇后，而沒有得到一般人所擁有的平凡與幸福。

皇帝到了適婚年齡，詔選天下淑女；她的年齡相當，姓名登錄在籍冊上；於是，她坐上轎子，出了從來沒有邁過的自家大門，到皇宮膺選。

一切都是陌生的，她感到茫然、無所適從，唯有安安靜靜的站立著，站了大半天沒有動彈一下，不但手腳脖頸，連眼珠子都沒有隨便轉動過；而這舉止卻博得了兩宮太后的讚美和喜愛。母儀天下的皇后當然應該是端正的、莊重的、目不斜視的；她中選了。

世界立刻變得不一樣，尊貴、榮耀憑空而降，生活、心情也完全改觀，從來不知榮華富貴為何物的她，也開始對宮廷生活產生各種想像；宮裏派人來為她解說各種宮廷禮儀，她潛心學習，雖然常常竭盡全力還不能完全記住那許多繁文縟節，但也對繁華、尊貴的皇宮和皇帝有了部分瞭解，而生出許多憧憬來；哪裏想到，等到大禮完成後，才發現，事實與想像、與憧憬竟有天壤之別。

唯一沒有不同的是兩宮太后的態度——太后們依然喜歡她的端正莊重、貞靜敬慎，時常讚美她，也真心疼愛她，但，這對她與皇帝之間的關係毫無幫助。

從洞房花燭夜開始就註定了，她與這外貌俊美的年輕皇帝將形同陌路——從第二天開始，她就只有在太后跟前晨昏定省的時候才能見到他。

再三反省，她都找不到原因，更不知道自己是哪裏錯了；但是，日復一日，年復一年，別說是兩人的關係毫無改善之機，連交談都不曾有過。

她也早就認了命，為自己下了個準確的註腳：

「皇后是什麼？皇后就是守活寡的人！」

而她畢竟是凡人，即使認了命，心裏也不能完全放開；夜裏，她常常無法成眠，也常常不叫喚宮女伺候而悄悄起床，走到窗口，遙望燈火通明的乾清宮，即使看不真切，她也直覺似的認定，朱翊鈞正在飲酒作樂……乾清宮中夜夜笙歌，而她，夜夜獨守空床！

這麼一想，她便忍不住潸然淚下，手腳冰冷的在窗前站立到東方既白，以至於常感風寒而病倒；卻怎奈，在病中，太醫們一日數次前來診治，兩宮太后輪番派遣宮女、太監來探問，弄得坤寧宮中比平常熱鬧許多，而根本沒有人能察覺出、體會到她心中的悲苦！

在病中，她偶爾也會有一些不尋常的想法，覺得自己如果一病不起，倒也是個解脫；而死後的世界就不會是孤孤單單的獨居——依本朝的制度，帝后必然合葬！

「生前難得一見，死後總常在身側——」

她想得發出了辛酸的淒然一笑，而事實猶且更加殘忍——她根本得不到這種解脫，風寒並非不治之症，太醫們只要幾副藥就能將她治癒，一段時日後，她重複病倒，再重複醫治；這樣不停的循環反覆，她也就日復一日的做著金印裏的囚犯，忍受著痛苦的煎熬。

因此，她也就沒有特別注意到，皇宮中正有人在覬覦她這座形同牢籠的坤寧宮，這顆象徵囚犯生活的金印……

鄭玉瑩笑容滿面的迎接母親到來，也不待馮非煙歇口氣，喝口茶，就直接迎她進起居間，開門見山的向她傾訴：

「娘，您可盼得我脖子都長上兩寸了──來，來，來，您先替我看看，我肚子裏懷的是男是女？」

她的肚腹已明顯隆起，但馮非煙沒法給她答覆：

「我又不是神仙，哪裏看得出來呢？」

說著，馮非煙輕拍她的手背，柔聲細語的哄慰她：

「耐心的等，等著瓜熟蒂落，不過是幾個月的時間嘛──娘親自陪你等，不著急──」

但，知女莫若母，她深知鄭玉瑩內心深處的所思所想，所欲所求，於是立刻換了一番話來說：

「娘也知道你著急──這兒不比普通人家，生男生女，關係大得不得了；別說是你了，你爹，你哥哥、弟弟，全家都為這事天天求神拜佛呢，誰不巴望你早點入主坤寧宮呀！只不過，委實急不來──」

鄭玉瑩輕輕嘆了一口氣：

「道理我都懂的，只是，心裏實在放不下嘛！」

馮非煙笑了起來，一字一頓的說：

「該你的總是你的──只等時候到──好在，萬歲爺的心上總把你擱在第一位，什麼也跑不了的！」

但是，她一提到朱翊鈞，鄭玉瑩另一個深藏在心底的想法就被觸動了，於是立刻磨蹭起來：

「娘，您倒提醒我了，別讓他給跑了——這幾個月，我不能伺候萬歲爺，您得幫我想出法子來防他變心，戀上別的妃嬪！」

馮非煙立刻皺起眉頭，不假思索的脫口而出：

「男人的心最不牢靠，說變就變的，哪裏防得了呢？」

她的反應是直接的，但是話一出口就驚覺，這真實的話會使鄭玉瑩難過，登時懊悔起來；而鄭玉瑩果然神色一變，惶恐的抓住她的手臂，用力搖晃：

「不！我一定要防！娘——這一定要防——一定要想出法子來——不然的話——萬一，我生完孩子就失寵，那可怎麼辦？」

她說到後來便聲帶哽咽，馮非煙也體悟到，她說的確實是一個極有可能發生的隱憂，事態嚴重——她的心中立刻如遭擊打般的轟亂了一下，但她極力忍耐，自我控制了下來，先好言好語的安慰鄭玉瑩：

「不會的！不會的！首先，萬歲爺不會是那麼寡情的人；其次，咱們好好的想一想，一定能想出辦法來！你別急！且容我仔仔細細的想想！」

鄭玉瑩鬆開手，倒抽一口冷氣，接著便不說話了。

但，到了夜裏，她卻怎麼也睡不著；馮非煙也一樣，儘管坐了大半天轎子，肢體感到痠痛、疲累，卻因為心裏存著事，又兼在陌生的床鋪上，便睡不著；最後，母女兩人索性都起床，在窗前對坐談話。

重新燃起的燈只有八分亮，映得她兩人的臉也微帶昏茫而陰影重重，一如內心的世界；而話題依舊是兩人內心深處的結：皇后的寶座。

鄭玉瑩娓娓細訴，聲音小得有如夢囈，但說的都是內心中最真實的話。

「萬歲爺已經親口答應我，他會冊立我生的皇子為皇太子……日後，我依『母以子貴』的慣例，進位為后；或者……等皇后壽終……」

馮非煙壓低了聲音問：

「何必這麼麻煩呢？讓他廢了現在的這一位另立，不就完了嗎？本朝又不是沒有廢后的前例——」

鄭玉瑩默默的搖搖頭，過了一會兒嘆出氣來說：

「皇太后不會答應的！」

進宮以來的這段日子裏，聰明的她已經摸透了皇宮裏幾個重要人物的內心——對著母親，她詳說細解；首先，她最瞭解的是朱翊鈞，他是個雙重性格的人，既有剛強果斷的一面，也有優柔軟弱的一面；而且，從小喪父的他，對母親有極重的感情與依戀，在母親跟前是個唯命是從的小孩，絕對不敢在母親的反對下廢掉王皇后，改立新后；而想要李太后贊成廢后，乃是緣木求魚，因為，李太后心目中的模範媳婦是王皇后那種端莊敬謹的木頭，而不是她這種百媚千嬌的解語花……

馮非煙聽完，什麼都明白了，也更體認到，事情並不如想像中的樂觀；而閱人多矣的她立刻確認當務之急：

「確實，要先牢牢抓住萬歲爺的心——」

這事遠比等待十月懷胎、分娩要緊急，萬不能等到鄭玉瑩順利產下皇子的時候，朱翊鈞已經移情別戀——她變得比鄭玉瑩還要著急，而且，不待催促就皺眉苦思。

終於，她有了一絲線索：

「我以前在江南的時候，倒是聽說過，有一種叫『福壽膏』的東西❶，最能抓住人的心，教人除了這東西以外，什麼都不想！」

鄭玉瑩登時眼睛一亮：

「那，您快替我找來——」

馮非煙連連點頭：

「我循線頭找去，找到說這話給我聽的人，以前的養娘、姊妹，用過這東西的人——說不得，還讓你爹、你哥都幫著找——江南的富商大賈，總有辦法找的！」

鄭玉瑩一迭聲的說：

「只要能找來，要多少錢都可以！」

新的希望升上來了，她的情緒又不一樣了；但她還是無法入眠，結束了談話，馮非煙到別屋就寢後，她獨個兒在房中來回踱了一圈步，然後，停在窗前站立，情不自禁的伸手摸著自己的腹部。

站著更能感受到腹部的隆起……雙手按著，心裏想著，她的意念更加堅定。

不經意間，眸光一轉，她遙望到窗外的黑空；時近月末，殘月僅剩極細的一道彎鉤，宛似嫦娥已杳，而臨去秋波，留下一撇，卻又既淡且無力，隔著一層窗紙便什麼也看不見，望見的全是自己的心緒，黑濛濛的，像籠著一層紗，又像無法預知的未來；但是，她並不絕望；因為，月亮並非殞滅——只要耐心等候，只要等待十五天的時間，天上就會換成一輪渾圓、明亮的滿月。

她的皇后寶座也一樣，終究等得到的——既然已經想到了能牢牢抓住朱翊鈞的心的法寶，她就更有信心。

「明天就讓娘先回去，替我把『福壽膏』給張羅了來——」

註一：明中葉以後，少數富翁開始吸食來自外國的「福壽膏」；至清，此物名稱演變為「鴉片」，而成分雷同。

3

朱翊鈞的心在昏昏茫茫中飄浮著，連他自己也抓不住；面對著眼前的綺靡繁華，他不但不像往日那般的感到歡娛，陶醉其中，還無端生出鬱悶感來。

歌舞樂伎們一樣獻給他最曼妙的樂與舞，他的耳中一樣縈繞著柔媚宛轉的歌聲，眼中一樣遊移著輕盈飄逸的舞姿；手中的金樽更是一樣盛滿了醇美的佳釀，身邊也一樣是美人相伴——只有小小的不同：由楊宜妃和劉昭妃取代了鄭玉瑩。

但，也就是這麼個小小的不同，使得他的心情為之改變，使得一切為之改觀。酒一杯接一杯的喝下去，歌舞樂曲一支接一支的獻上來，但是，話卻一句也說不出，他便覺得無趣，無聊，胸口發悶……

是因為身邊少了個善體人意、善於逢迎、能言善道、敏慧可人的解語花——楊宜妃和劉昭妃其實都是容貌姣好的人，只奈生性不夠機靈，不夠慧黠；尤其是和鄭玉瑩一比，更顯得呆若木雞。

兩人陪侍著他，神態非常恭敬，經過刻意打扮的臉上極力露出笑容，也百般順從的為他斟酒、奉果，動作體貼得直逼鄭玉瑩，但是，就差那麼一點——什麼有趣的話都不會說，更揣摩不到他的心意，使他沒有談話的對象，使他置身在人羣中而感到萬分寂寞！

終於，他不想忍耐了，自己從座椅上站起來，打了個哈欠，又伸了個懶腰；兩名妃子和侍立的太監、宮女都只當他想就寢了，立刻迎上來伺候；不料，他卻朝太監吩咐：

「移駕文華殿吧！」

他並非突然洗心革面，關切起國家大事來了，而是沒有別的事可做，也不想坐在一羣無趣、乏味的人堆中自己喝悶酒……皇宮建得雖大，而天地其實很小。

到了文華殿裏，他的坐姿擺正了些，但是依然打不起精神來，半垂著眼皮，沒有表情；接到通報，早已趕到文華殿來伺候的張誠一面暗自觀察他的神色，揣摩他的心事，一面極力找話說，以打開枯滯、沉悶的僵局。

「奴婢請萬歲爺聖裁——是否召申閣老見駕？」

文華殿畢竟是御書房——他的提議並非沒有道理。

但，朱翊鈞斷然拒絕：

「不要！」

自找沒趣，張誠當然尷尬，也立刻讓自己趕緊再想別的話來說，而且提醒自己，方才猜錯了皇帝的心意，進錯了言，這回要修正；卻不料，他的反省還沒有完成，朱翊鈞的聲音已經響起：

「取奏疏來……揀要緊的念給朕聽聽！」

喜出望外，張誠立刻以輕快的口氣高喊：

「奴婢遵旨！」

手一揮，小太監們立刻從櫥櫃裏搬出最近這段日子裏呈遞的奏疏，一疊一疊的抱到朱翊鈞跟前。

「揀要緊的」——張誠親自揀，其中當然多的是上下其手的機會；於是，和張誠有交情的大臣上的奏疏被小太監以清晰的口齒朗聲念出來，沒有巴結上張誠的大臣進的奏疏，就被當作「不要緊的」，丟到一邊去了。

而朱翊鈞儘管依舊無精打采，但開始的片刻，倒是很清楚的聽明白了奏疏的內容——第一封被朗讀的奏疏來自內閣，說的是原閣臣余有丁病故，請補缺額。

「嗯——」朱翊鈞漫不經心的問話：

「票擬❶的是什麼人？」

張誠裝模作樣的仔細看了看，很恭敬的回稟：

「禮部侍郎王錫爵王大人，吏部侍郎王家屏王大人——」

朱翊鈞略微點了兩下頭，表示同意；忽然心念一轉，覺得要拿出個皇帝的身分來，給點「加恩」，於是又說：

「王錫爵加尚書銜吧，兼文淵閣大學士；王家屏兼東閣大學士吧——」

這加銜的事本是內閣特意留給他展現君權的，他也因此得到了滿足，於是功德圓滿；張誠更是暗暗鬆口氣，這樁申時行託付給他的事，雖然已經拖延了一些時日，卻也實實在在的辦完了。

而接下來被朗讀的奏疏就沒這麼幸運了——朱翊鈞還是一樣懶洋洋的睜眼傾聽，但是聽完就沒有回應，張誠便隨手放過一邊，讓小太監再讀下一封；讀了幾封後，不時偷眼仔細注意朱翊鈞的張誠發現，朱翊鈞的眼皮正在漸漸闔上——這些枯燥乏味的國家大事對朱翊鈞來說確是催眠曲。

但是，朱翊鈞既沒有下令停止朗讀，他就不能讓小太監停下來，更不敢上前去喚醒朱翊鈞返回乾清宮就寢——奏疏被一路朗讀下去，讀完一本換一本，已讀過的內容便算朱翊鈞「知道了」。

等到朱翊鈞從瞌睡中醒來時，長久以來堆積如山的奏疏還沒有全部讀完，但，半睜開眼來的他，已經不想聽了，隨便伸了一下手，張誠會意，立刻做了一個眼色，朗讀的小太監馬上止聲，闔起已讀了一半的奏疏，連同其他的已讀未讀的奏疏，一起收進不見天日的櫥櫃裏去。

但，四下裏倒也沒有因此又陷入寂靜沉悶中——張誠的聲音適時填補：

「啟稟萬歲，這會兒，已是三更時分，夜深了——」

朱翊鈞無可無不可的漫應一聲：

「唔——」

接著，他打了個長長的哈欠，再緩緩站起身來，伸了個懶腰；張誠早已預知——要啟駕回乾清宮了。

這一夜的無聊時光，總算打發掉了；但是，張誠心裏也暗犯嘀咕，明夜、後夜，乃至往後的日子——距離鄭玉瑩產後滿月，還有好幾個月的時間，總不能夜夜如此吧！

因此，當鄭玉瑩派人來找他去，向他詢問近日裏朱翊鈞的生活狀況時，他不但全盤托出，還憂心忡忡的補充：

「萬歲爺百無聊賴，面無歡顏——奴婢真怕萬歲爺會悶出病來呢！」

而這話聽在鄭玉瑩耳裏，第一個反應就是竊喜，因為，這證實了朱翊鈞真的非她不可，無她不歡，妃嬪雖多，並未移情別戀；但也認同張誠的憂慮，眼前雖然應付過去了，卻非長久之計，於是，她更加緊的催促馮非煙盡快物色了福壽膏來。

她沒有明白告訴張誠有關福壽膏的事，但是以有如半帶安慰的口氣對張誠說：

「本宮都知道了，也會盡快想出辦法來為萬歲爺消閒解悶——你無須杞人憂天，先下去吧！」

她胸有成竹，滿懷信心，面帶笑容而眼神堅定；張誠不明就裏，只看著她的神情，猜想其中有故，但是不敢發問，帶著滿心的狐疑，恭敬的告退：

「奴婢遵旨！」

而當他把這一夜朱翊鈞的狀況陳述給申時行知道的時候，申時行的反應當然與鄭玉瑩完全不同。

雖然等候已久的增補閣臣王錫爵、王家屏的裁示終於拿到了，但是他的心情更加沉重；表面上，他很客氣的向張誠拱手道謝，而沒有太多的話說，臉上也沒有什麼表情，甚至，他立刻交付下去，辦理王錫爵、王家屏入閣的手續，也接見了這兩名來道謝的官員，並且親切的同他們談話，勉勵他們今後要同心戮力的造福國家、百姓，而在表演似的說出這些冠冕堂皇的話時，心中五味雜陳，還包含了一絲難受的感覺。

張誠口中的朱翊鈞處理奏疏的經過，荒唐得幾乎令人難以置信，但他相信，張誠的話是真的——熟悉本朝史事的他，對本朝皇帝的荒唐事蹟知道得多了，現在所發生的荒唐事，比起武宗、世宗❷時來，還是小巫見大巫的！

只是，武宗、世宗等朝的內閣首輔不是自己，自己也不必替古人負責；而現在就不同，凡事，自己都首當其衝——他心裏的難受並非憂國憂民，而是因為預想到，問題又來了，又得大費心思的想妥因應的方案，除了實際上皇帝個人的荒唐和荒怠了政事的狀況外，還得應付朝中大臣和民間輿論的壓力。

他隱隱有所感，不少人在背後批評他，罵他「鄉愿」，他早已準備拿出一套辦法來消弭這些聲音，事情並不難，辦法也是有的——以往，張居正是採取高壓的手段，硬是壓制下反對的聲音；但他不準備這麼做，因為，來硬的，反彈的力量會更大，張居正的下場已經是個前車之鑑，萬不可重蹈；他打算來軟的，先揀幾個批評得厲害的人，讓他們升升官，吃點甜頭，嘴巴自然就閉上了；接下來再逐一安撫其他的批評者，一段日子後，聲音自然全部消失。

至於閣臣們，新進的王錫爵、王家屏很好辦——新來乍到，容易拉攏，更何況他們的入閣，是靠了自己的運作——唯一難辦的是許國，因為是次輔，已經無官可升，也無法收買、拉攏，必須想出別的辦法來對付！

接著，思緒一轉，他想到自己手裏握著的另一張王牌——李成梁。

「現今，唯有李成梁能不時的立點戰功……這會，應給他去封信，提醒他，又該有所表現了……」

又有些像樣的戰報傳來，固然可以再讓朱翊鈞的心情振奮一次，高興上幾天，也可以鎮懾一下在背後批評他、反對他的人——誰不對戰功彪炳的邊帥有所忌憚呢？而這邊帥是他的人馬。

老於官場的他思慮縝密，所制定的每一策都是一石數鳥之計……而年齡雖老，他的行動卻是敏捷的，一想完事情，立刻喚來師爺寫信，不到兩個時辰之後，這封書信已經在奔往遼東的快馬上了。

而李成梁與他心有靈犀——剛做好一份用兵計畫的李成梁，此刻正派遣專人進京，年關雖還未到，不菲的年禮已經先送，並附長信一封，詳述他的用兵計畫。

兩封信似乎在京遼路上擦身而過，但是無妨，絲毫不影響兩人的交結和所圖的事。

收到信，申時行一看就心花怒放，獨自在書房中高興的踱起步子，走到窗前之後連連點頭，喃喃自語：

「李帥真我知音……有了他，無異我親統了千軍萬馬，嚇阻了批評、反對……他也還有求於我……」

他臉上的皺紋極多極深，面窗迎著光，很自然的多了兩層陰影，一是皺紋所形成的，一是日光將雕花木窗的圖紋映出陰影扣在他臉上，像是在為他揭露出內心的陰影，他不自覺，因而滿腦海裏都在想著李成梁將給他帶來的好處。

李成梁送來的信其實是說，遼東又將有戰事，他將戮力沙場，唯願立功之後，閣老能在聖駕之前多多美言——

「一舉數得啊！」

中時行忍不住仰天哈哈一笑──收穫真大！

想都不用想就可以確認，美言之後，李成梁又會有厚禮送來……

無論從哪一方面看來，自己都將是最大的受益者──因此，儘管他對遼東的情勢並不怎麼深入瞭解，卻熱切的希望，遼東的戰事早日發生。

註一：張治安《明代政治制度研究》（臺北．聯經出版公司．一九九二）述：
票擬亦曰條旨，為明代內閣最重要之職權。內閣多種權限皆由此而生。所謂票擬，即中外臣民所上一應奏疏，先進呈皇帝，經御覽之後，發交內閣，由閣臣檢閱內容，擬具辦法，附以意見，以紙條墨書貼於疏面，進呈皇帝。如所擬當意，皇帝即以硃筆就所擬議批於原疏，然後發交各該衙門遵行，因其代皇帝擬答，故又曰條旨。黎東方氏簡釋票擬之定義曰：「票是簽條，擬是寫出擬准、擬駁、擬如何如何」（見《細說明朝》）。

4

遼東又將有戰事發生，這幾乎已是半公開的秘密，許多人都得知了消息。

原來，兩年多前，泰寧部長速把亥率眾入犯義州，敗於李成梁之手，本人且在鎮夷堡戰死；現今，他的兒子把兔兒想報父仇，聚集了人馬，並聯結蒙古的西部以兒鄧及察哈爾部部長圖們可汗❶，打算進軍瀋陽；而李成梁當然不會坐等把兔兒來尋仇，也在積極備戰；由於雙方實力都很強，預估，這將是一場大規模的戰爭。

努爾哈赤也得知了這個消息，而且仔細思考這件事；熟知遼東情勢、深刻瞭解李成梁一切的他，很快就把事情想了個通透。

圖們可汗是達延汗的後裔——達延汗去世時，由於長子已早死，實際的領導權落入第四子稱「濟農」的巴爾蘇·博羅得之手；等到長子之子博迪·阿克拉成年後即可汗位時，所能控制的地方僅是左翼的三個萬戶，其餘仍聽命於巴爾蘇·博羅得，因而巴爾蘇·博羅得的實力超過了博迪·阿克拉。他逝後，兒子阿勒坦可汗繼位，是個非常傑出的人，且實際成為草原上的一代雄主；其時博迪·阿克拉去世，兒子庫登可汗繼位，自知不是阿勒坦可汗的對手，又怕自己被兼併，於是由原來駐居的宣府塞外向東移，移到遼河上游的兀良哈三衞附近，並且收了三部中的福餘雜部，而與泰寧、朵顏兩部接壤，稱「察哈爾部」❷。

庫登可汗逝後傳位其子圖們可汗，也是個雄才大略的人，由於駐居地靠近遼東，勢力一大，便經常出入遼東，造成遼東多事。

約莫從二十年前開始，圖們可汗就結合了泰寧部的部長速把亥、炒花，朵顏部的部長董狐狸、長昂，一起行動，在遼東發動戰爭，劫奪人畜財物；由於幾部聯合後勢力加倍強大，每次都大敗明軍，讓明朝窮於應付；直到李成梁被調派到遼東任職後，情況才有了改變。

穆宗隆慶元年，李成梁的官職只是遼東險山參將，因圖們可汗入永平，赴援有功而進位副總兵——這是李成梁嶄露頭角之始，從此，他的功名事業都與圖們可汗聯結在一起；甚至可以說，他的功名事業是圖們可汗一手造就的，因為，他得勝的重要大戰役以及加官進爵的原因，幾乎全都是打敗圖們可汗。

十幾年來，圖們可汗每隔一段日子就會興兵犯邊，總數已多到難以數計，李成梁的軍功也就因此扶搖直上；最重要、最著名的一次莫過於萬曆六年十二月的（亻+早）搗圜山之役——就是這一役，使李成梁得到了「寧遠伯」的封號，成為當代第一名將……

想到這裏，努爾哈赤不禁長長的吁出一口氣來，仰頭眺望高遠的雲空，雲空裏留藏的鮮明記憶一起浮現到眼前來；那一年是他初到李成梁府中為質的時候，對許多人與事都陌生的他總是盡量不多說話，而盡量留心觀察、思索；當大勝的消息傳來的時候，府中人人欣喜若狂，唯有他在潛心瞭解兩軍交戰的情況、勝敗的關鍵，以及兩方之間錯綜複雜的關係；接著，冊封「寧遠伯」的聖旨來了，府中又是人人欣喜若狂，唯有第一次接觸「明朝朝廷」的他，暗自思索著明朝在遼東的種種政策與作為。

而後，他在李成梁府中漸漸熟悉了許多人與事，也漸漸受到器重，有些戰役便讓他從征——萬曆十年三月，速把亥陣亡的這一役，他便身在其中。

因為親自經歷，所以記憶深刻得永不磨滅；那次，速把亥率領弟弟炒花、兒子卜言兔，帶了幾千人馬入犯義州；李成梁在鎮夷堡設下埋伏，大軍集結嚴陣以待；泰寧的人馬到達時中了埋伏，但是猶自奮力鏖戰；泰寧軍個個驍勇英武，搏起命來，李成梁根本討不到便宜；但就在兩軍激戰到驚心動魄的沸點時，李成梁麾下的參將李平胡一箭射中了速把亥的肋下，速把亥墜馬，被蒼頭李有名上前斬殺，泰寧軍這才露出敗象，炒花、卜言兔不得不率眾退去；而李成梁因這一役得到了詔賜甲第京師、世蔭錦衣指揮使的榮耀。

時間一過兩年多，泰寧的人馬又捲土重來，而且還加上圖們可汗——

「泰寧部加圖們可汗，是強上加強——李成梁得卯足全力才能應付了！」

努爾哈赤盤算清楚後得出了結論，而這情勢對建州左衛的發展太有利了——他立刻找來弟弟們和額亦都、安費揚古，詳細的分析給他們聽：

「即使結果仍是李成梁打勝仗，泰寧和察哈爾部敗退，過程中李成梁還是得付出很大的代價——這個時候，李成梁一定分不出精神和人手來對付女真部，正是我們擴展實力的大好時機！」

人人點頭認同，事情就此定案；接著，他便提出具體的做法。

「我想，先攻打界凡寨——探子們已有回報，馬兒墩寨寨主訥申和萬濟漢已經逃到了界凡寨；他們收留過龍敦和薩木占，而界凡寨收留他們，都該給給教訓！」

這事他也有腹案，時間定在年後的二月間，界凡寨的兵力不強，他決定採取秘密前往偷襲的戰略，只率領二十五名披重甲的武士和五十名兵卒前往。

這二十五名披重甲的武士都是他從幾百人中挑選出來，再親自施以嚴格訓練的精銳之士，個個武藝不凡，勇猛過人，對他更是忠貞不二，誓死效命；他對他們很有信心，更打算趁這次出兵，磨練他們以寡擊眾的能力。

二月裏的天氣風雪交加、嚴寒刺骨；但，這支隊伍既是由不怕死的勇士組成，當然更無懼於寒冷，個個抬頭挺胸，冒著風雪跨上戰馬……

界凡寨很快就如預料中的被攻破了，可是，結果卻令人大失所望——界凡寨的人事先得到消息，有了防備，採用「堅壁清野」的方法來對付，人畜財物都已搬運一空，因此，一點俘獲也沒有。

大失所望，但也只好下令返回；於是，一行人空手而回。

卻不料，訥申和界凡寨主巴穆尼兩人所定下的計謀才正要開始——原來，他們兩人早已聚合了界凡、薩爾滸、東佳、巴爾達四城總數四百多人的兵力，先布下「空城計」，讓努爾哈赤無所獲而返，然後在半路上追擊。

果然，一等努爾哈赤踏上回程，這支隊伍就從後面追擊掩殺過來。

率隊走在前面的努爾哈赤聽到隊伍後面傳來喊叫聲，心中登時明白敵方的戰略，但由於變生肘腋，只有當機立斷的應變；於是，他立刻下令且戰且走，而且命隊伍盡量靠攏、橫排並走，以免讓敵人從中間截斷後各個擊破；這樣，一路往回程撤退。

誰知道，撤到太蘭岡的時候，敵軍的人馬又增加了一些——訥申和巴穆尼兩人親自率領一支隊伍趕來，加入追殺的行列，並且撇開別人，直接往努爾哈赤追來，兩人策馬並進，身後的隊伍則採包圍的準備。

努爾哈赤一見這兩人現身，立刻掉轉馬頭應戰；他手持長刀，舞動得虎虎生風；訥申的武器也是長刀，巴穆尼使長矛，兩人口中分別發出一聲大喝，架起武器，往努爾哈赤身上砍刺。

努爾哈赤以一敵二，索性連馬鞭都拿來當武器使用，訥申沒料到他會有這樣的急智，被他「刷」的一鞭抽在臉上，登時從眼尾到嘴角現出一條血痕；心中大惱，一柄長刀逕自針對馬鞭揮來。

馬鞭究竟不是正式武器，質料也不堅固，在訥申的纏鬥之下，不久便捲在刀上，訥申用力一揮，馬鞭立時斷成兩截；可是，努爾哈赤卻趁訥申的注意力集中在斬斷馬鞭的一剎那間，揮刀取了他的性命。

眼看訥申喪命，軀體直直的從馬上墜下來，巴穆尼心中大駭，在努爾哈赤身後頓了一下之後，突然扭轉馬頭狂奔，往反方向逃走；努爾哈赤想要掉轉馬頭追他，又怕慢了分毫，失了時機，所幸他馬術箭術俱精，且按馬不動，就在馬上回身拉弓，一箭射去，正中巴穆尼的要害，巴穆尼登時斃命墜馬。

這下，努爾哈赤麾下的武士全部高聲歡呼起來：

「努爾哈赤貝勒神勇——嗬——嗬——」

反之，敵方的人馬眼看努爾哈赤一舉殺了他們兩個首領，全都像被攝去魂魄似的目瞪口呆，愣在當場；努爾哈赤並不想多所殺戮，而且心裏知道敵方已經喪失了戰鬥意志，並不足畏，便決定不理會他們，自顧自的撤退，於是下令整軍出發。

可是，他的部隊一動，敵方的人馬又像不甘心似的尾隨在後，弄得他嫌煩，想下令上去衝殺一陣，把他們趕跑，小隊長卻向他報告：

「馬匹都已經疲憊不堪，不能再騎了，怎麼辦？」

又是問題，努爾哈赤立刻應變，他告訴小隊長：

「馬匹疲憊的事，不能讓敵方知道，否則會來追擊，你切不可高聲傳令，命大家一個個附耳傳話——大家下馬步行，以弓猾在雪地上拂掃，裝作是在撿拾箭矢，慢慢的牽馬過嶺，餵牠們喝點鹽水、吃點炒麵，休息一會兒；我帶幾個人留在這裏斷後！」

小隊長得令，依計行事去了，努爾哈赤帶著七名武士留在原地，索性把訥申和巴穆尼的屍體拉到一處仔細審視，敵方的部眾看了，大驚失色的喊道：

「你殺了我們的首領，還不離去！看他們的屍體做什麼？難道你殺了他們還不夠，竟想吃他們的肉？你快走開，我們要帶遺骸回去殯葬！」

努爾哈赤故意瞪大了眼睛說：

「訥申與我為難，我殺都殺了，就算吃他的肉，也是理所當然！」

說著卻緩緩起身，帶著七名武士撤退；到了前面的樹林，他便和七名武士把甲冑脫下，連同武器掛在樹上，再逐一搖動樹枝，這樣，從遠處看來，便像是樹林中埋伏了大隊的人馬——

果然，追趕他的敵方人馬以為樹林裏有埋伏，又兼首領已死，軍心渙散，不敢貿然衝進樹林裏追趕，徘徊了一陣後便全部退回界凡寨去了。

等他們退盡後，努爾哈赤從從容容的帶領自己的部隊回赫圖阿拉——他帶出來的隊伍，連一匹馬都不少的安然撤回。

註一：本役《明史．李成梁傳》記：「十三年二月，把兔兒……偕從父炒花、姑婿花大糾西部以兒鄧等以數萬騎入掠瀋陽……」

圖們可汗在《明史》中被記為「插漢部長土蠻」，「插漢」在《蒙古源流》等書中記為「察哈爾」。「察哈爾」是蒙古文「邊界」之意。命名的由來應是東遷後居於邊界。

註二：蒙古達延汗事蹟及其逝後阿勒坦可汗取而代之及庫登可汗東遷，俱為蒙古史上的大事，參見《蒙古源流》、《蒙古黃金史》等記載。及日本學者和田清著《明代蒙古史論集》中，專文研究兀良哈三衛、達延汗及察哈爾部的變遷。

5

聽完報告，李成梁先是黑著一張臉，默不出聲，過了一會兒之後，做了一個明確而簡短的指示：

「繼續盯住建州左衛的動靜，詳細回報，半絲都不許疏漏！」

他的聲音鏗鏘有力，眼神充滿威嚴，全身一如往昔的散發出一股令人畏懼、順服的霸氣來；但此刻，這外露的一切卻似在遮掩他內心深處所發出的嘆息。

「努爾哈赤畢竟是個能人，竟扣準這個時機，大肆出動……」

自己竟奈他不得，只能眼睜睜的任憑他攻打界凡寨，任憑他壯大實力——麾下的人馬雖多，卻苦於必須用來迎擊來犯的察哈爾、泰寧兩部大軍而動彈不得！

心裏暗恨卻不能說出口；這勉強的壓抑和忍耐，使他的情緒很不好，偏偏，探子們接下來的報告又令他的心情更沉重：

「把兔兒、炒花已經帶著人馬開拔，路線是直抵瀋陽，也許在半路上與土蠻會師，預計將在五天後到達瀋陽附近！」

強敵已經逼近，大戰即將爆發——他也畢竟是個能人，深知自己必須全力以赴的指揮這場大戰，別說是分兵，就是分心去想努爾哈赤這個名字也不能了；因此，他既像在安慰自己，又像欺騙自己似的在心中做了一個結論：

「現在由他去吧！好在，建州左衞的實力小得不成氣候……還不值得動手！」

以往的想法也重新回到他心上來走一遍：等到努爾哈赤的實力壯大到有三千以上的人馬時再出手，這樣，上報朝廷的首功才有個像樣的數！

這麼一想，心裏就舒服了些，於是得以更專心的應付眼前的事；一會兒之後，他叫來了兒子們指示應敵、作戰的策略：

「泰寧部有好幾萬人馬，察哈爾也是，兩部相加，總數將近十萬，來勢洶洶，如果正面迎戰，將佔不了什麼便宜，不如等他們飽掠而去的時候，半路截擊，可以大獲全勝！」

避其銳鋒，擊其腰腹，而且敵方在飽掠而去時，鬥志必減，並因攜帶大量擄獲的人畜財物，使行動不如來時敏捷，戰鬥力將大受影響，己方的勝算當然大增——

但，這固然是個能得勝的戰略，卻得先犧牲瀋陽一城的百姓，付出的代價極大；只是，接受命令的李如梧等人一向深知，李成梁從來是唯自己的軍功是重，犧牲多少百姓都在所不惜，因此，根本沒有人提起這個話來，而全都唯唯諾諾的去執行他所交付的任務，點起人馬，準備在敵軍退去的半路上埋伏。

至於有關努爾哈赤的事，更是沒有人再提——大敵當前，這無關緊要的人就放到一邊去了。

而任誰也沒有想到，努爾哈赤不但趁著這個時機出兵界凡，還悄悄的將眼線布了進來——在李成梁府中待了長達六年的努爾哈赤，不但早已熟悉了李成梁慣用的謀略、兵法、戰術，也學會了為己所用，更且「以其人之道還施其身」的反用了回來。

首先就是「布耳目」——他仿效李成梁在京師廣布耳目的方法，趁著李成梁在全力對付泰寧、察哈爾，而對身邊的人與事的管理、控制都不若平日的滴水不漏之際，以重金收買了李成梁的幾名家將，要他們此後源源不絕的供應有關李成梁的一切消息，李成梁的動靜他便能瞭如指掌。

李成梁終於與泰寧部開戰——就在他從界凡寨返回的幾天後，圖們可汗的人馬還沒有到，但把兔兒、炒花等人所率領的泰寧部人馬已按照預定計畫到達瀋陽，因為未遇李成梁的大軍，便很從容的在瀋陽大肆劫掠，然後駐牧遼河畔，打算再犯開原、鐵嶺；而李成梁的大軍也按照預定的計畫，在敵方飽掠之後於半路截擊，雙方激戰了五日。

五日後，泰寧部的人馬終於退去；停戰後，李成梁立刻向朝廷報捷，聲稱大勝敵軍，殲敵八百餘，但實際上勝敗之分很不明確——雙方都有傷亡，而李成梁報給朝廷的八百多個人頭中，有一部分是拿己方陣亡士卒和無辜被殺百姓的人頭混充其間！

但，這些並不是他關注的重點——戰後雙方的走向才是他要確實掌握的，他將據以決定自己的行動。探子們傳回給他的消息是，泰寧部的人馬根本沒有返回駐居地，甚至，沒有退遠，而在遼河一帶盤桓；他立刻反覆思考，研判：

「他們可能在進行整補，同時等待圖們可汗——看來，這場仗還沒有打完！」

接著，從李成梁身邊傳來的消息印證了他的推測：

「李元帥命全軍就地整補，不得擅離；幾位少帥們仍是晝夜衣不解甲的在虎帳中隨侍左右！」

他立刻高興得擊掌而笑：

「果然是這樣——那麼，我們立刻出兵攻打哲陳部！」

他認為，李成梁與泰寧、察哈爾之間的下一波戰爭勢必會再拖上兩、三個月之後發動，時間可能會在五月；也就是說，在這之前的兩、三個月裏，李成梁分身乏術，無力他顧；情勢對他有利，他要善加把握。

而攻打哲陳部，是有其「非戰不可」的原因；首先，他已經得到消息，界凡寨的餘眾已經聯合了哲陳部，準備合力對付他；其次，哲陳部的據地乃是通往尼堪外蘭現今所藏匿的鵝爾渾的必經之路，想要借路通過，唯有交好結盟與征服兩種方法，而哲陳部既已與界凡餘眾聯合，便只能採取征服一途。

他積極備戰，四月出兵，時間很充裕，準備很充分，麾下人馬也因以往每戰必捷而累積了豐富的經驗和高昂的士氣，使得人人都對這次出征充滿信心。

不料，事情出了意外：他率領五百人馬向哲陳部進發，原本一切順利，但是走到半路卻遇渾河發大水。

水阻路斷，前進困難，他心中懊惱，著力檢討自己的疏失：

「我怎麼又疏忽了——上次攻董鄂部，沒預估到天會下雪，已經受過一次教訓，怎麼這次又沒先注意渾河將發大水？」

雖然大自然的一切變化都不是人力所能抗拒的，但他認為，善於用兵者，應該把大自然的一切變化都納入事先的考量中，才能締造萬無一失的戰果。

「諸葛亮就是上知天文、下知地理……」

他也立刻聯想到讀書的重要，因為諸葛亮就是以博覽羣籍而成為上智者——當然，變故已生，先要應變，這些念頭都只在腦海中一閃而過，無法細思；眼前，他先要做出最完善的措施來補救疏失。

「軍隊出征，遇到大水就無功而返，恐怕會影響軍心士氣；嚴重的話，還會有人認為路遇大水是天不佑我——至少也要去衝殺一陣，露點威風給哲陳部的人看看……只是，步兵涉水困難，還是只帶騎兵去吧！」

想畢，他立刻下令，所有的步兵退回赫圖阿拉，八十名騎兵跟隨他繼續前進。

八十名騎兵中有三十名是披鐵甲的武士，五十名是披綿甲的武士；他把這些武士分成兩隊，自己帶了前路的四十騎涉水後直奔哲陳部，留下後哨緩緩前進，以為接應。

而意外的來臨通常沒有先兆——他沒有料到，哲陳部早已處心積慮的要對付他，先前就派出許多眼線密切注意他，對於他的行動，全都瞭如指掌，當然也已做了準備。

哲陳部聯合了托漠河、東佳、巴爾達、薩爾滸和界凡五城的兵力，總共有八百人之眾，聚集在一起；等到他因遇大水而僅率八十騎孤軍深入的消息傳來時，便把這八百人的隊伍開到渾河畔，結陣以待，準備以逸待勞、以眾擊寡。

努爾哈赤毫不知情，帶著隊伍一步步的奔向險境；到了將及渾河的岸邊，一行人才遙遙望見，敵方的八百人馬已在河邊結好戰陣，遠看如星羅棋布；而這八百人一見到這支僅有四十人的隊伍到來，立刻示威似的搖旗吶喊。

雙方人數懸殊，八百人齊聲喊叫的音量也遠勝四十人，而且立刻產生作用。

跟在努爾哈赤身旁的堂弟——五祖包朗阿的孫子札親桑古里，一見到敵軍是二十倍之比的人數，再一聽到宛如地動山搖的喊叫聲，心生畏懼，竟脫下身上的甲衣交給旁人，準備逃跑。

這個行徑看得努爾哈赤心中大怒，登時一鞭子揮過去，大聲責罵：

「沒出息的東西！膽子小得像老鼠！就只會在鄉里中神氣活現的耀武揚威，一上陣就成了窩囊廢！」

他心中有氣，索性伸手取過身旁的大軍旗，高舉著向敵陣衝過去，一口氣奔到敵陣前；登時，身後的武士都受到了鼓舞，緊跟著一起向前，再也沒有懼怕的念頭。

努爾哈赤把大旗交給跟上來的一名騎兵，回頭向自己的隊伍大喝一聲：

「你們替我掠陣，待我單槍匹馬的去將敵人殺個落花流水！」

奔到他身邊的穆爾哈赤連忙阻攔：

「大哥，不可親身涉險！」

努爾哈赤豪氣萬丈的一昂首：

「關雲長能在百萬軍中取上將首級如探囊取物，趙子龍在長坂坡以一當百……難道我不能嗎？」

話還沒有全部說完，他已經像箭一樣的衝了出去，穆爾哈赤不放心，跟在他身後躍馬而出，兩名侍衛顏布祿、武陵噶也緊跟著衝鋒；於是，四個人並肩作戰，一起衝進八百人的陣營中。

「勝者生，敗者亡——」

努爾哈赤又是一聲大喝，威風八面的策馬衝殺，手中的一柄長槍，舞得光燦耀眼，立時銀光都成了血光；他身後的三個人也都奮勇搏戰，銳不可當；才只半個時辰，四個人已殺了二十幾名敵軍。

五城聯軍被這驍勇的氣勢懾住了，八百人的隊伍竟經不起他四人的來回衝殺，陣腳開始亂了起來；幾名主將先是驚於努爾哈赤的勇猛，又見他們以四十人面對八百，不但不退，還反而以單騎衝鋒，便以為他們另有後援的軍隊會趕到，所以有恃無恐——這麼一想，心中開始慌張，陣腳一亂，更沒了主意，發不出號令來指揮軍士，甚至，有兩名貪生怕死之輩先轉身渡河而逃。

霎時間，軍心大亂——軍士們原已被努爾哈赤驚人的勇氣和武藝所懾，再一看己方的主將撤逃，立刻跟進，爭先恐後的競渡渾河……

八百人的隊伍登時潰散，亂成一團的爭著渡河，遠看就像一窩螞蟻，一個個小黑點在河面上雜亂無章的移動著。

努爾哈赤並沒有立刻乘勝追擊——經過方才的衝殺，人馬都已疲憊，他全身冒著熱汗，人在鐵甲戰衣裏，有如蒸烤一般，熱得他連解開甲冑都來不及，一手拉斷扣子，下馬坐在地上休息，其他的人也下馬環坐在他身周；過了好一會兒，體力逐漸恢復，而後哨的四十騎也趕到了。

帶隊的舒爾哈赤一看五城聯軍的人馬已經零零亂亂的渡過了渾河，立刻跺著腳道：

「哎喲，該趁他們渡河的時候追殺！可惜錯過時機了！」

努爾哈赤冷冷的問：

「他們渡河的時候，你在哪裏？」

這話提醒了舒爾哈赤責任的歸屬，他登時紅了臉，低下頭，小聲的說：

「我們不小心，走岔了路！」

努爾哈赤怒道：

「打仗的時候，只要稍有疏失就可能送掉性命，看來你的膽量過人、不怕死，敢犯這種錯誤！」

說著，他「虎」的一聲站起身子，根本不理會舒爾哈赤，自顧自的穿好甲冑，然後上馬，帶著隊伍去追殺五城聯軍。

滿臉羞愧的舒爾哈赤不敢再吭一聲，默默的跟在他身後前進；一上了陣，他便像力求彌補過失似的奮勇殺敵，表現十分傑出，幾個人一趟衝殺下來，又斬殺了四十五名敵軍。

努爾哈赤卻不以這樣的成績為滿足，帶著穆爾哈赤又一路追下去，一直追進界凡境內地勢險隘的吉林崗，兩人立在崗上，偵察四周的地形，忽然遠遠的看見十五名敵兵向著崗上而來；努爾哈赤連忙摘下頭盔上的紅纓，免得洩漏行蹤，然後，他和穆爾哈赤躲在樹後，屏息以待。

等到那羣人走近，努爾哈赤冷不防的從樹後「嗖」的一箭射出，射中一人，貫身而過；穆爾哈赤緊接著也射出一箭；又是一人中箭，剩餘的十三人驚慌不已，鬥志大減，要不了多久就逐一授首。

消滅了這批人之後，努爾哈赤高興的拍著穆爾哈赤的肩膀說：

「近日我兄弟並肩作戰，兄弟齊心，殺得敵人聞風喪膽！」

穆爾哈赤平日沉默寡言，這時候雖然心情愉悅，也一樣不多話，只對著努爾哈赤笑了一笑：

「是大哥領導有方——」

努爾哈赤再拍拍他的肩膀，卻換了話題：

「我們今日廝殺了這兩回，差不多取了百條性命，足夠讓敵方膽寒；但畢竟我們人少，深入敵境，不宜久留，既已有了不錯的戰果，就算不虛此行！」

於是，他下令收兵，集合隊伍，清點人數；結果不但原來的八十騎沒有少了半人半馬，還搶到不少敵方的馬匹、盔甲和武器；看著軍士們集合起來，排成整齊的隊伍，每一張臉上都流露著勝利的笑容，努爾哈赤心中感觸極深，但卻高聲宣布：

「今日這一戰，我方以四人打敗對方八百人，這是天助我方勝利，大家要一起感謝上天！」

接著，他便帶頭喊道：

「感謝上天！」

他一喊，下面的八十個人也立刻跟著齊聲高喊：

「感謝上天！感謝上天——」

這麼一來，這場創下以寡擊眾的輝煌記錄的「渾河之役」就成為「天命所歸」的實例，絕大多數的人都深深相信，是天意使努爾哈赤贏得這場不可思議的勝利……

而努爾哈赤的這個說法也得到了預期的成功和效益，目睹過努爾哈赤在戰場上勇不可擋的氣概的八十名騎兵，越發崇拜努爾哈赤，一致認為他是稟承天意降生，連打仗都有天助；而且口耳相傳，吸引了更多的人來加入建州左衛——就在隊伍返回赫圖阿拉的途中，已經有不少聞風來投的人，尾隨在隊伍後面一路跟到赫圖阿拉。

因此，班師返回後，努爾哈赤為了整編這些主動投效的人，又花了好幾天的時間；整編完成後，他把這些人按照比例分給在這次戰役中立了大功的穆爾哈赤、顏布祿和武陵噶，作為獎勵；對舒爾哈赤，只算他功過相抵，賞罰兩免；對企圖逃跑的札親桑古里，因為影響軍心士氣，便給予重罰，將他由鐵甲騎兵的隊中調到只管砍柴生火煮食的伙伕班。

這些都忙完了之後，他給自己一些時間，反省、檢討自己在這場戰役中的得失；首先，他再三自責疏忽了大水氾濫的事，但是，對自己在意外發生後所斷然採取的策略也還算滿意……而經過反覆的思考後，他對戰爭的修為又累積了新的成長。

五個月後，他再次親率部隊出征，就一點疏忽也沒有，因而不費吹灰之力的完成了任務——順利的攻下了安土瓜爾佳城，殺了城主諾一莫渾。

6

捷報以「八百里快傳」飛送京師，看完文書的申時行精神抖擻了起來，乾癟多皺的臉上既有了笑意也有了紅光，他連連點頭，向其餘的閣臣們稱許：

「到底還是李帥有辦法──大敗敵軍，保境安民！」

李成梁的奏疏上當然加倍誇大自己的戰功，他麾下師爺的一枝生花妙筆，將戰事的經過和結局都陳述得令人讀來有如身歷其境，也令人情緒興奮，心中欣慰；因此，申時行極有把握的認定，這個捷報必能為朱翊鈞一掃胸中積壓了多日的沉悶之氣：

「萬歲爺閱後，必然龍心大悅，快慰振奮！」

皇帝心情一開朗，也許就再上上早朝，那麼，他所面臨的輿論壓力可以稍得紓解，指望運用李成梁的軍功來謀求的一切也可以如願──他當然心中竊喜。

次輔許國很實際的提醒他：

「敵軍未退返駐居地，恐怕仍有戰事發生，此時言勝敗，未免過早！」

這話很確實，戰爭還沒有結束，送來的捷報只是第一回合交鋒的情況；但是，對李成梁的瞭解遠比他深入的申時行心中雪亮，李成梁與遼東諸部之間的戰爭是永遠也不會結束的；而這捷報儘管只是初次交手的戰況，也畢竟是真的，值得替他出力送到皇帝面前去邀功！

因此，他熱切的著人去把張誠請來，與他商量將這封捷報呈遞到朱翊鈞跟前的事。

張誠的想法與他雷同——常在朱翊鈞身側的張誠比誰都清楚，朱翊鈞是少年心性，一聽說「戰事」二字就能興奮上好半天，以往，對李成梁的封賞特別豐厚，也有一大半因素是他自己對戰爭的嚮往。

這封捷報，準能有作用——張誠興致勃勃的親手接過，親自送到乾清宮去。

不料事情出了意外，他這一去，好幾天後才有回覆；朱翊鈞的反應並不差，同意了票擬的「增歲祿百石，改廕錦衣指揮使為都指揮使」獎賞給李成梁，但卻沒有特別顯出「龍心大悅」來。

眼神中也略帶幾分失望和沮喪的張誠，悄悄的把原因吐露給申時行：

「德妃娘娘即將臨盆，萬歲爺成天惦著翊坤宮，旁的事都沒興致了！」

申時行先是微感驚訝，繼而想到了原因：

「德妃娘娘特別得寵，萬歲爺當然特別掛心！」

張誠苦笑一聲，沒有接腔，但是申時行立刻被觸動了記憶，引發了聯想，心裏飛快的默忖：

「宮中早就傳揚過話來，說，鄭德妃志在后座，萬歲爺又偏寵於她……這番如果生的是皇子，事情就多了！」

這話他沒敢說出口，但是眉頭不自覺的皺了起來，張誠只當他還是為朱翊鈞的態度感到失望，就隨口安慰他：

「橫豎李帥的賞到手了——閣老沒有負了李帥的重託，咱家也盡力了，功德圓滿了！」

他沒有白收了李成梁的厚禮，自覺心安理得了，再說上幾句客氣話就告辭離去。

張誠一走，申時行更加把心事悶住不說，面對著許國、王錫爵和王家屏三名同僚，繼續戴著溫良恭儉讓的面具周旋完這一天。

卻不料，張誠竟去而復返——他帶著李定，以及身後幾名隨侍太監，很匆忙的返回內閣，因為人多，腳步聲很自然的顯大，因為急，便稍微疏忽了禮數而使腳步聲顯得零亂。

張誠進門來，氣息帶喘，同時很誠實的說明：

「方才，咱家只在這裏待上片刻，偏就遇上萬歲爺叫——咱家去遲了，挨了好幾句罵呢！」

申時行無言以對，向他拱拱手，說句不著邊際的安慰話：

「司禮為國辛勞！」

張誠卻先是唉聲嘆氣，然後訴苦：

「皇差不好當啊，簡直是每天拎着自己的人頭進乾清宮的……能再拎出來是神明保佑……誰曉得哪天就給萬歲爺留下當尿壺了！」

閣臣們聽不明白他言下所指，只能含糊應對；但猜著他每天過著「伴君如伴虎」的日子，委實辛苦，便紛紛朝他拱手致意，好言安慰：

「司禮聖眷甚隆，萬歲爺視司禮為親信，才會直接責怪——」

而張誠只是表演，先拿個「可憐」的姿態唬住閣臣，接下來才話入正傳：

「萬歲爺交付咱家來傳口諭，說，把那勞什子的早朝、經筵、日講都給廢了吧——著內閣立刻擬旨！」

這話有如五雷轟頂，把四名閣臣都給震傻了，人人瞠目結舌，說不出話來；半晌之後，申時行才勉強掙扎出聲：

「廢……使不得啊……」

心裏的話非常多——他可以列舉千百條理由來，說明這些體制是廢不得的，奈何嘴裏吐不出來，像是喉嚨哽住了，舌頭打結了，心裏越急，兩片嘴唇越哆嗦，越擠不出聲音；情急之下，他下意識的舉起雙手來不停的搖，臉掙得通紅。

張誠卻哭喪著臉補充：

「咱家也是說嘛，不愛上朝就不上，實實在在的做了就是，何苦要明明白白的下個聖旨詔告天下呢？先前，武宗皇帝、世宗皇帝不都是不上朝的嗎？可也沒有下旨罷廢啊——偏咱們這小祖宗，心裏就是想擰了！」

許國緊皺著眉頭，輕聲的請教他：

「萬歲爺究竟是為什麼會興起這個念頭？如能對症下藥，也許——能有法子讓萬歲爺改變心意！」

張誠頓了一下，長長嘆氣：

「咱家哪裏能知道萬歲爺是為了什麼？只不過，往常，萬歲爺嘴裏常含含糊糊的叨念這幾句話，都是說過就算了，不料，今天清清楚楚的派咱家來傳口諭，要正式辦理！」

聽完話的四名閣臣互相交換了眼色，接著又沉默下來，沒有人說話。

張誠滿面痛苦：

「這事確實行不得……但只是，咱家不敢違旨，一定得來向列位大人傳口諭！」

閣臣們更是人人滿面痛苦，無言以對，最後還是資歷最淺的王家屏發出一聲長嘆，向著申時行和張誠各施了一禮，黯然的說：

「閣老請恕卑職僭越，卑職萬不能奉旨——卑職寧冒龍顏之怒，受凌遲極刑，也不能草擬這廢朝之旨——司禮，煩請在聖駕之前代稟，微臣萬不能做此千古罪人！」

他語氣緩和，但是措詞很重，聽得在場的人都為之動容，申時行先發出一陣長吁短嘆，再吃力的勸慰他：

「王大人，言重了——且先放寬心，大家一起計議計議——」

王錫爵提出建議：

「或由閣老領銜，卑職等聯名上勸諫疏，請萬歲爺打消這個念頭！」

許國贊成這個建議，並且補充：

「也該約請言官、六部重臣一起聯名上疏！」

申時行沉默了一下，轉向張誠拱拱手，詢問：

「司禮之意呢？」

張誠為難的互搓著雙手：

「列位大人說的都很有道理——不過，咱家也拿不定什麼主意——上疏勸諫——先拖上幾天，看看萬歲爺會不會龍心轉向——或者——跟朝裏的大人們商量商量，能有什麼說法讓萬歲爺打消這個念頭——」

說著，他忽然想到了一個重點：

「這幾個月來，萬歲爺總是悶悶不樂——大約是從德妃娘娘有孕後，萬歲爺身邊少了人伺候，悶了——悶了這些日子，心裏不是滋味，犯彆扭了，看什麼都覺得不對勁，嫌煩——」

閣臣們面面相覷，對這個說法還不敢抱上信或不信的態度，因而無法應承；但再轉念一想，張誠說得應該沒錯——他是最接近皇帝的人，皇帝的事他最清楚，包括情緒。

於是，大家竟唯張誠馬首是瞻起來——四名閣臣幾乎不約而同的向他拱手致意，再三請託：

「司禮最近御座，請司禮以社稷為重，多多費心！」

張誠搔頭抓耳，卻又連聲嘆氣：

「咱家也知道，這事事關社稷，很想盡力，奈何——未必使得上力！龍心煩悶，唉！咱家又沒有德妃娘娘的本領，能想出一些稀奇古怪的玩兒事來給萬歲爺消閒解悶！」

但是，這個話也帶出了一線希望——張誠鄭重的說：

「大家看天意吧！這兩天，如果出了什麼特別的事，把萬歲爺的心給引過去了，或許，萬歲爺就不再滿口嚷著要下廢早朝詔了！」

希望升起了，人心開始寬慰；但是，申時行的心卻更加往下沉。

「宮裏哪會有什麼特別的事？唯有臨盆在即的鄭德妃誕育了皇胎，讓萬歲爺歡喜萬分，忘了這樁下詔廢早朝的事——但，如若鄭德妃一舉得男……」

以往的隱憂回來了，和現在的問題重疊在一起，未來的情況會更壞；但是，他沒敢說出口——他覺得，眼前的問題已經夠嚴重，內閣中的氣氛已經夠壞的了，這些還沒有逼近到眼前來的事，又何苦說出來呢？

大明朝已經千瘡百孔，能頭痛醫頭，腳痛醫腳的把眼前顧周全都已是萬難的事，哪裏還能遙顧未來呢？

而也因為想到了這一層，使他忽然產生了一個更通透的想法來——既然凡事不能面面顧到，便只顧自己吧——他往張誠偷瞥了一眼，決定很自私的把朱翊鈞要下旨廢早朝的事丟給張誠去處理……

方法也有了，而且當夜就可以進行得圓滿周到——

這天夜裏，皇宮和其他幾名閣臣家中都接到了申府家丁送來的緊急通報，說，申時行在晚餐後突然病倒，正延醫急救，須請假數日以養病。

閣臣們的反應是表面上都迫切關心申時行的病情，實際上卻暗自鬆了一口氣，而且竊喜不已；因為，申時行這一病，先救了他們——朱翊鈞所要擬的廢早朝詔，可以因為這個首輔病倒，羣龍無首的理由而暫緩面對了。

張誠接到申時行病倒的報告時，第一個反應是重重跺腳，連聲嘆氣：

「怎麼偏在這個時候病——」

他發起愁來，覺得自己要獨自面對這件棘手的事，實在吃不消，因而緊皺著眉頭來回踱步；但是，半個時辰後，聰明的他也突然產生了新的念頭，驚喜交加的用力拍了一下自己的額頭，自言自語的說：

「哎呀，我怎麼糊塗了？申閣老的這場病生得巧啊——」

接著，他暗忖：

「我這就去告訴那個小祖宗，說申閣老不巧病倒了，事情得緩一緩——拖到鄭德妃生產的那天，這小祖宗自己就會把事情忘得一乾二淨……」

情緒又是一變，於是，他踏著輕快的步子前往乾清宮。

而朱翊鈞儘管天賦過人，也料想不到這些大臣、太監們內心的曲折和所玩的花招；甚至，他連最心愛的寵妃在他背後玩花招都不知情。

大腹便便的鄭玉瑩整日無事，而將所有的時間、心思都用來盤算如何取得后座，詳細謀畫了好幾個月，一切都已在掌握之中——除了腹中胎兒是男是女之外。

憑非煙辦事的能力和成績更是沒讓她失望，不但很快的打聽到福壽膏的線索，立刻派人接觸，沒多久就買了一批回來，還明確的與供貨商約定，此後源源不絕的供貨。

一切都料理停當之後，她親自將福壽膏送進宮來，而藉口隨身伺候，她將一名供貨商派遣的專門伺候人進用福壽膏的僕傭，男扮女裝的當作是「嬤嬤」，帶進了翊坤宮。

因此，展現在鄭玉瑩眼前的東西完備得毫無半點疏失——從福壽膏到燒、吸的工具，到精通此道的人，全都齊備。

鄭玉瑩高興得連連點頭，笑容可掬，甜言蜜語的撒起嬌來：

「真……真……真是我的親娘！又能幹，又厲害，凡事都張羅得十全十美，真是普天之下最、最、最了不起的親娘！」

馮非煙被她的這些話逗得格格笑了起來，朝她圓瞪著眼說：

「我可當不起這麼重的話——就指望給你出了這點力，能幫著你得遂心願！」

鄭玉瑩當然聽得出她話中所指，於是又笑吟吟的趴在她耳邊說話：

「放心！將來，我的親娘可是皇帝的外婆呢，還怕拿不到這些辛勞的報答嗎？」

馮非煙頓感安慰，鄭重的點點頭：

「有你這句話就行了！」

接著，她話入正傳，仔細的同鄭玉瑩商議：

「東西是張羅全了，但是，接下來還得費上一番手腳，才能派上用場——首先，我帶進來的這朱大榮是個男人，不能讓他到萬歲爺跟前去的；你得先挑一個身邊的親信宮女，讓她跟朱大榮學燒福壽膏，學會了，讓她到萬歲爺跟前去伺候；這個人，嘴要穩，要能不會把事情說出去！」

鄭玉瑩想了一想說：

「我這裏宮女雖多，但真正牢靠的、我信得過的，只有碧桃！」

碧桃是從鄭府帶來的——馮非煙也信得過，於是，人選確定。

然後，兩人商量具體進行的方法，馮非煙條理分明的陳說：

「碧桃要不了幾天就學會了，等她演練純熟了，我再把朱大榮帶出宮去；這回，我帶進來的東西足夠用上半年，府裏留存的，也夠用上半年；我會讓他們盡早再多送點到府裏來，以後，我每隔幾個月就給你送一些進來！」

鄭玉瑩點點頭：

「這些就全勞您費心了！」

馮非煙道：

「你自己才要費個大心思呢——怎麼樣把這東西送進萬歲爺嘴裏，讓萬歲爺迷上它，可得靠你使本領了！」

鄭玉瑩胸有成竹：

「這個您放心。我有辦法——等我分娩完了，重回乾清宮，很快就能把事情辦妥！」

雖然這待產的幾個月裏，她不在朱翊鈞身邊，但她早已布下了眼線，朱翊鈞所有的動靜都會迅速、確實的傳到她的耳裏；因此，她確知，朱翊鈞沒有移情別戀，甚至，朱翊鈞無她不歡，這幾個月來，悶悶不樂，寢食不香，情緒不寧——乾清宮的太監、宮女們無不私下議論，這個現象，只有等她產後重返乾清宮伴駕，才能改善——

聽她這麼說，馮非煙的信心揚帆而起，聲音也不自覺的提高了許多：

「那可就太好了——只要『龍心』在你身上，還有什麼辦不到的事呢？」

而且，念頭忽然一轉，竟油然生出了羨慕之心：

「看來，萬歲爺還真是個有情的實心人——不像你爹，沒多久就置一房小妾，進門來沒多久就丟到腦後去，再置一房新的……沒有誰是他真正放在心上的！」

但，鄭玉瑩對這個話題並不感興趣，而且順口回出的話，竟像特別有意要反駁她：

「萬歲爺這個人呀，心呀情呀，都帶著三分病，不能全當真的——您到這兒前，我才聽人來告訴我一件事，說，萬歲爺心裏不痛快，又沒什麼事好消遣解悶，索性想了個稀奇古怪的主意捉弄內閣的閣臣，要閣臣們擬旨，廢了早朝、經筵和日講——結果呢，生生的把申閣老給急得病倒了！」

馮非煙登時「哎喲」一聲：

「申閣老，已經好大的歲數了呀！」

鄭玉瑩撇撇嘴道：

「可不是嗎？他全不管人家上了年紀的人氣血已虛，經受不起他的捉弄——他哪管人家死活，哪有什麼『情』？」

她當然不是真的關心申時行，而只是用這件事來否認朱翊鈞是個「有情」的人；她似乎存在著一種複雜而微妙的心思，卻是自己也弄不明白究竟是為什麼，她開始不想以感情的角度來界定自己和朱翊鈞之間的關係。

馮非煙就更不明白她的話究竟是什麼意思，而是以常理衡量的勸告她：

「你可別這麼說——萬一，話傳到申閣老耳裏，讓他多傷心呢！畢竟是給皇家賣了一輩子命的老臣哪！」

而鄭玉瑩卻沒興趣談論申時行，索性飛快的結束話題：

「好，好，好——咱們不談申時行了——你叫朱大榮教碧桃燒福壽膏去吧！」

7

沒有人知道他是裝病——申時行心中暗自得意。

這個簡單的方法替他解決了許多難題，唯一要做的只是忍住寂寞，足不出戶而已，非常容易做到。

而外界的各種訊息卻絲毫不受影響的傳到他耳裏來，使他一樣能全盤掌握朝野、宮中的動靜，這當然是因為不停的有人登門探病、問候，他自己不露面，而派出兒子們接待客人，陪客人聊天，於是，什麼訊息都得到了。

唯有在吩咐兒子們替他說謊的剎那，他的心裏升起過一絲矛盾，而猶豫了一下，難過了一下之外，這次裝病換來的是大豐收。

他有兩個兒子，長名用懋，已中試授官，現職是兵部職方郎中；次名用嘉，方中舉，正準備應下科會試；他心裏矛盾的是，這兩個兒子從小讀聖賢書，他也不時耳提面命，施以「忠誠信實、禮義廉恥」的人格與道德教育，但現今卻要他們幫著自己說謊，首先就違反了自己給他們的教育。

然而再轉念一想，兒子們遲早要和自己一樣，在官場中周旋好幾十年，經歷政治的現實和醜陋，不如讓他們提早體會、嫻熟這些官場運作的手段，將來運用時，可以收「熟能生巧」之功。

於是，不但心裏的矛盾、猶豫、難過全都化為烏有，還積極的未雨綢繆起來，先是很詳盡的指導兒子如何以謊言應付客人，如何以巧言套取客人心中的所知；而在客人離去，父子都得閒暇的時刻，他更是敞開心胸來教導兒子們最實際的為官法門。

因為對象是親兒子，他便知無不言、言無不盡；但也顧慮到兒子畢竟涉世不深，還沒有經歷過政治鬥爭，對政治的現實和殘酷感受不深，不容易一下子取代腦袋裏裝進去的古聖先賢那套「修齊治平」的理想，因而採用迂迴宛轉的方式說話，並且盡量以實例為證，像說故事似的列舉本朝開國至今的一些重大事件，來說明他別具心得的「做官學」。

前例非常多，像成祖朝「靖難」，一干忠於建文帝、自以為有氣節的大臣們慘烈的下場；英宗「南宮復辟」，曾經功在社稷的于謙棄市❶；世宗朝的「大禮議」，違逆帝心的大臣們遭到廷杖懲處，當場杖死了一百多人；而世宗朝的兩任內閣首輔夏言與嚴嵩的故事，尤其是一冊活生生的教科書：

「本朝自罷丞相制，設立內閣以來，閣臣間的明爭暗鬥始終不曾停止，人人都想得到首輔寶座，便用盡手段，也不擇手段——世宗時，夏言任首輔，嚴嵩是他一手提拔的次輔；夏言生性剛正不阿，不苟言笑，脾氣急躁，稍有不遜即出言凌人；嚴嵩為人陰狠毒辣，但表面柔媚溫順，笑臉迎人，在聖駕前更是誠惶誠恐，和夏言的傲骨嶙峋恰成反比。

「當時，世宗皇帝崇信道教，宮中常行道教儀典，夏言自認是書術君子，不願附和道士作法，而經常違逆帝心，使龍心不悅；世宗皇帝欲上表給天上的玉皇大帝，命作『青詞』，夏言不屑為之，嚴嵩則竭力作得辭藻華美、文情並茂，因而深得帝心；夏言不肯戴御賜道冠，嚴嵩不但戴，還籠上輕紗以示虔敬；未幾，兩人在世宗皇帝心目中的分量已經顛倒。

「而在對朝臣的人情世故上，嚴嵩更是成功；夏言對屬官的效率要求高，便失之嚴厲，大臣中受處分的不少，心懷怨恨的人更多；嚴嵩則不然，他笑臉迎人，處事寬和，禮賢下士，更極力救援被夏言處分的人；於是，朝臣的人心也大都倒向嚴嵩。

「嘉靖二十七年，出沒於河套的吉囊入寇❷，親嚴嵩的大臣中，開始有人議論，說這是夏言與總制陝西三邊軍務的曾銑所執行的『復套』所造成的後果❸，言官則紛紛上疏彈劾，指責夏言交結邊臣，互相串通，共謀奸利，導致外敵入寇，並且欺君罔上……這諸多攻擊使夏言罷職、入獄，最後綁赴刑場問斬，嚴嵩繼任首輔……」

幾段史實，全都指出了在本朝為官所應有的態度、原則和做法；首先，帝心決不可違，否則小至個人慘遭斷頭、凌遲，大則株連十族；其次，做人不可剛正，不可招怨；更重要的一點是朝廷中充滿了政治鬥爭，越是表面恭敬的部屬、親密的朋友，越要小心防備——絕大多數的大臣都不是死在外國的敵軍手裏，而是死在自己人手裏！

而在自己人裏面，僚屬、朋友其實比昏庸的皇帝還要可怕——以前朝的夏言和嚴嵩，和眼前的張居正與張四維為例，表面上是遭皇帝降旨治罪，實質上真正對付他們的人都是自己一手提拔起來的次輔！

唯有次輔才會處心積慮的要鬥倒首輔，因為自己可以取而代之，也唯有次輔才鬥得倒首輔，因為熟知他的一切——

聽完這些，申用懋和申用嘉兩人半晌無法接腔，唯有胸口大幅起伏，臉上紅白交替；尤其是申用懋，他因為已經在朝為官，對這些話的感觸便更多、更大、更複雜。

其實，在聽到這番話之前，他的心裏所存有的是勸諫父親的念頭，而正在反覆考慮選取適當的時機開口——這些天來，早有數不清的年輕同僚在私底下同他商請，希望他能委言相勸，讓申時行以國家社稷為重，改變鄉愿的作風，率領羣臣叩請皇帝勤政愛民；年輕的他對這些話當然很有同感，因而一口答應下來——

沒想到，父親搶先說出這麼一套話來，令他百味雜陳，也使他的心緒被觸動了一下，升起了一個恐怖的念頭：假如父親落得了如張居正一般的下場，那麼自己豈非要做第二個張敬修，被捕下獄後捱受嚴刑拷打，自盡獄中？

他登時不寒而慄，所有勸諫的話和希望父親耿直有為、名垂青史的念頭一起化為烏有；而後，他緩緩的低下頭去，避開與父親四目相視，但卻恭敬的說：

「孩兒敬受教誨！」

申時行對他的反應感到滿意，雖然沒說出什麼話來，但是連點了兩下頭——他知道，兒子對他的話已經心領神會了，這樣，日後在宦途上可以少點磕碰，多點順遂！

天底下沒有不為兒子打算的父親，更何況自己年事已高，已位極人臣，已無須鋪墊，無須營謀，除了保住首輔這個寶座以外，要著力的事，就只有拉拔兒子——想到這裏，他的精神更加強旺，思慮更加縝密，一個新的做法也就逐漸浮現。

現在教給兒子的是必須在心裏打底的為官法門，而宮中、朝中，乃至於民間的輿論，自己都還得再替他們出力……老謀深算的他很快就能把進行的方法想好。

這天夜裏，他獨自一人在書房中靜坐片刻，吟成了一首詩，也親筆寫了下來：

王師未奏康居捷，農扈誰占大有年？衰職自慚無寸補，惟應投老賦歸田！

而這是表演——詩句中流露著強烈的「告老還鄉」的意願，充分展現著身為本朝的讀書人、內閣首輔心中的無奈與悲哀，也隱隱透出世人所崇尚的高風亮節來——他打算把這首詩讓兒子們拿給朝、野各界的人去看，也給將來的歷史留下證據，證明自己的內心深處懷有崇高的情操，並不戀棧名位，隨時可以求去。

這個做法也可收一石數鳥之功，首先，讓兒子們拿出去，就先開脫了兒子們，替兒子們擋下了輿論的聲音；其次，讓世人瞭解自己心中的無奈，也可以擋下輿論的聲音，甚至，博得許多不知內情、不知真相的人對自己產生尊敬。

最終，他也將透過張誠，把這首詩送到皇帝跟前去；他相信，能發生作用的——雖然不可能讓朱翊鈞打消罷廢早朝的念頭，但總能讓朱翊鈞看到他在詩中所呈現的忠心耿耿與高風亮節，多少總要慰勉他幾句，讓他打消求去之心——這是以退為進，而且，他有成功的把握。

天亮以後，他叫來兒子們，把這首在「病中」作的詩交給他們，並且仔細教導他們操作的方法。

一切都達到了他預估的效果，這首詩很快的在朝中官員間傳播開來，也立刻引起議論，許多人興起的第一個念頭都雷同：

「閣老已萌去意——」

接下來才有多種不同的想法，不瞭解他的人開始感慨，現今的政局如此，所以首輔難為；也有不少人開始臆測他的處境和心境，甚而胡亂推想他是否已失帝心，或只是因為人在病中，不免感到心力交瘁，萬念俱灰；也有往好一點想的人，認為他只是隨口發發牢騷、洩洩委屈的情緒；卻有極少數對他有著深刻認識的人，暗自在心中嗤之以鼻：

「裝模作樣——口是心非——」

但，這話不宜說出口，好在，這幾個人都是在官場中打滾了一輩子的人，知道輕重，也知道像這樣無形的事情並不適合明白的拿來攻擊政敵，因此，表面上都不動聲色，沒有反應，而任由其他的人去議論。

對這首詩沒有反應的還有一個人，那就是朱翊鈞；不過，倒不是朱翊鈞麻木不仁，而是沒看見——當張誠想好了法子，要在他面前親自朗讀這首詩而走進乾清宮的時候，朱翊鈞已離開乾清宮。

他去到慈寧宮中向李太后請安——晨昏定省固然是慣例，但這一天，他卻是因為特別的原因去到慈寧宮，而在慈寧宮中逗留了許久。

先是他從宿醉中醒來，漱洗罷，獨自在乾清宮中發悶、發呆，百無聊賴而心中空虛，難受得有如酒後嘔吐，將腹中之物全吐光了，連同心肺腸胃、五臟六腑都被掏空了一般；身邊連個可以說話的人都沒有，身體裏面也因為心肺都空了，更加沒有聲音，生命寂靜無聲，一片空白。

好幾次，他下意識的要下令宣鄭玉瑩伴駕，也都在念頭興起到半路的時候就打消——理智告訴他，鄭玉瑩即將臨盆……

好一會兒之後，他想起了母親。

內心裏逐漸浮現李太后的音容，接著，他的身體微微一顫，生命裏的某一個點也就被牽動了，五臟六腑開始返回，李太后的音容笑貌逐漸清晰起來；而後，他聽見自己從心裏發出一個輕微的呼喚：

「娘……娘……」

聲音小而稚嫩，像自己童年的時候所發，而且遙遠得不真實，但是空虛感卻因而消退……片刻之後，他站起身來，吩咐侍立的太監：

「上慈寧宮——」

一路上，小時候對母愛的渴盼與依戀之情全都回到了心中，而且，每踏一步就加重一分；母親是生命中第一個重要的女人，他的心像復活似的漸有暖意。

到了慈寧宮門口，接到通報的王皇后和王恭妃已經出迎，等在門口，太監一喊「萬歲爺駕到」，便一起屈身行禮，稱頌：

「臣妾恭迎萬歲聖駕，萬歲萬萬歲！」

他和往常一樣無言以對，卻因為心情好轉，神情就不若往常那般木然僵滯，因而臉上的肌肉鬆弛得宛有笑意，頭也下意識的一低，往下一看，隨口漫應：

「平身——平身——」

然而，就在這低頭漫應的一剎那間，他看見王恭妃的手在動彈——她牽著一個三歲男孩的小手，自己下跪了，而那小男孩兀自站著不動，於是，她輕輕拉扯小手，示意小男孩跪下；怎奈，小男孩生平第一次遭逢這樣的場面和暗示，完全不能會意，因而一點反應也沒有，直愣著兩眼，傻呼呼的站著；王恭妃急了，拉扯的力道加大了些，小男孩依舊沒有反應，他的心卻輕輕一顫。

這是常洛——他的兒子！

他不由自主的凝眸注視，常洛長得像他，長臉鳳眼薄唇，他立刻感受到了，這是自己生命的延續……他的心動了一動，下意識的伸出手去摸摸常洛的頭。

不料，常洛卻「哇」的一聲哭了起來——對常洛來說，他和他的舉動都是陌生的，生平從未經歷過的，恐懼感油然而生，也立刻發洩出來，而且一哭之後就撲向自己的母親。

王恭妃越發慌了手腳，側轉身抱住常洛，著急的撫拍哄慰，既慌急得自己淚水直流，還一面連聲對常洛說：

「乖，乖，乖，不哭……不哭……」

但，常洛不但不止哭，還在她的懷裏哭得更大聲，王恭妃更慌、更著急，又害怕朱翊鈞怪罪，下意識的把常洛抱得更緊，身體簌簌發抖，眼睛不敢看朱翊鈞，嘴裏也說不出話來。

朱翊鈞卻愣在當場，連伸出去的手都一直懸在半空中，進退不得；常洛突如其來的哭泣使他陷入了窘境，而且是生平從未有過的經歷，他不知道該怎麼辦才好。

身旁只有老實木訥的王皇后和一羣平庸、缺少急智的太監、宮女，沒有人能為他解窘……

好一會兒之後，他才發出一聲重重的嘆息，縮回手臂，一甩衣袖，轉身走進門去，心裏方萌起的父子連心的感覺在漸漸下沉；常洛還沒有止哭，但是他已充耳不聞，而且加快了步伐來掩飾心情的複雜。

但是，跨進門檻，還沒走上幾步，李太后跟前的宮女如馨已經迎面而來，見了他，先是屈身行禮，繼而恭敬的說：

「參見萬歲，萬萬歲……皇太后方才隱約聽到了皇長孫的哭聲，特命奴婢來看個究竟！」

朱翊鈞頓了一下，然後蓄意的輕描淡寫：

「小兒啼哭是常事，一會兒就好了！」

說著，逕自走進大廳，去到李太后跟前；而端然高坐的李太后正伸長了脖子往前方張望，一見到他來，還沒等他行完禮站起身就急切的問：

「常洛可是摔跤了？我聽著他哭呢！」

朱翊鈞的心頭一冷，心底一嘆，難過的感覺油然而生；母親的心裏還是只有常洛，開口第一句話就是常洛……失落感油然而生，所渴慕的母子連心的感覺已無從追尋。

他只能把自己的外表偽裝好，遮掩住心靈上的空虛與悵惘，以恭敬的態度回答李太后：

「兒臣原想摸摸他，不料，才一伸手，他就大哭起來！」

李太后「哦」了一聲，心中登時明白，這只是小事一樁，卻不自覺的以半帶埋怨的語氣對朱翊鈞說：

「這都是你平時對他太疏遠了——孩子認生，害怕，所以哭——以後，你要常常親近他才是！」

朱翊鈞低著頭，垂著手：

「是！兒臣謹遵母后懿旨！」

他像是全盤接受指責，虛心改進；但，說話的語調中已無抑揚頓挫，而有如機器發聲。

王皇后先一步進來了，王恭妃抱著常洛跟在她後面走進來；常洛已經止了哭，但是緊摟著王恭妃的脖子，頭歪在她肩上；李太后一見就搶先說話，聲調且比平常提高許多：

「快！抱過來我瞧瞧！」

王恭妃立刻應命，快步將常洛抱到李太后跟前去，經過朱翊鈞身側，也來不及看他一眼；而常洛卻因為從小熟悉李太后的懷抱，一到李太后跟前，很自然的反轉身，撲向李太后，投進她的懷中，一樣緊緊摟住她的脖子。

李太后也立刻抱緊常洛，輕撫他的背，柔聲細語的哄他：

「乖寶貝，不哭……不怕……」

常洛不說話，而是咿咿唔唔的發出了些無法分辨的聲音，但是，李太后卻聽明白了，笑了起來，慈祥和藹的說：

「好！好！好！皇奶奶立刻叫人上點心來！」

常洛再咿唔了一聲，雙手將她的脖子摟得更緊，李太后也笑得更甜。

朱翊鈞親眼目睹著這一切，心裏直覺的認定，他們祖孫之間存有秘密的語言，彼此相知相通，而外人無法知曉——他作為母親的兒子、兒子的父親，一樣是個外人！

他的內心深處也存有秘密的語言，卻怎奈，沒有相通的對象……孤獨感立刻伴隨著失落感一起佔據他的生命，使他覺得自己的心是空的；他低著頭不說話，也蓄意不觸及李太后懷抱常洛的溫馨畫面。

而也在這剎那間，他想起了鄭玉瑩，心裏的楚河漢界已然分明；他覺得，皇后、恭妃、常洛都是屬於李太后的，原本也屬於李太后的自己被摒在門外後只能自成一個天地，而這天地中唯有鄭玉瑩陪伴……他也立刻聯想到，鄭玉瑩即將臨盆，那麼，這個孩子應該是屬於自己的，應該會留在自己的天地裏……

心思開始飄揚起來，彷彿要從窗口飛出去，飛到鄭玉瑩身邊去，只剩下軀體恭敬的站在李太后跟前；李太后與常洛之間的隔代天倫樂，已經與他無關。

他的軀體與精神分離成兩個人，分別活在兩個天地裏——唯有這樣，他才能獲得快樂。

李太后果然吩咐太監上點心來，他聽而不聞，依舊保持著恭敬的姿態站立；周遭沒有人發現他的心思已經遠離，對一切都視而不睹，也極力以恭敬的態度對待他；不料，情形生出新的變化，場面立刻為之改變。

去拿點心的太監走到宮門口就急急的轉回，跑著小快步到李太后跟前跪下：

「啟稟太后，萬歲爺——翊坤宮太監來報喜！」

李太后首先動容，不自覺的提高音調：

「快宣！」

一面很自然的轉頭向朱翊鈞說話，但是，語氣卻彷彿自言自語：

「不知道生的是男是女？」

朱翊鈞的心神被這突如其來的變化給拉回來了，拉回現實中，也聽清楚了傳進耳裏的聲音，李太后的詢問尤其使他心頭一震；他下意識的抬起頭望向李太后，一看，李太后竟滿臉都是憂慮之色，他不知何故，登時一愣；但是，再一眼瞥見李太后懷中的常洛，藏在心底的一個黑點就被觸動了。

他想起了自己曾經答應過鄭玉瑩，要立她所生的兒子為皇太子；李太后疼愛常洛，不免要為常洛憂慮——本性聰明，心思靈敏的他飛快的想明白了這一層，隨即，他的心裏也蒙上了憂慮。

事實已經擺在眼前，自己答應過鄭玉瑩的事，必然會遭到李太后的反對……

翊坤宮來報喜，當然是鄭玉瑩已經順利生產，然而，卻因為這些複雜的人際關係，使他的心裏不但失去了喜獲麟兒的興奮、雀躍，還蒙上了層層的陰影。

他不由自主的皺起了眉頭，而報喜的太監已經跪伏在地，大聲稱頌：

「恭賀皇太后、萬歲爺大喜——翊坤宮德妃娘娘誕育皇女，娘娘與小公主母女均安！」

李太后緊繃的精神登時鬆弛下來，而且不由自主的誦念了一句：

「阿彌陀佛——真是菩薩保佑！」

再一頓，她精神抖擻、笑容滿面的吩咐：

「看賞！」

她跟前的如馨立刻躬身應「是」，而來報喜的太監更是立刻叩首高呼：

「謝皇太后恩賞！」

李太后的精神更旺，又補充著吩咐如馨：

「賞雙份——大家都辛苦了——也給翊坤宮看賞，所有執役的人都按月例給！」

她的賞賜特別豐厚，像是要特別嘉獎鄭玉瑩生了女兒似的，一迭聲的吩咐這吩咐那，交代了許多樁；而一等把所有的賞賜都交代完畢之後，她又回過頭來逗弄常洛，神情和聲音中都充滿了歡喜：

「你得了個妹妹——多好呀——皇奶奶帶你去給菩薩上香……謝恩……」

朱翊鈞冷眼看著這一切，心裏百味雜陳，翻滾如浪濤，嘴裏一句話都說不出來，而靈魂在輕輕顫抖。

不料，過了一會兒，李太后的眼光竟出乎他意料之外的越過常洛，投向他而來；但是，李太后並不是因為體會到他的心情——她依舊只從自己的想法出發，非常善意的、設想周到的提醒他：

「著人給內閣送個信吧——只怕，他們也懸了好一陣子的心了，讓他們早點知道德妃生的是公主，好早點放心！」

她的神態慈善，語氣平和，卻再也想不到，這麼一番體恤大臣的話，對兒子來說又是一刀砍下；心靈上已經傷痕累累的他，再一次蒙受無情的傷害，心中便痛上加痛：

「原來……大臣們都跟母后一條心，巴望她生的是女兒，以免跟常洛爭奪皇太子的位子！」

他原本也希望鄭玉瑩生的是女兒，但是，原因和太后、大臣們不一樣——他喜歡女兒，很單純的打心眼裏喜歡，沒有其他的想頭；而母親和臣屬們希望鄭玉瑩生的是女兒，卻完全是政治考量……他難過極了，重新低下頭，一言不發。

但是，思緒已被觸動，他無法不讓回憶湧上心頭，那是個極不愉快的回憶——他想起了小時候，母親與馮保、張居正組成一個緊密的鐵三角，全力的約束他、管束他，剝奪他的權力，限制他的自由，使他名為皇帝，實為傀儡，甚至，形同囚犯……現在，大臣們還是跟母親站在同一條線上，而母親的心裏只有常洛，根本沒有他……

越想越痛心，卻怎奈，人在李太后跟前，必須竭力忍耐、克制，不讓心事外洩，直到返回乾清宮的路上，他的情緒才決堤，連帶著有一滴眼淚溢出眼角；到達乾清宮後，他立刻大吼大叫，胡亂罵人。

「大臣都是太后的應聲蟲，都巴不得德妃生女兒——真是豈有此理——可惡之至——」

他罵的人沒有特定對象，內容也純粹是情緒洩洪，因此脫口而出一堆氣話：

「朕偏要封她做『皇太女』，將來繼承皇位——偏不讓這干人順心！」

已經在乾清宮中等候他多時的張誠，雖然心中別有目的，懷中緊緊的揣著申時行的詩，但是一見他這些反應，立刻取消預擬的應對語言，改以隨機應變，申時行的詩當然就不見天日了。

而也因為這些氣話事涉敏感，張誠不敢接腔，只有畢恭畢敬的站著，狀至專心的聆聽大篇的牢騷話，一面不停的在心裏暗叫「幸好」——幸好朱翊鈞只是衝著他咆哮、吼叫，並沒有派他命內閣把這些不可理喻的談話草擬聖旨，詔告天下！

第二個「幸好」是，朱翊鈞吼叫了一陣子之後，自己先沒勁了，止住聲，愣愣的出了好一會兒神，接著發出一聲長嘆，然後以低沉的聲音命令：

「酒來——」

張誠登時暗自竊喜——快得解脫了，一等他喝醉就天下太平——於是，久已不執奉酒等役的他，特意從小太監手裏接過托盤來，以極端恭敬的姿勢奉到朱翊鈞跟前，讓朱翊鈞一杯接一杯的飲盡美酒。

而朱翊鈞喝的是悶酒，甚至，是苦酒；幾杯下肚，和他的滿腹心事混合成酸澀鹹苦的滋味，既引發得他的思緒和情緒加速翻騰，也促使他開始暈眩，腦海裏存有的李太后和鄭玉瑩的影像如漩渦般的流轉，越轉速度越快，快得影像混融成無可區分的一體，令他更加暈眩……他很快就喝醉了。

張誠悄悄的鬆出一口長氣，長年累月在朱翊鈞面前所扮出的低頭彎腰的姿勢也自然而然的做了調整——親眼目睹著小太監們將朱翊鈞扶上龍床，放下錦帳之後，他下意識的挺直了腰桿，抬起了頭，轉身踏著大步走出了乾清宮，也順勢把申時行的詩帶回司禮監去了。

心裏閃過的念頭是，拿了好處，還沒完成任務，等朱翊鈞酒醒後再說吧——他並不關心申時行想退隱的說法究竟是真是假，也不關心朱翊鈞酒入愁腸的滋味——反正，眼前的這個場面已經應付過去了。

善體帝心的他並不是真正的關心朱翊鈞，也無法真正的體會到朱翊鈞的內心世界——醉後沉沉睡去的朱翊鈞依舊是孤獨的。

唯有在進入夢境，到達另一個世界後，他才開始獲得親倫之愛，內心才得到喜悅、溫馨和滿足——他夢見鄭玉瑩生的是雙胞胎，一男一女，於是，他抱著自己喜愛的女兒，鄭玉瑩抱著將被封為皇太子的兒子，雙雙在李太后跟前閒話家常，李太后以慈祥和藹的神態和笑容誇讚他，五個人組成一個溫馨的小天地，而這個天地裏沒有王皇后、恭妃、常洛和其他的人；隨後，他抱著鄭玉瑩所生的兒子接受羣臣的朝賀，所有的人一起伏在地上山呼萬歲……

夢中的情景非常完美，非常合乎他的心意，以至於他幾乎不願從夢中醒來。

註一：明英宗在「土木堡」之變時被也先俘虜，頓使國家和民心、士氣都陷入動搖的危險中；幸賴于謙力持國事，擁立英宗的弟弟即位（史稱「景帝」），安定人心，抵抗也先，並以「國有新主」而不受也先挾君的威脅，挽救了國家的命運。不久，也先因為英宗已無利用價值，放他回朝，居於南宮；幾年後，一些擁護英宗的舊臣趁景帝在病中而擁他復辟，貶景帝為王，並誅殺當時擁立景帝的大臣，于謙首當其衝的被殺。

註二：「吉囊」一詞在《蒙古源流》中作「濟農」，本意是「副王」，在《明史．韃靼傳》中被訛為一個人的名字；其實《明史．韃靼傳》中所指的「吉囊」名字是巴爾蘇．博羅得，他是達延汗（《明史》稱「小王子」）的第四個兒子；達延汗稱雄於塞外，勢力和據地都非常大；約在明武宗正德六年左右，他將一萬戶的蒙古人遷到河套內，稱為鄂爾多斯部，與綏北的土默特部一萬戶及察哈爾中部、熱河南部的永謝布部一萬戶，合併為「右翼三萬戶」；由於長、次二子早死，他便將這右翼三萬戶交給他的三子阿爾蘇．博羅得（《明史》記為「阿著」）管理，封四子巴爾蘇．博羅得為

「副王」。

註三：《明朝史話》一書記：河套地區，三面憑河，土地肥沃，宜於農桑，而且接近明朝的榆林、寧夏、偏頭關等邊鎮，河套地區控制在誰手裏，對明朝北面邊防有著重要的意義。英宗天順（一四五七—一四六四年）以來，蒙古韃靼部不時佔據河套，並深入到明朝邊牆以內騷擾。憲宗成化九年（一四七三年），明軍曾擊敗過韃靼，迫使其渡河北去。孝宗弘治八年（一四九五年），韃靼部又擁眾入據河套住牧，至嘉靖朝，竟不斷侵擾明朝的邊地，其中規模較大的是二十五年（一五四六年）八月這一次，三萬多韃靼騎兵進犯延安府，深入到三原、涇陽，掠殺了許多人畜。鑑於佔據河套的韃靼部不時侵擾，明朝總督三邊兵部侍郎曾銑力主收復河套，提出八項建議。內閣首輔夏言支持曾銑的主張。二十六年（一五四七年），曾銑率兵出塞襲擊，取得勝利，並再次上疏提出恢復河套的方略。但是，嚴嵩曾受過夏言的壓制，懷恨於心，又企圖奪取夏言的首輔地位，便利用河套問題進行陷害。他指責曾銑輕開邊釁，誤國家大計，夏言附和支持，敗壞國事。昏憒的世宗不問是非曲直，便把夏言罷官，把曾銑逮捕下獄，其他支持恢復河套的官員，或是貶謫，或是奪俸，或是廷杖。後來，韃靼可汗俺答合眾入河套，謀犯延安、寧夏。嚴嵩又乘機激怒世宗說：「俺答合眾入河套，都是曾銑開邊釁所致。」嚴嵩的黨羽也附和攻擊。世宗就把曾銑斬首。二十七年（一五四八年）九月，俺答進擾宣府。世宗認為是因為夏言、曾銑提出收復河套，俺答才會這樣報復，又趕緊把夏言斬首。自夏言、曾銑被斬，再也沒人敢提收復河套的事。

8

醒來後的鄭玉瑩，精神狀態和朱翊鈞極為一致：同樣因為渴盼與追求都落了空而感到痛苦。生產過後、未施脂粉，兼之心情沮喪，三重的原因使她原本的雪膚花貌走了樣，使她看來像一朵慘白色的紙花，毫無神采；她木然的平躺著，兩眼直愣愣的望著帳頂，耳畔灌滿了嬰兒的哭聲和一干婦女們哄慰嬰兒的細語呢喃聲，她全身僵硬，像木石般的充耳不聞，毫無反應；深知她心情的馮非煙斜坐在床沿，再三反覆的勸導她：

「常言道，先開花，後結果——心裏放寬點，身體復元得快，很快就能懷上下一胎的——下一胎，準生皇子——」

話一再重複，而她完全無動於衷；一會兒之後，嬰兒的哭聲漸停，嬤嬤們便抱到床前來；馮非煙也立刻換了一種話說：

「哎喲喲，瞧瞧，這個小寶貝，小公主，長得多美呀，這眼睛、鼻子、小嘴兒、臉蛋兒，可跟你生出來的時候完全一模一樣——猛一看，真讓我錯以為是抱著你呢！」

她一邊說，一邊從嬤嬤手裏接過嬰兒來，親手抱到鄭玉瑩面前，一邊暗自絞盡腦汁，再想些好話來說——她竭盡所能的讓鄭玉瑩喜歡自己的女兒，以改善惡劣的心情——雖然她和鄭玉瑩一樣，對於生的是女兒，失去了爭取后座的重要條件而感到非常遺憾，但她畢竟比鄭玉瑩多積累了些閱歷，也洞澈人情世故，曉得在這個節骨眼上，不但要勇敢的接受事實，還要勸得鄭玉瑩也接受事實，並且打起精神，繼續為爭取皇后的寶座而努力。

「你看看，這是個小美人胚子──我敢打包票，萬歲爺一見，準會愛成心肝寶貝！」

她讓嬰兒緊靠著鄭玉瑩的身體躺著；嬰兒身上特有的芳馨氣息傳到了鄭玉瑩的心田，她的心被觸動了，不由自主的輕輕一顫，母愛的慈光油然滋長；於是，她的眼珠子開始轉動，僵滯的身體開始軟化，脖頸動彈了一下，牽動了心神，眼光朝著嬰兒移去，定定的看了一眼，心頭浮起陣陣暖意。

但，一股酸楚的感覺隨即湧了上來，嬰兒的性別再次提醒她，希望落空了；剎那間，兩團淚珠無法遏阻的奪眶而出，再緊接著，她號啕痛哭起來。

馮非煙心裏暗自嘆息，暗自著急，雙手下意識的用力互擰；幸好在語言上，她還能自我控制，依舊好言好語的勸慰：

「別，別，別傷心……我瞧小公主這模樣，一臉的富貴吉祥，準能招弟的！下一胎，不過再等上個一兩年嘛，你還年輕，好日子在後頭呢……」

鄭玉瑩不理她，只管自己痛哭，而且索性翻身背對她；但是這麼一來，把剛止住哭入睡的嬰兒給驚醒了，像呼應著母親的傷心似的又哭了起來；馮非煙更加無奈，皺著眉，搖了兩下頭，一揮手，示意嬤嬤們把嬰兒抱到旁邊去，自己茫然無措的看著鄭玉瑩發呆。

再也想不出什麼話來勸說了，她只能任憑鄭玉瑩哭得肝腸寸斷，直到好一會兒之後，一名太監進來稟事，才勉強化解了僵局。

「啟稟娘娘，司禮監執役太監李定求見！」

馮非煙一聽先納悶，對宮中人事不熟的她，心裏胡亂猜測著：

「怪了，怎麼不是萬歲爺派了張誠來？」

但是，鄭玉瑩一聽卻立刻想到：

「李定是張誠的心腹，大約有什麼事——」

於是，自己慢慢的止了哭，吩咐：

「宣！」

李定進門後，很恭敬的在好幾步遙的地方就跪下了，伏在地上高呼：

「奴婢李定參見娘娘千歲，千千歲！」

隨後，還不等鄭玉瑩叫「平身」，他就一面連連叩首，一面滔滔不絕的陳說：

「奴婢奉司禮太監張誠張司禮差遣，特來給娘娘道喜，恭喜娘娘——」

但是，鄭玉瑩一聽這「喜」字就覺得刺心，來恭賀自己生女兒，簡直像反諷，因此，她面無表情，也不說話；而李定並沒有察覺，一路說了下去：

「張司禮本要親來給娘娘賀喜，但他須先往內閣傳萬歲爺口諭，因此命奴婢先行趕來，為娘娘報上這個喜訊：萬歲爺命張司禮著內閣擬旨，進封娘娘為貴妃！」

他的話說到最後一句，情況立刻起變化；鄭玉瑩的雙眸倏的射出一道光，嘴裏雖沒有發出聲音，嘴唇卻輕輕一顫；馮非煙則非常機警的抓住時機，搶先高聲稱頌：

「啊，恭喜娘娘——進位貴妃——」

氣氛全盤改變，鄭玉瑩的身體裏面也開始有暖流淌漾；喜訊來得有點意外，她原本也料到朱翊鈞會給她進位，只是沒想到會這麼快，彷彿在特意彌補她心中的失落——朱翊鈞確實是體貼的——暖流淌到心裏頭了，她隨即出聲：

「看賞！」

同時，她向碧桃使了個眼色，碧桃會意，端出的紅封除了給李定的之外，還有一份加倍豐厚的——李定一看就明白，那是給張誠的；懂事的他立刻叩首：

「奴婢先替張司禮謝恩——敬謝娘娘重賞，娘娘千歲，千千歲！」

接下來才是自己謝恩，然後一團歡喜的告退；等他一走，鄭玉瑩繼續吩咐碧桃：

「拿我私房，本宮裏每人賞銀二兩，接生嬤嬤們賞雙份！」

這下皆大歡喜，所有的人重新跪地叩首謝恩，聲浪猶且大過道賀聲，讓整座翊坤宮都散發出歡騰之氣。

馮非煙身在其中，目睹全程，心裏壓著的石頭早已化為烏有，取而代之的是欣慰，以及衍生的幾個新想法，但她沒有說出口來，先是滿面笑容，殷勤的幫著碧桃料理給賞的事，宮女們端上參茶、補藥來，她又忙著親手照料鄭玉瑩喝下……她像忽然多長了八隻手似的，忙了個不亦樂乎，也很快就把一切都料理停當；當然，心緒也轉得飛快，一等身邊的人潮退去後，她開始與鄭玉瑩商議未來的做法，而先以略帶豔羨的口氣說：

「看來，萬歲爺對你，可真是情深意重，孩子一落地，立刻擬進位詔——我看哪，他的這顆心，半步也沒飛開！」

這話鄭玉瑩當然很有同感，但是也有別種想法，因而心裏起伏，她在表面上默不作聲了好一會兒，終於敵不住思潮的反覆激盪，長長的吐出了一口氣，說出心裏的話：

「只走上這麼半步，到底，還沒搆著……」

馮非煙當然明白，她願望未遂的失落和委屈只彌補了一半，另一半，還得等到有了皇后的寶座才能補足，但幸好她的情緒已經改善，聽得進勸了；於是又重複勸說：

「來日方長嘛！只要他的心在你身上，什麼名位都盼得著的——現在封貴妃，過些時候再進一步，皇貴妃，再接下來，可不就是坤寧宮的正主，大明朝的皇后了？」

鄭玉瑩隨口漫應了一聲「唔」，兩眼悵悵出神的望著前方；她像是勉強接受了眼前的事實，忍下了一半的委屈：

「貴妃就貴妃吧！誰叫我肚皮不爭氣，生的是女兒，做不成皇太子！」

然後，她才打起精神來，與馮非煙商議下一步的做法——重點當然是放在如何把福壽膏送到朱翊鈞跟前去。

母女倆商量得起勁，既完全只從自己的立場和利益出發，就不會考慮未來的後果和所造成的傷害，也沒有察覺到現在已經引發了風波。

風波的中心就近在咫尺——內閣。

原本張誠帶著朱翊鈞酒後的口諭前往內閣的時候，他的腳步是輕快的，心情很放鬆，臉上帶著笑容；到了內閣後，因為申時行還沒有銷假，會見的是次輔許國、三輔王錫爵以及王家屏。

想著事情容易辦，他說話的語氣、神態便少了平日的嚴肅沉重，也親切了許多——他向閣臣們拱拱手說：

「萬歲爺得了小公主，龍心大悅，為慶賀這明珠入掌之喜，先進封鄭德妃為貴妃——列位大人，請擬旨吧！」

不料，閣臣們的反應竟大出他的意料之外。

許國、王錫爵、王家屏三個人先是互相交換了一個眼色，而後全都默不作聲；過了一會兒，許國才像不得不硬起頭皮來面對這件事似的，以極鄭重又略帶尷尬的神態向張誠拱拱手說：

「司禮見諒——請司禮代為啟奏萬歲，申閣老告假，我等不敢僭越，擬旨一事，且等申閣老銷假主事時親擬為宜！」

張誠登時傻眼，不明白許國何以會給他這麼一個軟釘子碰，竟不知道該接什麼腔；而許國也立刻警覺到，自己的話太直了些，於是立刻想個和緩的話來化解眼前這已開始凝滯的氣氛：

「所幸，申閣老病體已癒，再歇個一兩日就能銷假……」

這也給了張誠一個下臺階，於是勉強笑了一下，含含糊糊的說了句：

「好吧！咱家就這樣稟奏……」

卻等到出了門，往回走的半路上，才突然發出「哎呀」一聲，醒悟了過來：

「是了！他們三個都不願意當壞人，把事情全推到申閣老頭上去！」

他想到了，這件事必然會引起許多人的反對，因為，朱翊鈞沒有先封皇長子的生母王恭妃為貴妃，而進位生了公主的鄭玉瑩，與體制、禮法、慣例都不合……想著，他停住了腳步，認真的思考起來。

事情該怎麼辦才能完成朱翊鈞交付的任務？

想了好半晌，他決定放棄自己想主意——畢竟還是在官場打滾了大半輩子的許國高明，把事情丟給申時行就是了！

這下精神抖擻了，再一思忖，許國說，申時行病體已癒，不日銷假，顯然現在已能理事——他一咬牙，決定立刻親自登門拜訪，不等申時行銷假就讓他去辦這事。

而一路反覆斟酌用詞，反覆思謀、琢磨，話該怎麼說，早在到達申府門口前就徹底想通透——他再也不敢像前往內閣傳口諭時的掉以輕心，以致事情辦不成。

果然，申時行被他的話扣住，半點推託不得，乖乖的去執行這件事。

「咱家先奉了萬歲爺聖命，傳達口諭，臨出門前，又去叩見了皇太后，聆聽皇太后的訓示；皇太后說，鄭德妃生了公主，是天大的喜事，真該謝天謝地，進封鄭德妃為貴妃，確是應該的，何況，萬歲畢竟是萬歲，總得按他的意思辦事！」

他不惜扯謊，而且藉由李太后的話來暗示申時行，君命難違，何況，事情總比鄭玉瑩生了皇子，來爭奪皇太子的寶座要好得多！

這話厲害，而申時行也是懂事的人——兩害權其輕。

於是，鄭玉瑩進位貴妃的事，很快就極周全、極體面的完成了。

雖然，這事引起了朝臣們的議論、反對，勸諫的奏疏每天如雪片般的送進宮裏，但是，朱翊鈞根本不看……

9

朱翊鈞的心靈、肉體和生活全都一起回到鄭玉瑩的懷抱，重享以往的甜蜜、快樂與滿足；何況，眼前還多了一個令他稱心如意、愛不釋懷的小公主，他上窮碧落下黃泉般的費心思索，想遍世間美好的字眼來為心愛的女兒命名，最後，終於選了「福壽康寧」的吉祥詞，定出「壽寧公主」的名號；這事情讓他的心思忙上好多天，也讓他的精神特別愉快，心靈特別充實，每天笑口常開。

而鄭玉瑩自生產後，經過了完善的調養，身體和心理都煥然一新；在容貌上，她微胖了些，看來比以往豐滿嬌豔，而顯出一股成熟嫵媚的風韻來；在心理上，她在產後調養的一整個月中，每天和馮非煙談話，反覆商議，使她對自己的處境和未來為自己爭取權益所應該採行的方法，都更了然於胸；因此，她的一顰一笑，一言一語，所作所為都更能迎合朱翊鈞的心意，乃至緊緊抓住他的心、引導他的心。

聰明的她深知朱翊鈞的天賦極高，興趣廣泛，品味上乘，但也帶著三分孩子氣，尋常的酒色歌舞充其量也只能使他沉迷一小段時間，必須不時的增添新鮮、新奇的東西才能滿足他，才能使他在不知不覺中接受她所要引領進入的新世界。

因此，她一面將鄭府新培訓好的一批歌舞姬進獻給朱翊鈞，呈現全新的樂曲舞藝，每天變換新的內容，以使朱翊鈞目不暇給；同時也挖空心思的陪著朱翊鈞賞玩皇宮內收藏的各種古玩字畫玉器陶瓷等物，間或玩些兒童遊戲，補償他失落的童年……這些，使朱翊鈞除了吃喝玩樂以外，還得到了精神上的滿足，甚至，常有意外的新感受，以致覺得兩人的心靈更加契合。

像有一回，兩人一起賞玩一件成化年間官窯所製的青花花卉盌，「成化窯」精緻細膩的特色充分展現在盌上，盌體極其精巧華美，盌內底、內壁、外壁都以葵花連葉及蓓蕾為飾，畫意自然生動而又流暢優美，整體的造型秀雅典麗，質地細緻，鄭玉瑩一見便脫口讚美：

「這是瓷中的極品啊！成化官窯，前幾年在民間私相轉售的價碼，一件已達十萬錢了！」

朱翊鈞先是愣了一下，繼而讚美她：

「你真是見多識廣——連成化窯的民間價都知道，朕卻第一次聽說！」

鄭玉瑩笑著回覆他：

「臣妾生長民間，自然多知道一些民間的事；何況，妾父乃是鹽商，薄有資財，各種器物藝品，都買過一些！」

這話又勾起了朱翊鈞的好奇，不停的追問鄭玉瑩有關民間古玩文物流傳、交易的事；鄭玉瑩每說一項，他都津津有味的聽著——兩人間的話題就非常多，多得勝過世間任何一個人。

而鄭玉瑩固然對民間的情況知道得多些，對宮廷庫藏的瞭解當然就比不上朱翊鈞；而宮廷庫藏的數量、品質，乃至於問題都多到罄竹難書，朱翊鈞說起所知來，她也聽得興味盎然，且時時生出共鳴，引得朱翊鈞不但大有知遇之感，也更加興高采烈的說下去。

這天，一批新近製造完成才送入宮來的漆器，呈現在他面前，供他逐一把玩；他對這些製作得精巧絕倫的手工藝品非常喜愛，心裏便忽然一動，立命太監們去開庫房，取幾樣庫藏的漆器出來詳加品賞。

漆器的製造方法是在器坯的上面塗上一層漆，放在蔭室裏面，等漆乾了以後再上一層漆，如此反覆上了三十六層以後，漆的本身已堆出厚度，再用尖細如針的雕刀在上面雕出花紋和圖案，製作起來非常費時費工，而且在漆上雕刻，又非得有極高明的手藝才行，因此完成後的作品精緻典雅，美不勝收❶——擁著鄭玉瑩，面對著一件件令他愛不釋手的漆器，朱翊鈞情不自禁的連聲讚嘆：

「巧奪天工，真是巧奪天工！」

鄭玉瑩帶著崇仰般的淺笑說：

「這都是因為我大明朝富足安樂，才養得出這般巧手的工匠啊！」

一聽這話，朱翊鈞心中更樂：

「說得好，說得好！自古以來，確實是盛世能出巧匠，從這幾件漆器，就足見我大明朝繁華至極！」

說著，他順手拿起一個永樂朝的剔紅牡丹圓盒來，一面把玩，一面對鄭玉瑩說：

「這色的紅，濃而不鮮不豔，有凝斂之美，看起來溫潤而不刺眼，就色澤來說，已屬上品；上面雕的這五朵綻放的牡丹，姿態典麗，你看，這些花蕾、枝葉的交錯，布局細密、完整，優雅有致……葉的轉折，脈絡、紋理，雕鏤得宛如實物……」

他款款的說，鄭玉瑩則頻頻點頭，間也發出幾聲讚美；可是，片刻之後，朱翊鈞拿起一件宣德朝的剔紅秋葵花盤，把玩一陣之後，忽然不說話了，過了一會兒，眼神中露出了一道狐疑之色。

這件葵花大盤的色澤如熟透後的棗，所雕的圖案是一束秋葵花，花朵開展，枝葉扶疏，花苞緊密，呈現著典雅縟麗之美；而且刀法圓潤，藏鋒不露，無論從哪一個角度來看，都是登峯造極之作；但是，他卻在思索了一會兒之後向鄭玉瑩說道：

「怪了，這盤的落款處不對勁——你看，這裏好像刮過磨過似的，這幾個字兩邊的斷紋不連續，字面摸起來高了點……」

聽他這麼一說，鄭玉瑩連忙湊過眼去細看；一看同感立生，這件大盤的底部刻著「大明宣德年製」六個字，楷書填金，卻果然如朱翊鈞所說，顯得很不對勁。

她側著頭問：

「這是怎麼回事？」

朱翊鈞沒有立刻回答她，而是動手一一翻看其他幾件漆器的底部，看完想了一想，才對她說：

「我方才第一眼看這盤子時，心裏想著，這是永樂朝的東西，因為這顏色、刀法、形制、花紋都是永樂朝的風格，結果一翻底，刻的卻是宣德——我再一比照落款，就更不對了；你看，別的宣德朝漆器落款的六個字都是分兩行、三行在中央，或者橫書一行在上方正中，只有這只盤子直書六個字一行，反而和永樂朝一樣❷！」

鄭玉瑩一面順著他的手指細看究竟，一面不由自主的詢問：

「這是怎麼回事？為什麼會這樣？」

朱翊鈞冷笑一聲：

「怎麼回事，可就連我這個做皇帝的人都不知道了！」

他的心裏很不痛快，傳了內府的總管來，命令他：

「這只盤子不對勁，你速速查明真相——三天之內前來稟奏，否則，重重治你的罪！」

內府總管立刻磕頭如搗蒜，滿口唯唯諾諾，滿心惶惶怖怖，心中只剩一線希望，就是向張誠求救，以免身首異處；而冷眼細觀這一幕進行的鄭玉瑩，心中卻湧起了多種不同性質的想法。

朱翊鈞這精細敏銳、明察秋毫的能耐，既令她佩服，也讓她暗自警覺，審慎的提醒自己，朱翊鈞並不容易蒙蔽，今後行事要更加小心；想要牢牢抓住他的心，勢必要特別加倍努力，用對方法；而想要引領他走進自己布置好的世界裏，還要再付出更大的努力——這些，她原本是極有把握的，現在是重新體認，要付出很大的代價才能成功。

因此，她一面更細心的觀察朱翊鈞，一面費心思考，等到內府總管退出後，她已想妥了話頭——她深知，這種宮中庫藏文物的弊案自古至今都層出不窮，真相根本無從查起，但卻是個好話頭——她朝著朱翊鈞盈盈下拜，滿口認錯：

「這都是臣妾的不是，提議取庫藏器物賞玩，卻讓萬歲龍心不悅！」

朱翊鈞伸手扶她起來：

「這怎麼能怪你呢？快起來！」

鄭玉瑩當然順勢起身，並且很鄭重的對他說：

「臣妾的本意，一來是萬歲閒時賞玩美好之物，必然心曠神怡；二來，藉此讓萬歲逐一細賞庫藏文物，徐徐挑選，日後陵寢落成時，好將中意之物選為陵寢陳設；萬沒有料到，庫藏器物竟有弊端！」

她像是自然而然的說出心裏的盤算，但是一提「陵寢」，立刻觸動朱翊鈞的心，他旋即擊掌歡呼：

「哎呀，你倒是提醒了朕——是該挑些好東西，將來，擺到陵寢裏去！」

他的心思轉向，庫藏弊案已經不重要了——他興高采烈的任由心神天馬行空，向萬里穹蒼遨遊，一面向鄭玉瑩侃侃述說：

「朕小時，張居正教讀《史記》，〈本紀〉中所記都是古之帝王，他老愛講論為君之道，朕卻最愛追究秦始皇陵的建築——書上記著，秦始皇陵中陪葬品多得驚人，而且『以水銀為百川江河大海，機相灌輸，上具天文，下具地理』——朕那時就想，秦始皇陵中自成一個宇宙，他生為霸王，死為鬼雄，連死後也都掌控著天下！又想著，他的陪葬品一定都是他的心愛之物，一定都極盡精緻華美之能事，供他死後日日把玩……當時，朕就羨慕之至……」

他把久藏在心底裏的話都想了起來，說了出來，也引發了無限的遐思；霎時間眼中露出了興奮的彩光，雙手不時舞動，神情滿是雀躍；鄭玉瑩卻以極其冷靜的眼光觀測他的語言與思維，而做出最好的回應。

「如今，萬歲爺的陵寢，當然要建得比秦始皇好，陪葬品也一定更好、更上乘——且不論別的，光就國家規模來說，秦朝比起我朝來，實在差遠了；論疆域，論人口，論財富，都遠不及我朝的十之一二；是以，臣妾認為，萬歲爺的陵寢必然遠勝秦始皇陵！」

這麼一說，朱翊鈞的心思更加活絡，一面點頭稱是，一面以迫不及待的口氣命太監將陵寢的圖樣取來看，卻在圖樣送到眼前來的時候先想到：

「已有好些時日未派大臣前往實地視察了——」

於是又立即宣召張誠，命他去內閣傳諭，讓總理築陵事務的申時行和定國公徐文璧再度赴昌平視察；而因為這是特別重視的事，張誠叩見時，他便仔細的交代了許多話，反覆叮嚀，不知不覺就講到了黃昏時分——太監上來掌燈，他才意識到，時間拖晚了，這口諭，明天才能傳到內閣了。

但他並不計較，情緒依然非常好——實質上，他已得到了內心的自我滿足，其他的狀況就不怎麼放在心上——晚餐後，他的心思也依舊在陵寢的圈圍內打轉，而又觸發了新的想法。

他歪身而坐，接過鄭玉瑩親手奉上來的美酒，舉杯近唇，啜飲杯中的美酒，心思卻像在雲間飄飛，油燈的亮光穿透華美的琉璃燈罩，映照著他執杯的手和神情半醺的臉，籠上淡淡光影，隨著身體的晃動而搖曳，烘托出他朦朧如霧起的眸光和令人捉摸不住的心思，他向鄭玉瑩說話，說的是連他自己都捉摸不住的心裏的奇妙想法：

「人死了以後，究竟是什麼樣的情形？住到另外一個世界裏去了，心裏的想法，以及喜怒哀樂、七情六慾，都和活著的時候一樣嗎？朕從小就好奇，翻來覆去的想了很多遍，卻從來沒有想通過——生死乃是人生最大的事，但究竟是什麼道理呢？將來，朕住在陵寢的時候，能不能想通呢？」

他的話有如夢幻，臉上更是帶著夢幻般的笑容，隨著神思的遊走而顯現出他天真稚氣的一面；而看在鄭玉瑩眼裏，心裏先發出一陣竊笑，她覺得，世上再也沒有人比此刻的朱翊鈞更滑稽，腦袋裏裝了這麼多不切實際的想法，心智像個三歲孩童；但是，表面上，她滿臉盡是大有同感的神情，睜著一雙亮汪汪的眼睛看著朱翊鈞——她要求自己的表演盡善盡美，因為，朱翊鈞的這些話固然是內心真實的獨白，卻能成為她謀取后座的重要工具之一。

她開始接腔——機會已在眼前，她懂得掌握之道。

「據臣妾想，人死了以後，軀殼腐壞了，但神靈悠遊於天地之間，必然像神仙一般的逍遙自在，舒暢快活！」

朱翊鈞大為豔羨：

「好一個逍遙自在，舒暢快活——朕恨不得現在就能體會一下！」

鄭玉瑩立刻牢牢的掌握住這個話頭：

「哎喲，萬歲爺可真是一語驚醒夢中人——提醒臣妾了——臣妾以往曾聽妾父說過，民間的富家，曾以重金購得一味名叫『福壽膏』之物，吸食之後，身心舒暢快活之至，自覺已成神仙！」

朱翊鈞聽得眼睛發亮：

「世間有這樣的東西？朕，怎麼完全不知道？」

鄭玉瑩笑吟吟的告訴他：

「此物由外國傳入，只賣與民間少數富家——臣妾猜想，這少數富家必是苦無途徑將此物進獻，是以萬歲爺無從享用！」

朱翊鈞點頭認同她的說法，也隨即補充：

「你說的是——朕且立刻下旨，令民間進獻『福壽膏』，讓朕體會體會做神仙的滋味！」

鄭玉瑩笑著說：

「萬歲爺既已提醒了臣妾，就無須費事下旨了——妾父手邊就有『福壽膏』，便著妾父進獻吧！」

朱翊鈞大喜：

「你立刻讓他們拿來——如若朕果真體會到了神仙滋味，必然重重封賞！」

鄭玉瑩高興得款款下拜：

「臣妾遵旨！」

她的姿勢是下跪叩首，但只開始屈身，就被朱翊鈞伸手攔住了，也順勢抱住了她；她回眸一笑，眸光中風情萬種，令朱翊鈞為之迷醉，她便笑得更甜，也更著力曲意承歡；而實則，真正令她心中歡悅不已的，並不是這片刻的繾綣，而是對未來的掌握——她已經成功的將朱翊鈞引領到福壽膏的世界，只須假以時日，就能用福壽膏將他牢牢鎖住。

他將永不移情別戀，將終身都是她的俘虜，會給她一切想要的東西……想著，她高興極了，覺得自己是世上最美、最聰明、最得上天偏愛的女子；因此，這一夜，她的夢特別甜美，夢見她在鐘鼓和鞭炮齊鳴聲中登上皇后的寶座。

第二天，她立刻讓早已演練純熟、操作無誤的碧桃伺候朱翊鈞享用福壽膏。

「萬歲爺只要閉起雙目，深深吸上一口，不消片刻，就能像神仙般的逍遙快樂……」

而當福壽膏的煙霧在四空中嫋嫋擴散、瀰漫之際，她所精心準備好的助興歌舞也同時展開，琴瑟琵琶合奏的樂曲琤琮而出，舞姬們如迷蝶般的翩然起舞；聰明的鄭玉瑩仍舊以他最愛的〈如夢令〉為主樂，加上各種樂器混聲伴奏，使樂曲的內容豐富了許多，聽來耳目一新，而歌詞依然是朱翊鈞的最愛——她親自為他低唱，聲音柔美得宛如春水綠波中輕輕盪漾的漣漪：

曾宴桃源深洞，一曲舞鸞歌鳳，長記別伊時，和淚出門相送，如夢，如夢，殘月落花煙重！

於是，朱翊鈞在這雙重的迷網中入夢了——鄭玉瑩的歌聲柔媚之至，福壽膏帶給他舒暢愉悅的美好幻覺，使他覺得自己如在雲端翔舞，果真像神仙一樣；鄭玉瑩一曲未畢，他已覺得自己如達縹緲峯，如臨太虛境。

鄭玉瑩所費盡心機安排的這一切都如願的收到了功效，也得到了回報——幾天後，太醫診斷出，她再度懷孕了。

雖然又得遷回翊坤宮中獨自待產，但她並不難過——畢竟，希望又回來了。

馮非煙再三鼓舞她的精神：

「這一胎，準生皇子！全家每一個人都在替你求神拜佛呢，絕對錯不了！」

錯不錯都是以後的事，她覺得，眼前最重要的是讓鄭玉瑩高高興興的待產，挨過這段難受的時日；而這話對鄭玉瑩卻大有作用，她原本已經滋生的希望被增強了一倍，精神也增強了一倍；同時，她也和馮非煙仔細、周密的商議定了這段待產期的一切行事原則。

「萬歲爺的心一定要牢牢抓住，萬不能有半點差失！」

而既不能使用自己的美色，便只有依靠福壽膏——遷回翊坤宮的時候，她留下了碧桃，繼續在乾清宮中伺候朱翊鈞吸用福壽膏。

「你須全心全意的伺候萬歲爺，這東西，一天都不能斷！」

碧桃是她的心腹，不會誤事；甚至，她還想到，為防萬一，再加派人手監視碧桃，一有狀況立刻向她報告，這樣，她就完全掌控了朱翊鈞。

接著，她展開另外一項部署。

思慮縝密的她早已想到，自己要爭取后座，要為未來的兒子爭取被冊封為皇太子，除了朱翊鈞以外，還應該向其他幾個有影響力的人下工夫；首先是皇太后，但是李太后的態度很明顯的偏向王皇后和王恭妃，很難扭轉；只有去陳太后跟前多走動走動，而陳太后多病，能見面、談話的時間不多；退而求其次，應該多聯結朝中重臣，因為，廢立皇后是大事，大臣們的意見很重要。

於是，她選定了申時行——申時行既為內閣首輔，為羣臣之首，最近又因築陵的事而大獲朱翊鈞讚美，是個不折不扣的紅人，應該大力交結，將來，好讓他為自己說話。

主意想定，她便讓馮非煙回府去向父兄們轉述自己的意思，要他們為自己去向申時行下點工夫——這事，其實早在擬她進位為德妃的詔書時已經做過了，再次向父兄們說起，不過是提醒，讓父兄們再加把勁而已。

而對鄭承憲來說，事情一點也不難；家境富裕的他什麼厚禮都送得出手，何況這是為女兒的皇后寶座鋪路——經商有成的他當然善於盤算，一等女兒做了皇后，這些出帳可以換回萬倍都不止的進帳——他很快的備妥厚禮，而且命令兒子鄭國泰親自送到申府去。

因為已經不是第一次，所以鄭國泰駕輕就熟……

賓主之間相見甚歡，但卻以心照不宣而沒有說出具體的話來，鄭國泰非常客氣的作揖行禮，落座後恭敬的進言：

「閣老乃國之棟梁，家父一向敬仰有加，特命小侄前來請安；更盼日後能常向閣老請益，俾使小侄做人處世之道有所增益！」

申時行則是含糊回應：

「愧不敢當……愧不敢當……」

他沒有說清楚，自己所愧和不敢當的究竟是鄭府的厚禮，還是鄭國泰的請益做人處世之道；鄭國泰也沒有問，坐了片刻就告辭；兩人會面的具體結果是，鄭府的厚禮申時行照章全收，做人處世之道他半句也沒說出口。

走出申府大門的時候，鄭國泰覺得此行功德圓滿，回去可以向父親交差了，因此腳步非常輕鬆；而申時行的心情卻非常沉重，鄭國泰一走他就不由自主的長聲一嘆。

厚禮來了，難題也來了——鄭玉瑩再次懷孕的消息早在幾天前就傳到耳裏，鄭家所圖謀的是什麼，他當然一清二楚；他不敢得罪鄭家，當然不能拒收鄭家的禮，但是，鄭家的圖謀他很難幫忙——他痛苦的想著，鄭家的人完全不明白他的處境。

他已是眾矢之的，朝野各界的輿論都在指責他，認為他尸位素餐，老邁誤國，既沒能使皇帝恢復早朝，又越禮進封鄭妃，幾乎每天都有人發出議論——在這樣的情況下，他哪裏還能為鄭家效勞呢？

鄭家固然可以不惜重金的來收買他，但是，他哪有能力讓鄭家如願以償呢？

註一：本文所述漆器均收藏於臺北故宮博物院。

註二：明代的漆器以永樂朝所製最精，至宣宗時期，由於名匠相繼故去，負責製作漆器的官廠果園廠的雕漆水準日漸下降，為了滿足皇室的要求，這些工匠們便私通太監，以重金偷購宮裏所藏的古物，將永樂年間的落款磨去，改刻宣德字款，再以濃金填掩，以此上貢交差，欺騙皇帝。此說參見清高士奇著《金鼇退食筆記》。

10

不惜重金，遍布耳目的做法當然有其功效，李成梁很快就得到了來自後宮的消息，以及朝臣們的議論，他特別重視的是，朱翊鈞踰越禮法進封鄭玉瑩，以及鄭玉瑩再度懷孕的事，認為要特別注意，心裏也立刻產生另種想法：

「看來，萬歲爺確是萬分偏寵鄭貴妃的——鄭家的這條門路，越發要積極交結！」

於是，他以道賀為名，立刻派人往鄭家送上大量的金銀財寶；同時，他也加緊擬出新的計畫，再多建戰功，而在捷報送到京師的時候，商請鄭玉瑩的父兄為自己在皇帝面前美言——榮華富貴，將能保得更長久一些！

這麼一想，他的精神為之一振，也更加認真的思考未來的計畫，今年——萬曆十三年——已近年尾，回顧起這一年來，遼東的人事雖然小有變動，顧養謙被任命為都察院右僉都御史巡撫遼東，取代原任的李松，但對他來說毫無影響，因為，他一樣交結得很好，而土蠻和泰寧諸部，大規模的犯邊有三次，小規模的戰役不計其數，雖然弄得自己麾下的人馬疲於奔命，但是送到朝廷的戰報就很有內容了；而現在——他早已得到確實的消息，土蠻麾下的部長一克灰正糾集了把兔兒等三萬騎，約同土蠻的幾個兒子，將在明年開春後聯合進犯遼陽；這當然又是個建立戰功的大好機會，他一定要牢牢的掌握。

於是，他立刻著手擬定新的戰術、戰略，選定兵將，準備在敵方人馬來犯的時候給予痛擊。計畫做得非常周密，令他自己非常滿意；而唯一不曾注意到的是，這個計畫悄悄的流了出去——努爾哈赤透過布下的眼線，很快就得到了消息。

年關將近，他正全心全意的親率額亦都等人治理建州左衞裏的軍政等事，將一年來的得失作個總檢討，再規畫明年的發展；而規畫明年的發展，就與李成梁的動靜息息相關；因此，他特別重視有關李成梁的消息，每得到一項就詳加推究，反覆思考。

而李成梁有具體行動的消息很快、也很準確的傳到了——二月裏，圖們可汗麾下的部長一克灰正糾集了泰寧部的把兔兒、炒花、花大等三萬騎，和圖們可汗的幾個兒子聯合進犯遼陽；事先得到消息的李成梁親自率領著副將楊燮，參將李寧、李興、孫守廉等幾萬人馬出鎮邊堡，迎擊圖們可汗的人馬。

這一趟，李成梁得到了天時之助——他所率領的大隊人馬晝伏夜行了二百多里路，到達可毋林的時候，正巧遇上大風雪，連續幾天狂風呼嘯，雷聲大作，疾雪撲面，掩去一切形跡聲響；因此，圖們可汗的人馬渾然未覺李成梁的大軍已經壓境；等到風雪停後發現敵蹤為時已晚，李成梁親自指揮騎兵衝鋒，射手發箭，鼓聲一響，眾將士全力陷陣，而大獲全勝。

可是，這一次的軍功卻大不如往昔，幾萬人勞師動眾的跋涉千里，能上報的首功只有九百——圖們可汗部眾實際陣亡的人數只有九百的半數，又奈何大軍所經之處都是荒涼得杳無人煙的地方，連可以殺來冒功的良民都少之又少，這一趟的收穫對李成梁來說，實在是大大的不如意！

而對努爾哈赤來說，無論這戰爭的雙方誰勝誰負，首功多少，都是好消息——只要李成梁的注意力和大軍被來自其他部落的人馬絆住時，就是他壯大自己的機會！

「李成梁這次僅是小勝，圖們可汗的手下還會再捲土重來——這個時候，李成梁忙著應付他們，不會分兵來找我們的碴！」

他有條不紊的向大家解說，而且成竹在胸的分析：

「他是個穩重的人，不會輕易冒上腹背受敵的危險，也會盡可能避免同時對付兩方的敵人——他的習慣是聯合次要敵人，消滅主要敵人，然後再對付原先聯合的次要敵人；退而求其次的辦法則是盡量不與次要敵人發生衝突，先集中精神消滅主要敵人，然後再掉轉槍頭，消滅次要敵人！現在，圖們可汗、兀良哈三衞是他的主要敵人，女真是他的次要敵人；不只是我們建州左衞，女真的每一部都是他的眼中釘，就如同王杲和阿太，他絕不會讓女真的任何一部強大起來——但是，現在上天降下了機會給我們，他們兩方互相拚個你死我活的時候，誰也顧不到我們，我們就有機會……」

他非常冷靜而明確，深刻的看清楚遼東的整體情勢，和處在幾方勢力的夾縫中的自己所能掌握的生存空間與機會，也根據這個確認訂下將要進行的計畫：

「在這個節骨眼上李成梁顧不到我們，也顧不到尼堪外蘭——這正是我們打到鵝爾渾，抓尼堪外蘭的大好機會！」

一提到尼堪外蘭，他的嗓門就高了起來，燃燒於胸中的悲憤再次激出烈焰和火花：

「三年過去了，我沒有一天忘記尼堪外蘭殺死祖父和父親的仇恨，現在——我總算等到機會了！」

比之於三年前，建州左衛的實力擴張了十倍有餘，要長途行軍攻打鵝爾渾已不是太大的困難，加之情報搜集充足、確實，及少了李成梁的威脅，除了半路上還有哲陳部擋在中間之外，鵝爾渾幾乎已盡在囊中。

因此，努爾哈赤信心十足的擬定了攻打鵝爾渾的計畫。

第一步當然是翦除通往鵝爾渾的障礙。

這回，他決定學習李成梁的戰略，縮小戰爭的範圍，集中全力完成目標；對於一些次要的小城小部，盡量不去驚動，只攻打必經道路上的幾個障礙；五月間他率兵攻打渾河部的播一混寨，很順利的征服了他們；兩個月後，他又率兵攻打哲陳部的托漠河城，不巧遇上雷雨，只得返回；等到雷雨過後再度出發，卻出奇順利——托漠河城沒有抵抗，他到城下時，出言招撫一番，托漠河城就自動投降。

兩座城一下，必經之路上就沒有阻礙——其他不肯讓他路過的幾部，都可以繞別路而行，所造成的困難並不大，他也不想對他們另動干戈，因此便繞路前進，逕自攻打鵝爾渾。

鵝爾渾城坐落在渾河畔，臨近撫順，一向以路遠為有恃無恐的天險，沒有特別加強防禦力，更沒料到努爾哈赤會千里迢迢的繞路來攻，因此，城很快被攻下。

但，不巧，尼堪外蘭早在努爾哈赤率軍到達之前就出城去了，搜遍全城都找不到他的影蹤。

努爾哈赤高高的站在城樓上，親自監督手下軍士仔細的在城中搜尋，可是，城裏的每一個地方，即使連一間小茅廁都不曾遺漏的查遍了，還是沒有發現尼堪外蘭；不料，他一轉頭，卻看見城外遠遠的有一個四十幾人的隊伍在往北遁逃，帶頭的一個，頭上戴著氈笠，身上穿著青色的綿甲衣，看起來彷彿就是尼堪外蘭。

「哪裏走——」

他登時發出暴吼，「虎」的一聲躍下城樓，身體一彈，跳上馬背，兩腿一夾，馬匹揚足狂奔，衝向目標。

等到看清楚那個頭戴氈笠，身穿青綿甲的人不是尼堪外蘭的時候已經來不及——他已經衝入人羣中，被四十幾個人團團圍住，羽箭如疾雨般的射來，四十幾把刀槍矛戈一起往他身上刺來。

他揮舞手中的長槍撥開亂箭，抵擋迎面而來的攻擊……四十幾人的馬隊組合起來是一個強而猛的戰鬥體，而他手中的長槍舞動得出神入化，在包圍他的戰鬥體中來回衝殺，雪亮的槍尖宛如一條銀色的小龍，幾下翻撲就濺上鮮紅的熱血，敵方一名騎士身首異處、墜下馬來。

然而，就在他取了一人性命的同時，一支長箭從他背後貫胸而入，幸好方位偏了，接近肩部而不在心口；他感到一陣劇痛，勉強咬牙忍住，反手取了弓箭，才剛拉弓，腿上又被刺了一槍，背上也被砍了一刀，他全顧不得了，放箭就射，一連射倒八人，這才又舞槍衝殺。

惡戰之際，負傷累累，鮮血流了一身，心裏卻更加清明，自己已孤身陷入包圍，既無援手，這些敵人也不會輕易退去，除了堅強的擊敗他們之外，已無第二條活路；於是，他咬緊牙關，用力吸口氣，發出一聲暴喝，奮起全部的意志力，勇敢應戰；他手中的長槍舞得風雨不透，銀光與血光交織成一片，胸臆之中的意氣激發出火花，化作一股令人望而生畏的凌厲的殺氣……

等到這四十幾個人全數被殲除的時候，他依舊直直的騎在馬背上，手持長槍，掉轉馬頭緩緩走回鵝爾渾城，而從頭到腳，連同胯下的戰馬，全被鮮血染成紅色。

當這被染成紅色的血人血馬緩步走入鵝爾渾城時，每一個看到的人都嚇傻了；舒爾哈赤連忙帶著幾名侍衛趕上去將他扶下馬來，為他敷藥、包紮傷口，幾個人數了一數，他的身上竟有三十幾個傷口，最嚴重的幾個地方都是貫穿的，而且險及要害！

可是，努爾哈赤自己並沒太把這些傷勢放在心裏；包好傷口，只休息了一會兒，他就認為自己的精神已經恢復了，絕對可以勝任處理些不用費大力氣的事，於是，他命人把捉到的與尼堪外蘭有關的人都押上來，親自審問。

他所要知道的當然是尼堪外蘭的下落，因此，審問很快就結束；而追查到尼堪外蘭的下落後，下一步的行動該如何進行，就要仔細盤算。

「逃入了明邊……那得跟明朝打交道！」

他在舒爾哈赤、額亦都、安費揚古等人的懇求下，躺到炕上養傷，可是，肉體休息了，精神仍然繼續工作，腦海不停的轉動，一刻也停不下來。

他仔細回憶以往幾次和明朝接觸的經驗，在李成梁府中一待六年，六年中無論是親身經歷還是聽聞所得，以及上次為了要回祖父和父親的遺體而和遼東巡撫衙門交涉的過程，乃至於這段日子來，花費不少銀錢而收買來的關於明朝的種種消息……這些，都對他現在考慮與明朝往來的方法有重大的參考價值；於是，他索性閉起眼睛，每一個細節都不放過的想了個周全。

等他張開眼睛來的時候，一切的做法都已了然於胸，按部就班的進行起來，一點困難也沒有——

首先，他把捕來的尼堪外蘭的從人裏面，押出了十九個與尼堪外蘭關係最密切的人，在鵝爾渾城裏斬首示眾；然後，又找了六個受箭傷的人，把箭拔出來再插回傷口，命令他們去向收留尼堪外蘭的明朝地方官傳話，要他們即刻押出尼堪外蘭來，否則，他將以強硬的方式來處理，那就是揮軍直入，搜捕尼堪外蘭！

同時，他派了能言善道的人帶了禮物去饋贈這些官吏，並且進言：

「尼堪外蘭又不是明朝人，何必為了他引起麻煩呢？現在建州左衛的實力雖然還不足以和整個大明為敵，但，就只憑目前駐留在鵝爾渾城裏的兵力，攻入撫順還是綽綽有餘——戰事一生，大人們的身家性命先不提，朝廷會不會先怪罪下來，認為大人們不善治邊呢？還不如交出尼堪外蘭，與建州左衛交好；努爾哈赤貝勒一向有心與明朝通貢，趁著這個機會，兩相通好，豈不是美事一樁？大明朝的皇帝知道了大人們與建州左衛化干戈為玉帛，也一定大大高興的升大人們的官！」

這番話深合明朝官場的門道，果然打動了幾名地方官的心，於是放話：

「尼堪外蘭確實在我們這裏，但他號稱歸順了大明朝，要我們把他交出來，實在說不過去，還是你們自己來捉他吧，我們絕不阻攔就是！」

可是，努爾哈赤對這話將信將疑：

「該不會是想誘我進城，來個一網打盡吧？」

不料，這回明方確有誠意，派了使者來傳話：

「建州貝勒不用親自來，派一小隊人來就夠了，尼堪外蘭赤手空拳的一個人，跑不了的！其實，這事，尼堪外蘭多日前曾向李元師求援，李元師相應不理，我們也就知道該與誰為友了——請建州貝勒放心吧！」

於是，事情全盤明朗——尼堪外蘭確實已被明朝遺棄——努爾哈赤便派齋隆帶了四十個人進入撫順去捉拿尼堪外蘭；這一趟的任務完成得非常順利，齋隆回來的時候，親自在努爾哈赤跟前跪獻尼堪外蘭的首級。

努爾哈赤也言而有信的立刻退兵回建州左衛，並且上表向明朝稱臣通貢；明朝也按照慣例，賜歲幣銀八百兩，蟒緞十五匹，這就等於正式提高了建州左衛的地位。

11

對明朝來說，建州左衛的通貢，是一件小得不能再小的事情——不到二千人口的建州左衛，比全國最小的一個縣份的規模都不足——因此，公文來了，也就依往例辦理，幾紙文書在兵部和戶部等幾個單位打了個轉之後就出去了；滿朝的官員沒有人認為這件事還需要再思考、再研究，更沒有人認為這件事有半點重要性；只有處理檔案的小吏，因為工作性質的緣故，一字一句的把這件事抄在記錄裏，放進「萬曆十四年七月」的檔案，以作為日後修《實錄》時的資料；抄完後腦中也就不留任何印象，更遑論是日理萬機的首輔申時行，甚或一機都不理的萬曆皇帝朱翊鈞。

朱翊鈞只顧著他自己私人的事……

萬曆十四年正月，鄭玉瑩如願以償——這一胎，生的是皇子。

斯時，元旦才過了沒幾天，皇宮裏的喜慶燈彩猶仍懸掛，歡度元宵所用的鼇山、花燈已然齊備，特別顯出普天同慶、薄海歡騰的意味，也彷彿在迎接這個不尋常的嬰兒出世。

而迎接他出世的每一個人都不是神仙，從一見是個男嬰和聽到他宏亮的哭聲時就興奮不已，完全沒能預料他這一生的際遇和結局——所有在場的人，馮非煙、產婆、嬤嬤、宮女、奶娘、太監，全都一起以歡欣的聲音向鄭玉瑩道賀：

「恭喜娘娘，是個皇子——」

被生產的痛楚折磨得虛弱不堪、臉上青白交加的鄭玉瑩心裏石頭落地，嘴角浮起笑容，精神一鬆，兩眼一閉，就沉沉睡去。

清醒的馮非煙高興得闔不攏嘴，卻不但沒有被興奮沖昏了頭，還更冷靜、更理智的安排後面的事；首先是報喜——她早已預先準備好人手，一等嬰兒的性別分曉，立刻出宮回鄭府報信；其次，讓太監們分別去向朱翊鈞和兩宮太后報喜。

然後，她一面盯著宮女們準備好鄭玉瑩醒來後要進的補品，一面看著奶娘、嬤嬤們照顧嬰兒，一面在心裏喜孜孜的想：

「這下，什麼都對勁了——萬歲爺必然龍心大悅……必然……必然會實現承諾……皇太子、皇后的寶座，必然要落在我家……」

她越想越高興，竟忍不住輕拍起雙手：

「皇后沒有生育，用『無出』的理由廢她，名正言順的改立；皇長子之母不得寵，皇次子已經夭折，咱們這小寶貝……真要靠肚皮爭氣，有兒子就什麼都有……」

再往昏睡中的鄭玉瑩看上一眼，又暗念：

「該你的總是你的——到底生出兒子來了，往後，這小子做了皇帝，咱們鄭家幾代都吃不窮！」

因此，她雖忙碌得非常辛苦，卻一點也不覺得累，大小事物張羅得毫無疏漏；但是，她畢竟出身寒微，見識有限，想到個「吃不窮」便心滿意足；而且因為不是大明皇宮裏的主要成員，對於皇宮裏的重要人物毫無認識，根本想不到其中的複雜、微妙的關係和有絕對影響力的意見。

當翊坤宮的報喜太監再一次飛奔到慈寧宮，跪伏在李太后跟前以高揚的聲音報喜的時候，因為嬰兒的性別與一年多前不同，李太后原本只懷半分擔憂的心急速變化，神情瞬即整個陰沉下來，好半晌不說話，過後，她皺著眉頭吩咐：

「去請萬歲爺立刻來一趟！」

伺候她多年的太監、宮女們第一次見到她現出這麼沉重的神情和語氣，嘴裏沒敢問，心裏著實有點緊張，辦事的效率也就提高了許多，執役的小太監立刻飛奔到乾清宮通報。

到了乾清宮，這才發現，李太后交付的「立刻」的任務無法完成——朱翊鈞正在心晝寢，沒有人敢上前叫醒。

從翊坤宮來報喜的太監已經等候許久，還要繼續等下去；慈寧宮的太監怕李太后懸念，留了話就返回，去向李太后稟報這情形。

他據實稟報，所稟報的只能是朱翊鈞晝寢的表象，李太后聽後，嘆氣、搖頭，聯想到的一樣不是真正的情況：

「大白天的，酣睡不醒，別又是喝多了酒……」

真正的情況壞得無法估算是多少倍——朱翊鈞的晝寢其實是吸食福壽膏的後續症狀。

鄭玉瑩待產的這幾個月中，他的身邊又少了一朵知心達意的解語花，原本又將陷入百無聊賴的煩躁、鬱悶中，但鄭玉瑩所安排妥當的福壽膏和歌舞，為他改變了她上次待產時的乏味生活，一切都不一樣了。

福壽膏確實給他帶來了世上最美好的感覺，使他覺得身心舒暢、快樂、興奮、飄飄然，不同於權力的滋味，卻讓他覺得滿足——雖然僅是幻覺，但是非常美好，好得令他一而再、再而三的想繼續品享。

碧桃非常盡心盡力的伺候他，幾天之後就與他心意相通，一見他的眼神，無需他吩咐，就會立刻動手燒製，盡快將煙筒遞到他手上，滿足他……幾個月下來，他已不可一日無她。

生活和作息時間因此變得更不規律，一切都隨他的興之所至進行，醒睡吃喝和享受福壽膏，都無晝夜的區別……

李太后等了兩個多時辰才見到朱翊鈞，是因為朱翊鈞在睡醒之後先讓碧桃伺候了福壽膏，進行到一半的時候他才命傳見翊坤宮的報喜太監，而後又聽乾清宮中的太監轉述了李太后的話，聰明的他立刻猜到了母親要見他的緣由，也知道逃躲不得，用完福壽膏，他就吩咐太監打道上慈寧宮。

剛用完福壽膏的他，精神正旺，滿臉紅光，滿眼銳氣，使年輕俊美的外表顯得英明有為，看得李太后眼睛為之一亮，也就相信了他的話：

「孩兒批閱奏疏，大臣們的陳奏太多，看得孩兒眼花了，倦極而寐，有勞母后久等，請母后恕罪！」

於是，李太后反過頭來慰勉他：

「我橫豎閒著沒事，不要緊的——你須治理國政，大臣們奏疏多，理應盡心，倦極也該休息；天子要為天下擔當重任，不可累壞了身子！」

朱翊鈞當然滿口應是，心裏卻為說謊成功而竊喜不已——連帶的想到，自己不上早朝、不理奏疏，乃至吸用福壽膏這些事，都做了嚴密的防範，不讓李太后知道；李太后也果然完全不知道，看來，張誠還是個挺能辦事的人！

而李太后卻壓根沒想到這些，她要辦的是自己所關切的事，話鋒一轉，她雙眸專注的看著朱翊鈞：

「我找你來，也是有要緊的事——」

朱翊鈞猜想她是要說說鄭玉瑩生了皇子的事，恭敬的站著，一樣滿口應是，卻低下頭去避開李太后的眼睛。

不料，李太后完全不提鄭玉瑩生產的事——她鄭重的說：

「這事，我想了好些時候了——年一過，常洛可是五歲了，早該有封立，也該給他準備啟蒙讀書的事了！」

朱翊鈞登時一愣，幸好他狀至恭敬的低頭站立，李太后看不到他已為之大變的神情，也聽不到他一陣劇烈心跳的聲音；過後，他力持鎮定的回覆李太后：

「是——孩兒當擇便與大臣們商議，研擬辦理這事！」

李太后點點頭再補充一句：

「啟蒙讀書的師保很要緊，你須為常洛仔細挑選學問好、人品高尚的人做師保！」

朱翊鈞恭敬的應：

「兒臣遵旨！」

李太后滿意了，臉上露出笑容，而朱翊鈞的心卻直往下沉。

返回乾清宮後，他又是煩得只想喝酒，而且喝得不省人事，卻怎奈，心裏也明白，喝酒解決不了事情。

李太后的態度很明確，而且意在言外的提醒他：必須冊立常洛為皇太子！

而他一點也沒有忘記，自己曾經答應過鄭玉瑩的話，要冊立她所生的兒子為皇太子……

痛苦的感覺再次滿布心扉，而且遠比上次為重，但這次，理智強了些，強得使他沒有再命令太監拿酒來，而是在出神沉思了一會兒之後就傳宣張誠，沉著臉以斬釘截鐵的聲音和語氣命令：

「著內閣擬旨，進封貴妃鄭氏為皇貴妃！」

什麼都了然於心的張誠，對這個話當然更是萬分明白，這件事一定得辦成，否則，他和申時行立刻就會倒楣——他去到內閣，索性直截了當的告訴申時行，因為李太后的態度，新生的皇三子不太可能在短期內被冊封為皇太子，但是，鄭玉瑩必須進封，以安撫她，免得朱翊鈞為難，而龍心大怒。

申時行其實也跟他一樣，心裏什麼都明白，而且，既知道事情非這麼辦不可，也知道事情非常難辦；他以低啞的聲音向張誠吐苦水：

「上次，進封貴妃，就已大受議論、指責，這一次……更甚於前，恐怕，將遭天下人唾罵！」

張誠卻一針見血的提醒他：

「天下人罵什麼都能應付，裝聾作啞便是；比不得天子一怒，下令廷杖——上了年紀的人，禁受不起……即使讓東廠的孩兒們只是做做樣子，不挨半點疼，完了還是要貶官到瘴癘之地去！」

他並非完全的嚇唬，申時行也全然明白，於是，再一次的屈服、妥協，「甘冒天下之不韙」的在滿朝反對的聲浪中完成了這項任務，兩個多月後就舉行進封的儀典。

三月暮春，繁花為天地妝點出綺麗與繽紛的美景，眾鳥高歌，唱出歡騰的樂章；這一天，沐浴在豔陽中的大明皇宮燦爛得宛如黃金築成，華麗耀眼之至，冷清了許久的中極殿重新充盈著人氣，熱鬧了起來，而這熱鬧乃是另類——這次的文武百官聚集、皇帝親臨的目的並非為了商議國事。

鞭炮聲響徹雲霄，連帶散騰的硝石味與煙霧火花層層籠罩大殿，而在鐘鼓齊鳴中，女官們扶持著鄭玉瑩款款現身，經過刻意打扮的她，頭戴七寶珠翠金絲鳳冠，身著大紅織金妝花四合如意紋吉服，耳垂明璫，配長串珍珠項鍊及雙鳳翔舞玉腰圍，足登金線繡赤鳳鑲水鑽弓鞋，不但容貌麗似夏花，美絕人寰，也顯出了皇家的貴氣。

儀典如制進行，禮官大聲宣誦「冊皇貴妃儀」，緊接著，開國功臣徐達之後、身分高至公爵的徐文璧和內閣首輔申時行率領百官持節捧冊，依禮出列，當中站立，禮官展開聖旨宣讀：

「奉天承運，皇帝詔曰：咨爾貴妃鄭氏，婉妙有儀，侍朕宣勞有功，故進封爾為皇貴妃——」

而後，鐘鼓樂聲再起，鄭玉瑩盈盈下拜，高坐在龍椅上的朱翊鈞笑逐顏開，滿臉喜氣，心裏也暗暗的鬆出一口長氣。

總算又把眼前的難題給應付過去了——這個做法是面面顧到的，進封鄭玉瑩為皇貴妃，她雖不滿意但是接受了；對李太后來說，雖然沒有冊封常洛，但新生的皇三子並沒有取代常洛成為皇太子，也沒有廢王皇后立鄭玉瑩，宮裏維持著平和的表象，她也雖不滿意但是接受了；局面呈現四平八穩、風平浪靜的狀況，他非常滿意；至於朝裏大臣們的反對意見，他也有應付之道：全部交給張誠去找申時行料理，他無須浪費時間和精神在他們上面。

儀典完成後，他因為早起，折騰了一整天，而覺得累了，幸好碧桃又很盡心盡力的伺候他用了一筒福壽膏，令他倦意全消，立刻命人宣召鄭玉瑩以及壽寧公主前來。

壽寧公主是他每天都要抱抱親親、逗逗弄弄的心愛的人，一歲多的小女娃，臉蛋柔嫩得像用藕粉捏出來，聲音嬌軟得像小珍珠鳥啼，乃是與李太后、鄭玉瑩鼎足而立的擁有著他的摯愛的人——不等見著，才一想到壽寧公主，他就心花怒放，不由自主的笑容滿面。

不料，這一次，跟在鄭玉瑩身後進來的奶娘抱著的孩子卻非壽寧公主，而是才兩個多月大的皇三子；他已被按照「常字輩水旁」的原則，命名為常洵，長相非常好，白皙肥胖，十分可愛，見了朱翊鈞就咯咯的笑，沒長牙的嘴裏露出粉紅色的舌頭，極討人喜歡。

可是，朱翊鈞最愛的還是壽寧公主，不見她來，立刻追問；鄭玉瑩告訴他：

「剛睡著，不好把她弄醒，等會兒她醒了，奶娘就抱過來！」

一面卻伸手摸摸常洵的臉，笑嘻嘻的逗他：

「來——說，參見父皇！」

常洵咧嘴而笑，一臉的天真無邪；而朱翊鈞卻下意識的後退半步，神情微帶一分不自然。

他有點怕，怕面對常洵——其實是怕鄭玉瑩提起冊立皇太子的事來，而目光一觸及常洵就心虛，就忐忑，就想逃避，因此，他的態度便與對待絲毫沒有冊立問題的壽寧公主大不相同。

他點點頭，結結巴巴的說：

「啊，好……好……乖孩子……」

鄭玉瑩沒怎麼注意到他藏著心事，卻先察覺到，乾清宮裏留著福壽膏的餘味，她不想薰著常洵，畢竟，這是她爭取后座的重要籌碼；而且，早已把所有的事都想通透的她，並不急於對朱翊鈞施加冊立皇太子的壓力——進封為皇貴妃，已經顯出了朱翊鈞的心意，不要一下子把他逼得太急，常洵剛出生，來日方長——於是，她找了個理由讓奶娘把常洵抱回翊坤宮去：

「好了！父皇見過了，可以告退了——」

然後，她笑吟吟的向朱翊鈞說明：

「孩子還小，一會兒就該睡了——」

朱翊鈞也如釋重負，點著頭說：

「叫奶娘、嬤嬤們好生照顧！」

而後，他竟像變了一個人似的，突然露出笑容，而且興高采烈的拉着鄭玉瑩的手，說：

「今天，到底給你完成了這樁大事，朕委實高興！」

鄭玉瑩卻已盤算許久，早就想好了應對的話：

「這都是萬歲爺的隆恩——臣妾受之有愧！而且，臣妾曾經聽說，朝裏有些大臣上疏反對——如若是真，那麼，萬歲爺竟因此而心裏為難，臣妾就罪該萬死了！」

她企圖一石二鳥，既想用這話測知朱翊鈞的心思，也想瞭解大臣們的意見；但，朱翊鈞先是一愣，繼而卻搖著手說：

「沒有的事——你聽誰說的？」

鄭玉瑩以極其無辜的眸光看了他一眼：

「沒有就罷了——只當臣妾瞎猜好了！」

朱翊鈞頓了一下，不回應，心裏卻微微一沉，像蒙上陰影似的，大臣中當然有很多人反對這事，但他不想讓她知道，以免徒增困擾；而其實，反對的大臣們上的奏疏極多，他只聽太監讀了一封，那是戶科給事中姜應麟上的，內容是建議先冊立王恭妃為皇貴妃，再冊立鄭玉瑩為皇貴妃，並應冊立皇長子為皇太子，他聽到這裏就揮手示罷，其他的內容也就不得而知；隨即，他命張誠去找申時行擬旨，將姜應麟貶官懲處，並把同樣意見的奏疏都找出來，一起拿去給申時行處理——他相信，張誠和申時行會辦好這事，而且先拿姜應麟來殺雞儆猴，以後這種奏疏就會自動減少許多。

他甩一下頭，拂去這道陰影，而鄭玉瑩卻已經從他這些神情的變化中猜到了幾分真實的狀況，但她並不想說破，而且巧妙的趁這個空隙將話題轉移：

「臣妾胡亂猜測，請萬歲爺降罪——不過，也請萬歲爺容臣妾將功折罪！」

朱翊鈞莞爾一笑：

「你能將什麼功來折罪？」

鄭玉瑩淺淺笑道：

「臣妾待產期間，不能侍奉萬歲，但是整整十個月裏，每天都在為萬歲爺設想陵寢的陳設，已想得萬分周全——這豈非大功一件呢？」

這話也使得朱翊鈞的情緒為之一變——他的興頭又被勾起來了，臉上立刻眉飛色舞：

「這當然是——」

接著又一迭聲的追問：

「你替朕想到了什麼？快說來聽聽！」

鄭玉瑩慢條斯理的對他說：

「臣妾先是想著，把宮裏庫藏的精品挑選萬歲爺喜愛的放進陵寢，繼而一想，僅是宮裏的東西還不夠周全，應該在民間也選出最好的精品，買來備用；再一想，無論什麼上等的文物精品，終究是工匠們的作品，總不如萬歲爺親自動手做的好；所以，臣妾想，第一要務是多備黃金、白銀，讓萬歲爺入住地宮時親手建屋造橋……」

朱翊鈞兩眼發亮，伸手拍拍自己的額頭：

「哎呀！朕，怎麼自己沒先想到……在地宮裏，還拿黃金白銀堆成屋子呢——到底，還是你想得周到！」

他高興得像個小孩般的手舞足蹈，而且又像以往般的抱起鄭玉瑩來轉圈子，心思也完全沉浸到小孩玩積木時的快樂、滿足裏而渾然忘我；鄭玉瑩則報以快樂、滿足的甜笑，雙手勾住他的脖子，特意配合他的動作，也重享以往的甜蜜幸福。

卻怎奈，產後的她身體胖了、重了，而朱翊鈞連續幾年泡在酒色堆裏，體力大不如前，只轉了半圈就氣喘噓噓的停下。

鄭玉瑩先是微感失望、納悶，繼而立刻想到，他自己也會為體力衰退而難過，於是搶先拿話護住他的面子：

「萬歲爺真是未卜先知——臣妾又想到了新的事情，幸虧萬歲爺將臣妾放了下來，否則，也許一轉就轉得忘到九霄雲外去了！」

朱翊鈞額上冒出了汗珠，但幸好情緒沒有變壞，依舊笑嘻嘻的問：

「你又想到了什麼？」

鄭玉瑩道：

「臣妾想問問，陵寢到底動工了沒有——什麼時候完工——到那時才能把所有的東西送進去擺呢！」

她是個實際的人，凡事都不像朱翊鈞只會空想；但，朱翊鈞給她的話一提醒，也變得實際起來了，天馬行空的心思收回來腳踏實地：

「事情說了好幾年，圖樣也畫了好幾年，申時行已經帶隊勘察了好幾次……是該動工了！」

他向鄭玉瑩說，也做自我檢討；他覺得，築陵的事老是停留在紙上談兵的階段，和自己沒有發下嚴厲的命令，催促大臣們有關，而一轉眼，鄭玉瑩已經生下兩個孩子了，陵寢竟然還沒有挖下一鏟土，這實在太不像話了；於是，他改以果斷的口氣說話：

「明天，朕就命張誠去內閣走一趟，告訴申時行，立刻加緊辦築陵的事，限在三個月內動土開工，否則，嚴究失職！」

鄭玉瑩卻反過頭來婉言勸解：

「萬歲爺，且容臣妾犯顏，申閣老年紀大了，別對他說得太重，免得他又病倒了！」

朱翊鈞覺得這話有道理，自己先啞然失笑，隨後點頭：

「好吧，叫張誠換個溫和的語氣說說，不過，事情一定得辦好！」

鄭玉瑩又巧妙的點醒他：

「開工的日子一定，完工的日子也就能推算出來了！」

這一回，她沒有再提起將來與朱翊鈞合葬的問題——生了兒子，她的心裏已經萬分篤定，皇后的寶座一定會是她的，無須再經由其他的名目來提醒朱翊鈞。

而朱翊鈞也沒有往這麼複雜、曲折的方向想去，他純然的為築陵這事而興奮、熱切，而繼續滔滔不絕的對鄭玉瑩說了下去，直到夜深。

第二天醒來時已近正午，而他做的第一件事果然是傳宣張誠，命他到內閣去傳口諭。

張誠去了不到一個時辰就回來覆命，斯時，朱翊鈞已梳洗罷，正由碧桃伺候著進用福壽膏，空氣中瀰漫著福壽膏燒起後的氣味和煙霧，使他的眼前如罩着一層迷網而看不清張誠的面容與神情，但卻很清楚的聽見了張誠的話：

「申閣老已經領旨，說，必不敢有誤！又說，他正準備三度親自到昌平察看——這一次，察看完後將立刻動手擬定開工的準備事項和日期！」

這話朱翊鈞很滿意，於是點點頭：

「叫他盡心盡力的去辦！」

陪侍著他的鄭玉瑩也一樣置身在煙霧裏，人看不清楚，聲音聽得清楚，因此，心裏也很滿意——她覺得，外有築陵的事牢牢吸引住朱翊鈞的心神，內有福壽膏的魔力緊緊纏住朱翊鈞的身體，他就永遠不會振翅而飛，永遠都是她的俘虜。

而沒有料到她的滿腹心機的朱翊鈞，仍然猶如赤子般的對自己感興趣的、喜愛的東西熱切不已；張誠一退出，他就重新與鄭玉瑩討論起有關陵寢的事來，而且越說越興奮，陵寢的內容也被說得萬分周到，絲毫小節都沒有疏漏——唯一沒被他想到的是這件事本身的荒謬：年方二十四歲的他，竟然把大半的心力用來自營墳墓上。

而且，他完全沒有意識到，鄭玉瑩所精心為他安排的福壽膏的世界，其實是一座無形的墳墓，將他活活埋葬在裏面……

第七章

黃雲萬里動風色

1

晨曦穿雲，天地破曉；頃刻間，霞光齊綻，又將半天染上光燦的織金紅彩，絢麗奪目之至；而朝日如火輪，徐轉徐升，每升轉一分，火焰就增強一分，熊烈熾熱，照臨人世，永不停息。

靜靜佇立、仰望天光的努爾哈赤神情端肅，目光凝斂，眉峯微聚，雙唇緊抿，一言不發而心潮澎湃激盪；他有千言萬語要向上天訴說，聲音因大到極致而不具體，而上天自能聽聞。

這一天終於來到了——殺害祖父和父親的仇人終於授首，他將以此告祭父祖在天之靈，並且親手安葬他們——屈指算來，是整整三年半的時間，一千多個日子，經歷了九死一生的凶險和浴血苦戰之後，總算拿到了尼堪外蘭的人頭，可以讓父祖瞑目泉下了！

他為他們擇定的墓地在赫圖阿拉城外向西幾十里的郊野，這裏原已葬著他的遠祖孟特穆、曾祖福滿、伯父禮敦和叔父塔察篇古，而背有羣山環圍，前有清流橫過，地勢峻秀開闊，氣象高朗博大，是上好的風水寶地；早些天裏，他已經親自前往了好幾趟，做好了殯葬的先前準備，所有的事，他都不假手他人，全部親自動手，以完成他親手安葬父祖的願望。

在空屋中停放了三年半之久的靈柩終能入土為安了，但，這只是初步願望的完成；因此，他向上天訴說：

「我的先祖是奉天意，由天女所生，背負著安邦定亂的使命來到人世……我的祖父和父親沒來得及完成使命就遇害，我為他們復仇，也繼承他們的使命，為安邦定亂而努力……」

他的心裏有一股堅定的力量，非常堅定的認為，他終將完成這個使命——他已度過一千多個堅苦奮鬥的日子，既不斷的面對困難，也不斷的戰勝困難，超越困難；未來，他將持續這個奮鬥精神，超越一切困難，完成與生俱來的使命……

時間到了，他與弟弟們合力將靈柩抬上馬車，然後，率隊出發。

一路上，他向靈柩中的祖父和父親默禱：

「瑪法、阿瑪，請入土安息——我奮戰了三年多，終於誅殺了殺害您們的凶手，為您們行殯葬大禮；未來，我將繼續奮戰，直到誅除真正的凶手李成梁！」

尼堪外蘭只是個執行者，只是表面上的仇人，李成梁才是主謀者，才是真正的仇人；雖然目前自己的實力弱小得與李成梁不成比例，但他相信，只要努力不懈，終究有打敗李成梁的一天；他也在心中暗暗立誓，誅殺表面上的仇人尼堪外蘭，經過了三年多的時間，而誅殺李成梁，即使需要三十多年的時間，也在所不惜！

因此，當靈柩入土的大典進行，他率領著弟弟、子侄們焚香、跪地叩首祭拜的時候，他朗聲祝禱：

「皇天在上，后土在下，我愛新覺羅列祖列宗，我祖，我父——今後，我率領建州子民努力開創未來，有許多事要做，所要走的路很長，所肩負的責任重大，願您們賜下力量，使我們即使遇到困難也勇往直前，更不會改變志向！」

說完，他磕下頭去，後面跪著的人羣也跟隨著他向靈柩磕頭——他身後的第一排跪著雅爾哈赤、舒爾哈赤、穆爾哈赤、巴雅喇四兄弟；第二排跪著年紀幼小的褚英、阿敏等子侄；孩子們雖小卻個個懂事，乖乖跪在地上，低著頭，一動也不動，使得整個葬禮的氣氛倍加莊嚴肅穆，在這樣的氣氛中，每一個人的心靈都緊靠著祖先的精神。

靈柩覆土後，努爾哈赤又帶領著所有的人，在墓園中以緩慢而凝重的腳步踏過每一寸土地；墓園的建築非常簡單，以木為柱，泥草為牆，上覆茅草為頂，和一般的墓園比起來，並沒有太特殊的地方——只有在精神傳承方面，分外強烈而已！

豔陽當空而照，大地上的一切都籠上了一層金光，陪襯著這場葬禮……而葬禮一結束，努爾哈赤也因為完成了一件事，竟像突然變了一個人似的，臉上沉重、肅穆的表情在瞬間消失，取而代之的是耀眼的飛揚，他紫褐色的臉龐在陽光下反射出一層淡金的光芒來，旺盛、蓬勃的生命力從眼眸深處的自信中散發開來，飛身上馬的時候，他整個人看起來有如一尊威武的金色天神。

回到城裏，他立刻召集重要的部屬，當眾宣布：

「尼堪外蘭已經伏誅，父祖之仇已報，而我已考慮了好幾個月的事也應該開始實行——自我回到建州左衞，起兵為父祖復仇，至今已有三年半的歲月，多承上天和祖先庇佑，這三年半來，我每戰皆捷，不但達成了復仇的願望，也使建州左衞的人丁、牲畜與日俱增，以致現下赫圖阿拉的舊城不敷居住；因此，我們當為解決這個問題而努力——」

他提出了建新城的計畫：

「為了長久的打算，我決定在虎攔哈達下，嘉哈河與碩里加河之間的費阿拉建築新城，等新城建好之後，我們全體遷往新城居住——但，赫圖阿拉乃是祖先的舊業，不可廢棄，所以，我也決定，等我們搬到費阿拉新城之後，行有餘力時，再陸續重建赫圖阿拉……最遲十年，我們重回赫圖阿拉，那時的赫圖阿拉會是一個廣大的、堅固的、美麗的新城……」

聽完他的宣布，額亦都第一個興奮得跳起來大聲喊說：

「太好了！太好了！我立刻帶人去蓋新城！」

努爾哈赤微微一笑：

「不只是你——我們全部的人都來動手！」

他謀之已久，因此胸有成竹，便逐一說出完整的計畫來：

新城的規模須容得下現在，以及未來數年中陸續增加的人口，因此，應盡可能的廣大；城分內城、外城，外城周十里，先以石築，再布椽木，如此反覆三疊；高則十餘尺，以木板為門，橫木為栓，並設敵樓；內城中則築三層高樓一座，民舍數百……

至於負責施工的人，他也已規畫完備，建州左衞現有的全部男丁分為兩隊，一隊上午築城，下午狩獵及操演武藝，另一隊則上午狩獵及操演武藝，下午築城；兩隊輪流更替，既公平服役又不致誤了生產和軍事訓練！

聽完他這麼詳盡完備的計畫後，每一個人都鼓掌叫好起來，恨不得立刻就動手去做——

於是，建築費阿拉新城的工程很快就在羣策羣力之下完成了籌備，接著，快馬加鞭的動土施工，在時間上竟湊巧與朱翊鈞的陵寢動工是同一天。

一鏟鏟的泥土被挖起，一根根的木樁被打下，一滴滴工作人員的汗水淌下……種種的情況，兩個地方都是一樣的，所不同的是工作的目的和工作者的心情。

在費阿拉，由於人人都是為了建築自己的家園而辛勞，未來的希望和美麗的遠景既存在於心中，也展開在眼前，因此人人都興高采烈，在努爾哈赤親身的領導下，胼手胝足的努力。

在大峪山築陵的工人們，卻是從全國各地強迫徵調而來的役伕，所要建築的是給皇帝一個人死了以後埋葬的地方，工作辛苦得既無意義，管理的方式又不近情理，只要動作稍微遲緩一些，監工人員手中的皮鞭就會狠狠抽下，供應的伙食和住宿都因經費遭到層層剋扣而質與量俱差，開工第一天就有一些役伕因為歷經長途跋涉之苦，來到這裏後，食宿既差而又辛勞過度，不支死去。

役伕們人人敢怒不敢言，只有任悲苦的情緒和過勞的工作一起剝蝕著自己的身體與生命……

為了死亡而進行的建築，和為了生存而進行的建築，雖然同處於一個天地間，卻是兩幅截然不同的畫面。

而這生死哀樂對比的畫面，猶且只是表象，所代表的實質意義和所造成的影響，大得無法估算。

2

萬曆十四年這一整年，官銜為少傅兼太子太傅、吏部尚書、建極殿大學士的內閣首輔申時行，所奉旨辦理的大事只有兩樁，一是進封鄭玉瑩為皇貴妃，其次便只有關於築陵的事——國裏、朝裏所堆積下來待辦、待決的事其實多如牛毛，但是皇帝只下令辦這兩件，他當然就只辦這兩件。

於是，他先鄭重其事的再度會同徐文璧一起率領大小職官前往大峪山視察，也煞有其事的顯得忙得不得了；到達大峪山後，他每天一大早就乘車在山林間繞來走去的仔細察看，仔細比對工部所繪地勢圖，若是遇到地勢特殊、景觀良好，乃至於風起雲湧、日色生煙的方位，他更不惜下車徒步行走，以求實地親歷，同時指示文案詳加記錄，每天交由師爺彙整後擬成奏疏初稿，再由他親自增刪、潤飾成定稿，快馬送到京師。

朱翊鈞平常固然懶得閱讀奏疏，但對築陵的事卻破例，不但每天仔細的瞭解申時行所陳奏的內容，還親作朱批——申時行的視察任務既進行得非常順利，對人峪山的報告也非常詳盡，於是龍心大悅，幾乎每一道朱批都好言好語的嘉勉申時行的辛勞，也不停的裁示，陵寢應立即興工。

申時行當然大力迎承旨意，一面督促隨行人員先根據朱翊鈞發下來的陵寢圖樣估算費用，一面會同徐文璧仔細商議，敲定返京後面奏的內容；一切都成竹在胸後，兩人才結束此行，率眾返京，而前後已費去一個多月的時間。

好在皇帝不上朝，首輔離京一個多月也沒有造成影響，更何況，原本朱翊鈞心中所關心的也不是國計民生等事，而是築陵——申時行和徐文璧一回京，朱翊鈞立刻召見，並且迫不及待、巨細靡遺的詢問有關大峪山陵寢預定地的詳細狀況。

幸虧詢問雖多，卻不難答覆——說錯了也無妨，因為，那是朱翊鈞死後才要駕臨的地方，生前既不會親眼目睹，當然也無法考察，無法發現錯誤；只要大臣們的說法一致，就萬事圓滿。

而說法一致這一點，申時行很有把握，因為，幾次共同視察下來，他和徐文璧已建立了默契和共識，要向朱翊鈞回稟的話，一個字也錯不了；因此，他說起話來雖然神態還一如以往的穩重、緩慢、恭敬，但卻顯得極有把握；他仔細的陳說這次視察與上次的異同，並且說明自己當時拿了圖樣在現場實地比對以具體規畫興建工程等種種情況，以及他會同所有負責築陵事務的官員們商議的籌備和施工計畫；最後，他向朱翊鈞提出了一個最實際、最具體的問題：

「工部預估，費用需銀五百萬兩——」

朱翊鈞原本滿心喜悅的聽他陳述，心裏一面悠遊著諸多美好的想像與感覺，而聽到這句話的時候，心思像在外翱翔的翅膀遇上了羅網似的，頓住了，隨即，他發出一聲漫應：

「唔——」

神態像是不置可否，於是申時行繼續陳述各項必要開支的細目，包括建材、工料、運送、伕役等——除了各級官員們層層剋扣、中飽的費用之外，他都說了個清楚；最後，他且鄭重稟奏：

「五百萬兩之數超過我朝一年的總歲入……目下，府庫存銀亦不足此數……」

說到後頭，他的聲音中還挾帶著輕微的顫抖，像是誠惶誠恐的提出了這個必須要解決、而又非常棘手的問題重點；而聰明過人的朱翊鈞仔細聽完他的話後，心中立刻有了主意，也立刻簡明扼要的下達指示：

「工部只管興工便是——卿且傳朕旨意，所需的五百萬兩銀，交由戶部籌措；現下四海昇平，百姓富足，可以酌量增收賦稅，著由戶部選派要員專司此事，限期籌足！」

這個指示，和申時行原先的預估非常一致——皇帝要用錢，除了向百姓增收賦稅以外，哪裏還有第二種做法？

一起被召見的徐文璧也沒有異議——他是開國功臣徐達之後，繼承了「定國公」的爵位，不但有位無權，自己也沒有半點政績，在朝中一向是個裝飾品；他很有自知之明，也很能認清現實狀況，曉得自己只有扮好「花瓶」的角色才能長保榮華富貴，因此，這一趟的任務，他表面上擺出個「公爵」的身分，高高在上的受人禮敬，而實質上一切配合申時行；更何況，這「加稅」之說是出自朱翊鈞親口，他當然更加配合——他與申時行幾乎是以同樣的速度、同樣的姿勢下跪叩首，以同樣的聲調、語氣說話：

「臣領旨！」

朱翊鈞對他兩人的反應很滿意，立刻說「平身」，也特別給予慰勉：

「二位賢卿為築陵的事連日辛勞，朕心深有所感——」

說著立命太監：

「取庫藏書畫精品兩件賜下！」

徐文璧和申時行立刻再度跪下叩首，口稱謝恩；兩人都有了點年紀，頻頻起跪，確是一種折騰，而朱翊鈞卻還有下文——先施恩，緊接著，又交付新的任務：

「卿等為國之棟梁，朕之股肱，應盡心盡力辦事——陵寢須盡速動工，及早完成，方不負朕之重託！」

於是，徐文璧和申時行又得下跪叩首，口稱遵旨，而行動已經顯得吃力，變得遲緩，只差心裏還沒有想到，這種折騰，其實只是朱翊鈞的小小駕馭術而已；行完禮，申時行且帶著微喘的往下說：

「臣等立刻督辦，責令戶部先籌部分銀兩，工部在一月內議定大小事務程序，完成初步採辦建材工料、徵調民伕等事，並且擇定吉日良辰，立即動工。」

這麼一說，朱翊鈞滿意了，再給兩句嘉勉的話就結束了這次召見，卻根本想不到，申時行的裏衣已全部被汗水濕透——雖然一切情況都早在意料之中，他還是情緒異常，內心萬分不安，因為，後果也將如意料一般。

走出宮門的時候，徐文璧向他拱拱手，笑容滿面的對他說：

「看來，龍心大悅——此行可真是功德圓滿，閣老的政績必然更上一層樓，將來，聖眷必然更隆！」

他立刻報以更好、更禮貌的回應，說上幾句謙虛、客氣的話，而內心卻滿是無奈的苦笑；徐文璧完全不明白──他其實很想對徐文璧說，自己最羨慕、最嫉妒的就是他這種人，先是功名利祿全靠沾祖宗的光，不勞而獲，繼而凡事掛名領銜，好處全有一份，卻不必負任何責任；這一回辦妥的事，固然讓皇帝龍心大悅，但也勢必引起朝野各界的反對，屆時，批評、指責的聲音和壓力全都會潮湧而來，而且不會針對他這個做裝飾用的勳臣之後，只會針對自己這個內閣首輔！

人各有命，自己就差在沒生在有祖蔭的人家吧──他很感慨，也很認命，隨即就提醒自己，應早作部署，因應反對的浪潮。

朝中暗自不服他的、想扳倒他的是哪些人，想法與他不同、常在私底下批評他的又是哪些人，他全都一清二楚，以往，也全都在表面上敷衍好了，沒發生過具體衝突；而這一次，這些人準會以增加賦稅為題來攻擊他，大不同於以往，須得小心應付。

果然，風暴很快就上門了──

這天，以次輔許國為首，集合了輔臣王錫爵、王家屏、吏部主事顧憲成、大理寺評事雒于仁等十幾名大臣，在經過了十幾次詳細商議之後，對他採取了具體的行動：趁著下朝回府的時候，大家一起尾隨在後的登門拜訪；這麼一來，他沒有辦法再裝病不出，也沒有辦法避不見面，只好將所有的人都延入書房談話。

一開始，大家都彬彬有禮、拱手寒暄入座，但是，當話鋒轉入正題的時候，氣氛就不對了。為首的許國率先說話，而且語帶譏刺：

「卑職等冒昧來訪，實是眼前諸事關係國朝社稷，黎民百姓，唯恐閣老近日奔走於京師與昌平之間，過於辛勞忙碌，而有所忘懷，因此特來提醒！」

申時行對他的來意與話意根本是十二萬分的明白，但卻裝作毫不知悉，依舊以一貫的「溫良恭儉讓」的面具應對，非常謙和的說：

「聖人尚不免小過小失，何況凡人？有勞各位為本閣掛心！」

應付場面，他所採取的對策是盡量閃躲，盡量不與對方針鋒相對，也盡量不面對問題，因而態度也盡量客氣；卻怎奈，謀之已久、有備而來的許國並不像以往那樣的被他的含糊敷衍抵擋得無功而退——這一回，許國像是吃了秤錘鐵了心，說話像連珠砲似的密集發射，而且字字句句切中要害，針對重點：

「卑職等反覆思索，推算閣老掌閣以來，將近三年歲月，積下幾樁重大未辦事項，及至眼前所生要事，且容細數；首先，天子久不上朝，經筵、日講更如同虛設，請閣老盡早恢復；其二，自古立儲為國之本，立嫡、立長，向為宗法、人倫、國本，如今，皇長子年已五歲，未見冊立；而且，鄭妃以生皇女而進封貴妃，生皇三子進封皇貴妃，皇長子之母反不得進封，俱為違反本朝禮法之事；其三，閣老倡言築陵以邀寵，因府庫不足而增稅，須知，加徵賦稅將生民怨，而國中幾處貧瘠之地，一遇荒旱便有飢民待撫，何況再加稅收？一旦生事，後果堪憂……」

申時行被他說得臉上紅一陣白一陣，沉默了好一會兒，才勉強撐出鎮定的態度和語氣，以他一貫的徐緩的聲調回應：

「這三件事，各位都已多次上疏……本閣也會盡力，盡力，力爭……唔，哦，大家一起，力爭，力爭……」

許國緊迫盯人：

「閣老居首輔之位，請領銜上疏！」

申時行訕訕的說：

「哦……那當然……當然……」

他勉強扮出笑容，應承的話更像硬擠出來，神情便顯得很不自然；看在來找他抗爭的這十幾個人眼中，便覺得他既不情願也沒有誠意，只是在敷衍眼前的場面；因此吏部主事顧憲成就顧不得座上還有王錫爵、王家屏等比他年長、位高的人，越禮搶先對他說：

「閣老，這三件事攸關國家命脈，輕忽不得；下官等甘冒犯上之失，前來求見閣老，實是深感茲事體大，影響深遠，還望閣老以大明國祚社稷為念，以天下蒼生為念，以開創『萬曆之治』為己任——」

顧憲成是個書術君子——他資賦優異，從小就有志於「聖學」，勤奮用功，遍讀經史要典，學問非常好——但也因為學問好，人生觀便停留在古聖先賢學說的精神領域中，和現實政治的黑暗面有一大段距離，滿心是「為天地立心，為生民立命」的理想，卻無法有仕途上的升遷，中試授官已經好幾年，還在任主事之職。

他說話的措辭比許國溫和，比較不讓申時行難堪，而且話中包含了高度的期許，使申時行心中不自覺的熱了一下，於是，他如有同感似的點點頭，含含糊糊的說：

「唔……唔……『萬曆之治』，大家盡力，本閣盡力……」

然而，坐在他面前的十幾個人卻感受不到他內心深處被「萬曆之治」這四個字所刺激出來的火花，從外表上看來，他的反應一如往常的溫吞、敷衍、缺乏誠意，一味的打太極拳、鄉愿；個性原本就有點急躁的雒于仁登時就失控似的站起身來，禮貌的拱拱手，說話的聲音卻非常大：

「閣老既有盡力之心，何不即刻就率領我等入宮面聖，請萬歲爺立時下詔冊立皇長子為皇太子，恢復早朝、經筵，廢鄭貴妃，進封王恭妃；取消增稅之旨，築陵費用改由內帑支出！」

這話聽在申時行耳中，簡直是五雷轟頂，嚇得他連忙搖著雙手道：

「使不得，使不得！萬歲爺未曾宣召，我等怎可擅入宮廷？」

雒于仁冷笑一聲道：

「怕什麼？了不起讓錦衣衛『立斃杖下』吧，換一個萬古流芳之名，總比將來遺臭萬年要好得多！」

申時行苦笑一聲，沒再表示什麼意見，雒于仁卻用不屑的眼光看他，撇著嘴道：

「只怕閣老還戀棧眼前的名位，心裏頭都在盤算如何『仰承帝心』，從不考慮萬年以後的名譽！」

這話鋒利如刀，申時行登時被刺傷，再怎麼想擺出一副「宰相肚裏能撐船」的寬懷大量也不行了，被激怒後的他一張布滿了皺紋的臉脹得通紅，身體在衣服裏面抖個不住，寬大的袍袖無風自動；然後，他氣呼呼的從座椅上站起來，竭力的維持住風度，向座上的眾人拱了一拱手，而後擠出聲音，冷冷的說道：

「失陪！」

說著，他一甩衣袖就邁開大步走出書房，走到門口的時候，險些和正走進來的申用懋當頭撞個正著；幸好申用懋年輕，反應快，立時側身避開，申時行便頭也不回的走了，不明所以的申用懋在身後連喊了兩聲「爹爹」，申時行不理他，自顧自的走遠了。

申用懋一腳跨進門檻，便看清了家裏來的這十幾位「客人」，他連忙一一見禮，接著便陷入了這些人的包圍中——申時行一離開，眾人談話的對象理所當然的改成了申用懋。

一樣在朝為官，申用懋對於朝廷裏的官員及大小諸事都不陌生，也很快的弄清楚了大家的來意；在官場周旋得還不算很久，歷練、年齡還沒有到達「鄉愿」程度的他，十分贊成大家的意見，認為皇帝的行為實在已經該勸諫了；但是，他並不贊成冒著被廷杖的危險犯顏直諫——他提出了折衷的辦法，認為應該採用書面勸諫的辦法，既可以完成勸諫的目的，也不至於直接犯顏，發生衝突；而且，大家可以接二連三的輪流上書，以造成聲勢；他自己則願意負責去說服父親，在上的奏疏中領銜具名……

就這樣，申時行近乎於「被迫」的上了奏疏，希望早日冊立皇長子常洛為皇太子，並且早日恢復早朝、經筵、日講，希望早日加封王恭妃為皇貴妃，也希望暫緩下詔增稅；而且，同樣內容的奏疏，每天都有好幾封送進宮裏去，大臣們車輪戰似的輪番上陣，企圖以文字上的疲勞轟炸來改變朱翊鈞的心意和行為。

然而，申時行的心中卻比誰都明白，這一切努力都是徒勞無功的，朱翊鈞的心意和行為絕不會因為大臣們的勸諫而改變；勸諫的奏疏即使寫上十萬、百萬封，都無法力挽狂瀾的阻止大明朝的國運日漸走下坡，因為，朱翊鈞根本不看奏疏。

更何況，假如朱翊鈞看到了這些奏疏而又被激怒的話，將導致更壞的結局——也許就和世宗時的「大禮議」一樣，「違逆帝心」的大臣統統被處廷杖，當場打死一百多人！

因此，奏疏呈上去之後，他心中著實憂慮，直到幾天後，朱翊鈞確實沒有什麼震怒的反應下來，心思才逐漸平復；但，另一種憂慮隨即而來——朱翊鈞果然如他所預料，根本沒有看這些奏疏，當然遑論接受大臣們的勸諫；而目前大臣們的言論已經激烈到難以平息的程度，雙方逐漸形成惡性循環，整個局面呈現著很難處理的危機，自己這個「首輔」的位子，是坐得越來越吃力了。

可是，想歸想，想畢，除了發出幾聲長吁短嘆之外別無他策，局面更沒有因此稍有改善；而他畢竟不敢違逆帝心，敷衍完了逼到眼前來的壓力，還是竭盡所能的執行了朱翊鈞交付的任務——加稅的詔書發布前，他就暗自運作成功，讓戶部先將其他方面的支出準備金勻挪了一部分過來，大峪山的築陵工程也就如朱翊鈞所交代的，「盡早」開工了。

建材、工料、伕役全都準時無誤的送達工地，並且按照欽天監擇定的吉日良辰舉行破土大典……一切都進行得順利圓滿，除了朝野輿論的反對和議論之外——申時行也把除了朝野輿論的反對與議論之外的一切圓滿周到的情況，寫成洋洋灑灑的奏疏，準備邀功。

他覺得，自己甘冒天下之大不韙，替皇帝做成了這件事，說什麼都是對皇帝忠心耿耿的表現——雖然他也推想得到，此刻又有一干反對加稅的人正在密商如何發動抗爭，說不定哪天又找上門來，自己又窮於應付——他默默的打好一副如意算盤：

「先應付了萬歲爺，再徐謀良策，應付朝裏……船到橋頭，車到山前，總繞得出路吧……」

先應付眼前——他很快就把這份陳說陵寢動工情況、滿紙盡是好話的奏疏交給張誠，特別勞煩他親自在朱翊鈞跟前朗讀。

朱翊鈞對別的事不起勁，不想排除酒色、福壽膏的誘惑，打起精神來關注，唯獨對自己陵寢的興築工程，興趣濃，興致高，一聽說申時行上了詳述興工情況的奏疏，立刻就吩咐「進」，於是，張誠滿懷竊喜的為他朗讀奏疏，他也聚精會神的仔細聆聽。

時近深秋，華美典麗的乾清宮中洋溢著祥和寧靜的氣氛，入秋以來綻開的丹桂被供養在粉青鬥彩瓷瓶中，散放著濃郁的香氣；天氣仍熱，打扇的宮女們絲毫不敢懈怠的工作著，桂香因而隨風散播得飄滿了整座乾清宮，配合著張誠的朗讀聲，特別讓朱翊鈞心曠神怡。

申時行所稟奏的每一句話都切中他的心意，諸如動土那天風和日麗，大典進行得特別順利，顯有神助，而當地百姓受了皇恩的感召，許多人自動前來報效，老弱婦孺都爭先恐後的捧著香花清泉來進獻……雖然滿紙都是不真實的話，卻令他龍心大悅，張誠每念一段，他就連點兩下頭，滿臉是笑的稱許。

最後一段是申時行提出的新建議——他建議將陵寢所在的「大峪山」改名為「天壽山」，以增添祥瑞吉慶。

這當然又是令龍心大悅的好話，朱翊鈞當然批准，而且除了點頭稱許外，還很具體的交代張誠：

「看來，申時行果然忠心耿耿，你且先去傳朕口諭，嘉勉他一番；等到陵寢落成的時候，朕要給他加太帥銜，重加獎賞！」

他確實非常高興，發自內心真誠的嘉許申時行；張誠臨退出前，他還補充上幾句：

「朕看申時行，還真不錯——以往，朕總是嫌他年紀大了，囉唆、溫吞、遲緩，而且滿臉皺紋，難看，聲音低啞，難聽；沒想到，讓他去辦築陵的事，竟然這麼靈光，把事情辦得又順溜，又體面！」

張誠立刻抓住時機稱頌：

「這全都是萬歲爺知人善任，挑對了大臣辦事——萬歲爺英明，舉世無人能及！」

這麼一說，朱翊鈞更加高興，立時就想與鄭玉瑩舉杯暢飲美酒，以呼應心中的歡娛；而鄭玉瑩卻早已為他備妥了比美酒更令人迷醉的東西。

早已演練純熟，操作無誤的碧桃再一次為他燒起福壽膏，讓鄭玉瑩以極優雅、極細緻的動作將煙筒遞到他手裏，讓他在福壽膏嫋嫋擴散的煙霧瀰漫中體會做神仙的滋味。

他不久就進入忘我之境，進入鄭玉瑩所精心安排的世界裏。

但，沉迷其中的只有他一個人——為他安排、引領他進入福壽膏的世界的鄭玉瑩，自己並不陪葬。

即使臉上巧笑倩兮，神情滿是迷醉，她的心裏也是冷靜的、理智的；她總是仔仔細細的觀察著朱翊鈞的反應，不動聲色的盤算著下一步的行動；即便她緊緊的偎著朱翊鈞而坐，眼前鼻中盡是福壽膏的煙氣，神智也仍是清明的，仍在反覆推想著為常洵爭取到皇太子之位的各種方法。

第一個方法已經想好，而且有很充裕的時間做周密的準備——春來的時候，常洵滿週歲，將按習俗舉行「抓週」儀，這是個可以利用的機會。

她早已未雨綢繆的命人暗中用蜜糖做成一方方的玉印，打從常洵的小手會抓東西的時候，就開始引導他伸手抓玉印，等他抓到後，很自然的會送到嘴裏吃，嘗到甜滋味後，當然就會一見玉印就伸手抓；這樣每天進行，能把常洵訓練得面對著許多件東西時，一出手就去抓玉印。

等到「抓週」的時候，一定準確無誤——她很有信心，明年春天，她生的常洵將被所有的人認為是「真命天子」。

3

冬去春來，萬物復甦，大地處處生機盎然，欣欣向榮。

這一天，努爾哈赤高興極了。

經過好幾個月的努力，全體建州左衞的人員同心協力所建築的費阿拉新城完工了，他雙手抱胸，巍然站立在高樓上——這座樓是他的新居處，建在費阿拉新城正中間，高有三層，站在上面，整座費阿拉城都盡收眼底——他靜靜的看著正在城中忙碌的人們。

每一個人都在忙，忙著搬遷到新居來；男丁們挑擔扛籠，婦女們趕牛趕羊，連小孩也沒有一個閒著，趕著小豬小雞，提著小包袱，笑逐顏開——也因為忙，每個人的臉頰都是紅咚咚的，整座新城中熱熱鬧鬧的展現著喜氣，也展現著蓬勃的生氣。

金色的陽光從天上灑向大地，為每一個人籠上一層金光，顯得生命力更加旺盛；努爾哈赤靜靜的看著所有的人們，心中充盈著滿足的感覺。

「這是我的子民——看，他們活得多好！有活力、有希望；就像這座剛蓋好的新城，什麼都是新的，他們的心也是新的；住進新城來，心情就像剛升起的太陽……這就是我的子民，我要帶著他們一步一步的往前走，去過更好的日子！」

他沒有出聲，而只是在心裏默默的想，默默的對自己說；然後，他再重複思考已定的腹案：全部的人搬進新城來以後，應該訂一套法制來規範、約束，和一套組織的辦法，使全部的人各有所轄；也應該規畫出一套生產、交易的辦法，更應該請人來教大家讀書……一切都是新的，一切都要從頭創設、辦理，新城建立後要做的事太多了，千頭萬緒，而且都要盡快動手，他要求自己，今後要更加努力工作。

「這些是我的子民，我要好好帶領、治理，將來，才會有更好的發展！」

迎著陽光，他瞇起眼睛，對著那璀璨的光芒許願，新的一年剛開始，心中的責任雖重，但也充滿了希望，未來的展望一如陽光般燦爛耀眼；他的心中感到滿足、快樂、興奮、雀躍……

而這個時候，萬曆皇帝朱翊鈞的心中也充滿了興奮、雀躍、滿足、快樂。

常洵在抓週的儀式上，一把就抓中象徵帝王權位的國璽——面對著上百樣的小玩意，筆、墨、紙、硯文房四寶，皮球、糖果、玩偶、刀劍、香囊等等精巧萬分的造型器物，他全都不看一眼，肥肥胖胖的小手伸出去，準確的抓住了模仿國璽造型而製作的小玉印！

圍在四周的太監、宮女們登時一起歡呼起來：

「啊！殿下——這是『真命天子』啊！」

朱翊鈞親眼看見常洵這異乎尋常嬰兒的表現，心中所掠過的第一個念頭是驚訝，接著立刻轉變成驚嘆：

「這孩子——果真是『真命天子』呢！」

感覺非常奇妙，不可思議，他張大了嘴笑，目不轉睛的看著常洵，半晌都說不出話來。

常洵也快樂的笑著，肥白圓嫩的小臉上笑得天真無邪，看起來非常可愛，連在一旁觀禮的李太后和王皇后都看得忍不住和他一起發出甜笑；鄭玉瑩分眼觀察過每一個人神情上的反應之後，對於常洵這次優異的表現，更是升起了十二萬分的滿意。

可是，常洵一抓到玉印，立刻展開習慣性動作：送進嘴裏。

然而，這方玉印卻是真真實實的玉石所雕，並不是作為他平常訓練用的以蜜糖製成，因此並無甜味；常洵一嘗之後立刻覺得不對勁，嘴一張，吐出了玉印，緊接著眉頭一皺，手一舉便要丟掉玉印，嘴上出現了嚎啕痛哭的前兆；幸好鄭玉瑩眼尖，看到了他這個後續的反應，立刻伸手把他抱起來，輕輕取下他手中的玉印，柔聲的哄著他說：

「好了，好了，乖兒，這印子是拿在手中的，不是吃的！」

她邊說邊朝身邊的宮女使了個眼色，那宮女立刻取了顆糖放進常洵口中，常洵登時又笑了起來，揮舞著雙手，在鄭玉瑩懷中雀躍不已。

朱翊鈞看著他這可愛的模樣，心中有如百花齊放，笑得合不攏嘴，伸出手道：

「給朕抱抱！」

鄭玉瑩也就笑吟吟把常洵交給了朱翊鈞，朱翊鈞抱著常洵，在那白嫩可愛的臉頰上左親右親的暱了許久，一面喃喃的呢噥著：

「朕的乖兒——你要玉印，朕就給你！朕就給你！」

他的心裏像浸了蜜似的享受著天倫之樂，卻根本沒有料想到，皇宮裏發生的這一幕，透過太監們的口中傳播到宮外的時候，很快就引起了全國的沸騰。

4

春雨如酥。

整座北京城籠罩在一片綿綿密密、淅淅索索的細雨中，遠山近樹、飛簷屋瓦都平添一份朦朧的美感。

紫禁城中燈火通明，太監、宮女，連同上百的女樂都在忙著為朱翊鈞和鄭玉瑩進行通宵達旦的緩歌曼舞，而城外大片的官舍和民房，卻因為入夜已深，正逐漸歸於沉寂，只有少數幾盞燈，兀自在黑暗中放出光明。

顧憲成書房中的這盞燈就是其中之一——從少年時起，每夜讀書至雞鳴才止息，已使他養成了晚睡的習慣；仕宦之初，因為上早朝的緣故，勉強改變了睡眠的習慣；如今，皇帝停止了早朝，這夜半不寐，讀書、思考的習慣就回來了。

此刻，他便獨自在書房中靜坐；本擬在燈下展卷，給幾個在遠方的朋友寫信，可是，思緒卻被這一夜的春雨給帶遠了，心裏頭浮起的是多年前讀過的一首詩，令他不自覺的吟哦起來：

好雨知時節，當春乃發生。隨風潛入夜，潤物細無聲。野徑雲俱黑，江船火獨明，曉看紅

濕處，花重錦官城。❶

吟著，心中的萬千感慨隨之湧起；自幼所治為儒學，他對一般的詩詞歌賦並不喜愛，以為那只不過是人們茶餘酒後的賞玩之物而已，乃至於世人所推崇的李白、王維，讀過作品之後，心中認為，這一個學道，一個逃禪，所追求的都不過是小我的、自身的歡樂或超脫、平靜而已，於國計民生毫無裨益，就更遑論其他那些等而下之的風花雪月、無病呻吟之作了；唯獨對於杜甫，他推崇備至，並且產生了深深的共鳴。

在他的心目中，杜甫不是詩人，而是儒者——是具有和他一樣胸懷的儒者！

杜詩中的「英雄」，指的是為國為民勞瘁、犧牲、奉獻了一生的諸葛亮；字裏行間所盈溢的是感時憂國，是耿耿以天下蒼生為念；他清楚的記得，當自己第一次讀到杜甫「致君堯舜上，再使風俗淳」❷的詩句時內心所受到的震撼——那還是在許多年前，年少的自己忽然發現，活在邈遠的唐朝的杜甫竟然有著和自己一樣的理想；希望自己成為一位良相，輔佐君王，締造一個超越堯舜的盛世……

從小，他就是個早熟而且展現了過人智慧的孩子，聰慧敏銳，勤奮好學，且長於思考，讀書並不死板的背誦或全盤接受，而是反覆推敲、思考，因此每能消化、融會而產生自己獨特的創見，典籍上所記載的字句便凝聚成為他胸中的學養。

十五歲時，他跟隨張原洛讀書；張原洛講學，並不完全拘泥於古人的註釋，而每每根據自己的心得來講說義理，觸類旁通，貫穿古今；這種講授法非常適合他，因此，他在課堂上多所領悟，得到了許多收穫。

有一次，張原洛為他講述《孟子》「養心莫善於寡慾」的話：

「要培養一個人的良知，最好的方法是降低自己的慾望！」

但他卻提出另一種觀點：

「要減少一個人的慾望，最好的方法是培養內心的良知！」

見他小小年紀，讀書有自己獨特的見解，而且非常精到，張原洛十分稱許，於是，對他說：

「本朝的讀書人，一向只有應試，出仕之途可行；但，以你的稟賦，如果埋沒在為應考而習時文之中，未免可惜；如你超脫於時文的習作上，而能博覽今古，慎思明辨，將來必是成一家之言的大儒！」

也因此之故，張原洛薦他到薛方山❸門下求教；薛方山對這個智慧過人的少年非常器重，循循善誘之際，交給他一本《考亭淵源錄》，要他用心研讀，並且訓勉他說：

「宋代大儒自朱熹以後，至本朝王陽明先生，這一脈相承的儒學精義全都錄在這本書中，你須用心研習，精益求精，如能通曉儒者『為天地立心，為生民立命』之道，方可期於『為往聖繼絕學，為萬世開太平』！」

他在這樣的期許與教育之下，用了十幾年的時間發憤用功，讀了許多書，博通經史，並且詳加思辨，建立了一套屬於他自己的思想體系❹。

他嚮往、醉心、追求的學問是對國家、社會、百姓有貢獻的經世致用之學，而不是形而上的哲理或在故紙堆中反覆考據、校讎，更不是寫出華美的文辭、詩句——在經過長年累月的思考之後，「學問」這兩個字的範疇有了明確的界定，乃成為他一生所要追求的方向。

因此，他詳加考慮後，還是選擇了應考、出仕的道路，因為，這是本朝的讀書人唯一能實現理想、發揮學問的管道；然而，也就在下定這個決心的時候，心中湧現了極大的矛盾與衝突。

多年來所治的既為儒學，在心中所凝聚、產生的政治思想是闡自孔孟學說的民本；所推崇的是本朝大儒劉基、方孝孺等人所承緒下來的近乎於完美的「民為邦本、君為羣立」的政治理論，在基本上就與本朝所實行的專制制度、考試內容相反；方孝孺留在文章中的一段話尤其令他的心痛苦許久——

古之仕者及物，今之仕者適己，及物而仕樂也，適己而棄民恥也；與其貴而恥，孰若賤而樂，故君子難仕。❺

這段話他一向深有同感——他何嘗不知道，從前的人讀書做官，就愛護人民，造福社會；現在在朝為官的一般人卻只為自己謀福利；所以，真正的君子往往不願意出仕做官。

可是，不出仕做官又與他原本的志向相背——他也懷著和杜甫一樣的「致君堯舜上，再使風俗淳」的抱負，所期許於自己的是做個佐國良相，一如伊尹、呂尚、周公等先賢為天下人貢獻自己，締造盛世，而不是隱逸山林，埋首著述！

而就在他陷入這樣的反覆矛盾時，杜詩中所推崇的諸葛亮的心志，帶給他新的啟示，使心靈脫困而出。

諸葛亮的一生秉持著儒者「知其不可而為」的崇高理想，鞠躬盡瘁，死而後已，以身許國，無怨無悔；他覺得自己應當效法諸葛亮的精神。

就這樣，他走上了仕途；萬曆四年，他二十七歲，考中鄉試第一名；三十一歲中了進士，任職戶部主事。

可是，做了官，所接踵而來的卻不是實現理想，得償為人民謀福利的夙願，而是面對典籍中所沒有記載的官場的污黑面，朝中不少官員或彼此鉤心鬥角、爭權奪利，或結黨營私、巴結賄賂，或貪污，或舞弊……所呈現的盡是人性中的卑劣、醜陋、自私自利、寡廉鮮恥，一切都令他的內心痛苦不堪。

身為讀書人，自己簡直沒有辦法在這樣的環境中生存下去。

那幾年正是張居正掌權的時代，在他親身經歷了張居正的政治措施時，內心也相當崇敬張居正那超強的政治能力；可是，對於張居正做事的方式，他是大不以為然的。

張居正的治國之術近於法家，用嚴刑峻法約束官吏和人民，以求達到合乎理想的政治效率❻，這和他所崇信的儒家，主張以禮樂來教化、陶冶世人而達「修、齊、治、平」的一貫之道是大相徑庭的；張居正採用專制的手段，獨攬大權，以使政令通暢無阻的做法，和他的「反專制」、「民本」的思想在基本上是相反的……儒與法兩種思潮的衝突、不相容，是自古以來就存有的，即使博學如他的儒者，也無法在兩種思想的衝突中，尋找出一個折衷的兩全之道來！

而包圍在張居正身邊的一羣小人所帶給他的痛苦又更甚於張居正——張居正是位尊權重、

高高在上的，底下一羣仰望著他、希冀「雞犬升天」的人便拚命諂媚阿諛、奉承巴結，以求穩固自己的權位；他們事張居正若神明、若君父，吹牛拍馬的做出種種肉麻而又醜態畢露的事。

張居正的三子懋修應考，這些人竟然召集了許多知名的文士來陪榜，以增加張懋修中狀元時的聲勢❼；而當張居正得病的時候，朝中這羣無恥之徒竟然要舉行焚表告天的儀式來為張居正祈禱，祈求上天庇佑張居正早日康復。

這麼一件愚蠢、荒謬的事看在他的眼中，除了痛心之外，已無第二種感覺；不料，同儕中有人來勸說，邀他一起簽名，在被他拒絕之後，竟然代他簽下了「顧憲成」三個字。

於是，不愉快的事發生了，他不顧同儕的顏面，當眾舉筆塗去自己的名字……

這段往事，他每一回想起來，心中便不由自主的湧起萬千感慨，既悲人且自悲；悲人的有兩種想頭，一個是人在得到了權力的時候，往往自以為是「天下第一人」，要其他的人全都伏在他的腳下，為他所控制、駕馭、奴役；另一個則是人為了要獲得權與利，往往做出一些不可思議的醜事來，什麼節操、品格、廉恥，全都丟到腦後了。

自悲的是出自於內心的無奈和無力感——身為讀書人，所能做到的竟只是這樣渺小的「潔身自好」而已，既無法締創理想中的盛世，也無法力挽狂瀾，甚至連發生在眼前的事都無法影響、改善。

是出自這樣深沉的悲哀，促使他一次又一次的反覆思考，希望自己能尋繹出一條讀書人的用世之道來……然而，一晃五年的時間過去了，在這方面，他日夜苦思，卻沒有得到什麼結果。

而這五年來，時局壞得如江河日下——張居正在位期間，雖然專制，卻有作為，吏治大清，輕徭薄賦，百姓安樂——張居正雖然獨裁，卻是個能人；而張居正死後，體制上的專制、獨裁更勝於前，攬權的卻是一羣庸才，皇帝荒淫逸樂，首輔苟且無能……他身在朝中，親眼目睹政局急速敗壞，無時無刻不憂心如焚！

「築陵、立儲等事，埋下弊端……百姓有怨，亂象已生……今年又值『京察』之年，風暴在所難免，怎不令人憂慮！」

一聲嘆息之後，他竟不自覺的喃聲自言自語起來，眉宇間也盡是憂色；「京察」和「外察」原是本朝為考核官員所設，每六年一度，根據官員的政績、品行，分別給予升任、降調或罷官等獎懲；凡是在考察中被罷官的，終身不復起用，以為出仕者戒；但是，這原本為警惕官員而設的良法美意，早已淪為權力鬥爭、行賄營私的工具，尤其是「京察」，因為是考察京官，範圍在朝廷的權力核心，最易淪為政客鬥人的武器，因此，每一次的「京察」都會引起不小的風暴。

「唉——」

左思右想之後，依舊還是付諸一聲長嘆；做了幾年官，早已認識清楚，官場的污黑和人性的複雜根本不是學術所能改善的，充滿了理想的人全都有志難伸，五年下來，心裏只剩下無力感，除了嘆息還是嘆息。

可是，隔著窗，遙望著屋外一片迷濛的春雨，他內心深處的理想和熱情並沒有完全死絕；隱隱中，依然有一個聲音在向他自己說話，由微而弱而強，一而再、再而三的擴張著他那屬於讀書人的執著：

「我願將這一身熱血，化作一場春雨，滋潤大地……春雨入土，能使潛藏於地下的種子發芽……」

想著想著，眼眶竟在不知不覺中濕了起來，也再一次的確認了自己這一生所要追求的方向；於是，他在燈下提筆，寫信給遠在故鄉的門生高攀龍❽，既與他訴說心志，也作為對自己的期勉——

時局日壞，亂象初生；但，我輩讀書人，總以「知其不可而為」為立心處世之本，以「盡其在我」為無愧之源；昔年王粲登樓，冢唯日月之逾邁，俟河清其未極，乃冀王道之一平❾。弟今宦居京師，唯自期能不以物喜，不以己悲，所思所慮，無非生民，無非王道……

於是，就在這萬曆十五年的春夜裏，他終宵不寐，滔滔不絕、洋洋灑灑的寫下了給摯友的萬言書；明知道「萬曆之治」已成泡影，也仍然「盡其在我」的繼續努力下去。

註一：杜甫詩〈春夜喜雨〉。

註二：杜甫詩〈奉贈韋左丞丈二十二韻〉。

註三：薛應旂號方山，武進人，嘉靖年間進士，為知名的學者。詳見黃宗羲《明儒學案》卷二十五：〈南中王門學案一〉。

註四：參見黃宗羲《明儒學案》卷五十八〈東林學案〉。

註五：詳見方孝孺〈侯城雜誡〉一文。

註六：蕭公權《中國政治思想史》詳論張居正的治術為「儒體法用」，陳翊林《張居正評論》則論為「外儒內法」。

註七：當時的名士、《牡丹亭》的作者湯顯祖就拒絕了這次的「陪榜」。

註八：顧憲成少有文名，在中舉之前，所寫的文章就已廣為坊間刊刻流傳，慕名來求教的人更多；於是，他從二十二歲那年（隆慶五年），開始正式授業，教過的學生非常多，高攀龍是其中之一。

註九：詳見《昭明文選》卷十一，王粲〈登樓賦〉。

申時行對於「京察」的運作，不但成竹在胸，而且具有十足的把握與信心——身處官場二十多年，他熟諳本朝的朝政往例，對於以往每一次「京察」的狀況，其來龍去脈，前因後果，全都了然於胸；也親身經歷了好幾度的京察，從驚濤駭浪中學到了許多書本上所沒有的官場學。像六年前的京察，他就親眼目睹了張居正的操作術，只拿幾種方法交替運用，就輕而易舉的排除了異己……

依本朝的制度，掌理官員的升降，操國家用人大權的是吏部；但，自太祖廢丞相制後，經多年演變，逐漸形成由幾名大學士所組成的內閣制，由於權責與六部重疊，便時常發生爭奪權力的情形，又加上負責監察、彈劾的言官及內宮太監的勢力介入，爭權的局面更形錯綜複雜；隆慶年間，大學士高拱以內閣首輔兼吏部尚書，於是人事大權集於他一人之手；再接下來的張居正更是有過之而無不及的「一把抓」，乃成為本朝自開國以來最有實權的首輔！

但，無論他們當時的權勢大得如何無與倫比，畢竟已成過去；高拱、張居正都已不在人世，現任的首輔是他——申時行——活生生、實在在的坐在首輔的位子上，這是鐵的事實；而基於這個事實，他明確的認定：自己也應該擁有如高拱、張居正一樣的首輔的實權，尤其是在這朝中充滿了反對、批評聲的當兒，擁有了絕對的實權，就可以壓制下面這些聲音；一如當年高拱、張居正能以高壓手段壓下反對的聲音。

當然，對現實環境中的一切，他也看得很清楚；時局和前幾年已經大不相同了，上自朱翊鈞已成年，下至百官、民間的反應，在在都使得局面和張居正當國的時候大不相同；因此，想要鞏固自己的地位，得到自己所想要的權力，在做法上已經不能採用高拱、張居正的那一套，而必須有一套新的、適合現階段環境的辦法出來。

「因應時宜，因應時宜……」

他在心裏悄悄的對自己說：

「得因應時宜，切忌逆水行舟……世路如棋局，一步都走錯不得！」

他審慎而虛心的評估了自己的處境，以最保守的估計來看，朝中反對他的人有七成左右；但，他也擁有一個強有力的後盾，那就是朱翊鈞的「聖眷」——基於他支持朱翊鈞的暫停早朝、經筵、日講，為他築陵、加稅這幾件事上，朱翊鈞對他的忠心的表現是深感滿意的，只要在立儲這件事上再站到朱翊鈞那邊去，他相信，自己的「聖眷」還可以再維持一段不算短的日子！

而有了「聖眷」做後盾，要對付那些反對者就容易多了——這次的「京察」便是絕佳的工具。

在詳細的、反覆的思考了好幾個月的時間之後，他所要採取的「因應時宜」的辦法產生了。基於張居正死後遭受攻擊，乃至於落得禍遺子孫的「他山之石」，他決定採用和張居正相反的方法來獨攬大權；其實，從他擔任首輔的這三年多來，早已陸續把張居正所制定的那套整飭吏治的辦法給束諸高閣了，這次的京察也不過是延續這個原則辦事而已；張居正對全國的官吏都嚴格要求要有極高的行政效率，極清廉的個人操守，唯命是從的忠心態度，並且嚴格執行考核、監察等程序，毫不容情的給予升遷或貶黜；他則要反其道而行，一切從寬論處，無論賢愚不肖，都盡量讓他們在現在的位子上安穩度日。

「水至清澤無魚——」

他認為這是一句對外宣稱的最好的辭令，可以顯示他寬大的胸襟，能包容下屬官吏的小缺點，原諒他們的小過錯，不計較他們反對自己的意見，並且給予他們改過自新的機會。

當然，更重要的是，這是個絕佳的煙幕彈——在採用「不對付」的方法對付所有的反對者時，首先就能穩定這些人的情緒，而減低反對的聲浪，也會為他贏得寬大的美名；而在這幾重作用的掩護下，再從反對者的黑名單中挑出幾個心腹大患來給予痛擊的話，就不會引起太大的注意。

他相信自己這一手打擊、排除異己的方法要比張居正高明得多；張居正的脾氣直，對於反對自己的意見只知道用壓制的方法排除，而不懂得使用這種表面寬厚，實際上迂迴誅殺的戰略來翦除——想到這裏，他的嘴角便不由自主的浮起了一個得意的笑容，使得他那滿布皺紋的臉上平添了一絲詭異，再往下想去，詭異之氣更濃，一個聲音悄悄的從心中爬到喉頭咕噥：

「許國、王錫爵、王家屏……你們且等著看老夫的手段吧，先讓你們嘗嘗寬大的滋味，再讓你們在內閣裏坐冷板凳；這一回，老夫先宰上幾個小的……看你們以後還能不能一呼百應！」

他的戰略非常明確，在朝中所有反對他的官員裏面，他既不對付一、二品大員，也不理會為數眾多的下級官員，而只利用京察之便，拿少數幾個具有重要性的中級官員整肅；這樣既縮小了打擊面，事成之後也架空了上級官員，更使上、下兩級之間因為少了中級而無法銜接，這些反對者便永遠是一盤散沙。

而在中級官員裏面，已經隱隱形成勢力、為他所觀察了好一陣子的有兩個明確的目標：雒于仁和顧憲成。

但是，他在經過這段日子的詳細考慮之後，決定捨雒于仁而把矛頭對準顧憲成——雖然顧憲成還是他名義上的學生❶：

「雒于仁成天哇啦哇啦的叫嚷不休，意氣重於實質……這種人除了大聲講話之外都不足為慮，搞不出什麼名堂來；顧憲成卻不然——」

他飽經世故，自信看人還不致走眼；顧憲成深沉內斂，表面上雖不若雒于仁的時有驚人之語而光芒四射，引人注目，乃至聲名大譟，但實質上卻以扎實嚴謹的學養和優於常人的品性、道德而日漸受人尊敬，在反對的陣營中雖然年紀不大，官位不高，影響力和領袖氣質卻已經開始顯露。

「會咬人的狗是不叫的……拔草要在長成之前動手才不費力！」

主意想定之後，立刻開始規畫進行的步驟；首先，他向顧憲成近日裏往來得較密切的一個朋友鄒元標下手。

論關係，鄒元標也是他的門生——鄒元標是萬曆五年的進士，比顧憲成早一科而已——其後，鄒元標因為上疏反對張居正「奪情」而被廷杖、貶官，直到張居正死後才被召回，任吏科給事中❷；鄒元標好讀書，性情耿介剛正，和顧憲成因氣味相投而結成好友；因此，他決定用師生的情誼來拉攏鄒元標，使他站到自己的陣線來，以減弱顧憲成的勢力。

其次，他開始用首輔的身分，向主持察典的幾個部門和主其事者施壓——依本朝的體制，主持察典的是吏部尚書、都察院左都御史、吏科都給事中、河南道御史和吏部文選郎中❸——他暗示他們，要按照他的意思來辦理本次京察。現任的吏部尚書楊巍是他的人，他有十足的把握，其他的人，官位都在吏部尚書之下，從上面壓下去，不怕他們不聽話。

不料，事情竟然失控，超出了他的意料：都御史辛自修對他的暗示很不以為然，一口拒絕：

「目下吏治日弛，吏風日壞；幸值『京察』之年，唯嚴整方能振衰起弊——下官食君之祿，當忠君事，『京察』之典，唯秉公處理而已！」

聽了這樣的回話，申時行氣得頷下幾根稀疏的鬍子無風自動了許久，心裏燃起一把怒火，嘴裏恨出聲來：

「敬酒不吃吃罰酒——不識抬舉的東西，本閣就一併把你辦了！」

於是，他先發制人的找來一向對自己唯命是從的給事中陳與郊，要他出面攻擊辛自修。號角一吹響，風波便從暗潮洶湧浮現到表面，產生激烈的震盪；以「京察」之名，行權力鬥爭、排除異己之實的做法，和往昔一樣的重現於朝廷之上……

只可惜，身為一國之君的朱翊鈞，正忙著享用鄭玉瑩的百媚千嬌和福壽膏帶給他的神仙滋味，心思完全不在朝廷中，既不瞭解大臣們的心聲，也不清楚他們之間的相互關係，當然不會去關心他們之間的政治鬥爭和政爭所帶來的後果。

因此，申時行得到了更大、更自由的運作空間，隨心所欲的藉「京察」來整肅異己。

而當陳與郊得到申時行的指示，開始在暗中謀畫攻擊辛自修的時候，「秉公處理」的辛自修卻已經準備公開處理失職的工部尚書何起鳴的彈劾案；這下陳與郊有機可乘，立刻對這件事提出追究，實質上的做法則是暗庇何起鳴而全力攻擊辛自修，因此，這兩個人最後落到了「同歸於盡」的下場，一起被罷官；而且連累其他四位彈劾何起鳴的御史受到指責和處分❹。

而眼看著申時行表面上打著「寬大、包容」的招牌，實際上嚴厲的整肅異己，以達他個人一意專政目的的這些行為和過程，剛正耿直的顧憲成按捺不住了，上疏批評這件事，並且長篇大論的指責申時行這些排除異己、禍國殃民的行為。

可是，這下卻正好掉進申時行早已布置好的陷阱裏——從政才不過短短幾年的顧憲成，比起已在齷齪、黑暗的政壇中打滾了二十幾年的申時行來，僅「政治手腕」一項就已有天壤之別，更何況是五花八門的鬥爭術？

於是，「一封朝奏九重天，夕貶潮陽路八千」——顧憲成的疏一上，立刻就獲罪，受到了嚴厲的指責，而所受到的處罰是貶官為桂陽州判官。

接到這個貶官的命令時，顧憲成先是沉默許久，平息下心中許許多多奔騰的思潮，理清一些被這個消息擾亂的思路；然後，他長長的吁出一口氣，正了正衣冠，再對著聞訊趕來安慰他的趙南星、鄒元標等幾個朋友，深深的凝望一眼之後，緩緩說道：

「昔年，陽明先生被貶為龍場驛，因而靜心向學、苦思，乃成大學問家❺；憲成不敢自比陽明先生，但，『高山仰止，景行行止』，自當效法先聖先賢；何況達則兼善天下，窮則自修向學，本是我輩讀書人所應抱持的心志；是以憲成此去，不會以被貶為念，而唯以讀書向學為志，各位請勿為憲成憂慮！」

註一：顧憲成考中進士時的主考官是申時行，依例，申時行成為顧憲成的座師，顧憲成是申時行的門生。

註二：參見《明史．鄒元標傳》。

註三：吏部是主管官吏的機構，御史和給事中在明制中都是屬於「監察」性質的官職。依明代的官吏考成法，京官、外官都要舉行定期的考察，又稱「大計」。京官六年舉行一次，外官則三年一察，分別稱「京察」和「外察」。按例京官四品以上自陳，由皇帝決定去留，四品以下的官員則由吏部負責考察。

註四：這四名御史是高維崧、趙卿、張鳴岡、左之宜。

註五：參見《明史．王守仁傳》。

6

努爾哈赤向大家宣布說：

「我決定找一個讀過書的人來教大家識漢字、讀漢書……」

話一說完，立刻引來全體驚訝的眼光，舒爾哈赤第一個按捺不住，立時發問：

「為什麼？咱們女真人從來不讀漢書的呀——女真人為什麼要讀漢書？從古至今都沒有的，我從來就沒有聽說過……」

努爾哈赤先不理他——這件事他已考慮了許久，做下了決定，無須再參酌別人的意見；於是，他逕自往下說：

「我想過，這個人很不容易找——有一肚子學問的人，會到遼東來的，只有朝廷派的官；但是，到遼東做官的人絕不會來教女真人讀書；所以，我想請的教書先生得分開來找；能教大家讀書的人，先放在心裏留意著，慢慢兒來；現下，先物色一個能教大家識漢字的人，這就容易得多了！」

接著，他把這項任務交給額亦都——額亦都的個性既比沉默寡言的安費揚古活潑外向，又沒有舒爾哈赤的浮躁，一向善於與人相處；因此，他認為額亦都一定能夠順利完成任務：

「到遼東來討生活、做生意的漢人很不少，你耐心的一個個問，只要是識字、肯在費阿拉住上一年的就行了；當然，咱們也不會虧待他——找到了這個人，你就對他說，只要肯用心教，謝禮絕不會少！」

他一面說，額亦都一面點頭，更因為舒爾哈赤討了沒趣的前車之鑑才發生，他便什麼話也不敢問，只滿口應「是」，接下任務。

可是，努爾哈赤卻不是要他一頭霧水的去辦事——交代完任務，他先冷冷的看了舒爾哈赤一眼，然後慢條斯理的對大家說：

「我已經很仔細的讀完了戚繼光寫的《練兵實紀》和《紀效新書》，這兩本書，我認為是帶兵打仗的人一定要讀通的——可是，不識漢字的人，在這兩本書跟前，和瞎子沒什麼兩樣；你們全都不識漢字，不趕緊找個人來教，還有別的法子可行嗎？」

舒爾哈赤登時羞紅了臉，低下頭去，再也不敢多話；努爾哈赤一頓之後繼續說道：

「等請到了人的時候，大家要好好學，心裏更要放明白，咱們女真人若想和明朝一樣強大，就先要把人家所有的本事學全；想要學全人家的本事，就先要學人家的字，讀人家的書！」

說完話，他轉身退出大廳，留下一屋子的人悄悄的互相交換意見。

一臉尷尬的舒爾哈赤訕訕的說道：

「是……大哥是有遠見……看得遠，想得遠……」

幾天後，額亦都順利完成任務，找到了一個識字並且願意長住費阿拉的漢人——這人名叫龔正陸，本籍是浙江紹興府會稽縣，從年少的時候就來到遼東經商，先是兩頭跑，只在遼東置些別產，一房小妾；後來，浙江那邊的父母、髮妻亡故，沒了親人，遼東這邊的小妾卻給他添了兒女，因此，他索性以遼東為家，不回浙江去了；而他所經的商規模不大，正想歇手改行，一遇額亦都就欣然點頭，來見努爾哈赤，說：

「讀過一些書，但只是粗通文墨而已，更不曾應試，比不得秀才、舉人的學問；往來經商，一般的字還寫得，帳還算得——」

龔正陸的外表看起來至少有五十歲，說起話來也很老成持重，介紹自己「肚裏墨水」的幾句話既不吹噓，也不敷衍；因此，努爾哈赤一聽便覺得他講話誠懇、實在，對他很有好感，立刻非常客氣的對他說：

「我們女真人還沒有自己的文字，平常使用蒙古字，懂得漢字的人很少很少，但是現在建州左衛已和明朝正式通貢，常有文書往來，不識漢字的話無法處理——幸好請到了先生您，肯在費阿拉長住，教授漢字，我有兩名親信大將，四個弟弟，全要請您費心教導；而且，建州左衛的文書，也麻煩您一併處理！」

於是，他正式下令，稱龔正陸為「漢人師傅」，命舒爾哈赤、額亦都等人每天撥出一個時辰向他學習認識漢字，其他的時間才如常的率人打獵、操練兵馬。

他親自設計了一套結合打獵與戰鬥訓練的「圍獵」——這種狩獵的方式不同於以往獵人單獨行動或僅是幾個、十幾個人組成的小組行動，而是幾百、一千人的大規模團體行動，並且以兵法來約束、指揮進退，因此，一場狩獵活動也就是軍事演習，既可獲得獵物，也磨練了戰技，從團隊精神、默契，到對號令的熟悉、服從各方面都大有助益。

想出了這麼一個具有多功能的行動方法，他先是親自帶著人馬演習了幾次，收到了顯著的效果之後也讓舒爾哈赤、額亦都等人分別率領部屬行動，充分發揮出「圍獵」的功效，以便在下一場戰爭中大獲全勝。

他已經開始在心中暗自考慮下一個出兵的對象，而且，一方面更加密切注意李成梁的動向，另一方面也決定，以後除了重大的戰爭必須親征之外，應該讓額亦都、安費揚古他們獨當一面的率軍出征，自己才能分出更多的時間來規畫建州左衞的未來——他心目中的「國家」是像漢人一樣有規模、有制度；目前，建州左衞的規模雖然不大，連老弱婦孺全部算上都還不滿五千，但是，曾在漢人的世界中待過六年之久的他深刻明白制度的重要，必須盡早制訂。

於是，得便的時候，他便找「漢人師傅」來商量；誰知道，龔正陸卻不折不扣的如他自己所說，只是「粗通文墨」，對於典章制度、律令禮法根本一竅不通，問得急了，他也只說得出一些粗淺的社會規範而已——連個商量的對象都沒有，一切都得靠他自己。

幸好，事情還不算很困難；由於人口少，結構單純，所需要的制度、律令都還不用太繁雜；苦思了一段日子之後，他規畫了幾項大原則出來；禁止暴亂和私鬥，嚴肅盜匪與竊賊……想定以後，他把這幾項大原則分列十幾小則要目，公布出來——公布的法子有兩種，一種是派人召集羣眾，逐條解說；另一種是做一塊大木牌，用蒙古字把這些內容寫上，掛在城門口。

完成這件事之後，他既暗自在心中舒了口氣，也對自己的作為感到滿意——畢竟，規模已經開始建立，有了這一步，就會有第二、第三……一步步的走下去，小規模也能發展成大規模。

「總有一天，規模會大過明朝——」

他的心中有一個美麗的遠景，生命正奮起全力向那遠景邁進；因此，心中盈溢著充實的快樂，生命中充滿了無窮的希望與信心。

當然，在實際的做法上，他仍舊採取審慎、穩重的進攻方式——儘管攻打哲陳部的計畫早已擬定，他卻仍然先觀望李成梁的動靜，確定了李成梁的主要注意力還是套在圖們可汗的進犯時，他才展開具體的行動。

六月間，他親自率領軍隊攻入哲陳部，勢如破竹的攻克了山寨，殺了寨主阿爾太；前年四月間因遇大水無功退兵的遺憾，才算化為烏有。

再下一個目標，他對準了曾經協助界凡城的訥申、巴穆尼來對付他的巴爾達城；並且決定如早先所考慮的，給額亦都一次獨當一面的機會。

額亦都第一次得到擔任主帥的機會，興奮得不得了；他先從自己的牛碌中挑選出最精銳的兩百名騎兵、三百名步兵，施以更密集、更嚴格的戰技訓練，並且加強他們熟悉號令，進退之間做到百分之百的服從。

接著，他又根據搜集到的情報，詳加評估、研判之後，擬出這次用兵的戰略……

出發前，他命人先準備幾十綑粗大結實的麻繩，帶著備用，這道命令聽得人人一頭霧水，不知道他要做些什麼；但是，到達渾河的時候，這幾十綑麻繩立刻發揮絕大的用處——秋季裏河水上漲，整條渾河比夏季水淺的時候漲了有半個多人高，根本沒有辦法涉水而過；而他下令，人馬排成幾大直排，用麻繩逐一拴在每個人的腰上，連接成一排排的長列再魚貫渡河，這樣，拴在一起渡河的人馬就沒有一個被水沖走——這下，每個人都對他的智慧佩服不已，全軍的士氣也就更加旺盛。

而本以為有渾河水漲的天險、敵人難以越渡的巴爾達城民，完全沒有預料敵軍能渡河而疏於防備，等到發現敵蹤，想要抵擋攻擊已經來不及——在渡過渾河後的當天夜裏，額亦都趁著全軍士氣正旺的時候，一鼓作氣的率領人馬攻入巴爾達城，殺了個出其不意……

他身先士卒的帶了三十名最驍勇的武士，趁黑裏先爬上城樓，打開城門讓城外的軍隊順利進攻；巴爾達城的守軍半數都在睡夢中，聽到警號後衝出來迎敵，雙方立刻展開激烈的戰鬥。

額亦都仗著一身超羣的武藝，站在城堞上與迎過來的敵軍肉搏；他精通各種武藝，在近距離搏鬥的時候便捨棄長槍長刀，改用彎刀，舞動起來比較靈活，也容易施展得開，每一個撲向他的敵軍都很快成為刀下亡魂。

可是，敵我雙方的人數畢竟眾寡懸殊，他所據以奮戰的城堞面積小而目標顯著，敵方所發的羽箭極容易命中，因此，他不久就負了傷，肩上、腿上、臂上都逐一滲出鮮血，幸好不太嚴重，而他又生就了勇往直前、奮不顧身的個性，絲毫沒有把這些小傷看在眼裏，依舊舞動彎刀砍向迎面的敵軍，一面還鎮定的發出號令，指揮其他的人進攻。

不料，站在他對面發箭的敵軍，看他一面應戰，一面分心指揮，覺得有機可乘，便把所有的羽箭一起朝他密集射來；他舞動彎刀，擊落了不少接連而來的羽箭；但是，微一分神之際，大腿上還是中了一箭，而且這一箭的力道非常大，竟然貫穿大腿之後再射入身後的城牆，將他活活釘在城堞上。

情況危險萬分，不遠處的幾名士卒看見了，飛快的朝他衝過來護衛；而他畢竟勇猛過人，應變的能力也強，手起刀落，便斬斷了腿與牆之間的箭柄，卻先不拔出留在腿中的斷箭柄，立刻繼續舞起彎刀再戰……

到了天色微亮的拂曉時分，巴爾達城被攻下了，守軍死傷過半，以致屍橫遍地，幸好所有的活口都俯首稱降，沒再多添殺戮；正午時分，建州的軍士們休息夠了，所俘獲的人口牲畜財物也都完成了押運的準備，於是，開始凱旋班師。

額亦都本人躺在擔架上返回建州左衛——他全身一共受了五十多處的傷，雖然都不是致命的重傷，卻因為流血過多而暈過去一次，而且傷在大腿股，騎馬不便，這才在士卒們善意的強迫下躺上擔架。

努爾哈赤在隊伍出發時就得到通報，立刻帶著侍衛出費阿拉城相迎，在半路上接到了返回的部隊。

在接到報告的時候，他聽說額亦都受了傷，心思先高懸起來；現下，一眼看到隊伍中有一副擔架，額亦都也沒有像平常那樣神采飛揚的騎在馬上，心中更是一緊，連忙跳下馬來，三步併作兩步的親自奔到擔架前探視。

額亦都臉上身上全是血跡，卻咧著嘴露出笑容，神情純真無邪，使得全身是血的他看起來像剛出娘胎，尚未斷臍的嬰兒；由於上了擔架，他其實已經是暈過去後的甦醒，而全部的精神都被打了勝仗的興奮支持住，重傷的他一雙眼睛竟然閃閃發亮，炯炯有神。

一眼看見努爾哈赤、安費揚古等幾個人出現在眼前，他立刻忘了自己身受重傷，精神奕奕，滔滔不絕的描述這次戰役的過程：

「巴爾達城的人再也想不到我們會用結繩的辦法渡過渾河，半夜裏聽到警號，不是根本不知道怎麼回事，就是慌了手腳……」

講到這一仗打得精采的地方，他更是洋洋得意；講得興高采烈，口沫橫飛，一個用力過度，肩上本已止住血的傷口迸裂了，鮮血再度從甲衣中滲出來；安費揚古忍不住勸他：

「你全身是傷，使不得力，還是少講話，先歇歇吧！」

不料額亦都卻夷然道：

「我的舌頭又沒有受傷，為什麼要少講話？」

巴雅喇一聽，從努爾哈赤身後「噗哧」的笑出聲來說：

「額亦都哥哥是什麼仗都打不死的，唯獨不許他講話，會把他憋死！」

安費揚古給這話逗笑了，可是又拚命繃住臉，瞪著巴雅喇道：

「小孩兒家，口沒遮攔！死啊死的——」

但是，額亦都的反應卻不同，一點忌諱也沒有，笑嘻嘻的說：

「對對對，巴雅喇說得對，仗我是打不死的，不讓講話才會憋死——來來來，巴雅喇，安費揚古哥哥太嚴肅了，別理他；過來這邊，我講打仗的事給你聽——」

於是，巴雅喇興高采烈的跳過去，在額亦都的擔架旁蹲下身子，陪他說笑，安費揚古只好嘆口氣，放手不管他們。

而這一切都收入努爾哈赤的眼中，他的反應跟每個人都不一樣——看到額亦都的出生入死，以及幾個人如親兄弟般的相處方式，他心中的感動一波波的擴大，深深的形成龐大的熱流。

「都是我的好兄弟……有了他們，未來的發展會更好……」

他在心裏一遍又一遍的對自己說，也暗暗做了些決定；等到全部人馬回到費阿拉城的時候，他立刻宣布，贈給額亦都象徵勇士的「巴圖魯」封號，這次征服巴爾達城所擄獲的一切人口、牲畜、財物全都歸額亦都所有，並且從自己家族中挑選一個品德、容貌都出眾的姑娘，嫁給額亦都為妻。

再接下來，他將征討的目標指向洞城。

這一次，他決定親征，而留下需要時間養傷的額亦都帶著一部分兵力守費阿拉城。

這一仗打得非常順利，洞城很快被攻下，城主札海只考慮了片刻就率眾投降，因此，努爾哈赤十分高興，採取了非常寬厚的方式對待札海和投降的全體洞城城民，也就地犒賞了自己的部隊，然後班師回費阿拉城。

回到費阿拉城後，竟多出一件意外的事——額亦都笑嘻嘻的向他稟報說：

「您出征的時候，哈達貝勒戴善派人來，送上一份禮，還說，他父親扈爾干遺命嫁一個女兒過來侍奉您，希望您接受……我便替您把禮收下，把親事答應了！」

努爾哈赤大吃一驚：

「你怎麼不替我拒絕他呢？」

額亦都滿臉詫異的問：

「為什麼要拒絕他呢？人家主動要把親妹妹嫁過來侍奉您，這是好事呀，怎麼好拒絕呢？」

努爾哈赤被他問得一愣，過了一會兒嘆出口氣來說：

「我已聘了葉赫部的女兒為妻，難道你忘了？」

額亦都「哦」了一聲說：

「原來您為的是這個呀——我沒有忘了您和葉赫部的婚約——但是，這兩樁親事並不衝突；哈達部只說要把扈爾干的女兒嫁過來侍奉您，又沒有要求嫁過來做正妻，您多置一房侍妾，有什麼關係呢？」

努爾哈赤頓了一頓，道：

「我已置了好幾房侍妾，兒女也有好幾個了！」

額亦都哈哈一笑：

「侍妾、兒女，不是越多越好嗎？人越多家裏越興旺——」

笑聲未歇，他已猛然醒悟：

「怎麼？您好像不很喜歡這門親事？」

他感到努爾哈赤的反應和平常大不相同，於是，猜測著問：

「您是因為——對方是哈達部的女兒？」

努爾哈赤沉默了好一會兒才點點頭說：

「是的——我始終沒有忘記，過去，哈達部是怎麼對待我的；你總不會忘了，哈達兵幾次跑到建州左衛來搶奪牲畜財物的事吧？——要說『哈達部的女兒』呢，巴雅喇的母親不就是扈爾干的妹妹嗎？我父、祖遇難後，她竟返回哈達去，後來，她的弟弟薩木占還千方百計的想謀害我，要不是巴雅喇冒險跑回來告訴我，說不定我已經死在他們手裏了！」

聽了這話，額亦都臉上的詫異之色更深：

「您一向最寬懷大量的呀，從來不記人舊惡，怎麼今天竟記起哈達部的仇來了？」

努爾哈赤淡淡一笑道：

「我不是記仇，是感慨人情冷暖——」

額亦都瞪著訝異的眼光，仔細打量努爾哈赤說：

「您今天真的和平常不一樣——以往，您總是對我們說，現在，我們力量薄弱，所以被人家欺壓、瞧不起；不要怪別人現實勢利，要怪得怪自己沒有給人瞧得起的實力；要記得這個恥辱，還要更加自立自強，等我們有了實力，別人自然會瞧得起我們——您一向都是告誡、訓勉我們的，從來沒有像今天這樣的感慨啊！」

聽他這麼說，努爾哈赤不覺啞然失笑：

「是啊，我今天的心情，也實在特別——或許是因為這幾年，眼看著哈達部由強而衰，過程曲折，變化多端；再看到現今的情形，就不免感慨！」

額亦都道：

「哈達部就是因為已經大不如前了，所以才要嫁一個女兒來建州左衞，好拉攏關係嘛——我猜，他們也許是因為最近老給葉赫部打得落花流水，又眼看著您快要娶葉赫的新娘了，深恐葉赫部聯合了建州左衞去打他們，這才趕緊也嫁一個女兒過來！」

這話一點也不錯。

努爾哈赤先是輕輕一嘆，繼而陷入沉思中——哈達、葉赫兩部的情勢正展開新的變化，他自己也會被捲進變局中，一切都要謹慎思考，才能在這複雜的變局中走出最正確、最有利的道路——他仔細的推想：

哈達部自從萬汗死後，發生了扈爾干、孟格布祿、康古魯三兄弟內鬥的變故，在自相殘殺下大幅削減了實力，再加上世仇葉赫部的介入、攻掠，實力更急速下墜。

不久，扈爾干死了，他的兒子戴善接替他與兩個叔叔平分萬汗遺留下來的產業，但是叔侄三人中間又存在著極複雜的關係和極激烈的衝突。

原本在萬汗死後因為與扈爾干、孟格布祿相爭不過而投奔葉赫部的康古魯，在扈爾干死後回到哈達部，並且私通了孟格布祿的母親溫姐，這麼一來，兄弟兩人的關係變得奇異而親密了，因此聯合起來對付戴善；而葉赫部又經常伺機侵擾，弄得戴善的情況更壞。

葉赫部在清佳砮、楊吉砮死於李成梁的「市圈計」後，清佳砮的兒子卜寨，楊吉砮的兒子納林布祿繼立，繼續對付哈達部；納林布祿一向有稱雄之心，志在領袖羣倫，一有適當時機就出兵；就在不久前的四月，納林布祿派部將恍惚太率領一萬人馬攻打哈達，戴善向明朝求援，巡撫顧養謙派兵入哈達，才替他解了圍；但卜寨和納林布祿卻沒有因此而罷休，明攻不下便轉暗圖，由於溫姐是他們的姑姑，他們便聯合了溫姐影響孟格布祿幫助康古魯對付戴善。

這下，戴善陷入險境，因此努力向外尋求援助；這次，他想出了把妹妹嫁來建州左衞的方法，當然是希望有了這層姻親關係後，建州左衞不至於聯合葉赫部攻打他；也更希望在他遇到困難的時候，建州左衞能夠給予援助……

7

女真的情勢又將產生變化——對遼東的一切都瞭如指掌的李成梁，一聽完報告，心中就有了明確的認定，而且同時浮起了一聲冷笑、一個打算和一點感慨。

「這些化外野民，還在玩通婚的把戲——」

婚姻只是手段、只是工具，只是男人在勢弱、膽怯的時候想出來的計謀，犧牲女人來換得自己的安全與利益，而最大的作用只是自欺——人在面臨利害衝突的時刻，往往六親不認，歷史上多的是父子、兄弟為爭權奪利而骨肉相殘的事，更何況是兒女親家！

對這種幼稚的做法，看得深刻、透徹的他，不由自主的一牽嘴角，露出一個鄙夷的神色；但他並沒有因這個情緒而失去理智，腦海裏依舊做出條理清楚的分析：

「哈達部的戴善跟努爾哈赤結親，其實是求救——他的敵方有四個人：自己的親叔叔孟格布祿、康古魯，葉赫部的卜寨、納林布祿；原本，他以一敵四，很快就會被消滅，但現在，扯上了努爾哈赤，情況就會有變化，戴善多了幫手，即使還是不敵葉赫部，也勉強能與孟格布祿、康古魯分庭抗禮了，最終，哈達部還是維持著一分而三的局面……」

這個局面對哈達部來說並不好，因為，哈達部在萬汗死後實力已經大幅下滑，再一分而三後就變得更弱小，更不是葉赫部的對手；而這樣的情況不合乎他的理想——他要的是哈達、葉赫兩方旗鼓相當，隨時自相殘殺，自相削弱實力，而且永遠勢均力敵、互相制衡，以便遼東永遠「多事」；而不是一強一弱，實力懸殊。

對他來說，最壞的狀況是女真諸部中出現了一個超級強部，統一了女真——他絕不能讓這事發生，一定要嚴防！

於是，一個新的用兵計畫飛快的在心裏成形：

「哈達弱，葉赫強，須對葉赫用兵，平衡一下兩部的實力——」

他不是顧養謙那種既不深刻瞭解女真各部，也不深刻瞭解官場運作的文官——直接出兵幫助勢弱的哈達，能有多少首功呢？顧養謙固然幫了哈達的忙，自己卻沒得到多少利益——他不是那種傻瓜，他做任何事，一定先算計自己能得多少利益！

攻打勢強的葉赫部，既多得首功，也幫了哈達部，這才是上策，唯一的感慨是這個打算白白便宜了努爾哈赤。

處在這個情勢微妙的夾縫中，努爾哈赤的實力又可以擴大一些；他幾乎無須細想就可以推測到，聰明的努爾哈赤必然會善加運用戴善對他的拉攏，獲得利益；而早在萬曆十一年就聘下的葉赫部楊吉砮的女兒已成年，不久將完婚，那又是努爾哈赤會善加運用的事——他忍不住發出了一個輕微的嘆息。

但是，理智告訴他自己，要忍耐下這個感慨——目前，不宜分兵對付努爾哈赤，集中全力攻打葉赫部才是正確的做法，才能既維持了遼東的均衡之勢，又能讓自己得到利益，甚至，改善自己目前稍顯困窘的處境。

其實，這才是重點——他現下的處境不太好，必須盡快改善。

先是從去年的萬曆十四年以來，手氣就不如以往順，幾場戰役打下來，雖獲勝而沒多少首功；今年尤其背，敵軍雖犯邊，卻沒有發生重大的戰役，導致他沒有太多實質上的戰功可以上報朝廷；而這兩年上報的奏疏中雖也如以往般的虛報戰功、殺良民冒功，卻只能矇住皇帝和首輔，騙不了為數眾多的大臣，以致有人在背後議論……

其次是兒子們不爭氣、不成材——

李如松在提督京城巡捕任內屢受言官彈劾，好不容易才又活動到了外放宣府總兵官；誰知道他平日驕橫慣了，到了宣府也不改其故；在巡撫許守謙閱操的時候，他越禮並坐，參政王學書看不慣他的驕橫，過來指責他，兩個人幾乎大打出手，因此而被彈劾，受到了奪俸的處分；而且攻擊他的奏疏不斷，最後只好再勞動老父暗中援助——饒是這樣，還是費了好大的勁才讓他改調到山西去。

李如柏鬧得更不像話，他本來仗著父勢，廕為錦衣千戶，留在京師；平日裏貪酒好色，風評很不好，終至鬧出事來——有一次在府裏宴客，酒喝得半醉時，竟然命人發軍砲助興，砲聲轟得連大內都聽到，事後當然就落到了被罷官的下場；這幾年好不容易經過大力的活動請託，恢復了廕指揮僉事，但是，貪淫荒唐的本性一點也沒改，遲早又會出狀況。

如楨、如樟、如梅也都廕了指揮使、指揮僉事；只是，根本沒有一個是真正的將才，目前的職位全靠自己為他們運作、賄賂權要而得來，而他們還隨時闖禍……

這些實質的狀況，一想起來，心中就壓上千鈞重擔；他比誰都明白，父子間固然骨肉相連，政治前途更是相連；自己是兒子們從政的後臺，自己如果出事的話，兒子們就完了；兒子們如果獲罪，也將牽連到自己；而目前的狀況是自己不順，兒子們不好——他想得心口一顫：

「實是危機四伏啊！」

當然必須改善——他立刻雙管齊下，既打起精神來，詳加思考攻打葉赫部的新計畫，也命人再多備厚禮，送到京師去打點申時行等人。

他與申時行之間早有默契，多年來互為奧援，他相信，申時行一定會替他出力，為他在大臣中運作，以消減來自朝中的壓力，為他在皇帝面前美言，使皇帝信任他、重用他——一如以往。

他完全不知道，申時行現下的處境比任何人都困難，既自顧不暇，也無計可施，以至於在沒人的時候總是黑著一張臉，緊皺著雙眉。

又是歲暮了，他獨個兒在書房中，站立窗前，望著窗外；隔著窗紙，窗外的景觀極不分明，只隱約感到雪花在天地間飛舞，一切都是模糊的。

他的世界也是模糊的，心緒更是模糊的，半晌默不出聲，是因為連對自己都無話可說。

回顧這一年來，他固然藉著「京察」成功的排除了異己，在政治鬥爭上獲得了空前的勝利，但，相對的，輿論對他的評價低到了極致；而他成功的使朱翊鈞的陵寢如期開工，甚至，工程款「經手三分肥」的好處，已經入了他的私庫，但，大明國中，除了朱翊鈞和鄭玉瑩之外，無人不在唾罵他。

而饒是這樣，朱翊鈞和鄭玉瑩還像是不肯放過他似的，又丟給了他新的難題，要他在明年春天確實的執行。

事情還是鄭玉瑩引起的——每天都在挖空心思想出些新鮮主意來引領朱翊鈞享受樂趣的鄭玉瑩，腦袋比誰都靈光，在聽了張誠轉致的陵寢動工情況順利的陳奏時，竟然提出了一個別人想都想不到的建議：

「陵寢乃萬年大計，半點都疏忽不得，臣妾斗膽，提請萬歲爺親去巡視，以使工程進展得盡善盡美！」

她的提請出自兩個目的，表面上，當然是天子親巡築陵工程，以示此事非同凡響；而實際上卻是她極力想突破目前生活的僵局，苦思後的所得。

這一年，日子過得委實有點悶——打從正月裏，常洵一舉在「抓週」上展現了「真命天子」的異稟時，朱翊鈞的心情就開始產生微妙的變化，他先是驚異常洵的表現，險些衝動得脫口宣布冊立常洵為皇太子；而接下來，做了幾個深呼吸之後，心裏就開始忐忑；兩天後，害怕與逃避的念頭和做法一起上湧，最後，他索性終日躲進福壽膏的煙霧裏，盡量少說話，以避免她提起這件事來，也盡量少接見常洵，以免心裏感受到壓力。

她冷眼看著他的反應，一切都心知肚明；時或，她也有點懊惱自己操之過急，弄巧成拙了，不過是想提醒他辦這事，沒想到卻把他給嚇得逃躲了——嚴格的說，因為怕面對這事，連帶的對她都有點無形的疏遠了。

這樣下去當然不好，她當然要設法——張誠來替申時行稟奏陵寢施工情況的話觸動了她的靈感，心中飛快的打轉：

「出去走上一趟，心情就不一樣了——拿新鮮事樂一樂，他就不會沒話講！」

生活只要有變化，就能打破僵局，再徐徐等待……她的如意算盤打定了。

而朱翊鈞的心思不但不像她這麼深沉複雜，有這麼多的算計，還立刻就上了她的鉤——愛玩、愛新鮮、愛刺激的心性全被她勾引起來了，他登時興奮得雙手互擊，眉開眼笑：

「哎呀，怎麼你不說，朕就沒想到——是該親自去看看呀！」

他童心大作，玩心大起，整個人也就拋離了沉悶，重新活了起來，又像個孩子般的興高采烈：

「要去，要去，朕要去親自看看——看他們蓋房子，是不是蓋得跟咱們心裏想的一模一樣——」

嘴裏說著，心裏恨不得立刻插翅飛到工地去，甚至，立刻親自動手……

鄭玉瑩冷眼旁觀，知道自己該做些什麼，她立刻揮手指示太監，速取幾箱白銀來，讓朱翊鈞先在乾清宮中築起自己的白銀陵寢，過過乾癮；一面吩咐張誠，速去內閣傳諭，準備明年春暖花開的時候，天子親巡天壽山工地。

張誠當然不敢有違，立刻前往內閣。

而一聽完這道口諭，申時行登時面如死灰，冷汗直流，結結巴巴的對張誠說：

「御駕親巡，是天大的事……但是所費不貲，該如何籌措呢？」

這是天大的難題，而張誠報以一個愛莫能助的神情：

「萬歲爺未做指示——閣老自行與戶部商議吧！」

話無須明說，皇帝要用錢，當然唯加稅而已——

中時行的眼前、心中登時全黑了下來；下朝回府的路上，身體坐在轎子裏，隨著轎子一起發出輕微的搖晃，心頭卻是重重的巨顫。

「一再加稅，必致民怨……甚或民亂……實是，千古罪人啊！」

但是，他根本不敢把這個想法說出口，回府後，他把自己關進書房裏——雖然心裏雪亮，自己即使在書房裏獨坐上一百年也解決不了眼前的難題，更洗刷不去千古的罵名；但是，實在沒有別的自處之道。

獨坐書房，至少可以逃躲片刻，或者，逃躲一夜，等明日到了內閣，再去面對這難題吧！

窗外白雪茫茫，天地一片混沌；突然間，他竟希望自己能蛻變成一隻獸，冬眠了，也就能不面對眼前的困境……

8

從萬里無雲的爽秋到大雪紛飛的隆冬，都是打獵的好季節，努爾哈赤幾乎每隔幾天就舉行一次大規模的圍獵活動；清晨出發，臂上架著鷹，攜著獵犬一起騎上馬背，策馬飛奔到達目的地的時候，已經全身筋骨舒暢，血行無阻，精神更加旺盛、飽滿，再接下來，大隊訓練有素的人馬展開衝刺，黃昏時滿載而歸……

秋季裏，最常進行的狩獵是「木蘭」——「木蘭」是「哨鹿」的意思，是女真人傳統的打獵方法之一，人人從小嫻熟這種打獵方法。

這個方法是根據鹿的習性而定，鹿本是羣居動物，但從入秋之後，公鹿和母鹿就會開始分羣，到了中秋前後，進入發情期，母鹿從分羣變為尋求公鹿交配，便發出「呦呦鹿鳴」以吸引公鹿；因此，獵人們利用這種自然現象設計陷阱——由獵人中的幾人頭戴假鹿頭，口中吹著木哨，發出類似求偶的鹿鳴聲，以吸引大批鹿羣前來，再伺機或射或捕的獵得鹿隻。

對於這種以「智謀」取勝的狩獵方法，既融合了體能與智慧，也結合了團隊的精密配合，同時能收戰技訓練的功效，努爾哈赤不但本人深愛此道，也大力提倡；何況鹿隻身上的鹿茸、鹿鞭等物都為漢人所喜，可以在市圈中賣得好價錢，對民生、經濟大有助益，具有多重功能，是「一舉數得」的活動；因此，他在這個沒有出兵計畫的秋季裏，大力從事狩獵活動，轉而從狩獵場上得到收穫，也使全部人馬的體能和戰技藉著狩獵活動進行演練。

當然，他除了肢體在狩獵活動中從事激烈的運動外，腦中也同時進行著頻繁的運轉；他仔細的思考、籌畫明年所應進行和所必須完成的事——他希望建州能再擴充一倍左右的規模，除了使用武力之外，更希望能採用和平的「以德服人，使人自動來歸」的方法……

而對於已經約定的、要在明年中迎娶的兩位新娘，他也做了一番詳細的思考、評估，希望能從中尋繹出一個和這兩位新娘的「娘家」結合為一體、團結合作的上上之策來。

兩位新娘分別來自葉赫和哈達，上幾代已互相有著複雜的恩怨、仇殺和婚姻關係，彼此既不共戴天，卻又血脈相連，現在再加上與他的婚姻關係，複雜度將乘上一倍；自己該如何在這樣多重的複雜關係中自處，如何與這兩部相處，如何去協調化解這兩部間延綿好幾代的恩怨情仇，確實需要特別費心思考。

「上上之策當然是從此結為一體，共同對付明朝——但，看來，似乎不可能！」

他左思右想，仔細考慮，這兩部把女兒嫁給他的出發點並不相同，而且，葉赫部許婚的楊吉砮已經亡故，繼位的納林布祿是個心高氣傲、志在稱霸女真各部的人，自己能發揮多少影響力讓兩部化干戈為玉帛呢？無論從哪一方面想，答案都不理想。

更何況，女真人怯於公鬥、勇於私鬥的習性已經蔓延了幾百年，一聽到「大明朝」這三個字，魂都不曉得飛到哪裏去了，卻只要眼前有一點蠅頭小利，立刻就拔刀拿槍的窩裏鬥，把身邊的自己人都殺個精光，以便自己獨享那些蠅頭小利。

他想得喟然嘆息，直覺的認定，想要葉赫和哈達兩部，藉著這次的通婚而團結起來，胳臂向裏彎，拳頭往外打，那簡直比要太陽從西邊出來還困難。

「除非，我比他們強，他們才會聽我的……才會聯合起來打外人！」

這就是結論，有了婚姻關係之外，還要加上軍事方面的征服、政治方面的統治，才能統一這兩個部落，否則，這兩大超級強部永遠不會停止互鬥。

因此，在兩位新娘都還沒有進門之前，他已經看清楚了她們背後的兩大部落間的關鍵問題，以及他自己所應努力的方向；反而是這兩位新娘的個人問題，他一點也不操心。

葉赫部的女兒早有賢名，聘為正室，不會有任何問題；哈達部的女兒則交給札青帶領——札青進門最早，年齡最長，做人穩重，處事穩當，目前已納的幾名侍妾都以她為首，她統領得很成功；他相信，再加上一個哈達部的女兒，她一樣能勝任愉快。

他已關照過札青：

「家裏又要添人了——哈達部的女兒，新來乍到，凡事生疏，勞你多照看！」

札青當然含笑接受任務，而且，她更善盡職責的在哈達新娘進門之前，先為努爾哈赤照看了另外兩個新人口的加入——他的第五個兒子莽古爾泰和第二個女兒嫩哲出生，生母分別是富察氏和伊爾根覺羅氏——札青一應處理、照料得周全、停當，令努爾哈赤絲毫不用分心在這上面。

因此，努爾哈赤對自己添兒添女的大事，完全不必操心而能享有全然的喜悅、快慰；他高興的帶著人馬，在隆冬中打來熊、貂等珍獸，作為兒女出生的慶賀……

過完年，春暖花開，他和哈達部約定的婚期近了，家裏的喜慶氣氛更濃，他也人逢喜事精神爽，在全家裏外張燈結綵的相映下，滿臉都是紅光。

而家人中最顯得興高采烈的是巴雅喇——哈達新娘與他是表姊弟的關係，因此，他搶先要求成為迎親隊伍的一員，陪著努爾哈赤去迎回新娘。

這一天，努爾哈赤穿上新郎倌的大紅禮服，一身喜氣的按照女真人的習俗，在半路上迎接由哥哥「送親」的新娘。

他一共帶了兩百人的隊伍出迎，一路上，人人都有說有笑，愉快的前進，只是沒想到隊伍走到洞城的郊外時，發生了一段小插曲。

那時他和所有的人都下馬休息，他正在飲水，一抬眼，看到有幾個人從他們休息的地方經過，帶頭的那人騎著駿馬，佩著弓矢，容貌和身材都很不錯，臉上流露著自負的神色；他看了看那人，心中升起一股異樣的感覺，便低聲詢問左右侍衛：

「這人是誰？」

「是董鄂部的鈕翁金——」他的侍衛豎起大拇指示意，回答他：

「是個神射手，董鄂部裏的第一把好手，箭術高明得無人出其右，所以，名號就叫作『善射鈕翁金』！」

聽到這樣的說明，努爾哈赤忽然童心大作似的起了和他比賽的念頭，於是，他命人去請鈕翁金過來，很客氣的向他請求較量箭術。

由於箭術早已在董鄂部中號稱第一，平常來找他較量的人多如過江之鯽，鈕翁金對這樣的挑戰並不陌生，再加上他對自己的箭術信心十足，因此欣然同意。

於是，兩人約定以百步外的一棵柳樹作為目標，由鈕翁金先射，以五箭為準。

由於柳樹葉瘦枝細軟，而且隨風搖曳，命中不易，況且在百步之外，更是難上加難；作為目標，確實最能試出射者的本領。

鈕翁金也確實是一流高手，他站好馬步，拉開弓，目光一凝，全神貫注在目標上，然後「颼」的一箭射出，果然不偏不倚的射中了細軟的柳枝──他第一箭就射出了超高的成績。

跟在他後面的人全都發出了大聲的喝采，連努爾哈赤都忍不住為他鼓起掌來，連聲的讚美他：

「好箭法！」

可是，第二箭卻落空了──柳枝細軟，迎風搖曳，風勢稍有變化就導致偏差，無法命中。

但，鈕翁金畢竟是神箭手，五箭下來，有三箭射中柳枝，上下交錯著排列。

看到這樣高超的箭術，努爾哈赤的從人們全都目瞪口呆，心裏讚嘆不已，而且有人開始為努爾哈赤的勝算暗暗擔起心來。

努爾哈赤本人的神色卻非常篤定，他面帶微笑，不慌不忙的從侍衛手裏接過弓箭，走到規定的定點上，做了一個深呼吸，然後站穩馬步，舉手拉弓。

在場的每一個人都屏住呼吸，集中精神和目光在努爾哈赤的箭頭上……

天地間的一切運轉彷彿都停止了，所有的注意力全都集中在這五支羽箭，「颼」「颼」「颼」「颼」「颼」羽箭連發，連續五聲破風，在剎那之間發出。

兩百多雙眼睛一下子被震住，攝去了眼神，黑白分明的眼珠無法在眼眶中轉動，過了好一會兒才恢復正常，接著立刻響起如雷般的歡呼聲：

「好……」

努爾哈赤的五箭全部命中目標，而且集中在五寸左右的長度上，排成整齊的、密得沒有什麼間隔的一列。

「真是神乎其技！」

眼睛看得如癡如醉的人們異口同聲的讚嘆，就連比賽的對象鈕翁金也在直著眼睛發了一陣呆之後，發出心悅誠服的敬佩；他走到努爾哈赤跟前，抱拳行了深深的一禮，衷心而真誠的對他說：

「您的箭術實在高明，我鈕翁金甘拜下風——等我回到董鄂部的時候，一定要親口向每一個人說，您是我遇到的人裏面，箭術最高明的一位！您才是真正的神射手！」

他說話的神態和語氣都非常真誠，令努爾哈赤產生了由衷的好感，於是拍著他的肩膀對他說：

「你的箭術也一樣高明得令我敬佩！真高興認識你這樣的朋友，有空請到建州左衞來，你將是最受歡迎的客人！」

對於這個邀請，鈕翁金並沒有一口答應，而用興奮的語氣對他說：

「我們董鄂部的部長就在這附近打獵，他才配做您的朋友啊！假如他見到您，一定會很高興的——您且稍候，我去找他來與您見面！」

由於離繼續上路還有一點時間，努爾哈赤也就無可無不可的答應了，於是鈕翁金立刻揚鞭策馬而去；誰知道他去了許久沒有回轉，努爾哈赤身邊的人便開始產生懷疑，先是竊竊私語，繼而議論紛紛，最後終於來向努爾哈赤進言：

「董鄂部以往和建州左衛相處得不太愉快，鈕翁金比箭又輸給了您，他會真的去找董鄂部長來見您嗎？即使真找了，董鄂部長肯來見您嗎？」

有的人甚至說：

「他該不會是拿話把我們留在這裏，去召集董鄂部所有外出打獵的人馬來包圍我們吧？」

但是，努爾哈赤卻從鈕翁金的眼神中看到了他誠摯的心，從而對他有著堅定不移的信心，因此果斷的說：

「不會的，我相信他——而且，他也是個了不起的人才，不會對自己的部長判斷錯誤，所以我相信董鄂部長確實會高興認識我！」

說著，他又補充：

「更何況，我久聞董鄂部兵強馬壯，早就希望與他們認識、結交，現在，有機會實現這個希望，為什麼沒有耐心多等一會呢？」

這麼一說，其他的人便不敢多話，大家一起耐心的等下去，又過了一會兒，前方終於有人影出現了。

舉目望去，遠遠的有三、四十騎人馬踏著不疾不徐的步子而來，越走越近，身形也就越大，看得越清楚；走在最前面的兩騎，其中之一就是鈕翁金，他像帶路似的，只比他身旁的一騎稍後半步——這一騎，當然就是威名赫赫的董鄂部部長何和禮。

他騎著一匹雪白、高大的駿馬，身穿淡青色綿甲，頭戴便帽；等到又走得近些，能看清容貌時，努爾哈赤登時不由自主的從心裏發出一聲讚嘆：

「好一個美男子！」

面如冠玉、玉樹臨風……似乎所有的言詞用在他身上都嫌不夠；努爾哈赤只覺得自己從來就沒有見過這麼俊美而又帶著英氣的男子，兩眼都被他那懾人的丰采所吸引住，因而目不轉睛的注視他，心裏當然滿是好感。

「小弟何和禮，久聞努爾哈赤貝勒賢能英勇，方才又展露了無與倫比的箭術，今日有緣拜見，真是榮幸之至！」

何和禮早在十幾步之遙的地方就下馬，徒步走過來，在離努爾哈赤三步的地方向他拱手行禮。

看他溫雅有禮，講話的態度斯文客氣，努爾哈赤心裏高興極了，連忙說道：

「努爾哈赤久聞董鄂部兵強馬壯，實力雄厚，何和禮部長年輕有為，武藝、能力都是上上之才，心中仰慕許久，一直很想前去拜會，只因俗務纏身，至今還沒有機會結交董鄂部的朋友，今日能在此地見到何和禮部長，莫非是上天的安排，助我完成心願？」

說著，兩人相互注視著大笑起來；接下來的談話更是投緣，祖上幾代的仇恨和敵對關係也就被拋到了九霄雲外。

等到努爾哈赤該出發迎親的時間近了，兩人還聊得難捨難分，於是，何和禮索性帶著所屬人馬，相陪努爾哈赤走一段路，兩人邊走邊談，既有相見恨晚之感，又憾時間過得太快，眼看哈達部的送親隊伍已經在望，才不得不依依不捨的話別；何和禮便半是玩笑，半屬真誠的對努爾哈赤說道：

「您的新娘到了，我得告辭了；只可惜我沒有妹妹可以嫁給您，不能『送親』到建州左衞去住幾天！」

努爾哈赤拍拍他的肩，也是半開玩笑，半屬真誠的哈哈笑著說：

「你沒有妹妹——但我卻有女兒可以嫁給你！」

何和禮只當他是在說笑，也就笑嘻嘻的與他長揖而別，哪裏知道，努爾哈赤卻真的在心裏盤算起這件事——他想起了東果，也想起了多年前她用那稚嫩的童音向他訴說心願：

「要像額娘一樣嫁個大英雄！」

想到這句童話，他不禁莞爾；他也記得，那時候，自己親口答應過東果，等她長大的時候，一定為她挑選一位「大英雄」嫁過去；而今，東果已經十歲了，該為她把「大英雄」物色好，先把親事訂下來。

眼前的何和禮不正是最適當的人選？

容貌俊美，人品出眾，武藝超羣，又是兵強馬壯的董鄂部的領導人，和自己又是如此投契……

他的心裏立刻做出決定，於是，一等迎到新娘，回到建州左衞，第一件做的事就是派人帶了豐厚的禮物和自己的一封長信，送到董鄂部去交給何和禮。

他在長信中詳細的分析、討論這幾百年來女真人的命運，以及因為自相殘殺而陷入分裂的困境，乃至於我輩今後所應努力的方向；因此，他很誠懇的邀請何和禮帶領董鄂部來加入建州左衛的陣營，一起為女真人的前途而努力。

何和禮看了信後十分動容，於是，很快就寫好回信，交付原人帶回，先給努爾哈赤一個答覆，說他會盡快的整編好董鄂部的軍民，率領他們來投效建州左衛。

努爾哈赤看後，當然高興得心花怒放；可是，在何和禮與所屬人馬來到之前，竟又得到兩個意外的驚喜。

這兩個驚喜來自蘇完部和雅爾古寨——兩部的部長不約而同的率部來歸！

蘇完部的部長姓瓜爾佳氏，名索爾果，一向仰慕努爾哈赤，現在看他發展得越來越有規模，便自動帶了自己所屬的五百戶來歸；他的兒子費英東才二十五歲，但聰明過人，武藝極好，善射，能拉十餘石的強弓；又熟識蒙古文字，好讀書，是個文武雙全的人，令人一看就覺得氣度不凡。

雅爾古寨的寨主姓佟佳氏，名扈喇虎，他因與部分族人不和，而帶著自己的人馬來歸；他的兒子扈爾漢才十三歲，但已隱隱顯露出英姿勃發之氣；努爾哈赤一看就非常喜歡，和扈喇虎商議了收作養子；費英東則任命他佐理政事——費英東文武雙全，是難得的人才；他原本正愁著建州左衛中缺少「文臣」的人選，費英東的來歸，使缺憾得到了彌補。

十天後，何和禮如約帶了人馬來歸。

努爾哈赤快慰之至，殺豬宰羊，大擺宴席，又取出陳年好酒，和大家痛飲了一番；可是，當他向何和禮提起東果的親事時，何和禮的反應卻大出他的意料之外。

何和禮先是滿臉脹得通紅，繼而搖著雙手，囁嚅著說：

「不……不，不，萬萬不可，您的大格格，我高攀……不上……」

可是，努爾哈赤心意已決，根本不容他再說下去，飛快的伸出手臂，拍著他的肩膀，爽朗的笑著說：

「什麼話！是小女高攀了！」

說完，他立刻大聲的當眾宣布，把東果許配給何和禮，並且昭示：

「從現在起，何和禮就是建州左衛的一員，和額亦都、安費揚古、費英東、扈爾漢一樣，是我最親、最倚重的家人，合起來是我的『五虎將』！」

話一說完，羣眾立刻湧起如雷的鼓掌、歡呼聲，氣氛好極了；額亦都生性豪爽，立刻就伸出雙臂把其他四個人圍在一起，大聲歡笑：

「好夥伴，好夥伴——降龍伏虎親兄弟啊，以後大家都是一家人了，可真熱鬧呵！」

扈爾漢年紀小，身量矮了一截，踮起腳來都還不夠和眾人齊高，但是臉上笑得像個紅蘋果；安費揚古一向沉默寡言，費英東是嚴肅的「國」字臉，一起開心大笑起來的時候，竟像變了一個人似的，連臉都顯圓了；唯獨何和禮的反應特殊，他臉上的紅潮始終未褪，笑起來也顯得有些兒不經心，神情中比別人多了一份若有若無的尷尬。

努爾哈赤只當他是因為當眾宣布親事而有些害羞，並沒有把他的尷尬神情放在心上，只是偷眼去看他，兩頰通紅的他越發顯得俊美，使他「老丈人看女婿，越看越滿意」；心裏一高興，嘴裏也就一杯接一杯的與人盡歡，竟在不知不覺中喝得酩酊大醉。

9

哈達新娘嫁到建州左衛還沒有滿月，離葉赫新娘進門的婚期也還有好幾個月，一向關係複雜的哈達、葉赫兩部之間又發生了新的變故。

這個變故的製造者又是李成梁——五月裏，他採取了突然出兵攻打葉赫的「奇襲」，殺得葉赫措手不及——但，這一仗並不順利；卜寨和納林布祿這對堂兄弟確實不是省油的燈，他遇到了頑強的抵抗，攻打了好幾天都沒能攻破那看起來原始而簡陋的木寨；最後，他命人運來大砲，發砲把木寨的外廓擊成粉碎，這才攻下葉赫，殺了五百多人，逼得卜寨和納林布祿請降。

努爾哈赤很快就得到了這個消息，這一次，他特地與新加入建州左衛的何和禮和索爾果、費英東父子，扈喇虎、扈爾漢父子，一起針對葉赫被伐的事交換意見；他很明確的指出其中的關鍵：

「女真人一定要團結起來，否則，永遠只有挨打的份——俗話說得好，一根筷子折得斷，一把筷子折不斷；大家想想，幾百年前，女真人建立金朝的時候，是什麼光景？強到蒙古來進貢，強到南下中原，拿下了宋朝的半壁江山；可是現在呢？大家拚命的自己打自己，所有的力氣都被自相殘殺給拚掉了，這才讓李成梁囂張到今天想打誰就打誰，明天想殺誰就殺誰……」

這些話，他從前和額亦都、安費揚古及弟弟們已經說過許多次，可是何和禮、費英東等人卻是第一次聽到，聽後人人動容，更從內心深處發出共鳴：

「女真人想要強大起來，不再任人宰割，只有團結、統一、建國——像以前的金朝一樣……」

不料，一語未畢，一陣快速而零亂的腳步聲傳進來，打斷了話頭，也讓大家不約而同的轉頭朝門口看，眼中盡是詫異之色。

快步跑進來的是雅爾哈赤，他還來不及開口說話就先被努爾哈赤教訓了一句：

「什麼事這麼慌慌張張的？」

雅爾哈赤登時紅了臉，低著頭說：

「是，我知錯了！」

他一認錯，努爾哈赤就不再追究，看著他問：

「外面發生了什麼事？」

雅爾哈赤囁嚅著說：

「不知從哪裏來了一員女將，帶著兩百個人，跑到我們城寨前大叫大嚷，潑得不得了；守城的弟兄們趕她不走，罵街也罵她不過，又不敢隨便和婦道人家動手打殺，所以，進來通報……額亦都哥哥已經帶著幾個人出城去看個究竟了，命我先來向您報告！」

努爾哈赤不免詫異：

「一員女將？沒聽說過哪裏出了女英雄——怎會憑空來了女將叫陣？」

說著，他拍拍雙手站起身子：

「我親自去看看！」

他邊說邊跨出步子，何和禮追上來說：

「讓我去處理吧……」

他的臉上紅一陣白一陣，眼光也是閃爍的；努爾哈赤只當他新來乍到，力求表現，於是對他說：

「你剛來，人生地不熟，過幾天再單獨行動吧，你想去，咱們一塊出去看看好了！」

雅爾哈赤搶著說：

「我來帶路！」

於是，三個人一起上馬，往發生事端的方向跑去，卻不料，才跑了一半的路，額亦都已迎面而來。

額亦都滿臉通紅，一見何和禮就放開嗓子大叫：

「喂！何和禮！你是怎麼回事？外頭那個女人指名要找你廝殺，說你這個殺千刀的喜新厭舊，負心負情，該剁成八大塊，挖出心肝來給大家瞧瞧——」

他的嗓門原本就大，情急之下大叫大嚷，聲音更響，弄得何和禮的神情更加尷尬，臉紅頭低，只差沒有跳進地洞裏去。

努爾哈赤的反應卻不同，他雖然心生詫異，腦中卻飛快的打轉，猜測著這樁變故的來由；可是，表面上不動聲色，而只淡然的問額亦都：

「在哪裏？我們去看看？」

誰知道，額亦都的反應更激烈，大叫一聲道：

「我不去——她說我不是正主兒，連瞧都不要瞧我；我只往前走一步，她就叫人拿箭射我，倒像怕我垂涎她的美貌似的！我可不去了，否則，給家裏的母老虎知道了，輪到我被剁成八塊！」

努爾哈赤莞爾一笑道：

「不會的——你家裏的母老虎發威的時候，我來替你說情便是！」

而就在他說話的當兒，何和禮原本通紅的、低垂的臉突然像下定決心似的抬了起來，一咬牙之後，他連目光都正對著努爾哈赤，一字一頓的說道：

「那名女子是我的妻子，她性情剛烈，心中有氣就會發作——這事就讓我自己處理吧！」

努爾哈赤用瞭解、支持的眼光看著他，笑著對他說：

「她是你的妻子，我早已猜到了——而且，她必是聽說了我將東果許配於你，疑心你移情別戀，由愛生妒，因此掄刀策馬來戰，要將你剁成八塊，挖出心肝來看——其實只是要看看裏面還有沒有她而已！」

說著，他拍了拍何和禮的肩膀，安慰他說：

「你放心吧！不會有事的！你和額亦都、雅爾哈赤在這裏等，我去去就來，保管把事情解說清楚，讓她高高興興的搬到建州左衞來住！」

何和禮囁嚅著說：

「她在氣頭上，萬一對您發作——」

努爾哈赤笑道：

「不會的，我畢竟是外人——你沒聽她說，額亦都不是正主，她連瞧都不想瞧？她要殺的人只有一個你啊，所以，你暫時別露面，否則，她一見了你，火氣冒上來，動手就殺，那就連解釋的機會都沒有了！」

何和禮拗他不過，只好隨他的意思做，自己和額亦都、雅爾哈赤在路邊等待，讓努爾哈赤手空拳的只帶兩名侍衛跟從，出城去為他解決家庭問題。

等著等著，他的心中不免焦慮忐忑，臉上藏不住，流露出幾分來；雅爾哈赤看著他，安慰他說：

「你放心好了，大哥最會講道理了，一定能把事情圓滿解決的！」

「是啊！」

額亦都故意說些打趣的話來排解他的愁煩：

「你看他置了那麼多姬妾，不是都協調得圓圓滿滿的？哄女人，他跟打仗一樣有辦法！」

何和禮還是高懸著一顆心，嘆著氣：

「但是……內人性情剛烈，武藝高強……」

看了他這副模樣，額亦都忍不住哈哈大笑起來：

「難怪你如此懼內，怪可憐的，堂堂董鄂部長，出得家門威風八面，進得家門總是三天兩頭被打得鼻青臉腫！」

何和禮被他逗笑了，一邊又忙著解釋：

「啊，不，內人其實十分講理……只要不惹她發怒，平常的日子，她也十分柔順……」

說著說著，臉色又紅了起來，映在俊美的面容上，如朝霞般炫目，令額亦都看得情不自禁的讚美：

「人長得好看……怪不得有女人拔刀弄槍的追上門來要搶你回去呢！」

何和禮的臉更紅了，尷尬的說聲：

「哥哥取笑了！」

額亦都才不饒他，又想出話來取笑他，弄得他啼笑皆非，卻也化解了他的焦慮。

不多時，遠處已經出現努爾哈赤返回的身影了；而更讓何和禮驚異的是，自己的妻子果然已被努爾哈赤說服，騎在馬上和努爾哈赤並轡而行；身後跟了大隊的董鄂部人馬，氣氛十分和諧，走得近時，更可以看見，馬上的她，臉上的神情也是祥和的，一腔怒氣早已化為烏有。

一場原本箭拔弩張的干戈順利的化為玉帛，看得額亦都發出心領神會的微笑，等到何和禮接過自己的妻子，兩人一起帶著董鄂部的人馬往裏走去，他估量著兩人已經聽不到講話的聲音了，便趕緊詢問努爾哈赤：

「您是用什麼方法收服那隻母老虎的？」

努爾哈赤淡淡一笑道：

「我同她講道理——大丈夫難免三妻四妾，她入門早，年紀長，應有容人之量；東果年幼，嫁過去也還是『待年』，須得她教導、護惜……」

額亦都眨著眼睛，彷彿不相信似的問：

「就這麼簡單的幾句話？」

努爾哈赤哈哈一笑，拍拍他的肩頭說：

「話只要能說中心坎，越簡單越好！」

額亦都愣了一下，隨後輕輕嘆口氣：

「您真有辦法，難怪能讓三妻四妾都一團和氣！」

努爾哈赤看了他一眼，立刻收斂起玩笑的神情，認真的開導他：

「關鍵不在三妻四妾，而是在治理——理家跟治國的基本道理是一樣的，要有一套方法——咱們以何和禮的妻子為例，是要同她講道理，聽得她打心眼裏點頭，就什麼問題也沒有了——咱們對百姓也應該這樣，一旦發生糾紛，就要耐心的同他們講道理來解決；但咱們自己得先要看清問題的重點，找到最管用的話來說——」

額亦都心悅誠服：

「我明白了——難怪漢人要說，先齊家，後治國平天下！」

10

家庭成員又要增加了——

從葉赫部出發的隊伍總共有三百多個人，喜氣洋洋的往費阿拉城進發；走在最前面的是兩名騎馬舉旗開道的隨從，緊隨在後的是吹打喜樂的鼓樂手，然後是騎在高大的馬背上的葉赫貝勒納林布祿。

納林布祿外表魁梧，肩臂寬闊有力，臉方頰豐，眉濃眼長，精氣十足，除了下巴略短、眉頭太近，而稍顯比例不均和帶著殺氣之外，頗像一個領袖羣倫的英雄；一路行來，他從高高的馬背上瀏覽四周的景物，遠山近水，田野村莊，盡入眼底，心裏也不時起伏著各方面的打算。

這一趟赴建州，固然是依「送親」的習俗，親送妹妹到建州完婚，而心裏還藏著另一個任務——趁便到建州走一趟，探探虛實，返回後好做吞併建州的準備。

眼前這片好山好水，誰不想擁有呢？尤其是他——

他是個得天獨厚的人，先是幸運的生在葉赫部，又逢哈達部自行由盛轉衰，葉赫像撿來似的成了第一強部；接著，父親突然被殺，由他繼任部長；一切都不費吹灰之力，像天上掉下來的——他憑空成為女真諸部中最有實力的人，人人都羨慕他命好運好，是個凡事都能不勞而獲的天之驕子。

但他卻沒有因此而自滿，更沒有降低了志氣——他不只一次的對身邊一些羨慕他的人說：

「眼前的這些算什麼？要做上女真的共主，才是個大丈夫！」

而這些話並不是說說而已——他是認真的，這幾年來，不但心裏已經規畫出了具體實行的辦法，也跟葉赫前寨貝勒——他的堂兄——卜寨、親弟弟金臺什等人商議過多次，而且已經一起展開了準備的工作。

事情並不困難，對手只有幾個，扈倫四部中的其他三部和新崛起的建州左衛而已；方法只有兩種，或結交使之歸附，或出兵消滅而已；需要思考的只是誰該結交，誰該消滅而已。因此，他一面加強操練兵馬，做消滅他部的準備，一面也趁走動之便，窺探他部歸附葉赫的意願……

隊伍緩緩前進，跟在他身後的是二十輛馬車，第一輛馬車上結著紅綵，後面的馬車裝著箱籠——車上是葉赫新娘和她的嫁妝。

新娘由兩名婢女陪侍，坐在馬車中；馬車的車外結著紅綵，車內的座上鋪著紅布，她身穿嫣紅織錦新嫁衣，頭戴紅底綴珠姑姑冠，垂目斂手而坐，秀美的容顏有如一朵出水紅蓮，亭亭玉立於繽紛的喜氣中；而她固然美如天仙，卻非天仙——她完全不知道自己的哥哥心裏在對這樁婚姻打些什麼算盤，更沒能預測出自己婚後的命運；置身在一片燦如雲霞的紅光中，她有的只是新嫁娘的嬌羞與喜悅，以及在喜氣洋洋中迷失了自己般的茫然。

而率眾在城外迎親的努爾哈赤，心情複雜得如千萬絲線交梭織錦，更非她所能得知。

他的心裏也在撥動算珠，仔細而審慎的評估這樁婚姻能為他帶來些什麼，他該如何運用這樁婚姻所建立的關係取得利益，如何藉此在情勢錯綜複雜的女真各部中提高聲望與實力；他陷入深沉的思考中，也不知不覺的抬頭仰望晴空。

萬里無雲的天色有如一整匹新織成的柔亮的藍絲緞，清澈如水，潔淨得沒有半點瑕垢，映襯得遠山的楓林更紅，近處的草色更黃，展現出深秋的成熟魅力；也使心智已經成熟的他，思路更清明，思慮更縝密，在反覆推敲時，思考得更周全，做出的判斷和選擇更正確……

只有在不經意間，他的心緒稍稍偏離預定的理性的軌道，而讓潛藏在深處的影子浮了上來……那是雪靈，他的心輕輕的抽了一下。

理性的思考全都停止了，取而代之的是刻骨銘心的懷念和傷痛——儘管雪靈已是個實質上並不存在的幻影，在他的內心深處還是一個活生生的人，擁有他全部的愛情，而且與他的生命融合為一，乃至成為他起兵復仇、奮鬥不懈的動力之一——仰望藍天，他似乎望見了天的盡頭永恆的存在著一個完美的身影，和潛藏在他心中的雪靈互相呼應著，他不覺熱淚盈眶。

但，一陣巨響硬生生的將他的心神拉回現實中——身後的軍士們已經開始燃放鞭炮，鼓樂手開始奏樂，喜慶之聲響徹雲霄，同時提醒他，葉赫新娘即將到達！

他只得立刻收斂心神，隱忍回憶，面對現實——生命重新回復到只有理性的一面——他提醒自己，現在即將進行的是一場政治婚姻的婚禮，自己必須扮演好新郎的角色！

於是，身著吉服的他，笑容滿面的迎接來自葉赫的隊伍，先是與納林布祿在馬上抱拳行禮，繼而前進到新娘的車前，牽起紅綵再轉身往回走，讓新娘的車隊跟著他走進費阿拉城，到達他居住的高樓，在大廳中舉行婚禮。

沿途有大批百姓圍觀，不少人朝他歡呼，他全都報以熱情的回應，爽朗的笑容，而心中剩餘的一絲恍惚也漸漸退去，使他更能集中精神完成自己的使命……

覆著紅蓋頭的新娘在兩名婢女的攙扶下款款走進大廳，與他交拜成禮，然後，新娘被送入樓上的洞房，他留在大廳中接受賓客們的道賀，隨後開始舉行喜宴。

跟隨納林布祿前來的從人們，因為人數多，被安排在廳外席地而坐；納林布祿與額亦都、舒爾哈赤等人在廳內就座；而且因為是送親的舅爺，是貴賓，被安排在上首與努爾哈赤並肩而坐。

兩人第一次見面，卻因為心中都早懷算盤，早有準備，而各自在心裏暗暗打量對方，冷靜的觀察、衡量，仔細的思考、判斷；但是臉上不約而同的露出洋溢著熱情的笑容，嘴裏大聲的說些客套話，甚至，交臂擁抱、談笑風生，活像戴了兩張假面具。

酒菜很快的端了上來，樂聲隨之響起，幾名年輕軍士組成的小隊上來表演歌舞助興，氣氛更加熱烈；努爾哈赤首先舉杯向全場，接受大家的道賀——全場一致大呼：

「恭賀貝勒爺大喜——」

然後，他一飲而盡；接下來是大家輪流敬酒……三巡之後，他開始主動向賓客敬酒——第一位當然是遠來的貴賓納林布祿。

「敬葉赫貝勒——葉赫貝勒遠來送親，是我部的第一貴賓，我向葉赫貝勒致敬、致謝！」

納林布祿已經喝了不少酒，兩頰開始發紅，卻非但沒有醉意，心裏還特別清楚，一雙眼睛顯得比平常加倍明亮；只是，在酒的催化下，意念轉動的速度加快了許多，心中盤算了許久的話也就脫口而出：

「你娶了我妹妹，以後，咱們就是一家人——你建州，就都聽我的了！」

努爾哈赤登時一愣，微側過頭，以錯愕的眼神注視納林布祿，嘴裏不說話，心裏怒潮澎湃，因而神情肅殺，目中如有火光；納林布祿卻因為沒有轉頭正視他而渾然不覺，乘著酒意，越發大聲說話，而且說得更露骨：

「將來，我做女真人的共主——做大汗，你是妹夫，要率先歸附葉赫！」

努爾哈赤倏的臉色一變，雙眉一收一放，隨即射出兩道如電的目光，掃向納林布祿；而因為納林布祿說話的聲音大，坐在下面的也有不少人聽見了他的話，個個戒心大起，深恐兩人在喜宴上發生起衝突來；額亦都更是靈敏，一面向其他的人做了個眼色，一面率先站起身來，拿著酒杯走到納林布祿面前去向他敬酒；安費揚古等人也緊隨著他走過去，一下子，幾個人一起包圍了納林布祿，做出興高采烈的樣子輪流向他敬酒。

努爾哈赤的目光緩緩的從納林布祿身上移開，然後，默默的起身，一聲不響的離開了大廳。

他信步而行，卻不知不覺的走向了往二樓的新房，直到已近門口，他才像突然醒悟似的頓了頓，停住腳步。

新房中紅燭高照，燭影搖紅，光影在新娘秀雅端麗的臉龐上暈出一團朦朧，也將她含羞帶怯的神情映得微帶恍惚；她低頭靜坐，雪白的雙手放在嫣紅色的嫁衣上，宛如新綻放的瓊花；兩名婢女上來扶她移坐到鏡檯前，動手為她卸去頭上的姑姑冠，她的長髮披垂了下來，如一道黑瀑，映著她微微上揚的眼眸，眸中隱約有蕩漾的漣漪；突然，她眨了一下眼，專注的往鏡中搜尋——她直覺的感到，鏡中有人，霎時間，她頓住了。

重新舉步往房裏走的努爾哈赤，心思和情緒都還陷在納林布祿所帶來的黑雲裏——這樁政治婚姻竟從婚禮當天就蒙上陰影——他默默的想著，納林布祿的企圖其實早在他的預料之中，只差在沒想到來得這麼快，快到婚禮當天，快到兩人第一次見面的時刻而已，而這其實是件好事。

「變故將來——我越早知道，越有時間做充分的準備——納林布祿吞併建州，做女真共主的野心非常明顯，但若非他今天親口說出，我便不能及早得知……」

他也明白，額亦都等人一起上來敬酒，打斷納林布祿的話頭的原因：目前，建州左衞的實力還遠遜於葉赫部，不宜發生衝突，更何況是在兩部聯姻的喜宴上；想著，他長長的吁出一口氣來，一面暗自告訴自己，要想戰勝葉赫，至少還需要兩年的時間增強實力，目前力不如人，一切都要忍耐；一定得在表面上與納林布祿和睦相處，乃至於眼前這個葉赫新娘、納林布祿的妹妹……

主意打定，腳步立刻一變為積極，而且沉穩有力的走進新房；而完全不知道他心事、不知道自己其實是個犧牲品的葉赫新娘，一聽腳步聲，不由自主的側轉上身，抬起頭來看他。

霎時間四目相對，一瞬之後，葉赫新娘又低下了頭去；努爾哈赤卻不自覺的愣了一下，險些發出驚呼——猛然間一見，他竟覺得，燭光下的葉赫新娘，一雙眼眸神似死去的雪靈——他心口怦怦狂跳，全身都無法動彈，瞠目結舌的僵在當場。

兩名婢女奉上茶來，他隨手接過，化解了身體的僵硬，然後，理智快速上升，克制住心中澎湃的熱潮；婢女退出後，他與新娘單獨相處，而處在這樣特別的情緒中，他沒有話好說，無法與她交談；新娘因為害羞，一樣沉默不語，布置得喜氣洋洋的新房裏唯有寂靜而已。

第二天清晨，天才剛亮，她便起床，對鏡理雲妝，透窗而入的晨光映著她潔白如雪的臉頰，暈出一道瑩亮的粉紅色柔光來；努爾哈赤背剪著雙手，站在她身後，氣氛很柔和，但他一樣無話可說。

心裏依舊是萬千思潮起伏，而且比原先又多上一條面對新婚的新娘的複雜感受……但他在表面上維持住了，神情顯得很平和，沒有洩漏半絲；也準備一等她梳好妝就離房下樓去——他開始打算起來，一會兒，想個理由，同她說一聲就走；而理由要想周全，話也總要說上幾句。

一名婢女上樓進房來稟事，有如幫了他的忙。

「貝勒爺，二爺、三爺在樓下，說，舅老爺要回去了，請貝勒爺下樓相送！」

這個話，葉赫新娘也聽見了，於是，她停下正在梳髮的動作，轉頭望著努爾哈赤；努爾哈赤很自然的回應婢女的話，心裏同時想到，找到話說了，於是，先對婢女說：

「唔——我立刻下樓！」

接著，他轉身向他的新娘，面帶笑容、親切的說：

「我去送葉赫貝勒——你且繼續梳妝！」

說完，他舉步出房；葉赫新娘起身相送，梳了一半的髮很自然的披垂到腰下，髮梳仍拿在手上，像是她心裏有事，恍惚著，以致沒想到該先擱在桌上似的；而直到將出門口，她才一斂心神，以從容而鎮定的態度和語氣對努爾哈赤說：

「我的哥哥脾氣急躁，有時，說話會得罪人——請貝勒爺多包涵，多擔待！」

她的聲音非常柔美，非常悅耳，努爾哈赤第一次聽到，只是，根本來不及領略——他先被話中的內容刺了一下，隨之而來的是驚異，既料想不到她竟會這麼說，也聯想到，她的心思並不簡單；但，事情已近在眼前，已無暇細究，只能先應付完眼前，於是，他含糊的說：

「嗯，好的，我不跟他計較——你放心！」

說完，他就出門去了；下樓的時候，覺得耳裏嗡嗡作響，像是她的話塞在裏面不停打轉似的；他甩甩頭，還是沒散去，他索性強行忍耐住，神色自若的走到大廳。

穆爾哈赤和舒爾哈赤已經陪著納林布祿坐了一會兒，看來似乎相談甚歡；納林布祿昨夜喝多了酒，沒怎麼注意努爾哈赤中途離席，而且醉後醺然入睡，睡得特別熟，一覺醒來便精神飽滿，紅光滿面；穆爾哈赤和舒爾哈赤卻是蓄意奉陪——兄弟兩人早與額亦都等人商議好了，大家輪流絆住納林布祿，以避免發生衝突——既是存了心，也就特別能把場面應付好。

納林布祿似是有意配合他們的陪伴，興高采烈的與他們閒話家常，殷勤的邀請他們到葉赫部小住幾天，唯有一雙眼珠子骨碌碌的亂轉，微微洩漏了幾許心事：畢竟自己只帶了三百從人前來，勢單力孤，不宜發生衝突，而應該先應付好眼前的場面，全身而退！

努爾哈赤進來了，他立刻含笑起身相迎，大聲的向他道喜，也向他告辭，同時絕口不提昨夜的尷尬話題——他畢竟是一方之雄，不是全然魯莽的武夫！

因此，這場兩人的第二度會面，氣氛便一變為愉快與親和，雙方只就親戚關係話情誼；隨後，納林布祿告辭離去，努爾哈赤也親送他出費阿拉城門，看來禮數周到而且依依不捨……一切都圓滿極了。

但是，送完行，一掉轉馬頭，努爾哈赤臉上的笑容立刻消失，取而代之的是深沉與凝重。他又陷入了思考中，仔細的研判納林布祿返回葉赫後可能有的作為和行動，以及兩部未來的關係和整體的遼東情勢。

建州左衛的實力還很薄弱，遇上強敵，處境將非常困難；遼東的情勢不但非常複雜，還隨時都在變動，必須審慎的做出最正確的判斷，才能帶領子民走向康莊大道……他想得喟然嘆息，竟連座騎的四蹄已經踏在家門前了也沒有察覺。

侍衛們下馬，過來為他牽馬，他才回過神來；但是，下了馬，他的腳步不自覺的又是一頓。

他想到了進門以後，需要面對葉赫新娘——

「她是無辜的……怎奈她是納林布祿的妹妹……」

他自知，面對她的時候又將無話可說，念頭再一轉，他起了逃避之意。

於是，他索性逕自走入側廳，取出自己已經擬訂的攻打王甲城和兆佳城的計畫；然後，命人請來額亦都、費英東等人商議這件事。

幾天後，他就親自領兵攻打王甲城。

王甲城距離費阿拉城並不近，因此得日夜行軍趕路；而就在出發的第一天夜裏，大隊人馬前進後在東星阿紮營休息，忽有一顆斗大的流星挾著萬丈光芒，從天上隕落，一陣奇光閃過，驚動全隊人馬，馬嘶不已，人則或瞠目結舌，或議論紛紛。

努爾哈赤卻認為這是克敵制勝的先兆，立刻大聲的對將士們宣布：

「我們發兵才到半路，上天已經降下了必勝的先兆來指示我們——這一仗，我們一定要全力以赴，來個全勝而歸，回應上天給我們的好兆頭！」

這麼一說，全軍立刻鼓掌喝采，大聲歡呼，到達王甲城時，當然士氣高昂，人人爭先恐後，一舉攻破王甲城，殺了城主戴度墨爾根，俘虜了大批人畜財物，凱旋班師。

三個月後，他再度出兵攻打兆佳城。

那是因為兆佳城自城主李岱被他俘虜之後，相安無事了一段日子；但自從寧古親繼任為城主之後，又開始不安分的多事起來；他考慮了幾天之後，決定採取一勞永逸的做法，親自率兵征討。

時間已在開春之後，他帶了五百訓練有素的精兵親征。

到了兆佳城，他先把人馬埋伏在城下，按兵不動，僵持了一段時間後，兆佳城的守軍按捺不住了，派了一百人衝殺出來；努爾哈赤卻不下令反擊，而等到這一百人全體衝到城外的時候，才下令放箭，將他們消滅，少數衝到他跟前的人也全為他所手刃。

這樣，城攻了四天，眼看著即將攻下，不料又生變故：士兵中竟然有些人為了爭奪俘獲物而發生爭吵，繼而聚譁……

出兵在外，發生這樣的事是相當不利的；於是，他當機立斷的做了處理，把自己的所得全部分發給士兵，以平息譁爭。

可是，新的變故又來了；譁爭方息，兆佳城中的殘餘士兵竟突然衝出來，跟隨他從征的索長阿的孫子旺善在應戰中被敵人翻撲墜馬，滾落在地，敵人舉槍就要刺入他的後心；努爾哈赤見狀，立刻奮不顧身的衝上前去，發箭射中了那名敵軍的額頭，那名敵軍應聲而倒，這才救出了旺善。

這麼一來，他立刻下令加緊攻城，以防再有變故發生；而兆佳城殘餘的部隊已所剩無幾，一陣全力搶攻，很快就攻下，殺了城主寧古親，順利的完成了這趟任務。

直到返回費阿拉的路上，他才得了空——身體騎在馬上，心裏開始反省起這一役所發生的變故，詳究原因，更仔細思考防範之策……

11

申時行賣了老命似的竭盡一切努力，終於完成了朱翊鈞丟給他的任務。

九月裏秋高氣爽，最適宜出行；於是，大明天子如天壽山閱壽宮。

這次出巡，整支隊伍的陣容非常壯盛；他除了攜帶心愛的鄭玉瑩和壽寧公主、常洵母子外，還有張誠、張鯨等得他歡心的大太監，陵寢的監造人申時行、徐文璧，以及服侍的太監、宮女、樂伎、舞姬、侍衛、馬伕、廚師和最不可或缺的碧桃……整支隊伍的成員超過五千人。

隊伍浩浩蕩蕩、吹吹打打的上路，所使用的車輛、輿蓋、旗幟，乃至於每一樣器具都是簇新的，並且極盡豪華精緻之能事，因而吸引了大批百姓圍觀，尤其是在出京城的這一天，百姓們扶老攜幼的排列在道路兩旁，爭相一睹帝王家的排場。

朱翊鈞坐在雕龍飾金，由二十四匹雪白的駿馬拉著的八寶香車裏，透過車窗，他可以很清楚的看見道路兩旁擠得水泄不通的民眾，在車駕還有十步之遙時就紛紛跪倒在地，磕著頭高聲稱頌：

「萬歲！萬萬歲！」

人多，聲浪大，而且此起彼落，久久不絕，十分壯觀。

對於這項「百姓的排場」，朱翊鈞享受得又感動，又高興，於是，立刻吩咐：

「看賞！」

得了這個命令，跟在車前的太監立刻扯開喉嚨，高聲的呼喝：

「看賞！」

他平常負責喊話，練就了大嗓門，一聲喊出，能令方圓一里內的人都聽得一清二楚，因此，跪在道旁的百姓們立刻高聲回應：

「謝萬歲爺賞！」

這下，朱翊鈞更加開心，高興得滿臉是笑，洋洋得意的端坐車內接受萬民跪拜之後揚長而去，卻根本不曾察覺，這一幕不過是官員們刻意的安排，真正存在於百姓心中的根本不是稱頌而是怨恨——他這次出巡的花費，估計至少要一百萬兩銀子；這筆費用的來源，早已在申時行的操作下，強制加在百姓的賦稅上面！

他從小生長深宮，不知道民間疾苦，既不知生產的艱辛，更不知積聚錢財的不易，更遑論於愛惜民脂民膏；從張居正死後不過七年的時間，由於賦稅不斷的任意增加，「一條鞭法」已形同罷廢，民間的經濟力已大受破壞，富庶的地方開始由富裕轉為小康，貧瘠的地方由小康轉為窮困……這些，他連想都不曾想過。

他想要擁有的只是享樂時的快感——基於這個目標，他率領的隊伍浩浩蕩蕩的出了京，然後，每到一個地方就停留下來，美其名為考察民情，實則在當地大吃大喝大玩一頓，住上一夜，第二天再繼續上路……一路吃喝玩樂，走了一個月才到昌平縣，旅途中，他玩得非常快樂。

而等他到達目的地，親睹了他自己的「壽宮」時，這份快樂又升高了十倍、百倍……

他的「壽宮」佔地面積非常大，位在地上的「明樓」和位在地下的「地宮」同樣都建得合乎他的心意——「明樓」蓋得既雄偉且精緻，「地宮」則規模浩大，富麗豪華——雖然目前的進度只完成了建築的部分，還沒有做細部的修飾，但是，他相信，只要按照預訂的計畫進行下去，全部完工的時候必然美輪美奐得為歷代帝王陵寢之最！

這麼一想，心中更加快慰；於是，他大步跨到預定放置棺木的位置上，雙手扠著腰，仰天大笑。

「太好了！真是太好了！」

一股志得意滿的快感漫布了全身，他左顧右盼，整個生命發出奇異的光芒，似乎是在向自堯舜禹湯以來的每一個皇帝挑戰：

「看吧！我的墳墓蓋得最偉大！你們那些政績算什麼？什麼漢文景、唐貞觀，哪有明萬曆的墳墓大？」

想著，他越發得意：

「看看千百年後，是留得下你們那些政績呢？還是留得下我這萬年不壞的大墳墓？」

於是，就像打了一場勝仗似的，他非常驕傲的抬頭挺胸，以一種極自負、極自信的姿態再次仰天大笑：

「哈哈哈哈……朕才是千古第一人啊！」

這句突然冒出來的話，除了他自己以外，根本沒有人知道意思；可是，跟在他身邊的人，個個都「善體帝心」，一聽他這聲大笑大叫，立刻湊趣的全體拜伏在地，齊聲頌讚：

「萬歲爺聖明！當然是千古第一人——」

身邊的人這麼識趣，他的心中當然更高興，於是，又連聲吩咐：

「看賞！」

結果當然又是皆大歡喜，也讓每一個人都學會了適時向他稱頌以領賞的本事；因此，原先預備發賞的二十萬兩銀子還不到踏上回程就已經用完，只得追加預算，再籌用二十萬兩。

而這「二十萬兩」的追加，和建築本身所追加的預算比較起來，還是小巫見大巫——陵寢本身的建築已經從原先預訂的五百萬兩追加到了七百萬兩，費用已用盡，而陵寢還未完工，將來還要追加預算——但是，朱翊鈞根本不管這些；他在巡閱得「龍心大悅」之際，先賞賜了禮品、銀兩給申時行，繼而便再三催促他：

「進度還要再加快些！朕希望早日完工，好了此心願！」

申時行的反應當然又是唯唯諾諾：

「老臣遵旨！老臣盡力而為！」

表面上，他畢恭畢敬、唯唯諾諾的應承，心裏卻冷得有如積了千層厚冰雪，而且封死了，怎麼也化不了凍，因此，連顫抖都發不出……退出後，他回到歇腳的行館，心情沉重得只想獨自面壁而坐，讓白得茫然的粉牆呼應他心中的空茫和失落；不料，他竟連這麼個渺小的希求都得不到——才坐下沒片刻，隨侍的家丁就來報：張誠求見。

張誠是普天下第二個不能得罪的人——第一個是朱翊鈞——他當然立刻命請，自己也打起精神來準備與他會面、談話，心中一面暗忖：

「大約又是奉命來催築陵進度的……」

事情不難應付，更何況張誠還算得上是半個自己人。不料，事情出乎意料之外——張誠進門來的時候，臉色沉重得如烏雲密布，落座後以低啞的聲音、惶恐的語氣說話：

「閣老，不好了——」

申時行先是見他進門的神情為以往從未有過的，心裏已暗犯嘀咕，再一聽這句話，心跳登時加快，雙眉皺起，雙目直視：

「司禮言重——敢是萬歲爺又下了新的難題？」

張誠長聲嘆息，緩緩的搖了一下頭：

「要是萬歲爺，倒好辦，有天大的難題也能勉強應付過去；偏偏，這回是皇太后——唉！事情不但難辦，而且還找不到辦的方法——請閣老拿個主意吧！」

申時行撚鬚沉吟：

「究竟出了什麼事？」

張誠小心謹慎的說明原委：

「皇太后本來心裏就有疙瘩，覺得萬歲爺這趟出巡，沒讓皇后、恭妃和皇長子隨行，反而帶了鄭貴妃母子，是件不得體的事情；偏偏這個時候，朝裏有人趁著萬歲爺出宮的當兒，交結上了皇太后身邊的人，在皇太后面前說上了話——話兒倒沒敢說萬歲爺的不是，只拿著皇長子做話題，說，皇長子已屆七歲，應啟蒙讀書了——皇太后一向偏著皇長子，這話她自己早就說給萬歲爺過；現在再一聽，立刻上心；又想著，萬歲爺離宮出京已經一個多月，怕耽誤國事，所以，頒下懿旨，召萬歲爺回宮——懿旨即將出宮，最遲，明天一早能到……」

他的訊息來自宮中心腹的快馬傳送，絕對準確，而且比正式文書快上半天，讓他有時間做準備，想辦法——最具體的做法就是來找申時行想辦法。

申時行聽後的反應先是啞口無言，多皺的臉上黯黑陰沉，花白稀疏的鬍鬚無風自動，心緒飛快翻轉；新出現的這個難題其實是老調，只多了牽扯上李太后這一點而已——大臣中早就有人在議論這件事，規畫進行的辦法，更有人已經上過奏疏——這根本是件老掉牙的事，而朱翊鈞一向以不回應來對付這些意見，誰都沒有辦法。

張誠所面臨的困難是即將承受來自李太后的壓力，而自己呢？直接要面對的是朝野各界的壓力，但也好在已習以為常，而且早有做「千古罪人」的心理準備——他像豁出去了似的勇敢了起來，乾咳了一聲，清了清喉嚨，慢條斯理的說：

「司禮且放寬心，常言道，車到山前必有路，船到橋頭自然直——你我俱為人臣，而非人君，只管按照君上的意思辦事便是——皇太后的懿旨一到，大家便原封不動的上呈萬歲，請萬歲定奪；萬歲爺若下令啟駕回宮，大家立刻準備上路便是！」

張誠苦笑一聲道：

「這個一點也不難，難的是回宮以後——閣老，您是大臣，無須進謁皇太后，咱家可是內侍，隨時能被皇太后拿下腦袋——這回鬧的這件皇長子出閣讀書的事，明裏是說，皇長子長大了，該讀書了，骨子裏還是在催萬歲爺冊立——」

這些，他不說，申時行也明白；只是，話挑開來了，便須面對，於是，申時行以遲緩的語氣提出應對之策來，但卻不像是真要解決問題，而是敷衍、應付：

「冊立一事，還是由萬歲爺拿主意，我等奉旨辦事便是！」

把責任推過去給皇帝，這是上上之策，即便有人攻擊他，最多落個「未善盡勸諫」的罵名，而不致違逆帝心；同時，因為有皇帝撐腰，朝野各界的壓力還是可以承受下來的——他的態度很明確，張誠也懂了，但是覺得這個意見對自己來說，有點搔不到癢處；於是，他索性坦誠的向申時行吐露一些宮闈秘事，既是訴苦，也讓申時行多明白點事情的礙難之處：

「萬歲爺生性至孝，心裏頭總把皇太后擺在第一位，再有就是鄭娘娘和壽寧公主；偏偏，皇太后的心裏擺第一位的是皇長子……這可就為難了，這些年，萬歲爺一想到立儲的事就心煩……且不提今天要下的皇太后懿旨吧，皇太后還不知道呢，就這趟出巡的時候，萬歲爺親閱壽宮，鄭娘娘陪侍在側，當天夜裏，鄭娘娘就逼著萬歲爺賭咒，說，將來一定讓她合葬；萬歲爺還親筆給鄭娘娘寫了一道誓書，說將來一定以她為后，以皇三子為儲——咱家親眼目睹，鄭娘娘得了這道誓書，高高興興的收進了錦盒裏，說，回宮以後要擺到大高元殿去，請神明為鑑！」

他壓低了聲音說話，但每個字都說得很清楚，申時行只聽到一半就臉色大變，由黑沉轉為慘白，繼而如槁木死灰，整個人也如氣息全無；過了許久才緩緩吐出一口氣，喃喃低語：

「竟然……驚動神明……」

張誠看看他的樣子，心裏又涼了半截——想他幫著解決困難的指望又落空了，但是，正絕望得想起身告辭的當兒，申時行卻開口講話了。

申時行本無棄他不顧之意，而且深知「六親同運、互為唇齒」的道理，何況自己也常有求於張誠——他只是實在想不出什麼辦法來解決眼前的難題，但他很中肯、很實際、很懇切的說出了衷心的話來建議張誠：

「司禮，咱們就明哲保身吧——風暴將來，不但絕不可強出頭，還要盡早躲藏——司禮既已洞燭機先，曉得皇太后、萬歲爺、鄭娘娘三方的纏繞牽連是已成繭的絲，剪不斷、理不清，便要立刻忘卻——宮闈秘事，宜盡少知道，這樣，即便皇太后問起，也好推說天威難測，聖意難料……」

張誠得到啟發了：

「是，是，是……咱家如果什麼事都不知道，最多給皇太后罵聲笨，不至於腦袋搬家！」

他也豁然開朗——申時行畢竟是有一套的，這是他的「做官學」，高明而且運用得巧妙，難怪是個不倒翁，自己應該多跟他學學這些龜縮、裝不知道的本事——他心中暗忖：

「萬歲爺心裏想立誰當皇太子，咱家應該推說不知道的；萬歲爺夾在皇太后和鄭貴妃之間左右為難，咱家便兩面討好，誰都不得罪就是……什麼事都裝不知道，只拿甜言蜜語哄住她們……或者，乾脆向萬歲爺自請到天壽山來監工，躲得遠遠的……」

風暴將來，而這宮朝兩方的主腦人物，既想不出辦法來解決問題，便早早想好了自保的辦法，為自己做了周到的設想；而這麼一來，大明朝的問題，就更沒有人肩負，更沒有人解決……

第八章

皎如飛鏡臨丹闕

1

謫官桂陽州判官，顧憲成以柳宗元、蘇軾、莊杲三位先賢都曾謫居桂陽❶，而自己的道德、學問遠不如先賢、有待向先賢學習的地方還很多，卻一樣被貶謫到桂陽來，實在汗顏，因此自題居處為「愧軒」，以時時提醒自己向先賢看齊，努力進德修業，勿以際遇不如意而改變志向與理想。

閒居無事，他得以從容讀書、思考，並且深入民間，多方瞭解民生疾苦、社會問題和時代風氣；一方面，他勤於與朝野各界的朋友書信往來，討論學問和時政，也交換資訊和意見；因此，他雖遠離京師，卻依然熟知宮朝中所發生的大小諸事。

而結論是憂慮——

他深刻的觀察現況、思考未來，並且回顧過往的十多年間的積累、發展和演變，詳究造成現今天下弊病的各種原因；溯其本源，他推論及張居正當國十年所締創的佳績——他雖不肯苟同張居正的行事風格，但卻衷心的承認，張居正確是個能人，掌權期間，全國的吏治、經濟、財稅都被整頓得上了軌道，邊境也因為重用王崇古、戚繼光等人而平靜無事；大明朝過了十年國泰民安的歲月，民間從小康達到富庶的程度，但，負面的後遺症也隨之而來。

因為經濟富裕、社會安定、邊關無事，人心便開始淪落——先是失去憂患意識，繼而好逸惡勞，繼而企望不勞而獲；人心一步步的沉淪，原本「勤儉致富」的觀念被打破，心性由勤勉變為奢侈，再變為飽暖思淫慾；人們普遍追求物質上的享受，追求聲色之娛，流風所及，娼妓業便蓬勃發展，「笑貧不笑娼」的觀念逐漸形成，道德和操守逐漸消失……社會風氣一步步的走向淫逸、墮落。

張居正逝後，政治開始由清轉濁，經濟開始衰退，朝廷幾次加徵賦稅，民間的負擔加重，消費能力相對降低，物質享受也不得不減少；但，已經墮落的人心無法恢復以往，已經敗壞的道德更難重整，以往還可以由富庶的假象掩蓋，現在，富庶的外衣褪去，千瘡百孔一起湧現。

比貧窮更嚴重的問題是貧富不均——由於吏治敗壞，富家容易和官府勾結，或聯合謀利，或逃稅；而貧者非但無法逃稅，還要被富家勾結官府，雙重欺壓；如此循環下來，貧者越貧，富者越富；貧者心中若無道德力量支撐，往往為盜為娼；富者心中既無禮義廉恥，當然更橫行不法斂財，且徵逐歌舞酒肉以填充空虛的心靈和無止境的慾望。

種種惡因已經埋下、發芽，不久就會急速生長，結出惡果；而高高在上的朝廷根本不顧這些——皇帝不上朝，大臣們忙於爭權奪利，哪裏還會分出心神來關注民間的現象呢？甚至，朝廷中的現象遠比民間堪憂！

他常收到來自京師的書信，向他陳述朝廷的狀況，幾乎每一個來信的朋友都是憂心忡忡的，對於大明朝廷的弊病感到痛心疾首；他則陳述民間的狀況，心情也是一樣的。

不久前，他的弟弟允成出了事——顧允成在萬曆十一年就中了會試，但延至十四年才赴殿試，而因為在對策中論立東宮、進封王恭妃的事，讓主考官給運作得落了第；前些時候，南畿督學御史房寰上疏詆毀海瑞，顧允成不以為然，聯合了彭遵古、諸壽賢抗疏彈劾，論房寰妒賢醜正；但是，朝廷偏袒房寰，竟奪三人冠帶，還家省愆——為了這事，他寫了好幾封長信安慰允成，並勉勵他不但不要因這個打擊而影響心情，還要更奮發有為。

他深知，允成生性耿介，厲名節，遭逢這樣不公的事，心中必然悲憤不已；但，或也因為這個打擊，激發出他的潛力，使他加倍奮發，未來將更有成就——他自己是個生性積極奮發的人，事情越困難，心性就越堅定，挫折越大，意志就越強；因而，他勉勵弟弟的話，同時也是自勉。

而經此刺激，心中的力量在多次迴盪後，積聚得更強大，救世的理念思考得更成熟、更具體；於是，他在寄往各地的信中不但詳細陳述了他對時代、社會風習的觀察，表達憂慮和慨嘆，也提出了他對挽救時代命運的看法——

當務之急在於重振人心，重建道德……我輩讀書人，責無旁貸！

與他志同道合的親友們主要聚居兩地，一是京師，多是在朝為官的同儕；一是家鄉無錫，除了弟弟允成外，多為同門及學生——兩者都是讀書人，加起來人數頗多——他認真的想著，約齊了所有的人，將可凝聚成一股可觀的力量，大家一起來努力，或可挽救世道人心，挽救大明朝的命運……

註一：莊杲字孔暘，號定山，是成化年間的學者；詳見《明儒學案》卷四十五〈諸儒學案〉及《明史》卷一百七十九本傳。

2

時節還未到立冬，大雪竟突然而來；雪勢大得驚人，連下一夜，地上積雪盈尺，且因樹葉尚未落盡，葉上承雪過重，便折斷了許多，甚至倒在民房上，壓壞了許多房屋……第一場初雪，在往年都是若有若無、飄飛如夢，為人間帶來美景，在今年卻成天然災害。

樹倒屋塌，道路阻斷，各方面的損失都不小；而甫接李太后懿旨啟駕回宮的朱翊鈞正在半路上，路一斷，行程很自然的耽擱了。

大隊人馬被困在行館中，等待重新上路；申時行急匆匆的趕到他座前，向他稟奏詳情，一面著力強調：

「已派出大批官兵搶救災民，搶修道路——至遲兩天後，返京之路及京城內道路都能通行無阻！」

這一回，他倒是立刻做出完善處理的指示：

「先救濟災民——有房屋被毀的，須立刻安頓，災民如有死傷，亦須立刻救護、安葬！」

他極難得的展現了一回「愛民如子」，而申時行還誠惶誠恐的啟奏：

「修路須費時兩天——請萬歲爺恕罪，坐此枯等！」

他立刻揮揮手，做出毫不以為意的樣子，讓申時行感動得幾乎涕泗橫流的退出；但是，申時行的雙腳還沒有跨出門，他的心念就被觸動了一下，忽然間，靈感來了。

這場突如其來的大雪固然是天災，但卻幫了他一個大忙——

他正害怕面對李太后，正在搜盡枯腸的想辦法逃避面對常洛出閣讀書的事，而現在，辦法憑天而降了。

就是這場天災——這是個大好藉口，他可以用「先救災」的說法敷衍李太后；而且，大臣們因為注意力被轉移到救災上，短期內不會再有人上疏討論這件事……

他高興了起來，一等申時行雙腳出門就仰天大笑，可是，笑夠了，吩咐太監去宣鄭玉瑩來伴駕的時候，卻突然「哈啾」一聲，打了個噴嚏；侍立的張誠登時精神緊張，小心翼翼的請示：

「萬歲爺可是受了風寒？奴婢立刻召喚太醫——」

突降大雪，天氣突然變冷，確實容易傷風感冒；但朱翊鈞除了打上一個噴嚏以外，並無其他症狀，也毫無不適之感，他覺得無須小題大做，召來太醫；但是，話到舌邊，他突然想到，這也是一個好藉口啊！

「朕只說在路上受了風寒……母后召見，可以拿這個理由不去，也可以只說三句話就說頭痛欲裂，告退……啊！這些，真是天助朕哪！」

他得意了，覺得所有的問題都迎刃而解了。

於是，他「抱病回宮」。

理由充分，回宮後，他也就無須立刻去見李太后，也無須應付大臣；大臣們上的請安疏，他命張誠全權處理，李太后跟前，他命張誠每天去一趟，說些中聽的話，重點還是一等他病癒，立刻親去恭聆訓誨。

然而，等到張誠從慈寧宮回來後，他才體會到，上天給他幫的忙還不只這些——真正給他幫上大忙的是，常洛因這場突然降臨的大雪而病倒了。

常洛的病是真病——真是因天氣突然變冷而受了風寒。

原來因為王恭妃不得寵，景陽宮的一切供應都很差，不但沒有像樣的陳設，家具、器物只用些普通的東西，執役的太監宮女都派了些老弱顢頇，連王恭妃和常洛的衣食也漫不經心的供應不周全；入冬了，沒有及時送來取暖的火盆更是常事，而天氣驟寒，年幼的常洛難以承受，立時便病倒。

王恭妃在夜裏就覺得常洛病了，奈何身邊無人可以使喚，動彈不得；挨到天亮，有兩名年老的太監進來伺候，而常洛已經發起高燒；她立刻命太監到太醫院去宣太醫診治，太監去了很久才回來，而且沒有完成任務——一部分的太醫扈從御駕出宮了，院裏只剩三三兩兩的幾個人，也根本不把景陽宮的太監放在眼裏，竟無人肯前來為常洛診治。

這下，王恭妃急了，哭得兩眼幾乎滴血，迫不得已下，她鼓起勇氣來向王皇后求救——生性老實、膽怯的她，雖曾是李太后的宮女，淵源深厚，但是多年來景陽宮中供應不足的事，她從不敢向李太后說出半句；王皇后跟前，她本也不敢訴說，但是疼愛常洛的王皇后早在前幾年就發現了常洛缺衣乏食的事，她一樣不敢向李太后提起，但以自己的私房伸出援手——偌大的大明皇宮，她是唯一能維護常洛的人！

王皇后在不得帝心、飽受冷落的遭遇上固然與她同病相憐，但身分畢竟是母儀天下的皇后，宮裏的太監、太醫院裏的醫官們都不敢對她相應不理；而對常洛，她既帶有一份自己無子的補償心理，也清楚，那是她唯一能戰勝鄭玉瑩的武器和未來的依靠——唯有常洛被立為皇太子，她的皇后寶座才不會被鄭玉瑩搶走！

因此，常洛的事，她特別盡心——這一回，她一聽完王恭妃的哭訴，反應竟比王恭妃還積極——她立刻命坤寧宮的總管太監親自到太醫院去叫人，並且親自監督著到景陽宮給常洛治病，然後親自看著執役的人取藥、煎藥，親自看著常洛服下，這才返回坤寧宮來向她稟奏情況。

常洛的命終於給保住了，但是一病許多天，病癒後原本瘦削的長臉小了一大圈，顯得更瘦，單薄的身體更單薄，而李太后還是知道了——孫子多日不能來承歡膝下，李太后焉能不問清狀況呢？

她讓王恭妃留在景陽宮中照顧常洛，而召來王皇后，仔細詢問；王皇后詳細說明常洛的病情，她雖然不便明言朱翊鈞刻薄得不但對王恭妃母子漠不關心，還連日常生活的供應都很菲薄、聽任太監宮女們不把王恭妃放在眼裏，但是在說明常洛的情況時，言語間便不免流露了幾句。

而李太后明白了——她也是宮女出身，宮裏很多不足為外人道的事她都經歷過，因此，王皇后雖不訴苦，她雖不全盤瞭解，卻能猜到好幾分；而且，宮廷生活經驗豐富的她，心裏立刻聯想到了許多往年聽來的宮廷秘辛，也立刻產生隱憂：

「病了沒有太醫來看——這該不會是有意的吧？要是……有人在背後把持，想害常洛……」

事情不能不防——她早就聽說過，皇子死得不明不白的，有些固然是照顧不周，或生就體弱，但也有些是死於蓄意運作，有病延誤召醫，或者故意給吹風，給吃些不適宜的食物，方法多得不勝枚舉，手段比謀殺還狠，卻比謀殺不露痕跡，沒有證據，因而極難破案；當年，她生下朱翊鈞時，先得了許多年長的宮監們的勸告，因而她全力以赴的小心照顧，也幸好陳皇后無子，對朱翊鈞視如己出，伺候的馮保又是個萬分精細的人，這才讓朱翊鈞順利成長；而今——她打心底深處發出寒顫。

鄭玉瑩不是沒有心機的人……

這個隱憂，她不方便說出口，但是深切的提醒自己，必須防範；王皇后一走，她就仔細盤算起來：

「得有一個像馮保那樣精細的人去照顧常洛……而且忠心耿耿，凡事都護著常洛，替常洛打算……」

這是周全之策，但是要找到一個合乎條件的太監並不容易，她朝思暮想，把整座皇宮裏所有的太監都仔細想了一遍，審慎推敲每個人的優缺點，竟想得她一連幾夜都睡不安穩；上了年紀的人，禁不起煩惱，當下便弄得精神很差。

而經過這麼一陣折騰，她心裏所懸念、急急召來朱翊鈞商議的常洛出閣讀書的事，便很自然的耽擱了下來——畢竟保命比讀書要緊，她須先卯足全力物色能把常洛照顧周全的人，而後才能顧上其他。

因此，當朱翊鈞來到慈寧宮覲見的時候，她雖然不改初衷的提起有關常洛出閣讀書的事，態度和語氣卻變得很和緩。

朱翊鈞沒有蒙受到很大的壓力，心中竊喜——這個結果，其實早在他的預料之中——他在李太后面前行禮如儀，狀至恭敬，李太后無論吩咐些什麼，他都唯唯諾諾的應承，然後，緩緩起身告退；而腳步踏出慈寧宮後，立刻變得輕鬆起來。

回到乾清宮後，他重新享受福壽膏和鄭玉瑩；但他並不向鄭玉瑩提起李太后的吩咐，更不談有關常洛的事，同時絕口不提常洵——橫豎現下的這個關卡又安然渡過去了，接下來又可以過上一陣子耳根清靜的日子——不面對立儲的事，連想都不去想它，以免心中煩惱。

雖然身為大明天子，他其實與尋常男子一般無二，無事的時候大剌剌的作英雄豪傑狀，遇到容易辦的小事時慷慨激昂的挺身而出，遇到困難的時候便逃避面對，而且想出完美的理由來開脫自己、原諒自己，同時伺機把責任推給別人。

因此，他告訴鄭玉瑩：

「母后沒什麼事要吩咐——下懿旨給朕，都是大臣、太監們太緊張了——朕親自到慈寧宮走了一趟，她什麼話也沒有！」

話說了兩遍，他自己就對這番自欺的話深信不疑了，自覺心安理得，手一揮，召來碧桃伺候他享用福壽膏。

深刻瞭解他的鄭玉瑩卻不相信事情會這麼簡單，也不像他這樣會拿些欺騙自己的話來安慰自己、麻痹自己；早在出巡途中，在宮中遍布耳目的她就已經得知了有人向李太后進言，李太后採取了行動，她只是不跟朱翊鈞說破，裝作不知，而甜言蜜語的哄得朱翊鈞在意亂情迷之際給她寫下誓書；回宮後，宮裏所有的情況能更迅速的為她得知；因此，她很冷靜的做出判斷，並且面對現實；經此一事，李太后心向常洛的立場已非常明確，而且已經與擁護常洛的大臣連成一條線；這一次，李太后沒再積極進逼朱翊鈞，是因為常洛病了，而不是改變了態度。

李太后的態度對她當然很不利，而她完全無法對抗——面對李太后，她唯有棄甲；但，她手中畢竟還握著王牌，在爭奪皇后寶座的時候未必會戰敗！

趁著朱翊鈞吞雲吐霧之際，她把隨身帶著的錦盒打開來，取出裏面的誓書，重新再默念一次朱翊鈞親筆寫在黃表紙上的字：

「朕將冊立鄭玉瑩為皇后，以鄭氏所生皇子常洵為皇太子。」

隨後，她靜靜的陪坐在朱翊鈞身邊，等到朱翊鈞大感心曠神怡之際，她把握時機進言：

「萬歲爺既已回宮，就擇日率臣妾到大高元殿禮拜神明，將這份誓書供在神明座前吧！」

有了神明為證，就多一分保障吧——她得意洋洋的浮起了滿足的笑容，卻不曾體會到，人世間的事還需神明為證的話，首先就代表著對對方的不信任，沒有安全感，根本是件悲哀的事。

她對她所擁有的朱翊鈞的愛情毫無信任感，甚至，她的心裏已無愛情的存在，而只有皇后寶座——幾年的宮廷生活，使她的個性大幅改變，以往所憧憬、視為第二生命的愛情，如今只是獲得名位的工具而已——在表面上，她依然笑靨如花，臉上依舊披著愛情的外衣面對朱翊鈞，但內心已是一個冷靜、甚且冷酷的人，而且永遠都沒有冰消雪融的時候。

3

二月是天氣寒暖的轉機，驚蟄一過，大地就不再封凍，柳梢開始醞釀生氣，河流準備重新淌水……雖然遼東的天氣比關內冷，春天來得慢，但，畢竟冰消雪融的時候快到了。

從兆佳城凱旋歸來後，努爾哈赤一如以往的更加忙碌於料理戰後的事情，這一次，還多了重大的任務——歸途中，他反覆思考，得出防範如兆佳城之役進行途中軍隊發生譁爭的辦法來，而且立刻要付諸實行：

「總是軍心不穩，才會發生譁爭……最根本的解決辦法是加強我軍的紀律、道德，提高士氣……」

他回顧自己從以十三副甲起兵至今，六年來，麾下的人馬從一百多人擴增至上萬，成績雖然可觀，但這些增加的人員中有許多是歸附與俘虜的人丁，而非本部的子民，其中不免良莠不齊——以往，他對軍隊的訓練側重於戰技，而現在他注意到了問題的重點，認為，軍隊的紀律和道德更重要，現有的人丁要加強訓練，未來如有俘虜及新歸附的人員，應先給予精神上的教育，以往如有不良習慣的，更要及早改正；這樣，建州軍才會是一支素質高、紀律好、戰鬥力強的精銳隊伍！

思考得周全縝密後，他召來所有的部屬——每一個統領牛碌的額真都到齊了——他鄭重的發表談話，先不談這次軍士譁爭的事，而從治軍的理念說起，暢論古往今來締創百戰百勝佳績的名將們培訓出來的部隊，而總結為一段引人深思的話：

「每一支常勝軍，都有自己的特點，性質、規模、作戰方法和特長，各有不同，但有一點是一致的——所有的常勝軍都是軍紀、軍心、士氣、操守特別好的隊伍，因此不但能打勝仗，也絕不會發生譁變！」

話說到最後一句，大家就更明白他的意思，於是異口同聲的說：

「我軍應在這方面加強！」

他用力的點了一下頭：

「大家都瞭解了這一點，事情就可以立刻著手了——首先，大家先就自己手下統領的兵丁身上做起，每天抽調二十個人來親自講話，跟他們講道理，讓他們懂得操守和紀律的道理，打心眼裏瞭解，日後確確實實的做到——每天二十個人，要不了幾個月，就親自跟手下的每一個人都說明白了；往後再有收服的人，也拿這個方法來教導他們！」

他提出的辦法非常具體，實行起來也不困難，所有的人立刻欣然領命，談話一結束，就立刻各自分頭去準備自己所要執行的任務；他也走進側廳，讓侍衛們取出直屬自己的兵丁名冊，仔細翻閱著，以更加詳細瞭解麾下的人員。

名冊上詳細記載著兵丁們的姓名、年齡、來歷、特長以及戰功，現在，他決定再加上一項精神狀態的考察；於是，他召來巴克什❶，命他們調整名冊的記載方式；然後，他親自挑選出第一輪來接受精神講話的兵丁名單，命巴克什先抄錄下來，並準備日後將這些人的表現詳加記錄，以觀測精神講話的成效。

他埋首工作，不知不覺的忙上了大半天，直到手邊的事都料理完善後，才抬頭挺胸的站起身來。

侍衛卻來告訴他，札青來過好幾趟，每次都是走到門口，看他正忙得不可開交，便退了回去。

聽了這話，他倒是微感慚愧——他因為事忙，家務大都交給札青操心，卻很少主動關心札青，札青也很少來煩他，這一回，也許有事——於是，他吩咐侍衛：

「去請她來吧！」

札青來了，滿臉盡是高興和喜悅，一進門就連聲道賀：

「恭喜貝勒爺——貝勒爺大喜——」

努爾哈赤不解，愣了一下，勉強露出個訕訕的笑容：

「我，有什麼喜事？」

札青更加笑容可掬：

「家裏又要添人口了——貝勒爺事忙，可就忘了，阿定這一兩天要臨盆，當然是大喜的事，我特地來給貝勒爺道賀，也提醒提醒貝勒爺，忙夠了天下大事，還要分點神來看看家裏新添的寶貝！」

努爾哈赤恍然大悟，更有幾分愧意，很不好意思的笑笑，略帶歉意的拍拍札青的手背：

「家裏的事，我常顧不上，很多地方都疏忽了，勞你多費心！」

他對札青既有歉意，也懷有謝意，雖然從來沒有說出口過，但是心中長存；札青待人處事，一概勤勤懇懇，任勞任怨；他廣納侍妾，札青非但不撚酸嫉妒，還幫著照料，侍妾們生兒育女，她更是不辭辛勞的照顧周到，把一切的事都料理停當，完全不用他分神費心……看著札青，他心中很有感觸，也很想對她說出心中的感謝，於是，他由衷的說：

「家裏，多虧有你——」

但是，札青卻帶著其他的目的而來，聽他這麼說，順口就往下接話：

「有些事，我能為貝勒爺分憂解勞，有些卻不能——家裏有我，有些事還是要貝勒爺親自來——比如說，添了兒女，兒女要來找貝勒爺喊阿瑪，我就不能代貝勒爺分勞；還有，貝勒爺自新婚以來就忙著征戰，冷落了新進門的新娘，我也不能代貝勒爺陪伴新娘！」

她說得一氣呵成，努爾哈赤的反應卻是先發出一聲「啊」，然後便瞠目結舌的愣住了。

確實是提醒他了——新娘被冷落了，但真正的原因並不完全是因為忙碌，而是逃避面對……

他的心裏響起了一陣咚咚咚的聲音，像鼓聲，也像自我檢討聲，他清楚的告訴自己，逃避現實是懦夫的行為；尤其，對葉赫新娘來說，毫無過失而受到冷落，實在是件不公平的事！

而沒有聽到他的心聲的札青趁勢一路娓娓述說下去。

這幾個月來，她與葉赫新娘朝夕相處，已對她有了許多瞭解：

「貝勒爺也許還不知道，她名叫蒙古姐姐——原來，葉赫部源出蒙古土默特部，她的父親便以此為她命名——」

這個，努爾哈赤確實不知道；於是，他帶愧苦笑，一面在心裏暗自嘆息；他哪裏是蓄意逃避，冷落她呢？真正令他不想面對她的原因還是納林布祿——但，這話不能告訴札青，只能藏在心裏。

於是，他由著札青說下去，自己靜靜聽著；札青口中的蒙古姐姐是個賢淑溫婉、謙和有禮的人，進門以後的這幾個月來，和家裏的每一個人都相處得非常好，贏得了大人們的喜愛，孩子們的敬愛。

他聽得心裏發出了更深更重的嘆息，但也生出了新的力量在推動自己走向蒙古姐姐；同時，他再三提醒自己，即使親為同胞兄妹，也依然是兩個不同的人，納林布祿和蒙古姐姐是兩個個人，納林布祿的野心並不是蒙古姐姐的野心……他下定決心要以尋常心和蒙古姐姐相處，於是，他認真的排除了心裏的陰影和障礙，上樓去看望他賢慧美麗的妻子。

註一：巴克什是滿文文臣或文書吏的意思，在蒙文中又可解為師傅或軍師。而滿文遲至萬曆二十七年（一五九九年）才創制，此處當為沿用蒙文語法，但仍為「文書吏」的意思。

4

心情不一樣了，生活的氣氛也變得欣然明快；努爾哈赤重享新婚的甜蜜，偶得空閒，也趁著春光漸濃、春氣日暖的當兒，帶著蒙古姐姐出門，策馬在近郊漫步，瀏覽建州左衛的大好山川。

而侍妾鈕祜祿·阿定一舉得男，又為他增添了喜悅，這是第六個兒子，他為之取名塔拜；同時，舒爾哈赤的次子阿敏生得方頭大耳，很得他歡心，於是帶過來養在身邊❶；幾個月後，侍妾伊爾根覺羅氏又為他生下第七個兒子，這個兒子取名為阿巴泰——連同養子扈爾漢，身邊一共有九個兒子了——人丁興旺，他特別高興，工作起來也就特別有勁。

而工作實在多且繁重——這大段日子裏，他雖然沒再對外用兵，但是加強軍隊的精神教育正在全面進行，須用許多時間和精神；同時，他巡視全建州左衛一圈，發現由於戰爭而被俘，或者自動前來投效的人都急速增加，建州左衛的人口幾乎是以倍數膨脹；新建才三年的費阿拉城，原本看起來稍顯空曠，現在也嫌擁擠了。

但是，努爾哈赤並沒有因為這個現象而急著擴建城邦，反而先規畫其他方面的建設。

首先，他基於「民以食為天」、「財用為國之本」的原則，多方面加強生計、食貨的提升；

由於人參、珍珠、獸皮等遼東特產，都能在和漢人交易的馬市中賣到好價錢，因此他積極的增加這方面的生產，投入更大的人力，下海採珠，上山捕獸採參，交易所得的金錢則除了購買製造武器的必需品之外，一概積貯起來不用，以累積成下一步的建設資本。

他也把心中的想法告訴身邊的人——現在，跟在他身邊參與商議建州左衛事務的人增多了；四個弟弟中，巴雅喇長大了，已經被當作成人參與大事，大將的人數擴大了，額亦都、安費揚古之外還有費英東、何和禮和扈爾漢——這許多人在他決定事情的時候，都能提供意見來作為參考。

「將來，無論我們要再建新城，或者打仗，都需要用錢，所以，能預先存得越多越好——」

他明確的對所有的人說：

「要想將來能做大事，現在就得準備充分！」

一向敏捷好學的費英東立刻接下去說，他引述許多書上的記載，證明財用的重要：

「不但築新城、戰爭需要錢財，造福百姓也需要錢財，而且，假如公庫中積貯的財物、糧食充足，百姓的心就安定，不會見異思遷，萬一來了收成不好的荒年也不怕——」

努爾哈赤連連點頭，讚美費英東：

「費英東有大才，眼光看得很遠！」

於是，他分了一部分經濟建設方面的工作，交給費英東去做；接下來，他又規畫了軍事方面的訓練和發展方向。

原先所編組的三百人為一「牛彔」的原則不變，人數增加，便增加「牛彔」的數量；而

「牛彔」是行政、管理的單位，他另外又按照個人才能的不同，把軍隊分為環刀軍、鐵錘軍、串赤軍和能射軍❷；分組開來以後，也按照這些組別再給予嚴格的訓練。

而由於征服的部落多了，領土一再擴增，他也開始規畫起將來分地駐軍的辦法……

當然，在進行這些計畫的時候，他沒有忘了與明朝建立進一步的關係——深謀遠慮的他一面避開李成梁的注意，一面大力交結明朝的文官；而明朝的遼東巡撫已經改派了郝杰，新官上任，正思有所表現，於是，一拍即合，他上表向明朝稱頌，明朝封他「建州左衞都督僉事」的職位，並給他三十道敕書。

敕書和印信很快送到他的手中，他左看右看，心裏高興極了——

郝杰在給他私人的信中，除了勉勵他忠心為明朝「看邊」外，還答應伺機安排他親自赴北京城進貢。

這個話，更是引發他內心深處潛藏的想頭向上竄生、滋長；對於明朝，他原就存有一份對大國的崇拜和想多方瞭解的意念，而且漸漸發展成一份奇特、微妙的遐想，想有朝一日親自到大明朝的國度裏去實際看看，也想有朝一日自己所率領的邦國可以發展到和明朝一樣大的規模……

而他是個雙重性格的人，既有天馬行空的想法，也有腳踏實地的做法，他知道，要把夢想成為理想，再努力實現理想，使理想成為事實，這三者之間便沒有距離，才是美夢成真；這些年來，他努力奮鬥，已使理想與事實之間的距離開始縮短，而現在，新的機會又來了——他將親赴大明朝，實際考察，以瞭解建設大國的方法，這又是一個新的開始，他認為，自己又能多學到許多新事物，得到許多新啟發，會對建州左衞的建設大有貢獻。

他的想法是正確的，只是，他怎麼也無法得知，大明朝的內部已千瘡百孔，古老的大帝國已百病叢生，正在一羣內心失衡的人的帶領下，一步步的走向衰敗。

註一：舒爾哈赤共有九個兒子，日後有爵者五人。其中次子阿敏、六子濟爾哈朗為努爾哈赤撫育成人。

註二：據朝鮮《李朝宣祖實錄》記：「左衞酋長老乙可赤兄弟，以建州衞酋長李以難等為麾下屬。老乙可赤則自中稱王，其弟則稱船將。多造弓矢等物，分其軍四運：一曰環刀軍，二曰鐵錘軍，三曰串赤軍，四曰能射軍。間間練習，脅制羣胡。」據李民寏《建州聞見錄》記：「鐵弗皮牌，以張牛皮四五重為楯牌，矢不能穿。」「串赤」似即鐵弗皮牌。但此四軍之建制，未見於中國方面的記載，待考。

5

一年又將近了，而回顧這一年來，大明朝的政績幾乎是一片空白，除了陵寢的建築以外都沒有進度，大臣們所有的建言都被束諸高閣，而且除了重大節日舉行朝賀大典以外，根本見不到皇帝的面。

而申時行對這樣的狀況早已習慣了，也早已麻木了；一年下來交了一張白卷，其實無妨，因為不做不錯，他也就安然無事、尸位素餐了一整年——甚至，他暗自鬆出一口氣，畢竟，萬曆十七年又安然度過了，自己的首輔寶座也維護周全了！

除夕夜，他正開始享受兒孫滿堂的圍爐之樂，也準備等子夜一到，就移步到庭院中觀看幾個孫兒們燃放鞭炮，來感受一下「爆竹一聲除舊歲」的更新氣象；而就在這個時候，門房來報，雒于仁的內弟宋亮帶著雒府管家求見。

「什麼時候啦？還見客？」

他的第一個反應就是不悅，宋亮還是個布衣，管家只是下人，除夕夜求見，簡直是沒有禮貌的不速之客。

可是，門房非常婉轉而且帶著乞求的意味向他稟報：

「雒府管家苦苦哀求，說是奉了他家夫人之命，有天大的要事，求大人容他面稟！」

申時行的心中會過意來，趕在除夕夜急急、苦苦的求見，當然是有天大的要事；再隨手一翻拜匣中的禮單，一看送的都是些極名貴的珠寶、字畫，他的心裏更確認——當然是出了非常重大的事，否則何至於要送這麼厚的禮？看在價值不菲的禮物分上，他勉強答應接見，吩咐在書房接待。

宋亮和雒府管家被引導進來了，兩人都是滿臉憂急，一見過禮，雒府管家才起身又跪下去，連碰三個響頭哭求道：

「家主人出事了，求中大人相救！」

申時行料不到事情究竟有多嚴重，雒府管家竟是一副大禍臨頭的神情，他略略做了個手勢，官架十足、慢條斯理的發話：

「你先起來，有什麼事，慢慢兒說！」

可是，等到雒府管家詳詳細細的向他說明了事情的原委和經過之後，他的眉頭全都聚到了一處，臉上出現了少見的凝重——

原來，已經有好長的時間為著朱翊鈞的荒淫無道而大鬧情緒的雒于仁，前些日子，把自己關在書房裏好幾天，寫就了篇大文章，題為〈酒色財氣四箴〉❶，用來規勸朱翊鈞；而且不顧家人苦苦哀求，一意孤行的呈進了宮中。

臣備官歲餘，僅朝見陛下者三。此外，唯聞聖體違和，一切傳免。郊祀廟享，遣官代行；

政事不親，講筵久輟……

雒府管家呈上了副本，申時行才讀著前面幾句，心中立時湧起許多複雜的思緒。

這幾句話，任誰聽了都有同感——尤其是身為羣臣之首的他，心中常反覆來去的，不也是這些話嗎？

但是，身為臣子，這些話是只能埋藏在心，連神色中都不能洩漏的，何況是這樣明白的寫出來——更何況即將呈現在皇帝眼前！

會是什麼樣的後果，想都不用想就知道——

「輕則廷杖、罷官……重則死罪，抄家滅族……」

他瞇起眼睛，露出悲憫的眼神看著他的訪客；兩名客人又不約而同的跪倒在他面前，哀求著：

「奏疏一上，大禍臨頭——唯有求老大人維護，老大人大恩，雒氏一族永誌不忘！」

「唉！」

長長的吁出一口氣，申時行的心中百感交集，他先是想到以往雒于仁曾數度折辱他，年輕氣盛，出言咄咄，現在蒙了大禍，氣焰該降低些了吧——就憑雒于仁以前對他的無禮，就足以令他現在袖手旁觀了！

但是，另一個念頭隨之而起；同是讀書人，雒于仁比別人更有一份勇往直前的勇氣——那是自己所沒有的——就憑這份讀書人的狷介傲骨，也該護他一護吧？

他生出了微妙的心理，想幫忙的意念轉強了，更何況還要看在送來的厚禮分上……可是，橫在眼前的還有更現實的問題，那就是自己在朱翊鈞跟前，並沒有太大的影響力！

即便自己盡力幫忙，也不一定能收到功效——他回憶起這幾年來，自己名為首輔，實為點綴品，在國政上，皇帝幾乎沒有詢問或接納過他任何一個意見！

他的心裏升起了一縷悲哀的感覺——他這個首輔表面上地位崇高，實際上一無所有——更悲哀的是，這一切都不能說出口，尤其是面對著來求助的訪客……幸好，他官場經驗老到，善於處理場面，於是依舊官腔十足的先做承諾：

「這件事，本閣全力而為——雒大人與本閣同朝為官多年，一向相得，本閣自當盡力！」

但，話鋒一轉，他立刻半暗示半指點的告訴訪客：

「本閣這方，不在話下；另外還有兩方，也須接應上：宮中張司禮、鄭娘娘，在萬歲爺面前都是一言九鼎的人，絕不能遺漏了他們！」

宋亮和雒府管家略現難色，誠實的再次向他求援：

「張公公還有管道可以相求，鄭娘娘這邊，沒有通路……」

申時行輕描淡寫的指點他們一條明路：

「鄭娘娘的尊翁鄭承憲鄭老爺府在京師，子弟眾多，不難交結；其中——嗯，鄭國泰鄭大人最近頗得萬歲爺歡心，不時奉召進宮——」

幾句話說得兩人茅塞頓開，一回去就立刻著手進行；先是用盡一切辦法，向親朋好友或借或貸的張羅來大批財物，然後分兩條路線進軍，一條是直接聯絡上張誠，一條是聯絡上鄭國泰，間接請託鄭玉瑩為雒于仁美言。

果然，「有錢能使鬼推磨」。

鄭玉瑩受了好處，自然把這件事擺在心上，很快就想出了化解這樁「天大的禍事」的辦法……

當新春過後，朱翊鈞從秉筆太監口中得知了雒于仁的奏疏，登時就勃然大怒，氣虎虎的對鄭玉瑩說：

「朕要把他凌遲處死，株連九族……你聽聽，他居然長篇大論的說，朕得了四種毛病，如不醫治將有致命之危；說這四種毛病叫作『酒色財氣』，還說什麼嗜酒則腐腸，戀色則伐性，貪財則喪志，尚氣則伐生……真正豈有此理，目無君上，信口誹謗……朕要重重的治他的罪，看以後還有誰敢寫這種奏疏上來！」

他氣得又是拍桌子，又是摔杯子，一個宮女彎腰去拾他摔碎的杯子瓷片，又被他重重踢一腳，頭撞在地上，刺到了碎瓷片，登時血流如注；可是，即使見了血光，他的火氣也仍然不消，一迭聲的喊：

「派錦衣衛去捉了他來——先抄他的家，再將他凌遲處死，看他還能不能再滿嘴胡言！」

他說話的時候腮幫子鼓得老高，胸腹像青蛙般的起伏；可是，嘴裏儘管說著狠話，眼神中卻沒有凶光，只是冒火般的四下亂瞪，模樣看起來不但不顯可怕，還有點滑稽，看得鄭玉瑩忍不住「嗤」的一聲笑出來，嬌滴滴的對他說：

「哎喲，我的萬歲爺，您幹嘛？跟一個小官生這麼大的氣？那人是誰呀？值得您氣成這樣？

您貴為天子，不值得跟一個芝麻綠豆大的官兒一般見識呀！」

她的聲音嬌甜得滴得出蜜來，說的話又幽默風趣，還大大的抬高了朱翊鈞，低低的貶下了雒于仁，聽得朱翊鈞的無名火登時消滅一半，剩下的一點餘氣也想不出什麼話來發作了。

鄭玉瑩察言觀色，知道朱翊鈞的情緒有了轉折，於是，她露出如花的笑靨，揮手吩咐宮女取來一幅畫，在朱翊鈞面前展開來，一面盈盈的輕聲低語：

「萬歲爺，您請看看這幅畫——」

朱翊鈞依舊鼓著嘴，孩童似的賭氣說：

「朕正在發火，想殺人呢，還看什麼畫！」

鄭玉瑩又是一聲輕笑，柔柔的說：

「來嘛！臣妾就是請您看看畫好消氣，免得氣壞了龍體，教臣妾心疼！」

朱翊鈞對她的話本來就沒有堅持拒絕的意思，再一聽她說得這麼柔婉，賭氣的念頭消失了，心也軟了，便隨著她的要求伸頭去看畫。

一看卻是張宋畫〈折檻圖〉❶，內容是漢朝的故事——畫中是一段史實：漢成帝時，御史朱雲彈劾大臣張禹不法，由於當時張禹深得漢成帝的歡心，因此，漢成帝對於朱雲的彈劾不但不採信，還反而責怪朱雲，竟下令殿前武士將朱雲拉出去處以極刑；這時，另一位正直的大臣辛慶忌連忙上前為朱雲求情，朱雲的手臂用力攀著欄杆，掙扎著極力上諫，殿前武士上來用力拽拉，硬要將他拖走，兩相拉扯之際竟把欄杆拉斷了；這時候，漢成帝已因辛慶忌的求情，心情有了轉折而赦免了朱雲；等到事情過後，宮中執事的人來向漢成帝請示修復被折斷的欄杆，漢成帝卻說，不用修了，就讓欄杆斷在那裏好了，這樣我可以常常看到，才能隨時提醒自己，差點屈殺了一位忠言直諫的臣子！

因此，這幅畫名為〈折檻圖〉，畫中的人物栩栩如生，怒容滿面的漢成帝，被彈劾而面帶愧色的張禹，躬身低頭向漢成帝求情的辛慶忌，頭微昂、手執笏，一手攀住欄杆，滿面忠誠耿直的朱雲，兩個孔武有力、拖住他身子的武士……組合起來的畫面營造出一股凝練的氣氛，流露著漢宮中的君臣關係，也傳達了一段歷史故事中所包含的意義。

朱翊鈞一看，心中立時有感──他所面臨的大臣的諫言，確實和漢成帝有著雷同之處！

他先是一愣，繼而發出會心的微笑，轉頭問鄭玉瑩道：

「你給朕看這個，是想要朕學學漢成帝，饒了雒于仁？」

鄭玉瑩抿嘴一笑道：

「臣妾哪敢要萬歲爺學漢朝的皇帝呢？萬歲爺是聖主明君，哪裏用得著學別人的樣？臣妾只不過是前幾天裏閒來無事，看了這幅畫，心裏覺得那漢成帝好有度量，好能容人，難怪給人畫成了畫，流傳千古；如今，萬歲爺也遇上了同樣的事；萬歲爺原本就比那漢成帝聖明得多，度量一定比漢成帝大，哪裏還用學他呢？」

聽了這話，朱翊鈞先是不說話，沉默了一會兒之後，忽然爆出一聲大笑來，一把攬過鄭玉瑩，擰擰她的臉頰，親暱的說：

「瞧你這張小嘴──說得朕都不能不饒了那個雒于仁呢！否則，既顯得沒度量，又不夠聖明，不是嗎？」

鄭玉瑩嘟了嘟嘴道：

「臣妾哪敢多說——這是國家大事，臣妾要是多話，豈不要被大臣們批評臣妾干預國事？這種國家大事，依臣妾看，萬歲爺還是召首輔啦，內閣大學士啦，六部尚書，這些大臣們商議吧！」

朱翊鈞放聲大笑：

「好，好，好，你真是得了便宜又賣乖！」

因為雒于仁的奏疏而帶來的火氣全消了，才不過片刻，他的心情就完全改變了。

因此，等到他召見申時行，指示處理雒于仁一事的時候，態度已經大不相同，既沒有出言要「治罪」、「凌遲處死」、「株連九族」，連「貶官」、「廷杖」的旨意都沒有，而只是輕描淡寫的對申時行說：

「這傢伙目無君上，寫這種奏疏，看得朕一肚子火——這傢伙討厭極了，但是朕貴為天子，不想同他一般見識——你去辦吧，替朕好好的打發他！」

申時行當然心裏有數，這是鄭玉瑩使上了力；而久在官場，深諳一切做官術的他，處在這樣的狀況下，心中立刻有了更周全的計較。

那便是「一石二鳥」——他極有把握的認為自己能在這個當兒掌握時機，運作出一個對自己最有利的結果來；一方面「拿人錢財與人消災」的保住雒于仁的身家性命，另一方面則趁這個機會打擊這個反對自己的人，使他提早結束政治生命……

於是，他以極其忠誠的神態、語氣向朱翊鈞進言：

「雒于仁目無君上，出言不遜，但，此事不宜當作朝政處理，亦不宜以正常程序辦理，以免一旦傳揚開來，被一般不知萬歲爺生活起居的老百姓們信以為真——依老臣愚見，此事不妨暫時置之不理，靜待一些時日後，再命大理寺卿暗示雒于仁上疏辭官；這樣，既免去了導致謬傳之慮，也處置了雒于仁，使他以後再也不能胡亂上奏！」

朱翊鈞點頭稱是：

「好，很好，就這麼辦吧！」

可是，話一說完，他就想到實行起來有問題：

「暫時不予處理，秉筆太監就無法批覆奏疏——奏疏不批下，有違祖制，可如何是好？」

申時行早有腹案，從容回奏：

「自古以來，臣子多言即易生事，雒于仁的干犯即為一例，既鑑於此，祖制何妨更改？老臣以為，為防再有雒于仁之輩上疏出言不遜，干犯聖怒；宜令各部諸臣，日後所有奏疏，均不得直接上呈，而須層層上遞，每一官員只能上呈所屬長官，而後滙集於各部尚書，由各部尚書擇其中之要者上獻，其餘均由各部自理，不必上呈御覽；而即使是由各部尚書擇要上獻者，萬歲爺亦可做『留中』之處置，不批不發，不予處理——」

他詳細的向朱翊鈞解說他所發明的「留中」的辦法，聽得朱翊鈞眉開眼笑起來：

「就把奏疏留在宮中，不看不批？那朕的秉筆太監可以鬆口氣了——這事簡單，了不起多撥間房子當倉庫，存放這些不中看的玩意兒吧！」

一言既出，便「君無戲言」的成了定案；雒于仁的政治生命和此後一干忠言直諫的奏疏的命運也就這樣被決定了；消息傳到朝廷之上，一小部分憂國憂民的正直、忠誠之士無不從心中發出悲嘆，大部分的臣子卻和申時行一樣，打心眼裏發出竊喜，深慶得計……

而朱翊鈞本人則像是消去了一個心中嫌惡的腫瘤，情緒中又恢復了玩樂的興致——他曉得，此後再也不會有人在他耳後絮絮叨叨的勸這諫那了……手一揮，讓碧桃過來伺候他享用福壽膏，全身暢快之後，再讓鄭玉瑩伺候他進行新的玩樂——盡情的享受酒色財氣之樂。

可是，一連過了幾天盡情享樂的日子後，他的心情忽然產生了異樣的變化。

一天下午，他從午醉中醒來，四周都是靜悄悄的，伴他入眠的鄭玉瑩也在熟睡，他睜開眼睛，茫然的發了一下呆，看著頭頂上精美華麗的錦帳帳頂，慵懶的吁了口氣；忽然，雒于仁的奏疏既不經意而又清晰的爬上心頭——

四者之病膠繞身心，豈藥石所可治？今陛下春秋鼎盛，猶經年不朝，過此以往，更當如何？

這個影像映得既令他心驚，又令他嫌惡，下意識的伸起手來在眼前揮動，用力拂去這個影像；終於，影像消失了；可是，這個影像才剛消失，另一個影像立刻又爬上心頭。

那是童年生活的回憶，面貌嚴肅、一絲不苟的張居正帶著他讀書，讀《帝鑑圖說》，教他認識歷史上的每一個好皇帝和壞皇帝……

這個影像比雒于仁的奏疏還要清晰、還要強烈的牽動他的心，雙手再怎麼揮動也拂不去了，緊緊的在他眼前出現，逼得他翻身從床上坐起來，品味著自己心中所生出的集合了失落、惆悵等等難言的感覺。

他又不快樂了。

整整一個下午，他若有所失的獨自呆坐，眼神迷茫，一言不發，像是張居正的魂魄又回來了，回到他的心中上下左右的浮動，令他不停回想……

腦海中的畫面跳動而不連貫而非常清晰；他清楚的記得自己生平第一次見到張居正時的情景，六歲，剛被封為皇太子，在接受羣臣的朝賀後，拜見自己的「師傅」，從此張居正走進了他的生命之中。

見面之前，他已從「父皇」穆宗隆慶皇帝和嫡母陳皇后、生母李貴妃口中聽到過許許多多讚美張居正的話，說他有學問、有能力、有理想、有擔當，並且忠誠正直，一心為國……稚齡的他聽了這些話後，感覺並不大，但是真真實實的張居正來到他跟前的時候，第一眼就看得他嚇了一跳。

張居正的外表瘦削，臉上布滿了皺紋，幾綹稀疏的、已呈花白的鬍鬚與眉毛，和一對炯炯有神得如能洞穿一切世事的眼睛，組成一種堅毅、深沉的氣質，那是他生平所僅見的；他不知不覺的在這種超人般的氣質下低下頭去。

此後，隨著歲月的流逝，他對張居正的熟悉度一天天的增加。

張居正是個一絲不苟的人，儘管容貌提早衰老了，儀容卻無時無刻不修飾得端正、整潔；官服上永遠一點褶痕也沒有，肢體的動作永遠合乎禮節，臉上永遠不苟言笑，與他精神上的潔癖若合符節。

他在精神上的潔癖使他成為一個別人難以配合的完美主義者……他親自編撰《帝鑑圖說》，確立了做皇帝的典範、標準，他心目中的「好皇帝」標準高得遙不可及；身為帝師，他嚴格的執行他的教育理念，做學生的皇帝一定要完全做到他的理想，背書錯了一個字都不行，第一天授的課，第二天要能全部無誤的複述一遍才行。

而他自己的容貌是日復一日的加速蒼老，在五十歲的時候就望之如七十許；臉上的皺紋更見深刻，鬚髮全白，因而使他那張瘦削的臉看來更加嚴肅，更加令人生畏；他講話的速度並不快，聲音也不特別高亢、宏亮或尖銳，但是挾帶著一股「沒有商量的餘地」的氣勢……

他記得他的容貌、聲音，那張彷彿被繁瑣、沉重的國家大事壓擠得多皺紋的臉，從四十來歲到五十七歲，被過度的操勞纏繞著而急速老化，那剛毅、沉重的語氣，那盛氣凌人的眼神，那不容他人置喙的主見……即使在他去世多年之後，他仍然清晰的記得！

「有多久了？啊，八年了——」

朱翊鈞緩緩的從心裏吁出一口長氣來，閉上眼睛，甩甩頭，但，張居正的回憶卻沒有被甩掉。

而最可怕的事還不是心頭盤據著對張居正的回憶，而是張居正回到心頭之後所引起的無名的空洞的感覺——他並不是個完全麻木不仁的人，在這個當兒，突然興起的感觸很明白的在告訴自己：

「朕登極之初，他每天都要說上一遍……做一位繼承堯舜禹湯之後的聖主明君……締創『萬曆之治』！」

「唉——」

連帶浮現眼前的是雒于仁所上的〈酒色財氣四箴〉，兩相疊映，映在他的心中，他覺得自己的心在一分分的往下墜。

雒于仁的話其實沒有說錯……從張居正到雒于仁，一段長長的歲月捲去了他八年多的時間，除了酒色財氣之外，他的生命呈現著一片空白。

他感到難受——童年、少年時代的教育依然還有一、兩分殘存在生命中，一旦觸及的時候，便勾起他自我檢討的能力，而給他帶來融合著失落與慚愧的惆悵。

因此，他暗自在心中對自己說：

「確實不該整天在酒色財氣中打轉……」

《帝鑑圖說》裏的每一個字都是他從小就會背的，而自從張居正死後，這套書就被束諸高閣；現在，他卻突然很想重新讀上一讀。

註一：全文詳見《明史．雒于仁傳》。

註二：此畫現藏臺北故宮博物院。

6

一夜細雪，為世間鋪上一層薄薄的雪花，有如籠著一層輕紗般的悠柔絕美；而後，旭日上升，金芒四射，先是將白紗染成淡金，而後逐次加濃成金粉，而後開始融化……屋頂、樹梢開始浮起水光，而在陽光的映照下，每一顆水珠都是五彩斑斕，美得炫目。

朱翊鈞背剪著雙手站在窗前，隔窗看著這虛幻的、不真實的美，恍然間，他覺得聽到了雪花化水、水珠落地的聲音，很輕微的滴答聲，但很清晰，像是在叫喚他，要他從冬眠中醒來，連同往昔所接受的嚴格的帝王教育一起從心中的冬眠緩緩甦醒……

眼前浮起的還是童年時讀的《帝鑑圖說》，他怔忡出神，但是記憶清晰。《帝鑑圖說》中詳細陳述的好皇帝，漢文景、唐貞觀……每一個流芳百世的好皇帝都是勤政愛民、察納雅言、知人善任、以德服眾的；反反覆覆的想了幾次，他的心逐漸熱起來。

於是，他立刻積極展開實際行動。

第一步，他針對連續幾年引起最大爭議的立儲問題，先傳達力圖振作的誠意；節日一過，他就主動在毓德宮召見內閣大學士和六部大臣，並且親自攜帶皇長子常洛一起出現；這個舉動做了明確的暗示，他將採納朝臣和天下輿論的意見，遵行「立長」的祖制，在近期內解決虛懸、爭論已久的立儲問題，立常洛為皇太子。

這個舉動登時讓大臣們興奮不已，人人認為，奇蹟出現，希望也降臨了，朝廷裏開始滋生欣欣向榮的氣象。

接下來，他恢復了上朝，親自批閱奏章，並且在下朝後還留下幾名閣臣來議事，令人心更加暢快；又過了幾天，他確立了自己所要振作、努力的方向，於是，他親口指示申時行，要在近期內嚴格考察全國的吏治、賦稅，並且重新審閱張居正時代所丈量的全國的土地資料、百姓戶籍，也準備檢閱全國的軍隊。

申時行一聽，立刻跪伏在地，連連叩首稱頌：

「萬歲爺聖明——」

然而，他臉上雖然流露著萬分崇敬、稱許的神情，內心裏卻暗喊糟糕，不由自主的發出忐忑不安的戰慄。

自張居正死後，全國的吏治就開始急速走下坡，而從他出任首輔至今，由於姑息養奸，才短短幾年，吏治已從清明而敗壞，各地的地方官，清廉、愛民、崇法、辦事有效率的已不到十分之一的比數；朝廷中的官員也有半數以上行為不法，貪污舞弊都是家常便飯——這樣的吏治，哪裏經得起考核呢？

至於賦稅，「一條鞭法」早已名存實亡，幾年來，三番兩次的加稅，百姓的負擔增加了好幾倍，早已嚴重影響民間經濟；而由於田賦增加，導致有些承受不了高田賦的百姓棄田而逃，或者投靠豪門巨家，早已使張居正所規畫的土地政策無法切實執行而破壞了。

軍隊中的問題還更大，承平日久，多年沒有戰爭發生的結果是使全國的軍隊都疏於操練，喪失了憂患意識；而軍隊裏中、上級軍官又常有剋扣糧餉、吃空缺等不法的事情發生，下級軍官則魚肉鄉里，仗勢欺壓百姓，軍紀早已蕩然無存，積弊多年的問題根本無從解決，又怎能讓皇帝查知呢？

「別說萬歲爺知道了詳情……只要讓萬歲爺得知了一、兩分，追究下來，第一個要負責的就是我……首輔，平日無『輔』之實，一旦出事，卻得首當其衝的丟官！」

丟官還是小事——以往的首輔中並不是沒有人被綁赴刑場，身首異處的——想到這裏，申時行更加憂心如焚。

自己是個不稱職的首輔，以往不過是仗著皇帝荒疏逸樂，不理朝政，對首輔的要求是「聽話」，而不是政績、品德、官聲，這才能把首輔寶座一坐多年；而如今，朱翊鈞力圖振作了，自己首當其衝的立刻就會被本性聰明、接受過完整的帝王教育的他發現真面目……

越想越憂慮，申時行一連好幾天都睡不著覺，一張原本就布滿了皺紋的臉看起來更衰老、更了無生氣。

他想到前幾年自己剛出任首輔的時候，心裏也曾有過理想的憧憬，也曾認真巴望了好一陣子，希望朱翊鈞勵精圖治，率領羣臣締創「萬曆之治」，以使自己的名字能在歷史上與魏徵等賢臣齊名；但，時隔幾年，情況就大不相同——以現在的舉國上下的狀況，逼得自己不但不能再希望朱翊鈞有勵精圖治的一天，反而必須得想盡辦法來阻止朱翊鈞勵精圖治。

否則，後果不堪想像；即使朱翊鈞在知道了目前政治腐敗的真相後原諒了自己，給予改過自新的機會，勢必也會要求自己大力整頓吏治；這麼一來，不但給自己斷了財路，更大大得罪、招怨全國的官吏，含恨在心的人一多，難保自己將來不落到和張居正一樣的下場！

自己是靠一套「鄉愿」的做官哲學在官場周旋的……

左思右想，他的心一寸寸的往下沉，心口異常難受；然而，他畢竟是隻周旋官場多年的老狐狸，就在心情已沉重得落到谷底的時候，腦筋產生了轉折：

「總要想個法子……是了，我該聯合些有一樣想頭的人，從多方面下手……」

他先想到其他幾名閣臣，但，念頭一動就立刻被否決——他比誰都明白，二輔、三輔他們，哪一個不每天處心積慮的想把他擠下臺？正愁抓不到他的小辮子呢，哪裏肯和他同心協力面對困難；還不如朝中一些素來聽命、攀附於自己的小官，也許還指揮得動，就只怕他們在朱翊鈞心目中分量不重、影響不大而已。

可是，一想到這裏，他突然眼睛一亮，精神為之一爽——

「我怎麼早沒想到呢？太監、寵妃……最接近皇帝身邊、最能向皇帝進言的，可不是這兩種人？論分量、影響，還有誰比得過？」

更何況，連想都不用想就可以確定，這兩種皇帝最親近的人，絕對和他一樣，不希望皇帝勵精圖治！

鄭貴妃、張誠……他瞇起眼來笑了。

「萬歲爺若勤於政事，還會有時間與愛妃消磨時日嗎？張誠一手遮天的把持了宮裏的大權，又在外頭做下遮住半片天的爛污事，還會不怕等萬歲爺勵精圖治起來，查個一清二楚嗎？」

他有十足的把握能聯合這兩名「同志」來完成任務——

果然，他算計得一點也沒錯，唯一的一點小失誤是鄭玉瑩著急的程度和反應超過了他的預估，根本不等他聯合，就已經獨自採取行動。

朱翊鈞一連上了幾天朝，下了朝也忙著看奏批疏，當然就冷落了她，使她的世界登時落入寂寥中；而且朱翊鈞帶著常洛在毓德宮召見羣臣，隱隱暗示將按照羣臣的意見，立常洛為儲君，她心中除了捻酸、妒恨之外，更著急得片刻都得不到寧靜。

假如朱翊鈞的心全都放在國家大事上，日復一日的無暇宣召自己伴駕，那麼，要不了多少時日，就會把自己忘個一乾二淨。

而常洛一旦被正式立為太子，那麼立常洵的希望就落空了，自己被立為皇后的希望也就連帶的往下降，降到谷底……

光憑這些，她的心裏就比申時行還要著急好幾倍；心裏盤算起各種方法，也找來馮非煙商量對策。

卻沒想到，事情遠比她想像的容易解決——她無須多費心思了，福壽膏的威力遠勝一切。

朱翊鈞已一天不可無福壽膏，因此，即便他一心想做個勤政的好皇帝，生理上也已經無法適應上朝理政的忙碌操勞；天不亮即起，來不及先用福壽膏，就在太監們的前呼後擁下赴中極殿，一坐幾個時辰，聽大臣們喋喋不休的議事，不多時就呵欠連天，眼淚鼻涕齊來，好不容易忍耐到下朝，才能急急的召來碧桃伺候福壽膏……這樣的日子，他支撐不到十天就熬不下去了。

儘管心中一念尚存，想做個聖主明君，但是身體強迫他放棄這個念頭，而他也想出了開脫自己的話：

「朕無須親臨中極殿聽他們囉唆——叫他們上奏疏，朕在宮中親閱，也是一樣的！」

他想，一面用福壽膏，一面批閱奏疏，跟上朝聽政的結果是一樣的……這個想法讓他心安理得的揮別中極殿，停止早朝，恢復日上三竿才起床的生活。

但，接下來，他的表現依舊是勤敏的——儘管起床後梳洗、用餐罷已是午後，但他確實一面享用福壽膏，一面命太監朗讀奏疏給他聽，聽完立刻做出裁示，交付下去，一點也沒有耽擱延誤，果然沒有影響政事。

只是，這份勤敏也維持不了多少天……

每天聽這些枯燥乏味的東西，他覺得煩了、悶了，骨頭都要生鏽了；而後，鄭玉瑩進門來了，她經過刻意的打扮，頭梳百鳥朝鳳八寶髻，戴鏤金鑲玉八寶鳳釵，配以珠翠；身穿粉紅繡牡丹的珠衫，繫櫻桃紅繡百蝶、綴流蘇的羅裙，耳垂翠玉步搖，映襯得她雙眸流盼，風情萬種，讓朱翊鈞一看就意亂情迷；而她身後還跟著十二名歌舞姬，個個外表婀娜多姿，而且都有一身絕藝。

鄭玉瑩領著她們盈盈下拜：

「多日來，萬歲爺勤於政事，臣妾唯恐萬歲爺過度勞累，特命她們來獻藝，為萬歲爺去去疲累！」

她說得輕描淡寫，獻的藝只是消閒解悶的娛樂，但是，內容都經過她精心策畫，一展開就能牢牢吸引住朱翊鈞的心神。

第一支曲子依然是朱翊鈞最愛的〈如夢令〉，只是配樂、和聲和舞蹈又擴增許多，豐富許多，而把主旋律陪襯、烘托得更完美。

果然，朱翊鈞立刻目眩神迷，甚而跟著樂曲的節奏歌唱：

曾宴桃源深洞，一曲舞鸞歌鳳……

如夢，如夢，他不久就入夢了，夢中的他在花間翩翩起舞，自在悠遊——他化身成了一隻無拘無束、自由展翼的蝴蝶，面前盡是錦繡般的繁花，再無髮疏鬢白的老臣。

自夢中酣睡醒來後，迎接他的又是福壽膏的香氣……他心滿意足的伸伸懶腰，不知不覺又把《帝鑑圖說》丟到九霄雲外去了。

雒于仁的諍諫完全白費了，他重新投身於酒色財氣之中；大明朝剛生出的一線希望又破滅了，不少大臣們難過得痛心疾首，唯有申時行暗自鬆出一口氣來，慶幸自己的首輔寶座又保住了。

而努爾哈赤根本看不到大明朝這些藏在骨子裏、正日漸滋長的黑暗和腐敗——從一到山海關，踏入關內的土地後，舉目所見，盡是一派繁華富庶、進步文明，不但遠勝女真部落，也遠勝遼東的漢人住地，看得他瞠目結舌，震撼不已。

是萬曆十八年四月，在郝杰的安排下，他親赴北京朝貢；這一行他帶了一百名從人和額亦都、何和禮兩人，自費阿拉城出發，先到遼陽，然後在郝杰所派明軍的陪同下一路前進，到達山海關，入關後直抵北京。

因為名義是朝貢，無須趕路，因而進發的速度並不快，他得以一遂心願的多瞭解大明朝，多從容觀察周遭；在山海關，他第一次親眼目睹了高山大海交界和建築其上的萬里長城，大自然的景物和以人力建成的城關都巍峨雄壯得令他嘆為觀止。

他抬頭仰望在陽光映照下反射出金光的山海關箭樓和蕭顯所書「天下第一關」的大字，再舉目眺望如一條巨龍盤據在蒼茫羣山中，蜿蜒而去的長城，偉壯得難以形容，令他胸口起伏而一言不發。

直到夜裏就寢的時候，他才長長的吁出一口氣來，鄭重的對額亦都、何和禮說：

「這才叫作『城』，叫作『關』——遼東那些，算什麼呢？」

額亦都和何和禮也一樣大開眼界，一樣說不出話來，因此無法接腔，而使他的話有如自言自語：

「以往聽人說起關內的景象，現在一看，別人的說法全不夠——你看，就這山海關的城樓，就沒人說清楚過，連李成梁府裏的人都沒有——今天親眼目睹，才知道是這樣的高大雄偉！」

聽人說，憑想像，和親眼目睹之間有著天壤之別——他油然興嘆。

但，額亦都卻慨然而嘆：

「什麼時候，咱們也蓋一座這樣的城關！」

霎時間，努爾哈赤頓住了，心裏如受山洪海嘯衝擊，過了好一會兒才喃喃的吐出幾個字來：

「慢慢來——總有一天能的！」

而言猶在耳，幾天後，一行人到達了北京城，才只在城外，只能遙遙望見城門時，三個人就不約而同的停住了腳步。

北京城的高大雄偉、巍峨壯麗遠遠勝過山海關許多倍……

進城後，行經寬闊的街道和道旁密布的民房、商店，目睹往來的百姓和巡城的官兵，乃至於遙遙仰望黃金打造般的紫禁城……生平第一次見到，感覺是吃驚與震撼；心裏茫然，以為自己到了天境，對周遭的一切既看得目不暇給，也被震得呆若木雞，更加說不出話來。

而後，兵部宴賞，幾個人又品味了飲食的精美，只是，完全沒有言語能說明親身經歷的這一切以及心中的感受；幾天後返回，沿原路出山海關，返回費阿拉城。

這一行，當然沒有見到大明皇帝——連兵部尚書、侍郎都沒有，例行的宴賞只是由兵部執事的小吏出面進行，完事後列入檔案而已。

對明朝來說，這件事小得微不足道，用不上幾句語言來陳述，而對努爾哈赤來說，卻是震撼得沒有語言可用；雖然此行所見的只是一些表面，而且是整個大明朝的九牛一毛而已，但他因此眼界大開，心胸擴大，許多想法開始蛻變。

而一回到費阿拉城，他一樣無法以語言說明這一行的感受，甚至，心裏因堆滿了各種震撼而雜亂而茫然，亂烘烘的沒有清晰的思路；眼睛一閉，腦海裏浮起的北京城的各種畫面也是交相重疊的、跳動的、不銜接的片段，零亂而交錯，無法有整體的認識；但是，這些畫面又揮之不去，時時縈繞在心中，令他日思夜想。

幾個月後，這浮動的零亂才開始在心中沉澱下來，他逐漸能將當時過眼所見的景象轉化為具體的印象和感想，又過了幾個月後，他才得出結論來：

「漢人的繁華富庶、進步文明實在了不起，以往我知道得太少了，以後，我要加緊學習——」

他也深刻的體會到，以往，自己的視野局限在女真部；即使心中羨慕明朝的一切，也因為沒有親自到過北京而不具體，現在就不一樣了——他的願望開始改變：

「將來，我帶領女真人走上康莊大道——不只是定亂安邦，還要跟漢人一樣的進步文明，一樣擁有北京這樣的大城！」

以往，他所見識過的漢人的城池，不過是遼東的廣寧、遼陽兩地，現在，他親眼目睹了繁華壯麗的北京城，進步文明的程度遠超過廣寧、遼陽，心裏的標準當然不一樣了。

於是，他暗暗許願：

「但願有一天，女真也有像北京一樣規模的大城——」

但，他也開始腳踏實地、認真思考具體的情況：

「目前，女真確實落後太多——要能蓋出像北京一樣的大城，需經很長時間的努力——今後，我須帶領所有的子民加倍努力！」

他知道胼手胝足的意義，也知道勤奮不懈必將有成果，更知道自強不息的重要……因此，這一年，他雖然沒有對外用兵以開疆拓土，也沒有戰利品的收獲；但，這趟北京之行所得到的感悟、啟發和使自己的眼界、志向開始提高、擴大，生命隱隱開始蛻變，卻是一個極其重大的收穫，遠較有形的、物質上的獲得重要了許多。

7

千里冰封，萬里雪飄。

萬曆十九年的元旦緊隨冰雪而來，人間再一次以歡慶欣喜的氣氛迎接新年的到來。

但，即使身在年節的歡慶中，努爾哈赤的心中也絲毫不存有休息的念頭，更毫無鬆懈的心理；年節一過，他立刻出其不意的出兵，收服了長白山、鴨綠江一帶的幾個部落，將他們全數收歸在轄下。

對於這次的行動和收穫，他感到非常滿意——幾個部落的總人數不少，據地頗廣，建州的實力又增加了許多。

但，他的心中僅只是「滿意」，而非「滿足」——拓展的信念正如火苗般的在心中燃燒，眼前永遠有新的目標——一個計畫完成，很自然的又開始構思下一個計畫；他想到，明朝，他已經親身去走了一趟，有了初步的瞭解，而近鄰還有朝鮮和蒙古，也應多做瞭解；考慮了一下之後，因為人手有限，他決定先考察朝鮮；第二步再往蒙古推進。

於是，他集合了已被他視為左右手的「五虎將」：額亦都、安費揚古、何和禮、費英東、扈爾漢和四個弟弟們一起商議：

「鴨綠江以西已收歸我部所有，以東是朝鮮——鴨綠江在夏季是天塹，一水隔兩岸，需要舟船才能越渡；一到冬季，江水結冰，便沒有界限——朝鮮已成隔壁鄰居，認識得不夠清楚是不行的，而等著人家過來給我們認識，就慢一步了；所以，應立刻著手進行——」

他提出第一個步驟：先派一批人，多方蒐集關於朝鮮的資料，必要的時候，甚至派人親自走一趟朝鮮……

「這件事，交給費英東來主持，其他的人負責協助、支援——」

對於分派任務，他有一套自己摸索出來的原則，在量的方面盡量由大家平均分擔，在性質方面則視個人的才能、性向而定；在整體的考量上以發揮團隊精神為基本，在人才運用的出發點上，盡量給每個人獨當一面的機會——這次的任務，他早已在心中詳細考量，費英東博學、冷靜，長於思考；最適合擔任這個蒐集鄰國資料，並且在仔細分析、思考後做出正確判斷的工作。

「我希望在半年至一年的時間內完成這個工作，讓我們對朝鮮有全盤而深入的瞭解！」

他相信費英東的能力，所以，在交代完任務之後，他重重的拍拍費英東的肩膀，臉上露出愉悅且充滿信心的笑容，大聲說：

「在我的心目中，費英東非常適合擔任這個工作，來！大家先預祝他工作順利、圓滿！」

於是，大家一起呼應他的話，紛紛向費英東預祝順利——其實，在他剛開始提出對朝鮮的工作計畫時，並不是人人心中都認同的；首先是舒爾哈赤，他的思路一向不夠縝密，以往仗著自己是努爾哈赤的同母弟，遇事常衝動得立刻冒出反對意見，而致自討沒趣；幾年下來，他才逐漸學會不搶先說話；而這一次，他的心中首先湧起的念頭是「沒有必要」，他認為，朝鮮是另外一個國家，遙遠得很；建州是小部，要繼續在遼東立足，已經很不容易，現有的人力物力已經不足，還要分出一些去做瞭解朝鮮的工作，未免有點打高空，更何況成果、收穫都無法預估，這項投資便是個冒險，未必值得做，更何況並不是迫在眼前的當務之急！

但是，他的心裏很明白，假如自己說出這個意見，唯一的結果就是被努爾哈赤以「沒有遠見」的話斥責一番——甚或大罵一頓！

因此，他索性一言不發，任憑努爾哈赤發布命令——他的心裏比誰都明白，努爾哈赤的話是不能反對的，他所謂的「商議」，其實就是宣布他的決定、下達命令而已！

努爾哈赤早已不是那個和他一起擠在母親懷裏聽故事的「大哥」了，做了建州的領導人之後，他的性情一天天的朝「唯我獨尊」發展，領袖羣倫，弟弟們在他的心中便不再是弟弟，而是屬下！

自己是他的同母弟，卻從來沒有被他另眼看待過，甚且在偶有疏失的時候，不假辭色的程度更遠勝於其他人！

反反覆覆的想了又想，舒爾哈赤的心中充滿了複雜的情緒，有幾分忿忿不平，也有幾分無奈，有時也攙雜一分自卑，因此，他的情緒經常處在不平衡的狀態下；所幸，所有的事情並沒有嚴重到他無法忍受的地步，他也就不露痕跡的暗自忍耐下來。

因此，對朝鮮的工作，他沒有意見；任務分配給了費英東，他也立刻表現出「樂見其成」的笑臉……

而對於他這些微妙的心理反應，努爾哈赤並沒有特別注意，但也沒有忽略了他的存在；朝鮮的任務分派完畢之後，就立刻交付其他的使命給自己的弟弟們：

「新歸附的這幾部，人心還沒有全部安定下來，這方面的工作不能疏忽；穆爾哈赤、舒爾哈赤、雅爾哈赤，你們分別親自到新歸附的地方去住上一段日子，要深入瞭解當地的一切狀況，收攬全部的人心，並且挑選優秀的壯丁，施予軍事訓練，三個月後回來，每個人都要交給我一份詳詳細細的報告，說明當地的一切情況，並且交給我一支能上戰場的精銳部隊——記住，這個任務非常吃重，你們不可掉以輕心，或者草率行事！」

說完，他下令：

「你們明天就出發，每人帶五十名部屬協助！」

接著，他繼續規畫新的工作——遼東的女真部落，屬於建州女真的大都已經歸附於他，形成一個新的大「建州」；但，屬於野人女真的幾部和海西女真的扈倫四部還有待努力。

扈倫四部中的哈達、葉赫都與他有婚姻關係，但，這兩方都存在著極複雜的恩怨情仇，還有待解決，烏拉和輝發兩部則有待建立關係……

他處理事情，一向都盡可能採用「未雨綢繆」的方式，以求「早做一分準備，多一分勝算」；對於扈倫四部，他的心裏很清楚，以往，由於建州的實力小得不足以與他們抗衡，反而容易與他們相處，甚至可以利用他們之間相互矛盾的關係來得到一些利益；現在，建州的實力與日俱增，以往所維持的平衡和相互關係，很快就會發生變化。

而葉赫部的納林布祿想做女真共主的野心和企圖，早在他與蒙古姐姐的婚禮上就已經顯露出來過，他從來沒有忽略，更不會忘記。

他提醒自己，要預做準備，擬定出今後與扈倫四部相處的原則、做法，以免事到臨頭的時候措手不及。

但，世上不如意事十之八九——還不等他擬出完善的對策，變故就已經發生。

才一過完年節，葉赫貝勒——他的妻舅納林布祿就派了兩名使者來到赫圖阿拉。

兩個專使名叫宜爾當阿和拜斯漢，外表雖然小有不同，臉上的精明之色卻很一致，一望而知是納林布祿十分得力的屬下。

肩負著特殊的使命而來，兩人一開始表現得非常謙恭有禮，談正事前先去拜見蒙古姐姐，奉上納林布祿送給她的禮物，並且傳達了葉赫部中許多人對她的問候。

而這些家常的禮數一過，兩人回到大廳上，單獨面對努爾哈赤，傳達納林布祿的話時，態度立刻就變了。

「十多年前，遼東這個地方的龍頭老大是哈達——萬汗的威風，擺得天一樣高；只可惜，他已經過去了；風水輪流轉，現在，拿得出兵強馬壯的威風的，可就是我們葉赫部了！」

這幾句話太過驕狂，努爾哈赤的心裏頓生反感；可是，接下去，他立刻產生了警覺的心理——納林布祿不會無緣無故派兩個人來向他說些耀武揚威的話，而必然是有所圖！

於是，他勉強壓抑下心中的不悅，耐著性子等待；半個時辰後，兩人露了底牌，開始對努爾哈赤說出真正的任務：

「我等出發前，葉赫貝勒交代說，烏拉、哈達、輝發、葉赫和建州，名義上是五部，其實自古以來，言語就是相通的，是一國的；像現在這樣的分立五部，分別由五個部長來統領，實在沒道理；現下的情勢既是葉赫最強，便該以葉赫為五部之首，葉赫貝勒為五部的貝勒才是；而現在，你們建州不停的吞併小部，所佔的領地越來越大，竟比葉赫還多——所以，你們應該將額爾敏和札庫木兩個地方獻給葉赫貝勒，以示效忠才對！」

努爾哈赤聽了，心裏火冒三丈，嘴裏發出一聲冷笑，以非常犀利的言辭對兩人說：

「我建州是憑著智慧和武力才逐步取得這些新領地——這些新取得的領地既沒有任何一分一寸來自葉赫部，葉赫貝勒也沒有在過程中幫過忙，出過力；卻無緣無故的想要分享建州努力的成果，開口索取土地——虧你們說得出口？難道不會臉紅？」

他滿臉盡是鄙夷之色，兩道銳利如電的目光直射，看得宜爾當阿和拜斯漢兩人不約而同的避開了目光，不敢正視他；低著頭，聽他滔滔不絕的說：

「想要不勞而獲，那是我最瞧不起的——更何況，對我來說，土地是立國的根本，是我全部建州的子民安身立命的所在，比不得牛羊馬匹、金銀珠寶，哪裏能隨隨便便的拱手送人？葉赫貝勒既然自以為應該被尊為五部之首，就該顯出本事來，憑智慧和血汗去得到土地來服眾，怎麼伸手向人乞討呢？還有，你們兩位都是葉赫部的執政大臣，本該付出智慧和血汗，輔佐葉赫貝勒；他想做乞丐，你們便應該善盡輔佐的職責，勸阻他才是，怎麼還幫他來乞討呢？」

他的話鋒利如刀，罵得宜爾當阿和拜斯漢兩人羞紅了臉，低著頭無言以對，訕訕的站起身子，告退回葉赫去了。

兩人一走，努爾哈赤壓抑下的情緒立刻反彈、發作，他憤怒的在廳上擊碎了一張桌子，隨後大步跨出門，飛身上馬，揚鞭向城外狂奔。

幾個貼身侍衛看他策馬而去，放心不下，跟在他身後追了出去；只是不敢靠他太近，而在百步之遙的身後遠遠跟著。

幸好，努爾哈赤在城外的曠野中狂奔了一陣之後步子就慢了下來，隨即改在原地踏步；然後，他緩緩下馬，立定身子，仰天深深的吸了兩口氣。

大地被冰雪凍成一片琉璃，天上仍在飄著大串的雪花，天地間充塞著一股刺骨的寒意，冷得令人幾難禁受；而努爾哈赤卻藉此使心中熊熊燃燒的怒火降低了溫度，情緒一冷靜，理智就恢復了。

他不再生氣，取而代之的是思考——理智告訴他，生氣是件徒勞的、不會有收穫、無法解決問題的事，唯有審慎、仔細的思考，做出正確的決定，才能解決問題。

因此，他開始在心中仔細考量近十年來的遼東情勢；海西女真的扈倫四部雖然經常陷在你消我長的內鬥中，但，葉赫和哈達確實是大部，領地、人口、武力、財力都超過其他部落甚多；十年前，哈達強過葉赫，近幾年則葉赫強過哈達；而無論兩部之間火併得如何激烈，自相殘殺得如何厲害，實力還是遠超過目前的建州。

「處在兩強環立之下，我該如何自處？」

耳熟能詳的《三國演義》的故事立刻又浮上心頭：

「當時，東吳和蜀漢聯合起來打曹操，這才有『赤壁』的大勝……如今，葉赫既與我為難，我便應聯合哈達對付葉赫……」

可是，再轉念一想，他便否定了事情的可行性：

「現下遼東的情勢不同於三國——三國時只有三國，目前的遼東卻不只三部，大大小小的分了十幾部，彼此之間都存著扯不清的關係……」

他也想到，葉赫和哈達兩部之間雖是世仇，也是姻親，即使平日裏互相打打殺殺，一旦遇到有利可圖的事，還是會聯合起來去奪取；而建州既因為開疆拓土，招來眼紅，這兩部就有可能聯合起來對付建州！

何況，扈倫四部中還有烏拉和輝發兩個大部，以及歸附於四部的許多小部——這些，都不可疏忽！

建州想要在這樣的環境中生存、壯大，必須費上一番心機；以往，建州只是個幾百人的小部，沒被這些大部放在眼裏，當然也就不會引起因眼紅而來的危機；但是，現在不一樣了，有姻親關係的葉赫部第一個就來訛詐土地！

想著這些，他的心情變得十分沉重；但，結論卻不是沒有：

「要想永不受他們的欺壓，唯有將他們一一征服，令他們歸附於我——」

可是，問題的癥結不在結論，而在於過程；於是他開始試著擬出幾個進行的方法來。

「聯合一些小部……與我友好的、懼怕葉赫的……唔，與葉赫友好的也應該爭取，以減少葉赫的實力……聯合與征服應該雙管齊下，這樣，才能積累成足以對付葉赫的實力……

「貿然對葉赫用兵的話，勝算極小；應該先增強建州的實力，等到葉赫內亂，或者與別部發生衝突的時候再發動攻勢……但，葉赫既已將矛頭指向了我，也許，不等我找到機會，就先對建州發動攻勢……不能不防！

「情報要先做好——葉赫如果來攻的話，先弄清楚來多少人；他若只來一部分，我便在半路上設伏，等他前進到一半的時候截斷後路；他若傾巢而出，我便索性來個『真正空城計』，把全部的人開出去，他在這裏撲個空，我卻搗了他的巢，回頭再迎擊他；那時他巢穴被搗，軍士都無心作戰，我就能以寡擊眾了！」

幾個方案一想定，他的情緒逐漸穩定下來，心中有了更深一層的分析：

「納林布祿這個人，有勇無謀，暴躁易怒；武藝雖好，但有膽無識，一心想做諸部之首，卻無雄才大略，不是成大事的材料；他仗著繼承父業，做了葉赫部的貝勒，雖有武力卻沒有智慧，沒有遠見——其實好對付得很！」

想通了這一層，他的信心大幅提高，臉上也開始有了笑容，再踱上幾個方步，便自動躍上馬背，轉回城裏。

遠遠跟著他的侍衛們這才鬆了一口氣，換了一種心情尾隨他回城。

回到城裏，才發現時間已過去許久，連用餐都耽誤了；好在努爾哈赤的情緒已經平靜了，用餐也就帶著一種輕鬆、愉快的心情進行，反倒是餐後回房的時候，他的心情又改變了。

走到房門口，他停住腳步，下意識的一愣——他忽然想到，那等在房中，守候著他歸來的蒙古姐姐是來自葉赫部的女兒，納林布祿的妹妹，而自己正在處心積慮的設想對付、征服、消滅葉赫部的方法！

一愣之下，再難跨步，他竟直直的立在門口。

可是，他的腳步聲早已傳進房裏，一個婢女聞聲迎出，打起簾子，向他行著禮說：

「貝勒爺，您回來了！」

原本在裏屋的蒙古姐姐也已經移步出來迎接他，溫柔的喊了聲：

「貝勒爺！」

「哦，哦──」

一見蒙古姐姐，原本有點飄浮不定的心思又多了幾分尷尬，他從喉嚨裏擠出兩個聲音來掩飾一下，隨後舉步進屋，在座椅上坐定，而蓄意避開蒙古姐姐的眼光，不敢與她對視。

一向細心的蒙古姐姐立刻察覺到了他的異狀，但是沒有出言詢問，等著婢女們奉上茶來之後，她就靜靜的陪他坐著。

自從嫁到建州，她就全心全意的盡力做一個好妻子──其實是從九歲訂親的那天開始，她就在用心學習如何做一個好妻子，並且瞭解建州和努爾哈赤的一切；而從踏入建州的那一剎那起，她開始實際在建州生活，和努爾哈赤以及他所有的家人相處，一年多來，本性聰明、細心的她，已經對努爾哈赤的個性、心志都有了八分以上的瞭解。

在她的觀察、體會和瞭解中，努爾哈赤是個多重性格的人，他熱情、激昂，但也冷靜、理智：他的心思細密，慮事周詳，但是在生活上卻不計小節，甚至大而化之；他對事算計得精細準確，待人卻寬容大度；對待屬下，在處公的時候非常嚴厲，私底下卻情同手足；他像是兩個極端的人融合成一個似的，又可以視情況需要展現出某種個性來；而最令她驚訝的是，努爾哈赤具有超乎常人的意志力、自我要求和自我克制力，使得他既剛強且堅忍，因而精神力量非常大。

嫁的是這樣一個人，她的心中既欣喜且驕傲；她知道，像這種個性的人是少見的大才，自己的丈夫終必做出一番大事業來，成為大英雄。

但是，像這樣的規避眼神和沉默不語的神態，卻是自成婚以來的第一次——蒙古姐姐不免心中詫異，隨後思忖：

「看他這模樣，必然心中有事——」

一轉念，她立刻做出判斷：

「今天葉赫派了人來——唔，必定有了來自葉赫的問題，否則，他不會是這樣的……」

雖然她無法猜測出雙方究竟發生了什麼樣的衝突，但，想到了這一點，她的心頭立刻蒙上陰影。

一方是娘家，一方是夫家，無論發生了什麼樣的衝突，都是哥哥和丈夫之間的衝突——兩方都和自己有著密不可分的關係！

她的心裏難過了起來，再偷眼去看努爾哈赤，他還是沒有說話，只藉著喝茶的動作來掩飾無言；她不由自主的在心中發出了一聲嘆息，但，她本性外柔而內剛，並不是逃避現實的懦者，平時不多話，遇到困難時卻勇於面對；因此，她在嘆息之後的反應是主動詢問努爾哈赤：

「貝勒爺，您今日進門到現在都不說話，可是心中有什麼不快？」

努爾哈赤頓了一下，順手放下茶碗，然後定定的看著她，伸過手去握著她的雙手：

「我方才在思索一件事，想定了以後進門來，才想起這事會令你傷心，所以，一時之間，無言以對！」

他說得坦白，態度誠懇，蒙古姐姐體會到了他的細心和體貼，卻因為證實了自己的猜測，眼眸中不由自主的泛起了兩汪水霧：

「是關於葉赫？」

她一邊問，一邊極力的控制著不讓淚水溢出；努爾哈赤看著她的臉龐，心中微有些兒不忍，但又不願意欺騙她，於是點點頭，簡短的把葉赫來使的話向她轉述了一遍，隨即又吁著長氣告訴她：

「無論能拖多久，到頭來，建州和葉赫，終究免不了一戰！」

蒙古姐姐的眼淚再也控制不住了，撲簌簌的落了下來；努爾哈赤心中一緊，雖然為難，但連忙想出話來安慰她：

「你這是何苦？就算建州和葉赫開起戰來，也礙不到你的——再說，你若想回葉赫，我也不會攔你！」

哪裏知道，這句話卻使原本已經傷心流淚的蒙古姐姐更受刺激，個性中剛的一面被激了出來，眼淚瞬即停止，取而代之的是兩道堅毅的眼神，直直的射向努爾哈赤，臉也仰了起來，迎向努爾哈赤，並且以鎮定的聲音對他說：

「我是父親作主許配於你的——父親在日，沒有教導過我如何在建州、葉赫交戰的時候回到葉赫去，只教導我如何盡心做你的妻子——如果你要我回到葉赫去的話，我便只好去到父親跟前，請示我該如何自處！」

一聽這話，努爾哈赤心中大驚——他再也料想不到，一向柔順的蒙古姐姐竟會說出這樣的話來——他突然發現，成婚一年來，自己竟然沒有認真的去瞭解她，不知道她是如此烈性的女子，更不知道自己在她的心中有如許的分量。

他感到驚異，隨之而來的是感動，心中更開始湧起一分汗顏；以往，他從來沒有把兒女私情和夫婦的情愛擺在生命的第一位，尤其是自從雪靈死後，他心中的愛情也跟著死亡了，娶妻、納妾，對他來說，都是生活上的一部分，甚且只是一種聯合他部的工具而已——迎娶蒙古姐姐，從一開始到葉赫部求親，就是打著「聯合葉赫」的主意；娶進門後的這一年多來，雖然相處得恩愛融洽，卻從來沒有觸及到內心深處的情愛，更不曾走入她的生命中，瞭解她心中的感受……

於是，他連忙將蒙古姐姐緊緊的擁在懷中，輕聲對她說：

「我說錯了，你不要放在心上！」

蒙古姐姐的臉龐埋進他的胸口，沒再說話，眼淚卻又開始往外淌。

過了好一會兒，努爾哈赤才又說了一句：

「謝謝你的支持——我在思考葉赫問題的時候，不會再當你是葉赫部的人了！」

8

葉赫部的問題實在是棘手，第一次索討土地不成，野心勃勃的納林布祿不久又展開了第二波行動。

一向有勇無謀、粗暴魯莽的他，這一次竟用起了心眼，聯合了其他幾部一起來對付建州；並且不出努爾哈赤預料的，哈達和輝發兩部因為有利可圖而和納林布祿站到了同一陣線，矛頭一起朝向建州。

於是，納林布祿派出了尼喀里、圖爾德兩名使者——哈達貝勒孟格布祿派出了戴穆布——輝發貝勒拜音達里派出了阿喇敏——幾個人組成一支浩浩蕩蕩的隊伍，目標一致的來到建州。

努爾哈赤早就知道他們的行動和來意，只是，他看對方這次所採取的是文鬥的方式，考慮完對策之後也就按兵不動，等著來人上門。

隊伍到達後，他裝作不知來意，當作是有客來訪，做主人的他伸開雙臂，熱情的歡迎客人，並且大擺排場的設了豐盛的酒宴，招待遠來的客人。

可是，這分別來自三個部落的使者，都肩負著特殊使命，任務完成以前，心中有事，人坐在席上，根本食不知味、酒不覺香，一個個都是臉上故做無事，眼中卻藏不住，顯得魂不守舍——這種眼神哪裏逃得過觀察力特別敏銳的努爾哈赤的眼睛？看得他心中暗暗發笑，一面卻又捉弄他們似的頻頻勸酒，再看著他們難以下嚥的模樣，連臉上都笑了。

終於，這些使者們隱藏不住了……

來自葉赫的圖爾德首先站起身來，藉著酒意掩飾，也藉著酒壯起膽子，鼓起勇氣向努爾哈赤說道：

「建州貝勒盛情招待，我們心中萬分感謝；但我等本是奉命前來傳話，要把三部貝勒的話傳述給您，又怕引起您的怒氣，受到您的責備，可怎麼辦呢？」

努爾哈赤正色看他：

「你不用擔心，你不過是奉命傳述，只是個傳聲筒，講話的還是你的主人，我即使生氣，也不會遷怒於你、責備你的——更何況，我的原則是，你主人說的是好話，我就好好的聽；如果出的是惡言，我便也派人去到他面前惡言相向，作為回報！」

他早有言出必行的名聲在外，圖爾德放心了，於是毫無顧忌的直述：

「我部貝勒命我傳話，說：要你給地你不給，要你歸附，想必也不會答應；看來，不給你點苦頭吃，你是不知道葉赫的厲害！看吧，等有朝一日，兩國興兵，是我能拿到你的領地呢，還是你能踏上我的領地！」

努爾哈赤心中雖早有準備，一聽這話還是勃然大怒，他「虎」的一聲站起身子，圓瞪著雙目，順手抽出腰上的佩刀，一刀斬斷身前的桌子，發出「喀」的巨響；緊接著，裂開的桌子折倒在地，桌上的餐具、食物墜地，「哐啷」亂響，場面令人心驚肉跳。

他噴火似的怒吼隨之發出：

「幾年來，我建州人人勤奮不懈，開創出局面；每一塊土地上都流過弟兄們的血汗，每一座城都是拚著命打下來的；而葉赫部呢？自從清佳砮和楊吉砮兩位老人家去世後，年輕的一代只知坐享其成，仗著父親留下的基業耀武揚威——納林布祿曾經親自上過戰場，和敵人拚個你死我活，而取得土地嗎？對他來說，親臨戰陣，馬首相交、破胄裂甲、流血流汗，都是做不到的！他只會做父親的寄生蟲——」

接著，手上的佩刀向前一指，指向哈達的使者：

「哈達也一樣，幾個弟兄全都是依賴萬汗的寄生蟲；萬汗死後，子孫竟然自相殘殺，爭權奪利！」

他重重的冷笑一聲，滿臉不屑的說下去：

「葉赫的聲勢超過了哈達，哪裏是納林布祿的努力呢？根本是因為哈達內亂，兄弟互鬥，自己削弱了實力，才由衰變弱；要不是這樣，葉赫怎麼勝得過哈達呢？納林布祿撿了現成的便宜，就自以為是英雄了，在我看來卻只是一隻紙老虎——兩國興兵又怎麼樣？儘管放馬過來，我自會讓他明白，是葉赫能拿到我的土地，還是我能踏上葉赫的領地！」

三部的來使全都冷汗直冒，一聲也不敢吭出來，而他高高的站著，目光如電，寬闊的肩膀揮出有力的手勢，手中的佩刀閃著鋒利的青光。

「披著一張老虎皮，實際上卻是個懦夫——在我的眼中，納林布祿根本就是個懦夫；只會趁哈達部窩裏鬥的時候去佔些現成的便宜，卻不敢去找明朝討回公道——試問，他的父親被明朝的李成梁殺害的時候，他的反應是什麼？是下馬跪地，向李成梁求饒——別說是復仇，連討回屍體埋葬都不敢！像這樣的懦夫，還配站在我面前？有臉向我伸手要土地？」

說完，他又發出重重的冷哼，而且手上的佩刀應聲而出；一道青光從半空閃過，掠過來使的頭頂，嚇得三人驚出一身冷汗；但他擲刀並無傷人之意，刀法又準，刀身向上疾去，「突」的一聲插入屋梁，露在梁外的半截刀身和刀柄輕搖幾下，發出冷冷的青光。

三部來使嚇得連抬頭去看刀都不敢，自顧自的緊低下頭，心裏卻認同努爾哈赤的話——幾個人對他的事跡都很清楚，五年前，他的祖父和父親被殺害的時候，他的反應是理直氣壯的去到遼東巡撫衙門，要回屍體埋葬，和納林布祿比較起來，確實勇敢得多了……

而努爾哈赤根本不理會他們的心聲，擲出佩刀，一甩手，掉頭就走。

大步跨進廳後的休息間，他趁著怒意立刻提筆作書，用蒙古文寫了一封信給納林布祿，把自己瞧不起他的話宣泄了個淋漓盡致。

寫完信，抬頭看見侍立在門口的侍衛，他便吩咐去傳宣一名負責文書的巴克什進來。

不多時，一個名叫阿林察的巴克什跑著小步子進來了。

阿林察是個年輕的武士，一向喜歡讀書，天資不錯，也認真向學，是新一代的人才中書讀得最好的一個，因此被派作負責文書的巴克什；他工作努力，平常就很得賞識，努爾哈赤一看進來的是他，心裏先點了兩下頭，立刻交代他任務：

「你送我的信到葉赫部去，要當著葉赫前、後兩寨的貝勒卜寨和納林布祿面前，大聲朗誦出來；如果你心裏害怕，不敢當著他們兩個朗誦，那你就留在葉赫部，做他們的子民，不用回來見我了！」

阿林察生平第一次單獨擔任這麼重大、困難的任務，表現出來的是一股初生之犢不畏虎的氣概；他大聲的回覆努爾哈赤說：

「我只跟隨在英雄麾下效命，不能追隨狗熊的左右——即使葉赫貝勒生氣了要殺我，我也會在斷氣以前把信念完！」

說完，他立刻啟程出發，懷著信，馬不停蹄的趕到葉赫部。

葉赫部中先得到消息的是卜寨，他的年紀比納林布祿大些，個性比較溫和，行事也穩當、周到得多，納林布祿幾次對努爾哈赤提出索地的無理要求，他不贊成，但是無法阻止，原已陷在煩惱中；這一聽說努爾哈赤派人送信來，心中猜到緣由，也立刻決定採取「息事寧人」的原則來處理這件事——他派人迎接阿林察，並且直接將他請入自己的家中，而不在寨子的大廳裏接見他，以避免和納林布祿打照面，發生衝突。

可是，阿林察無法領受他的好意，而非常固執的提出：

「建州貝勒命我在葉赫的兩位貝勒面前大聲朗誦書信，我一定要完成任務——」

卜寨嘆了一口氣，好言好語的開導他：

「納林布祿個性衝動，一定是他出言不遜，激怒了努爾哈赤——我很慚愧，一邊是弟弟，一邊是妹夫，竟然無法調解糾紛！唉！努爾哈赤的信你就交給我吧，我寫封回信給你帶回去，證明你已完成任務！」

哪裏知道，阿林察還是不肯接受，頭搖得像撥浪鼓，一口一聲的說：

「努爾哈赤貝勒交代，一定要在兩位貝勒面前朗誦書信！」

卜寨只得騙他道：

「納林布祿現在不在寨中——他到輝發部去了，要好幾天才會回來——我是他的哥哥，是葉赫部的大貝勒，比他更能代表葉赫部；努爾哈赤要你大聲朗誦書信，你就在我面前朗誦吧，我代表全葉赫部的人聽！」

這麼說，阿林察就接受了，於是，他自懷中取出努爾哈赤的親筆信，站在卜寨面前高聲朗誦一遍，誦完再把書信交給卜寨，這才懷著「功德圓滿」的心情返回建州。

當然，他根本體會不到卜寨的心情——卜寨原本就陷在煩惱中的心情，因為他這趟任務，又增加了許多打擊和負擔，變得惡劣不堪。

努爾哈赤的信中嚴厲的提出譴責，尤其是回溯到清佳砮、楊吉砮的死，身為人子，竟然連父親的屍體都不敢去要回來安葬，是懦夫的行為——這段話犀利如刀，刺在他心中，使他痛苦難當。

對這件事，他也指責自己是懦夫——

信中又指責納林布祿怯於為父報仇，卻恃強向建州索地，更是懦夫的行為——這點，他也一樣自責，身為哥哥，竟阻止不了弟弟做這樣令人汗顏的事！

而這件事所帶來的後果更令他難過：

「葉赫和建州終究難免一戰……」

想著想著，他忍不住喃喃出聲，自言自語的下了結論，臉上神情慘然，心中如遭凌遲。

彼此為郎舅，卻要在戰場上殺個你死我活，何異於骨肉相殘呢？

「第一個夾在中間為難的，就是蒙古姐姐……」

姑姑溫姐嫁到哈達部之後所發生的悲劇已然無法挽回，現在另外一個悲劇又將展開……他連連搖頭嘆息，坐立不安，只能起身踱步，而結論依然是無奈：

「情勢已經形成了，任憑什麼也改不了！」

而這個結論，努爾哈赤倒是和他有著共識：

「總有一日，要和葉赫一戰……情勢已經形成了，任憑什麼也改不了！」

9

天氣好的時候，夕陽西下的過程非常美；日色從萬丈光芒的璀璨中逐漸凝斂下來，暈成天邊綺麗的彩霞，金橙紅紫交映，瞬間千變萬化，而後整個在天的盡頭沉落，天幕隨之轉入黑暗，大自然周而復始的運轉便又再完成一次。

可是，這圓滿與完成的美，看在李成梁眼裏卻是一種殘酷——他背剪雙手，站在樓頭遠眺天色，夕陽一分分、一寸寸的沉下，他的心也跟著一分分、一寸寸的往下沉，沉進無底的深淵裏，帶給他的是混合著下墜、虛弱、無力的難受的感覺，這感覺無法消除、排解，他只有默默咀嚼滋味，強自忍受煎熬。

身旁站滿了隨侍的人員，但他是寂寞的。

默默的舉頭向天，他一動也不動的站著；直到天色全黑的時候，他還是保持著同樣的姿勢，出神似的佇立；隨侍的人員沒有得到命令，誰也不敢動彈一下，因此，每一個人都像木偶似的陪他佇立；不料，天黑以後，天氣迅速轉涼，沒到一個時辰便寒氣森森，隨侍的人員個個年輕力壯，還無所謂，李成梁自己卻不行了——年紀大了，精神處在茫然無覺的狀況，肉體卻是活生生站在寒氣中，受到了侵襲，登時發出幾聲「哈啾」，鼻涕隨之而來，當天晚上就發起燒來。

以往，他極少生病，強健壯碩的身體有如鐵打銅鑄，絕無倒下來的可能；但這次完全不一樣，受了風寒本是小病，卻拖了許久沒有痊癒，一個月以後還帶著咳嗽，尤其是夜裏一躺下就咳個不停，使得原本就很難入眠的他幾乎整夜無法安睡。

「老……我真的是，老了嗎？」

表面上當然一點痕跡也沒有，私心中卻怎麼也控制不住，他對自己發出詢問，而答案是肯定的，他卻又立刻不採信、不承認似的全盤推翻……這樣反覆著，到了夜裏就更難入睡，咳嗽更難痊癒，精神越發的差了，好幾次思考重要事情的時候，心緒竟然無法集中、無法專注。

自己立刻警覺到，也立刻從心底深處發出一陣驚怖的戰慄。

「這，怎麼會呢？怎麼會這樣子？」

人老了，體力衰退了，連智力也跟著衰退嗎？為什麼精神會不集中？

想來想去，答案只有一個「老」字，可是，心中一頓，倔性登時激出；他突然從病床上一躍而起，暗自咬牙切齒的對自己說：

「不，不行——不能老！還有很多事——遼東大事小事幾百樁，都由我作主！」

於是，他立刻命人上來，為他換上一襲筆挺的新衣，為他重新梳髮沐臉；然後，他在意志力的支持下，現出精神抖擻的樣子，跨著大步到書房去理事。

眼前確實有許多事待辦，而且都是些要大費精神的事——他著力的警惕自己：

「可再也不能有什麼疏失了！」

這個警惕並不是沒來由的，最近這兩年來，他的手氣大不如前，幾樁戰事都進行得不順遂，朝中、民間的非議已經日漸增多：

先是前年的萬曆十七年，三月，土蠻又來犯，攻掠了義州，接著入太平堡，他派把總朱永壽應戰，結果大敗，全軍覆沒。

九月，敵軍再度來犯，以三萬騎攻平虜堡，他派了備禦李有年、把總馮文昇率領大批人馬抵禦，結果又是大敗，李有年、馮文昇和數千官兵陣亡，敵軍在瀋陽、蒲河、榆林等地，大肆搜括劫掠達八日才心滿意足的退去。

到了去年的萬曆十八年，情況更壞。

二月間，土蠻——圖們可汗的兒子布延臺吉、黃臺吉❶，與他們的兩個叔叔大、小委正，聯合了西部的叉漢塔塔兒，聚眾五萬，大舉進犯；他派出大批軍隊截擊，不幸遇伏，陣亡了好幾千人；他深恐朝廷見責，掩敗為功，並且殺了一批良民冒充敵寇，報了兩百八十首功；朝廷遠在北京，當然好騙，立刻下旨增祿廕；但是，新上任的、近在咫尺的遼東巡撫郝杰卻似乎有所覺，開始特別注意事實的真相，對他的戰功一言不發的持保留態度；他照以前的法子，派人送上厚禮，不料郝杰不收，委婉退回，這個軟釘子成了心裏的大陰影——巴結、賄賂不成，就等於有兩道小辮子抓在別人手上——這件事做得太不漂亮了。

接下來的情況更壞，敵軍在吃到幾次甜頭之後，犯境的規模擴充得更大，幾部聯合，糾集了十萬騎，浩浩蕩蕩的進犯海州；相對的，在連敗幾場，看到同袍們幾次集體陣亡的前例後，他手下的將士竟無人敢應戰，聽憑敵軍劫掠數日而去。

事情傳報到朝廷，反應當然更壞，於是，派遣給事中侯先春到遼東來走一趟，名義上是「閱視」，實際上的任務當然是瞭解詳情。

「算算日子，再有個三四天就到了！」

他的情報依舊做得滴水不漏，侯先春和隨從的車隊無論走到哪一站，做了些什麼事，他都能夠快速得到準確的報告；但是，掌握侯先春的行蹤，除了能夠預知他什麼時候到達以外，別無作用！

但他不在乎，他認為，侯先春和本朝所有的文官一樣，是個從小埋首在八股文的做法中，考中進士出身，循著正常管道一級一級往上爬的官，對於軍事、邊政都沒有深入瞭解，年紀也輕；要把他唬得高高興興的回北京去，一點也不難——他有十足的把握。

他真正傷透腦筋、要費大把精神來對付的是遠在北京的朝廷。

雖然遠在邊關，但因消息靈通，他便確知，目下的朝政已經敗壞得有如癩痢頭上的疔瘡，只要輕輕一碰就會流出膿水來，而他的靠山申時行等要人，早已是泥菩薩過江，自身難保了。朱翊鈞再次停止上朝理政，冊立皇太子的事當然就擱下去了；而朝中的大臣既見不到朱翊鈞的面，也終究沒有勇氣衝進皇宮裏去找他面對面的講話，於是矛頭還是指向首輔申時行。

這一羣羣對申時行施加壓力的大臣中，固然有一部分是為了自己的政治理念而行動，有一部分卻是因為私人恩怨，甚或原本就是申時行的政敵，或者眼紅首輔寶座的，以往苦於沒有機會逼他下臺而隱忍……幾種人加在一起，為數非常多，集合起來是一股很可觀的力量。

申時行當然不甘示弱，立刻率領自己的人出手反擊；出手前，他做了一番仔細而審慎的評估、推論之後斷定，這次的風波，背後的主謀就是他的假想敵——次輔許國，他認為，許國覬覦他首輔的位子已久，不時把抓到的小機會擴大成大風浪來打擊他，以逼迫他下臺，然後取代他的位子；得到這樣的結論後，他決定採取「擒賊先擒王」的方法來對付所有反對他的人——先對主謀的元凶巨惡許國下手。

於是，一羣大臣間的明爭暗鬥比之從前又加重了幾倍，朝政當然而然的更混更亂……

註一：《蒙古源流》記：「札薩克圖·圖們汗生子布延臺吉等兄弟共十一人。長布延臺吉乙卯年（嘉靖三十四年·一五五五年）生，歲次癸巳（萬曆二十一年，一五九三年）三十九歲，即位。大眾稱為徹辰汗。」其後於一六〇三年去世。布延臺吉在《明史》中記為「卜言臺周」。

10

申時行和許國的鬥爭當然是在暗中進行，如鴨子划水般，雙腳藏在水中拚命使力，露出水面的身體若無其事，臉上的表情甚且顯得悠哉悠哉、怡然自得——兩人在表面上看起來相處甚歡，見面的時候，總是相互拱手作揖，極盡禮數周到之能事；談起話來更像推心置腹似的誠懇、互相關愛，一副肝膽相照、同心協力輔佐皇帝為萬民謀福利的樣子。

而在私心中，兩人都怨毒了對方，恨不得一刀殺掉對方的政治生命，逐出大明朝廷；因此，兩人各扛著一把無形的大刀，抓到機會就往對方砍去。

本朝的「言官」制度成為兩人最常利用的一把刀——言官在朝廷上攻擊大臣有「免責」的特權，正直的言官當然可以因此而根據自己的良心言所欲言；只可惜，舉世之中，正直的人只佔著極少數，言官根本良莠不齊，常有不肖者「為反對而反對」、「為攻擊而攻擊」，甚至與朝臣結為朋黨、接受賄賂而代為攻擊政敵，成為政治工具；但是，在需要工具來為自己剷除異己的權臣來說，這樣的言官是他們最得力、最不可或缺的……

因此，兩人不約而同的利用起言官來；起初，雙方較勁的結果是申時行略佔上風；原因倒不是因為他手段高明，而是因為他是首輔，比許國官位高一級，阿附他的人多了一些而已。

但是，許國也不是省油的燈，在他的努力運作下，除了一些原本反對申時行的人，很自然的來加入他的陣營外，原本對他兩人都很有反感的人，基於「聯合次要敵人，打擊主要敵人」的原則來助他一臂之力，甚或希望他兩人維持勢均力敵、鬥得兩敗俱傷以便從中牟利的……加在一起，總數很不少，力量也不弱，幾次戰鬥的結果總是每五個回合戰個三敗兩勝，輸也輸不了太多；而當申時行因為立儲、築陵等等風波飽受輿論攻擊的時候，這派人便趁機用力的打落水狗，戰勝的次數就更多了，逐漸與申時行戰到平手。

當然，除了利用言官以外，許國還開闢了許多足以打擊申時行的戰線，例如，顧憲成本不是他的人，也沒有被他收買的可能，但是只要能打擊申時行，他就不在乎是不是自己的人，於是他暗助鄒元標、趙南星等人，把顧憲成調回京師來任官❶；此外，他也極力拉攏朝臣中的「中間派」、「少壯派」，使他們成為言官之外的另一支兵團；對於三輔王錫爵，更是竭力下工夫拉攏過來……

終於，決戰的時候到了。

導火線是一樁邊關上的戰事——原本遊牧於塞外的火落赤進犯臨洮、鞏昌等幾個地方，大肆搶劫燒殺；事情十萬火急，地方官立刻以「八百里快傳」❷飛報朝廷，因為事關重大，而且緊急，朱翊鈞只得暫時離開福壽膏和鄭玉瑩，在暖閣召見內閣大學士們來研究如何處理這件事。

申時行的意思是比照蒙古的方式處理，安撫，封個名號，許以通貢、開市，以和平解決的原則為上，方合乎古代聖君明主「懷遠人」的政治理想；許國的意見卻相反，他認為火落赤內犯擾邊，已經違反了雙方所定的盟約，桀驁已極，簡直不把大明朝放在眼裏；對這種不遵守約定的塞外民族，朝廷應該派出大軍將他們打敗，令他們屈服、投降，以安民、定邊；最後，他強調申時行的意見不好，因為，朝廷如果不採取強硬的手段，而一味的安撫、懷柔，乃是「長他人志氣，滅自己威風」，更何況，如果外族犯邊，不但沒有受到處罰，反而能得到安撫等等優惠待遇，豈不讓其他的部落看了跟進——犯邊能得到安撫的好處，那麼，所有的人都來犯邊了！

聽了這個說法，除了申時行以外，都紛紛點頭；而朱翊鈞畢竟是個血氣方剛的年輕人，一聽這話便合意，心裏登時湧起了興奮與好奇的念頭：

「朕從來就沒有看過人打仗，真不知道打起仗來會是什麼樣子……唔，這一次，朕一定御駕親征……嘿，那準是件新鮮、刺激的事……戲詞兒裏說：『千軍萬馬』，這一回，朕一定要親率千軍萬馬出征，比演戲神氣多了……」

他的眼珠子上下左右一轉，這麼一個頑童似的想頭登時確立，因此，還不等大學士們討論出一個結果來，他就已經決定採納許國的意見。

只奈，大學士們稟承著本朝文臣好議論的傳統，一件事老要反覆議論，大半天都議不出結果來，每個人各持己見、僵持不下，十天半月都結不了案，而他卻等不及了——一個時辰後，大學士們還在滔滔不絕，他的福壽膏癮卻上來了，再過不了片刻就開始打起呵欠、伸起懶腰；再過一會兒，連坐都坐不住了，心裏頭什麼新鮮、刺激、戰爭等等想頭全部開始降溫，逐漸被一個念頭取代，那就是回到煙榻上去吞雲吐霧。

於是，大學士們在嘰呱些什麼都不重要了，他也不想聽了，起身擺駕回後宮去了。

他一走，情勢當然立刻改觀；大學士中地位最高的是首輔，因此，原來持「鴿派」理論而落敗的申時行反敗為勝，以首輔的身分下了結論；主戰的「鷹派」便只得草草的偃旗息鼓，含恨而歸。

火落赤進犯的事件於焉定出以「安撫」為原則的處理方式，不久就下旨由地方官執行，在朝廷中也就結案了；但是，因這件事件所引起的鴿與鷹的內鬥卻開始了，而且隨之如火如荼的展開。

許國的門生萬國欽眼看自己的恩師在這次政爭中，莫名其妙的由勝落敗，心中不平，立刻上疏彈劾申時行；而申時行的門生任讓又挺身而出，為師報復，上疏彈劾許國……

兩造人馬各自出動，登時殺得烏雲滿天，日月全被遮蔽，滿朝大臣幾乎沒有人弄得清楚誰是誰非、誰黑誰白……

而就在雙方廝殺得正起勁的時候，邊關又有事了；這次的「八百里快傳」來自南方的福建，事端是日本浪人勾結琉球海盜一起入寇，連連騷擾好些地方，百姓叫苦連天；而且因抗倭名將戚繼光已經病逝，繼任的總兵官經驗不足，派兵前去進剿總是無功而退，問題便越來越嚴重。

於是，內閣大學士們重新為邊事而忙，朱翊鈞只好再次勉強自己召見他們，討論「抗倭」的事；而就在討論將近結束的時候，許國抓住機會借題發揮；他說：

「最近，四夷叛服不定，不時滋事，舉國上下都應同心協力，一起『攘夷』才是；但是，朝廷之中卻盛行攻擊，諸多小臣們受了指使，不時無中生有，惡意攻擊在上位者，致使擔當重任的大臣們不安於位；現今國家多事，如果大臣們都被逼得辭官求去，這些事故誰來處理？請萬歲爺降旨，令所有臣子，應以開闊的胸襟盡忠職守，而不要盡鬧些意氣之爭，讓四邊的小夷看笑話！」

這個奏，表面冠冕堂皇、躬忠體國，實際上是指出給事中任讓對他的彈劾為出自申時行的指使，也順道把言官們吵來鬧去的現象暴露給朱翊鈞。

朱翊鈞正嫌自己的耳根不得清靜，這一番奏正合心意，於是立刻採用許國的意見，下令言官們統統閉嘴，不得再上疏議論大臣，否則嚴懲——只是，他完全不知道，這段日子來言官攻擊大臣的諸多事端，大都是許國挑起的！

而這麼一來，許國佔盡了便宜，意見既為朱翊鈞所接受，大大得了面子，也藉此閉住了所有的言路；既撇了清，也堵住了攻擊者的嘴，他便在表面上大力擺出一副「老成謀國」的崇高……但是，掩不住心中的得意，沒人的時候就連連偷笑。

然而，世事畢竟是不如意者十之八九；他的笑聲還未停，新的變故又發生了。

為了冊立太子的事，朱翊鈞早在去年就已經宣了內閣大學士進宮去，明白的指示：

「朕最不喜歡大臣們七嘴八舌的議論紛紛，弄得朕半天都不得清靜；給不明白事情底細的人聽得一言半語，只當皇宮裏面父子君臣天天都在鬧彆扭，不知道要生出多少是非、謠言來；所以，朕看這些章奏，簡直就是在挑撥離間朕父子，朕才氣得一概留中不發——但，假使朝裏不再有人拿立儲這件事來囉哩囉唆的煩擾朕，等到後年，朕就下冊立的旨意，否則，就等皇長子十五歲的時候再說！」

這個說法，其實不過是隨口敷衍，先堵住廷臣的嘴，圖個兩年的耳根清靜；可是，申時行立刻就拿「君無戲言」的老掉牙的觀念來確立這話的權威與可信，並且拿住雞毛當令箭似的，一再告誡朝臣們在朱翊鈞自己所規定的期限內停止發言，以免激怒朱翊鈞，使事情再生波折。

「事緩則圓，事緩則圓——」

他再三強調欲速則不達，並且連連阻止大臣們發言。

這做法，確實迎合了朱翊鈞的心意；但是，對於朝中渴望早日立儲的大多數人而言，卻十分不滿意，雖然不敢再任意上疏議論、彈劾，但私底下卻罵盡了申時行——久在官場的許國當然不會隨手放過這個可以攻擊申時行的機會，於是，他不停的在暗中搧火、加勁，把原本就已波濤洶湧的官場弄得怒潮澎湃。

然後，一個極難得的機會來了——朱翊鈞所自訂的兩年期限才過了一半的今日，工部主事張有德冒冒失失的闖了個禍。

他是因為冊立皇太子需要工部事先準備許多配合儀式的建築、裝潢及所應用的各種物品，而這些都需要一年左右的時間籌備，因此，他提早一年開始規畫，並且上疏請示冊立大典的儀注。

這下，朱翊鈞逮到機會了；他趁機大發脾氣，先是指責張有德違反聖旨，在他所訂立的時間才過了一半的時候來向他囉唆立儲的事；接著，他借題發揮：

「既有人違反了朕的旨意，便須受罰——朕便罰以冊立皇太子的事再延一年！」

大臣們每個人都知道，這根本就是朱翊鈞不願早早冊立常洛為皇太子而找的藉口，可是，他理直氣壯，話又說得斬釘截鐵，竟一點也沒有商量的餘地。

身為首輔的申時行當然不敢抗爭，更自知這件事和自己的態度都會引起軒然大波來，便索性採取「退一步海闊天空」的做法，找個理由告假，避開鋒頭。

哪裏知道，他自己再怎麼使盡心機逃避面對現實，別人卻不放過他——內閣的大學士們決定集體上疏抗爭，要求朱翊鈞取消延期冊立皇太子的計畫；即使他告了假不在朝中，沒有參加議事，卻因他本是輔臣之首，許國主持會議時，在擬定的聯名上奏的奏疏中，便將他的名字列在第一位，並且不等他銷假回朝就呈了上去。

這封聯名的奏疏當然令朱翊鈞龍心不悅，在後宮裏又拍桌子又罵人的發了好一大頓脾氣；而申時行一聽說這事，唯恐影響自己在朱翊鈞心中的觀感和地位，竟忙不迭的上疏，為自己和這封聯名疏畫清界限：

「老臣方在告假中，事先既不知情，當然沒有參與——是次輔許國，趁老臣告假時，擅自列上名字，請萬歲爺明察！」

接著，他迎合著朱翊鈞的心意說：

「冊立皇太子之事，萬歲爺心中主意早定；一般無足輕重的小臣既無從得知聖意，又沒有資格過問；張有德官卑職小，不知輕重，不明原委，胡亂上疏，擾亂視聽，宜付有司論罪；而立儲大事，本應由萬歲爺聖裁獨斷，固不宜因為無知小臣的言語而受影響！」

這番交心，朱翊鈞接受了，也給了他點好臉色看，派個太監來傳上幾句嘉勉的話；可是，這件事在朝臣之間所引起的是軒然大波。

由於立儲是朝臣們努力了多年、費盡力氣爭取的事，而現在，申時行竟然為了保住自己的首輔位子，把大家多年來的努力全踩在腳下，當作他維持首輔寶座的基石，當然引起公憤，別說是原本反對他的人，就是原先依附他的人也實在看不過去了，紛紛發出反對的意見，一時之間，他陷入了「千夫所指，無疾而終」的地步。

有的人指責他沒有為人臣的氣節，不但不敢據理力爭，反而阿附帝心，致使皇太子遲遲未能冊立，耽誤國事；有人罵他無恥，並以「士大夫之無恥，是謂國恥」的基點來議論；更有人引「鄉愿，德之賊」的典故，給他加上了「老賊」的罵名；於是，幾乎人人上疏批鬥他、議論他、謾罵他，輿論也開始制裁他。

這許多人中，最大聲疾呼的當然是許國——他主張內閣應該總辭，以去留的實際行動來為立儲的事負責，喚起皇帝的注意，也證明自己的忠誠、坦蕩；於是，一連幾天，他都在申時行面前拿話激他，逼他和自己一起上乞休疏。

終於，申時行被他逼得受不過了，而且當著百官面前也拉不下臉來逃避，只得在眾目睽睽之下，和他一起上了乞休疏。

而申時行的心裏還有幾分篤定——他認為以朱翊鈞平常對他的態度，以及前幾天還得到過嘉勉的情形看來，乞休疏呈上去之後，一定能得到慰留，所以，他的心情並不沉重；甚且，他一面上請辭疏，一面暗自在心裏巴望事情進行得快一點：

「聖旨若是早早的下來，面子會更大……唔，辭官不准，聖諭慰留——這豈非大大的上臉！」

誰知道，這一回卻「君不從臣願」——聖旨倒是很快就下來了，但是，內容大大出乎他的意料——對於首、次二輔的乞休，朱翊鈞的反應竟然是二話不說的照准！

有如一記晴天霹靂當頭而下，申時行登時被震得錯愕萬分，愣在當場；但，他久歷官場，雖然錯愕、震驚，一顆心往下直墜，卻只過了片刻，神智就恢復正常。

他知道，這一回，無論自己是著了許國的道，還是弄巧成拙——什麼原因都不打緊，結果已經呈現在眼前，自己的政治生命結束了，無法挽回了；現在唯一能做的事，就是立刻捲起鋪蓋回老家去——下臺要下得乾脆，走人要走得漂亮，那麼多少還能維護自己僅餘的一點點尊嚴，而不至於醜態百出，連帶影響兩個兒子的政治生命……

註一：顧憲成謫桂陽州判官後，不久遷處州推官，丁母憂，服除後補泉州推官，舉公廉第一，不久擢吏部考功主事，歷員外郎。

註二：明代最緊急的公文用「八百里快傳」運送，其次六百，其次四百；意思是快馬以一天急行八百華里的速度運送。

11

由於申時行下臺的速度快到連他自己都意想不到，更遑論於李成梁……

儘管在京師遍布耳目，消息靈通，但是這突如其來的消息還是令他措手不及——當這個消息以最快速度的「八百里快傳」傳到他耳裏的時候，申時行的人已經離開了京師。

接著，骨牌效應很快的產生，該來的都來了。

從前，由於朝中權臣的包庇，他在遼東的無法無天全都以「一手遮天」的方式掩蓋了；朝臣們或由於受了賄賂，或由於懾於威勢，以致沒有太多的人議論他；即或偶有巡撫、言官，得知他在遼東的不法情況，提出來議論、彈劾，這些奏章也全都被悄悄攔下，到不了朱翊鈞跟前；但是現在就不一樣了。

侯先春的閱視是一個導火線——侯先春來到遼東時，他大費心力安排，除了在招待、供應各方面做到零缺點之外，還特意規畫了一場工作方面的表現，希冀在侯先春面前邀功，讓他回朝時候替他轉述、美言。

因此，他精心擬定一個出擊的計畫，命副將李寧率領大批人馬出鎮夷堡偷襲板升。

這趟任務，出去的時候十分順利，李寧不費吹灰之力就到達了目的地，一陣斬殺，得了兩百八十首功，於是凱旋班師；不料在歸途遇上大批敵軍，在事出意外，措手不及的情況下被殺了個大敗，死了好幾千人。

這下弄巧成拙，李成梁頓時灰頭土臉；但，久經官場的他懂得「有錢能使鬼推磨」的道理，該怎麼運作，更是拿手；先是拿出大批財物，透過侯先春的從人打通關節，等到侯先春收下他所贈送的重禮後，才提出請求，要侯先春回朝的時候，只講他的勝仗而不提他的敗仗。

「拿人的手軟」，侯先春當然一口答應下來，於是雙方高高興興的道別；卻不料，侯先春一回到朝中，竟然全部實話實說——他的賄賂同時是不法的證據。

這麼一來，朝中又是一陣軒然大波，人人開始議論起李成梁來，不獨原先就想彈劾他的人、正直而且洞悉他不法的人、與他有私怨的人多的是，更有一些曾經接受過他賄賂的人，現在為了保護自己，便先發制人的告起狀來……

一條條的罪狀在眾口紛紜中列舉，呈到朱翊鈞跟前，每一條都附有證據：

「貴極而驕，奢侈無度……」

「軍貲、馬價、鹽課、市賞，歲乾沒不貲，全遼商民之利盡籠入己……」

「灌輸權門，結納朝臣……」

「其戰功多在塞外，易為緣飾，即使戰敗，亦以捷勝上奏……」

「若敵人入內地，則以堅壁清野為辭，擁兵觀望；甚或掩敗為功，殺良民、戰俘冒級……」

「交結撫臣、閣部共為蒙蔽，實情不得上聞……」

「歷任遼東官員，若非其黨，輒排擠使之去……」

這麼多條罪狀一下子全部被揭露出來，看得人瞠目結舌；而首輔已經易人，不再為他「一手遮天」，於是，遼東不再是「天高皇帝遠」了。

御史張鶴鳴的意見被採納——十一月間，李成梁解遼東總兵任的聖旨正式頒下，飛快送達遼東；叱咤遼東二十年的李成梁被宣告政治生命結束。

懷抱著多種複雜的情緒，是無奈、是遺憾、是心有不甘，同時又略帶幾分對未來的疑懼……但，無論如何，解任是已經頒布的聖旨，是已經無法改變的事實，為人臣子的他只有接受，離開遼東，到京師去養老——不管他的心裏在想些什麼，聖旨一到，立刻就得啟程赴京，像其他被撤職的官員一樣，惶惶如喪家之犬。

掌了多年的權力、擺了多年的威風，一下子全都沒有了，他像五臟六腑全被掏空了似的難過……

而當李成梁去職的訊息傳到努爾哈赤耳中的時候，努爾哈赤先是一愣，繼而所興起的竟是一股強烈的、奇特的失落感。

多年來最常在夢中出現的一幅畫面是：自己親率一手培訓出來的女真大軍，與率領著明軍的李成梁在沙場對決；雙方擺開陣勢，號令齊下，萬箭齊發，萬馬奔騰，武士們或衝鋒，或肉搏，自己則身披堅甲，手執武器，單獨與李成梁決一死戰；而後，提著親手砍下來的李成梁人頭，祭拜死在他手下的亡靈們……

可是，這個夢想無法達成了，李成梁被解任，從此離開遼東，根本不可能與他在沙場對決了。

心目中的第一號仇人，被他自己的長官整肅、撤職，這本是件額手稱慶的事，可是，仇人不能死在自己手中卻是莫大的遺憾——

努爾哈赤的心中升起了一股惘然，前塵往事回到心頭，掀起一波波的浪潮，其中包含了多方面的感慨：

「李成梁，你終歸有這麼一天！」

他心裏的感受非常複雜，也想像得出來，一向把自己塑造成「八面威風」形象的李成梁，在失去了統領遼東幾萬精兵的大權時，心情黯然、惡劣的情況——對李成梁來說，失去權力是件比殺了他還痛苦的事！

但是，李成梁的去職，對女真人來說卻是件大好的消息——李成梁做了二十多年的遼東總兵，採取挑撥、分化的方法使女真無法統一，並且殺戮女真人中的菁英，使女真人中沒有傑出的領導人……現在，李成梁因為大明朝廷內部的權力鬥爭而去職下臺，今後，遼東的情勢就要大幅改觀了。

「新上任的遼東總兵，不會在短期之內摸熟遼東的一切——至少，比起李成梁來要差上一大截；唔，這是個要好好把握的時機！」

努爾哈赤的眼睛倏的一亮，原本端坐的身體突然一躍而起，跨著大步往門口走去；可是，還沒到達門口便轉了回來，腳下卻不停步，在屋裏一圈圈的繞圈子，過了許久才停下來，然後，他命人去請額亦都來。

額亦都進來的時候，努爾哈赤已經因為心中熱血沸騰而滿臉都是紅光，雙手火熱，而且迫不及待的握住額亦都的手，說話的聲音也因激動而略帶顫抖：

「我要你來說一遍給我聽聽看——十多年前，我向你說過的話；我要知道，現在，三十三歲的我，依然懷著二十歲時的理想！」

額亦都一頭霧水，抓抓自己的耳朵問：

「十多年前，您跟我說過許許多多的話，現在您要我把哪一句再說一遍？」

努爾哈赤大聲的說：

「說，我們立的志向，我們懷的理想！」

這下額亦都瞭解了，於是，他以清晰、洪亮的聲音朗朗陳說：

「那時，您跟我們講了好幾個故事，有我們開創大金朝的祖先完顏阿骨打，有蒙古的成吉思汗，又對我們說，大丈夫應該像他們一樣，做一番大事業；所以，我們的理想，第一步是統一女真……」

「哈哈哈哈……」

努爾哈赤仰天大笑著伸開雙臂，用力的抱緊額亦都，快慰之至的大叫：

「好兄弟！真不愧是我的好兄弟——我告訴你，我們又可以往前跨上一大步了！」

於是，他詳細的向額亦都分析：葉赫部的納林布祿近日屢次生事，充分暴露出野心和企圖，想做女真共主的態度已經擺明，所以，無論是在多久之後，終究免不了與之一戰；而原本最令他顧忌的是李成梁——李成梁一向善於做鷸蚌相爭之後得利的漁翁——現在，李成梁去職了，建州與葉赫之戰就大大減少了掣肘的力量。

「打仗最怕腹背受敵──現在可好了，少了一個李成粱，我們可以安安心心的和葉赫決一死戰；等打勝了葉赫，其餘的小部就容易打發了！」

他越說越高興，索性拉著額亦都登上樓頭，俯看整個費阿拉城，一面又向額亦都連連點頭說：

「我最滿意的一點，就是這股朝氣蓬勃的感覺──你看，即使是下著大雪，咱們整個費阿拉城裏也沒有一個人看起來是畏畏縮縮的，上從老人，下到小孩，每一個人走起路來都是抬頭挺胸、踏大步，一看就知道他有自信──」

正說著，舒爾哈赤和安費揚古、扈爾漢幾個也上樓來了，幾個人一起向他報告：

「長白山部所屬的朱舍里、訥殷兩路，一起引了葉赫的人馬，劫奪我們東界葉臣所居的洞寨──」

努爾哈赤的情緒正處在快慰中，一聽這個報告，登時發出一聲冷笑：

「隨他們劫奪吧！橫豎只是寄在他們那兒的！朱舍里和訥殷兩部，本來是該歸在我部轄下的，卻去依附葉赫，混水摸魚──等我打下葉赫的時候，看他們如何處置自己！」

說著，他昂首向天，既像是向眾人宣告，又像是向天宣誓似的朗聲道：

「從現在起，建州的每一個人都要盡全力準備──準備即將來臨的大戰！」

12

晨曦初透，曉風和飛雪一起縱橫暢行於大地，將遠處為皚皚白雪覆蓋下的崗巒襯托得分外壯美，也將崗巒下正在演習的兵馬襯托得分外英勇。

時值隆冬，大地封凍，但建州的鐵騎展現了強旺的生命力，使得整座冰原生氣蓬勃。

親任總指揮的努爾哈赤騎在高大的駿馬上，沐浴在初陽的金光中，戴盔披甲，逆風、冒雪、迎曦的他英姿勃發，威風凜凜，看來宛如一尊金甲戰神，馳騁於廣闊的天地間，為完成理想而奮鬥不懈，而在人生的戰場上贏取完美的勝利。

部屬中，除了遠赴朝鮮的費英東之外都到齊了，原本歸由費英東統領的人馬便暫時由他率領，因而毫無影響——建州總數將近兩萬的戰士全都到齊。

演習的內容由他親自設計，全部的戰士分成十隊，每隊馬、步兵各半，真刀真槍的進行演習，包括各種陣法和分擊、合圍、包抄、衝刺、埋伏、野戰、偷襲、突圍以及攻城與防守等戰術，凡是戰場上可能發生的情況和作戰、應變的方法，他全都設想齊全，也全都逐一演習。

一連十天，大隊人馬白天在郊野演習，夜裏就地紮營，有兩夜同時演習夜間偷襲；十天的演習一結束，立刻展開第二階段的演習，所有的人馬攀山越嶺，演習在山林、谷地、河川間作戰。

兩個階段的演習總計半個月，結束後，他對這次演習的成果非常滿意——在演習的過程中，他親眼目睹了平日訓練精良的戰士，人人練就了一身好武藝，而且，吃苦耐勞、奮勇前進，更重要的是，絕對服從號令；因此，他在心中暗忖：

「有了這些長處，個個可以以一當十，一萬多人能敵十萬人了！」

這個數目，用來對抗大明朝還差得遠，但是，與納林布祿對壘的話，他已經有勝利的信心；更何況，納林布祿還沒有開戰的舉動，他還有一些時間可以再多招募人馬；同時多備糧食，多造武器。

而為了讓所有的人都瞭解狀況，他開始不時的訓勉部屬、士卒：

「我部與葉赫終須一戰——大家多一分準備，就多一分勝算；我軍訓練精良，我有必勝的信心，但仍須加緊努力，才能如願得勝！」

一年將盡，新歲將臨，他也趁著除夕犒賞全軍的時機，再加強、提高全軍的信心和士氣：

「我自以十三副甲起兵以來，每戰都是以寡擊眾，而且每戰必大勝——由此證明，世上沒有困難的事——當世人遇到困難的時候，只要勇敢面對，找到方法，奮鬥不懈，解決了困難，克服了困難，困難當然就消失了——目前，我部面臨了納林布祿的威脅，而等到我軍將他打敗的時候，威脅就消失了！」

說完，他率先舉酒乾杯；所有的人為他的氣勢所懾，不約而同的鼓起掌來，同時大聲歡呼，聲浪大得竟如除舊布新的震天鞭炮。

新年的新氣象也因此而被定為奮鬥不懈、克服困難，而且心理上、精神上全部是備戰的狀態，沒有一刻是鬆懈的，人人都有隨時上馬出征的準備，真正做到了夙夜匪懈。

努爾哈赤本人更是如此，他全力備戰，而比屬下們更要費心的是，他還必須全神貫注的盯緊納林布祿的動靜，以及整個遼東的情勢，以訂出決策……

元宵節後，費英東從朝鮮回來了；他的歸期比預訂的時間延後了些，但是值得——他帶回來的是一個驚天動地的大消息。

呈上一份繪製完整、詳細的朝鮮地圖後，費英東開始報告此行的見聞，首先就提出件特別的事：

「我在朝鮮聽好些人說，日本國的掌權者豐臣秀吉，一心想要吞併朝鮮，正在準備出兵，怎奈朝鮮國王李昖❶不採信這個說法，沒有下令備戰；但是，不少有見識的讀書人和水軍大將李舜臣都在大聲疾呼，懇請國王注意這事，朝野、百姓提高警覺——」

努爾哈赤大吃一驚：

「竟有這樣的事？」

遼東偶有日本浪人到來，他遇到過幾次；而他所敬仰的名將戚繼光以往在浙江以大敗倭寇著名——除此之外，他對日本所知不多；朝鮮雖然距離近，他以往所接觸的朝鮮人也只是越江而來的商販，或者如李成梁這樣已內附明朝的人，而不熟知朝鮮國情乃至朝廷狀況；費英東的報告更是他從未聽聞過的，霎時間，好奇心大起，而且立刻產生新的聯想：

「朝鮮如果發生戰事，或將影響遼東的情勢——」

因此，他不由自主的詳細詢問這兩國的情況；善盡職責的費英東也就把他這幾個月裏搜集來的資料，很完整的呈給努爾哈赤，供他瞭解外國、研判遼東情勢，並且做了許多補充說明。

豐臣秀吉出兵攻打朝鮮並不是件偶然間心血來潮時決定的事，也不只是單一的想侵略朝鮮，得點好處的想頭，而是他謀思了多年的「發展跨國霸業」計畫中的第一步。

在這個計畫中，朝鮮是因為距離日本本土最近，而被列為第一個要征服、佔有的國家——這只是前奏，完成後要進行的第二步才是主題：越過朝鮮與中國交界的鴨綠江，佔領遼東；然後長驅直入的攻佔北京，進而佔領全中國❷。

他連這個計畫完成後的「領土分配原則」也已經擬定：日本天皇移居北京，中國為日本天皇的直轄領土，日本國土作為皇族的采邑，朝鮮由重臣中選出幾人去治理，他自己選定了日本船隻經常往返的寧波作為居住的地點❸。

計畫訂得完整而周密，並已準備充分，即將開始付諸實行；而他的胸中之所以會蘊藏如此壯觀的野心，之所以會訂出這龐大的「跨國發展」計畫，並不是沒有淵源、背景和理由的。

他的出身非常寒微，而且處身在一個分裂、動亂、弱肉強食、民不聊生的戰國時代——日本在南北朝❹的末期，梟雄足利尊氏受任「征夷大將軍」❺，並締創了「室町幕府」❻，掌權執政，時當中國的元朝末年；幾年後，元亡明興，足利氏也傳到了三代將軍足利義滿手裏，他對內完成南北朝統一的歷史任務，對外通使於明朝，受明成祖敕封為「日本國王」❼，聲勢之盛達於巔峯，成為室町時代中最輝煌的時期。

但，足利氏的室町時代僅延續了兩百四十年就因衰微而結束，從室町時代的末期開始，日本國內逐漸形成羣雄割劇、互相攻伐的戰國時代。

形成「戰國」的遠因是因為武士階級興起——古時的日本並不尚武❽，但從中世紀以後，戰爭多了，社會秩序亂了，武士開始吃香；而當權者為了酬庸、籠絡肯為他賣命殺敵的有功武士，常封賞土地給他們，又形成了「封建」，每一個武將都有自己的據地、百姓、軍隊，儼如王國，成了實質的諸侯。

近因是室町幕府傳了幾代之後逐漸式微，實力反比諸侯們差，於是和天皇一樣淪為有名無權的政治傀儡，不但約束不了分據各地的諸侯，只能眼睜睜的看著他們互相攻伐、爭奪利益，還常常受他們的氣。

當時，日本全國分為六十八國，其中的五十三國由一百四十二氏諸侯分據❾，經常互相攻伐——戰國時代其實就是血腥時代。

這個血腥時代直到織田信長崛起，才有所轉變——國人所企盼的統一與安定開始展露曙光。

在戰國羣雄中，勢力較大的割據者有北條早雲、今川義元、武田信玄、上杉謙信……等等，織田信長的父親織田信秀也是其中之一。織田信秀是個幹才，東征西討的擴充實力，傳到織田信長手裏的時候，規模已經不小。織田信長是個奇才，繼承了父親的資源之後，擴展得更迅速，不到五十歲就成為戰國諸雄中的翹楚。

但，織田信長的「統一大業」沒能克竟全功——天正十年，他因親征駐居本能寺，遭部將明智光秀叛變而自盡。

「本能寺之變」很快就因織田信長的大將木下秀吉趕回而平定，僅十一天，弒主叛變的明智光秀授首，為主復仇的木下秀吉成了英雄，聲望大幅提高，也使日本歷史為之改變。

木下秀吉生在天文六年，父親是織田家的一名「足輕」⑩，負傷而死；母親帶著他改嫁另一名足輕竹阿彌，生活非常窮苦，他長到十五歲便離家出外謀生，在大戶人家當下役，做些牽馬、跑腿之類的粗活。

十八歲那年，他得到一個機會，轉到織田信長的帳下充下役，當小廝；織田信長大敗今川義元於田樂狹間時，他是為織田信長牽馬的侍從……

織田信長是個不世奇才，木下秀吉跟在他身邊多年，很自然的學到許多戰爭之道；他力爭上游，凡事都全力以赴，務必達成織田信長交代的任務，逐漸立下許多戰功，開始受到織田信長的重視和拔擢，十年間，他由侍從而位列大將。

這期間，他改姓羽柴；本能寺之變後，他的威望、實力已經很大，在實質上取代了已死的織田信長；幾年間，他又逐一消滅了幾個反對他的勢力，僅剩的德川家康也採用聯姻的方式結成一家，再沒有後顧之憂——於是，羽柴秀吉的霸業完成了。

天正十三年，羽柴秀吉五十歲；正親町天皇看他權勢鼎盛，已無敵手，破例任命他為朝廷中最高官職的「關白」⑪；從此，羽柴秀吉成了全日本實質上的國王。

第二年，正親町天皇禪位，後陽成天皇即位，頒賜新撰的佳姓「豐臣」給羽柴秀吉，並任命他為太政大臣⑫，兼任關白。

而他心中所存的侵略朝鮮、中國的念頭，倒不是從他就任關白、權勢達到巔峯才興起的；是早在他寒微的時候，偶爾遇到幾個從朝鮮、中國航海回來的人，聽到他們描述的繁華盛況，看到他們帶回來的精美器物，心中已經開始埋下種子，一有空便情不自禁的想：

「繁華、富麗……那究竟是個什麼樣的大國呢？」

他的心中充滿了好奇與歆羨混合後的冥想，後來，地位日高，權勢日大，所能得到的資訊也大幅擴充，他對那兩個僅一衣帶水的國家便多了許多認識和瞭解，近年來更有許多次機會接見渡海來到日本的朝鮮、中國的子民，親自詢問了許多他所想要知道的事，而結論就是：「有機可乘」。

朝鮮因為承平日久而民無鬥志、士有黨爭；中國的皇帝煉丹求道，不問政事，權奸當道，貪贓枉法，弄得國事紛亂，民怨四起，光憑從日本去的一些浪人就已經在沿海搶到不少好處，何況派正規的軍隊去攻打呢？

當然是唾手可得——他有十足的信心，也常在不經意間流露出來，脫口就向人說：

「大丈夫當用武於萬里之外——朝鮮和中國，都是物產豐美的地方，他們的君王既然無道，我邦理應出兵攻伐，盡得他豐美之物！」

他已實際掌控了日本的軍政大權，什麼事都作得了主，要想實現心裏的念頭易如反掌——於是，念頭開始醞釀成具體行動。

更何況，日本在全國統一之後，許多現實問題接踵而來，橫在眼前，非得靠對外用兵、擴張領土才能解決。

統一以後，軍隊閒置，武士的出路成問題；以往對於戰功卓著的將軍們的封賞，一向是以戰勝後掠奪而來的土地作他們的采邑，統一以後沒有敵國可以掠奪，便沒有土地可以分封，即使勉強分封了，若干年後又難免重演「戰國」的歷史，絕不可再蹈覆轍；而且，日本本土生產不豐，再經過多年戰亂，經濟上已經瀕臨破產；以往，羣雄割據，各自解決據地內的問題，一旦統一，唯我獨尊的豐臣秀吉必須獨自負起解決經濟問題的重責大任……在亂世中，飢餓的人可以隨意搶奪別人的糧食，只要他打得贏架；統一以後，一切都必須步上軌道，人人要守法，不能再任意搶奪別人的糧食，因此，只好做「不許百姓點燈，只許州官放火」的事——由政府公然出面去搶奪鄰國的糧食來給百姓——只要這場仗打得贏！

唯有對外用兵才能解決這些問題，而且，在戰爭的過程中，驕兵悍將們會陣亡一些；得來的土地、財富可以解決經濟問題；吞滅了朝鮮和中國，更可以大大的擴展、獨佔海上貿易……一舉數得——這個如意算盤在豐臣秀吉心中打了一遍之後，他更加蠢蠢欲動，而心中還有一個洪亮、有力的聲音在快速湧起：

「朝鮮和中國如果被我征服，則我不僅為日本國有史以來的第一人，名留萬世，更為全東洋的霸主，進而進軍西洋……我即將為全天下的主宰！」

這麼一來，這個侵略的計畫更是非進行不可了。

而朝鮮自古就與中國關係密切，千年以來，無論雙方所建的國名為何，朝代何名，國君何人，都無妨於雙方的實質關係。

明太祖洪武二十五年，原本為「高麗」王國大將的李成桂叛變[13]，取代為王，並改國名為「朝鮮」，此後歷經幾代君王的經營，農經、文教都有可觀，對外向明朝通貢稱屬，相當安定，而無論內外，兩百年間都沒有大規模的戰爭發生過，百姓的生活十分富足安樂。

唯獨在政治上，兩百年間小有起伏；原來，李成桂以武人建國，形成了一股與舊勢力對抗的新政治集團以鞏固王權；三傳到世宗，⑭賢明而崇尚文治，設立了集賢殿來培養學子，促使文化興盛，也開始產生「學而優則仕」的風氣；其後逐漸形成了君主、勳臣之外的第三勢力——士林。

在前幾朝，三者之間的勢力牽制得均衡，沒有產生太大的問題。但是，從成宗時代開始，三者之間就出現了爭端⑮，到了燕山君時代，甚且衍成士林被大量放逐、誅殺的慘禍⑯；其後歷中宗、仁宗、明宗幾朝，士林與勳臣之間數度發生激烈的衝突，結果又是多人被殺、被逐，而致雙方的實力都削弱了不少⑰。

二十五年前，明宗去世，現任國王李昖繼位，情況又有了不同。由於士林是廣大的讀書人的羣體，並且透過書院和鄉約的教育性組織，得以深入民間扎根，因而具有穩固的社會基礎；當勳臣、外戚因權力鬥爭而雙方實力大減的時候，士林仍有大批源源不絕的讀書人可以補充，因此，機會一來，立刻重新登上政治舞臺。

李昖即位之初，因需才孔急，便大量重用士林，形成了士林政治；但是時間一久，弊端就出現——士林的人數多，而朝廷的官職有限，不免你爭我奪，形成黨爭。

星星之火，極易蔓延，黨爭一起，朝中官員不久就形成兩個壁壘分明的派系——「東人」、「西人」兩派對峙開始確立，而且由在朝的官員向全國的士林擴散；幾年之後，全國的讀書人就因為自己的血統、師承、交友等關係的依歸而分裂成東、西兩方，並且展開了如火如荼的文鬥，雙方唇槍舌劍的你來我往，為反對而反對的互不相讓。

而內鬥激烈的結果便是漁翁得利的便宜了外人——

當日本的豐臣秀吉已明白展現他侵略的野心，並積極打造軍艦，準備武器、糧草的時候，一羣以儒者李珥為首的有識之士先感受到了風雨欲來的危機，大聲疾呼，提醒朝野上下注意日本的動靜，並向李昖建議養兵十萬以固國防。

但因李珥屬「西人」，這個憂患意識竟被他的對頭，屬「東人」的柳成龍為反對而反對的譏為平地風波、無稽之談；「養兵」的建議也就在這樣的杯葛下無法付諸實行⑱。

接著，豐臣秀吉派人來到對馬，說要商談「假道入明」的事，李昖便也派人為報聘，去到對馬與日使見面，接著，再到日本走一趟；為了維持東、西兩派的均勢，他便選了西人黃允吉為正使，東人金誠一為副使，一起出使日本⑲。

兩人回朝的時候，李昖親自召見他們，詳細詢問情況；黃允吉先提出報告說：

「日本的使者表面上講究禮貌，實則態度強硬；日本國內的備戰氣氛很濃，軍隊一批批調動、受訓，工匠們全被徵去山中工作，百姓們抱怨匠人被徵召，許多工作都沒人做，關白卻還要徵收兩倍的租稅，穀物、布匹全部繳了上去還不夠，日子越來越難過了……這種種現象，看在臣的眼裏，實在憂心如焚，看樣子，日本發動攻勢的日子已經不遠了！」

哪裏知道，副使金誠一立刻秉持「為反對而反對」的基本立場，駁斥黃允吉說：

「臣並沒有看到那些情形——黃正使捏造事實，信口雌黃，危言聳聽；他的目的是在動搖人心，弄得全國上下倉皇不安，以便他從中取利而已！」

兩個同去同回的人說的話竟然完全不一樣，李昖無法分辨是非，只好又問：

「豐臣秀吉這個人怎麼樣？」

黃允吉回奏：

「其人目光爍爍，似是膽智過人；其形如鷹，陰狠有霸氣，『假道伐明』的野心非常明顯！」

但是金誠一卻說：

「其人外形似猴，雙目如鼠，根本不像一方英主；何況日本地狹民貧，不具有伐明的實力！」

這麼一來，李昖無法判斷，難以定奪；召集大臣們來商量，大臣們的意見也還是壁壘分明的兩派，爭執不下，互不相讓，也互相牽制；因此，每一天都在吵吵鬧鬧的意氣之爭中度過，什麼決策也定不出來；而對日本完全不瞭解的李昖，心裏帶著幾分盲目的樂觀，也認為日本不會真的出兵，因此，面對著遲遲不定的對日決策，他並不怎麼放在心上，而聽由兩派的大臣們喋喋不休的爭論下去——

瞭解了這些後，努爾哈赤陷入了沉思，反覆推敲了好幾天後，他雖然無法立刻對這兩個外國的情況得出正確的推測和預估，但做出指示：

「這事一定對遼東有影響，大家要密切注意——」

他是個敏銳的人，已隱隱的感覺到，外國的情勢正在發生變動，而與自己息息相關……

——卷二完

註一：李昖的廟號是宣祖，在位期間為西元一五六七年至一六〇八年。

註二：關於豐臣秀吉侵韓、圖中的企圖及其始末，三國的學者所發表的研究論述極多；中文論述部分，以筆者所見，鄭梁生著《明代中日關係研究》（臺北．文史哲出版社．一九八五）一書最為詳盡；資料搜集方面以李光濤輯《壬辰倭禍史料》（臺北．中央研究院．一九七〇）最為詳盡。

註三：當時的寧波不僅為中、日貿易的港埠，而且有交通南海之便，在經濟上的地位非常重要。關於豐臣秀吉的領土分配原則，亦請參閱《明代中日關係研究》一書。

註四：日本在西元一三三六至一三九二年中的五十七年間，因為有兩個朝廷、兩種年號同時並存，史稱「南北朝」。

註五：日本的「幕府」一詞本是指近衛大將的陣所。但於源賴朝創鎌倉幕府（西元一一九二至一三三三年）時已衍為武家政權的代稱，而與近衛大將無關了；而且因為源賴朝被任命為「征夷大將軍」，遂形成征夷大將軍即是幕府的首長的形式。

註六：西元一三三八年，足利尊氏被光明天皇補授征夷大將軍，室町幕府於焉成立（「室町」名稱的由來是足利氏的第三代將軍義滿，在京都室町建「花之御所」，被稱為「室町殿」，遂稱室町幕府）。室町幕府的組織，大體上是仿照鎌倉幕府而略加變化，但鎌倉幕府自北條氏執權以來，將軍徒具虛名，而室町幕府的將軍則大權在握，政事都親自裁決。

註七：詳見《明史》卷三百二十二，列傳「外國——日本」：「……（永樂）五年、六年頻入貢，且獻所獲海寇……十二月，其國世子源義持遣使來告父喪，命中官周全往祭，賜諡恭獻，且致賻。又遣官齎敕，封義持為日本國王。」

註八：約在西元十世紀前，日本的社會風氣「尚文」，並因仰慕唐朝文化而推行「大化革新」，一切向唐朝看齊，一般人且篤信佛教；到了十世紀以後才產生變化；據林明德《日本史》（臺北．三民書局．一九八六）中記載：「……遂開始『攝關政治』。支持攝關政治的經濟乃在佃莊。但佃莊過分擴大，貴族、寺院擁有大量土地，土地公有制度因而崩潰。由於公（農）民不堪重負，流浪他『國』，以公地公民為基礎的租稅制度遂亦瓦解。有財有勢的地方豪族更為得勢，反抗中央，並且相互鬥爭，於是產生了武士。」

註九：這些「國」實際上只是「州」，規模的大小並不一致，但最大的「國」也只有幾千到一萬左右的軍隊，小的甚且只有幾百人的實力。

註十：足輕本有「跑得快」之意，這裏是指沒有馬騎，必須靠快跑作戰的「步兵」。

註十一：關白原是披覽太政官文書，將之稟奏天皇的官職。日本古代政治，文書是聯繫上下、傳達中央與地方的主要工具，因此，關白的權限日益擴大，終於造成了日本的「攝關政治」——天皇幼小時設攝政，成人時設關白；發展到後來，「關白」已是最有實權的官職。

註十二：日本古代通常以外戚出任太政大臣，豐臣秀吉得到這個名銜已實至名歸的「位極人臣」了；時為西元一五八五年。

註十三：高麗王朝是西元九一八年時王建所建，傳國三十四代，四百七十五年；到了最後一代的國王隅，因為受到蒙古的威脅，不得不重用大將李成桂，而使李成桂軍權在握，於奉命出征的途中回軍叛變，推翻高麗王朝，建立朝鮮王朝。時為西元一三九〇年，李氏朝鮮共傳二十七代，五百一十九年，於西元一九一〇年被推翻。

註十四：世宗是朝鮮史上最賢明的君王，有「東海堯舜」的美稱；他在位期間不但各項制度都上了軌道，國富民樂，文化藝術興盛，並且創造了新的文字體系，於世宗一十八年（西元一四四六年）頒布《訓民正音》，推行新的文字。

註十五：成宗時代的大事是訂定文物制度，受他重用而擔任這個重大任務的新的政治集團便是「士林派」；士林的領袖金宗直既受成宗的重視，便有能力薦引許多弟子到朝廷任職，而與當時執政的盧思慎、徐居正、梁誠之、韓明澮等勳臣採取對立立場。士林的理想是在建設一個充滿義理和道德的社會，尊重學術與言論，而達到以文化立國的目標；因此，他們的政治信念是在於建立一個以讀書人執政的體系，而排斥專制王權與宰相中心體制——這樣的理念當然與原先的既得利益者相抵觸，幸好因為成宗的迴護，雙方才沒有在表面上導致激烈的衝突。

註十六：燕山君（一四九四—一五〇六在位）本人希望實行君主專制，因而對勢力已發展得相當龐大的士林十分痛恨，於是大力打壓；燕山君四年的「戊午史禍」和十年的「甲子士禍」中，幾乎全部在朝為官的「士林」中人都被誅殺、放逐。

註十七：燕山君本人也因彈壓勳臣、士林，殺戮過重，失德無道而大失人心，遂導致一部分儒臣發動政變，擁立中宗取代他為王。

註十八：詳見詹卓穎譯《韓國史》（臺北．幼獅文化公司）。

註十九：事在西元一五九一年（明萬曆十九年）。

附表 明清之際簡要大事記（明萬曆十二年～明萬曆十九年・西元一五八四～一五九一年）

西元／明曆	明朝	女真・蒙古	日本	西洋
一五八四年 萬曆十二年	四月：籍沒張居正家。 八月：榜張居正罪於天下，家屬戍邊。 十二月：王錫爵、王家屏入閣。	正月：努爾哈赤征李岱，克兆佳城。 六月：努爾哈赤率兵攻馬兒墩寨。 九月：努爾哈赤率兵攻翁克洛城，受箭傷幾死；傷癒後再攻始克。	小牧、長久手之役。	俄國沙皇伊凡四世卒，子錫奧鐸爾一世繼位（—一五九八）。
一五八五年 萬曆十三年	二月：泰寧部入犯，掠瀋陽。李成梁與之大戰。 五月：泰寧部再犯瀋陽，官軍敗。 閏九月：李成梁出塞追擊泰寧部。	二月：努爾哈赤攻界凡，斬城主納申、巴穆尼。 四月：努爾哈赤攻哲陳部，在渾河畔以少勝多。 九月：努爾哈赤攻克安土瓜爾佳城。 十月：蒙古順義王乞慶哈卒。	羽柴秀吉獲賜姓豐臣，任關白。	

一五八六年 萬曆十四年	二月：李成梁大破圖們可汗於可可毋林。	五月：努爾哈赤率兵攻克渾河部播一混寨。 七月：努爾哈赤率兵取哲陳部托漠河城。攻鵝爾渾城，斬尼堪外蘭。	豐臣秀吉把妹妹嫁給德川家康，並約德川家康會見於聚樂第。正親町天皇禪位皇太孫，號後陽成天皇，詔以豐臣秀吉為太政大臣，兼任關白。	
一五八七年 萬曆十五年	十月：遼東巡撫顧養謙率兵攻哈達部。 *本年為京察之年，顧憲成被謫貶。	正月：努爾哈赤築費阿拉城，並建宮室。 三月：蒙古乞慶哈子撦力克襲封順義王。 六月：努爾哈赤定國政，立法制。率兵攻哲陳部阿爾太，克其山城。 八月：額亦都率兵攻克巴爾達城。努爾哈赤攻克洞城。	島津議久降。禁基督教。豐臣秀吉徙聚樂第。豐臣秀吉開始準備侵略朝鮮、中國。	被囚多年的蘇格蘭女王瑪麗因向外求救事洩，被英國女王伊莉沙白處死。
一五八八年 萬曆十六年	三月：李成梁率師攻葉赫。 九月：萬曆帝至天壽山閱壽宮。青海部長他不囊犯西寧。	四月：努爾哈赤娶哈達貝勒扈爾干之女哈達納喇氏。費英東、何和禮、扈爾漢歸附建州左衛。 九月：努爾哈赤娶葉赫那拉氏為正妻。率兵攻王甲城。	驅逐長崎的基督徒。豐臣秀吉殺佐佐成政。豐臣秀吉發布「刀狩」令。	西班牙國王腓力二世派無敵艦隊進攻英國，戰敗。

一五八九年 萬曆十七年	正月：劉汝國在太湖等地作亂，被平。 十二月：雒于仁上「酒色財氣」四箴。	正月：努爾哈赤攻兆佳城。 九月：努爾哈赤受明封為建州左衞都督僉事。	小田原之役。	法國國王亨利三世卒，無後，瓦羅亞王朝絕。（一三二八—，共二百六十二年）。波旁城系亨利四世繼為法王，史稱波旁王朝（—一八四八）。
一五九〇年 萬曆十八年	正月：萬曆帝召見申時行，出見皇長子。 四月：青海部長火落赤犯舊洮州。	四月：努爾哈赤赴北京朝貢，受明廷宴賞。	後北條氏降。徙封德川家康於關東。 *朝鮮邊臣具報日本有入寇之心。劉繼文備陳防倭條議。遣黃允吉、金誠一赴日本。	義大利學人伽利略登比薩斜塔，實驗物體下落速度。
一五九一年 萬曆十九年	正月：緬甸寇永昌、騰越。 九月：申時行、許國罷官。 十一月：李成梁解任。	正月：努爾哈赤遣兵併長白山鴨綠江部。葉赫、哈達、輝發遣使建州訛地。	豐臣秀吉讓位養子豐臣秀次為關白，自己退居幕後，全力準備侵略朝鮮。 *朝鮮名將李舜臣受重用，造龜甲船。	

LOCUS

LOCUS